中公文庫

高慢と偏見

ジェイン・オースティン
大島一彦訳

中央公論新社

目次

挿絵　ヒュー・トムソン（一八九四年の版より）

訳者序

作中人物の呼称について

独身の姉妹が複数いる場合、「ミス」のあとに家族姓が来るときは原則として長女を指す。次女以下は「ミス」のあとに個人名が来る。従ってミス・ベネットは長女のジェインを指し、次女のエリザベスはミス・エリザベスまたはミス・エリザベス・ベネットと呼ばれる。但し、例えばネザーフィールド邸やロウジングズ邸でのミスター・ダーシーとのやりとりのときのように、長女がその場に居合せなかったり、話手に意識されなかったり、相手の個人名を口にすることに躊《ため》らいがあったりする場合は、エリザベスがミス・ベネットと呼ばれることもある。ダーシーがエリザベスの個人名を面と向って初めて口にするのは、最後に二人の心が通じ合って結婚を約束したあとである。これは男の兄弟の場合も同じで、「ミスター」のあとに家族姓が来れば長男を指し、次男以下は個人名が来る。但し本作品ではそのような兄弟は登場しない。

因みにミスター・ダーシーの従兄のフィッツウィリアムはダーシーの母の実家である伯爵家の次男か三男であるが、陸軍大佐の肩書があるので作中個人名は出されず終始フィッツウィリアム大佐と呼ばれている。フィッツウィリアムの名はダーシーの場合は個人名だが大佐の場合は家族姓である。

また、法的身分は平民でも准男爵（バロネット）か勲爵士（ナイト）の称号（タイトル）を持つ者は「サー」を附けて呼ばれるが、これは必ず個人名に附けられる。従ってサー・ウィリアムまたはサー・ウィリアム・ルーカスとなり、サー・ルーカスとはならない。その夫人は「レイディー」を附けて呼ばれるが、これは家族姓に附く。従って例えばレイディー・ルーカス。但し本訳書ではこの場合の「レイディー」はすべて「令夫人」と訳したので、ルーカス令夫人となっている。

本作品にはレイディー・キャサリンという「レイディー」のあとに個人名の来る人物が登場するが、これはその人物が爵位貴族（この場合は伯爵家）の出であることを示す。ミスター・ダーシーの母（故人）もその姉であるから、レイディー・アンと呼ばれる。この場合の「レイディー」はそのまま「レイディー」と訳した。もしこの姉妹が平民の出であれば、姉はミセズ・ダーシー（ダーシー夫人）、妹はレイディー・ド・バーグ（ド・バーグ令夫人）となるところ。但しレイディー・キャサリンを代名詞で受けるときは令夫人とした。因みに故サー・ルイス・ド・バーグは多分一代限りの勲爵士であろう。准男爵なら称号が代代継承されて来た筈だが、どうやらド・バーグ家はそうではないらしいからである。尤《もつと》も称号のあるなしは家柄の格とはあまり関係がないようで、その辺の事情は、例えば称号を持たないダーシー家やビングリー家と称号を持つルーカス家を見るベネット家やその他の人達の意識から判断されよう。

序《つい》でながら、本作品について書かれたものを読んでいて、ダーシー家とド・バーグ家を「貴族」としている文章をたまに眼にするが、両家とも貴族と縁続きで貴族的な暮しをしていることは確かだが、厳密には平民のトップ・クラスであるジェントリー階級に属する家柄であって、所謂貴族（ピアリッジ）ではない。その意味ではミスター・ダーシーの母もレイディー・キャサリンも、富や財産に関してはともかく、社会的地位に関しては身を落した結婚をしているのである。

愛称その他について

本篇のヒロイン、エリザベスはそのときどきでリジーとエライザの愛称で呼掛けられるが、リジーは家族から、エライザは親しい友人（例えばシャーロット）からと、はっきり使い分けられている。四女キティーはキャサリンの愛称だが、これは地の文でも頻繁に使われている。ヨーロッパやロシアの小説では同一人物が家族姓や個人名や愛称で呼名が変るので、途中で誰が誰だか判らなくなることがあるという声を聞くことがあるが、そこには人物同士の親疎の関係が反映しているので、無造作に統一は出来ないのである。

なお、本訳書では「ミスター」と「氏」、「ミセズ」と「夫人」が混在しているが、これは訳者が意図的に使い分けたもので、大体年輩の人物を「氏」と「夫人」で（例えばベネット氏、ガードナー夫人）、若い世代を「ミスター」と「ミセズ」で（例えばミスター・ビングリー、ミセズ・ハースト）訳出した。

また本訳書では日本語の生理を考慮して「彼」と「彼女」を使わないことにしたが、その替り「あの人」とか「このひと」という云い方が出て来る。「人」は男性を「ひと」は女性を指すように使い分けてある。両性を含む場合は「人」または「人びと」とした。「あの方」や「そのかた」の「方」と「かた」も同じ方針による。但し「令嬢方」や「あなた達」の意味の「あなた方」の場合は性別とは無関係である。

親族関係について

ベネット家の限嗣《げんし》相続人であるミスター・コリンズは、最初ベネット氏の‘cousin’として紹介されるが、やがて当人がエリザベス達に向って‘cousin’と呼掛けているので、我が国で云う「従兄弟《いとこ》姉妹」には当らず、遠い縁戚関係にある者と思われる。それゆえ本訳書では敢えてコリンズを従兄弟とは明記しなかった。

また従来の邦訳ではフィリップス夫人をベネット夫人の妹としているようだが、本訳書では姉にした。姉妹の父はメリトンの事務弁護士であったが、その父の許で働き跡を継いだフィリップス氏と結婚していることを考えると、姉の可能性の方が大きいように思われるからだが、勿論これに関しては決定的なことは云えない。ガードナー氏は子供の年齢から推して明らかにベネット夫人の弟である。

ケントのロウジングズ邸へミスター・ダーシーと一緒にやって来るフィッツウィリアム大佐も従来はダーシーの従弟とされることが多いが、大佐は三十歳ぐらいとあり、ダーシーはせいぜい二十八か九と思われるので、本訳書では従兄とした。

長い手紙に段落がないことについて

本作品にはミスター・ダーシーとガードナー夫人による長い手紙が出て来る（第二巻第十二章、第三巻第十章）が、ダーシーの手紙の最初の方に一箇所段落があるだけで、あとはどちらの手紙にも段落が一切ない。既訳の幾つかでは多分読者の読み易さを考慮してであろうが、これらを幾つかの段落に分けて訳してあるが、本訳書では原文に従った。オースティンは作品の構成にたいへん敏感な作家であり、その作者が敢えて段落をつけなかったのにはそれなりの理由があると考えられるからである。当時は紙が貴重であり、しかも手紙は受取人が料金を支払うことになっていたので、書手はなるべく少い紙に可能な限り多くを書くことが求められ、手紙に空白や余白を作らないのが作法であった。その習慣がこれらの手紙の書き方にも表れている訳で、ダーシーの手紙では、冒頭に一段落をつけたあと、途中まではかなりダッシュが入っているが、やがて余白が少なくなるとそのダッシュもなくなり、文面は表書きにまで及んでいる。ガードナー夫人の手紙には段落はもとよりダッシュも殆ど用いられていない。どうやら作者は敢えて意図的に段落と空白のない手紙を書いていると想われるので、これは訳文でも不用意に段落分けはしない方がよいと判断した次第である。

これはこの作者の肌理《きめ》細かなリアリズムの一例とも見られる訳だが、因みにもう一つ触れておくと、エリザベスが旅先でジェインからの手紙を二通同時に受取るところにも同種のリアリズムが発揮されている。ジェインのような人物が手紙に判読不能な宛名を書くのはどう見ても不自然だが、第一信の最後でリディア出奔《しゅっぽん》の知らせに書手が動顚《どうてん》していることで納得が行く。ここで二通の手紙が同時に届くことは物語の展開上必要なことなので、それを不自然と思わせないための作者の手堅い配慮がこのようなところにも見られる。

第二巻以降、全巻通しの章数を〔 〕内に記した。

訳註は、各章の末尾に記した。

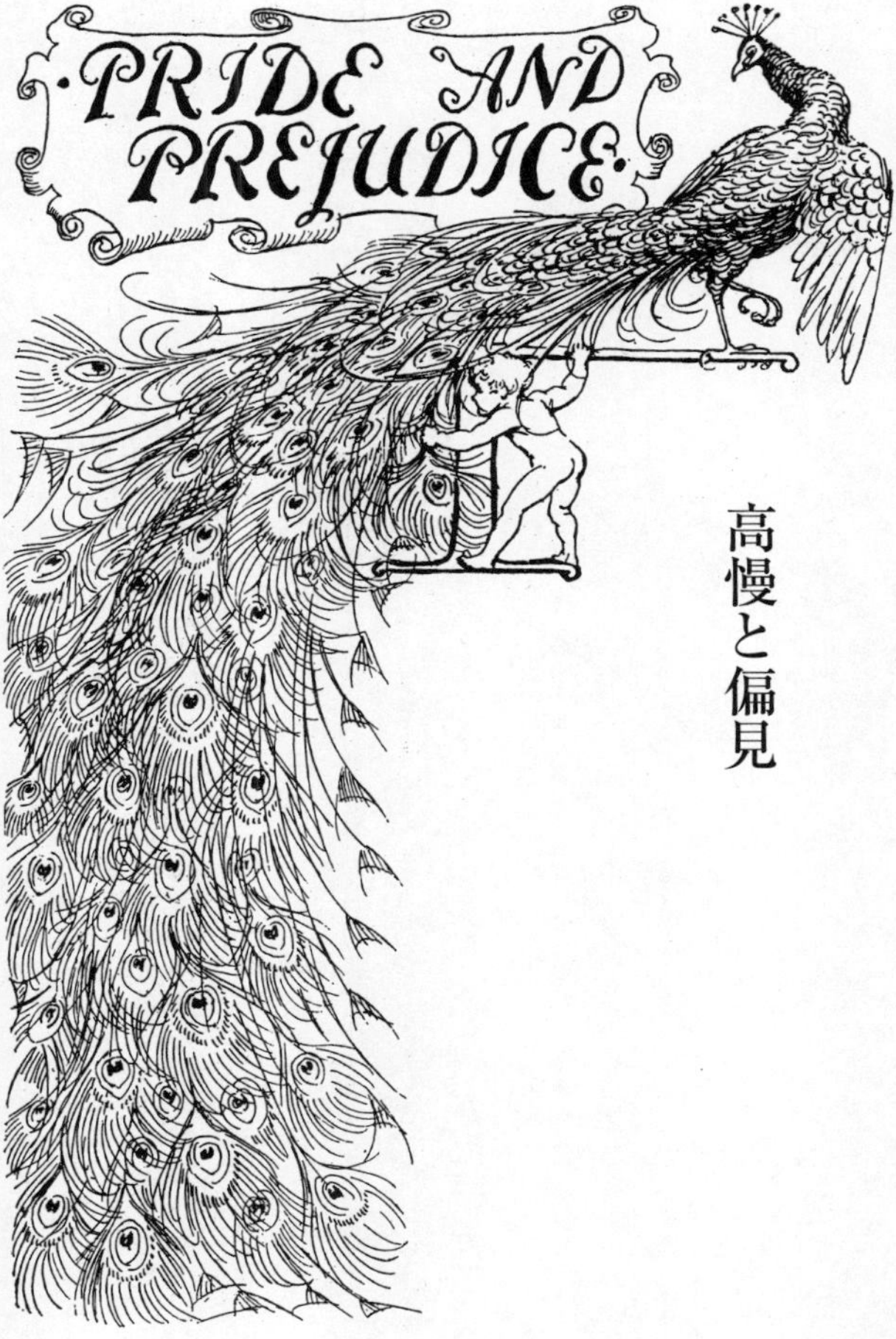

高慢と偏見

第一巻

第一章

独身の男でかなりの財産の持主ならば、必ずや妻を必要としているに違いない。これは世にあまねく認められた真理である。

そういう男が近所へ引越して来ると、当人の気持や考えなどはどうであれ、その界隈に住む人びとの心にはこの真理がしっかりと根を下ろしているから、その男は当然家《うち》の娘の婿《むこ》になるものと見なされてしまうのである。

「ねえ、ねえ、あなた」と或る日ベネット夫人が夫に云った、「お聞きになって？　ネザーフィールド・パークにやっと借手がついたそうよ。」

ベネット氏は聞いてないと答えた。

「でもそうなんですって」とベネット夫人、「たったいまロング夫人が見えて、何もかも話して下さったの。」

ベネット氏は返辞をしなかった。

「誰が借りたか知りたくはありませんの？」とベネット夫人は焦《じ》れったくなって声を揚《あ》げた。

「誰が借りたかお前さんが話したいんだろう？　私の方は話が聞えていても別に構わないさ。」

夫人にはこれだけで話を促されたも同然であった。

「それがねえ、あなた、いいですか、ロング夫人の話だと、ネザーフィールドを借りたのは北イングランドの大金持の青年で、月曜日に四頭立てのシェイズ馬車[*1]で屋敷を見に来て、すっかり気に入ってしまい、モリス氏とその場で話を纏《まと》めたらしいの。聖ミカエル祭[*2]までには移って来る予定で、召使のうちの何人かは来週中にも入ることになっているんですって。」

「名前は何て云うの？」

「ビングリー。」

「結婚は？　まだ独身？」

「まあ、あなた、独身に決っているじゃありませんか！　独身の大金持で、年収四、五千ポンド。家の娘達に何て素敵な話かしら！」

「どうして？　家の娘達に何か関わりがあるのかね？」

「あなたって人は」と妻は答えた、「どうしてそう焦れったいのかしら！　いいですか、私はその人が家の娘の一人と結婚することを考えているんじゃありませんか。」

「それが狙いでその男はここへ引越して来るのかね？」

「狙い！　馬鹿馬鹿しい、何てことを仰有《おつしや》るんです！　でもその人が家の娘の一人を見初《みそ》めないとも限らないではありませんか。ですからね、引越して見えたらすぐにあなたに訪ねて頂かなくては。」

「そんな必要はないさ。お前と娘達だけで行けばいい。或《あるい》は娘達だけをやってもいい。多分その方がいいだろう。何しろお前だって娘達に劣らず美人なんだから、そのビングリー

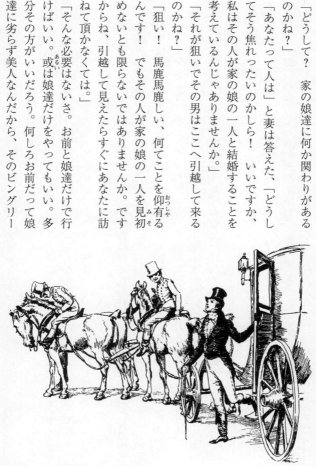

君とやら、お前を一番に見初めないとも限らないからな。」

「いやですわ、お世辞なんか仰有って。それは私だってかつてはそれなりの美貌に恵まれていた時期もありましたけど、今さら取立ててどうこう云う気はありません。女も大きな娘が五人もいるようになっては、自分の美貌のことなど考えてはいられなくてよ。」

「尤《もっと》も、女もそうなると美貌の方がどっかへ行っちまって、考えたくても考えられないという場合が多いけどね。」

「でもね、あなた、ミスター・ビングリーが引越して見えたら本当に訪ねて下さいね。」

「それは断じて請合《うけあ》いかねるね。」

「だって娘達のためではありませんか。娘の一人にとってどんな縁組になるか、ちょっと考えてみて下さいな。サー・ウィリアムだって夫妻揃って出掛けるつもりなんですよ。それも、まさにそのために。だってあの人達は普段は誰かが引越して来たって訪ねたりはしませんもの。本当にいらして下さいね。あなたがいらして下さらなければ、私や娘達が訪ねる訳には行かないんですから。」

「またいやに慎重なんだね。なあに、ミスター・ビングリーは喜んでお前達を迎えてくれるさ。何なら一筆書いてお前に言づけようか――小生、あなた様がこれらの娘達の中からどれなりとお好きなのを一人お選び下さって結婚なさることに心より同意いたします、とでも書いて。尤も私としては可愛いリジーのために是非とも褒め言葉を添えておきたいがね。」

「そんなことはして頂きたくありません。リジーにはほかの娘達と較べて少しもいいところなんかないじゃありませんか。顔立はジェインとは較べものにならないし、愛嬌だってリディアとは較べものにならない。それなのにあなたはいつでもあの娘を贔屓《ひいき》になさるんだから。」

「みなどれを取っても大した取柄はないさ」とベネット氏は答えた。「どれもこれも似たり寄ったり、みな愚かで無智と来ている。だがリジーだけはほかの娘達より幾分頭のいいところがある。」

「まあ、あなたはよくもそんな風に御自分の子供達の悪口が云えますことね。あなたは私を苦しめて面白がっているんです。私の傷つき易い神経のことなど全然思い遣《や》って下さらないんだから。」

「それは誤解だよ、お前。私はお前さんの神経をたいへん尊敬している。何しろ古くからのお附合いだからな。私は、お前さんが自分の神経を大事に庇《かば》う言葉を、少くともこの二十年間ずっと拝聴して来ているんだ。」

「ああ！　あなたには私の苦しみがちっとも分っていらっしゃらない。」

「でも私は、お前がその苦しみに打克《うちか》って、大いに長生きして、年収四千ポンドの若者が大勢近所へ引越して来るのを見届けてもらいたいと思っているんだ。」

「仮にそういう若者が二十人来たって、あなたは訪ねて下さらないんだから何にもならないじゃありませんか。」

「なあに、大丈夫だよ、お前、二十人になったら、まとめて全員訪ねてやるよ。」

ベネット氏は頭の良さと皮肉なユーモアと無愛想と気紛れが奇妙に入混じった人物だったので、二十三年の夫婦生活をもってしても妻には夫の性格が未だによく分らないのであった。一方ベネット夫人の心はさほど分りにくい方ではなかった。夫人は物分りが悪い上に物知らずなお天気屋であった。何か不満なことがあると、自分は神経が参っているのだと想い込んだ。夫人にとっては娘達の結婚が人生の一大事であり、知人を訪ねて世間話に打興じることが人生の気晴しであった。

＊1　シェイズ馬車には幾つかの型があるが、ここでは長距離用軽装有蓋四輪馬車、普通は二頭立て。
＊2　九月二十九日。

第二章

ベネット氏は早早にミスター・ビングリーを訪問した一人であった。妻には最後まで行かないと云い張っていたが、実は最初から訪ねるつもりだったのである。そんな訳で、訪問がなされた日の晩までベネット夫人は何も知らなかった。訪問がなされたことはその日の晩になってから次のように明らかにされた。ベネット氏は次女が熱心に帽子に飾りを附けているのを眺めていたが、出し抜けにこう話し掛けた——

「その帽子、ミスター・ビングリーが気に入ってくれるといいね、リジー。」

「ミスター・ビングリーの好みなんて、私達に分る訳がないじゃありませんか」と母親が腹立しげな口調で云った、「家では訪問しないんだから。」

「でも、お忘れなの、お母様？」とエリザベスが云った、「私達、今度の舞踏会でその方にお会いするというお話でしたけれど。ロング夫人が紹介するって約束して下さったんでしょう？」

「ロング夫人がそんなことをしてくれるもんですか。あのひとにだって姪が二人あるんですよ。あんな自分勝手な、偽善的なひと、私は全然信用していません。」

「それは私もそうだ」とベネット氏が云った。「お前が夫人の労を当てにしていないのを知って私も嬉しいよ。」

ベネット夫人は返辞などしてやるものかという気持であったが、どうしても自分を抑えることが出来なくて、娘の一人に八つ当りし始めた。

「そんなに咳をしないでよ、キティー、お願いだから！　少しは私の神経のことも考えて頂戴。まったくいらいらするったらありゃしない。」

「キティーだって咳ばかりは意のままにならんさ」と父親が云った。「キティーも間の悪いときに咳込んだものだな。」

「私だって面白くて咳をしている訳ではないわ」とキティーはぷんぷんした口調で答えた。

「次の舞踏会はいつなんだね、リジー？」

「再来週の明日《あした》です。」

「そう、そう、そうだった」と母親が頓狂な声を発した。「だとすると、ロング夫人は前日まで帰って来ないのだから、あのひとがミスター・ビングリーを紹介するのは不可能な筈《はず》だわ。だって御自分だって相手を知らない訳だもの。」

「それなら、お前、お前の方が夫人よりも有利な立場にあるんだし、お前からミスター・ビングリーを夫人に紹介してあげたらいいだろう。」

「出来る訳がないじゃありませんか、私だって面識がないのに。どうしてあなたはそうやってひとを揶揄《からか》うんです？」

「お前さんの用心深さは実に立派だよ。二週間の近附きなど確かに高が知れている。二週間ぐらいで、実際にどんな人物かなど判る筈がないからな。しかし私達が敢えてやらなければ、どうせほかの誰かがやるに決っている。それに結局は、ロング夫人と姪御さん達にしても一度は運試しをしなければ承知しないのだし、こちらが紹介してあげれば夫人から感謝されることは判っているのだから、お前がその役目を断ると云うのなら、私が引受けよう。」

娘達は眼を丸くして父親の顔を見詰めた。ベネット夫人はただこう云っただけであった、「何よ、馬鹿馬鹿しい、下らない！」

「そんな癇高い声を出して、一体何が云いたいのかね？」とベネット氏も声を揚げた。「お前は紹介という形式とその形式の持つ重要性を下らない

ものと考えるのか？　その点はどうも賛成しかねるな。お前はどう思う、メアリー？　何しろお前は若いけれども物事を深く考える方だし、難しい本を読んで抜書集まで作っているんだから。」

メアリーは何か大いに気の利いたことを云ってみたかったが、どう云っていいか判らなかった。

「メアリーが考えを纏《まと》めているあいだ」とベネット氏は続けた、「話をミスター・ビングリーのことに戻そう。」

「ミスター・ビングリーのことはもう沢山です」と妻が大声で云った。

「そんな言葉を聞くとは残念だな。でもどうして前もってそう云ってくれなかったの？　今朝のうちにそれだけでも判っていれば、私は断じて訪ねたりなんかしなかったのに。どうも生憎《あいにく》なことになってしまったな。しかし現に訪ねてしまったのだから、今さら知合いじゃないとは云えないしな。」

女達の驚きはまさにベネット氏の思う壺であった。中でもベネット夫人の驚きがどうやら断然他を圧倒していた。そのくせ夫人は、喜びの騒ぎが一段落すると、これは自分が最初からずっと予期していたことなのだと云い出した。

「あなたってほんとに何て親切な方なのかしら！　でも私には分っていましたのよ、あなたのことだから最後には私の云うことを聞いて下さるって。娘達思いのあなたがこのようなお近附きをなおざりにする筈がないって、信じていました。ああ、私、ほんとに嬉しい！　それにしても、今朝のうちに訪ねておきながら今の今まで一言も仰有《おつしや》らないなんて、実にお見事でしたわ。」

「さあ、キティー、もういくらでも好きなだけ咳をしていいぞ」とベネット氏は云うと、妻の有頂天ぶりにげんなりして部屋を出て行った。

「ほんとに素敵なお父様だこと！」とベネット夫人は扉が閉ると云った。「さあ、お前達はどうやってお父様の御親切にお報いしたものかしらねえ。尤もその点ではお母様に対しても同じですよ。お父様やお母様ぐらいの齢になるとね、日日知らない人と近附きになるのは、はっきり云って、あまり愉快なことではないの。でもお前達のためなら、何でもしてあげてよ。リディアや、お前は一番齢下だけれど、ミスター・ビングリーは今度の舞踏会できっとお前と踊って下さると思うよ。」

「あら」とリディアは平然と云った、「私は平気よ。だって私は齢は一番下だけど、背は一番高いんだから。」

皆はそれから、ミスター・ビングリーがどのぐらい早く答礼にやって来るだろうかと推測したり、いつ食事に招待したらいいかを決めたりして、その晩の残りを過した。

第三章

しかしながら、ベネット夫人は五人の娘の助けまで借りて夫に訪問の様子をあれこれと訊ねてみたが、どうしても夫の口からミスター・ビングリーに関する充分に満足の行く説明を引出すことは出来なかった。女達はいろいろなやり方でベネット氏を攻撃した。面と向って訊ねたり、巧みに鎌を掛けたり、遠廻しに当ってみたりした。しかしベネット氏は逃げる一方で、どの手にも乗らなかった。結局、夫人と娘達は近所に住むルーカス令夫人から復聞《またぎ》きの情報を聞かせてもらうことで満足せざるを得なかった。尤もその情報はたいへん好ましいものであった。御主人のサー・ウィリアムはミスター・ビングリーがすっかり気に入ったらしい。いかにも若若しい、驚くほどの美男子で、実に愛想がよく、その上何よりなことには、今度の舞踏会に大勢の仲間を連れて来るつもりだと云う。こんな素晴しいことがまたとあり得るだろうか！　踊りが好きだということは、これはもう間違いなく恋に陥る第一歩である。そんな訳で、ミスター・ビングリーの心に関する前途有望の思いをみんなが胸に抱いた。

「私は、娘の一人がめでたくネザーフィールドに落着いてくれて、ほかの娘達もみなそれに劣らぬ立派な結婚をしてくれるのを見届けられさえすれば、ほかには何にも望むことはありません」とベネット夫人は夫に云った。

数日後、ミスター・ビングリーはベネット氏の訪問の答礼にやって来て、ベネット氏の書斎に通され、十分ほど坐り込んで話をして行った。ミスター・ビングリーとしては、みな大変な美人だと聞いていたベネット家の令嬢達に一目会わせてもらえるものと期待を抱いて来たのだが、会ったのは父親だけであった。その点は令嬢達の方が少しばかり好運であった。令嬢達の方は、ミスター・ビングリーが青い上衣を着て黒い馬に乗ってやって来たことを、二階の窓からちゃんと確めていたからである。

そのあとすぐに食事への招待状が発送されたが、ベネット夫人が主婦としての手並を大いに発揮することになる筈の献立案が出来たところへ返辞が届いて、すべては延期ということになった。ミスター・ビングリーは所用で翌日どうしてもロンドンへ出掛けなければならず、従って折角の御招待ではあるがこれをお受けすることが出来ない云云《うんぬん》、と云うのである。ベネット夫人はすっかり困惑してしまった。ハートフォードシアに着いたばかりだというのにロンドンに何の用事があり得るのか、夫人には想像がつかなかった。そして、ミスター・ビングリーはいつもあちこち飛び廻っている男で、落着くべき筈のネザーフィールドには一向に落着いてくれないのではないか、と不安になり始めた。そのうちにルーカス令夫人が、あの方がロンドンへ行ったのは、今度の舞踏会に大勢の仲間を連れて来るために過ぎないと思うと云い出したので、ベネット夫人の不安も少し治まった。果してその後間もなく、ミスター・ビングリーは十二人の淑女と七人の紳士を連れて来るらしいという噂《うわさ》が伝わって来た。娘達は淑女が十二人と聞いて何だか悲しくなったが、舞踏会の前日になって、ミスター・ビングリーがロンドンから連れて来たのは十二人ではなくて六人に過ぎない、それも五人は姉妹で一人は従姉だと聞いて、安堵の胸を撫でおろした。そしていよいよ一行が舞踏会場に入って来たときには、全部で五人に過ぎなかった――当のミスター・ビングリーとその姉と妹、姉の夫、それにもう一人の青年だけであった。

ミスター・ビングリーは様子のいい紳士然とした若者で、見るからに感じのいい顔立をしており、態度も気さくで気取りがなかった。姉妹はどちらも身なりや態度のぴたりと極った洗煉された婦人であった。義兄のミスター・ハーストはただ紳士らしく見えるというだけの人であったが、友人のミスター・ダーシーは、その立派な上背のある身体つきと男前な顔立と気品のある物腰と、それに会場に入って来て五分と経たないうちに弘まった年収一万ポンドという噂によって、たちどころに部屋中の注意を惹きつけた。男達は実に風采の堂堂とした男だと言明し、女達はミスター・ビングリーよりもずっと美男子だと公言して憚《はばか》らなかった。そんな訳で、ミスター・ダーシーは暫《しばら》くのあいだ大変な讃嘆の眼で見られていた。ところが舞踏会も半ば頃になると、その態度が反感を買って人気の潮流が変ってしまった。それと云うのも、この人はお高く止っていて、皆を見下し、一緒に楽しもうとしないことが判ったからである。どうもあの男の顔附には人を近づけない嫌味なところがあり、友人のミスター・ビングリーとは到底較べものにならない、ということになり、そうなると、ダービーシアに宏大な領地を持っていることも、もはや大して力にはならなかった。

ミスター・ビングリーは会場の主だった人達全員とすぐに近附きになった。快活で愛想がよく、毎回踊り、舞踏会の終るのが早すぎると憤慨し、それなら自分が一つネザーフィールドで開かせてもらおうと云い出した。このような人好きのする性質が大いに物を云わない筈はない。友人のミスター・ダーシーと何と対照的なことか！　そのミスター・ダーシーはと云えば、ミセズ・ハーストと一度、ミス・ビングリーと一度踊っただけで、あとはほかの女性達に紹介されるのも断り、ときおり仲間の誰かに話し掛けるだけで、その晩の残りのあいだただ部屋の中を歩き廻っていたのである。これでミスター・ダーシーの評判は決ってしまった。世にも高慢な、何とも不愉快な男であり、こんな男にはもう二度と来てもらいたくない、というのがみんなの気持であった。中でもひときわ激しく反撥したのがベネット夫人であった。夫人はそもそもこの男の振舞全体が気に入らなかったところへ、娘の一人がこの男から蔑《ないがし》ろにされたとあって、すっかり腹を立ててしまった。

エリザベス・ベネットは、紳士の数が少かったので、一回分の踊りを休んでいなければならなかった。その間暫くミスター・ダーシーがすぐそばに立っていたので、ミスター・

ビングリーがいっとき踊りの列を離れて友人に踊りに加わるよう勧めに来たとき、二人のやりとりがエリザベスの耳に聞くともなく聞えた。

「さあ、ダーシー」とビングリーが云った、「君にも踊ってもらわなきゃ。そうやって馬鹿みたいに一人で突っ立っているなんて、見苦しいよ。もっとどんどん踊れよ。」

「まっぴら御免だね。僕がよく見知った相手とでなけりゃ踊りたがらないことは、君も知っているじゃないか。こんな会で踊るなんて堪えられないよ。君の姉さんと妹さんは既に相手がいるし、部屋中見渡したって、一緒に踊るのが刑罰でないような女はほかに一人もいないじゃないか。」

「僕は断じて君のように気難しいことは云いたくないな」とビングリーが声を揚げた。「誓って云うけど、僕は生れてこのかた今晩ほどこんなに大勢の感じのいいお嬢さん方に

は会ったことがない。それにこのうちの何人かは、君、なかなかどうして稀に見る美人じゃないか。」

「この会場でただ一人の美人は君が相手をしているじゃないか」とミスター・ダーシーは、ベネット家の長女の方を見やりながら云った。

「ああ！　あんな美人は僕も未だかつて見たことがない！　でも、あのひとの妹の一人が君のすぐうしろに坐っている。妹の方もたいへん綺麗だし、それにとても感じがよさそうだ。どれ、僕から姉の方に頼んで君を紹介してもらおう。」

「どれだい？」と、ダーシーは振向くと、一瞬エリザベスを見たが、やがて相手と眼が合うと、自分の眼を逸《そ》らせて、冷やかな口調で云った、「まああってとこだな。だがこの僕を踊りたい気にさせるほどの美人ではないね。それに僕は今、ほかの男達から相手にされないような娘達に箔《はく》を附けてやる気分ではないんだ。君は君の相手のところへ戻って、せいぜいあのひとの笑顔を楽しむ方がいいよ。僕なんかを相手にしていても時間の無駄だよ。」

ミスター・ビングリーは相手の忠告に従った。ミスター・ダーシーもその場を立去った。あとに残ったエリザベスはミスター・ダーシーに対してあまりいい感情を持たなかった。しかしながらこの話はいとも快活に友達のあいだに触れて廻った。それと云うのも、エリザベスは気質が朗らかで、茶目っ気があり、滑稽なことがあると何でもそれを面白がる方だったからである。

その夜の成行はベネット家の全員にとっておおむね愉快なものであった。ベネット夫人は長女がネザーフィールドの一行から大いに賞讃されるのを目のあたりにしていた。何しろミスター・ビングリーは長女と二回も踊ったのだし、しかも長女はビングリー姉妹からも特別扱いであった。当のジェインも母親に劣らず、尤も母親のように明らさまな喜びようは見せなかったが、この結果には大いに満足であった。エリザベスにはジェインの喜んでいる気持がよく判った。メアリーは誰かが自分のことをこの界隈で一番教養のある娘だとミス・ビングリーに話しているのを耳にしていた。キャサリンとリディアは踊りの相手を一度も欠かさずに済んだ。二人が舞踏会で気を揉むようになっていたことはまだそれだけだったから、これはたいへん幸せなことであった。そんな訳で、一同は、自分達の住む村であり、その村にあっては自分達が主要な上流階級であるところのロングボーン村へ意気揚揚と帰って来た。帰ってみると、ベネット氏はまだ起きていた。ベネット氏はひとたび本を読み始めると夜更《よふか》しは平気な方であったが、とりわけ今夜は、あれほど華やかな期待を抱かせた夜会の成行がどうであったか、大いに好奇心もあった。ベネット氏としてはどちらかと云えば、この新来者に対する妻の期待が失望に終ってくれることを望んでいた。ところが程なくして、予想とは大分違った話を聞かされることになった。

「あなた、あなた」と、ベネット夫人は声を揚げながら部屋に入って来た、「私達、今夜、実に愉快でしたわ、それは素晴しい舞踏会でしたのよ。あなたもいらっしゃればよかったのに。ジェインたらね、あんな持て方はまたとないぐらいの持てようでしたの。何て素敵なんだろうってみんなが云うし、ミスター・ビングリーもほんとに綺麗だと思ったのね、あの娘と二回も踊ったんですもの。いいですか、あなた、二回ですよ、ほんとにあの娘と二回踊ったんですよ。しかもあの方が一人に二回申し込んだのはあの娘だけだったんですからね。最初はね、ミス・ルーカスに申し込んだの。二人が踊るのを見たときは私、ほんとに口惜《くや》しかったけれど、でもあの方、あの娘を全然いいと思わなかったのね――実際、誰があんな娘、いいと思いますか、ねえ――それからあの方、ジェインが踊って

いるのを見て、すっかり驚いたようでした。そこで、あの娘は誰だと訊くと、紹介してもらって、早速次の二番を申し込んだの。それから三回目の二番はミス・キングと踊って、四回目の二番はマライア・ルーカスと踊って、五回目の二番をまたジェインと踊って、六回目の二番はリジーと踊って、ブーランジェ踊りは――」

「ミスター・ビングリーもこの私のことを少しでも考えてくれていたら」と夫は我慢しきれなくなって声を揚げた、「その半分も踊らないでくれたろうに！　お願いだから、踊りの相手の話はもう止《よ》してくれ。いっそのこと、最初の踊りで踝《くるぶし》でも挫《くじ》いてくれればよかったと思うよ。」

「まあ、あなたったら」とベネット夫人は続けた、「私、あの方がすっかり気に入りましてよ。それはもう大変な美男子！　それにあの方の姉妹がまた魅力的なかた達なの。私、あんな優雅な衣裳は見たことがない。ミセズ・ハーストのガウンのレイスなんて、多分――」

　ここで再びベネット夫人は話の腰を折られた。ベネット氏が派手な衣裳の話など聞きたくないと云ったからである。そうなると夫人としては話の接穂《つぎほ》をほかに求めざるを得なくなり、そこで次にミスター・ダーシーの驚くべき無作法について、ひどく苦苦しげに、幾分誇張すら交えて語った。

「でも大丈夫です、あなた」と夫人は附加えた、「リジーは、あんな男のお眼鏡に適《かな》わなくても、大して失うところはありませんから。だってあんな感じの悪い、厭な男、こっちから機嫌を取ってやる値打なんか全然ないんですからね。それは横柄で、思い上がってて、実に堪《たま》らない男なの！　自分を何様と想ってか知らないが、そこいらをぶらぶらほっつき歩いてさ！　ふん、踊りたいほどの美人でもない、が聞いて呆れるわ！　何よ、そっちこそ踊りたいほどの美男子でもあるまいし！　私、あなたがあの場に居合せて下さって、あなたのいつものやり方で一つやり込めて頂きたかったわ。ほんとにいけ好かない男なの。」

第四章

ジェインはそれまではミスター・ビングリーをあまり明らさまに褒めないように用心していたが、エリザベスと二人だけになると、自分はあの方をたいへん素晴しい人だと思うと胸のうちを打明けた。

「まさに理想的な青年だわ、気が利いていて、愛想がよくて、快活で。それに私、あんな鮮やかな態度は見たことがない――あんなに気さくで、それでいてあんなに申分のない育ちの良さが具《そな》わっていて！」

「それに男前よね」とエリザベスが応じた、「若い男性たるもの、出来ることならみんなそうであってもらいたいわ。それでこそその男の人物が完成するんだから。」

「私、あの方が二回目を申し込んで下さったときはほんとに嬉しかった。そこまで愛想よくされようとは思っていなかったから。」

「あら、そうなの？　私はそう思っていたわ。でもそこがお姉様と私の大きな違いなのよね。お姉様はいつだって思ってもいないときに愛想よくされるのに、私は全然だもの。あの方がお姉様に二回申し込んだのは極《きわ》めて自然なことだと思うわ。あの方だって、お姉様が部屋中のほかのどの女性よりも五倍は綺麗なことを認めざるを得なかったんだもの、何もあの方のギャラントリー精神*を有難がることはないのよ。それにしても、確かにたいへん感じのいい人だわ。お姉様、好きになっていいのよ。お姉様はこれまでにもっと馬鹿な人を沢山好きになったことがあるんだから。」

「まあ、リジーったら！」

「あら、だって、お姉様は大概誰でもすぐに好きになっちゃう方じゃないの。人の欠点を決して見ないんだから。お姉様の眼には世のすべての人が善良な感じのいい人に見えるのよ。私はお姉様が人の悪口を云うのを聞いたことがないもの。」

「私は軽率に人の非難をしたくないのよ。でもいつでも思ったことを云っているわ。」

「それは分っている。だからそこが不思議なのよ。お姉様ほどの分別がありながら、他人

「の愚かさや馬鹿げたところがまるで見えないんだもの！　見せ掛けの善意ならよくあることだし、どこでもお目に掛るものだけれど、でも見栄も下心もない善意というのは――みんなの性格の良いところだけを採上げて、しかもそれを実際以上によく見てあげて、悪いところについては何も云わないというのは――これはお姉様だけのものだわ。だから、そう、お姉様はあの方の姉と妹も気に入ったんでしょう？　どう？　あのひと達の態度作法はとてもあの方のには及ばないと思うけれど。」

「確かにそうね、最初のうちはね。でも話をしてみるとたいへん感じのいいひと達よ。ミス・ビングリーはお兄様と一緒に住んで、家政を受持つことになっているの。あのひと、私達にとってきっと楽しい隣人になるだろうと思うわ。」

エリザベスは黙って聞いていたが、納得はしなかった。舞踏会でのビングリー姉妹の振舞は概して好感の持てそうなものではなかった。姉よりも観察力が鋭く、姉ほど他人の云いなりにならず、自分がちやほやされたぐらいではぐらつかない判断力の持主であるエリザベスには、ビングリー姉妹を認める気などさらさらなかった。それは、確かにたいへん垢抜けしたひと達ではあった。気が向けば朗らかにすることも出来たし、そうしようと思えば愛想よくすることも出来ない訳ではなかった。だがいかんせん高慢で自惚《うぬぼれ》が強かった。どちらかと云えば美人の方であり、ロンドンの一流の私塾で教育も受けており、二万ポンドの財産があって、分不相応に金を費《つか》って上流社会の人達と交際することにも慣れていた。

従ってあらゆる点で自分達を立派だと思い、他人を見下そうとするのも無理はなかった。また姉妹は北イングランドのそれなりに恥しくない家柄の出であった。但《ただ》し姉妹の記憶にはこのことの方がより深く刻み込まれていたため、ミスター・ビングリーの財産も自分達の財産もすべて商売で得られたものだということの方はともすれば忘れられがちであった。

ミスター・ビングリーは父親からほぼ十万ポンドの財産を相続していた。父親は地所を購入するつもりでいたのだが、目的を果さずに亡くなった。ミスター・ビングリーもやはりそのつもりでいて、ときにはどの州にしようかと決めてみたこともあるが、今こうして立派な屋敷が手に入り、しかもそれには領地内で自由に狩猟が出来る地上権まで附いているので、ビングリーの暢気《のんき》な性質をよく知っている者の多くからは、当人はこの先ずっとネザーフィールドに落着いてしまって、地所購入の方はまたもや次の世代に先送りされるのではないかと見られていた。

姉妹はミスター・ビングリーに是非とも自分の土地を有《も》ってもらいたがっていた。尤もミス・ビングリーは、兄がただの借地人として居を定めたに過ぎないからといって、兄の食卓で主婦の役を務めることを決して嫌《いや》がってはいなかったし、姉のミセズ・ハーストも、このひとは財産があるというよりも社会的地位が高いというだけの男と結婚していたので、気に入れば弟の家を自分の実家と見なすに吝《やぶさ》かではなかった。ミスター・ビングリーは、たまたま或る人に勧められてネザーフィールド・ハウスを見てみようという気になったとき、成年に達してからまだまる二年経っていなかった。三十分ほど外から眺めたり中へ入ってみたりしていたが、建物の位置と主な幾つかの部屋が気に入り、家主の自慢話にも満足だったので、すぐさま借りることに決めたのである。

ビングリーとダーシーは揺るぎない友情で結ばれていたが、二人の性格はまるで正反対であった。ビングリーの気さくで、大らかで、素直な性質がダーシーは気に入っていた。尤もこれほどダーシー自身の気質と対照的なものはなかったが、それならダーシーは自分の気質に不満なのかというと、決してそうは見えなかった。ビングリーはダーシーの情誼の篤《あつ》さを信頼しきっており、その判断力を最も高く買っていた。理解力ではダーシーの方が優れていた。ビングリーも決して理解力の足りない方ではなかったが、ダーシーは何しろ頭が良かった。しかし同時にダーシーは気位が高く、無愛想で、気難しかった。その態度物腰も、育ちが良く上品ではあるが、人を近づけないところがあった。その点ではビングリーの方が遥かに勝《まさ》っていた。ビングリーはどこへ行っても決って好かれたが、ダーシーは絶えず人の感情を害していた。

二人がメリトンの舞踏会について話し合ったときの物云いにも、二人の特徴は遺憾なく現れていた。ビングリーは、あんな感じのいい人達や綺麗な娘達にはこれまで会ったことがない、みんなたいへん親切でいろいろと気を遣ってくれて、形式ばったところも堅苦しいところもまるでなく、すぐに部屋中の全員と近附きになった気がした、ミス・ベネットなどは、想像し得るどんな天使よりも美しい、と云う。一方、ダーシーは、自分が目にしたのは美とか気品とはおよそ無縁な人達の集りであり、あの中の誰一人にもこれっぽっちの興味も覚えなかったし、心遣いや楽しみなど誰からも与えられなかった、ミス・ベネットが綺麗なことは認めるが、それにしても少しにこにこし過ぎだ、と云う。

ミセズ・ハーストと妹は、確かにそれはそうだが、でもあの娘《こ》はいい娘だし、気に入った、と云い、とにかくあの娘は感じのいい娘だから、もっと近附きになることに異存はない、と言明した。それでミス・ベネットは感じのいい娘であると太鼓判を捺《お》された訳で、ミスター・ビングリーは、姉妹のこのような褒め言葉によって、これでもう自分はあのひとのことを好きなように考えていいのだと、公式に許しを得たような気になった。

＊　女性に対して慇懃に愛想よく振舞おうとする精神。

第五章

ロングボーンから少しばかり歩いて行った所に、ベネット家の人びとがとりわけ親しくしている一家が住んでいた。サー・ウィリアム・ルーカスは以前はメリトンで商売に従事していたが、かなりの財産を作り、市長の職にあったとき、国王への請願が認められて勲爵士《ナイト》に叙せられた。どうやらこの殊遇にいたく感激したものと見えて、サー・ウィリアムは小さな市場町に住んで商売を続けるのが嫌になり、そこで商売も町住いもともに止めることにして、メリトンから一マイルほど離れた所へ一家挙って引越した。以来ルーカス・ロッジと名づけられた田舎の邸宅で、サー・ウィリアムは自身の立派な社会的地位を満喫する一方、世間に対しては商売に邪魔されることなく専《もっぱ》ら慇懃鄭重《いんぎんていちょう》に振舞うことが出来た。サー・ウィリアムは勲爵士の身分を得意には思ったが、だからといって偉ぶるようなことはなく、むしろ逆に、誰に対しても鄭重そのものであった。生来悪気のない、人懐こい、世話好きな人であったが、セント・ジェイムズ宮殿で叙勲の際の拝謁《はいえつ》があってからは一段と礼儀正しくなった。

ルーカス令夫人はたいへん善良な婦人であったが、あまり頭が良すぎる方ではなかったので、ベネット夫人には貴重な隣人であった。夫妻には子供が数人あった。一番上は物分った、聡明な娘で、齢は二十七歳ぐらい、エリザベスの親友であった。

ルーカス家とベネット家の令嬢達は、舞踏会があると決ってそのあとで会って話し合わずにはいられなかった。それで例の舞踏会があった次の日の朝も、ルーカス家の令嬢達があれこれと意見を交換するためにロングボーンへやって来た。

「昨晩《ゆうべ》は幸先《さいさき》のいい出だしだったわね、シャーロット」と、ベネット夫人は内心の気持を抑えてさりげなくミス・ルーカスに云った。「ミスター・ビングリーが最初に選んだのはあなたでしたもの。」

「ええ――でもあの方、二番目の方が気に入ったようでしたわ。」

「まあ――ジェインのことを云っているのね、もしかしたら――なぜってあの方ジェインとは二回踊ったから。確かにそのことを考えると、気に入ったと云ってもいいようね――それはまあ私もそうだろうと思います――そのことでは私、何か聞いたような気がするの――何だったかしら――何でもロビンソン氏がどうとかいう話でしたけれど。」

「多分小母様《おばさま》が仰有っているのは、あの方とロビンソン氏が話しているのを私が立聞きしたことではないかしら。私、お話しませんでした？　ロビンソン氏があの方に、メリトンの舞踏会をどう思われますか、この会場には綺麗な女性が沢山いると思いませんか、どのひとが一番綺麗だと思います、って訊ねたの。するとあの方すぐさま最後の質問に答えてこう云ったの――ああ、それはもう絶対にベネット家の長女だ、その点に異論はあり得ない、って。」

「何と、まあ！――それにしても、いやにはっきりと云ったものね――それでは何だかまるで――でも、まあ、結局は何でもないかも知れないわね。」

「私の立聞きの方があなたのよりも気が利いていたわね、エライザ」とシャーロットは云った。「ミスター・ダーシーはミスター・ビングリーほど聞耳の立て甲斐のない人だわね。

そうではなくて？　可哀そうなエライザ！——まああってとこだなんて云われちゃって。」

「お願い、それをリジーに思い出させないで、あの男の仕打には腹が立つだけだから。あんな不愉快な男、好かれたりした日にはそれこそ災難もいいところです。昨晩ロング夫人が云っていたけど、あの男は三十分も夫人のそばに坐っていながら一言も口を利かなかったそうだよ。」

「それは確かなこと、お母様？——少し違うんじゃありません？」とジェインが云った。

——「私はミスター・ダーシーが夫人に話し掛けているのを確かに見たけれど。」

「まあね——でもそれは、到頭夫人の方がネザーフィールドはどうですかって訊ねたので、それであの男としても返辞をしない訳には行かなかったのよ。——でも夫人が云うには、話し掛けられたことにひどく腹を立てていたらしいよ。」

「ミス・ビングリーの話だと」とジェインが云った、「あの人は親しい人達と一緒のときでないとあまり話をしないんですって。でもそういう人達が相手だととても愛想がいいそうよ。」

「そんな話、私は一言だって信じませんよ。そんなに愛想がよかったら、ロング夫人にだって話し掛けたでしょうからね。それよりも、思うにこういうことだったのではないかしら——みんなが云うようにあの男は慢心しきっている、それでね、ロング夫人が自家用の馬車を持っていなくて、貸馬車で舞踏会へやって来たことを多分誰かから聞いていた。」

「私はあの方がロング夫人に話し掛けなくても別に構わないけれど」とミス・ルーカスが云った、「でもエライザとは踊ってもらいたかったなあ。」

「この次だってね、リジー」と母親が云った、「もし私があなただったら、あんな男とは踊りませんよ。」

「大丈夫よ、お母様、約束出来てよ。あの人とは絶対に踊らない。」

「あの方の自尊心には私」とミス・ルーカスが云った、「ほかの人の場合ほど嫌な感じを持たないの。だってそれだけの理由があるんだもの。あんなに立派な青年で、家柄が良くて、財産があって、何もかも恵まれているんでしょう、自分を偉いと思うことに何の不思議もないと思うの。こんな云い方をしてもよければ、あの方には高慢になる権利があるのよ。」

「それはそのとおりだわ」とエリザベスが答えた。「私だって、あの人が私の自尊心を傷つけさえしなかったら、いくらでもあの人の自尊心は恕《ゆる》してあげられてよ。」

「自尊心とか自負心とかいうものは」と、自分の思索の確かさを自負するメアリーが云った、「人間誰にでもある弱点だと思うの。私はいろいろ読んでみた結果、こう確信しています——自負心は実際誰にでもあるものであり、人間性はとりわけ自負心には弱いものであると、そして、現実のものにせよ、想像上のものにせよ、何らかの性質を根拠にして自己満足の気持を抱かない人は滅多にいないものであると。但し虚栄心と自負心は別のものよ、これらの言葉はしばしば同じような意味で遣われているけれども。自負心はあっても虚栄心はないという人だっていない訳ではないんだから。どちらかというと、自負心は自分で自分をどう思うかということに関わって来て、虚栄心は他人にどう思ってもらいたいかということに関わって来る訳ね。」

「もし僕がミスター・ダーシーぐらい金持だったら」と、姉達と一緒に来ていたルーカス家の幼い息子が叫んだ、「いくらでも威張ってやるけどな。フォックスハウンドを一隊分飼って、毎日葡萄酒を一壜空けてやる。」

「そんなに飲んだら飲過ぎもいいところです」とベネット夫人が云った。「もし小母様が見つけたら、すぐに壜を取上げてしまうから。」

少年はそんなことはさせないと抗議し、ベネット夫人はいや取上げると云い張って譲らず、二人の議論はその日の訪問が終るまで続いた。

第六章

ロングボーンの女性達はその後間もなくネザーフィールドの女性達を訪ねた。この訪問に対してネザーフィールドの女性達も正式にお返しの訪問にやって来た。ミセズ・ハーストとミス・ビングリーはミス・ベネットの感じのいい態度に一段と好意を募らせた。母親は何とも堪らないひとであり、下の妹達は話し掛ける値打もないことが判ったが、上の二人とだけはもっと近附きになりたかったので、その気持を当の二人にははっきりと表明した。ジェインはこの心遣いを大喜びで受容れたが、エリザベスは二人の皆に対する応対の仕方が相変らず尊大なのを見て、それが姉に対しても例外ではないので、二人が好きにはなれなかった。ただ、二人のジェインに対する好意は、尊大なものではあっても、多分にミスター・ビングリーのジェインに対する賞讃に影響されたものであるから、それなりに意味がない訳ではなかった。ミスター・ビングリーがジェインと会うたびにジェインを讃嘆の眼で見ていることは誰の眼にも明らかであった。そしてジェインの方でも、ビングリーに対して当初から抱き始めていた好意が今や抑えようという気持に打克って、どうやら熱い恋心に変りつつあることも、エリザベスの眼には同様に明らかであった。しかしエリザベスはこのことがどうやら世間一般には知られないで済みそうなので嬉しく思った。それと云うのも、ジェインは強い感情の持主ではあったが、お節介な連中に邪推させないだけの沈着な気質といつも変らぬ快活な態度とを併せ持っていたからである。エリザベスはこのことを親友のミス・ルーカスに話してみた。

「面白いかも知れないわね」とシャーロットは答えた、「こういうことでまんまと世間の眼を欺くというのも。でもそんな風にあんまり用心深くすると、ときとして不利なこともあってよ。女が同じ手を用いて自分の愛情を愛する相手からも隠してしまったら、相手を確実に自分のものにする機会を失うかも知れないもの。そうなったら、世間の人だって何も知らないのだと信じてみたって、あまり慰めにはならないわね。どんな愛情だって感謝の気持や虚栄心と決して無縁ではないのだから、愛情に何の手も打たないでほったらかしにしておくのは安全ではないと思うの。誰だって最初は気軽に始めるのよ――何となく

好きになるなどというのはごく自然なことだもの。でも相手の気持がどうかも判らないのに本当に恋をしてしまう心の持主となると、そうはいないものよ。だからね、大抵の場合、女は実際に感じている以上の愛情を見せといた方がいいのよ。ビングリーがジェインに好意を持っていることは確かだけれど、でもジェインの方から何の働き掛けもなければ、ただジェインが好きだというだけで、それ以上のことにはならないかも知れないわよ。」

「でも姉は姉なりに精一杯働き掛けているわ。姉のあの人に対する好意はこの私にだって判るんだもの、それが判らないとしたら、あの人は相当なお馬鹿さんだわ。」

「いいこと、エライザ、あの人はあなたほどジェインの気質を知らないのよ。」

「でも、女が男に心を寄せていて、それを隠そうとしなければ、男には判る筈だわ。」

「それはまあそうに違いない、充分に会う機会があればね。でもビングリーとジェインはかなり頻繁に会っているとはいっても、何時間も二人が一緒にいることはないのだし、それにいつだっていろんな人達が大勢いる中で会っているんだもの、終始二人だけで話をする訳には行かないでしょう。だからジェインとしては、相手の注意をすべて自分に向けさせることの出来る三十分なら三十分を最大限に活用しなければいけない訳よ。相手を確実に自分のものにしてしまえば、ぞっこん恋に陥る暇はあとでいくらでもあるわよ。」

「それはなかなかいい案だわ」とエリザベスは答えた、「いい結婚がしたいということだけが問題の場合にはね。もし私が金持の夫を持とうと決心したら、金持でなくてもともかく夫を持とうという気になったら、多分その案を採用させて頂くわ。でもジェインの気持はそんなんじゃないのよ。何も下心があってのことではないんだもの。まだ今のところ、自分の気持がどの程度のものなのかも、それがまっとうなものなのかどうかも、確信が持てないでいるの。知合ってほんの二週間でしょう。メリトンで四度踊って、午前中に一度あの人のお家でお会いして、そのあと四回一緒に食事をしたのかな。たったそれだけだもの、ジェインはまだあの人の性格を理解するところまで行っていないのよ。」

「そうとばかりも云えないわよ。それは、ただ一緒に食事をしたというだけのことなら、相手が食慾旺盛かどうかが判っただけかも知れないけれど、でもいいこと、その四晩は食事のあと一緒に過したんでしょう？　四晩あれば相当なことが可能よ。」

「ええ、でもその四晩で二人が互いに確め得たのは、二人ともトランプ遊びではコマースよりもヴァンタンの方が好きだということだけなの。そのほかの性格や人格に関する大事なことでは、それほど多くのことが判ったとも想えないわ。」

「ともかく」とシャーロットは云った、「私はジェインの成功を心から祈っている。私はね、仮に明日ジェインがあの人と結婚したとしても、相手の性格を一年間研究してから結婚したとしても、幸せになれる可能性は同じだと思っているの。結婚の幸福なんてまったくの運次第だもの。双方の気質があらかじめ互いによく判っていても、また互いによく似ていても、だから二人の幸福が増すなんてことには決してならなくてよ。夫婦になってしまえば、いつだって互いに似ても似つかぬ者同士になろうと努《つと》めて、双方とも腹立しい思いをするのが関の山なんだから。だからね、生涯を共にする人の欠点なんかなるべく知らない方がいいのよ。」

「変なことを云って笑わせないでよ、シャーロット。でもそんなの健全ではないわ。そんな考え方が健全でないことはあなたにも分っている筈よ、それにあなただって自分では決してそんな風にはしないってことも。」

自分の姉に対するミスター・ビングリーの心遣いを観察することに気を奪われていたエリザベスは、自分自身がその友人の方の眼に何やら興味の対象になりつつあることには思いも及ばなかった。ミスター・ダーシーは最初エリザベスを特に綺麗だとは認めていなかった。舞踏会で見たときも別にいいとは思わなかったし、その次に会ったときもただ批判的な眼で眺めただけであった。ところが、あの娘は大して綺麗な目鼻立をしている訳ではないと、自分でもはっきりと認め、友人達にも口に出して云った途端に、その目鼻立が黒い瞳の美しい輝きによってひどく聡明な表情を帯びることに気がつき始めた。この発見に続いて、ほかにも同じように癪に障る発見が幾つかあった。批判的な眼で見ると、身体つきに均斉の欠けたところが一つ二つない訳ではなかったが、容姿が軽やかで感じがいいことは認めざるを得なかった。あの態度作法は上流社交界のものではないと断言してはみたものの、その態度に見られる飾り気のない茶目っ気ぶりにはどうしても心が惹かれた。このことにエリザベスは全然気がついていなかった――エリザベスにとってダーシーはどこへ行っても感じの悪い男であり、自分のことを踊りたいほどの美人だとは思ってくれなかった男に過ぎなかった。

ダーシーはエリザベスのことをもっとよく知りたいという気持になり、自分が直接言葉を交すための一歩として、エリザベスとほかの人達との会話に耳を傾け始めた。ダーシーのこの振舞はエリザベスの注意を惹いた。サー・ウィリアム・ルーカスの家で大掛りなパーティーが催されたときであった。

「ミスター・ダーシーはどういうつもりなのかしら」とエリザベスはシャーロットに云った、「私とフォースター大佐の話に耳を傾けたりして。」

「そんなこと、ミスター・ダーシーにしか分らないわよ。」

「でもまたあんなことをしたら、あなたのなさっていることは分っていますって、はっきりと本人に知らせてやるわ。ほんとに皮肉な眼附をしているわね。こちらから厚かましく出ないと、そのうちに怖くなって来そうだわ。」

その後間もなくダーシーが二人の方へ近づいて来たとき、別に話をするつもりがあってのことでもなさそうであったが、ミス・ルーカスがエリザベスに、あなたあの方に向って本当にそんなことが云い出せて、と挑撥《ちようはつ》した。エリザベスはすぐにこの挑撥に乗ってその気になり、ダーシーの方を向いて、云った――

「ねえ、ミスター・ダーシー、私がついさっきフォースター大佐にメリトンで舞踏会を開いて下さるようおねだりしていたとき、たいへん上手《うま》い云い方をするとお思いになりませんでした？」

「大変な勢いでしたね――でもああいう話題になると女のひとはいつでも熱心になる。」

「まあ、女に手厳しいんですのね。」

「今度はすぐにこのひとがおねだりされる番よ」とミス・ルーカスが云った。「私は楽器の蓋を開けますからね、エライザ、あとはお判りね。」

「あなたってほんとに友達甲斐のないひとね――誰の前だろうとお構いなしに、いつでもみんなの前で私に歌わせたがるんだから！――もし私が音楽をひけらかしたい質《たち》なら、あなたは実に貴重なお友達だけれど、でも私はこのとおりそんな質ではないんだもの、一流の演奏家を聴き慣れているに違いない人達の前で楽器に向うなんて、そんな気にはとてもなれないわ。」しかしミス・ルーカスがどうしても諦めようとしないので、エリザベスは「分ったわ、どうしてもと云うのなら、仕方がない」と附加えた。それから真面目な顔でミスター・ダーシーをちらりと見やると、「いい諺がありますわ――勿論ここにおいでの皆様はよく御存知でしょうけれど――『自分の息は自分の粥《かゆ》を冷ますために取っておけ』ってね――私もつべこべ云わずに自分の息を取っておいて、せいぜい自分の歌を膨らませることに致しますわ。」

エリザベスの演奏は素晴しく上手いというものではなかったが、感じのいいものであった。一、二曲歌いおわったところで、数人の人達からどうかもう一曲と云う声が上がったが、それに答える間もなく、妹のメアリーが是非とも自分に演《や》らせてと云ってさっさと楽器の前に坐ってしまった。メアリーは姉妹の中でただ一人美貌に見放されていたので、いきおい勉強や藝事には熱心で、ことあるごとに見せたくて仕方がなかった。

メアリーには才能もなければ趣味もなかった。虚栄心から熱心に努力はしていたが、その虚栄心ゆえに知ったかぶりや自惚れた態度も持合せていたので、仮に今よりも遥かに優れた腕前だったとしても興醒めであったろう。エリザベスは、気楽な感じで気取りがなかったから、腕前はメアリーよりも大分下ではあったが、聴いていて遥かに楽しかった。メアリーは長い協奏曲を弾いたあとで、そのとき部屋の一方でルーカス家の娘達や二、三の士官と熱心に踊っていた妹達の求めで、スコットランドとアイルランドの軽い曲を歌い、それでどうにか賞讃と感謝に与《あずか》ることが出来た。

ミスター・ダーシーは黙って踊手達の近くに立っていたが、談話が一切なされないこのような夜の過し方に内心腹を立てていた。そして自分の物思いにすっかり心を奪われていたので、サー・ウィリアム・ルーカスから言葉を掛けられるまで、卿が隣に来ていることにも気がつかなかった。

「これは若い人達には実に魅力的な娯しみですな、ミスター・ダーシー！——結局のところ踊りに優るものはありませんな。――私はこれを上流社会の洗煉された嗜《たしな》みの中でも第一級のものと思うております。」

「確かにそうです。しかもこれは、世界中のさほど上流でない社会でも広く行われているのが強味です。――どんな野蛮人でも踊りは出来ますからね。」

サー・ウィリアムは頰笑んだだけであった。そして暫く口を噤《つぐ》んでいたが、やがてビングリーが踊りの仲間に加わるのを見て、続けた、「あなたのお友達の踊りっぷりは見ていて気持がいいですな。――だがあなただって確かにこの道の達人でいらっしゃる。」

「さては、メリトンで踊るのを御覧になりましたね。」

「はい、そのとおり――お姿をたっぷりと楽しませて頂きました。セント・ジェイムズ宮殿ではよく踊られますか？」

「いいえ、全然。」

「あの場所に敬意を表するには何よりも踊りが相応《ふさわ》しいとは思いませんか？」

「私は出来ることなら、いかなる場所にもその種の敬意は表さないことにしています。」

「ロンドンにもお家はおありなんでしょう？」

ミスター・ダーシーは頷《うなづ》いた。

「私もかつてはロンドンに居を構えようかと考えたこともあるんです――何しろ私は上流の社交界が好きなものですから。だが、ロンドンの空気は家内の健康に良くないのではないかという気がしましてね。」

サー・ウィリアムは口を噤んで返辞を期待したが、相手の方には返辞をする気がなかった。するとちょうどそのときエリザベスが二人の方へ歩いて来たので、サー・ウィリアムは一瞬ふと、そうだ、一つ大いに粋なことをしてやろうという気になり、エリザベスを呼止めた――

「これはこれは、ミス・エライザ、どうして踊らないんですか？――ミスター・ダーシー、このお嬢さんをあなたにたいへん相応しい踊りの相手として紹介させて頂きます。――これほどの美人が眼の前に現れては、いくらあなたでもよもや踊らないとは云えないでしょうな。」そう云いながらエリザベスの手を取ると、ミスター・ダーシーに取らせようとした。ミスター・ダーシーはひどく驚きながらも別に嫌がりはしなかったが、そのときエリザベスが即座に身を退《ひ》き、些《いささ》か狼狽《うろた》えた様子でサー・ウィリアムに云った――

「ほんとに、小父様《おじさま》、私、全然踊りたくないんです。――踊りの相手が欲しくてこちらへやって来たなんてどうか想わないで下さい。」

ミスター・ダーシーは作法に従って鄭重に、どうぞお手を取らせて頂きたいと云った。しかし無駄であった。エリザベスは決心していた。サー・ウィリアムがいくら勧めてみても、その決意は揺るがなかった。

「あなたは本当に踊りが上手なんだから、ミス・エライザ、あなたの踊る姿が愉しめないなんて残酷ですよ。この方は概して踊りはお好きでないと仰有っておいでだが、なに、三十分ほど我我に恩を施す分には異存はありませんとも。」

「ミスター・ダーシーはいやに御丁寧でいらっしゃいますこと」とエリザベスは頰笑みながら云った。

「確かにそのとおり——だが誘い手が誘い手なのだから、ミス・エライザ、ミスター・ダーシーが鄭重になさるのも不思議はありませんよ。だってあなたのような相手を誰が拒みますか？」

エリザベスは悪戯《いたずら》っぽい眼附を見せて、その場を離れた。ダーシーは拒絶されたからといってエリザベスに対して別に不愉快な感情を抱くこともなく、むしろ満更でもない気持で物思いに耽っていた。そのときミス・ビングリーが近づいて来てこう話し掛けた——

「私、あなたが何を考えているか、判りましてよ。」

「さあ、判らないだろうと想いますよ。」

「あなたは、こんな風に——こんな人達と幾晩も過すのは何ともやりきれないと考えていらっしゃる。私もまったく同感だわ。こんな腹立たしい思いをさせられたの、私、初めてですもの！　ただ騒がしいだけで、何の面白味もなくて——誰も彼も何の取柄もないくせに、いやに尊大ぶっていて！——私、あなたの非難酷評を喜んで拝聴しましてよ！」

「あなたの推測は大間違いです。僕の心はもっと愉快なことに奪われていた。僕は綺麗な女性の顔に具わった一対の美しい瞳が与え得る大いなる喜びについて考えていたんです。」

ミス・ビングリーは瞬間たちどころにダーシーの顔を見詰め、一体どの女性があなたにそのような考えを吹込む栄誉を得たのか、是非とも聞かせて頂きたいと云った。ミスター・ダーシーはいとも大胆に答えた——

「ミス・エリザベス・ベネット。」

「ミス・エリザベス・ベネット！」とミス・ビングリーは繰返した。「これは驚いたわ。あのかたいつからそれほどあなたのお気に入りでしたの？——それで、ねえ、いつお喜びを申し上げればよろしいのかしら？」

「そうお出でなさると思っていました。女性の想像力は実に素速いですからね——賞讃から愛へ、愛から結婚へ、一足飛びなんだから。あなたのことだから喜びを云うだろうと思っていましたよ。」

「まあ、それほど真面目に考えておられるのなら、私、このお話はすっかり纏まったものと考えることに致しますわ。あなた、本当に魅力的なお義母様《かあさま》がお出来になりましてよ。勿論、お義母様はお二人を訪ねてしょっちゅうペムバリーへやってお出ででしょうね。」

ミス・ビングリーがこんな風に勝手に興じているあいだ、ミスター・ダーシーはまったく知らぬ顔で聞流していた。ダーシーのその落着き払った態度に、これは何を云っても安全と判ると、ミス・ビングリーの機智を交えた冷かしは止めどがなかった。

第七章

ベネット氏の資産は年に二千ポンドの上がりのある地所がほぼすべてであった。ところがその地所は、娘達にとって不運なことに、男の跡継がないために或る遠縁の者に限嗣相続《げんしそうぞく》されることになっていた。ベネット夫人の財産は、夫人の境遇のためには充分なものであったが、夫の不足分の補いには殆《ほとん》どならなかった。夫人の父親は生前メリトンで事務弁護士をしていて、夫人には四千ポンド遺してくれていた。

ベネット夫人には姉と弟があった。姉は、自分達の父親の書記をしていてやがてその仕事を受継いだフィリップスという人と結婚していた。弟はロンドンに居を構えていて、然るべき立派な商売に携わっていた。

ロングボーンの村はメリトンからほんの一マイルほど離れた所にあり、ベネット家の令嬢達には至って手頃な距離であった。それと云うのも、令嬢達は大抵週に三、四回はメリトンへ出掛けて行って、伯母を訪ね、伯母の家のちょうど筋向いにある婦人帽子店を覗かずにはいられなかったからである。姉妹の中でも末の二人のキャサリンとリディアがとりわけこのことに熱心であった。二人は姉達と較べると頭が空っぽな方であったから、ほかに何も面白いことがないと、昼間の時間を楽しく過して夕べの団欒《だんらん》に話題を提供するためには、どうしてもメリトンへ出掛ける必要があった。田舎のことゆえ概して珍しい話は殆どなかったが、それでも二人はいつも何かしら変った話を伯母から聞き出して来た。このところ二人は話題がたっぷりあって、ひどく幸せであった。と云うのは、つい近頃、義勇軍の聯隊《れんたい》が近在にやって来たからである。聯隊はこの冬一杯駐屯することになっていて、メリトンに司令部が置かれていた。

キャサリンとリディアのフィリップス夫人訪問は今やこの上なく面白い情報を次つぎともたらした。士官達の名前や縁故関係に関する二人の知識は日に日に増えて行った。士官達の宿舎もほどなく判り、到頭二人は当の士官達と知合いになり始めた。フィリップス伯父が士官全員を訪ねてくれたおかげで、姪達の前に今まで知らなかった幸福の源が開けたのである。二人の話題はもう士官達のことばかりであった。ミスター・ビングリーの大きな財産も、そのことが話題に出ると母親こそ大いに活気づいたものの、二人の眼には旗手の軍服とは到底較べものにならない、どうでもいいものであった。

或る朝、ベネット氏は二人がこのことを話題にして夢中になって喋っているのを暫く黙って聞いていたが、やがて冷やかな口調で云った——

「どうもお前達の話しぶりから察するに、お前達二人は頗《すこぶ》るつきの大馬鹿娘だな。予《かね》てから薄うすそうではないかと想ってはいたが、今やはっきりと判った。」

キャサリンは面喰《めんくら》って返辞が出来なかったが、リディアの方はまったくの馬耳東風、カーター大尉って素敵な人よ、とか、あの人は明日の朝ロンドンへ行くの、今日のうちに会いたいなあ、などと、けろりとしたものであった。

「呆れた人ね、あなたという方は」とベネット夫人が云った、「何かというとすぐに御自分の子供を馬鹿呼ばわりなさるんだから。私は仮に誰かの子供を馬鹿にしたくなることがあっても、自分の子供だけは馬鹿にしたくありません。」

「私は自分の子供であろうと、馬鹿なら、そのことを常に承知していたいと思うがね。」

「ええ――でもお生憎様、家の子供達はみんなとても利口ですからね。」

「その点だけは、どうやら私達の意見は一致しないようだな。私はどんなことでもお前とは意見が一致するものと思っていたが、私は下の二人はとんでもない馬鹿娘だと考えているのだから、そこだけはお前と大分違うと云わなければならない。」

「まあ、あなた、この娘達《こ》はまだ幼いんですから、父親や母親と同じ分別を持てと期待する方が無理です。――この娘達だって私達の齢頃になれば、士官のことなど考えやしませんよ。私にだって赤い軍服が大好きだった頃がありましたもの――今でも心の底では好きでしてよ。もし年収五、六千ポンドの粋《いき》な若い大佐が家の娘の一人を欲しいと云って来たら、私はいやとは云いませんよ。フォースター大佐なんて、このあいだの晩サー・ウィリアムのお宅で軍服姿がとてもお似合いでしたわ。」

「ママ」とリディアが云った、「伯母様が仰有るには、フォースター大佐とカーター大尉は、メリトンへやって来たばかりの頃ほど頻繁にはミス・ワトソンの所へ行かないんですって。最近はクラークの貸本屋に立っているところをよく見掛けるそうよ。」

ベネット夫人が答えようとしたちょうどそのとき、従僕がミス・ベネット宛の手紙を持って入って来た。手紙はネザーフィールドからのもので、先様の召使が返辞を待っているとのことであった。ネザーフィールドと聞いて、ベネット夫人の眼が喜びにきらりと光った。夫人は娘が読みおえるのも待切れず、身を乗出して急き立てた——

「ねえ、ジェイン、誰からなの？　何だって？　あの方、何てお云いだい？　さあ、ジェインたら、早く読んで聞かせてよ、さあ、早く。」

「ミス・ビングリーからよ」とジェインは云って、それから声に出して読んだ。

「親愛なる友へ

「もし貴女が今日ルイーザと私を憐んで一緒にお食事をして下さらなければ、私達姉妹はこの先ずっと死ぬまで互いに憎み合う危険があります。だって女が二人一日中差向いでいれば、最後は決って諍《いさか》いですもの。これを受取り次第、出来るだけ早くいらして下さい。兄と殿方達は士官達と会食の予定です。あらあらかしこ、

キャロライン・ビングリー」

かったけどなあ。」

「まあ、士官達と！」とリディアが叫んだ。「変ねえ、伯母様はそんなこと仰有っていな

「外で会食とは」とベネット夫人が云った、「それはまたひどく生憎なことねえ。」

「馬車は使えますの？」とジェインが云った。

「いいえ、お前、乗馬で行った方がいいと思うよ。なぜって、どうやら雨になりそうだからね、そうなれば今夜は泊って来なければならなくなるから。」

「それはいい案だわ」とエリザベスが云った、「ただ、あちら様で送ってあげると云い出さないことが確かならばね。」

「だって、ミスター・ビングリーの馬車は殿方達がメリトンへ行くのに使うだろうし、ハースト夫妻は自分達の馬を持っていないのよ。」

「私はやっぱり馬車で行きたいなあ。」

「でもね、お前、お父様は馬を何頭も手放せないと思いますよ、きっと。馬は何頭も農場で入用ですわよね、あなた？」

「馬は農場で入用の方が多くて、私だって滅多に使えないんだ。」

「でも今日はお父様が入用だということにすれば」とエリザベスが云った、「お母様の目的は達せられるんです。」

　エリザベスは到頭父親に馬が手放せないことを無理やり認めさせた。そこでジェインは仕方なく単身乗馬で出掛けることになった。母親は、この空模様だといずれきっと雨になるからねと嬉しそうに繰返しながら、娘を戸口まで見送った。母親の望みは叶えられた。ジェインが出掛けて間もなく激しく降り出したからである。妹達は姉のことが心配であったが、母親は喜んでいた。雨は夜通し小止《おや》みなく降りつづき、案の定ジェインは帰って来られなかった。

「私のこの考えは本当に妙案だったわね！」とベネット夫人は何度も繰返した。まるで雨を降らせたのはすべて自分の手柄だと云わんばかりであった。しかしながら、その夫人も自分の目論見《もくろみ》がいかに適切なものであったかを本当に知ったのは、次の朝になってからであった。まだ朝食が済むか済まな

いうちに、ネザーフィールドから召使がやって来て、エリザベスに宛てた次のような手紙を届けた。

「親愛なるリジー

「私は今朝身体の具合がよくありません。おそらく昨日ずぶ濡れになったせいだと思います。こちらの皆さんは親切にも、私が帰ると云っても、もっと快《よ》くなるまではいけないと云って聞入れてくれません。是非ジョウンズ先生に診てもらうようにとも云い張って譲りません――ですから先生が私の所へ往診したと聞いても心配しないで下さい――咽喉《のど》が痛むのと頭痛がするだけで、大したことはないのですから。

かしこ、云云。」

「ねえ、お前」とベネット氏は、エリザベスが手紙を読みおえると、夫人に向って云った、「お前は、自分の娘が重態に陥ろうと、万一死ぬことになろうと、それもこれもみんなミスター・ビングリーを追掛けた――それもほかならぬお前さんの命令で追掛けた――その結果だと判れば、満足なんだろう。」

「まあ、あの娘が死ぬだなんて、私はそんなことは全然心配していません。人間、ちょっと風邪を引いたぐらいのことで死ぬもんですか。ちゃんと看病してもらえるんだし、あちら様にいる限り、大丈夫ですよ。私、馬車が使えれば、見舞に行ってあげるんだけれど。」

エリザベスは本当に心配だったので、馬車が使えなくても出掛けるつもりであった。尤も当人は乗馬がまるで駄目だったので、歩く以外に手立てはなかったが、それでも躊躇《ためら》わずに決心を打明けた。

「どうしてお前はそう愚かなんだろうねえ」と母親が声を揚げた、「そんなことを考えるなんて、こんな泥んこ道の中を！　先様に着いたときには、とても見られた様《ざま》ではないだろうに。」

「ジェインの様子を見る分には差支えないと思うわ——それだけが目的で、別に見られに行く訳ではないんだから。」

「それは私に対する仄《ほの》めかしなのかな、リジー」と父親が云った、「馬車用の馬を取りにやれという？」

「いいえ、とんでもない。私は歩かずに済ませたいなんて思っていません。その気があれば、距離なんか何でもないわ——たったの三マイルですもの。夕飯までには戻ります。」

「お姉様の慈悲深い行為は立派だと思うけれど」とメアリーが意見を述べた、「でも感情的な衝動はすべて理性によって導かれなければいけない。私は、努力というものは常に努力を必要とする度合に見合うものでなければならない、と考えています。」

「私達メリトンまで一緒に行くわ」とキャサリンとリディアが云った。——エリザベスは妹達の同行を受容れ、そこで三人揃って家を出た。

「急げば」と道の途中でリディアが云った、「カーター大尉が出発する前に少しぐらい会えるかも知れない。」

メリトンで姉妹は別れた。下の二人は或る士官の妻を訪ねると云って、その宿舎へ赴いた。エリザベスは一人歩きつづけ、足早に次つぎと牧草地を横切って行った。牧草地と牧草地の境の踏越段《スタイル》はえいやっと跳び乗っては跳び下り、途中の水溜りもせっかちに跳び越して、やっと家の見える所まで来たときには、踝《くるぶし》は疲れ、長靴下《ストッキング》は汚れ、顔は運動の熱気で紅潮していた。

エリザベスは朝食室へ案内された。朝食室にはジェイン以外の全員が集まっていたが、エリザベスが姿を現すと皆は大変な驚きようであった。――こんなに朝早く、こんな荒模様の天気だというのに、しかもたった一人で、三マイルも歩いて来たなんて、ミセズ・ハーストとミス・ビングリーには殆ど信じられなかった。エリザベスには二人がそのことで自分を軽蔑しているのがはっきりと判った。それでもエリザベスは二人からひどく慇懃《いんぎん》に迎えられた。ミスター・ビングリーの態度には慇懃以上のものが、上機嫌と思い遣りがあった。――ミスター・ダーシーは殆ど口を利かず、ミスター・ハーストは終始無言であった。ミスター・ダーシーは、運動で上気したエリザベスの顔の美しい輝きにうっとりと見惚《みと》れる反面、高がこれぐらいのことでこんなに遠くまで一人でやって来る必要があるのだろうかと、訝《いぶか》しく思ってもいた。ミスター・ハーストは朝食のことしか頭になかった。

エリザベスは姉の具合を訊ねてみたが、あまり芳《かんば》しい返辞は得られなかった。ミス・ベネットは昨夜はよく眠れず、今は起きてはいるが、ひどく熱があって、部屋から出る元気がない、と云うことであった。それでもエリザベスはミス・ビングリーがすぐさま姉の部屋へ連れて行ってくれたので嬉しかった。ジェインは、こんな風に来てもらいたいのは山山であったが、ただ皆に心配や面倒を掛けてはいけないという配慮から本心を手紙に書くのを控えただけだったので、エリザベスの姿を見てひどく喜んだ。しかし今はまだ長話には耐えられなかった。それでミス・ビングリーが二人だけを残して出て行くときも、こんなにたいへん親切にして頂いてと、感謝の気持を表すだけで精一杯であった。エリザベスは黙って姉の看病に当った。

朝食が済むと、ビングリー姉妹が顔を出した。エリザベスは二人がジェインに並並ならぬ愛情と心遣いを示すのを見て、自分も二人を好ましく思い始めた。やがて薬剤師が来て患者を診察したが、案の定、ひどい風邪を引いているとのことであった。薬剤師は、何とか快くなるよう皆さんで努力して下さいと云い、ジェインには寝床に戻るよう忠告し、のちほど水薬を届けさせようと約束して帰って行った。ジェインはすぐにこの忠告に従った。どうやら熱が上がったらしく、ひどく頭痛がして来たからである。エリザベスは一刻《いっとき》も部屋を離れなかった。ビングリー姉妹も部屋に来ていることが多かったが、この方は、おりから紳士達が出掛けてしまっていたので、実はほかの部屋へ行っても何もすることがなかったのである。

時計が三時を打ったので、エリザベスはもう帰らなければと思い、気は進まなかったがそう云った。ミス・ビングリーが馬車を出そうと云うので、エリザベスはほんのちょっと勧められただけですぐに申出を受けたが、そのときジェインが妹と別れることをひどく心細がったので、ミス・ビングリーとしても馬車の申出を、暫くネザーフィールドに留まってはどうかという招待に変えなければならなかった。エリザベスは深く感謝してこの招待を受けることにした。そこで召使が急遽《きゆうきよ》ロングボーンへ遣わされ、エリザベスが逗留することになった旨を家族に伝え、着替用の衣類を持って帰ることになった。

第八章

五時になるとビングリー姉妹は晩餐に備えて着替えをするために部屋を出ていった。六時半にエリザベスは晩餐に呼ばれた。エリザベスが顔を出すと、次つぎと鄭重に安否が問われ、その中でミスター・ビングリーが誰よりも一番心配しているのが判ってエリザベスは嬉しかったが、さりとてあまり芳しい返辞は出来なかった。ジェインは少しも快《よ》くなっていなかったからである。姉妹はそれを聞くと、まあ、お気の毒に、残念だわ、とか、ひどい風邪を引くのはほんとに嫌なものよね、とか、私達も病気になるのだけは絶対に御免だわ、などと、三、四回ほど繰返したが、それだけで、あとはもうそのことは頭になかった。ジェイン本人が眼の前にいないときの姉妹の冷淡な態度を見て、エリザベスは、やっぱりこのひと達は好きになれない、と思った。

実際、一座の中でとにかく安心して顔が見られるのはミスター・ビングリーだけであった。この人がジェインを心配しているのは明らかであったし、エリザベスに対する心遣いもたいへん感じがよかった。おかげでエリザベスは、ほかの人達からは自分が場違いな闖《ちん》入者《にゅうしゃ》だと思われていることは判っていたが、それほど気にせずに済んだ。エリザベスはミスター・ビングリー以外の誰からも殆ど注意を向けられなかった。ミス・ビングリーはミスター・ダーシーのお相手に夢中で、姉の方も負けず劣らずの体《てい》であった。エリザベスの隣に坐ったミスター・ハーストはというと、これはもう喰って、飲んで、トランプをするためだけに生きているような怠惰な男で、エリザベスがラグーのような味の濃いシチュー料理よりもさっぱりした料理の方が好きなことが判ると、ほかに何の話題もなかった。

食事が済むと、エリザベスはすぐさまジェインの許へ戻った。エリザベスが部屋から出て行くと、すぐにミス・ビングリーが悪口を云い始めた。——あのひとの態度振舞はまるでなっていない、高慢ちきで、生意気で、そのくせまともに会話も出来ず、身なりも、趣味も、器量も、まったくひどいものだ、と云う。ミセズ・ハーストもまったく同感だと云って、さらにこう附加えた――

「要するに、歩くのが得意なだけで、ほかには何の取柄もない。今朝のあの様子、私一生忘れないわ。まったく物凄い恰好だったわね。」

「ほんとにそのとおりだったわ、ルイーザ。私、思わず噴き出すところだった。そもそもやって来ること自体ひどく馬鹿げているわよ！　姉が風邪を引いたからって、何であのひとがあたふたと野山を駆廻らなければならないの？　あんなに髪を振乱して、顔を真赧《まっか》にして！」

「そうよ、それにあのペチコウト。あなた見たでしょう、あのペチコウト、裾が六インチは泥塗《どろまみ》れだったわ。それは絶対に確かよ。ガウンを下げて隠そうとしていたけど、そのガウンが全然役目を果していなかった。」

「それはそのとおりかも知れないけどね、ルイーザ」とビングリーが云った、「でもそんなこと、僕に云わせりゃどうでもいいことだよ。今朝ミス・エリザベス・ベネットが部屋に入って来たとき、僕にはすごく元気そうに見えたな。汚れたペチコウトなんか全然気がつかなかった。」

「ダーシーさんは御覧になりましたわよね」とミス・ビングリーが云った。「あなたは御自分の妹さんにあんな真似はさせたくないだろうと思いますけど。」

「勿論、御免です。」

「三マイルだか、四マイルだか、五マイルだか、何マイルだか知らないけれど、踝の上まで泥んこにして、それも一人で、まったく一人で歩いて来るなんて、一体どういうつもりなのかしら？　私、ああいうのは、何でも独りでやろうとする鼻持ならない思い上がりの露れ、礼儀作法が何だと云う田舎者のやることだと思うわ。」

「あれは姉さんに対する愛情の露れで、たいへん感じのいいものだよ」とビングリー。

「ねえ、ダーシーさん」とミス・ビングリーが半ば声を潜《ひそ》めて云った、「このことで、あのひとの綺麗な眼に対するあなたの評価も少し変ったのではありません？」

「いや、全然」とダーシーは答えた、「運動のために一段と輝きが増していた。」――この言葉のあとに短い沈黙があって、ミセズ・ハーストが再び口を開いた。

「私、ジェイン・ベネットは大好きよ。本当に感じのいい娘だし、良縁に恵まれることを心から願っているわ。でも両親があんな風で、親戚筋もああ身分が低くては、そんな機会もなさそうだわね。」

「あなたから聞いたと思うけれど、あのひと達の伯父さんはメリトンで事務弁護士をしているんですってね。」

「そうよ、それにもう一人いて、そちらはロンドンのチープサイドの近くに住んでいるの。」

「それはまた結構なことね」と妹が同調して、二人は大笑いした。

「チープサイド中に何人叔父さんがいようと」とビングリーが声を揚げた、「あのひと達の感じのよさはちっとも変りやしないさ。」

「だけど実際問題として、それなりに身分のある男との結婚となると、機会は大いに減るだろうね」とダーシーが答えた。

この言葉にビングリーは返辞をしなかったが、姉妹の方は心底賛成の意を示し、親友の身分の低い親戚筋を槍玉に上げて暫く笑い興じていた。

それでも、そのうちにまた気の毒に思う気持も甦って来て、ビングリー姉妹は食堂を出るとジェインの部屋に赴き、珈琲に呼ばれるまで附添っていた。ジェインは依然として病状が思わしくなかったので、エリザベスは珈琲を断って一刻もそばを離れようとしなかった。それでも大分夜が更《ふ》けて、やがてジェインが眠ったのを見て一安心すると、エリザベスは、あまり乗気ではなかったが礼儀上そうする方がいいように思われたので、階下《した》へ降りて行くことにした。客間へ入って行くと、皆はトランプ用の卓子を囲んでルーをやっていた。エリザベスにも仲間に加わるよう早速声が掛ったが、どうやら賭金が高そうなので、エリザベスは誘いを断り、姉のことを口実にして、どうせ少しのあいだしか階下にはいられないから、その間本を読ませて頂ければ嬉しいと云った。ミスター・ハーストが驚いてエリザベスの顔を見た。

「あなたはトランプよりも本を読む方がお好きなんですか？　そいつはまた大分変ってますね。」

「ミス・エライザ・ベネットは」とミス・ビングリーが云った、「トランプなんか軽蔑なさっているのよ。このかたは大変な読書家で、ほかのことは何にも楽しくないの。」

「そのようなお褒めの言葉も非難の言葉もどちらもお門違《かどちが》いですわ」とエリザベスはミス・ビングリーの言葉に応じた。「私は大して読書家ではないし、楽しいことは幾らでもありますもの。」

「お姉様の看病をするのだって楽しいですよね」とビングリーが云った。「病人が恢復するのを見れば楽しみも増す訳だし、早くそうなるといいですね。」

エリザベスはビングリーに心から礼を云って本が数冊置いてある卓子の方へ歩み寄った。するとすぐにビングリーが、もっとほかの本も持って来てあげよう、何なら書斎にある本を全部持って来てもいい、と申し出た。

「あなたのためにも、僕自身の名誉のためにも、僕の蔵書がもっと立派だといいんだけれど、どうも僕は怠け者で、大して持っていないくせに、半分も覗きやしないんだ。」

エリザベスはこの部屋にあるもので充分に間に合うからどうぞお構いなくと云った。

「お父様があんなに少しの本しか遺さなかったなんて、ほんとに驚きだわ」とミス・ビングリーが云った。「——それに引替え、ねえ、ダーシーさん、ペムバリーの図書室は何て

「素晴しいのかしら!」

「それはいい筈ですよ」とダーシーは答えた、「何代にもわたって蒐められたものですからね。」

「それにあなたが御自身でお増やしになった分も相当おありなんでしょう？　あなたはいつも本を買っておいでですもの。」

「昨今のように家庭の蔵書を蔑《ないがし》ろにする傾向は、僕には理解出来ませんね。」

「蔑ろだなんて！　ダーシーさんは何一つ蔑ろにせずにあの立派なお屋敷を一段と立派なものになさっているわ。ねえ、チャールズ、あなたも御自分の家を建てるときは、せめてペムバリーの半分ぐらいは素敵なものが出来るといいわね。」

「そう願いたいね。」

「でも私、本気で忠告してよ、是非あの近くに土地を買って、ペムバリーをお手本にすることね。イギリスでもダービーシアほど素晴しい州はなくてよ。」

「いいとも、喜んでそうしよう。何ならペムバリーをそっくり買取ってもいい、もしダーシーに売る気があるならね。」

「私はもっと現実的な話をしているのよ、チャールズ。」

「だけどね、キャロライン、どうしてもペムバリーが望みなら、真似をするよりも買ってしまう方が遥って現実的だと思うよ。」

エリザベスは、これらのやりとりがいやでも耳に入って来るので、とても本の方に気持を集中することが出来なかった。そこですぐに読書は諦めて本を脇へ置くと、皆がトランプをやっている卓子のそばに近寄り、ミスター・ビングリーとミセズ・ハーストのあいだに立って勝負を眺めることにした。

「ミス・ダーシーはこの春以来大分大きくなりまして？」とミス・ビングリーが云った。

「私ぐらい背が高くなるかしら？」

「なるでしょうね。今でもミス・エリザベス・ベネットぐらいはあるかな、もう少し高いかも知れない。」

「是非またお会いしたいわ！　私、一緒にいてあんなに愉しいかたにお会いしたの初めてよ。本当にお綺麗で、お淑《しと》やかで！　しかもあのお齢でそれはそれはいろいろな才藝を身に附けておられて！　ピアノフォルテの演奏なんか、ほんと最高。」

「どうして若い女性はあんな風に誰でも彼でも辛抱強くいろんな才藝が身に附けられるのかな、ほんと、驚いてしまうよ」とビングリーが云った。

「誰でも彼でもですって！　ねえ、チャールズ、それどういう意味？」

「うん、そうだと思うよ。皆さん食卓に色を塗ったり、屏風や衝立に飾り附けをしたり、財布を編んだりするじゃないか。そういうことの出来ない女性なんて僕は知らないな。それに誰か若い女性が初めて話題になるとき、いろんなことがお出来になるかたで、と云われるのを聞かなかった例《ため》しがない。」

「君の並べるそういうありふれた才藝は」とダーシーが云った、「あまりにも当り前すぎるよ。君の云い方だと、財布を編んだり衝立を飾ったりするぐらいのことしか出来ないような多くの女性までが才藝を身に附けていることになる。しかし僕にはとても君のように女性一般を評価することは出来ないな。僕の知合い全員を見渡してみても、本当に才藝を身に附けている女性は、せいぜい六人だね。」

「ほんとにそう、私だってそうだわ」とミス・ビングリーが云った。

「だとすると」とエリザベスが云った、「あなたの考える才藝を身に附けた女性というのは相当に程度が高いですわ。」

「そうです。相当に高いです。」

「そうよ、そのとおりよ」とダーシーの忠実な助手が声を揚げた。「普通にお目に掛るものよりも遥かに優れたものを持っているのでなくては、本当に才藝を身に附けているとはとても云えないわ。女性たるものその言葉に値するためには、楽器が出来て、歌が歌えて、絵が描けて、踊りが出来て、外国語も二つ三つは完全に出来なくては。それだけではなくてよ、歩くときの様子や身のこなし、声の調子、物腰や言葉遣い、そういうものにも何かこう曰く云い難いものがなくてはならない。さもなくば才藝なる言葉の半分にも値しないわ。」

「そういうものはみんな身に附けた上で」とダーシーが附加えた、「しかもさらに、幅広い読書によって精神の向上をはかり、より本質的なしっかりとしたものを身に附けなければならない。」

「それなら、あなたが才藝を身に附けた女性を六人しか知らないと仰有るのを聞いても、もう驚きませんわ。今はむしろ一人でも知っていらっしゃるのが不思議なくらいです。」

「あなたはそんな女性はいやしないと仰有る、同性に対していやに厳しいんですね。」

「だって私はそんな女性に一度もお目に掛ったことがありませんもの。あなたの仰有るような、そんな能力と趣味と勤勉と気品を一人で兼具えた女性なんて、少くとも私は会ったことがありません。」

ミセズ・ハーストとミス・ビングリーはともに声を揚げ、エリザベスが暗に仄めかせた疑いは不当であり、自分達はそのような条件に適った女性を何人も知っていると抗議し始めた。するとそのときミスター・ハーストが静かにするよう一同を制し、皆が肝腎の勝負を疎かにしていることに苦情を云った。それで話がすっかり途切れてしまったので、エリザベスはそれから間もなく部屋を出た。

「エライザ・ベネットって」と、エリザベスが部屋から出て扉が閉ると、ミス・ビングリーが云った、「同性を貶《おとし》めることで自らを異性に売込もうというあの手の女の一人ね。それがまた結構上手く行くのよね、多くの男に。でもそういうのは、私に云わせればけちな小細工だわ、ひどく卑しい手口よ。」

「確かにそのとおりです」と、この言葉が主としてダーシーに向けられたものだったので、ダーシーが答えた。「男の心を捉えるために女のかたがときどきお用いになる手口にはすべて卑しいところがあります。狡さに類するものは何によらず軽蔑されて然るべきです。」

ミス・ビングリーはこの返辞に何か充分には満足しかねるものを感じて、この話題を続ける気がしなくなった。

エリザベスは再び皆の前に顔を出したが、それは、姉の具合が前よりもよくないようなので、これ以上そばを離れる訳には行かない旨を伝えるためであった。ビングリーはすぐにもジョウンズ先生を呼びにやろうと強く云い張った。一方ビングリー姉妹は、田舎医者の診断など当てにならないから、ロンドンへ急使を送って誰か有名な医者を呼んだ方がいいと云い出した。これには、エリザベスは耳を貸そうとしなかったが、ビングリーの提案に従う分にはさほど異存はなかった。そこで、ミス・ベネットの病状がはっきりと快くならないようなら、明朝早くジョウンズ先生を呼びにやるということで話は一段落した。ビングリーはまったく気持が落着かなかった。ビングリー姉妹もやり切れない嫌な気持だと口に出して云った。それでも姉妹の方は夜食のあとに二重唱をやってそのやり切れない気持を慰めることが出来た。しかしビングリーは何度も家政婦を呼んでは病人と妹さんに出来るだけのことをするようにと指図を与えずにはいられなかった。そうするほかに気を紛らす術《すべ》が見つからなかったのである。

第九章

エリザベスはその夜の大半を姉の部屋で過した。朝になると早早にミスター・ビングリーから女中を通じて、それから暫くしてビングリー姉妹から二人の侍女を通じて容態《ようだい》の問合せがあったが、エリザベスはかなりよい返辞を伝えることが出来て嬉しかった。しかしこうしてどうやら快方に向いはしたものの、エリザベスとしては母親本人にジェインを見舞ってもらって病状を判断してもらいたかったので、ロングボーンへ手紙を届けてくれるよう頼んだ。手紙はすぐに届けられ、そこに書いたことも直ちに諒承された。ビングリー家の朝食が済むと間もなく、ベネット夫人は下の娘二人を連れてネザーフィールドに到着した。

ベネット夫人としても、ジェインが見るからに重態であったなら、流石《さすが》に惨めな気持になったであろうが、会ってみると、その病状は心配するほどのものではなく、そうと判って一安心すると、夫人は却《かえ》って娘にすぐに治ってもらいたくなかった。それと云うのも、元気になればジェインもネザーフィールドに居つづける訳には行かないだろうと思われたからである。そこで娘が家へ連れて帰ってくれるようにと云っても、夫人は聞く耳を持たず、ほぼ同じ頃にやって来たジョウンズ先生も、それは勧められたことではないという考えであった。暫くジェインの部屋に坐って話をしていると、ミス・ビングリーが顔を出してどうぞと云うので、ベネット夫人と三人の娘はそのあとに跟《つ》き従って朝食室へ入って行った。部屋に入ると、早速ビングリーが、ミス・ベネットはお母様が思っておられたほど悪くはなかったでしょう、と云って一同を迎えた。

「それが思っていたよりも快くないんですの」というのがベネット夫人の返辞であった。

「たいそう具合が悪くて、とても動かすことは無理のようです。ジョウンズ先生も動かすことなど考えてはいけないと云っていますし、もう暫く皆様の御親切に甘えさせて頂かなければなりませんわ。」

「動かすなんて！」とビングリーが叫んだ。「そんなことは考えちゃいけません。あのひとを動かすなんて、妹だって承知しませんよ。」

「大丈夫です、奥様」とミス・ビングリーが丁寧ながら冷やかな口調で云った、「ミス・ベネットが手前どもの許《もと》におられるあいだは可能な限りのお世話はさせて頂きますから。」

ベネット夫人は惜しみなく感謝の言葉をふりまき、さらにこう附加えた。

「ほんとに、もし皆様のような親切なお友達がいて下さらなかったら、あの娘はどうなっていたことやら。だってひどく具合が悪くて、大変な苦しみようなんですもの。でも随分と辛抱しているようです。あの娘はいつでもそうなんです。実に気立てのいい娘で、あんな娘はまず滅多にいません。ほかの娘達にもよく申すんです、お前達なんかお姉様とは較べものにならないってね。それはそうと、ここは素敵なお部屋ですことね、ビングリーさん、それにあの砂利道の方の眺めの魅力的なこと。私、ネザーフィールドほどのお屋敷はこの地方ではほかにないと思っていますの。借地契約は短期だそうですが、でもすぐにここを離れるお考えではないんでございましょう？」

「僕は何をするんでもやるとなったら早いんです」とビングリーは答えた。「だからネザーフィールドだって、もし出ようと決心したら、多分五分で出て行ってしまうと思いますよ。でも今のところは、すっかりここに落着いたつもりです。」

「私、ビングリーさんはまさしくそういう方ではないかと想っていました」とエリザベスが云った。

「あなたは僕のことが分り掛けたと仰有るんですね？」とビングリーはエリザベスの方を向いて云った。

「ええ、それはもう――すっかり分りましたわ。」

「僕としてはお言葉を褒め言葉と受取りたいところだけれど、でもそんなに簡単に見抜かれてしまったのでは、何だか情ない気もするな。」

「それはたまたまそんな風に生れついたというだけのことです。だからといってなにも、深刻で複雑な性格の方があなたのような性格よりも優れているとかいないとかいうことにはなりませんわ。」

「これ、リジー」と母親が叫んだ、「場所柄を弁《わきま》えなさい。家にいるときのようなつもりで勝手なことを云ってはなりません。」

「今まで知らなかったけれど」とビングリーは母親には構わずすぐに言葉を続けた、「あなたは人間の性格の研究家なんですね。きっと面白い研究なんでしょうね。」

「ええ、そうなんですの。その点では複雑な性格の方が面白いですわね。少くとも面白いという取柄だけはありますから。」

「でも田舎だと」とダーシーが云った、「概してそういう研究のためには材料が殆どないんじゃないかな。田舎の辺では社交の範囲がひどく限られていて、しかも変化がまるでないんだから。」

「でも人間そのものは随分変りますからね、いつでも新しい観察の種はありましてよ。」

「そうです、そのとおりです」とベネット夫人が、ダーシーの田舎の辺ではという云い方に気分を害して叫んだ、「そういうことは田舎だってロンドンに劣らずいくらでもございますとも。」

皆は驚いた。ダーシーは一瞬ベネット夫人を見て、それから黙って顔を背けた。夫人はすっかり相手をやっつけた気になって、得意げに言葉を続けた。

「私には、ロンドンの方が田舎より勝っているなんてとても思えません、それはいろんなお店や娯楽施設は別でしょうけれど。田舎の方がずっと楽しいですわよね、ビングリーさん？」

「僕は田舎にいると」とビングリーは答えた、「田舎を離れたいと思わないし、ロンドンにいればいたで、やっぱり同じようにロンドンを離れたくない。どっちにもいいところがありますからね、僕はどっちにいても同じように幸せになれるんです。」

「ええ――それはあなたがまっとうな気質をお持ちだからです。でもこの方は」とダーシーを見て、「田舎には全然取柄がないとお考えのようでしたから。」

「まあ、お母様、それは誤解だわ」とエリザベスは母親が恥しくなって顔を真赧にしながら云った。「お母様はダーシーさんの言葉をまるで誤解しているわ。ダーシーさんは、田舎だとロンドンほどいろんな人には会えないと仰有っただけで、それはお母様だって認めざるを得ない筈よ。」

「それは認めますとも、誰も認めないなんて云ってやしません。だけど、この辺では出会う人の数が少いと仰有いますけどね、私はこの辺ほど交際範囲の広い所は少いと思っているんです。家だって食事を共にするお家が二十四はあるんですから。」

ビングリーは思わず噴き出しそうになったが、エリザベスのことを思って何とか抑えた。ミス・ビングリーは兄ほど心が細やかではなかったから、ミスター・ダーシーの方に視線を向けてひどく意味ありげな笑みを浮べた。エリザベスは、何か話題を変えて母親の考えをほかの方向へ向けたかったので、自分がこちらへ来てからシャーロット・ルーカスがロングボーンへ来たかどうか訊《き》いてみた。

「ええ、昨日《きのう》見えたわよ、お父様と一緒にね。サー・ウィリアムはほんとに感じのいい方ですわね、ビングリーさん――そうお思いになりません？　見るからに上流紳士で、実に上品で、しかもあんなに気さくで！　あの方は誰に対してもいつでも何かしら話題がおありになる。――ああいうのが私は育ちの良さだと思うんです。よく自分のことをたいそう偉いと想って誰とも口を利こうとしない人達がいますけど、そういう人達はまるで考え違いをしているんです。」

「シャーロットは皆と一緒に食事をして行ったの？」

「いいえ、どうしても帰るって云うの。ミンス・パイでも拵《こしら》える用があったんじゃないかしら。家ではね、ビングリーさん、家ではいつだってちゃんと自分の仕事の出来る女中を雇っていて、娘達は台所仕事をしなくてもいいように育てているんです。でも物事の判断は人さまざまですからね。それにルーカス家のお嬢さん達はみんなとってもいい娘で、それは確か。ただ残念なのは器量の方がもう一つでしてね！　かといって、なにもこの私がシャーロットをそれほどひどく不器量だと思っている訳ではありませんのよ――なにしろあの娘は我が家の特別のお友達なんですから。」

「たいへん感じの好さそうなかたですね」とビングリーが云った。

「ええ、それはもう――ただ決して美人だとは云えませんわね。ルーカス令夫人自らしばしばそのことを認めて、私に向ってジェインの美貌が羨しいって仰有っていますもの。私、我が子自慢は致したくないのですが、ただ確かにジェインは――あの娘ほどの器量よしには滅多にお目に掛らないって、皆さんがそう仰有るんです。親の贔屓目《ひいきめ》は当てになりませんからね。あの娘がほんの十五の時でしたけれど、ロンドンにいる弟のガードナーの所へ行った折に、そこへよく見えていた一人の紳士があの娘にすっかり恋をしてしまって、義妹《いもうと》などは、私達が帰る前にきっと結婚の申込があってよなんて云い出しましてね。でもそれはありませんでした。多分まだ若すぎると思ったんでしょうね。その替り、その方、あの娘のことを詩に書いて下さいましたの、とっても綺麗な詩でしたわ。」

「それでその方の恋も終りを告げました」とエリザベスは堪りかねて云った。「そんな風にして恋心を殺した例は随分と沢山あったんでしょうね。恋心を追払うのに詩が役に立つことを一体誰が最初に発見したのかしら！」

「僕は詩は恋の糧《かて》だと思っていたけれど」とダーシーが云った。

「元気で逞しい健康な恋なら、それはそうかも知れません。もともと丈夫で強いものは、何を食べても養分にしてしまうんですから。でももしそれが仮初《かりそめ》の弱弱しい恋心に過ぎなければ、気の利いたソネットの一つも作ればすっかり消えてなくなってしまいますわ。」

ダーシーは頰笑んだだけであった。そのあと誰も何も云わないので、エリザベスは母親がまた何か馬鹿なことを云い出して地金を曝《さら》すのではないかと気が気でなかった。そこで自分が何か云いたかったが、生憎と何も思いつかなかった。暫く沈黙があって、ベネット夫人がまたもやミスター・ビングリーに、ジェインに対する親切のお礼を繰返し始め、リジーまでが迷惑を掛けることになってと詫びの言葉を附加えた。ミスター・ビングリーは何ら気取らずに鄭重に受答えした。それでミス・ビングリーとしても鄭重な応対を余儀なくされ、このような場合に相応しい言葉を口にしてそれなりの役目は果したが、心底から好意的にそうしたとは云えなかった。それでもベネット夫人は満足して、それから間もなく馬車の用意を命じた。するとそれを合図に、末娘のリディアが前へ進み出た。リディアとキティーはこの間ずっと何やらひそひそ話し合っていたが、その結果、リディアがミスター・ビングリーに詰寄って、最初にこちらへ見えたときネザーフィールドで舞踏会を開くと約束したではないかと追及することになったのである。

リディアはまだ十五歳だが、すくすくと育って体格がよく、色艶のいい陽気な顔立をしていた。母親のお気に入りで、甘やかされて育ったため、幼い頃から人前に出ることに慣れていた。ひどく元気のいい娘で、生来自惚屋のところがあったが、このところフィリップス伯父の家の立派な食事と本人の気さくな態度のおかげで士官達に気に入られてちやほやされているものだから、自惚は自信にまで高まっていた。そんな訳で、今も何ら臆せず平気でミスター・ビングリーに舞踏会の話題を持出し、いきなり約束のことを思い出させて、もし約束を守らなかったらこれ以上の恥はないですからね、とまで云って憚らなかった。この突然の攻撃に対す

るビングリーの返辞はベネット夫人の耳には何とも快いものであった。

「勿論、約束は必ず守りますとも。お姉様が快くなられたら、舞踏会の日取りはどうぞあなたが決めて下さい。でもあなただってお姉様がまだ病気のうちは踊りたくないでしょう。」

リディアは満足の意を表した。「ええ、それはそうよ――ジェインが元気になるまで待った方がいいわ。それにその頃までにはカーター大尉もメリトンへ戻って来ていそうだし。私、ビングリーさんの舞踏会が済んだら、あの人達にも是非舞踏会を開くようにって云うつもりよ。フォースター大佐に、もし開かなかったらこれ以上の恥はないって云ってやるわ。」

ベネット夫人と二人の娘はやがて帰って行った。エリザベスは、自分と身内の振舞に関しては、ビングリー姉妹とミスター・ダーシーの批判と悪口に委《ゆだ》ねることにして、すぐさまジェインの許へ戻った。しかしミスター・ダーシーは、ミス・ビングリーが美しい瞳を種にいくら揶揄《からか》っても、エリザベスの非難にだけはどうしても加わろうとしなかった。

第十章

その日は前日と殆ど変りなく過ぎて行った。ミセズ・ハーストとミス・ビングリーは昼食までの何時間かを病人の部屋で過し、病人は、徐徐にではあったが、ともかく快方に向っていた。それで夕食のあと、エリザベスは客間へ顔を出して皆と一緒になった。しかしその夜、ルー用の卓子は出されなかった。ミスター・ダーシーは手紙を書いており、ミス・ビングリーはそのそばに坐って手紙の進み具合を見守り、ダーシーの妹宛にいろいろと言伝てを依頼しては何度も相手の注意を逸らせていた。ミスター・ハーストとミスター・ビングリーはトランプでピケットをやっていて、ミセズ・ハーストは二人の勝負を眺めていた。

エリザベスは黙って針仕事を始めたが、ダーシーと相手のやりとりに耳を傾けて、内心ひどく面白がっていた。ミス・ビングリーは、筆蹟が綺麗だとか、行が揃っているとか、手紙の長いのが素敵だとか云ってやたらに褒める。しかし相手の方はそのような賞讃にはまるで気のない様子で、何とも珍妙な対話であったが、それはこの二人に関するエリザベスの日頃の考えとぴったり一致していた。

「このような手紙を受取ったら、ミス・ダーシーもさぞかし大喜びなさるでしょうね！」

ミスター・ダーシーは返辞をしなかった。

「随分と書くのがお速いのね。」

「とんでもない。僕はむしろ遅筆の方です。」

「一年のうちには随分と沢山の手紙を書かなければならないのでしょうね！　事務的な手紙だってある訳だし。私なんか考えただけでも堪らないわ！」

「それじゃ、それが僕の運命だったのは幸いでしたね、あなたのではなくて。」

「ねえ、私がお会いしたがっているって、妹さんに伝えて頂けます？」

「それはもう既に一度伝えてあります、あなたのお望みによってね。」

「ペンが書きにくいんじゃありません？　ペン先を削ってあげますわ。私、ペン先を削るのとても上手いんですのよ。」

「有難う——でも僕は自分のペンはいつも自分で削ることにしているんです。」

「どうしてそんな風に行を綺麗に揃えて書けるのかしら？」

ミスター・ダーシーは黙っていた。

「ねえ、これを書いて下さらない、ハープが上達なさったと聞いて喜んでいますって。それからテーブル用の綺麗な可愛らしい図柄に感激していることも知らせて頂きたいわ、ミス・グラントリーのよりもずっと素敵だと思っていますって。」

「その感激を伝えるのは次に手紙を書くときまで待ってもらえませんか?——今回はもうそれを充分に伝えるだけの余白がない。」

「あら、そんなことは全然構わなくてよ。どうせ一月にはお会いするんですもの。でもダーシーさんは妹さんにいつもそんな長い魅力的な手紙をお書きになりますの?」

「概して長いですね。でもいつも魅力的かどうかは、僕が自分で云うべきことじゃない。」

「長い手紙がすらすらと書ける人は絶対に下手な手紙は書かない——これ、私の持論ですの。」

「それはダーシーにはお世辞にならないよ、キャロライン」とミスター・ビングリーが叫んだ——「だってダーシーはすらすらとなんか書きやしないもの。四音節の長い綴りの単語を使おうと思ってひどく苦心するんだ。——そうじゃないかい、ダーシー?」

「僕の文章の書き方が君のと大分違うことは確かだ。」

「そうよ!」とミス・ビングリーが叫んだ。「チャールズほどぞんざいな文章を書く人なんて想像出来ないわ。言葉の半分は省いちゃうし、あとはもう殴り書きなんだから。」

「僕は思考の流れが速すぎて、表現が追いつかないんだ——おかげで僕の手紙はときどき読手に全然解らないことがある。」

「ビングリーさん」とエリザベスが云った、「御自分からそんな風に謙遜なさったのでは、誰も非難のしようがありませんわ。」

「見せ掛けの謙遜ほど欺瞞的なものはない」とダーシーが云った。「それはしばしば自説があやふやだからそういう態度をとるだけのことで、ときとして裏返しの自慢のこともある。」

「なら、僕の今しがたのささやかなる謙譲はどっちなんだい?」

「裏返しの自慢だね——だって君は自分の書き方の欠点を確かに自慢しているもの。なぜなら、君はその欠点は思考が速いから書き方にまで注意が届かないせいだと考えていて、それは褒められたことではないにしても、少くとも大いに興味のあることだと思っているんだからね。何でも素早く出来る力なんていつだって当人だけが買被っているもので、しばしば出来栄えの不完全な方には注意が向けられていないものだ。君が今朝ベネット夫人に、ネザーフィールドを引払おうと決心したら五分で出て行ってしまうと云ったときだって、君としては自分に対する一種の讃辞、褒め言葉のつもりなんだ——だけど必要なことをやらないでおいて、あとは野となれ山となれといったような、しかも自分にも他人にも実際には何の得にもならないような軽弾みの、どこがそんなに賞められたことなのかね?」

「何だい」とビングリーが叫んだ、「朝云った馬鹿なことを夜まで憶えているなんて、そいつはあんまりだよ。だけど、誓って云うけど、あのとき僕は自分について云ったことに嘘偽りはないと信じていたし、今だってそう信じている。だから、少くとも、ただ御婦人方の前で見栄を張るために不必要に軽弾みな性格を装ったりはしなかったつもりだ。」

「多分君はそう信じていただろうよ。でも僕には君がそんなにさっさと行ってしまうだろうとは全然思えないんだ。君の行動だって、誰の行動だって、同じように偶然に左右されるだろうと思う。だから君が馬に乗ろうとしているとき、もし友人の誰かが『ねえ、ビングリー、来週まで延ばしなよ』と云ったとすると、多分君はそうするだろう、行かないだろうと思う──そしてもう一言何か云われたら、出発を一箇月先まで延ばすかも知れない。」

「ダーシーさんの今の言葉で判ったことは」とエリザベスが云った、「要するにビングリーさんは御自分の性質の真価を正しく示さなかったということですわ。ダーシーさんは今、ビングリーさん御本人がなさったよりもはっきりとビングリーさんの良さを見せて下さった訳です。」

「いや、これは有難い」とビングリーが云った、「あなたはダーシーの云ったことを僕の優しい気質に対する褒め言葉に変えて下さった。でも、あなたの見方はダーシーにしてみればまるで心外なんじゃないかな。だってダーシーは、さっきのような場合、僕が友の忠告をきっぱりと拒んでさっさと馬を走らせて行ってしまえば、その方が僕をより高く評価するに決っているんだから。」

「だとすると、ダーシーさんは、あなたの最初の無謀な意図はあなたが頑固にその意図に執着することで償われるとお考えなのでしょうか？」

「さあ、それは僕には上手く説明出来ないな。ダーシーの口から聞かせてもらわなきゃ。」

「あなたは説明をお求めだが、その考えはあなたが勝手に僕の考えだと決めつけているだけで、僕はそうと認めた覚えはありませんよ。しかしまあ仮に事情があなたの仰有るとおりだとしても、いいですか、ベネットさん、ビングリーに家へ戻るように、計画を延ばすように望んだとされるその友人は、ただそう望むから頼んだだけで、そうする方がいい理由は何一つ述べていないんですからね。」

「友人の説得にすぐに——簡単に——従うのは、あなたから見るとちっとも立派なことではないんですね。」

「何の確信もないのに従うのは、勧める方にも勧められる方にも分別があるとは云えない。」

「ダーシーさんは友情や愛情の持つ影響力というものを全然考慮に入れておられないように見えます。こちらが好意を持っている人から何か願い事があった場合、別に議論をして納得してからでなくても、即座に相手の求めに応じることはしばしばあることだと思います。私は何も特にあなたがビングリーさんについて仮定なさったような場合のことを云っているのではありません。そういう場合のビングリーさんの振舞に思慮があるかないかは、実際にそのような事態が起ってから議論した方がいいのではないかと思います。でも普通一般に友人同士のあいだで、さほど重要でもない事柄で決心を変えるよう一方が他方から望まれた場合、別に議論もせずに気楽にその望みに応じたからといって、あなたはその人を低く評価なさるのですか？」

「この問題を推進めるのなら、その望みがどの程度重要なものなのか、その二人がどの程度親しい間柄なのか、前もってもっとはっきり取決めておいた方がいいのではないですか？」

「是非ともそうしてくれたまえ」とビングリーが叫んだ。「どんな些細なことでも残らず聞かせてもらおう、二人の背丈や体格の違いも忘れずにね。だってね、ベネットさん、あなたは御承知かどうか、議論ではそういうものが思いのほか物を云うんです。もしダーシーが僕と較べてこんなに上背のある大男でなかったら、僕はきっと今の半分も敬意を払っていないだろうと思う。はっきり云って、時と場合によってはダーシーほど恐しい男はいませんからね。特に自分の家にいるときがひどい、それから日曜の晩に何もすることがないときね。」

ミスター・ダーシーは微かな笑いを見せた。しかしエリザベスはどうやらダーシーは少し気を悪くしたようだと思ったので、笑いを抑えた。ミス・ビングリーはダーシーが侮辱されたことにひどく腹を立て、よくもそんな馬鹿なことが云えたものだと云って兄を責めた。

「君の肚《はら》は判っているよ、ビングリー」とダーシーが云った。「君は議論が嫌いだからね、それでこの議論も止めさせたいんだ。」

「まあそうだね。議論なんて口喧嘩みたいなものだからね。君とベネットさんの議論を僕が部屋を出るまで延ばしてくれるなら、僕としてはたいへん有難い。そのあとでなら、どうぞ好きなように僕のことを論じてくれたまえ。」

「あなたのお望みは」とエリザベスは云った、「私にとっては何の迷惑でもありませんわ。それにダーシーさんも手紙を書上げた方がよろしいでしょう。」

ミスター・ダーシーは忠告に従って、手紙を書上げた。

手紙を書上げてしまうと、ミスター・ダーシーはミス・ビングリーとエリザベスに何か音楽を聴かせてもらえないだろうかと申し出た。ミス・ビングリーはいそいそとピアノフォルテの方へ向った。そしてエリザベスにどうぞお先にと鄭重に勧めたが、エリザベスがやはり鄭重に、しかもより本気で辞退したので、そのまま楽器の前に腰を下ろした。

ミセズ・ハーストが妹と一緒に歌った。二人が歌っているあいだエリザベスは楽器の上に置いてある何冊かの楽譜を開いて見たりしていたが、その間にミスター・ダーシーの眼がしばしば凝《じ》っと自分に向けられるのを認めない訳には行かなかった。エリザベスにしてみれば、自分がこのような偉い男の賞讃の的になり得るなどとは思いも寄らぬことであったが、さりとて嫌いだから見るというのも、なおさら妙であった。どうも解《げ》せなかったが、それでもやっと一つだけ思い当ることがあった――自分があの人の注意を惹くのは、物事の当否に関するあの人の考え方からすると、自分にはここにいるほかの誰よりも何か良くない非難すべきところがあるからなのだ。しかしそう想っても、エリザベスは痛くも痒くもなかった。ダーシーにはあまり好意を持っていなかったから、別に良く思われたいという気持もなかったのである。

ミス・ビングリーはイタリアの歌曲を何曲か弾いたあと、趣を変えて軽快なスコットランドの曲を弾き始めた。するとすぐにミスター・ダーシーがエリザベスのそばへ近づいて来て、云った――

「ねえ、ベネットさん、ちょうどいい機会だから、リールを一つ踊ってみる気はありませんか？」

エリザベスはにっこり笑ったが、返辞をしなかった。ダーシーは相手が黙っているのに少し驚いた様子で、質問を繰返した。

「あら」とエリザベスは云った、「あなたの仰有ったことは聞えていましたわ。ただ何とお答えしたものか咄嗟《とっさ》には決められなかったものですから。あなたとしては、私に『ええ』と云わせて、私の趣味を軽蔑してやろうというおつもりだったのでしょうけれど、でも私はいつもその種の企《たくら》みを見破って、あらかじめ軽蔑してやろうと掛っている人の裏をかくのが好きなんです。ですから私こう申し上げることに決心しました――リールを踊りたい気持はまったくございません。——さあ、軽蔑なさるのでしたら御遠慮なくどうぞ。」

「まさか、そんなことしませんよ。」

エリザベスはむしろわざと相手を挑撥したつもりだったので、相手の慇懃な態度に些か面喰った。しかしエリザベスの態度には、元来人を挑撥するには不向きな、気立てのよさと茶目っ気が入混じっていた。しかもダーシーは、未だかつてこれほど魅力的な女性には出会ったことがなかったのである。実際ダーシーの方は、もしエリザベスの親戚筋の身分がこれほど低くなかったら、自分は少し危険なことになりそうだと本気で思った。

ミス・ビングリーはこの間の事情を悟ったか或は勘繰ったかしたと見えて、嫉妬心を起した。そこで親友のジェインがほんとに早く快くなるといいと云い出したが、それには早くエリザベスを追払いたいという気持が多分に手伝っていた。

ミス・ビングリーはしばしばダーシーの感情を刺戟してエリザベスを嫌わせようと思い、二人が結婚した場合のことを話題にして、そのような縁組がダーシーにもたらす幸福について予想図を描いて見せたりした。

「私の希望としては」とミス・ビングリーは、翌日ダーシーと連立って庭の植込を歩いているときに云った、「このおめでたが実現した暁には、お義母様《かあさま》に口を噤んでいる方がお得なことをさりげなく教えて頂きたいわ。それとももし可能なら、下の二人の義妹《いもうと》さんが士官達のあとを追掛け廻すのも是非止めさせることね。——それから、たいへん微妙なことを申し上げてよろしければ、あなたの奥様のあの思い上りと生意気と云ってもいいようなところを何とか抑えて頂きたいですわね。」

「僕の家庭を幸福にするための御提案、そのほかにもまだ何かおありですか？」

「ええ、ありましてよ。——新たに伯父様と伯母様になられるフィリップス御夫妻の肖像画を是非ペムバリーの画廊にお掛けになることね。判事をなさっていた大叔父様の隣がよろしいわ。片や判事、片や田舎町の事務弁護士と、仕事の格は違っても、ともかく同じ職業ですものね。それからエリザベスさんの肖像画ですけれど、これは描かせようとなさってはいけません。あの美しい瞳を傷つけずに再現出来る画家なんている筈がないんですから。」

「確かにあの表情を捉えるのは易しくないだろうな。でもあの色と形と、それから一際綺麗な睫毛《まつげ》なら、写せるかも知れない。」

ちょうどそのとき、ミセズ・ハーストと当のエリザベスが別の小径から二人の前に現れた。

「あら、あなた方も散歩なさるおつもりでしたの？　私、知らなかったわ」とミス・ビングリーは、自分達の話が二人に聞えたのではないかと、少し狼狽《あわ》てた様子で云った。

「随分とひどい仕打ね」とミセズ・ハーストが答えた、「散歩に出るなんて一言も云わずにさっさと逃出してしまうなんて。」

そう云うと、ミセズ・ハーストはミスター・ダーシーの空いている方の腕を取ったので、エリザベスは一人で歩く恰好になった。そこは径幅《みちはば》が狭く、並んで歩くには三人が限度であった。ミスター・ダーシーは自分達の無作法に気がつき、すぐに云った――

「ここは全員が並んで歩くには狭すぎる。並木路へ出た方がいい。」

しかしエリザベスは皆と一緒にいたいとは少しも思っていなかったので、笑いながら答えた――

「いいえ、いいんですのよ、どうぞそのままいらして。――三人お揃いのところがとても素敵です、格別に引立って見えましてよ。下手に四人目が加わったりしたら、折角のピクチャレスクの美の原理が台無しですわ。私、ここで失礼します。」

エリザベスはそう云うと、快活な様子で足早にその場を離れ、暫く一人でぶらぶら歩き廻っていた。あと一日か二日で家に帰れると思うとそれだけで嬉しかった。ジェインは既に大分快くなっていて、その晩は二時間ほど部屋を出て皆の前に顔を出してみるつもりでいた。

第十一章

夕食が済んで女達が客間へ席を移すと、エリザベスは急いで姉の許へ赴き、姉が充分に寒くない身支度をしているのを確めた上で、姉に附添って客間に入って行った。ビングリー姉妹はジェインの姿を見ると大歓びで迎え、頻りに喜びの言葉を口にした。エリザベスの眼には、男達が現れるまでのこのときほど姉妹が感じよく見えたことはなかった。姉妹の話術は相当なもので、或る宴会の模様を正確に描いて見せたかと思うと、或る逸話をユーモラスに語って聞かせ、また自分達の知人を陽気な笑いの種にしたり、なかなか巧みであった。

しかし男達が入って来ると、ジェインはもはや第一の相手ではなかった。ミス・ビングリーはすぐに視線をダーシーの方へ向け、ダーシーが部屋に入ってまだ何歩も進まないうちにもう何やら話し掛けていた。しかしダーシーの方は直ちにミス・ベネットに話し掛けて、丁寧に祝いの言葉を述べた。ミスター・ハーストも軽く会釈をして、「ほんとによかった」と云った。しかし言葉数も多くその言葉に熱が籠っていたのはやはりビングリーであった。ビングリーは大変な喜びようで、いろいろと気を遣った。部屋が変ったために障りがあってはならじと、最初の三十分は煖炉に薪を積んでどんどん火を燃やすことに掛り切りであった。それから、もっと扉口《とぐち》から離れた方がいいと云って、ジェインを煖炉の反対側へ移動させると、自分もそばに腰を下ろし、あとは専らジェインとだけ話をしていた。エリザベスは煖炉を挟《はさ》んで二人の反対側の隅に坐り、針仕

事をしながら大喜びで二人の様子を眺めていた。

お茶が済むと、ミスター・ハーストはミス・ビングリーにトランプ用の卓子を出してくれるようさりげなく仄めかした――が、それは無視された。ミス・ビングリーはミスター・ダーシーがトランプをやりたくないことを密かに知らされていたのである。それでミスター・ハーストがはっきりと口に出して頼んでも、やはり断られた。ミス・ビングリーは誰もやりたがっていないではないかと云ったが、そのことについて誰も何も云わなかったので、どうやらそのとおりらしかった。そうなるとミスター・ハーストとしては何もすることがないので、仕方なく長椅子の一つに寝そべっていたが、やがて眠り込んでしまった。ダーシーは本を読み始めた。ミス・ビングリーもそれに倣《なら》った。ミセズ・ハーストは頻りに腕環や指環を弄《もてあそ》びながらときおり弟とミス・ベネットの話に口を挿《はさ》んでいた。

ミス・ビングリーは自分の本を読むだけでなく、ミスター・ダーシーの読書の進み具合を見守ることにも等しく注意を奪われていて、絶えず何か問掛けたり、相手の本の頁を覗き込んだりしていた。しかしどうしても相手を話に誘い込むことは出来なかった。ダーシーはただ質問に答えるだけで、本を読みつづけた。ミス・ビングリーは何とか自分の本に興味を持とうと試みたが、それがダーシーが読み始めた本の第二巻目だというだけの理由で選んだものだったので、到頭疲れ果ててしまい、大きな欠伸《あくび》をして云った、「こんな風に夜を過すのって、ほんと楽しいわね！　はっきり云って、何が楽しいって、やっぱり読書が一番よね！　何をやってもすぐに飽きてしまうけど、本だけは別だもの！――私も自分の家を持つときは、是が非でも立派な書斎を作ることにするわ。」

誰からも何の反応もなかった。そこでミス・ビングリーはもう一度欠伸をすると、本を投出し、何か面白いことはないかと部屋中を見廻した。そのとき、兄がミス・ベネットに舞踏会の話をしているのが聞えたので、すぐさまその方を向いて云った――

「でもねえ、チャールズ、ネザーフィールドで舞踏会を開くこと、本当に本気で考えているの？――私、忠告させて頂くけれど、はっきりと決める前に、ここにいる皆さんの希望も伺っておく方がよくはなくて？　この中には舞踏会は楽しみどころか刑罰だと思っている人達だっているんですから。」

「もしダーシーのことを云ってるのなら」とビングリーが声を揚げた、「本人がそうしたければ、会が始まる前に寝てしまってくれて構わないよ――でも舞踏会のことは、これはもうすっかり決ったことなんだ。ニコルズの方で台所の支度が出来次第、招待状を出そうと思っている。」

「舞踏会もねえ」とミス・ビングリーが応じた、「もう少しやり方を変えればもっとずっと面白いものになるんでしょうけど、あんな風に集まるいつものやり方だと何だか退屈で堪らないわ。踊りよりも会話中心の催しにでもすれば、遥かに知的なものになってよ、きっと。」

「そりゃあ遥かに知的だろうけどね、キャロライン、でもそれだとあんまり舞踏会らしくないじゃないか。」

ミス・ビングリーはそれには返辞をしないで、やがて立上がると、部屋の中を歩き廻り始めた。その姿には気品があり、歩き方もよかった——ミス・ビングリーとしてはそうすることでダーシーの注意を惹きたかったのだが、いかんせん当のダーシーは顔を上げるどころか、脇目も振らずに本に読耽っていた。ミス・ビングリーは些か自棄《やけ》っぱちな気持になってもう一つやってみようと決心し、そこでエリザベスの方に向き直って声を掛けた——

「ねえ、ミス・エライザ・ベネット、私に倣って部屋を一廻りすることを是非お奨めするわ。——長いこと一つ姿勢で坐っていたあとこうするととても気持がよくてよ。」

エリザベスは驚いたが、すぐに相手の言葉に従った。ミス・ビングリーはエリザベスに愛想よくしたおかげで本来のお目当てにも成功を収めた。ミスター・ダーシーが顔を上げたからである。ダーシーはミス・ビングリーの珍しい心遣いに当のエリザベスに劣らず驚いて無意識に本を閉じたのである。ミス・ビングリーはすぐに仲間に加わるよう誘った。しかしダーシーはそれを断って、こう云った——お二人が一緒に部屋を歩き廻ろうとする動機は二つしか想像出来ない、その動機がどちらであるにせよ、自分が加わったのでは差障りがあるだろう。どういう意味なのかしら？　ミス・ビングリーはダーシーが何を云おうとしているのかどうしても知りたかった——そこで、あの人の云ったことあなたには分って、とエリザベスに訊ねた。

「いいえ、全然」とエリザベスは答えた。「でもきっと私達に意地悪をするつもりなのよ。あの人の裏をかく一番の手は、知らぬふりをして何も訊かないことですわ。」

しかしミス・ビングリーは何事にせよミスター・ダーシーの裏をかくことなど思いも寄らなかったから、その二つの動機とやらの説明をしつこく求めて止まなかった。

「説明しろと云うならいくらでも説明しますよ」とダーシーは、相手が口を噤むとすぐに云った。「あなた方がそうやって夜を過そうというのは、あなた方がお互いに信頼し合う仲であって何か祕密の相談事でもあるからか、或は、お二人とも歩いているときが御自分の姿形が一番引立って見えることを自覚なさっているからか、そのどちらかでしょう。——もし最初の方が動機だとすると、僕が加わるのは邪魔以外の何物でもないし——あとの方が動機なら、僕はこうして煖炉のそばに坐っている方がずっとよくお二人の姿が拝見出来る訳です。」

「まあ、呆れた!」とミス・ビングリーが叫んだ。「私、こんな嫌らしいことを云われたの初めてだわ。こんなことを云われて、どうやってこの人を懲《こら》しめてやりましょうか?」

「そんなこと、至って簡単でしてよ、あなたにその気さえおありならね」とエリザベスが云った。「互いに苦しめ合ったり懲しめ合ったりは誰にでも出来ることですもの。あの方を揶揄ってやるのよ――笑ってやるの。あなたはあの方とお親しいんだから、どうやればいいかはお判りの筈よ。」

「いいえ、全然判らないわ。いくら親しいといってもまだとてもそこまではね。あんな落着き払った、物に動じない人を揶揄うなんて！　駄目、駄目――そんなことしたってびくともしそうにないわ。それに笑うといったって、理由もないのに笑ったりしたら、こちらが物笑いの種になるだけだわ。却ってダーシーさんの方が北叟笑《ほくそえ》むかも知れなくてよ。」

「まあ、誰もダーシーさんを笑ってはいけませんの！」と今度はエリザベスが声を揚げた。「それはまた世にも稀な特権ですこと。でもそれは今後とも稀なものであって頂きたいわ。だってそんな特権を持つ知合いが大勢増えたら、この私には大損害ですもの。私は笑うことが大好きなんですから。」

「ミス・ビングリーは」とダーシーが云った、「僕のことを大分過大評価しているようです。どんなに賢い人でも優れた人でも、いや、そういう人のどんなに賢い優れた行いでも、何でも茶化すことを人生の第一目的にしている人に掛れば、滑稽なものになるんじゃないですか？」

「確かに」とエリザベスは答えた――「世の中にはそういう人達もいます。でも私はそういう人間ではないつもりです。私は賢いものや優れたものを揶揄ったりは致しませんもの。人間の愚行や馬鹿げたところ、気紛れや矛盾が私には面白くて仕方がないんです。ですからそういうものに出会ったときはいつでも笑わせて頂きます。――でもそういう欠点はダーシーさんとは無縁なようですわね。」

「いや、欠点がないなんてことはどんな人間にもあり得ないことでしょう。ただ、或る種の弱点があるために、しばしば折角の優れた理解力も物笑いの種になってしまうような、そういう弱点だけは避けたいというのが僕の念願ですけどね。」

「例えば虚栄心とか自負心とか。」

「そう、虚栄心は確かに弱点です。でも自負心は――本当に優れた知性の持主であれば、常に自負心を抑えているものです。」

エリザベスは思わず笑い出しそうになったので、それを隠すために顔を背けた。

「ダーシーさんの人物調査はどうやら終ったようね」とミス・ビングリーが云った――

「それで結果はどうでしたの？」

「調査の結果、ダーシーさんにはまったく欠点がないという確信が得られました。御本人が隠さずそう認めておいでです。」

「とんでもない」とダーシーが云った、「僕はそんなことを云ったつもりはない。僕にはいくらでも欠点がある。ただ理解力に欠陥があるとは思いたくない。気質の方は請合いかねます。――どうも融通性がなさすぎるんだと思う――確かに融通性がなさすぎて世間の流儀に都合よく合せることが出来ない。他人の愚行や悪行がなかなかすぐには忘れられないし、自分の感情が害されたときもそうです。僕の感情は働き掛けられるたびにあっちへこっちへ簡単に靡《なび》く方じゃない。多分執念深い気質なんでしょうね。――僕は一旦あいつが嫌いだとなると永久に嫌いなんです。」

「それは確かに欠点ですわ！」とエリザベスは声を揚げて云った。「どこまでも執念深いというのは性格的にも確かに陰気な感じがします。でもダーシーさんは御自分の欠点の選び方がお上手ですわ。――そんな欠点では私だってとても笑う訳には行きませんもの。私に関する限りダーシーさんは安全でしてよ。」

「僕が思うに、どんな気質にもその気質特有の悪しき傾向があるんですよ、生れつきの欠点というか、どんな立派な教育をもってしても直せないような。」

「だとするとあなたの欠点はすべての人間を嫌おうとする傾向ですわ。」

「あなたのは」とダーシーは笑いながら応じた、「すべての人間を故意に誤解しようとするところだ。」

「ねえ、少し音楽でもやりましょうよ」とミス・ビングリーが、自分が除け者にされている会話に退屈して声を掛けた。――「ルイーザ、ハーストさんを起してもいいかしら。」

姉から何の反対も出なかったので、ミス・ビングリーはピアノフォルテの蓋を開いた。ダーシーはちょっと考えていたが、それも悪くはないなと思った。エリザベスに少し気を遣い過ぎている危険を感じ始めていたのである。

第十二章

エリザベスはジェインの同意を得た上で、次の朝母親に手紙を書いて、今日のうちに迎えの馬車を差廻してくれるよう頼んだ。しかしベネット夫人は、ジェインの滞在がちょうど一週間になる来週の火曜日までは娘達がネザーフィールドに留まるものと当てにしていたので、それ以前の帰宅を歓迎する気になれなかった。従って母親からの返辞は芳しいものではなく、少くとも、今すぐにでも家へ帰りたくて堪らないエリザベスにとっては意に添うものではなかった。ベネット夫人は、火曜日までは馬車の都合がつきそうにないと云って寄越し、しかも追伸には、もしミスター・ビングリーと妹さんがもっと居るようにと勧めてくれるなら、家の方は二人がいなくても大丈夫だから心配は要らないと書添えてあった。――しかしエリザベスにはもうこれ以上滞在を延ばす気は全然なかった――それに向うが引留めるだろうとも思えなかった。むしろ逆に、不必要に長逗留して迷惑に思われているのではないかと、エリザベスはその方が気になり、頻りにジェインを促して、すぐにもミスター・ビングリーの馬車を借りて帰ろうと云い張った。それで到頭、その日のうちにネザーフィールドを辞去するという当初の計画を告げて、馬車の方も依頼しようということになった。

二人が意嚮《いこう》を伝えると、皆は口ぐちに心配を表明し、ミス・ビングリーがせめてもう一日延ばすようにと口を極めて云うので、到頭ジェインはその気になり、結局、二人の出発は翌日に延期された。そうなると今度はミス・ビングリーが出発を延ばすよう提案したことを後悔し始めた。と云うのも、ミス・ビングリーのエリザベスに対する嫉妬と嫌悪の情はジェインに対する愛情よりも遥かに強かったからである。

ミスター・ビングリーは二人がそんなに早く帰ることになったのを聞いて心から残念がり、ミス・ベネットに、まだ充分に恢復していないし、帰宅は無理だと繰返し云い聞かせようとした。しかしジェインも自らそうするのが正しいと思うところではなかなか頑固であった。

ミスター・ダーシーにとってはそれは朗報であった――エリザベスはネザーフィールドに少し長く居すぎたのだ。ダーシーはエリザベスに心惹かれる自分が面白くなかった――それにミス・ビングリーもエリザベスには無作法な態度をとるし、自分に対してもその冷かし口調が普段に増してしつこかった。ダーシーは賢明にもことさらに用心して、今は自分が心惹かれている素振りは一切見せないことにしよう、相手にこちらの幸福を左右し得る希望を抱かせて得意がらせるような振舞は一切慎もうと決心した。もしエリザベスの頭にそのような考えが芽生えているとしたら、その考えを固めるのも打砕くのも最後の日の自分の振舞如何《いかん》に掛っていることをよく承知していたのである。自らの目的を果すべく意を決して、ダーシーは土曜日一日中エリザベスには殆ど言葉を掛けなかった。一度半時間ほど二人だけになったときもあったが、故意に本から眼を離さず、その方を見ようとさえしなかった。

日曜日、朝の礼拝のあと、いよいよ別れの時が来たが、これはほぼ全員にとって喜ばしいものであった。別れが近づくにつれて、ミス・ビングリーはジェインに対してますます愛情の籠った態度を見せただけでなく、エリザベスに対しても急に鄭重な態度をとり始めた。そして別れ際には、ジェインに向って、またロングボーンかネザーフィールドでお会い出来ることを楽しみにしていると云って、相手を優しく抱締めたあと、エリザベスとは握手を交しさえした。――エリザベスはいかにも嬉しそうにいそいそと一同に暇《いとま》を告げた。

二人は無事に帰宅したものの、母親からはあまりいい顔をされなかった。ベネット夫人は二人が帰って来たことに驚き呆れ、人様にそんな面倒を掛けるなんてたいへん良くないことだと思う、ジェインはきっと風邪をぶり返したに違いない、と大分御機嫌斜めであった。――しかし父親の方は、喜びの気持を口にこそ殆ど出さなかったが、二人の顔を見て心から喜んでいた。家族の中で二人がいかに重要な存在であるかを痛切に感じていたからである。夕べの団欒に皆と顔を合せても、ジェインとエリザベスがいないために、活気のあまりない、意味に至ってはまったくないと云っていい話ばかり聞かされていたのである。

メアリーは相変らず和声学と人間性の研究に余念がなく、感嘆すべき抜書きが新たに幾つか増えたと云って悦に入り、陳腐な道徳論の新たなる見解とやらを幾つか読上げては頻りに感服していた。キャサリンとリディアは姉達のために別種の情報を手に入れていた。水曜日以降、聯隊ではいろいろなことがあり、いろいろなことが話題になっていたらしい。何人かの将校が最近フィリップス伯父の家で食事をし、兵卒が一人笞打《むちうち》の刑になり、噂ではどうやらフォースター大佐が近ぢか結婚するらしかった。

第十三章

「ねえ、お前」と、次の朝一同が揃った朝食の席でベネット氏が妻に云った、「今日の正餐には御馳走を出すように云いつけてあるだろうね。我が家に客人が一人加わることになっているんでね。」

「どなたですの？　誰もいらっしゃる方はない筈ですけど。シャーロット・ルーカスがひょっこりやって来るかも知れないけど、でもあの娘なら私のいつもの献立で充分でしてよ。あの娘はお家でもそれほどのものにはそうしばしばお目に掛ってはいないと思うもの。」

「いやね、私の云うのは、紳士で初めての人なんだ。」ベネット夫人の眼がきらりと光った。――「まあ、紳士で初めての人！　それじゃあ、ミスター・ビングリーね、きっと。まあ、ジェインったら――そんなこと一言も云わないで――狡い娘ね！　でもミスター・ビングリーなら大歓迎よ。――だけど――大変！　何て間が悪いのかしら！　今日はお魚が全然手に入らないんだったわ。ねえ、リディアや、呼鈴を鳴らして頂戴。今すぐ、ヒルに話しとかなきゃ。」

「ミスター・ビングリーじゃないんだ」と夫が云った。「私も生れてこのかた一度も会ったことのない人なんだ。」

　この言葉に誰もが驚き、ベネット氏は妻と五人の娘達から一斉に熱の籠った質問の矢を浴びる喜びを味わった。

　ベネット氏は暫く皆の好奇心を面白がっていたが、やがてこう説明した――「一月《ひとつき》ほど前だがね、私はこの手紙を受取った。それで二週間ほど前に返辞を出しておいたんだが、それと云うのも、ここには少少扱いの難しい問題があって、そういつまでも放っておく訳には行かないと思われたんでね。手紙を寄越したのは家《うち》の遠縁に当るミスター・コリンズという男で、この人は、私が死んだらお前達全員をいつでも好きなときにさっさとこの家から追出すことが出来るんだ。」

「まあ、何てことでしょう！」とベネット夫人が叫んだ、「そんな話、とても聞くに堪えません。どうかそんな忌わしい男の話は止めて下さい。あなたの家と土地なのに、あなたの子供達以外の者に限嗣相続《げんしそうぞく》*されるなんて、実にひどい話じゃありませんか。私があなたでしたら、きっととうの昔に何とかしようとしていたと思います。」

　ジェインとエリザベスは限嗣相続がどういうものかを母親に説明しようとした。これまでにもしばしば説明を試みたことはあったのだが、いかんせんこの話題になるとベネット夫人はどうしても冷静になれなかった。それで、娘が五人もいる一家から家も土地も取上げられて、どうでもいい男に与えられるなんて、そんな残酷な話があるものかと、盛んに息巻いていた。

「確かにひどく理不尽な話さ」とベネット氏が云った。「ミスター・コリンズがロングボーンを相続するなんて、誰が何と云おうと罪な話だよ。だが、今この手紙を読むから、お前もそれを聞けば、この男の物云いに少しは気持が和らぐのではないかな。」

「いいえ、和らぎません。そもそもあなたに手紙を寄越したこと自体厚かましいにも程があります。それにひどく偽善的です。私はそういう猫被りの親戚は大嫌いです。どこまでもあなたと喧嘩を続ければいいじゃないですか、あの父親がそうしたように。」

「いやね、その点についてはどうやら息子として親に気兼ねしつつも多少良心が咎《とが》めていたらしいんだ。まあ、読むからお聞きよ。」

「ケント州、ウェスタラム郊外、ハンズフォード

十月十五日

「拝啓

「あなた様と私の亡き父上とのあいだに予《かね》てより存続いたしておりました不和確執は、私には常づね大きな不安の種でございました。さて、先般不幸にして父上を亡くしまして以来、私はこの反目を解消いたしたきものとしばしば願って参りましたが、ただ相手がどなたであるにせよ、亡父が生前好んで仲違いをしていた相手と息子の私が親交を結ぶことは、或は亡父の霊に不敬を働くことになりはせぬかとの不安から、暫くは遅疑《ちぎ》逡巡いたしていた次第です。――「ほらね、お前。」――しかしながら、今やこの問題に対する私の心は決りました。それと申しますのも、私儀、去る復活祭に聖職を拝命いたしましたる折、幸運にも故サー・ルイス・ド・バーグ様の未亡人であらせられるレイディー・キャサリン・ド・バーグ奥方様よりその恩顧を忝《かたじけの》うすることと相成り、その寛大なる御厚情のおかげをもって当教区の栄ある牧師職に抜擢されたのでございます。かくなる上は、奥方様に対して恭《うやうや》しき感謝の念をもって身を処するはもとより、英国国教会によって定めおかれたる祭礼儀式を常に心して執り行うべく、誠心誠意努力いたす所存にございます。しかのみならず、一聖職者と致しまして、私の力の及ぶ範囲内にあるすべての家庭に平和の恵みをもたらしこれを確かなものとすることは、私に課せられた義務であると存じております。かような理由から、私は、私のこのたびの善意の申出は大いに褒められて然るべきものであると信じ、ゆえに私がロングボーン御領地の次期限嗣相続人であるという事情も、この際あなた様からは大目に見て頂けるものと、そして私の差出しましたるオリーヴの小枝がその事情ゆえにあなた様によって拒絶されることはなきものと、心密かに自惚れている次第です。ただ私と致しましては、自分があなた様の親愛なる御令嬢方に損害を与える立場にあることをどうしても憂慮せずにはいられません。それゆえそのことに関しては心よりお詫びを申し上げるとともに、可能な限りの償いをもさせて頂く所存であることを、しかと申し添えておきます――但しこの件の詳細はいずれ拝眉の上にて。もしあなた様に私の貴宅訪問に御異存がなければ、私は来《きた》る十一月十八日月曜日の午後四時までにあなた様と御家族様を喜んでお訪ね申し上げ、翌週の土曜日まで御厚意に甘えさせて頂きとう存じます。その点私の側には何らの不都合もございません。と申しますのも、レイディー・キャサリンに於かれましては、私がときたま日曜日に不在となりましても、誰か代理の牧師がその日の勤めを無事に果す限り、何ら反対はなさらないからです。末筆ながら、御令室様並びに御令嬢様方に何卒宜しくお伝え下さいますよう。あなた様の御多幸を祈りつつ――

ウィリアム・コリンズ」

「ま、そんな訳でね、今日の四時にこの和平の使者が見える筈なんだ」とベネット氏は手紙を畳みながら云った。「なかなかどうして、良心的な、礼儀正しい青年のようじゃないか。これはきっと得難い近附きになるだろうと思うよ、特にそのレイディー・キャサリンとやらが寛容なひとで、今後ともこの人を我が家へ来させてくれればね。」

「でも、ともかく、娘達については多少訳の分ったことを云っているようね。娘達に何らかの償いをする気があると云うのなら、私だって何もわざわざその気持に水を差すつもりはありませんわ。」

「その私達が受けて然るべきだという償いだけど」とジェインが云った、「具体的にどうやってするつもりなのか、ちょっと想像がつかないけれど、でもその気持があるだけでもなかなか見上げたものだわ。」

エリザベスには、そのレイディー・キャサリンとやらに対する何やら異常な敬意と、洗礼でも、結婚でも、埋葬でも、教区民が求めるならいつでもこれを引受けようといういやに親切な意気込みが一番印象的であった。

「その人、相当な変り者なんじゃないかしら」とエリザベスは云った。「私にはよく分らない。——文章には何だかひどく仰仰《ぎょうぎょう》しいところがあるし。——それに次期限嗣相続人であることをお詫びするって、どういうつもりなのかしら?——出来るものなら辞退したい、と云ってるとも思えないけれど。——ねえ、お父様、その人、頭は確かなのかしら?」

「いや、確かではないと思うよ。私はまるでその正反対ではないかと楽しみにしているんだ。この手紙には卑屈なところと尊大なところが入交じっていて、その点から見てもあまり利口な方だとは思えない。早く会ってみたいものだ。」

「作文という点では」とメアリーが云った、「その手紙、別に欠点があるようには思えないけど。オリーヴの小枝という発想は、あまり新味はないかも知れないけれど、でも私はいい表現だと思うわ。」

キャサリンとリディアは、手紙にも手紙の書手にも何の興味も覚えなかった。この遠縁の男が真赤な軍服姿で現れることはまずなさそうだったし、この数週間、ほかの色の服を着た男と楽しく同席したことなど一度もなかったからである。母親の方は、ミスター・コリンズの手紙でそれまでの敵意はどこへやら、夫や娘達も驚き呆れたほどに平然と相手を迎える気になっていた。

ミスター・コリンズは約束の時間どおりにやって来て、家族全員からたいへん鄭重に迎えられた。ベネット氏こそあまり口を開かなかったものの、女性達は早速話し掛けた。ミスター・コリンズは促されないと話さないという風でも、放っておくと黙りがちな方でもなかった。背の高い、冴えない顔立の、二十五歳になる青年で、風采は勿体ぶっていて、物物しく、態度作法はひどく形式ばっていた。腰を落着けるとすぐにベネット夫人に向って、実に素晴しいお嬢様方をお持ちで、とお世辞を云い始め、お嬢様方のお美しいことは予《かね》がね噂では耳にしていたが、この場合、評判は事実の足許にも及ばない、と云い、さらに、これはもう皆さんいずれ良縁を得て落着かれること請合いですな、と附加えた。このギャラントリー精神を気取った言葉は、聞手の何人かにはあまり趣味がいいとは思えなかったが、どんなお世辞にもいちころのベネット夫人は得たり顔でたちどころに応じた――

「これはまたたいへん御親切なお言葉でございますこと。私もそうなってくれることを心から願っておりますの。さもないと、この娘達《こ》は先ざき暮しに困ることになりますもの。物事が実に妙な具合になっているものですから。」

「もしや御領地の限嗣相続のことでは？」

「まあ、あなた、それなんですよ。可哀そうに、家の娘達にしてみれば実に酷な話ではありませんか。だからといって、私は何もあなたが悪いと申しているのではありませんのよ。こんなことはすべて世の巡り合せなんですから。土地財産なんて、一旦限嗣相続ということになれば、どうなるものやら判りゃしませんものね。」

「それは、奥様、お嬢様方の辛い立場はよく承知しております。――そのことについては私にもお話出来ることは多多あるんですが、あまり差出がましく軽率だと思われても何ですので控えている訳です。ただ、これだけははっきりと申し上げられます。私はお嬢様方を讃美するつもりでやって参ったのです。今はそれ以上は申し上げないでおきますが、いずれもう少し御昵懇《ごじっこん》になりました暁には――」

このとき食事の知らせがあって、ミスター・コリンズは話を遮《さえぎ》られた。娘達は互いに顔を見合せて頬笑んだ。しかしミスター・コリンズが讃美したのは娘達だけではなかった。

玄関広間も、食堂も、どの家具調度類も、入念に眺めては、賞めちぎった。こんな風に何もかも賞められて、いつものベネット夫人なら大喜びするところであったが、実はあまり嬉しくなかった。と云うのも、夫人の側に、この人はこれらのすべてをいずれは自分のものになると思って眺めているのだという口惜《くや》しい想いがあったからである。ミスター・コリンズは食事もまた大いに賞め讃え、こんな素晴しい料理はどのお嬢様の手になるものか是非とも知りたいと云い出した。しかしこの点に関しては、ベネット夫人が、家ではちゃんと腕のいい料理人が雇えるから、娘達に台所仕事はさせていないのだと、些《いささ》か辛辣な口調で相手を窘《たしな》めた。ミスター・コリンズは夫人の気分を損ねたことに慌てて赦《ゆる》しを請《こ》うた。ベネット夫人は口調を和らげて、全然気を悪くしてなどいないと請合ったが、それでもミスター・コリンズはさらに十五分近く謝りつづけていた。

＊　一族の土地財産を減らさずに代代伝えて行くための法的な取決めで、ベネット家には次の代に男子がいないので、土地財産は一番近い男の親族であるミスター・コリンズに譲渡されることになっている。但し土地財産の継承に限嗣相続制を採用するかどうかはその一族の初代の意《い》嚮《こう》次第で、すべての一族に当嵌《あてはま》る訳ではない。

第十四章

ベネット氏は黙って食事を続けていたが、召使達が引退《ひきさが》ってしまうと、もうそろそろ客人と何か話をしてもよかろうと思い、そこでこれなら相手が得意になって乗って来るだろうと思われる話題から始めることにして、どうやらいい庇護者が得られたようでほんとに幸運でしたね、と切出した。レイディー・キャサリン・ド・バーグがミスター・コリンズの願いを容れてその安楽な生活を保証してくれた配慮と心遣いは、どうやら並並ならぬものであったから、ベネット氏としてもこれ以上に適切な話題の選択はあり得なかった。ミスター・コリンズは滔滔《とうとう》とレイディー・キャサリンを礼讃し始めた。この話題になると、それでなくても物物しい態度がさらに一段と物物しくなり、いかにも勿体ぶった顔附で、自分は生れてこのかたあのような上流人の態度には——レイディー・キャサリンが自分に見せてくれたような、あのような愛想のよい、謙遜な態度にはお目に掛ったことがないと断言した。自分は既に二度ほど奥様の前で説教をさせて頂いたが、奥様は二度とも懇篤《こんとく》なお褒めの言葉を賜《たまわ》った。ロウジングズのお邸《やしき》へも二度ほど食事に招《よ》んで下さり、ついこの前の土曜日の夜も、トランプのカドリールの組が揃わないからと云って、自分を迎えに使いの者を寄越された。自分の知人の多くはレイディー・キャサリンを高慢なひとだと思っているが、自分の眼にはただもう愛想のいいおかたとしか見えない。自分に対しても、いつもほかの紳士に対するときと同じように話し掛けて下さるし、自分が近隣の社交界に加わることにも、ときたま一、二週間教区を離れて親戚を訪ねることにも、これっぽっちの反対もなさらない。出来るだけ早く結婚するように、但し花嫁は慎重に選ぶこと、と忠告さえして下さった。一度などはいぶせき牧師館までわざわざお出で下さり、自分が取掛っていた模様替えを何の文句も云わずに全面的に認めて下さったばかりか、二階の小部屋には棚を附けたらどうかと、忝くも御自分から案を出して下さりさえした。

「それはまあ、本当に行届いて、親切なことですこと」とベネット夫人が云った。「本当に愛想のいいおかたのようで。貴婦人が皆さんそのようだとよろしいのですけどね。そのかたはお宅の近くにお住いなんですの？」

「拙宅の庭とロウジングズ・パーク、つまり奥様のお住いとのあいだには小径が一本あるだけです。」

「確か未亡人だと仰有いましたわね？　お子様はおありなんですの？」

「お嬢様がお一人だけ、ロウジングズの家屋敷と莫大な財産を受継がれるかたです。」

「まあ！」とベネット夫人は頭を振りながら声を揚げた、「それでは随分と恵まれたかたなのね、世の多くの娘達とは大違い。それでどんなお嬢様ですの？　お綺麗なかた？」

「それはもう本当に魅力的なお嬢様です。レイディー・キャサリン御自身が、真の美しさという点では、ミス・ド・バーグと較べたら世のどんな美人だってその足許にも及ばない、なぜならその眼鼻立には高貴な生れの令嬢ならではの特徴が具わっているのだから、と仰有っておいでです。ただ不幸なことに病身でいらっしゃるので、あまり藝事には上達なさらないのですが、病身でさえなかったらきっと上達したに相違ないと、これは、かつてお嬢様の教育係で今も一緒に住んでおられる御婦人からじきじきに伺っております。でも実に愛想のいいお嬢様でして、小型のフェイトン馬車[*1]を小馬二頭に輓《ひ》かせてしばしば拙宅のそばをお通り下さるんです。」

「もう拝謁《はいえつ》はお済みなんですの？　宮廷に出られた淑女方の中にお名前は見掛けなかったようですけれど。」

「生憎と健康状態が勝れないためにロンドンに住むことが出来ないのです。でもおかげで英国宮廷は最も輝かしい光彩を奪われてしまった――或る日レイディー・キャサリンにそう申し上げると、奥様はその考えがいたくお気に召したようでした。それで皆さんも御想像がつくと思いますが、私はどんなときでも必ず御婦人方に喜ばれるような、そういうちょっとした微妙な褒め言葉を与えるのが得意なんです。レイディー・キャサリンには一度ならずこう申し上げたものです――魅力的なお嬢様は公爵夫人になられるべく生れついているように思われる、しかもこの場合、最高の爵位と雖《いえど》も、爵位がお嬢様に箔を附けるのではなく、お嬢様が爵位を美しく飾ることになるだろうと。——この種のちょっとしたことを奥様はお喜びになるのです。ですから私としてはとりわけこういう心遣いをして差上げなければならないと思っている訳です。」

「至って御尤もな判断です」とベネット氏が云った。「それにしてもそのような微妙なお世辞の才をお持ちのあなたは幸せですな。そこで一つお伺いしたいが、そういう人様を喜ばせる言葉というのはその場で咄嗟に出るものなんですかね、それともあらかじめ研究しておくんですか？」

「大抵はその場の情況から自然に出ますね。尤もときどきは普通に使えそうなちょっとした品のいいお世辞を思い浮べたり整えたりして楽しむこともありますが、でもいつも出来るだけその場で自然に出たように見せたいと思っています。」

ベネット氏の期待は充分に叶えられた。この男は想っていたとおりのいかれ者であった。ベネット氏は相手の話に耳を傾けながら、内心では可笑《おか》しくて仕方がなかったが、表向きは澄した表情を一向に崩そうとせず、ときおりエリザベスに目配せするだけで、専ら一人で面白がっていた。

しかしお茶の時間になるまでに充分に楽しませてもらったので、ベネット氏は嬉しそうに客人を再び客間に案内した。そしてお茶が済むと、今度は娘達のために何か朗読でもしてもらえないだろうかと云い出した。ミスター・コリンズは喜んで求めに応じた。そこで一冊の本が差出されたが、ミスター・コリンズはそれを見ると（それはどう見ても巡回図書館から借りて来た本であることは明らかだったから）、はっと後退《あとずさ》りし、申訳ないが、自分は小説の類いは一切読まないのだと断言した。――キティーは眼を丸くして相手を見詰め、リディアは思わず叫声《きょうせい》を発した。――そこでほかの本が何冊か持って来られ、ミスター・コリンズは暫く思案していたが、やがてフォーダイスの説教集[*2]を選んだ。リディアはミスター・コリンズがその本を開くと大欠伸をし、その読み方がまたひどく単調で勿体ぶっているので、三頁も進まないうちにお喋りを始めて朗読の邪魔をした――

「ねえ、ママ、フィリップス伯父様がリチャードを馘《くび》にするって話、御存知？　もしそうなったら、フォースター大佐が雇うそうよ。伯母様が土曜日に話して下さったの。私、明日メリトンに行って、もっと詳しく聞いて来るわ。ミスター・デニーがいつロンドンから

戻るかも訊いてみようと思うの。」

リディアは上の姉二人から静かにするように注意されたが、ミスター・コリンズは大分気分を害したと見え、本を脇へ置くと、こう云った――

「私の見るところでは、どうも若いお嬢さん方は真面目な本が苦手なようです。こういう本はまさに若いお嬢さん方のために書かれているんですけどね。正直云って、驚きですね――だって、若いお嬢さん方にとって教訓ほどためになるものはない筈なんですから。でももうこれ以上こちらのお嬢さんに煩《うるさ》いことを云うのは止めましょう。」

それからミスター・コリンズはベネット氏の方を向くと、バックギャモンのお相手でも致しましょうかと申し出た。ベネット氏は挑戦に応じることにして、あなたが娘達など放っておいて、勝手に下らない遊びをさせておくことにしたのはたいへん賢明だったと云った。ベネット夫人と上の娘達はリディアが邪魔だてしたことを鄭重に詫び、二度とそんな真似はさせないから、どうぞ本を読みつづけて下さいと云った。しかしミスター・コリンズは、自分は何もリディアさんに反感を抱いている訳ではなく、またその振舞を侮辱と思って腹を立てている訳でもないからどうぞ御心配なくと請合い、それからベネット氏と別の卓子に腰を下ろすと、バックギャモンの準備に取掛った。

＊1　軽量無蓋の二頭立て四輪馬車。

＊2　ジェイムズ・フォーダイス（一七二〇—九六）はスコットランド長老教会派の牧師。『若い女性のための説教集』（一七六六）は十八世紀末から十九世紀初頭にかけてよく読まれた。若い女性のあるべき振舞を説き、小説を読むことは嘆かわしいこととされている。

第十五章

ミスター・コリンズはあまり物の分った男ではなかった。その持って生れた欠陥は教育によっても他人との交際によっても殆ど補われてはいなかった。これまでの歳月の大部分を無学で貪欲な父親の感化のもとに過し、オックスフォードかケムブリッジかとにかくどちらかの大学には入ったものの、ただ規定の年限在学していただけで、有益な友一人作ることもなかった。父親にただもう云われたとおりにするように育てられたため、当初はひどく卑屈な態度をとるようになっていたが、それも今では閑居《かんきょ》する小人《しょうじん》の自惚と、若くして思い掛けない成功を収めたことから来る尊大な気持とにおおかた取って替られていた。ちょうどハンズフォードの牧師禄が空いていたときに、運よくレイディー・キャサリン・ド・バーグの知遇を得たのである。そこで令夫人の高い身分に対する尊敬の念と、自分の庇護者となった令夫人に対する崇拝の念が、自分自身に対する買被りと、聖職者としての権威や教区牧師としての権利に対する過大評価と相俟《あいま》って、総じて自負心と追従《ついしょう》、尊大と卑屈が見事に混じり合った人物になっていた。

　今や立派な家と充分な収入が確保出来たので、ミスター・コリンズは結婚するつもりであった。このたびロングボーンの一家に和解を求めたのも、妻を手に入れることを考えていたからで、もしベネット家の娘達が世間の噂に違わず美人で気立てがよければ、そのうちの一人を選ぶつもりだったのである。これが、娘達の父親の土地財産を自分が受継ぐことに対する償いの——罪滅ぼしの——計画であった。当人の考えでは、これは適切この上ない、打ってつけの名案であり、自分にしてみればまことにもって寛大な、私利私慾を離れた計画なのであった。

　その計画は実際に娘達に会っても変らなかった。——ミス・ベネットの美しい顔を見て、考えはすっかり固まり、何事にも長幼の序あるべしとする持前の厳格な物の考え方は揺るぎないものとなった。それで最初の晩は長女が意中のひとであった。ところが、翌朝になって、それは変更された。と云うのは、朝食の前に十五分ほどベネット夫人と二人だけで話をした際に、話題は牧師館のことから始まり、やがて自然の成行から、そこの主婦はもしかしたらロングボーンから迎えることになるかも知れないと、胸中を打明けたところ、夫人はたいへん愛想のよい微笑を浮べて、基本的には励ましの言葉を与えてくれたものの、こちらがこのひとと決めていた当のジェインだけはちょっと困るような口吻《くちぶり》だったからである。――「下の娘達は――と云って、私にも断言は出来ませんが――はっきりとは請合いかねますけれど――でも私の見たところでは、まだ先約はなさそうです。ただ長女の方は――これはちょっと云っておかないと――つまり、その、そっとお知らせしておくのが母親の義務かと思いますので申し上げますが――どうやら近ぢか婚約しそうなんですの。」

ミスター・コリンズとしては、それなら意中のひとをジェインからエリザベスに変えさえすれば済むことであった――そしてそれはすぐになされた――ベネット夫人が煖炉の火を掻立てているあいだになされた。エリザベスは生れた順番も美しさも等しくジェインの次であったから、ジェインの次に選ばれて当然であった。

ベネット夫人はミスター・コリンズがそれとなく云った言葉を大切に胸に納めて、これで遠からず娘を二人結婚させられるかも知れないという気になった。それで昨日はその名を口にするのも堪らなかった男が、今や大変なお気に入りとなった。

リディアはメリトンへ出掛けるつもりでいたことを忘れてはいなかった。姉達もメアリーを除いて全員一緒に行くと云う。ミスター・コリンズも、これはベネット氏からの要請で、お伴をすることになった。ベネット氏はミスター・コリンズを早く書斎から追出して、一人になりたくて仕方がなかったのである。それと云うのも、ミスター・コリンズは朝食が済むとベネット氏のあとからのこのこと書斎まで跟《つ》いて来て、蔵書の中で一番大きな二折本《フオリオ》を読むと云って一冊を眼の前に拡げたものの、それは名ばかりで、実際はベネット氏に向ってハンズフォードの自分の家や庭のことをひっきりなしに話しつづけていたからである。おかげでベネット氏は全然落着いていられなかった。書斎はベネット氏にとって常に閑暇と静寂の場所であった。これはエリザベスには話したことだが、家中のほかのどの部屋に行っても愚かさと自惚に出喰わすことを覚悟していなければならないが、ひとたび書斎に入りさえすればそれらを免れていられたのである。そんな訳で、ベネット氏はこれぞ勿怪《もっけ》の幸いと、即座に丁寧な口調で、ミスター・コリンズに娘達の散歩のお伴をしてはもらえまいかと誘いを掛けた。ミスター・コリンズは実際本を読んでいるよりも歩いている方が遥かに向いている男だったので、早速大喜びで大きな本を閉じると、出掛けて行った。

ミスター・コリンズは取るに足らないことを勿体ぶった口調で話す、娘達は相手に合せて神妙に相槌を打つ——そんなことを繰返しているうちにやがて一行はメリトンの町に入った。町に入ると、下の二人はもはやミスター・コリンズなど眼中になかった。二人の眼はすぐさま士官達の姿を求めて通りをさまよい始め、店の窓に飾られたよっぽど粋な婦人帽《ボンネット》かいかにも新柄のモスリン地でもなければ、とても二人の視線を呼戻すことは出来なかった。

ところが娘達の注意はやがて一斉に一人の青年に向けられた。その青年はみな初めて見る顔であったが、見るからに紳士然としていて、通りの反対側を一人の士官と連立って歩いていた。士官の方は、ロンドンから戻ったかどうかをリディアが確めると云っていた当のミスター・デニーで、娘達が通り掛ると通りの向う側から会釈した。皆はこの見知らぬ青年の風采に強い印象を受け、一体誰なのかしらんと思った。キティーとリディアは何とか確めてみようという気になり、向い側の店に何か用があるふりをして先に立って通りを横切った。幸いちょうど歩道に差掛ったとき、引返して来た二人の紳士も同じ場所へ来合せた。ミスター・デニーがすぐに話し掛けて来て、友人のミスター・ウィッカムを紹介させて頂きたいと云った。昨日ロンドンから同道したのだが、嬉しいことに今度自分達の聯隊に士官として赴任してくれることになったのだと云う。これはいかにもさもありなんことであった。この青年の魅力はあと軍服を着けさえすれば申分なしだったからである。ひどく見映えのする外見をしていて、美しい顔立、素晴しい身体つき、たいへん感じのよい物腰と、美男子のための最高の条件をすべて具えていた。紹介が済むと、自分の方からすかさず愛想よく話し掛けて来た——その愛想のよさも実に礼儀正しく、しかも控目なものであった。皆はそのまま愉快に立話を続けていたが、ふとそのとき馬の蹄音《あしおと》が聞えたのでその方を見ると、ダーシーとビングリーが通りを馬に騎《の》ってやって来るのが見えた。二人の紳士は一団の中にベネット家の令嬢達の姿を認めると、まっすぐにその方へ近づいて来て、いつもの丁寧な挨拶を始めた。話手は専らビングリーで、話相手は専らミス・ベネットであった。ビングリーは、自分はいまミス・ベネットを見舞うためにロングボーンへ行くところだったのだと云った。ミスター・ダーシーは会釈をしてそのとおりであることを示した。そしてエリザベスにだけ眼を向けるのは止そうと思い始めたとき、不意にその視線がその初対面の男の姿に止った。エリザベスは二人が互いに見合ったときの双方の表情をたまたま目撃し、その出会いの結果にひどく驚いた。どちらも顔色が変り、片や真蒼に、片や真赤になった。ややあってから、ミスター・ウィッカムが帽子に手をやった――この挨拶にミスター・ダーシーはほんのちょっと会釈を返しただけであった。これはどういうことなのだろう?――エリザベスにはどう考えても分る訳はなかったが、知りたい気持を抑えることも出来なかった。

やがてミスター・ビングリーは、そのことには何も気がつかなかったらしく、皆に別れを告げると、友と馬を走らせて行ってしまった。

ミスター・デニーとミスター・ウィッカムは令嬢達と一緒にフィリップス氏の家の戸口まで歩いて来たが、そこで別れを告げ、ミス・リディアが是非寄って行くようにとしつこく勧め、フィリップス夫人までが客間の窓を押上げて一緒になって大声で招待したにもかかわらず、お辞儀をしてそのまま帰って行った。

フィリップス夫人は姪達をいつも喜んで迎えてくれたが、上の二人はこのところ暫く会わなかったのでとりわけ大歓迎で、二人の突然の帰宅に驚いたことを盛んに捲《まく》し立てた。ベネット家の馬車が二人を迎えに行かなかったので、たまたま通りで出会ったジョウンズ氏の店の小僧が、ベネット家のお嬢様方はもう家に帰られたからネザーフィールドへ薬を届ける必要はなくなったのだと話してくれなかったら、今でもまだ何も知らないところだった、と云う。そのときジェインがミスター・コリンズを紹介したので、夫人の挨拶はその方へ向けられなければならなかった。夫人は持前のひどく鄭重な態度で相手を迎えた。対するミスター・コリンズの挨拶はそれに輪を掛けた馬鹿丁寧なもので、夫人とは一面識もないのに突然押掛けて来てまことに申訳ない、でも自分は自分を紹介してくれたベネット家の令嬢方の親戚筋に当る者であるから、このような無作法も容赦して頂けるのではないかと実は密かに信じているのだと云った。フィリップス夫人はこのあまりに度の過ぎた礼儀正しさにすっかり恐れ入ってしまった。そこでこの新来の客は一体どういう人なのだろうと思い廻らし掛けたが、このときもう一人の新顔に関する感嘆やら質問やらの声が発せられたため、それはすぐに打切られた。尤も夫人もこのもう一人の新顔については姪達が既に知っていること、つまりミスター・デニーがロンドンから連れて来た人で、今度——州聯隊の中尉に任官することになった人だということしか知らなかった。夫人はこの一時間ほどその人が通りを往ったり来たりするのを暇潰しに眺めていたのだと云う。もしこのときミスター・ウィッカムの姿が見えたなら、キティーとリディアはきっとその暇潰しの仕事を引継いだことであろうが、生憎とそのとき窓の外を通り掛ったのは何の変哲もない数人の士官達だけで、この人達は例の新顔と較べられて、「間抜けな、感じの悪い連中」にされてしまった。しかしその士官達のうちの何人かは翌日フィリップス家で食事をすることになっていた。そこでフィリップス夫人は、もしあなた方が明日の晩来る気があるなら、ミスター・ウィッカムも夫に訪ねてもらって招待することにしようと約束した。これには誰もが賛成であった。夫人は、それならみんなで富札遊びでもやって、大いに愉快に騒いで、そのあとで温かい夜食を少し頂くことにしましょう、と云った。この愉しい期待に皆は大いに心が弾み、互いに上機嫌で別れた。部屋を出る際にミスター・コリンズはまたしてもくどくどと詫言を繰返していたが、それに対してはフィリップス夫人の方も、そのような詫言はまったく無用であることを根気よく丁寧に請合っていた。

帰り道の途中で、エリザベスは自分が目撃した二人の紳士のあいだにあったことをジェインに話してみた。ジェインのことだから、どう見てもどちらかが或は両方が悪いというのなら、どちらかを或は両方を弁護したであろうが、流石《さすが》のジェインも、そのような振舞では自分にも説明がつかないと云った。

ミスター・コリンズは帰ると早速、フィリップス夫人の丁寧な態度物腰を賞め讃えてベネット夫人を大いに喜ばせた。レイディー・キャサリンとお嬢様を除いて、あんな上品な御婦人には会ったことがないと云うのである。それと云うのも、夫人はこの上なく鄭重に自分を迎えて下さっただけでなく、まったくの初対面なのに、明日の晩の招待客の中にはっきりと自分も加えて下さったからで、それは幾分かは自分がこちらと親戚だからだろうとは思うが、それにしても自分は生れてこのかたあれほどの親切な心遣いには一度もお目に掛ったことがないと云うのであった。

第十六章

娘達と伯母との約束には何の異論も出ず、ミスター・コリンズが自分の短い滞在中にまるまる一晩ベネット夫妻を置去りにするのは良心が咎めると云い出したのも、そんな気兼ねは無用といとも着実に斥けられたので、ミスター・コリンズと五人の娘達はベネット家の馬車でほどよい時刻にメリトンへ赴いた。娘達は客間へ入りながら、ミスター・ウィッカムが伯父の招待を受けて、もう既に来ていると聞いて喜んだ。

この知らせを聞いて、皆がそれぞれの席に着くと、ミスター・コリンズは徐《おもむ》ろにまわりを見廻して、またもや頻りに感心し始め、この部屋は広さもちょうどいいし、家具も実に素晴しい、まるでロウジングズの小さな夏用の朝食室にいるような気がする、と云った。フィリップス夫人は最初この比較をあまり嬉しく思わなかったが、やがて相手の話から、ロウジングズが何であり、その所有者が誰であるかを知り、レイディー・キャサリンの数ある客間のうちのほんの一つの説明を聞いただけで、そこの炉棚だけでも八百ポンドしたことが判ると、相手のお世辞が大変なものであったことに気づき、それなら家政婦の部屋と較べられても腹は立たないだろうと思った。

ミスター・コリンズはほかの男達が現れるまでのあいだフィリップス夫人を相手に、レイディー・キャサリンがたいそう立派なひとであることや、その邸宅が実に壮大なものであることを説明したり、ときおり脱線して、拙宅のことや、その拙宅に目下手を加えつつあることを自慢したり、一人得得と喋っていた。フィリップス夫人はたいへん熱心に話を聞いていたが、聞くほどにますます相手に対する評価を高め、この話は早速にも隣近所に受売りしようという気になっていた。娘達の方は、コリンズの話など聞く気にはなれず、楽器のないのを残念がったり、炉棚の上の、自分達が見様見真似で色着けした下手糞な焼物を念入りに眺めたり、そんなことしかすること

もなく、待っている時間がいやに長く感じられた。それでも暫くすると、やっとのことで男達がやって来た。ミスター・ウィッカムが部屋に入って来るのを見て、エリザベスは、昨日少からぬ感嘆の念をもってこの人を眺め、別れてからも素敵な人だと思っていたのであるが、それが少しも不当な判断ではなかったことを改めて感じた。――州の聯隊に所属する士官達は概してみなたいへん立派な紳士で、今日出席しているのはその中でも選抜《えりぬ》きであったが、その中にあってさえミスター・ウィッカムは、容姿、顔立、風采、動作、すべての点で断然抜きん出ていた。尤もそういうほかの士官達にしても、ポート・ワインの臭いをぷんぷんさせて皆のあとから部屋に入って来た、平べったい顔の、勿体ぶったフィリップス伯父に較べれば、遥かにましであったことは云うまでもない。

ミスター・ウィッカムはほぼすべての女の視線が自分に向けられた幸福な男であり、エリザベスはその男が最後に自分の隣に坐ってくれた幸福な女であった。ミスター・ウィッカムはすぐに感じのいい態度で話し掛けて来た。尤も話題は、今夜は雨のようだとか、どうやら雨季に入ったようだとか、ごく他愛ないものに過ぎなかったが、エリザベスは相手の話しぶりから、いかに平凡陳腐で退屈な話題でも話手の話術一つで面白くなることに感心した。

ミスター・ウィッカムや士官達のような強敵が現れて女達の注目を惹いたので、ミスター・コリンズはどうやら影が薄くなったようであった。若い娘達にとっては確かにミスター・コリンズはいてもいなくてもいい存在であった。それでもときどきはフィリップス夫人が親切に話の聞役になってくれて、夫人が気を配ってくれたおかげで珈琲とマフィンだけはたっぷりと頂くことが出来た。

トランプ用の卓子の準備が出来ると、ミスター・コリンズはホイストの仲間に加わることで夫人に恩返しが出来ることになった。

「この勝負はまだよくは知らないのですが」とミスター・コリンズは云った、「是非とも上達したいと思っているのです。それと云うのも、私のような境遇立場にありますと――」

フィリップス夫人は相手が自分の求めに応じてくれたことには大いに感謝したが、その理由まで聞いている暇はなかった。

ミスター・ウィッカムはホイストの仲間には加わらなかった。そこで別の卓子にいたエリザベスとリディアがすかさずどうぞこちらへと声を掛けると、すぐに喜んで二人のあいだに腰を下ろした。初めのうちはリディアがミスター・ウィッカムとの会話をまったく独り占めにしてしまいそうな危険があった。リディアは何しろ喋り始めたら止らないお喋り屋だったからである。だが富札遊びも並外れて大好きと来ていたので、たちまち勝負の方がすっかり面白くなり、賭金を張ったり、当ってくれと叫んだりする方に夢中になって、特に誰かに注意を向けていることが出来なくなった。おかげでミスター・ウィッカムは、勝負の方には適当に気を配りながらゆっくりとエリザベスに話し掛けることが出来た。エリザベスは大喜びで耳を傾けた。尤もエリザベスも、自分が一番聞きたいと思っていること、つまりミスター・ウィッカムがどういう経緯《いきさつ》でミスター・ダーシーと知合いになったのかということ、まさかそこまで聞かせてもらえようとは思っていなかった。それで敢えてミスター・ダーシーの名前すら口に出さないでいた。ところがエリザベスの好奇心は予想に反して満たされることになった。ミスター・ウィッカムが自分からそのことを話題にし始めたからである。ネザーフィールドはメリトンからどのぐらい離れているのかと訊いたので、エリザベスが答えると、躇いがちな様子で、ミスター・ダーシーはもうどのぐらいそこに滞在しているのだろうかと訊いたのである。

「そろそろ一箇月になります」とエリザベスは云ってから、この話題を途切らせたくなかったので、急いで附加えた。「あの方はダービーシアに宏大な地所をお持ちだそうですわね。」

「そのとおりです」とウィッカムは答えた——「ダービーシアのあの男の領地はそれは大したものです。年収が正味で一万ポンドですからね。そのことでしたら、この僕以上に確かな話の出来る人はまずいないでしょうね——と云うのも、僕は子供の頃からあの男の一家とは特別な関係にあるからなんです。」

エリザベスは驚きの色を隠すことが出来なかった。

「あなたが驚かれるのも尤もです、ミス・ベネット。昨日僕達が出会ったときのあのひどくよそよそしい態度を、多分あなたは御覧になったろうと思いますが、そのあとでこんなことを聞かされたのではね。——ミスター・ダーシーとはよほどお近附きなんですか？」

「ええ、でももう充分ですわ」とエリザベスは些か昂奮気味に声を揚げた——「同じ家で四日間一緒に過しましたけれど、ほんとに不愉快な人だと思っています。」

「あの男が愉快かそうでないか」とウィッカムは云った、「僕には自分の意見を云う権利がない。と云うか、僕にはその資格がないのです。とにかく長い附合いで、あまりにもよく知っているので、とても公平な判断は出来ないからです。僕の判断はどうしても不公平なものにならざるを得ない。それにしても、あの男に関する今のあなたの意見には誰もが吃驚《びっくり》するのでは——まあ、あなたも他所《よそ》ではそんなに強い口調では仰有らないでしょうけれど。——ここは身内の方ばかりですからね。」

「誓って私、ここでだろうと御近所のどのお家でだろうと、ネザーフィールドでさえなければ、同じ口調で申しますわ。あの人、ハートフォードシアでは全然好かれていないんです。あの人の高慢な態度には誰もがうんざりしています。誰にお会いになっても、あの人のことをこれ以上に良く云う人はいないだろうと思います。」

「あの男にせよ誰にせよ」と、ちょっと間を措《お》いてからウィッカムが云った、「当人の真価以上に評価されていないからといって、僕は残念がる気にはなれないけれど、でもあの男に限ってそんなことは滅多にないんじゃないかな。世間はあの男の財産と社会的地位に眼が眩むか、横柄な、人を威圧するような態度に恐れをなすかして、ただもうあの男の望むとおりにあの男のことを見てますからね。」

「ほんのちょっと近附きになっただけの私から見ても、気難しい人のようですわ。」ウィッカムはただ首を振っただけで、何も云わなかった。

「ところで、どうなのかしら」と、暫くして再び話す機会が得られると、ウィッカムが云った、「あの男はこれからもまだ暫くはこの州にいそうですか？」

「さあ、私には全然判りませんわ。でも私がネザーフィールドにいたときには、あの人がここを離れる話はまったく出ませんでした。あの人がこの近くにいるために、――州聯隊のためのあなたの計画に差障りがなければよろしいのですが。」

「とんでもない！――ミスター・ダーシーがいるからといって、何も僕が出て行かなければならない謂《いわ》れはありません。もし向うで僕に会うのを避けたければ、向うが出て行けばいいんです。僕達は目下仲が好くないんで、僕にとってあの男に会うのが苦痛なことは確かだが、ただ僕があの男と顔を合せたくない理由には、世間に公表を憚られるようなものは何もありません――あの男に会うと、ひどいあしらいを受けたことが思い出され、あの男のあんな風なのが痛ましくも哀れに思われる――理由と云ってもそれだけなんですから。あの男の父親はね、ミス・ベネット、先代の今は亡きダーシー氏ですけど、それはもう実に立派な人で、僕にとっては真実一番の身方でした。それで息子の方のミスター・ダーシーと同席したりすると、先代の懐しい思い出が無数に甦って来て心底悲しくならずにはいられないんです。これまでのあの男の僕に対する態度は実に言語道断なものだけれど、でも僕としては、あの男のすることはどんなことでも赦してやれるだろうと本心から思っています。ただあの男が先代の期待に背いたこととその霊を汚《けが》したことだけは赦せそうにないんです。」

エリザベスは、話がいよいよ面白くなって来たので、熱心に耳を傾けていたが、大分微妙な話なので、それ以上立入ったことを訊く訳にも行かなかった。

ミスター・ウィッカムはより一般的なことに話題を移して、メリトンのことやその界隈のこと、或は社交界のことなどを話し始め、これまで目にしたことすべてがすっかり気に入ったようで、とりわけ社交界について語るときは、控目ながらもギャラントリー精神を隠そうとしなかった。

「僕が——州の聯隊に入る気になった一番の理由は」とミスター・ウィッカムは附加えた、「この聯隊ならいつでも社交の場が、それも立派な社交の場が得られそうだと期待が持てたからなんです。この聯隊がたいへん立派な、感じのいい聯隊であることは知っていたけれど、そこへ友人のデニーが今の宿営地の様子や、メリトンで大いに歓迎され、素晴しい近附きも出来たことなどを話して誘うものだから、それでますますその気になったんです。正直なところ、僕には社交の場が必要なんです。僕は失意の男でしてね、僕の心は孤独には堪えられそうにないんです。それでどうしても仕事と社交が不可欠なんです。僕はもともとは軍隊生活に入る筈ではなかったのだけれど、いろいろと事情があって、今ではこの方がよかろうということになったんです。本来なら聖職に就く筈でした――僕は牧師になる教育を受けて育ちましたから。ですから、つい今しがた話題にしていた紳士の不興さえ買わなければ、今頃は相当な額の牧師禄が手に入っていた筈なんです。」

「まあ！」

「そうなんです――先代のダーシー氏は自分の贈与権内にある最上の牧師禄を次は僕に与えるよう遺言しておいてくれたのです。先代は僕の教父で、僕のことをたいへん可愛がってくれました。あの方の親切にはいくら感謝しても感謝しきれません。あの方としては僕の将来に憂えのないようにして下さるつもりでしたし、その手筈は整えたと思っていたの

です。ところがその牧師禄は、前任者の期限が切れると、ほかへ与えられてしまったのです。」

「まあ、何てことでしょう！」とエリザベスは叫んだ。「でもどうしてそんなことが？——遺言が無視されるなんて、どうしてまた？——なぜ法的な補償をお求めにならなかったのですか？」

「遺言状の文面にちょっとした形式上の不備があって、法律に訴えても勝てる見込はなかったんです。信義を重んずる男ならそこに書かれてあることの意図を疑うことなど出来ない筈だけれど、でもミスター・ダーシーは敢えて疑おうとした——と云うか、それを単なる条件つきの推薦状として扱うことにして、僕には浪費癖があるだの思慮がないだのと、要するにあることないことを口実にして、僕はその要求権をすべて失ったと主張したんです。確かなのは、二年前に牧師禄が空き、僕はちょうどそれを受けられる齢になっていたのに、それがほかの人に与えられたということ——それに劣らず確かなのは、それを失わなければならないようなことを実際僕は何もした覚えがないということ——結局、確かなのはそれだけなんです。まあ、僕は短気で向う見ずな方だから、ときにはあの男のことをとやかく云ったかも知れない、それも当人に面と向って遠慮なくね。だがそれ以上のことは何もした覚えはないんです。でもまあ、とにかく、僕達がまるで違った人間で、あの男が僕を憎んでいることだけは事実です。」

「まあ、ひどい、ほんとにひどいわ！――そんな人は世間に訴えて懲しめてやるとよろしいのに。」

「いずれはそういうことになるでしょうが――でもそれはこの僕がやることではない。僕にはあの男の父親の思い出がある限り、あの男を敵にしたり曝《さら》し者にしたりなどとても出来ることではありませんから。」

エリザベスはミスター・ウィッカムがそういう気持でいるのは立派なことだと思い、そういう気持を口にするウィッカムを見て、何だか一段と男前が上がったような気がした。

「でも」と、エリザベスはちょっと間を措いてから云った、「何があの人の動機だったのかしら？――何だってそんなひどいことをする気になったのかしら？」

「とにかく僕のことが憎くて堪らないのです――この憎しみは幾分かは嫉妬心のせいだろうと思うほかはないですね。先代のダーシー氏があれほど僕を可愛がらなかったら、息子の方ももう少し僕のことが我慢出来たかも知れない。ところが先代が度外れに僕を可愛がったものだから、あの男としてはごく幼い頃から腹立しかったんでしょうね。あの男は、僕達のあいだにあったような対抗心には堪えられない性分だった――つまり、しばしば僕の方が贔屓にされることに我慢出来なかったんです。」

「私はミスター・ダーシーがそこまで悪い人だとは思っていませんでしたわ――一度も好意を持ったことはありませんけど、そこまでひどい人だとは思いませんでした――とかく他人を見下すところがあるとは思っていましたけど、そこまで意地の悪い復讐や、不当な仕打や、非人情なことをする人だとは思いませんでした。」

エリザベスはそう云って、暫し何やら考えていたが、やがて続けて云った、「そういえば思い出したけれど、あの人、いつだったかネザーフィールドで、自分は執念深い質《たち》で、人を恕《ゆる》せない性分なのだと自慢していたことがあったわ。恐しい性質ですわね。」

「そのことについては確言しないでおきます」とウィッカムは答えた。「この僕にはあの男に対する公平な判断は無理ですからね。」

エリザベスはまたもや考え込んでいたが、やがて大声で云った、「それにしても自分の父親の名附け子を、そのお気に入りのお友達を、そんな風に扱うなんて！」――エリザベスは出来ることならこう附加えたかった、「それもあなたのような、お顔を見ただけで人好きのする青年であることがはっきりと判るような方を」と――しかし実際にはこう附加えただけで満足した、「それも仰有るところによれば、どうやら当人にとっても子供の頃から最も親密な間柄にあったお友達の方を！」

「僕達は同じ教区の同じ屋敷内に生れて、少年時代の大部分を一緒に過したのです。同じ家に住み、同じことをして遊び、同じように親から大事にされて育ちました。僕の父は最初、あなたの伯父様のフィリップス氏がなさっておられるのと同じ職業に就いていたんです――でも先代の故ダーシー氏のお役に立つべくすべてを抛《なげう》って、ペムバリーの土地財産の管理に生涯を捧げました。父は先代からたいへん高く買われ、先代にとってごく親しい腹心の友でした。先代自身、父の意慾的な管理ぶりには多大の恩誼を感じているとしばしば口にしておいででしたし、父が亡くなる直前に先代が自ら進んで僕の面倒は見るからと父に約束して下さったのも、僕自身に対する愛情もさることながら、そうすることが父に対する恩返しになると思われたからだと、僕はそう確信しているんです。」

「何て変なのかしら！」とエリザベスは声を揚げた。「実に忌わしい話だわ！　あんなに誇り高いダーシーさんがあなたに公平な態度がとれなかったなんて、どういうことかしら！　もし誇りだけが動機だったのなら、何だって不正直なことなど出来ないほどに誇り高くなかったのかしら――だってそれはどう見たって不正直ですもの。」

「確かに不思議です」――ウィッカムは答えた――「あの男のやることの大半は誇り、つまり自尊心が動機なんですからね。――あの男はしばしば誇りを何よりも大切にして来ました。あの男が良いことをやった場合でも、それはほかのいかなる感情にも増して誇りの感情からなんです。でも人間誰しも首尾一貫している訳ではない。僕に対する振舞には、誇り以上の何かもっと強い一時的な感情があったのだろうと思います。」

「あの人のあんな嫌味な自尊心が、何かあの人のためになったことがあるんですか？」

「それはあります。だってまさにそれゆえにあの男はしばしば寛大で鷹揚なところを見せて――気前よく金を出したり、派手に客をもてなしたり、小作人を助けたり、貧乏人を救ったりして来たんですからね。家柄への誇りと、それから子として親を誇る気持からそうして来たんです――と云うのもあの男は自分の父親の姿をたいへん誇りにしていますから。自分の一家が恥を曝して世間の評判を落したり、ペムバリー・ハウスの威信を失ったりするようなことがあってはならないというのが強い動機なんです。あの男には兄としての誇りもあり、それに多少は兄らしい愛情もあって、妹の後見人としてもたいへん優しい、行届いた兄さんぶりを発揮しています。あなたもいずれ耳にするでしょうが、世間では思い遣りのある実に立派な兄だと褒めそやされているんです。」

「ミス・ダーシーはどのようなかたですの？」

ウィッカムは首を振った。――「出来れば感じのいい娘さんだと云いたいところですけどね。ダーシー家の人を悪く云うのは僕には辛いことだけれど、でもあのひとはあまりにも兄にそっくりで――実に気位が高い。――子供の頃は情の深い、感じのいい子で、とても僕に懐いていましたから、僕も何時間でも遊び相手になってやったものです。でも今の僕には何でもありません。綺麗なお嬢さんで、齢は十五か十六ぐらいでしょうか、教養や才藝も立派に身に附けているようです。父親が亡くなってからはずっとロンドン住いで、或る御婦人が一緒に住んで教育に当っている筈です。」

エリザベスは何度も口を噤んだりほかの話題を試みたりしたが、どうしてももう一度最初の話題に戻らずにはいられなくて、こう云った――

「私、あの人がミスター・ビングリーと親しくしていることに驚いていますの！　ミスター・ビングリーは見るからに朗らかそのもの、実に愛想のいい方だと私は本当に信じていますけど、そのミスター・ビングリーがどうしてあのような人と仲好くなれるのかしら？あの二人、どうして互いに気が合うのかしら？——ミスター・ビングリーは御存知？」

「いえ、全然知りません。」

「本当に気立てがよくて、愛想がよくて、魅力のある方ですの。あの方、ミスター・ダーシーの人柄が見抜けないんだわ、きっと。」

「多分そうなんでしょう。——でもミスター・ダーシーはその気になれば愛想よくすることも出来ますからね。決して無能な男ではないですから。そうするだけの値打があると思えば面白い話相手にもなれるんです。あの男は、いやしくも社会的地位が自分と対等の人達を相手にするときは、自分より羽振りの劣る連中に対するときとまったく違います。まるで別人です。自尊心を捨てるようなことは決してないけれど、でも相手が金持だと、鷹揚にも、公正にも、誠実にもなるし、分別を働かせ、名誉を重んじ、おそらく愛想すらよくなるんです——尤も相手の財産と身分に応じて多少の手心は加えますがね。」

その後間もなくホイストの組がお開きになり、そちらの人達ももう一方の卓子のまわりに集まって来て、ミスター・コリンズはエリザベスとフィリップス夫人のあいだに席を占めた。——夫人がコリンズに向って成績はいかがでしたかとお定りの質問をした。コリンズの成績はあまりよくなく、結局一回も勝てなかったらしい。夫人がそれはお気の毒にと気遣いを見せ始めると、コリンズはひどく大真面目な口調で、そんなことは何でもないことで、自分は金のことなど全然気にしていないから、どうぞ御心配なく、と請合った。

「私だって、奥様、重重承知しております」とコリンズは続けた、「いやしくもトランプの卓子に向うからには、こういうことは運に任せなければならないことぐらいはね。――幸いなことに、私は五シリングを目当てにしなければならないような境遇にはありません。それはまあ確かに、そんなことを云ってはいられない人も大勢いるでしょうが、私の場合はレイディー・キャサリン・ド・バーグのおかげで、些細なことを気に留める必要はまったくないのです。」

ミスター・ウィッカムはこの言葉に聞耳を立てた。それからミスター・コリンズの様子を暫く窺《うかが》っていたが、やがてエリザベスに低声《こごえ》で、もしかしてあなたのお身内の方はド・バーグ家とよほど親しい間柄なのかと訊ねた。

「レイディー・キャサリン・ド・バーグが」とエリザベスは答えた、「ごく最近あの方に牧師禄をお与えになったのです。ミスター・コリンズが最初どのようにして令夫人の知遇を得ることになったのかはよく存じませんが、古くからの近附きではない筈です。」

「勿論あなたは御存知でしょうけれど、レイディー・キャサリンとダーシーの母上のレイディー・アンは姉妹*なんです。ですからレイディー・キャサリンは今のミスター・ダーシ

——の叔母に当る訳です。」

「まあ、本当に！　全然知りませんでしたわ。——私、レイディー・キャサリンの親戚筋については何も知りませんでした。一昨日《おととい》まではそのようなひとが存在することすら知らなかったのです。」

「令嬢のミス・ド・バーグは莫大な財産を受継ぐことになりますが、このひとはいずれ従兄のミスター・ダーシーと結婚して、双方の資産は一つになるだろうというのが世間の専らの噂なんです。」

この話を聞くと、エリザベスはミス・ビングリーも気の毒にと思って、思わず頰を緩《ゆる》めた。ミスター・ダーシーが既にほかの女性と結ばれるべき運命にあるのなら、ミス・ビングリーの心遣いはすべてまったくの無駄になる訳だ、いくら妹に愛想よくしようと、当人を持上げようと、無駄な徒労に終る訳だ。

「ミスター・コリンズは」とエリザベスは云った、「レイディー・キャサリンと令嬢をどちらもたいへん高く買っているけれど、あの方が令夫人について詳しく話すのを聞いていると、どうもあの方、感謝に眼が眩んで令夫人を見誤っているのではないかと思われますの。あの方にとっては恩人かも知れないけれど、尊大な、自惚の強いひとなのではないかしら。」

「実に尊大で自惚の強いひとです」とウィッカムは答えた。「もう何年も会っていませんが、態度の横柄な、傲岸不遜なひとで、どうしても好きになれなかったことをよく憶えています。世間の評判ではたいそう思慮深くて賢明なひとだということになっているけれど、夫人の才能とされるものも幾分かはその地位と財産から、幾分かは当人の権柄づくな態度から、残りは甥の自尊心から来ているのではないですかね。何しろ甥の方は自分の身内の者はみな第一級の頭脳の持主であると決めて掛っていますからね。」

エリザベスは、ウィッカムの説明は非常に筋が通っていると認め、二人はなおも互いに満ち足りた気持で話を続けていたが、やがて夜食の時間になってトランプは完全にお開きになり、そこでほかの女性達もミスター・ウィッカムから心遣いの分前を受けることになった。フィリップス夫人の夜食の席は賑やかすぎてとてもまともな会話は出来なかったが、ウィッカムの態度作法は誰の眼にも好ましいものであった。云うことはすべて気が利いていたし、なすこともすべて粋でそつがなかった。エリザベスは帰途に就いたときもウィッカムのことで頭が一杯であった。家に着くまでのあいだ、ウィッカムのことと、ウィッカムが自分に話してくれたこと以外には何も考えられなかった。しかしその間リディアもミスター・コリンズも一度も黙ることがなかったので、その名前すら口に出すことが出来なかった。リディアの話題はただもう富札遊びのことばかり、点棒を幾つ取ったの取られたの、そんなことばかりをのべつ幕なしに喋っていた。一方ミスター・コリンズは、フィリップス夫妻の鄭重なもてなしについて盛んに述べ立てたり、ホイストで負けたことなど全然気にしていないと断言したり、夜食に出た料理の品数を数え上げたり、自分がいるために皆さんの席が窮屈ではないだろうかと何度も繰返したり、馬車がロングボーン・ハウスに着いてもまだまだ話し足りない様子であった。

＊ 家族名でなく個人名にレイディーが附いていることから、この姉妹は伯爵以上の貴族の娘であったことが判る。

第十七章

翌日エリザベスは、ミスター・ウィッカムと自分とのあいだで話題になったことをジェインに話した。ジェインは驚きと心配の表情を見せながら聴いていた。——が、ミスター・ダーシーがミスター・ビングリーの好意にそんなにも値しない人間であるとはとても信じられなかった。そうかと云って、ウィッカムのような見るからに感じのいい青年の云うことを疑うことも、ジェインの性分としては出来なかった。——ミスター・ウィッカムは本当にそのような不親切な扱いに堪えて来たのかも知れないと思っただけで、心根の優しいジェインはすっかり同情してしまった。結局ジェインとしては、どちらも人間は悪くないのだと考えて、それぞれの行為を弁護しただけで、ほかに説明のつかないことはすべて偶然か何かの間違いのせいにするほかなかった。

「二人とも」とジェインは云った、「何か誤解し合っているのではないかしら、どんな風にかは判らないけれど。多分、利害関係のある人達が中に入って双方に相手の誤った印象を与えたのよ。早い話が、私達だってこうして二人を仲違いさせた原因や事情を推測しようとすると、現にどちらかを悪く云わざるを得ないんだもの。」

「確かにそのとおりだわ——だとすると、ねえ、ジェイン、そのことに関わりのあったその利害関係者はどうやって弁護するの？——その人達の身の証《あか》しも立ててあげなくては。でないと結局誰かを悪者にせざるを得なくてよ。」

「笑いたいだけ笑ったらいいわ。でもいくら笑っても私の意見を変えさせることは出来なくてよ。いいこと、リジー、ちょっと考えても御覧なさいな、ミスター・ダーシーが自分の父親のお気に入りを——それも自分の父親が将来の面倒を見ようと約束までした人を、そんな風に扱っているということになると、ミスター・ダーシーがいかに不名誉な立場に置かれることになるか。——そんなことあり得ないわ。普通の人情の持主なら、自分の評判をいくらかでも重んずる人なら、そんなことはとても出来ない筈だわ。それに一番親しい友人達までがそこまで欺《あざむ》かれているなんてことがあり得るかしら？　まさか！　あり得ないことだわ。」

「私にはミスター・ビングリーが騙されていることの方が遥かに容易に信じられてよ。ミスター・ウィッカムが昨夜《ゆうべ》聞かせてくれた身上話《みのうえばなし》が作り話だとはとても思えないもの――名前だって、事実だって、何だって、至って気楽に口にされたのよ。――もしそれが事実に反するのなら、ミスター・ダーシーに反論させればいい。それに、あの方の表情はどう見ても嘘を吐《つ》いている表情ではなかったわ。」

「難しい問題ね――困ったわ。――どう考えたらいいのかさっぱり判らない。」

「お言葉ですけどね――どう考えたらいいかははっきりしていてよ。」

しかしジェインにはっきりと考えられるのは一つだけ――つまり、もし本当にミスター・ビングリーが騙されているのだとすると、このことが公になったとき、ミスター・ビングリーはひどく苦しい思いをするだろうということだけであった。

二人はこの話を庭の植込の蔭でしていたのだが、そのとき、二人が話題にしていた人達のうちの何人かが訪ねて来たという知らせがあって、二人はそこから呼出された。ミスター・ビングリーとその姉妹が、長く待たせたネザーフィールドの舞踏会が次の火曜日に決ったからと云って、じきじきに招待にやって来たのである。ビングリー姉妹は親友のジェインと再会出来たことを喜び、お別れして以来随分会ってないような気がすると云い、その後どうしていたかと繰返し訊ねた。だが姉妹はほかの家族には殆ど注意を払わなかった――ベネット夫人とは出来るだけ言葉を交さないようにし、エリザベスにもあまり話し掛けず、それ以外の者に対しては完全に黙殺の体《てい》であった。一行はすぐに帰って行ったが、そのときも姉妹は、ミスター・ビングリーも驚いたほどの勢いで席を立つと、ベネット夫人の世辞愛想からは是が非でも逃れたいとでも云わんばかりに、そそくさと立去った。

ネザーフィールドの舞踏会に対するベネット家の女性達の期待は、みなそれぞれに至って楽しいものであった。ベネット夫人は、この舞踏会は自分の長女に対する好意から催されるのだと勝手に考え、儀礼的な招待状によってではなく、ミスター・ビングリー本人からじきじきに招待を受けたことにことのほか御満悦であった。ジェインは、親友のビングリー姉妹と一緒に過し、

ミスター・ビングリーからもてなしを受ける楽しい一夜を想い描いた。エリザベスも、ミスター・ウィッカムとたっぷり踊り、ミスター・ダーシーの表情と振舞にウィッカムが云ったことすべての確証を見届けようと楽しみにしていた。キャサリンとリディアの期待する幸福は、何か一つの出来事や誰か特定の人物をさほど当てにしたものではなかった。二人とも、エリザベス同様、その夜の半分はミスター・ウィッカムと踊るつもりではあったが、相手がミスター・ウィッカムでなければ決して満足が得られないということはなくて、とにかく舞踏会そのものが愉しみだったのである。メアリーでさえ、この舞踏会にはまんざら気が進まないこともないと家族の者に請合った。

「私は昼間の時間さえ自分の自由に出来るなら」とメアリーは云った、「それで充分なの。——ときどき夜の会合に参加することを犠牲だとは考えていません。社交は私達みんなの義務なんだし、それに私は、ときたまの休養と娯楽は誰にとっても望ましいものと考える人間の一人ですからね。」

エリザベスは、ミスター・コリンズには用がなければ滅多に話し掛けなかったのだが、このときはひどく気持が弾んでいたので、ついつい、あなたもミスター・ビングリーの招待を受けるつもりかどうか、仮にそのつもりだとして、牧師がこのような夜の舞踏会に参加することを妥当な行為と思うかどうかと、訊ねてみずにはいられなかった。すると些か驚いたことに、ミスター・コリンズはその点については何の躊いも抱いてはおらず、牧師が敢えて踊ったからといって、大主教からもレイディー・キャサリン・ド・バーグからもお咎めを受ける心配はさらさらないと思っている、と云う。

「私は、はっきり云って」とミスター・コリンズは云った、「立派な青年がまともな人びとのために催すこの種の舞踏会が悪しきものであり得るとは全然考えません。ですから私は、自分が踊ることに反対するどころか、その晩は我が麗《うるわ》しき御令嬢方全員の手を取らせて頂きたいと思っているんです。それでこの際にお願いしておきますが、ミス・エリザベス、特に最初の二回分はあなたの手を取らせて頂きたい――あなたを優先したからといって、お姉様はそれを然るべき理由があってのことと考えて、自分に失礼な真似をしたとは思われない筈です。」

エリザベスは完全に裏をかかれたと思った。最初の二回分の相手こそウィッカムに引受けてもらえるものと思い込んでいたのである――それなのにミスター・コリンズが相手だなんて！　エリザベスの快活な性質がこのときほど仇《あだ》になったことはなかった。しかしどうしようもなかった。エリザベスは、ミスター・ウィッカムと自分の幸福はやむなく少し先へ延ばすことにして、ミスター・コリンズの申込を出来るだけ愛想よく受容れた。しかしミスター・コリンズの慇懃な態度にはさらにもっと何かがありそうで、それを思うとますます嫌な気持になった。――エリザベスは今初めて、自分がハンズフォード牧師館の主婦に相応しい女として、ロウジングズ邸で、より望ましい客人のいないときに、カドリールの卓を囲む際の埋合せに相応しい女として、姉妹達の中から選ばれたことに気がついた。ミスター・コリンズが自分に対してますます鄭重な態度を見せようとし、自分の機智と快活な物云いにしばしば愛想を云おうとしているのが判ると、この考えはすぐに確信に変った。エリザベスは自分の魅力がこんな結果を招いたことに、喜ぶどころか驚き呆れていたが、それから間もなく、今度は母親が、もし二人が結婚してくれるなら自分にとってこんな嬉しいことはないという意味のことを仄めかせた。しかしエリザベスはその仄めかしには敢えて触れないことにした。下手に触れれば深刻な議論になることは判り切っていたからである。それにミスター・コリンズは結局は申込をしないかも知れず、申込がないうちからミスター・コリンズのことで云い争いをするのは無駄なことであった。

もしネザーフィールドの舞踏会のために準備をしたりそのことを話題にしたりすることがなかったなら、このときベネット家の下の娘達はひどく惨めな思いをするところであった。招待のあった日から舞踏会の当日まで毎日雨が降りつづいて、一度もメリトンへ出掛けることが出来なかったからである。伯母にも会えず、士官達の顔も見られず、耳新しい話も聞けず——舞踏会用の靴飾りのリボンですら使いの者に買って来させたのである。エリザベスでさえどうやら忍耐心を試されているような気がしていた。この天候のせいでミスター・ウィッカムとの近附きを深めることがまったく出来ずにいたからである。火曜日になれば踊れるのだという想いがなかったなら、キティーとリディアにはこのような金曜日と土曜日と日曜日と月曜日はとても堪えられなかったであろう。

第十八章

エリザベスはネザーフィールドの客間に入って、そこに集まっている赤い軍服の群の中にミスター・ウィッカムの姿を捜したが、その姿がどこにも見えないので、そのとき初めて、もしかしてミスター・ウィッカムは来ていないのではという疑いが胸に浮んだ。思い出してみれば、ひょっとしたらという懸念の材料は当然あった筈なのだが、必ず会えるものと信じて疑わなかったため、懸念の方はまったくお留守になっていたのである。そしていつもの舞踏会よりも入念に着飾って、ミスター・ウィッカムの心のまだ征服し残した部分をすべて征服せんものと大いに張り切り、その勝利は今夜中には得られるものと信じてやって来たのだ。しかしそのときふと、ミスター・ビングリーはミスター・ダーシーの気持を憚《はばか》ってわざとミスター・ウィッカムを招待客から外したのではないかという恐しい疑いがエリザベスの脳裡を過《よぎ》った。尤もこれはエリザベスの邪推で、事実ではなかったが、ウィッカムの欠席が間違いなく事実であることは友人のミスター・デニーの言葉ではっきりした。ミスター・デニーはリディアの熱心な問掛けに答えて、ウィッカムは昨日用事でロンドンへ行かなければならなくなったが、まだ帰って来ていないのだと云う。そして意味ありげに笑いながらこう附加えた——

「用事といっても、是が非でも昨日今日出掛けなければならない用事とは想えなかったけど、ここにいる或る紳士と顔を合せたくなかったのではないかな。」

話のこの部分は、リディアの耳には入らなかったが、エリザベスにははっきりと聞取れた。それならウィッカムの欠席はやはりダーシーのせいなのだ、自分の最初の推測が正しかったのだ——エリザベスはそう確信すると、突然の失望からダーシーへの不愉快な感情がいよいよ募り、その後間もなくダーシーが近づいて来て丁寧に話し掛けて来たときも、鄭重な返辞をする気にはなれなかった。——ダーシーに対して親切にしたり、寛大な態度を示したり、我慢したりすることは、ウィッカムの名誉を傷つけることだ。エリザベスはダーシーとは一切言葉を交すまいと決心し、些か不機嫌の色を見せて顔を背けた。不機嫌な気分は、そのあとミスター・ビングリーと話をしていてすら、相手のダーシーに対する盲目的な偏愛ぶりが癪に障って、完全には抑え切れなかった。

しかしエリザベスはもともと不機嫌向きには出来ていなかった。その晩の目論見はすっかり当てが外れてしまったが、だからといっていつまでも気を腐らせているような性分ではなかった。一週間会っていなかったシャーロット・ルーカスに口惜《くや》しい思いをすべて打明けてしまうと、すぐに気分を変えて、コリンズの奇人変人ぶりを自ら進んで話題にし、わざわざ当人を指さしてシャーロットに特別の注意を促すだけの余裕すらあった。しかしながら、最初の二回の踊りがまたもや苦痛をもたらした――その踊りたるや屈辱ものであった。ミスター・コリンズは、不器用なくせに物物しく、踊りに注意を向けるよりも謝ってばかりいて、しばしば動きを間違えても気がつかず、エリザベスは恥しいやら情ないやら、およそ不愉快な相手と二回分を踊って味わい得る限りの惨めな思いを味わった。コリンズから解放された瞬間はまさに法悦の瞬間であった。

エリザベスは次に或る士官と踊ったが、踊りながらウィッカムのことを話し、ウィッカムが誰からも好かれていると聞いて、気分が爽《さわ》やかになった。その踊りが済むと、シャーロット・ルーカスの所へ戻り、二人で話していた。するとそのとき、突然ミスター・ダーシーが話し掛けて来て、次の踊りの相手を求めた。不意を衝かれたエリザベスは、自分でも気がつかないうちに承諾してしまっていた。ダーシーはすぐに立去り、残されたエリザベスは自分が油断していたことに歯嚙みした。シャーロットが慰めようとして云った――

「あの方、とても感じのいい人かも知れなくてよ。」

「とんでもない！――もしそうだとしたら、それこそまたとない不幸だわ！――嫌いだと心に決めた人が感じのいい人だったなんて！――そんな滅相もないことを云わないで。」

しかしながら、再び踊りが始まって、ダーシーがエリザベスの手を求めて近づいて来ると、シャーロットは囁き声で、いくらウィッカムが好きでも、ウィッカムより十倍も身分の高い人の眼に不愉快に映るような馬鹿な真似はしないように、と忠告せずにはいられなかった。エリザベスはそれには返辞をせずに、踊りの列の自分の位置についたが、いざミスター・ダーシーの正面に立たされてみると、何やら自分が偉くなったような気がして驚いた。まわりの人達もそれを見て同様に驚いているのが表情から読取れた。二人は暫くのあいだ一言も口を利かなかった。エリザベスは、この分だと二回分を踊るあいだずっと沈黙が続くことになりそうだと想い始めたが、最初のうちは、自分からは沈黙を破るまいと決心していた。だがそのうちにふと、相手にいやでも話をさせる方が却って相手を苦しめることになるのではないかという気になり、踊りについて些細な意見を述べた。ダーシーは返辞をしただけで、相変らず黙っていた。暫く間があって、エリザベスは再度話し掛けた——

「今度はダーシーさんが何か仰有る番でしてよ。――私は踊りについて話をしました。ですから今度はあなたが何か仰有らなくては、部屋の大きさとか、踊手の組の数とか。」

ミスター・ダーシーはにっこり笑って、どんな話がお望みですか、何でも話しますよ、と云った。

「それで結構ですわ。――差当りその御返辞で充分です。多分そのうちに私の方から、このような私的な舞踏会の方が公の舞踏会場で行われるものよりずっと楽しいというようなことを申し上げます。――でも今は二人とも黙っていていいでしょう。」

「それではあなたは踊っているときは規則に従って話をするんですか？」

「ときどきですけどね。だって少しは話をしない訳には行きませんでしょう？　三十分もまったく黙っていたのでは見るからに変ですもの。でも或る人のためには、出来るだけ口を開く労を省くように会話を持って行かなくてはなりませんからね。」

「今の場合は、御自分の気持を念頭に置かれているんですか？　それとも僕の気持を満足させようと想って？」

「両方です」とエリザベスは茶目っ気を見せて云った。「だって私の見るところでは、私達は気質がたいへんよく似ていますもの。――どちらも交際が苦手で、無口な質で、部屋中の人達をあっと云わせて、のちのちまで評判の語り種《ぐさ》になりそうなことでも思いつかないと、口を開きたがらないところがね。」

「それはあなた御自身の性格とはあまり似ていませんね」とダーシーは云った。「僕の性格にどのぐらい近いかも、僕には判らない。——あなたとしては僕の性格を忠実に描いたつもりなのでしょうけど。」

「自分の手並がどの程度のものか、自分で決めるものではありませんわ。」

ダーシーは返辞をしなかった。二人は踊りが進んで列のもとの位置に戻るまで再び黙っていた。やがてダーシーが口を開いて、あなた方姉妹はよくメリトンへ出掛けるのかと訊いた。エリザベスは、ええ、と答えてから、誘惑に抗し切れず、こう附加えた、「先日あそこであなたにお会いしたとき、私達ちょうど或る方とお近附きになったばかりでしたの。」

効果は覿面《てきめん》であった。ダーシーは顔を曇らせ、尊大な表情を見せた。しかし何も云わなかった。エリザベスは誘惑に抗し切れなかった自分の弱さを後悔したが、それ以上は何も云えなかった。やっとダーシーが口を開いて、表情を強張《こわば》らせながら云った——

「ミスター・ウィッカムは生れつき愛想のいい男だから、いくらでも友達が出来るけれど——ただ、その友達をいつまでも失わずにいられるかどうかは、あまり保証出来ない。」

「あの方は不幸にもあなたの友情を失ったんですってね」とエリザベスは強い口調で答えた、「それも一生苦しむことになりそうな失い方だったとか。」

ダーシーは返辞をせず、どうやら話題を変えたがっているようであった。そのとき、サー・ウィリアム・ルーカスが二人のすぐそばに現れた。踊手達のあいだを抜けて部屋の反対側へ行くつもりだったらしいが、ミスター・ダーシーの姿を認めると、その場に足を停め、丁寧すぎるほどのお辞儀をして、ダーシーの踊りとその相手を盛んに褒め始めた。

「いやあ、私はもう大満足です。こんな素晴しい踊りはそうそう見られるものではありません。あなたは明らかに上流の方でいらっしゃる。しかし敢えて云わせて頂きますが、あなたの美しいお相手も、決してあなたにとって不足はないと思いますよ。ですから、この楽しみは是非ともしばしば繰返して頂かなくては。とりわけ或るおめでたいことが、ね、ミス・エライザ（と、ジェインとビングリーの方をちらりと見やりながら）、生じたときにはね。それこそ慶賀の至り、どれほどの祝辞が殺到することか！　ミスター・ダーシー、あなたにも一つお願いが――いや、これ以上はお邪魔しないでおきましょう。――折角こちらのお嬢さんと愉しいお話がなさりたいのにお引止めしていたのでは恨まれるだけですし、お嬢さんの綺麗な眼も私を咎めておいでのようだから。」

ダーシーはこの挨拶の最後の方は殆ど聞いていなかったが、サー・ウィリアムがビングリーのことを仄めかせた言葉がいたく気になったと見え、一緒に踊っているビングリーとジェインの方へひどく真剣な眼指《まなざし》を向けた。しかしすぐに我に返ると、エリザベスの方に向きなおって云った――

「サー・ウィリアムの邪魔が入って、何の話をしていたのか忘れてしまいました。」

「何も話していなかったと思いますけど。サー・ウィリアムの邪魔と云っても、この部屋で一番口数の少い二人を邪魔しただけですわ。――私達、既に二、三の話題を試みましたけど、どれも上手く行きませんでした。次に何を話せばいいのか、私には想いつきません。」

「本について話すのはどうですか？」とダーシーは笑いながら云った。

「本だなんて――とんでもない！　駄目ですわ。――私達は同じ本を読んでいる訳ではないし、仮に読んでいるとしても、同じ気持で読んでいる訳ではないですもの。」

「そう思いますか、残念だな。でもそうだとしても、少くとも話題には事欠かないでしょう。――二人の違う意見を較べてみればいい。」

「いいえ――私には舞踏会で本の話なんか無理ですわ。頭はいつもほかのことで一杯なんですから。」

「こういう場面ではいつも今現在のことで頭が一杯だと――そういうこと？」とダーシーはほんとかしらというような表情で云った。

「ええ、いつもそう」とエリザベスは何やら上の空で答えた。と云うのも、エリザベスの思いは今現在の話題から大分離れたところをさまよっていたからで、そのことは、その後間もなく突然大きな声でこう云ったことから明らかであった、「ねえ、ダーシーさん、あなたはいつでしたか、自分は滅多に人を赦さない、一旦恨みの感情を抱いたらそれを宥《なだ》めるのが難しいって、そう仰有いましたわね。だとすると、恨みの感情を抱くことについては随分と用心していらっしゃるのでしょうね。」

「そのとおりです」とダーシーは強い口調で断言した。

「偏見で眼が眩《くら》むことがないようにも？」

「そのつもりです。」

「自分の意見を決して変えない人は、とりわけ最初に間違いなく正しい判断をしておかなくてはなりませんわね。」

「ちょっと伺いますけど、そんな質問をして何になるんです？」

「いえね、ただあなたの性格の解明になるのではと思ったものですから」とエリザベスは、努めてさりげない風を装いながら云った。「あなたの性格を理解しようと思いましてね。」

「それで上手く行きましたか？」

エリザベスは首を振った。「全然駄目ですわ。あなたについてはいろいろと違った話を伺うものですから、当惑する一方です。」

「それは容易に信じられます」とダーシーは真面目に答えた、「僕に関する噂がピンからキリまでさまざまだろうということはね。ですから、ね、ミス・ベネット、どうか今この場で性急に僕の性格を描き出さないでくれませんか。そんなことをなさっても、それがあなたにも僕にも何ら名誉をもたらさない惧《おそ》れが充分にある訳だから。」

「でもいま描いておかないと、二度と機会がないかも知れませんわ。」

「是が非でもと云うのなら、あなたの楽しみを妨げる気はまったくありません」とダーシーは冷やかに答えた。エリザベスはそれ以上は何も云わず、二人は二回目の踊りを終えると、無言で別れた。どちらも不満だったが、その程度は同じではなかった。と云うのも、ダーシーの胸にはエリザベスを思う気持がかなり強く働いていて、おかげでエリザベスはすぐに赦され、怒りはすべてウィッカムに対して向けられたからである。

二人が離れて間もなく、ミス・ビングリーがエリザベスの方へ近寄って来て、見るからに慇懃無礼な物腰でこう話し掛けた――

「ねえ、ミス・エライザ、あなた、ジョージ・ウィッカムがすっかりお気に入りなんですってね！――お姉様があの人のことを話して下さって、いろいろとお訊《たず》ねでしたわ。それで一つ気がついたことがあるの。あの人、あなたにいろいろなことを話したそうだけど、自分がダーシー家先代の執事だった老ウィッカムの息子だということは話し忘れたようね。でも私、友人として進言させて頂くけれど、あの人の云うことをすべて盲信なさらないことね。だって、ミスター・ダーシーがあの人にひどい仕打をしたなんてことは、まったくの嘘ですもの。話は逆で、ジョージ・ウィッカムの方がミスター・ダーシーに対して恥ずべき態度をとっているのに、ミスター・ダーシーはたいへん親切にしてやっているんですからね。私も詳しいことは知りませんけど、ミスター・ダーシーが全然悪くないことはよく承知しています。あの方、ジョージ・ウィッカムの名前を耳にするのも堪らないんです。それで兄も、今度士官達を招待するのにウィッカムだけを外すのもどうかなと思っていたところ、ウィッカムが自分の方から避けてくれたので、とても喜んでいたわ。大体あの人がこの地方へやって来ること自体、まったくもって無礼な話なのよ。よくも来られたものだと思うわ。お気の毒ね、ミス・エライザ、あなたが好意を持っている人の罪がこんな風に暴かれてしまって。でもあの人の素姓をよくよく考えれば、これ以上のことは期待出来なくてよ。」

「あなたのお話だと、あの方の罪というのはつまりあの方の素姓のことのようね」とエリザベスは腹立しげに云った。「だってあなたのあの方に対する非難は、要するにあの方がダーシー家の執事の息子だということだけじゃありませんか。そんなことなら、御本人の口からはっきりと伺いましてよ。」

「あら、それは失礼いたしました」とミス・ビングリーは鼻先で嗤《わら》いながら顔を背けた。「お邪魔して悪かったわ。――でも親切心で申し上げたのよ。」

「何よ、偉そうに！」とエリザベスは心の中で呟いた――「そんな下手な攻撃で私の心が動かせると思ったら大間違いですからね。あなたの話から判るのは、事実を知ろうとしないあなた自身の片意地とミスター・ダーシーの悪意だけじゃないの。」エリザベスはそれから姉を捜した。姉もこのことについてはビングリーにいろいろと訊いてくれている筈であった。ジェインは爽やかな、満ち足りた微笑を浮べ、いかにも幸せそうに顔を輝かせて妹を迎えた。見るからに、今夜の成行に御満悦な様子であった。――エリザベスはすぐに姉の気持を読取った。するとその瞬間、ウィッカムに対する憂慮も、その敵どもに対する憤慨も、何もかも脇へ押しやられ、姉は幸福への道を順調に進んでいるのだという嬉しい思いで胸が一杯になった。

「ミスター・ウィッカムのことね」とエリザベスは、姉に劣らず満面に笑みを湛えながら云った、「何か分ったことがあるなら知りたいけれど、でも多分お姉様はお二人だけの楽しみに夢中で、第三者のことなど考える余裕はなかったかもね。それならそれでいいのよ、赦してあげる。」

「いいえ」とジェインは答えた、「忘れてはいなくてよ。ただね、あなたを満足させるような話ではなかったの。ミスター・ビングリーはミスター・ウィッカムのことをすべて知っている訳ではなくて、ミスター・ダーシーの不興を買ったそもそもの事情についてはまったく知らないんですって。でもミスター・ダーシーが行いの正しい、正直で立派な人物であることはどこまでも保証出来るし、ミスター・ウィッカムがミスター・ダーシーからも身に余る心遣いを受けていることは絶対に間違いないと仰有っていたわ。どうも残念なことだけれど、あの方と妹さんの話からすると、ミスター・ウィッカムは決して立派な青年ではなさそうなの。何かひどく思慮の足りないところがあって、ミスター・ダーシーの好意を失っても仕方のないようなことをやったのではないかしら。」

「ミスター・ビングリーはミスター・ウィッカムを個人的には知らないのね？」

「そうなの。このあいだメリトンで会ったのが初めてなんですって。」

「それなら、今の話はすべてミスター・ダーシーからの受売りじゃないの。いいわ、よく分ったわ。でも牧師禄のことは何と仰有っていて？」

「そのことの経緯《いきさつ》については、ミスター・ダーシーから二、三度聞いたことがあるけれど、はっきりとは憶えていないんですって。でもあれは確か条件つきの遺贈だったと思うって仰有っていたわ。」

「私、ミスター・ビングリーが誠実な人だということは疑っていないけれど」とエリザベスは些か昂奮気味に云った、「でも本人が保証すると云っただけでは、申訳ないけど納得は出来かねてよ。それはまあ、ミスター・ダーシーのためにはミスター・ビングリーの弁護はたいへん有力なものだとは思うけれど、ミスター・ビングリーは話を部分的にしか知らないのだし、知っていることはすべてミスター・ダーシーから出ている訳だから、私は敢えて二人についてはこれまでどおりに考えることにするわ。」

そう云うと、エリザベスは話の方向を変えることにして、二人にとってもっと愉快な、意見の違いの起らないことを話題にした。そして、ジェインがビングリーの愛情に希望の持てそうなことを控目ながらも嬉しそうに話すのを喜んで聞き、ジェインにもっと自信を持たせようと出来るだけ励ましの言葉を掛けた。するとそこへ当のミスター・ビングリーがやって来たので、エリザベスは気を遣って二人から離れ、ミス・ルーカスの所へ戻った。ミス・ルーカスは早速、ミスター・ダーシーの愛想ぶりはどうだったかと訊ねたが、エリザベスがそれに答える間もなく、いきなりミスター・コリンズが近づいて来て、自分は幸運にもたった今たいへん重大な発見をしたところだと、さも感極まった表情で報告した。

「それが妙な偶然から判ったのですが」とコリンズは云った、「何と今この部屋に私の庇護者の近しい御親戚の方がいらっしゃるじゃありませんか。その紳士御自身が当家の主婦役をなさっているお嬢様に向って、自分の従妹のミス・ド・バーグ、その母親のレイディー・キャサリン、とお二人の名前を口にされるのを、たまたま耳にしたのです。こんなことがあるなんて実に驚きです！　この舞踏会でレイディー・キャサリン・ド・バーグの甥御さんに——多分甥御さんでしょう——お会い出来るなんて誰が思ったでしょう！——でもこの発見があとの祭にならなくてほんとによかった。まだ挨拶に間に合いますからね。早速、御挨拶してまいります。もっと早くに御挨拶しなかったことはきっと赦して下さるでしょう。親戚だということをまったく存じ上げなかったのだから、そのことを申し上げてお詫びすればね。」

「あなたはまさかミスター・ダーシーに御自分から名告《なの》り出ようと云うのではないでしょうね？」

「いや、そのつもりです。もっと早くにそうしなかったことをお恕《ゆる》し願うつもりです。あの方は確かにレイディー・キャサリンの甥御さんでいらっしゃる。令夫人が先週の昨日《きのう》たいへんお元気でいらっしゃったことを申し上げても、私なら別に越権行為にはならないでしょう。」

エリザベスはそんなことはなさらない方がいいと云って懸命にミスター・コリンズを引止めようとした。誰の紹介もなしに名告り出たりすれば、ミスター・ダーシーはそれを自分の叔母に対する敬意と取るよりも、厚かましい無遠慮な振舞と見なすだろうし、それにどちらにとっても知合いになる必要はまったくない訳で、仮にあったとしても、その場合は身分が上のミスター・ダーシーの方から近附きを求めるのが仕来りなのだからと、エリザベスははっきりとそう云った。――ミスター・コリンズは一応話は聴いていたが、どうやら自分の思いどおりにしようという決意は変らない様子で、エリザベスが話しおえるのを待ってこう答えた――

「ミス・エリザベス、私は、あなたの理解力の及ぶ事柄に関しては、あなたの優れた判断力を誰よりも高く買っています。でも云わせて頂きますが、俗界で認められた礼法と聖職界を律する礼法とのあいだには大きな違いがあって然《しか》るべきです。それと云うのも、さらに云わせて頂くなら、聖職者の地位は威厳という点では王国最高の身分にも等しいものと私は考えるからです――勿論、飽くまでも聖職者に然るべき謙遜な態度が保たれた上での話です。ですから、このことでは私は自分の良心の命ずるところに従わせて頂いて、自分が大切な義務と観ずるところを果すことにします。折角の御忠告を役立てずに無視することになりますが、お赦し下さい。ほかのことでしたらどんなことでもあなたの忠告をこの先常に私の指針とするつもりです。ただ当面の問題で何が正しいかの判断は、教育と日頃の研鑽《けんさん》から云って、あなたのような若いお嬢様よりは私の方が間違いが少いと思うんです。」そう云って深ぶかと頭を下げると、ミスター・コリンズはミスター・ダーシーを攻略するためにエリザベスのそばを離れた。ミスター・コリンズの進撃をミスター・ダーシーがどう受止めるか、エリザベスは眼が離せなかった。ミスター・ダーシーは、そんな風にいきなり話し掛けられて明らかに驚いたようであった。ミスター・コリンズは勿体ぶった仕種《しぐさ》でまず一礼に及び、それから話し始めた。エリザベスには一言も聞えなかったが、全部聞えるような気がし、その唇の動きから「お詫び」と「ハンズフォード」と「レイディー・キャサリン・ド・バーグ」がやたらに口にされているのが判った。――エリザベスは自分の親類があのような男に醜態を曝すのを見て、何とも苛立《いらだた》しかった。ミスター・ダーシーは驚きを隠そうともせずに相手をまじまじと見詰めていたが、やっとミスター・コリンズの話が一段落すると、一応鄭重に、しかし見るからによそよそしい態度で何か答えた。しかしミスター・コリンズは一向に怯《ひる》んだ気配を見せず、再び話し始めた。この二度目の話が長引くにつれて、どうやらミスター・ダーシーは相手に対する軽蔑の念を大いに募らせたと見え、相手が話しおえると、素っ気なく一礼しただけでさっさと向うへ行ってしまった。そこでミスター・コリンズはエリザベスのところへ戻って来た。

「あんな風に迎えて頂いて」とミスター・コリンズは云った、「私には何の不満もありません。ミスター・ダーシーは私の心遣いをたいそう喜ばれたようで、至って鄭重にお答え下さり、しかも嬉しいことには、自分はレイディー・キャサリンの人を見る眼は確信しているから、あのかたが取るに足らない人間に眼を掛ける筈がないとまで仰有って下さったのです。実に適切な考えではありませんか。全体的に見て、私はあの方がたいへん気に入りました。」

エリザベスは自分に関することではもはや面白そうなことが何もなくなったので、あとは専ら姉とミスター・ビングリーの方に注意を向けていた。二人の様子を眺めていると、楽しい思いが次つぎと浮んで来て、何やら自分も姉に劣らぬ幸福者になったような気がした。エリザベスは、真の愛情に基づく結婚が与え得るあらゆる幸福に包まれて姉がこの家の主婦に納まる姿を空想してみた。そして、もしそういう情況になれば、自分はあのビングリー姉妹だって努めて好きになろうとするだろうと思った。母親も同じ考えでいることははっきりと判ったが、あまり明らさまに聞かされては敵わないので、敢えて近づかないようにしていた。それだけに、いざ夜食の席に着く段になって、自分が母親とのあいだに一人置いただけの席に坐る破目になったときは、何という旋毛《つむじ》曲りな運命の仕業かと思い、母親が自分とのあいだに坐った一人（ルーカス令夫人）に向って、どうやらジェインは近ぢかミスター・ビングリーと結婚することになりそうだという自分の期待ばかりを、あたり構わず手放しで話しているのが判ると、気持がひどく苛立ってどうにも落着かなかった。——しかしベネット夫人にしてみればこれほど心の弾む話題はなかったから、この縁組の利点を数え上げることにどうやら倦む気配はなさそうであった。ミスター・ビングリーは見てのとおりの好青年で、しかも大金持、住居《すまい》も自分達のところからほんの三マイルしか離れていないというのが、夫人がまず一番に喜ぶべき利点であった。次に、ビングリー姉妹もジェインのことはとても気に入っているし、自分同様この縁組を大いに望んでいるに違いないと思うと、こんな慰めはないと云う。さらに、この結婚は下の娘達の将来をも約束するもので、と云うのも、ジェインがこうして立派な結婚をすれば、当然下の娘達もほかのお金持と近附きになる機会が得られる訳だから、と云う。そして最後に、自分ぐらいの齢になると独身の娘達の世話を姉の手に委ねられれば、自分は気の進まぬときまで社交の場に出なくても済む訳だから、これは実に嬉しいことだと云うのであった。この最後の事情を嬉しいことと云ったのは、こういう場合に礼儀上必要な社交辞令として云ったまでで、その実、ベネット夫人ほど幾つになろうと家に籠って安穏としていられそうにないひとはいなかった。夫人は話の結びに、ルーカス令夫人も早く自分と同じような幸運に恵まれることを祈っていると云ったが、その得得とした表情から察するに、令夫人にそんな機会はある筈がないと内心信じていることは明らかであった。

エリザベスは母親が滔滔と捲し立てるのを抑えようとして、いくら自分が幸せだからといって、そんな他人様《ひとさま》に聞えるような大きな声で話さないようにと説得を試みたが、無駄であった。エリザベスが云いようのない苛立ちを覚えたのは、話の大部分が向いに坐っているミスター・ダーシーに筒抜けなことが判ったからである。母親は馬鹿仰有いと娘を叱っただけであった。

「ミスター・ダーシーが何だと云うんです？　何で私があの人に気兼ねしなければならないの？　あの人の聞きたくないことは何一つ云わないようにしなければならないほど、私達はあの人から特に礼儀正しくして頂いたとは思いませんけどね。」

「お願いだからお母様、もっと声を低くして。――ミスター・ダーシーの感情を害して何の得になるというの？――そんなことをすればミスター・ビングリーにだってよくは思われなくてよ。」

しかし何を云っても効果はなかった。ベネット夫人は相変らずはっきりと聞える声で自分勝手な期待話を止めようとしなかった。エリザベスは恥しいやら苛立しいやらで何度も顔を赧《あか》らめ、どうしてもミスター・ダーシーが気になるのでしばしばその方を窺わずにはいられなかったが、そのたびに自分の懸念したとおりなのが判った。ミスター・ダーシーはベネット夫人に常に視線を向けている訳ではなかったが、絶えず注意を集中させていることは明らかだったからである。その顔は、最初怒りを含んだ侮蔑の表情を見せていたが、やがて徐徐に冷静沈着な、真剣な表情に変って行った。

しかしながら、流石のベネット夫人も遂に話の種が尽きた。ルーカス令夫人は、自分には到底与《あずか》れそうにないことが判っている喜びを繰返し聞かされて、その間ずっと欠伸を嚙み殺していたが、やっとコウルド・ハムとチキンに心おきなく向うことが出来た。エリザベスも漸《ようや》く生きた心地を取戻した。しかしほっとした気持も長くは続かなかった。と云うのも、夜食が済んで、歌の話が出ると、今度は妹のメアリーが、特に求められてもいないのに皆のために歌ってやろうという気になっているのが判ったからである。エリザベスは穴があったら入りたい気持であったが、意を込めて目配せをしたり、無言で懇願の合図を送ったりして、何とかそのようなこれ見よがしのお為《ため》ごかしを止めさせようとした——が、通じなかった。メアリーにはそもそも分ろうとする気がなく、こんな風に自分が見せられる機会は大歓迎であったから、早速歌い始めた。エリザベスはひどく痛ましい気持でメアリーを見詰め、メアリーが何連か歌いつづけるのをいらいらしながら見守っていたが、歌いおわってもその気持は治まらなかった。メアリーは、食卓の人達から感謝の言葉を受けると、その中の何人かは是非ともっと歌ってもらいたがっているのではないかと思い込み、少し間を措いただけでまたもや歌い出したからである。メアリーの技倆《ぎりよう》は決してこのような見せびらかしには向いていなかった。声は弱いし、そのくせ態度は気取っていた。――エリザベスは苦しくてならなかった。ジェインはこれにどう堪えているかと思って、その方へ視線を向けたが、ジェインはいとも落着き払ってビングリーと話をしていた。ビングリー姉妹を見ると、二人は嘲《あざけ》るような目配せを交している。ダーシーはどうかと窺うと、この方は先ほど来の真剣な表情を保ったままで、心は読めなかった。エリザベスは父親の顔を見て、メアリーの歌を止めさせてくれるよう表情で訴えた。放っておくと一晩中でも歌いつづけかねないと思われたからである。ベネット氏はすぐに察して、メアリーが二曲目を歌いおえると、大きな声で云った――

「もうそのぐらいでいいだろう、メアリー。おかげでたっぷりと楽しませてもらった。ほかのお嬢さん方にも発表の機会を与えてあげなさい。」

メアリーは聞えないふりをしていたが、心は多少動揺しているようであった。エリザベスはメアリーが気の毒になり、父の云い方もあんまりだったので、どうやら自分の心配は徒《あだ》になったようだと思った。そこでお鉢は一座のほかの者達に廻された。

「私もね」とミスター・コリンズが云った、「もし幸いなことに歌が歌えれば、それこそ大喜びで皆さんに一曲歌って差上げるところなんですが。と云うのも、私の考えでは、音楽は至って罪のない娯楽で、聖職者の職業とは何ら抵触《ていしょく》しないからです。そうかと云って、私達聖職者があまりに多くの時間を音楽に捧げるのは考えものです。ほかにも心を向けなければならないことがあるのですから。教区牧師には結構やることがあるんです。――まず第一に、十分の一税ですね、これを自分にも有利なように、しかも庇護者にも損害を与えないように取決めなければなりません。それから自分用の説教も書かなければならない。もうそれだけでも教区の勤めを果す時間があまり残らなくなります。それに自分の住居の管理と改善があります、住居だって出来るだけ居心地よくするべきで、そうしなくていい理由はありませんからね。さらに教区牧師たる者は誰に対しても思い遣りのある、友好的な態度をとらなければいけませんし、とりわけ自分を取立てて下さった方がたにはそうしなければなりません。このことを私は徒《あだ》や疎《おろそ》かには考えておりません。それは教区牧師の義務だと思っています。それからまた、恩ある一家の親戚筋に当る方に敬意を表するのも当然のことで、そういう機会を無視するような人を私は高く買うことが出来ません。」そう云うと、ミスター・コリンズはミスター・ダーシーに深く一礼して話を終えた。何しろ声が大きかったから、部屋中の半分の人には話が聞えていた。――多くの人が目を瞠《みは》り――顔に笑いを浮べている者も少くなかったが、どうやら見たところベネット氏が誰よりも面白がっているようであった。一方ベネット夫人は、ミスター・コリンズに向って、気の利いた素晴しい話だったと大真面目に褒め称え、それからルーカス夫人に、あの人は実に頭のいい好青年ですわねと半ば囁《ささや》き声で云った。

エリザベスには、仮に皆で前もって今晩は出来るだけ自分達一家の馬鹿を曝け出そうと取決めていたとしても、これほど潑溂《はつらつ》と大成功裡に銘銘がその役柄を演ずることは不可能だったろうと思われた。ただビングリーとジェインのために幸いだと思われたのは、ビングリーがこの醜態を一から十まで見ていた訳ではなく、それにビングリーはそのような愚行を目撃したからといって大して気に病むような男ではなかったことである。しかしながら、ビングリー姉妹とミスター・ダーシーにこんな風に自分の身内を嘲笑させる機会を与えてしまったのは、何とも残念でならなかった。片やミスター・ダーシーの無言の軽蔑、片やビングリー姉妹の人を小馬鹿にしたようなせせら笑い、どっちがより耐え難いか――エリザベスにはどっちとも云い切れなかった。

その晩の残りはエリザベスにとって楽しいことはほとんどなかった。しつこく附きまとうミスター・コリンズに悩まされ、もう一度踊ってくれと云うのだけは何とか拒みとおしたが、その替りほかの人達と踊ることも出来なかった。誰かほかのひとと踊って下さいと頼み、この部屋にいるどのお嬢さんにでも紹介しますからと云ってみたが、無駄であった。自分は実は踊りなどまったくどうでもいいので、一番の目的はあなたに細やかな心遣いを見せることであなたに気に入って頂くことなのだから、今晩はずっとあなたのそばにいさせて頂くつもりだと、コリンズははっきりとそう云った。相手の目論見がそこにあるのでは、何を云っても無駄であった。それでもエリザベスは親友のミス・ルーカスのおかげで大分助かった。と云うのも、シャーロットは二人の所へしばしばやって来ては、愛想よくミスター・コリンズの話を自分の方へ引取ってくれたからである。

エリザベスは少くともミスター・ダーシーからその後も眼を附けられて不愉快な思いをすることだけは免れた。ミスター・ダーシーはしばしばエリザベスのすぐ近くに一人ぽつねんと立っていることがあったが、それ以上に近づいて来て話し掛けることはなかった。これは多分自分がミスター・ウィッカムの話を持出したからだろうと思って、エリザベスは大いに気を好くした。

ロングボーンの一行は帰るのが遅れ、最後まで居残っていた。それは、ベネット夫人の策略が効を奏して、ほかの客が全員帰ってしまってからもさらに十五分ほど自分達の馬車の用意が出来るのを待たなければならなかったからだが、おかげでその間に、この家の何人かからは自分達が早く帰ってくれることを心から望まれているのが判った。ミセズ・ハーストとミス・ビングリーは殆ど口を利かず、口を開いても、ああ草臥《くたび》れたと疲れを訴えるだけで、早く自分達だけになりたがっていることがはっきりと態度に出ていた。ベネット夫人が話し掛けようとしても一切相手にしようとせず、おかげで座はすっかり白けてしまい、ミスター・コリンズが一人、ミスター・ビングリーとその姉妹のいかにも洗煉されたもてなしぶりと客人に対するきわめて懇《ねんご》ろかつ鄭重な応対ぶりを長ながと褒め上げたが、場の雰囲気には殆ど何の効果もなかった。ダーシーは終始無言であった。ベネット氏も同様に無言であったが、こちらはその場の光景を面白がっていた。ミスター・ビングリーとジェインは二人だけ皆から少し離れたところに立って、何やら話していた。エリザベスはミセズ・ハーストにもミス・ビングリーにも劣らぬ頑なな沈黙を守っていた。お喋り屋のリディアでさえすっかり疲れ果てた様子で、ときおりあられもない大欠伸をしながら、「あああ、疲れた！」と大きな声を発するだけで、あとは黙り込んでいた。

いよいよ皆が立上がって別れを告げる段になると、ベネット夫人はしつこいほど丁寧な口調で、皆様には是非とも近いうちにロングボーンへお越し頂きたいと云い、とりわけミスター・ビングリーに向っては、正式な招待などという改まったことは抜きにして、いつでも我が家へいらして一緒に食事をして頂ければこんな嬉しいことはない、と念を押した。ビングリーは大喜びで礼を云い、実は明日から暫くロンドンへ行って来なければならないのだが、戻り次第早速にも機会を見てお伺いしたい、と快く請合った。

ベネット夫人はすっかり満足し、これで長女の結婚は間違いなしと確信の得られたことを喜びながら屋敷をあとにした。持参金の決定や新しい馬車の購入、婚礼衣裳の準備などに或る程度の日数は必要だろうが、三、四箇月もすればジェインはネザーフィールドの主婦の座に納まっているのだ。もう一人の娘をミスター・コリンズに嫁がせることについても夫人は確信していて、やはりそれなりに嬉しかったが、嬉しさの度合はジェインの場合ほどではなかった。ベネット夫人にとってエリザベスは一番可愛げのない娘であった。それもあって、相手の男も縁組自体もエリザベスにはまったく申分なしと思われるものの、一方にミスター・ビングリーとネザーフィールドがあるものだから、どうしてもこちらの方は見劣りせざるを得なかったのである。

第十九章

翌日、ロングボーンでは事態が新たな段階に入った。ミスター・コリンズが正式に意嚮《いこう》を表明したのである。許された休暇は次の土曜日までだから時間を無駄にせずに事を済まそうと決心すると、いざという瞬間になっても、気持が臆して困惑するなどということは一切なく、このようなことには不可欠の仕来りであると自ら信じるあらゆる形式を逐一几帳面に踏んで事に乗出した。朝食後間もなく、ベネット夫人とエリザベスと下の娘の一人が三人だけになったとき、ミスター・コリンズはこう云って母親に話し掛けた――

「実は今朝のうちに御令嬢のエリザベスさんとごく内密にお話をさせて頂きたいのですが、そのことでお母様のお力添えを願えますでしょうか？」

エリザベスは驚いて真赧になったが、ほかに何をどうすることも出来ないうちに、ベネット夫人がすぐさま答えた。

「あらまあ！――ええ――ようございますとも。――それはもうリジーは喜んで――この娘に異存のある筈はありませんもの。――さあ、キティー、あなたは二階へいらっしゃい。」そう云うと、ベネット夫人は針仕事を取りまとめて急いで出て行こうとしたが、そのときエリザベスが叫んだ——

「お母様、行かないで。——お願いだから行かないで下さい。——コリンズさんも許して下さるわ。——誰かに聞かれては困るような話を私になさる筈はありませんもの。何なら私が出て行きます。」

「駄目、駄目、何を馬鹿なことを云うんです、リジー。——あなたはそこにいらっしゃい。」——エリザベスが怒ったような困ったような顔で本当に出て行きそうな様子なので、ベネット夫人はさらに附加えた、「いいですか、リジー、あなたはここに残って、コリンズさんのお話を伺うんです。」

母親からこうまで命令口調で云われては、流石にエリザベスも反抗する気にはならなかった——それに一瞬考えて、こんなことは出来るだけ早く、穏やかに片づけてしまうのが最も賢明だろうとも思われたので、改めて坐り直すと、せっせと針仕事の手を動かすことで、半ば困惑しながらも半ば可笑しくて仕方がない気持を押隠そうとした。ベネット夫人とキティーは部屋を出て行き、二人の姿が見えなくなると、早速ミスター・コリンズが口を開いた。

「我が親愛なるミス・エリザベス、あなたの慎み深さはあなたにとって不利になるどころか、むしろあなたのほかの長所美点に一段と花を添えるものです。もしこんな風にちょっと嫌がるところがなかったならば、あなたは僕の眼にこれほど可愛らしくは映らなかったでしょう。ですが、はっきりと云わせて頂きますと、僕はあなたの敬愛すべき母上の許しを得てこの話をしているのです。あなたは生来の奥床しさから知らぬふりをなさっているようですが、いくらそうしても僕の話の趣旨は疑えない筈です。僕の心遣いははっきりとしたもので誤解の余地はなかった筈ですから。僕はこの家に入った途端、ほぼすぐにあなたを生涯の伴侶に選びました。ですが、このことで感情に流される前に、僕がなぜ結婚をする気になったか——さらになぜ妻を選ぶためにこうしてわざわざハートフォードシアまでやってきたか、多分その理由を述べておく方がよろしいでしょう。」

勿体ぶって落着き払ったミスター・コリンズが感情に流されるのかと思うと、エリザベスはもう少しで噴き出しそうになり、おかげで折角相手がちょっと口を噤んでくれたのに、もうそれ以上云わせまいとする機を逸してしまった。ミスター・コリンズは話を続けた——

「僕が結婚する気になった理由は、まず第一に、暮しに余裕のある牧師は（この僕のようにですね）すべからく結婚して、教区民に夫婦たる者の手本を示すべきであると考えるからです。第二に、結婚によって僕の幸福は大いに弥増《いやま》すものと確信するからです。そして第三に——或はこれを先に云うべきだったかも知れませんが——僕の結婚については、僕が庇護者とお呼び申し上げている彼《か》の高貴な令夫人から、たっての御忠言と御勧告を賜《たまわ》ったからなのです。二度もそのおかたはこの問題について御自分の考えを仰有って下さいました（それもこちらからお伺いを立てた訳でもないのにです）。二度目は僕がハンズフォードを発つ直前の土曜日の晩でした――例によって皆でトランプのカドリールをやっていて、勝負の合間にジェンキンソン夫人がミス・ド・バーグの足台の位置を変えてあげているときでしたが――あのおかたはこう仰有ったのです、『ミスター・コリンズ、あなた、結婚なさい。あなたのような牧師は結婚しなければいけません。――相手をよく選んで――この私のことを考えて紳士の娘を選びなさい。それからあなた自身のことも考えて、よく働く、有能な女性をね――育ちが良すぎず、僅かの収入でも上手に切盛りの

出来るひとになさい。これが私の忠告です。なるべく早くそういう女性を見つけて、ハンズフォードへ連れていらっしゃい。私の方から訪ねてあげます。』因《ちな》みに云わせて頂くと、レイディー・キャサリン・ド・バーグの知遇と親切が得られることは、僕の力で提供出来る有利な条件の中でも決して小さなものではないと思っています。あなたもお会いになれば判りますが、あのおかたの態度作法たるやとても言葉などでは云い尽せないほど立派なものです。あなたの機智と快活はきっとあのおかたに受容れてもらえるでしょう、特にそれらがあのおかたの高い身分に気圧《けお》されてちょうど程よいものになったときにはね。僕が結婚をする気になった大体の理由は以上です。あとお話しなければならないのは、なぜ僕の眼が自分の住む村ではなくてロングボーンへ向けられたかということです、僕の村にも感じのよいお嬢さん方は沢山いるのですからね。ですが実を申しますと、あなたのお父上亡きあと（と云っても、まだまだ何年も生きられるでしょうけれど）、ここの領地は現にこの僕が相続することになっているので、僕としては、その悲しい事態が生じたとき——と云っても、今も申しましたように、そんなことはまだこのさき数年はないでしょうが——お嬢様方の損失を最小限にするためにも、お一人を妻に選ぼうと決心しないことには気持が治まらなかったのです。これが僕の動機です。憚りながら、こう申し上げたからと云って、あなたは僕が器量を下げたとはお考えにならないだろうと思います。さあ、これでもうあと残っているのは、僕の愛情の激しさを出来るだけ熱烈な言葉であなたに保証することだけです。財産のことはまったく気にしていませんし、お父上にその種の要求をするつもりもありません。要求しても応じて頂けないことは重重承知していますから。それにあなたに貰う権利があるのは四分利附《しぶりづき》の公債が一千ポンドだけで、それも母上がお亡くなりになるまではあなたのものにならないこともよく承知しています。ですから、そのことについては終始黙っているつもりです。結婚してからも、けちな料簡《りようけん》を起して非難めいた言葉を洩らすことなど絶対にありませんから、その点はどうぞ御安心下さい。」

今やどうしても相手の言葉を遮《さえぎ》る必要があった。

「あなたは少し先走りし過ぎておいでです」とエリザベスは声を揚げた。「お忘れのようですけれど、私はまだ御返辞を申し上げておりませんのよ。これ以上は時間の無駄ですから、ここで御返辞をさせて頂きます。いろいろとお褒めに与ったことに対してはお礼を申し上げます。お申込み頂いたことも光栄に存じます。でも私としてはお断り申し上げる以外にどうすることも出来ません。」

「僕にはよく判っています」とミスター・コリンズは、勿体ぶった仕種で手を振りながら応じた、「お嬢様方は、密かに受容れるつもりでいる男の申込でも、最初の申込に対しては断るのが普通なんです。ときには二度、いや三度断ることだってない訳ではない。ですから僕は今あなたが口になさった言葉を聞いても全然落胆などしていません。いずれ遠からずあなたを祭壇の前へお連れ出来るものと信じています。」

「まあ、何を仰有るんです」とエリザベスは驚きの声を発した。「あれだけはっきりとお断り申し上げたのにまだ信じておられるなんてどうかしていますわ。はっきりと申し上げます、私は二度目の申込を当てにして折角の幸福の機会を危うくするような向う見ずな女ではありません。そんな女のひともいるかも知れませんが、私は違います。私は本気でお断りしているのです。――あなたと結婚しても私は幸せになれませんし、私もおよそあなたを幸せにして差上げられる女ではありません。――それに、そのあなたとお親しいレイディー・キャサリンが私をお知りになれば、どう見てもそのような境遇に相応しい女ではないと思われるに決っています。」

「もし仮にレイディー・キャサリンのお考えが確かにそうだとしても」とミスター・コリンズはひどく厳粛な面持になって云った――「いや、あのおかたがあなたをまったくお認めにならないとは僕には想えませんね。それに大丈夫です、仮にそうだとしても、次回お目通りの際には、あなたの謙遜な人柄、倹約精神、その他諸もろの愛すべき性質を口を極めて褒め称えるつもりですから。」

「いいえ、コリンズさん、私を褒めて頂くことはまったく不必要です。自分のことは自分で判断させて頂きます。それよりどうか私の云うことを信じて下さい。私はあなたがお幸せに、そして豊かになられることを願っています。ですから私はあなたの申込をお断りすることによって、あなたがその反対になられないように出来るだけのことをしているのです。私に申込をなさったことで、あなたは我が家に対する思い遣りのあるお気持を満足させた訳ですし、あとはいつでもその時が来たら、何の疚《やま》しさも覚えずにロングボーンの領地をお受取りになってよろしいのです。ですから、この問題はこれですべて片がついたと考えて下さって結構です。」そう云いながらエリザベスは立上がり、もしミスター・コリンズが次のように話し掛けなかったら、そのまま部屋を出て行くところであった。

「次回この件についてお話をさせて頂くときは、今よりももっと色よい御返辞が頂けるものと期待しています。尤も今だって僕はあなたを残酷だと云って責める気は全然ありません。男の申込を最初は断るのが女性の決った習慣であることは承知していますし、それに今だって、女性の真の慎み深さを踏外さないようにしながら、僕の求婚を励ますようなことを仰有って下さったんですからね。」

「ほんとにもう、コリンズさん」とエリザベスは些か気色ばんで声を揚げた、「あんまりひとを困らせないで下さい。私がこれまで申し上げたことがあなたには励ましの形に見えるのだとしたら、どんな風に申し上げたらお断りをお断りとあなたに納得して頂けるのか、私には判りません。」

「憚りながら、ミス・エリザベス、僕としてはこう考えさせて頂きたい、つまり、僕の申込に対するあなたの拒絶は、こういう場合に当然発せられる言葉に過ぎないのだと。そう信ずる理由は簡単に云えばこうです――僕の手があなたにとって受けるに値しないものだとは僕には到底思えないし、僕に提供出来る家庭生活も至って望ましいものであるとしか思えないからです。僕の社会的地位も、ド・バーグ家との親しい関係も、お宅との縁戚関係も、僕にとってはきわめて有利な条件ですし、それにあなたとしてはさらにこういうことも考慮に入れておくべきです、つまり、あなたにはいろいろな魅力がおありだけれど、再びあなたに結婚の申込があるかどうかはきわめて不確かだということです。不幸にしてあなたが貰える遺産はごく僅かなものですから、折角の美しさも愛すべき性質もおおかた役には立たないでしょう。それゆえ僕としては、あなたは本気で僕を拒んでいるのではないという結論に至らざるを得ない訳で、これはあなたが、お上品な女性方がよくやるやり方に従って、気を持たせることで僕の恋心を募らせたいからだと、僕はそう思いたい訳です。」

「はっきりと申し上げますけれど、私は立派な男の方を苦しめるのが上品であるような、その種のお上品ぶりを気取るつもりなど全然ございません。それよりむしろ正直な女だと思って頂きたいものです。お申込をなさって下さいましたことに対しては繰返し感謝申し上げます。でもお受けすることは絶対に出来ません。私の気持がどうしても許さないのです。これ以上はっきりと申し上げることなど出来まして？　ですからどうかもう私のことを、あなたを悩ませようとしているお上品な女だなどと考えるのはお止めになって、心から本心を語っているまっとうな頭を持った女だとお考え下さい。」

「あなたはいつものことながら実に魅力的なひとだ！」と、ミスター・コリンズは様にならない伊達男ぶりを見せて愛想を云った。「いずれあなたの御立派な、権威ある御両親様のお許しが得られた暁には、僕の申込は必ずや受けてもらえるものと確信しています。」

頑《かたく》なに自分を欺きつづけるこのしつこさに、エリザベスは返辞をする気がしなくなり、黙ったままさっさと部屋から出て行った。こちらが何度繰返し断っても、相手がどうしても気を持たせるための励ましとしか受取ろうとしないのなら、これはもう父に頼むしかないと決心していた。父ならきっぱりとした態度で断ってくれるであろうし、少くとも父の物腰がお上品な女の気取りや媚態《びたい》と誤解される可能性はまずないであろう。

第二十章

あとに残ったミスター・コリンズは、首尾よく行った恋の顚末《てんまつ》にいつまでも無言の思いを寄せてはいられなかった。それと云うのも、玄関広間をぶらぶら歩き廻って二人の話の終るのを待構えていたベネット夫人が、エリザベスが扉を開けて自分の前を足早に通り過ぎて階段の方へ向うのを見ると、すぐさま朝食室に入って来て、互いにもうじきより近しい間柄になれそうなめでたい見通しを、熱の籠った言葉で双方のために喜んだからである。

ミスター・コリンズは夫人に劣らぬ喜びを見せてこれらの祝辞を受け、お礼の言葉を返した。それから二人の話合いの詳細を語り始め、自分はその結果にすっかり満足している、と云うのも、お嬢様は終始頑なに断り通されたが、あれは当然お嬢様の内気で控目な心と真に慎み深い人柄が口にさせたものであろうから、と云った。

しかしながら、この話にベネット夫人は吃驚仰天《びっくりぎようてん》した。——夫人としても、娘は相手に気を持たせるために申込を断ったのだと、コリンズともども喜んでそう思いたいところであったが、どうもそうは思えなかったので、そのことを口にせずにはいられなかった。「でも御安心なさい、コリンズさん」と夫人は附加えた、「リジーにはきちんと納得させますから。私からじきじきに話して聞かせます。あの娘はほんとに強情な馬鹿娘でしてね、何が自分のためなのかが分ってないのです。でも大丈夫、私が分らせますから。」

「お話の腰を折って恐縮ですが、奥様」とミスター・コリンズが声を揚げた、「もしお嬢様が本当に強情なお馬鹿さんだとすると、僕のような立場にある男にとって果して本当に望ましい妻になれるかどうか判りませんね。僕としては当然のことながら結婚生活に於ける幸福を求めている訳ですから。ですから、もしお嬢様が現にどうしても僕の求婚を断ると云うのでしたら、無理やり受容れさせない方がいいかも知れません。気質的にとかくそのような欠陥がおありでは、あまり僕の幸福のためにはならないでしょうから。」

「あなた、それはまったくの誤解です」とベネット夫人は驚いて云った。「リジーが強情なのはこういうことに関してだけなのです。それ以外のことでは、それはもう実に気立てのいい娘でしてよ。私、これから早速主人の所へ行って、二人掛りですぐにも娘を説伏せて話を纏めますから。」

ベネット夫人は相手に返辞をする間も与えず、すぐさま夫の許へ急ぎ、書斎に入るなり大声で呼掛けた――

「あなた、あなた！　あなたに急用があるんです。私達、大変なことになってますの。さあ、早くいらして、リジーをミスター・コリンズと結婚させて下さい。だって、あの娘はどうしても嫌だと云うし、急がないとミスター・コリンズも気が変って、リジーと結婚しないって云い出すかも知れないんだもの。」

ベネット氏は妻が入って来たとき、書物から眼を上げ、落着き払った無関心な表情で相手の顔を眺めていたが、話を聞いてもその表情は少しも変らなかった。

「私にはお前さんの云っていることが分りません」とベネット氏は、妻が話しおえると云った。「一体、何の話をしているのかね？」

「ミスター・コリンズとリジーのことじゃありませんか。リジーはミスター・コリンズと結婚しないと云うし、ミスター・コリンズもリジーとは結婚しないと云い始めているの。」

「それでこの私にどうしろと云うんだい？――望みのなさそうな話じゃないか。」

「だから、あなたからリジーに話して、どうしてもあの方と結婚しなければいけないと云って頂きたいのよ。」

「なら、リジーを呼びなさい。私の考えを話して聞かせるから。」

ベネット夫人は呼鈴を鳴らした。ミス・エリザベスは書斎へ呼出された。

「まあ、こちらへ来なさい」と父は、エリザベスが姿を見せると云った。「実はお前を呼んだのは大事な用があるからなんだ。ミスター・コリンズがお前に結婚の申込をしたそうだが、それは本当かね？」エリザベスは本当だと答えた。「よろしい――それでその申込をお前は断ったんだね？」

「お断りしました。」

「よろしい。さて、これからが重要なところだ。お母さんは是が非でもお前にそれを受容れさせたがっている。お前、そうなんだね？」

「そうですとも。嫌だなどと云ったら、私は二度とこの娘の顔を見るのは御免です。」

「どうも困ったことになったな、エリザベス、あちらを立てればこちらが立たずという訳だ。今日からお前は両親のどちらかと他人にならなければならない。――お母さんはお前がミスター・コリンズと結婚しなければ二度とお前の顔を見るのは嫌だと云う。だが私はお前がミスター・コリンズと結婚するなら二度とお前の顔は見たくないと思っているのだ。」

エリザベスはあのように始まった話が、こんな風に終ったことに、思わず顔をほころばせずにはいられなかったが、ベネット夫人の方は、夫もこの問題は自分の望みどおりに考えてくれているものと思い込んでいただけに、失望落胆もいいところであった。

「どういうことですの、あなた、そんな云い方をなさるなんて？　是が非でもこの娘をあの方と結婚させるという話だったじゃありませんか。」

「ねえ、お前」と夫は答えた、「お前に二つばかりささやかなお願いがあるんだが。一つは、このことでは私にも私の理解力を自由に使わせてもらいたいということ。もう一つは、私の部屋も自由に使わせてもらいたいということ。一刻も早く書斎で一人になれれば有難いのだがね。」

しかしながらベネット夫人は、夫には失望落胆したものの、この問題についてはまだ諦めていなかった。直接エリザベスに向って何度も話を蒸返し、宥《なだ》めすかしたり、威《おど》したりした。ジェインを身方に附けようとしたが、ジェインは口出しすることを体よく穏やかに辞退した。――エリザベスは母親の攻撃に、或るときはひどく真剣に応ずるかと思うと、或るときはふざけ半分に茶化してこれを受流した。しかし態度こそ変っても、決心はまったく変らなかった。

その間一人取残されたミスター・コリンズは、これまでの経緯に思いを廻らせていた。何しろひどく自惚の強い男であったから、一体どういう料簡でエリザベスにこちらの申込が断れるのかさっぱり見当がつかず、それで自尊心こそ多少傷つきはしたものの、ほかには何の痛痒も感じなかった。もともとエリザベスへの愛情といったところでまったくの独り合点に過ぎなかったから、案外母親の非難が当っているのかも知れないぞと思うと、一向に残念だとも思わなかった。

一家がこんな風に大騒ぎしているところへ、シャーロット・ルーカスがその日を皆と一緒に過すつもりでやって来た。玄関へはリディアが迎えに出たが、リディアはシャーロットの姿を見るや息急き切って駆寄り、声を潜めて云った、「いいところへいらしたわ、今すごく面白いところなの！――今朝何があったと思う？――ミスター・コリンズがね、リジーに結婚を申し込んだの。ところがリジーはどうしても嫌だって云うの。」

　シャーロットが返辞をする間もなく、キティーがやって来て、同じことを知らせた。三人が朝食室に入って行くと、そこにはベネット夫人だけがいて、夫人もまた早速同じ話を持出して、ミス・ルーカスに同情を求め、あなたとリジーは親友なのだから、あの娘が一家の願いに応じるよう、どうかあなたからも説伏せてもらいたいと愬《うった》えた。「ね、お願い、ミス・ルーカス、そうして頂戴」と云って、さらに沈んだ口調で附加えた、「だって誰も私の身方をしてくれないし、肩を持ってくれないし、私はもう散散な目に遭っているの。誰も私の傷つき易い神経を憐んでくれないのよ。」

　そのときジェインとエリザベスが入って来たので、シャーロットは返辞を免れた。

「ほうら、御本人がお出ましになった」とベネット夫人が続けた、「私は関係ありませんといった顔をして――自分の我儘《わがまま》が通りさえすれば、あとは野となれ山となれ、私達のことなどまるで知らん顔なんだから。――だけどいいですか、ミス・リジー、こんな風に結婚の申込を片端から断りつづけようものなら、夫なんか一生持てませんからね――お父様が亡くなったら誰があなたを養うのか、私は知りませんよ。――この私にはとても無理ですからね――それだけははっきりと云っておきます。――あなたとは今日限り縁を切ったんだから。――書斎でそう云ったでしょう、あなたとは二度と口を利かないって。私は云ったことは守りますからね。どうせ親不孝な子供と話をしたって楽しいことなんかないんだから。――誰と話をしたって大して楽しい訳じゃないけどね。私のように神経の参っている人間はそもそも話なんかしたくないのよ。ああ、私は自分の苦しみが誰にも分ってもらえない！――でもいつだってそんなものさ。大体愚痴や不平を云わない人間は同情されないのが相場だからね。」

娘達はこの止めどのないお喋りを黙って聞いていた。理を説いたり宥めすかしたりしてもますます苛立たせるだけだと判っていたからである。それでベネット夫人は誰からも邪魔されずに一人で喋りつづけていたが、やがてそこへ、ミスター・コリンズが普段以上に勿体ぶった態度で入って来た。夫人はコリンズの姿を認めると娘達に云った――

「さあ、いいですか、あなた達はみな黙っているんですよ。コリンズさんと二人だけで少し話をさせてもらいますからね。」

エリザベスはそっと部屋から出て行き、ジェインとキティーもあとに続いた。しかしリディアは聞けるだけのことはみんな聞いてやれという肚《はら》で、その場を動かなかった。シャーロットは、ミスター・コリンズが鄭重に自分のことや家族のことを事細かに訊ねてくれるので、最初はその場に引留められた形だったが、そのうちに少し好奇心が湧いて来たので、そのまま窓の方へ歩み寄って何も聞いていないふりをすることにした。いかにも哀れな声でベネット夫人はそのミスター・コリンズと二人だけの話とやらを切出した――「ああ！　ミスター・コリンズ！」――

「親愛なる奥様」とミスター・コリンズは答えた、「この問題についてはもう金輪際何も云わないことにしましょう。」そしてややあってから、「僕はお嬢様の振舞に全然腹を立てなどいません」と、明らかに腹を立てている声で続けた。「避けがたき災厄はこれを諦めることが我我人間の義務ですし、特に僕のように幸いにも年若くして栄達を得た者の義務です。ですから僕は諦めることにします。それに仮にお嬢様が僕に手を取らせて下さったとしても、僕が本当に幸福になれるかどうか疑わしい気もしていますので、やはり諦めることになったでしょう。と云うのも、僕のしばしば観察したところによると、最も諦めがつき易いのは、拒まれた幸福がどうやら思っていたほどのものでもないことが判り始めたときだからです。親愛なる奥様、奥様とベネット氏に僕のために親としての権威を発揮して頂くようお頼みもせずに、お嬢様への申込をこうして撤回したからといって、僕が御一家に失礼な真似をしたなどとはどうかお取りにならないで頂きとう存じます。お断りの言葉を奥様の口からでなくお嬢様の口から頂いたことで、或は僕の振舞はよくなかったかも知れません。でも我我はみな過ちを犯しがちなものです。僕はこのことでは終始善意を尽したつもりです。僕の目的は、御一家全員の利益を然るべく考慮に入れながら、自分のために好ましい伴侶を得ることでした。ですからもし僕のやり方に何か非難されるべきところがあったのでしたら、それはこのとおりお詫びをさせて頂きます。」

第二十一章

ミスター・コリンズの求婚をめぐる揉め事はどうやらこれで一段落ついた形で、あとエリザベスとしては、このような事態に附きものの気不味《きまず》い思いと、ときおり母親が口にする嫌味な当てこすりを我慢しさえすればよかった。当の紳士の方はと云うと、別段当惑するでも落胆するでもなく、また敢えてエリザベスを避けようとするでもなく、強張った態度とむっつりと押黙った沈黙のうちに専らその感情は表れていた。エリザベスには滅多に口を利かず、それまであれほど意識的になされていた甲斐甲斐しい心遣いは、以後丸一日中ミス・ルーカスに向けられた。ミス・ルーカスが鄭重に相手の話に耳を傾けてくれたことは、家族全員にとって、とりわけ親友のエリザベスにとって時宜《じぎ》を得た救いであった。

翌日になってもベネット夫人の不機嫌というか神経不調は一向に快くならなかった。ミスター・コリンズも相変らず高慢な仏頂面を見せていた。エリザベスはコリンズが腹立ち紛れに訪問を予定より早目に切上げるかも知れないと期待したが、どうやら訪問計画には何の影響もなさそうであった。初めから土曜日に帰ることにしていたので、なおも土曜日までは居坐るつもりであった。

朝食後、娘達はメリトンへ出掛けて行った。ミスター・ウィッカムが戻って来たかどうかを訊ね、もし戻っていたら、ネザーフィールドの舞踏会に来なかったことに不平を云うつもりであった。一行が町に入ったところへちょうど折よくミスター・ウィッカムが来合せたので、皆はそのまま一緒にフィリップス伯母の家へ行き、そこで、ウィッカムが、行けなかったことを残念にも腹立しくも思っていると云うと、皆もひどく心配したのだと云って、ひとしきりその話が続いた。――しかしウィッカムはエリザベスにだけは、実はあれはわざと欠席することにしたのだと、自ら進んで打明けた。

「時が近づくにつれて」とウィッカムは云った、「やはりミスター・ダーシーとは会わない方がいいという気になったんです。あの男と同じ部屋にいるのは、それこそ何時間も続けて同席するのは、と

ても堪えられないだろうし、もしかすると僕以上に、ほかの人達に不愉快な思いをさせることになるかも知れないという気がして来たんです。」

エリザベスはウィッカムの自制心を高く評価した。やがてウィッカムともう一人の士官が一緒に歩いて皆をロングボーンまで送ってくれることになり、途中ウィッカムがとりわけエリザベスに附添って歩いたので、二人はその自制心についてたっぷりと話し合い、また互いに相手を鄭重に持上げることが出来た。ウィッカムの同行には二重の利点があった。エリザベスがこれを自分に対する好意の現れと受取って、ウィッカムを両親に紹介するまたとない機会だと思ったからである。

皆が帰宅して間もなく、ミス・ベネット宛に一通の手紙が届いた。それはネザーフィー

ルドからのもので、直ちに開封された。封筒の中身は洒落た小型の艶出しの掛った便箋で、女手の綺麗な流れるような筆蹟が紙面一杯を覆っていた。ジェインは早速読み始めたが、やがて顔色が変り、或るひとところを熱心に読返しているのがエリザベスに判った。ジェインはすぐに気を取直して手紙をしまうと、いつものように快活に皆の会話に加わろうとしたが、エリザベスは手紙のことが気になって、ウィッカムに対してさえ暫《しば》し注意が疎《おろそ》かになった。ウィッカムと連れの士官が暇《いとま》を告げると、すぐにジェインからエリザベスに目配せがあって、一緒に二階へ来てもらいたそうであった。二人が自分達の部屋に入ると、ジェインは手紙を取出して云った――

「これね、キャロライン・ビングリーからの手紙だけれど、中身にひどく驚いているの。皆さん全員、今頃はもうネザーフィールドを引払って、ロンドンへの途上にあるって云うんだもの。もう戻って来るつもりはないんですって。読んでみるわね、こう云っているの。」

ジェインは手紙の始めから声に出して読み始めた。最初の文は、皆が兄のあとを追って直ちにロンドンへ行く決心をしたこと、そして今日はグロウヴナー・ストリートのミスター・ハーストの家で食事をするつもりであることを伝えていた。続く文章はこう書かれていた。「私は、我が最愛の友である貴女とお附合いが出来なくなることを除けば、ハートフォードシアに心残りなことは何もありません。でも貴女とは、将来いつの日か、これまでのような楽しいお附合いが再び繰返されることを望んで止みません。それまでは、心おきない手紙を頻繁に交換し合うことで、別離の辛さは軽減されるものと存じます。貴女を信頼してお便りをお待ちしております。」これらの大袈裟な、昂《たかぶ》った文句をエリザベスは信じる気になれず、聴いていても何も感じなかった。ビングリー姉妹の引越が突然だったことには驚いたが、だからといって別にそれが悲しむべきこととも思えなかった。姉妹がネザーフィールドにいなくなったからといって、ミスター・ビングリーまでいなくなるとは想えなかったし、ジェインだって、姉妹との交際が出来なくなったところで、ミスター・ビングリーとの楽しい交際が続きさえすれば、そんなことはすぐに何とも思わなくなる筈だと、エリザベスは信じて疑わなかったからである。

「お友達がこの地を離れる前にお姉様が会えなかったのは生憎だったけれど」とエリザベスは、短い間を措いてから云った、「でもミス・ビングリーが楽しみにしていると云うその将来の幸せな時は、本人が思い込んでいる以上に早く来るかも知れなくてよ。友達としてのこれまでの愉しいお附合いも、姉妹としてのお附合いという、よりいっそう満足すべき形で再開されるかも知れなくてよ。――あのひと達がロンドンへ行ったからといって、ミスター・ビングリーまでロンドンに行きっぱなしということはないと思うわ。」

「でもキャロラインは、この冬は仲間の誰もハートフォードシアには戻らないって、はっきりそう云っているのよ。読んであげるわ――

『兄も昨日発つときは、ロンドンへ出向く用事は三、四日もすれば片づくだろうと申しておりましたが、それが無理なことは私達には分っておりますし、同時に、チャールズは一旦ロンドンに着けば、急いでロンドンを離れたがらないことも分っていますので、空いた時間を味気ないホテルで過さなくてもいいように、私達も急遽あとを追掛けることにした次第です。私の知合いの多くも、皆さん冬のシーズンに備えて既にあちらに戻っておいでです。我が最愛の友なる貴女からもその仲間に加わる意嚮《いこう》がおありとのお便りが頂ければとは存じますが、それは望みなきことと諦めております。どうかハートフォードシアのクリスマスが例年どおり陽気で賑やかなクリスマスになり、私達があの三人を連去っても、粋な男達が沢山集まって来て貴女が寂しい思いをしなくて済みますことを、心から願っております。』」

「これではっきりしたでしょう」とジェインは附加えた、「あの方はこの冬はもう戻って見えないのよ。」

「はっきりしているのは、ミス・ビングリーに兄さんを帰そうという気がないということだけだわ。」

「どうしてそんな風に考えようとするの？　あの方が自分の意思でなさることだわ。——あの方は他人の指図で動くような人ではないもの。でもあなたがまだ知らないことがあるの。私、ここのところがとりわけ気になっているのだけれど、読んでみるわね。あなたにだけは隠し事をしないでおきたいから。――『ミスター・ダーシーは妹さんにとても会いたがっています。実を云うと、私達もまた妹さんには是非とも再会したいと思っております。ジョージアナ・ダーシーに匹敵するだけの美貌と気品と才藝を身に具えた女性はまずいないと、私は本心からそう思っています。姉のルイーザと私があのかたに抱いている愛情は、あのかたにはいずれ私達の妹になって頂きたいものだと希《ねが》う気持から、ますます大切なものになりつつあります。このことに関する私の気持を以前貴女にお話したことがあったかどうか憶えておりませんが、当地を離れるに当り、是非とも打明けておきたいと思います。こう申したからといって、貴女は私の気持を謂れなきものとはお考えにならないだろうと存じます。兄は以前からあのかたに対する賞讃を惜しみませんでしたし、これからはごく親密な間柄としてお会いする機会も増える訳ですし、あのかたの親戚の方達も私どもに劣らずこの縁組を願っておいでなのですから。チャールズにはどんな女性の心も捉えてしまう魅力があると申しても、決して妹の慾目から間違ったことを申しているとは思いません。このようにまわりの条件は二人の愛情にとってすべて好都合で、しかもその妨げになるものは何もないのですから、こんなに多くの人達が幸せになれる成行を心底期待したからといって、ねえ、親愛なるジェイン、私は間違っていますかしら?』ねえ、リジー、この文章をどう思って?」――ジェインは読みおえると云った。「はっきりしているじゃないの?――キャロラインは私と姉妹になることを期待も望みもしていない、兄さんが私に無関心なことも確信し切っている、そして多分あの方に対する私の気持を察して、私に用心させようとしている（御親切にもね！）――この文章がはっきりと語っているのはそういうことではなくて？　ほかに何か考えられる？」

「ええ、考えられるわ。私の考えはまったく違っていてよ。――お聞きになりたい？」

「勿論、喜んで。」

「簡単に云うわね。ミス・ビングリーには兄さんがあなたに恋しているのが判っているのよ。でもあのひとは兄さんにミス・ダーシーと結婚してもらいたいの。兄さんのあとを追ってロンドンへ行ったのは、兄さんをロンドンに足留めさせておきたいからで、その上で、兄さんはあなたには気がないのだとあなたに思い込ませようとしているのよ。」

ジェインは首を横に振った。

「これは本当よ、ジェイン、私の云うことを信じなきゃ駄目。――あなた方が二人一緒にいるところを見た人なら、誰だってあの方の愛情は疑えないわ。ミス・ビングリーにだって疑えないのよ。あのひとそんな馬鹿じゃないもの。もし、ミスター・ダーシーがその半分の愛情でもあのひとに向けているのが判ったら、あのひとはさっさと婚礼衣裳を注文してよ。でもね、問題はこういうことなのよ。あの人達にしてみれば、私達は金持でもないし、身分的にも物足りない。それでミス・ビングリーはミス・ダーシーを兄さんのお嫁さんにしたくて仕方がないの。それにね、仲間同士で一組の夫婦が出来れば、もう一組あとに続くのにさほど苦労は要らないだろうという肚《はら》もあのひとにはあるのよ。確かに巧《うま》い手だわ。ミス・ド・バーグという障碍《しようがい》がなければ、案外上手《うま》く行くかもね。でもね、ジェイン、いくらミス・ビングリーが自分の兄はミス・ダーシーを大いに賞讃していると云っても、あの方が火曜日に別れたときよりもほんの少しでもお姉様の値打を低く見るようになったなどと、決して本気にしないことね。ミス・ビングリーに上手く云い含められれば、あの方はお姉様に対する愛情をミス・ダーシーの方へ移すだろうなどと、決して想っては駄目よ。」

「もし私がミス・ビングリーに対してあなたと同じような考え方をしているのなら」とジェインは答えた、「あなたの今の説明で随分気が楽になるんだけれど。でも前提が正しくないわ。キャロラインは故意に人を騙せるようなひとじゃないもの。この場合せいぜい私に考えられるのは、あのひと自分で何か思い違いをしているということだけだわ。」

「そのとおりね。――私の考えに慰めを見出すつもりがない以上、そう考えるのが一番いいかもね。ミス・ビングリーは何か思い違いをしているのだと、是が非でもそう信じたらいいわ。それであのひとに対する義理立ては済んだ訳だから、もうこれ以上やきもきするのはお止めなさい。」

「でもねえ、リジー、最善の場合を考えてあの方の愛情だけは確かだとしても、姉妹もお友達もみなほかの女性との結婚を望んでいる人と結婚して、私、幸せになれるかしら?」

「それはお姉様が御自分で判断なさらなきゃ」とエリザベスは云った。「よくよく考えた揚句、あの方の姉妹の意に逆らう辛さの方が、あの方の妻になる幸せよりも大きいと云うのであれば、それはもう是が非でもお断りするよう忠告するわ。」

「よくそんなことが云えるわね」——ジェインは微かに頬笑みながら云った——「よくって？　それはあのかた達に反対されるのはひどく悲しいけれど、私の気持に躇いはなくてよ。」

「私だってそう思っていたわ。——だからね、私としてはお姉様の立場にあまり同情する気になれないの。」

「でもあの方がこの冬はもう戻らないのだとすると、私がどっちかに決めなければならない必要もなくなるでしょうね。半年のあいだにはいろんなことが起り得るもの。」

ミスター・ビングリーがもう戻らないという考えを、エリザベスは嗤って取合おうとしなかった。それはキャロラインの自分勝手な願望から出たものとしか思えなかったし、その願望がいかに明らさまに口にされようと、言葉巧みに語られようと、あれほど誰からも指図を受けることの嫌いな青年が、そんなことで左右されようとは到底想えなかったからである。

エリザベスはそのことに関する自分の考えを姉に向って口を極めて力説したが、やがてどうやら効果があったらしいのを見て嬉しかった。ジェインはもともと気質的に物事を悲観する方ではなかった。ときおりビングリーの愛に対する確信が揺らいで不安になることはあったが、それでもビングリーはいずれネザーフィールドへ戻って来て、自分の心のすべての願いに応えてくれるだろうと、徐徐に希望を持ち始めた。

二人は相談の結果、ベネット夫人には一家がロンドンへ発ったことだけを話し、ミスター・ビングリーの行動予測まで持出して心配はさせないことにした。しかしそれだけのことを知らされただけでベネット夫人はひどく心配になった。折角みんなが親密になろうとしているところなのに、あのかた達が行ってしまうなんて何て運が悪いんだろうと、いたく嘆き悲しんだ。それでも暫くして嘆きが一段落すると、でもミスター・ビングリーはすぐに戻って来る、戻ればすぐにロングボーンへ食事に見えるだろう、と思い直して気持を慰めた。そして最後にはすっかり機嫌を直して、あの方には家庭の食事にどうぞとしか云ってないけれど、フルコースを二種類出すことにしようと宣言した。

第二十二章

その日ベネット家の人達はルーカス家の人達と夕食を共にすることになっていて、このときもまたミス・ルーカスは親切にもずっとミスター・コリンズの話相手になってくれた。

エリザベスは機会を捉えてシャーロットに礼を云った。「おかげであの人御機嫌だわ。あなたにはお礼の云いようもないほど感謝しているわ。」シャーロットは、お役に立てて満足だと云い、自分としてはほんのちょっと時間を潰しただけなのだから、そう云ってもらうだけでお礼は充分だと請合った。これはいやに愛想のいい言葉であったが、実はシャーロットの親切心はエリザベスの思いも及ばぬところまでその手を差伸べていたのである――その目的はほかでもない、ミスター・コリンズの求愛の矛先《ほこさき》を専ら自分の方へ向けさせることで、それが二度とエリザベスの方へは戻らないようにすることであった。それがミス・ルーカスの狙いであった。形勢はきわめて有望で、シャーロットはその夜別れるとき、もしミスター・コリンズのハートフォードシア滞在がもう少し長引けば、成功はほぼ間違いないのだがと思ったほどであった。しかしそう思ったシャーロットはコリンズの情熱的で独立心に富んだ性格を見誤っていた。それと云うのも、ミスター・コリンズはまさにその性格に導かれて翌朝ものの見事にこっそりとロングボーン・ハウスを脱け出すと、ルーカス・ロッジへと急ぎ、シャーロットの足許に身を投じたからである。ベネット家の令嬢達には気づかれたくなかった。もし令嬢達が自分の出て行くところを見れば、必ずや自分の意図を推し測るに決っているし、成功がはっきりするまでは計画も知られたくなかったのだ。と云うのも、シャーロットは大分気のある様子を見せていたのだから当然大丈夫な筈だとは思っていたが、流石《さすが》に水曜日の一件があってからは少しばかり自信を失っていたからである。しかしながらコリンズを待っていたのは有望この上ない歓迎ぶりであった。ミス・ルーカスは二階の窓からミスター・コリンズが我が家へ向って歩いて来るのを認めると、すぐさま家を出て小径に入り、そこでさも偶然に出会ったようなふりをした。だがさしものシャーロットも、これほどまでに雄弁な愛の告白が自分を待受けていようとは思ってもみなかった。

瞬く間に——と云ってもミスター・コリンズの長広舌に掛る時間を考慮に入れての話だが——何もかもが双方にとって満足の行く結論に達した。やがて二人が家に入る頃には、コリンズはシャーロットに自分が最も幸福な男になれる日を決めてくれるようにと熱心に求めて止まなかった。このような懇願には本来なら手でも振ってすぐには応じないものだが、シャーロットには相手の幸福をいい加減に扱う気はなかった。それに相手がこのよう

な生れついての左巻では、結婚前の求愛期間といっても、女の方がその期間の長引くことを願うような甘い魅力などある筈はなかった。ミス・ルーカスはただもう世帯《しょたい》を持ちたいという、私利も私慾も離れた、純粋な願いからミスター・コリンズを受容れたので、その世帯が得られるなら、早い分にはいくら早くても一向に構わなかった。

早速サー・ウィリアム・ルーカス夫妻の承諾が求められたが、夫妻はたいそう喜び、承諾は二つ返辞で与えられた。ミスター・コリンズの現在の境遇を考えれば、ろくな財産分けもしてやれない娘にとってこれは願ってもない良縁であった。しかも相手はいずれロングボーンの領地を受継ぐ訳だから、将来は財産家になる見込も充分にあるのだ。ルーカス令夫人はこれまでベネット氏の寿命には大して興味はなかったが、ここに来て急に、あと何年ぐらいだろうかと計算し始めた。一方サー・ウィリアムはミスター・コリンズがロングボーンの領地を所有するときは、若夫妻がともどもセント・ジェイムズ宮殿に参上して謁見《えっけん》を賜る絶好の機会になるだろうから、是非ともそうさせようと力説した。要するに、このことでは一家全員が大喜びであった。それもその筈で、妹達にしてみれば、おかげで思っていたよりも一、二年早く社交界に出られそうな希望が湧いて来た訳だし、弟達にしても、シャーロットは老嬢として死ぬのではないかと心配しなくてもよくなったからである。シャーロット自身はかなり冷静であった。既に目的を達したので、このことについてゆっくり考えてみたが、考えた結果はおおむね満足の行くものであった。確かにミスター・コリンズは頭もよくないし、感じがいい訳でもない。一緒にいてもうんざりするだけだし、自分を愛しているなどと云ってもどうせ当人の独り合点に決っている。そんな男でも夫は夫なのだ。――相手の男がどうだとか夫婦生活がこうだとかいうようなことはあまり重大に考えず、とにかく結婚することが常にシャーロットの目的であった。教育があっても財産のない若い女にとって、結婚は喰いはぐれないための唯一の恥しくない手段であり、幸福が得られるかどうかはいかに不確かであろうと、貧乏を免れるための予防策としては最も快適なものに違いなかった。その予防策を今や手に入れたのである。既に二十七歳で、美貌にも恵まれなかったシャーロットは、この幸運を沁《しみ》じみと嚙締めた。このことで最も気が重いのは、エリザベス・ベネットを吃驚させるに違いないことであった。シャーロットはほかの誰よりもエリザベスとの友情を一番大切にしていた。エリザベスは驚き怪しみ、多分非難するだろう。非難されても決心がぐらつくことはないが、そのような反対に遭えばやはり気持は傷つくに違いない。シャーロットはエリザベスには直接自分の口から知らせることにしようと決心した。そこでミスター・コリンズには、ロングボーンへ食事に戻っても、このことは家族の誰にも一切口外しないようにと釘を刺した。ミスター・コリンズは、勿論秘密は守ると忠実に誓ったが、実際に守りとおすのは決して容易ではなかった。何しろベネット家では長時間コリンズの姿が見えないので皆はすっかり好奇心の塊になっていて、帰るなり面と向って質問を浴びせかけて来たから、矛先を躱《かわ》すのが大変で、よほど巧妙にやらなければならなかったからである。しかも当人自身は、出来ることなら己れの恋の上首尾を公表したくて内心うずうずしていたから、同時にその気持を抑えるのも並大抵ではなかったのである。

ミスター・コリンズは翌朝早く、家族がまだ寝静まっているうちに出発することになっていたので、別れの挨拶はその晩女性達が寝室へ引揚げる前に交された。ベネット夫人は至って鄭重かつ懇《ねんご》ろに、ほかにまた用事が出来てロングボーンへいらっしゃれるときはいつでも大歓迎ですからね、と云った。

「奥様」とミスター・コリンズは答えた、「只今のお招きのお言葉、別して痛み入ります。実はそのお言葉が頂けないものかと願っていたものですから。必ずや出来るだけ近いうちにお言葉に甘えさせて頂こうと思っております。」

皆は驚いて呆気に取られた。ベネット氏は、そう早ばやと舞戻られては堪らないと思い、急いで云った――

「いや、だけどそれはレイディー・キャサリンがお喜びにならないのではないかな？――親戚のことなどは無視してくれていいから、庇護者の感情を害するような危険だけは冒さないようにしないとね。」

「これはまた御親切な忠告を賜り」とミスター・コリンズは答えた、「別して感謝いたします。ですがどうぞ御安心下さい、令夫人の御同意を得ずにそのような重大な行動を起すことなど決してございませんから。」

「いや、くれぐれも用心なさるに越したことはない。どんな危険を冒そうとも、令夫人の不興を買う危険だけは冒さないようにすることです。再度の拙宅訪問が令夫人の癇に障りそうな気配が見えたら——どうも私には大いにありそうなことに思えるんだが——そのときは家でおとなしくしていらっしゃい。大丈夫、そのために私どもが感情を害するなどということは一切ありませんから。」

「実に愛情の籠ったお心遣いを頂き、忝《かたじけな》い気持で一杯です。このことにつきましては、またハートフォードシア滞在中に受けました御好意の数かずにつきましても、帰り次第早速にもお礼の手紙を差上げるつもりでおります。麗しき御令嬢方には、いずれ近いうちにまたお目に掛れると思いますのでその必要はないかも知れませんが、この際ですので皆様の健康と幸せをお祈りさせて頂きます、勿論ミス・エリザベスも含めてです。」

女性達は然るべき鄭重な挨拶をしてそれぞれ寝室へ引揚げたが、ミスター・コリンズがすぐにまた戻って来るつもりなのを知ってみな等しく驚いていた。ベネット夫人は、これはきっと下の娘達のどれかに結婚を申し込もうと思ってのことだろうと希望的な解釈を下した。メアリーなら云って聞かせれば受容れるかも知れない。娘達の中ではメアリーがミスター・コリンズの才能を一番高く買っているし、その考え方には堅実なところがあると云ってしばしば感心もしている。ミスター・コリンズは決してメアリーほど頭はよくないが、メアリーのような手本を得て、自分も本を読んで向上しようという気になれば、それこそ好ましい伴侶になるかも知れない。しかし次の朝になって、この種の希望は悉《ことごと》く水泡に帰した。朝食後すぐにミス・ルーカスがやって来て、エリザベスと二人だけになると、前日の出来事をすべて話したからである。

もしやミスター・コリンズはシャーロットに恋をした気になっているのではという思いは、この一両日のあいだに一度エリザベスの脳裡にも浮んだが、まさかシャーロットがそれに応じて相手に気を持たせることがあろうとは、自分の場合同様到底あり得ないことだと思っていただけに、エリザベスの驚きは大きく、最初は礼儀の枠も踏越えて、思わずこう叫ばずにはいられなかった――

「ミスター・コリンズと婚約ですって！　まあ、シャーロット――信じられない！」

ミス・ルーカスは話をしているあいだは落着いた表情を保っていたが、このあまりにも率直な非難に、流石に一瞬困惑の色を見せた。尤もこの程度の非難は予想内だったから、すぐに平静を取戻して、穏やかな口調で答えた――

「なぜ驚くことがあるの、エライザ？――あなたは、ミスター・コリンズが、あなたの場合不幸にして上手く行かなかったからといって、だからどんな女性からも好意を持たれることなどあり得ない筈だとお考えなの？」

しかしエリザベスは既に気を取直していて、強いて努めながらもかなりしっかりとした口調で、お二人が結婚して下されば自分にとってもたいへん有難いことであり、心から幸せを祈っている、と云うことが出来た。

「あなたの気持はよく分るわ」とシャーロットは答えた――「驚いたでしょうね、それこそ吃驚仰天《びっくりぎょうてん》したに違いない――何しろつい先日までミスター・コリンズはあなたと結婚したがっていたんですものね。でもね、あなたもゆっくりと考えてみれば、いずれ私のしたことを納得してくれると思うわ。あなたも知ってのとおり、私はロマンティックな女ではないし、今までだってそんな女ではなかった。私は安楽な家庭が欲しいだけなの。ミスター・コリンズの人柄や、縁故関係や、社会的地位を考えれば、私はあの人と結婚しても幸福になれる見込は充分にあると思っているの、大抵のひとが結婚生活に入って誇れる程度の幸せは得られるだろうと。」

「確かにね」とエリザベスは静かに答えた。――暫し気不味い沈黙があって、やがて二人は家族のいるところへ戻った。シャーロットはあまり長居をせず、程なく帰って行った。あとに残ったエリザベスは先ほどの話をよくよく考えてみたが、こんな不釣合な結婚があるものだろうかという考えから、でもまあ仕方がないという気持になるまでに大分時間が掛った。ミスター・コリンズが三日のうちに二度も相手を替えて結婚の申込をしたのは何とも異様な話だが、それだって今こうしてそのコリンズが受容れられたことに較べれば何でもなかった。エリザベスはシャーロットの結婚観が自分の結婚観と必ずしも同じでないことは常づね感じていたが、実際に結婚する段になって、世俗的な利益のためにより高尚な感情をすべて犠牲にしてしまうことがあり得ようとは、よもや想ってもいなかった。シャーロットがミスター・コリンズの妻だなんて、そんな図は情ないにも程がある！――一人の友が自らを辱《はずかし》め、こちらの尊敬を失ったことも心苦しかったが、それにも増して、その友が選んだ運命ではほどほどの幸福も不可能だと思われるだけに、ひどく胸が痛んだ。

第二十三章

エリザベスは母や姉妹と同席しながらシャーロットから聞いたことに思いを廻らせていたが、この話を自分の口から皆に伝えてよいものかどうか迷っていると、そこへサー・ウィリアム・ルーカスが姿を現した。娘に頼まれてベネット家に婚約のことを知らせにやって来たのである。サー・ウィリアムは、一同に向ってたっぷりと愛想をふりまき、両家はやがて縁戚関係を結ぶことになりそうだとたいそう御満悦な様子で前置きを述べてから、本題の披露に及んだ――が、聞かされた方は、驚き呆れただけでなく、そんな話はとても信じられないという態度であった。ベネット夫人は、それは何かの間違いで、そんなことはあり得ない筈だと、些か礼を失するほどに執拗に喰い下がり、粗忽者でしばしば不謹慎な物云いをするリディアは、耳障りな大声で叫んだ――

「まあ、何を仰有るの、サー・ウィリアム、そんなの嘘っぱちに決ってるわ！――ミスター・コリンズはリジーと結婚したがっているのよ、御存知ないの？」

宮廷に伺候する者の恭《うやうや》しき作法を身に附けた者でなければ、このような無礼な応対に立腹もせずに堪えることはとても出来なかったろうが、然るべき礼儀作法を心得たサー・ウィリアムは無事にこの難関を切抜け、失礼ながら自分の話に嘘偽りはないと明言しながらも、皆の無作法な物云いには、至って忍耐強く慇懃に耳を貸していた。

エリザベスは、サー・ウィリアムをいつまでもそのような不愉快な立場に置いとく訳には行かないように思われたので、思い切って口を開き、この話は自分も既にシャーロット本人から聞いて知っている、と云って、サー・ウィリアムの話が事実であることを請合った。そして、母や妹達の頓狂な叫び声を鎮めようとして、まずサー・ウィリアムに心からお祝いの言葉を述べ（これにはジェインがすぐに加わった）、それからこの縁組に期待される幸福や、ミスター・コリンズの優れた人柄や、ハンズフォードがロンドンから程よい距離にあって便利なことについて、あれこれと多くの言葉を費した。

ベネット夫人は実際すっかり気が動顚《どうてん》してしまって、サー・ウィリアムが帰るまではろくに口も利けなかったが、その姿が見えなくなるや否やたちどころに感情を爆発させた。開口一番、この話は何もかも信じられない、と云い張り、続けて、ミスター・コリンズはきっと瞞《だま》されているのだ、あの二人は一緒になっても決して幸せにはなれまい、この縁組はいずれ破談になるだろう、と計四項目を一気に捲し立てた。だがそもそも事の全体を考えてみれば、と云って夫人ははっきりと二つの結論を導き出した。一つは、すべての禍いの真の原因はエリザベスだということ、もう一つは、自分はみんなから散散な目に遭わされたのだということであった。それで主にこの二点を廻って夫人はその日一日中不平たらたらであった。誰が何を云っても夫人を慰めることは出来なかったし、宥《なだ》めることも出来なかった。——夫人の立腹はその日一日では治まらなかった。エリザベスの顔を見ても叱《こ》言《ごと》を云わなくなったのは一週間が経ってからであり、サー・ウィリアム・ルーカス夫妻に礼を失せずに物が云えるようになったのは一箇月が過ぎてから、その娘のシャーロットがどうにか赦せるようになったのは何箇月も経ってからであった。

このときのベネット氏の心の動きは遥かに落着き払ったもので、自分は実に愉快な経験をさせてもらったと公言して憚らなかった。それと云うのも、日頃シャーロット・ルーカスはまあまあ物の分った娘だと思っていたが、どうして、うちの奥さんに劣らぬ馬鹿で、うちのエリザベスより遥かに馬鹿なことが判っていい気味だったからだと云う。

ジェインは正直この縁組には少し驚いたと云ったが、その驚きについてはあまり語らず、心から二人の幸せを願い、エリザベスがそれは無理な話だといくら云っても聞く耳を持たなかった。キティーとリディアにはミス・ルーカスを羨む気持などまるでなかった。ミスター・コリンズが牧師で、軍人ではなかったからである。このことが多少とも二人の心を動かしたとすれば、それはせいぜいメリトンで一片の噂話として披露出来るからに過ぎなかった。

ルーカス令夫人は娘に良縁を得たことが嬉しくて、その喜びをベネット夫人に見せつけてお返しが出来ることに勝利感を覚えずにはいられなかった。それで普段よりも足繁くロングボーンにやって来ては、自分がいかに幸せかを吹聴した。ベネット夫人から仏頂面を見せられ、嫌味な言葉を聞かされては、幸せな気分も掻消えてしまうのではないかと思われたが、それでもやって来ずにはいられなかったのだ。

エリザベスとシャーロットのあいだには一種の気兼ねが生じていて、この問題には互いにどちらからも触れようとしなかった。エリザベスは、二人が真に相手を信頼して本心を打明け合うことはもうあり得ないのだという気がしていた。シャーロットに失望したことで、エリザベスには姉のジェインがこれまで以上に愛しい存在に思われて来た。姉ならその正直で繊細な心に対する自分の評価が揺らぐことなどあり得なかった。それだけに姉の幸福を思うと、日増しに心配が募って来た。ビングリーがロンドンへ行ってからもう一週間にもなるというのに、その帰宅に関しては何の音沙汰もなかったからである。

ジェインはキャロラインの手紙には早早に返辞を出しておいたので、日数を数え、もうそろそろ便りがあってもいい頃だと思っていた。ミスター・コリンズが書くと約束した礼状は、火曜日にベネット氏宛で届き、まるで一年も逗留していたかと思われるような仰仰しい感謝の言葉が書き連ねてあった。気の済むだけ感謝とお礼の言葉を並べてすっかり良心の重荷を下ろしてしまうと、次に、ベネット家の愛すべき隣人、ミス・ルーカスの愛を得た幸福を手放しの喜びようで報告に及び、さらに、ロングボーンへの御親切な再度のお招きにすぐさま応じたのも、実はただもうミス・ルーカスとの再会が楽しみだったからだと、臆面のない釈明が続いて、最後に、ロングボーンへは再来週の月曜日にお伺い出来ると思う、と云うのも、レイディー・キャサリンはこの結婚に大賛成で、出来るだけ早く式を挙げるよう望んでおられるからで、それを知れば、我が愛しのシャーロットも小生を最も幸せな男にする日取りを早めてくれることに何の異存もないであろうから、と附加えてあった。

ミスター・コリンズがハートフォードシアへ舞戻って来ることは、ベネット夫人にとってもはや嬉しくも何ともなかった。それどころか、そのことでは夫に負けず劣らず頻りに不平を鳴らしたがった。——可訝《おか》しいじゃないの、何だってロングボーンへ来る必要があるの、直接ルーカス・ロッジへ行ったらいいではないか。家に来たってひどく不便だし、こっちには甚《はなは》だもって迷惑な話だ。——自分の体調があまり勝れないときに客を泊めるなんて真っ平、何が不愉快と云って、恋をしている男ほど不愉快なものはない。——ざっとそんなところがベネット夫人にしては穏やかな不平の呟きであったが、それらが口に出ないときがあるとすれば、ミスター・ビングリーがまだ戻って来ないという、より大きな悩みが口にされているときだけであった。

このビングリーのことになると、ジェインもエリザベスも心安らかではいられなかった。何日経ってもビングリーに関する消息はもたらされず、聞えて来たのは程なくしてメリトンに弘まった噂だけで、それは、ミスター・ビングリーはこの冬はもうネザーフィールドには戻らないらしいというものであった。この噂にベネット夫人はかんかんになり、噂を耳にするたびに、そんなのは根も葉もない無責任な出鱈目だと、躍起になって否定した。

エリザベスまでが危惧の念を抱き始めた――ビングリーの熱が冷めたのだとは思わなかったが――姉妹がビングリーを引留めることに成功するのではないかと思われて来たのである。ジェインの幸福を破壊し、その恋人の節操を辱めるようなこんな考えは認めたくなかったが、どうしても拭《ぬぐ》い切れず、しばしば脳裡を掠《かす》めた。つれない姉妹と威圧的な友人が力を合せて引留めようとし、それにミス・ダーシーの魅力とロンドンの娯楽が後押しするとあっては、いくらビングリーの愛情が強くても勝目はないのではないか、そう思わずにはいられなかったのである。

ジェインはと云うと、この不安定な状態に置かれて、当然のことながらエリザベス以上に胸を痛めていた。だがジェインは思いのすべてを自分一人の胸に納めておきたかったので、エリザベスと二人だけのときも、この話題には決して触れなかった。ところが母親と来た日には、そういう神経の細やかさなど一切持合せていなかったから、一時間も措かずにビングリーのことを話題にしては、あの人の帰りがほんとに待遠しいと云ったり、直接ジェインに向って、もしあの人がこのまま戻って来なければ、お前だって随分ひどい仕打を受けたと思うだろう、そうは思わないかと、返辞を強要したりさえした。ジェインがこれらの攻撃にさほど動揺の色も見せずに耐えていられたのは、まさにジェインならではの肚《はら》の据わった温厚な性質の賜物であった。

ミスター・コリンズは約束の言葉どおり二週間後の月曜日に戻って来たが、ロングボーンの人達の迎え方は最初の訪問のときほど好意的なものではなかった。しかしながら、コリンズ自身は幸せ一杯であったから、大して気を遣ってもらう必要もなかったのである。何しろ御当人には婚約者と会って睦言《むつごと》を交すという仕事があったから、おかげでベネット家の人達はコリンズのお相手役を大分免れて大助かりであった。コリンズは毎日の大半をルーカス・ロッジで過し、ときどきロングボーンへは皆がもうそろそろ寝ようかという頃になって帰って来て、昼間の留守を詫びるのに辛うじて間に合ったというようなこともあった。

ベネット夫人は実に何とも情ない状態であった。誰かがほんのちょっとでもこの縁組のことを口にすると、たちまち不機嫌になって腹の虫が治まらないのだが、生憎とどこへ行っても決ってその話が出るのである。ミス・ルーカスは姿を見掛けるだけでも忌わしかった。いずれ自分を追出してこの家の主婦になるのだと思うと、どうしても嫉妬と憎しみの眼を向けずにはいられなかった。シャーロットが訪ねて来ると決って、この娘はこの家が手に入る日を楽しみにしているのだと決めて掛り、またシャーロットがミスター・コリンズと何やら低声《こごえ》で話しているのを見ると、二人はロングボーンの家屋敷のことを話しているのだ、夫が亡くなり次第、自分と娘達をこの家から追出そうと決めているのだと思い込んだ。夫人はさも苦苦しげに思いのすべてを夫に愬《うった》えた。

「ほんとに、ねえ、あなた」とベネット夫人は云った、「いずれシャーロット・ルーカスがこの家の女主人になるのかと思うと、この私があの娘に席を譲らされて、あの娘がこの家で私の座に坐るのをおめおめと眺めながら生きて行くのかと思うと、私、ほんとに辛くて堪らないの！」

「ねえ、お前、そんな陰気な考えに席を譲ることはないよ。もっと楽観的に物事を見よう

じゃないか。この私の方がお前よりも長生きするかも知れないと考えてみたらどうだろう。」

しかしこの考えはベネット夫人にはあまり慰めにはならなかった。そこで夫人はそれには何も答えず、相変らずもとの話を続けた。

「とにかく、この家屋敷が全部あの人達のものになるのかと思うと、私は居ても立ってもいられないんです。限嗣相続《げんしそうぞく》なんてものがなければ、私も何とも思わないんだけれど。」

「何を何とも思わないって？」

「何もかもまったく何とも思いません。」

「それならお前は限嗣相続のおかげでそんな認知不全症に陥らなくて済んでいる訳だから、感謝しなくては。」

「まあ、あなた、限嗣相続に関しては、どんなことにも絶対に感謝なんか出来ません。自分の娘達から土地を取上げて他人に限嗣相続させて平気でいられるなんて、私には理解出来ません。それもみんなあのミスター・コリンズの手に渡るんですよ！――選《よ》りに選って、何であの男の手に渡らなければならないんです？」

「まあ、その判断はお前さんに任せるよ」とベネット氏は云った。

――第一巻了――

第二巻

第一章〔第二十四章〕

ミス・ビングリーから手紙が届いて、疑問の余地はなくなった。手紙はいきなり冒頭の一文で、この冬は皆がロンドンに腰を落着けることになったこと、そして兄がハートフォードシアを発つ前に友人の皆さんに御挨拶も出来ず遺憾に思っていることを伝えていた。

望みはなくなった、完全になくなった。ジェインはやっと手紙の残りの部分に注意を向けることが出来たが、書手のジェインに対する愛情表明以外には、慰めになるようなことは殆ど書かれていなかった。残りの大半はミス・ダーシーに対する讃辞で占められ、その魅力が再びくどくどと述べられていた。キャロラインは自分達がミス・ダーシーとますます親密になったことを誇らしげに喜び、先の手紙で打明けた願いがどうやら実現しそうだと予告までしていた。それればかりか、兄がダーシー家の同居人になったことを大喜びで記し、ミスター・ダーシーは新しい家具を入れると云って幾つか計画を立てていると、有頂天になって報告していた。

ジェインはすぐにこれらの主だったところをエリザベスに伝えたが、エリザベスは内心腹を立てながら黙って聞いていた。心は姉に対する気懸りと、ほかの者達全員に対する憤りに分裂していた。兄はミス・ダーシーに気があるのだというキャロラインの主張を、エリザベスは信じていなかった。あの人が本当に好きなのはジェインなのだと、今まで同様少しも疑わなかった。エリザベスはミスター・ビングリーには常づね好感を抱いていたが、その暢気《のんき》な気質と然るべき決断力の欠如のために、今こうして下心のある仲間達の云いなりになり、自らの幸福をその連中の気紛れな意嚮《いこう》の犠牲にしようとしているのだと思うと、怒りのみならず、軽蔑の念すら覚えずにはいられなかった。それでも、もしこれがビングリー当人の幸福を犠牲にするだけの話なら、自分の幸福をどう弄《もてあそ》ぼうと当人の好き勝手で許されるかも知れないが、これには姉の幸福も関わっていることは当人にも判っている筈だ。要するに、この問題は考えようと思えばいくらでも考えられるし、考えたからと云ってどうなるものでもなかったが、今のエリザベスにはほかのことは何も考えられなかった。それにしてもビングリーの愛情は本当に冷めてしまったのか、それとも仲間達に邪魔されて目下抑えられているだけなのか——ビングリーはジェインの愛情に気がついていたのか、それとも気がつかずにいたのか——どれが真相か——真相如何によってはエリザベスのビングリーに対する見方は著しく影響を受けざるを得ないが、どれが真相であろうと、姉の置かれた立場は同じだし、姉の心の平安が損われたことに変りはなかった。

ジェインは気力を取戻すのに一日か二日掛って、漸《ようや》くエリザベスに気持を打明けた。その日ベネット夫人はネザーフィールドとその借主についていつもより長ながと苛立ちをぶつけていたが、やっと二人を残して出て行ったとき、流石《さすが》のジェインもこう云わずにはいられなかった――

「お母様もね、もう少し自分を抑えて下さるといいのだけれど！　あんな風にしょっちゅうあの方の非難を聞かされれば私がどんなに辛い思いをするか、全然お分りにならないのね。でも私、愚痴はこぼさないつもりよ。こんな状態が長く続く訳ではないし、いずれあの方のことは忘れて、私達はみんな元通りになるわ。」

エリザベスは信じられないといった面持で気遣わしげに姉の顔を見たが、何も云わなかった。

「疑っているのね」と、ジェインは微かに顔を赧らめながら云った。「でもこれは本当よ。あの方は私が知合った最も感じのいい人として思い出に残るでしょうけど、でもそれだけのこと。もう期待することもないし、不安になることもない。況《まし》てやあの方を咎《とが》め立てする理由なんか何もなくてよ。あったら辛いでしょうけど、有難いことに何もないわ。だから、もう少し時間が経てばね――大丈夫、きっと打克ってみせる。」

ジェインはそう云ってからすぐに声を強めて附加えた、「今度のことは私の一方的な思い過しに過ぎなかった、だから傷ついたのは私だけで、ほかの人は誰も傷つかなかった――そう思えば今すぐにでも安心した気持になれるわ。」

「まあ、お姉様ったら！」とエリザベスは思わず声を揚げた、「お姉様はほんとにいいひとなのね。お姉様の心の優しさと私意私慾のなさはまるで天使のようだわ。私はもう何と云っていいか判らない。私、お姉様の真価を一度も正しく受止めていなかったような気がする、お姉様に対する愛が足りなかったような気がするわ。」

ミス・ベネットは、自分は決してそんな特別に偉い女ではないと必死になって打消し、そんな風に褒めてくれるのは妹が温かな愛情の持主だからだと褒め返した。

「いいえ」とエリザベスは云った、「そんな云い方は公平ではないわ。お姉様は世間の人をみな立派ないい人だと思いたがる。だから私が誰かの悪口を云うと気分を害する。なのに私がお姉様を完璧なひとだと思いたがるだけで、それには反対するんだもの。でも大丈夫、心配しないで。私は何も極端なことを云ったり、誰に対しても善意を失わないお姉様の特権を侵すつもりはないんだから。心配は御無用よ。私にはね、本当に愛せる人は殆どいないの、いい人だと思える人はもっと少い。世間を知れば知るほど不満が募るだけなの。人間の性格なんてみんな矛盾だらけだし、長所も分別も見掛けだけで信用出来ない――この思いは日増しに強くなる一方だわ。最近も二つの実例に出喰わしてよ。一つは云わないでおくけれど、もう一つはシャーロットの結婚ね。あれは訳が分らないわ！　どう考えても分らない！」

「ねえ、リジー、そんな気持に屈しては駄目よ。そんな気持でいるとあなた自身が不幸になってよ。あなたには境遇と気質は人さまざまだという考えが足りないわ。ミスター・コリンズの立派な社会的地位とシャーロットの分別のある堅実な性格を考えなくては。いいこと、あのひとには弟や妹が大勢いるのよ、財産のことを考えれば、とても望ましい縁組ではないの。それにあのひとだってミスター・コリンズに好意や敬意のようなものを多少は感じているかも知れないのだし——まあそう信じてあげることね。それがみんなのためになるんだから。」

「お姉様のためなら、大抵のことは信じようと思うけれど、でもそんなことを信じてもお姉様のためになるだけで、ほかの誰のためにもならなくてよ。シャーロットがミスター・コリンズに少しでも好意を持っていると、もし私が納得するようなら、私はシャーロットにはよほど人間を理解する頭がないのだと思うだけだわ、今でもあのひとの心はどうかしていると思っているけれど、それ以上にね。いいこと、ジェイン、ミスター・コリンズは自惚《うぬぼれ》の強い、勿体ぶった、度量の狭い、愚かな男よ。私はそう思っているけれど、お姉様だってそれは分っている筈だわ。そんな男と結婚する女はまともな考え方の出来ない女だということも、お姉様は感じている筈よ、私に劣らずね。シャーロット・ルーカスだからとしたり、私にも思わせようとしたりしてはいけないわ。」

「あの二人に関するあなたの物云いは少しきつすぎると思うわ」とジェインは答えた。「いずれ二人が幸せそうにしているのを見れば、あなたもきっとそう思ってよ。でも、この話はもう沢山。それより、あなたはほかにも何か云い掛けていたわね。確か実例が二つあるって云ったでしょう。あなたが何を云いたかったのか、私には誤解のしようがないけれど、でもね、リジー、お願いだから、あの方が悪いのだと非難したり、あの方を買被り過ぎていたなどと云ったりして、私を苦しめないで頂戴。私達女はすぐに意図的に傷つけられたと想いたがるけれど、それはいけないわ。元気な若い男の人に常に用心深く、慎重であれと期待するのは、土台無理な話なのよ。むしろ私達女は多くの場合、ほかならぬ女自身の虚栄心に騙されているのではないかしら。女って、男からちょっとちやほやされると、すぐにそれ以上の意味があると想いたがるのよ。」

「男が女にそう想わせようとするのよ。」

「男に下心があってそうするのなら、それは男が悪いけれど、でも私は、一部の人達が想っているほど世の中が下心で動いているとは思わなくてよ。」

「私もミスター・ビングリーの振舞が下心から出たものだなどとは全然思っていないわ

よ」とエリザベスが云った。「でも悪事を働こうとか他人を不幸に陥れようとか故意に企《たくら》まなくても、間違いはあり得るし、不幸な事態になることもあり得るわ。思慮のなさや、他人の気持に対する配慮不足や、決断力の不足からだって、間違いや不幸な事態は起るものよ。」

「それで、あの方の振舞もそのどれかに当ると云うのね？」

「そうよ、最後の決断力の不足にね。でもこれ以上云うと、私、お姉様が尊敬している人達に対する自分の考えを口にしてお姉様の機嫌を損ねることになるわ。可能な今のうちに私を黙らせた方がよくてよ。」

「それじゃ、あなたは飽くまでもビングリー姉妹があの方を動かしていると想っているのね？」

「そうよ、あの友人と結託してね。」

「そんなこと信じられないわ。何であのひと達があの方を動かそうとしなければならないの？　あのひと達だってあの方の幸せを願っているだけだと思うわ。それにもしあの方の愛しているのがこの私なら、ほかの女性があの方を幸せにすることなど出来やしないわ。」

「お姉様は最初の前提を間違えているのよ。あのひと達はあの方の幸せのほかにも多くのことを望んでいるかも知れないのだから。あの方の富の増大や社会的地位の上昇を望んでいるかも知れないし、それで、お金や有力な縁故関係や誇り高い家柄というような有難いものをすべて具えた令嬢との結婚を望んでいるかも知れない。」

「あのひと達があの方とミス・ダーシーとの結婚を望んでいることは疑いのないところだけれど」とジェインは答えた、「でもそれはあなたの想像と違って善意からかも知れなくてよ。あのひと達にしてみれば、ミス・ダーシーは私よりもずっと以前からの知合いなのだし、私よりもミス・ダーシーの方に好意を持っているとしても不思議ではないわ。でもね、あのひと達自身の望みがどのようなものであれ、兄弟の望みに反対してまで自分達の望みを押通したとはとても思えない。何かよほどの反対理由でもあるのならともかく、兄弟に対してそんな勝手な真似をしてもいいと思うような姉妹がいるものかしら？　あのひと達だって、あの方が愛しているのは私だともし信じているなら、私達の仲を裂こうとはしないでしょうし、もし本当にあの方が私を愛しているのなら、裂こうとしたって裂けはしないわ。あなたは、あの方が愛しているのは私だという仮定の上に立っているから、みんなが不自然な間違ったことをしていることになり、私がひどく不幸な女になるのよ。そんな考え方をして私を苦しめないで。私はあの方の気持を誤解したことを別に恥じてはいないわ——と云うか、少くとも、あの方やあの方の姉妹を悪く思うときの気持に較べれば、些細な、何でもないことだわ。私はなるべくいい見方をしたいの、私にも理解の出来る見方をね。」

姉の気持がそうでは、エリザベスも反対は出来なかった。このときからミスター・ビングリーの名前が二人のあいだで口にされることは滅多になくなった。

ベネット夫人は相も変らずミスター・ビングリーが一向に戻って来ないのを訝《いぶか》り、嘆いていた。エリザベスは毎日のようにその訳をはっきりと説明して聞かせたが、夫人が事態をより冷静に受止める見込はまずなさそうであった。娘の方は、あの人がジェインに心遣いを見せたのは、よくある仮初《かりそめ》の恋心からに過ぎないので、相手の顔が見えなくなれば消えてしまう一時的なものだったのだと、自分でも信じていないことを云って母親を納得させようとしたが、母親の方はそのときだけはお前の云うとおりかも知れないと認めるものの、翌日になると元《もと》の木阿弥《もくあみ》なので、毎日同じ話の蒸返《むしかえ》しであった。ベネット夫人のせめてもの慰めは、ミスター・ビングリーは夏になればきっとまたやって来るだろうという思いだけであった。

ベネット氏のこの問題に対する対応の仕方はまるで違っていた。「それで、リジー」と、ベネット氏は或る日云った、「どうやら姉さんは失恋したようだね。おめでたい話じゃないか。若い娘が好むのは第一に結婚、第二にときたまのちょっとした失恋だからな。失恋すると多少は物を考えるようになるし、仲間うちでも少しばかり目立った存在になれる。それでお前の番はいつなんだね？　お前だっていつまでもジェインに遅れを取っていたくはないだろう。今度はお前の番だ。幸い、メリトンには当地の若い娘達をみんな失恋させられるぐらい士官連中がわんさといる。お前はウィッカムを相手にしたらどうかね。あれはなかなかの好漢だし、あの男なら天晴れ見事にお前を振ってくれるだろう。」

「有難う、お父様。でも私はそれほどの好漢でなくても結構よ。誰もがジェインのような幸運を期待する訳には行きませんもの。」

「確かにそうだ」とベネット氏は云った。「だがお前の身にどんな事態が起ろうと、お前には、その種のことだといつでも精一杯頑張ってくれる愛情深い母親が附いているのだから、それを思えば気は楽だね。」

ミスター・ウィッカムとの交際は、このところの不運続きでロングボーン一家の多くの者が陥っていた憂鬱な気分を追払うのに大いに役立った。皆はミスター・ウィッカムと頻繁に会い、この男には、既に承知していた幾つもの美点のほかにも、誰に対しても率直に肚《はら》の裡《うち》を打明ける美点のあることが新たに判った。それまではエリザベスだけが聞いていた話、つまりミスター・ウィッカムにはミスター・ダーシーに要求して然るべき権利が幾つかあること、にもかかわらず、ミスター・ダーシーからはひどい目にばかり遭わされて来たことなど、そういう話も、今やすべてみんなの知るところとなり、みんなの論議の的になった。皆は、自分達がこの話を聞く前からいかにミスター・ダーシーをずっと嫌っていたかを思って、何やら愉快な気持になった。

この問題にはハートフォードシアの人達の知らない、何か酌量すべき事情があるのかも知れないと想像することが出来たのは、ミス・ベネットだけであった。ジェインは持前の穏やかな、変らぬ善意から、このことが話題に上るといつも情状酌量のために弁じ、そこには誤解の可能性のあることを力説した――が、ほかの者達はみなミスター・ダーシーは最低の男だと非難して憚《はばか》らなかった。

第二章〔第二十五章〕

ミスター・コリンズは、愛の告白をしたり、慶事の計画を立てたりして一週間を過し、土曜日になったので、日曜日の礼拝のために愛しきシャーロットの許を離れなければならなかった。尤もコリンズにしてみれば、花嫁を迎える準備やら手筈のことがあったから、別離の苦痛もそう辛いものではなかったかも知れない。と云うのも、この次ハートフォードシアに戻り次第、自分を最も幸福な男にしてくれる日の日取りがどうやら決りそうだったからである。ミスター・コリンズは、この前のときとまったく同じ鹿爪らしい物云いでロングボーンの親戚に別れを告げ、麗《うるわ》しき令嬢方には再び健康と幸福を祈り、ベネット氏には再度礼状を書く約束をした。

二日後の月曜日、ベネット夫人は弟夫妻の来訪を歓んで迎えた。夫妻は例年どおりクリスマスをロングボーンで過すためにやって来たのである。ガードナー氏は物の分った、紳士然とした人で、学識や教養のみならず生れつきの素質からして姉のベネット夫人とは段違いに優れていた。商売に従事し、自分の倉庫が幾つも見える所に住んでいながら、これほど育ちがよくて感じのいい人がいようとは、ネザーフィールドの御婦人方には信じ難いことであろう。ガードナー夫人は、ベネット夫人やフィリップス夫人よりも数歳年下で、気立てがよく、聡明で、気品があり、ロングボーンの姪達みんなのお気に入りであった。とりわけ上の二人はこの叔母に特別の敬意を寄せており、叔母の方でも二人を特別視していた。二人はこれまでに何度もロンドンの叔母の家に滞在したことがあった。

毎度のことながらガードナー夫人が到着してまず真先にやることは、土産物を皆に配り、ロンドンの最新の流行についていろいろと話して聞かせることであった。それが済むと、夫人は主役の座を降り、今度は聞役に回る番であった。ベネット夫人には愬《うった》えずにはいられない苦情の種、嘆きの種が山ほどあった。この前あなたとお別れして以来、家ではみんなが散散な目に遭っているの。娘の二人がもう少しで結婚というところまで行ったのに、結局どちらも駄目になってしまって。

「でもね、ジェインは悪くはないのよ」とベネット夫人は続けた。「だってジェインは出来ればミスター・ビングリーと結婚する気だったんだもの。ところがあなた、リジーと来たら！　思っても口惜《くや》しいじゃないの、あれほどの旋毛《つむじ》曲りでなければ、今頃はれっきとしたコリンズ夫人になっていたかも知れないのに。あの方はまさにこの部屋で申込をしたんです。それをこの娘《こ》ったら断ってしまった。おかげで、私は娘の結婚でルーカス令夫人に先を越されるし、しかもロングボーン領地の限嗣相続は相変らずそのまんま。ルーカス家の人達は実に抜目のない人達でね、あなた、手に入るものは何でも頂こうという肚《はら》なのよ。こんなことは云いたくないけれど、でも実際そうなんだもの。自分の家では娘がまったくの分らず屋だし、お隣さんは自分第一で他人にはお構いなしだし、いい加減私だって神経が参って体調が可怪《おか》しくなるわ。でも、あなたがちょうどいいときに来て下さって大助かり、おかげで気分も大分慰められてよ。流行の長袖の話も聞けて、ほんと嬉しかったわ。」

ガードナー夫人はジェインとエリザベスとは手紙のやりとりをしていたから、この話の主なところは既に知っていた。それで姪達の心中を察し、義姉《あね》にはさりげない返辞をしただけで話題を変えた。

しかしその後エリザベスと二人だけになると、夫人はこの問題についてもっと立入った話をした。「どうやらジェインには望ましい縁組だったようね」と夫人は云った。「お流れになって残念だわ。でもそういうことはよくあるのよ！　あなたが手紙に書いていたミスター・ビングリーのような若者は、綺麗な女の子を見るとすぐに恋に落ちるけど、二、三週間もしてたまたま何かの弾《はず》みで離ればなれになると、その娘のことなどすぐに忘れてしまうから、この種の心変りはしょっちゅうあることなのよ。」

「それなりに素晴しい慰めのお言葉ではあるけれど」とエリザベスは云った、「でもそれは私達には役に立たないわ。私達の場合は何かの弾みなんかではないんだもの。独立財産を持った青年が、友人達から横槍が入ったぐらいのことで、つい数日前までぞっこん参っていた娘のことを考えなくなるなんて、そうしょっちゅうあることではないわ。」

「でもそんな風に『ぞっこん参って』などと決り文句で云われても、ひどくあやふやで、漠然としていて、まるで摑《つか》みどころがなくてよ。知合って三十分で燃え上がる感情にも、本物の強い愛情にも、どちらにもしばしば遣われる言葉ですからね。ねえ、ミスター・ビングリーは実際どのぐらい『ぞっこん』だったのかしら？」

「あんな有望な参り方は見たことがないわ。段段とほかの人達には眼も呉れなくなって、眼中にあるのはただもうお姉様だけ。二人が会うたびに、それはますますはっきりして来て、誰の眼にも明らかだった。あの方が自宅で開いた舞踏会では、二、三人のお嬢様方が一度も踊りの相手をしてもらえなくて腹を立てていたわ。私も二度ほど声を掛けたけれど、返辞をしてもらえなかった。これほど立派な徴候があるかしら？　まわりの人達にはまったくお構いなし——これぞまさしく恋の本質ではなくて？」

「そう、そのとおりよ——ミスター・ビングリーの恋が私の想像どおりのものであれば、まったくそのとおりだわ。だとすると、ジェインが可哀そうね！　ほんと気の毒だわ。あ あいう気質だし、すぐには立直れないかも知れない。これがあなたならよかったのにね、リジー。あなたなら笑い飛ばしてさっさと忘れて、それで終りだったでしょうからね。ところで、もし勧めたらあのひと私達と一緒にロンドンへ行くかしら？　場所を変えてみるのはいいかも知れなくてよ――ちょっと家を離れて息抜きするのが一番いいような気がするの。」

エリザベスはこの提案に大喜びし、ジェインはすぐさま同意するに違いないと思った。

「ただね」とガードナー夫人は附加えた、「その青年のことを思って行く気になってもらっても困るのよ。ロンドンといっても私達が住んでいるのはまったく別の地区なんだし、私達の親戚や縁故筋も別人種だし、それにあなたもよく知ってのとおり、私達は滅多に外出しないんだから、万一その人の方から会いに来ることでもなければ、二人が出会う可能性はまったくないんですからね。」

「あの方が会いに来ることはまずあり得ないわ。だってあの方はいま友人の監視下に置かれていて、その友人のミスター・ダーシーは、あの方がロンドンのそういう地区へジェインを訪ねることなど況《まし》てや黙認する筈がないもの。ねえ、叔母様、どうお思いになる？　ミスター・ダーシーもおそらくグレイスチャーチ・ストリートという場所の噂ぐらいは聞いたことがあるだろうと思うけれど、でもあの人は、一度でもそんな所へ足を踏入れようものなら、一箇月斎戒沐浴《さいかいもくよく》しても汚《けが》れは落ちないと思うような人なの。しかもミスター・ビングリーの方はミスター・ダーシーがいなければ自分一人では動けない人と来ている。」

「そう、それなら却ってよかったわ。二人は一切会わない方がいいと思うから。でもジェインは妹さんの方とは文通しているのではなくて？　ジェインとしては訪ねて行かざるを得ないでしょう。」

「いいえ、ジェインはあのひととの交際を止めると思うわ。」

しかしエリザベスは、ミスター・ビングリーがジェインに会うのを引留められているというようなより重大なことだけでなく、こんなことまでさも確信ありげに口にしたものの、よく考えてみると、この問題はまったく絶望的という訳でもないように思われるだけに、些《いささ》か気になった。ミスター・ビングリーの愛情に再び火が点かないとは云えないし、友人達の影響力がジェインの魅力のより自然な影響力の前に敗北することだって決してあり得ないことではない、むしろそれはあり得ることだと、ときどきはそう思っていたからである。

ミス・ベネットは叔母の招待を喜んで受けたが、その際ビングリー兄妹については、キャロラインはハースト夫妻の家にいるのだし、ミスター・ビングリーはミスター・ダーシーの所にいるのだから、たまに午前中をキャロラインと一緒に過しても、兄の方に会う気遣いはないだろうというぐらいのことしか考えていなかった。

ガードナー夫妻はロングボーンに一週間滞在していたが、その間毎日のようにフィリップス家やルーカス家、或は士官達と会食の約束があって、終日暇な日は一日もなかった。

ベネット夫人が弟夫妻をもてなそうとすっかりお膳立てを整えていたので、夫妻はただの一度も身内の者だけで夕食の席に着くことはなかった。自宅の晩餐会には必ず士官が何人か招待され、その中には決ってミスター・ウィッカムが含まれていた。そんな折にはエリザベスがいやに熱心にミスター・ウィッカムを持上げるので、ガードナー夫人は何やら怪訝《けげん》に思って、二人の様子を注意深く見守った。見たところ、二人が本気で恋をしているとは想えなかったが、互いに好意を寄せ合っていることは明らかで、それが些か気になった。夫人はハートフォードシアを発つ前にこの問題についてエリザベスに話をして、その種の恋愛感情には軽率に深入りしない方がいいことを一言注意しておこうと思った。

ウィッカムには、誰に対しても愛想のいい持前の魅力とは別に、特にガードナー夫人を喜ばせる奥の手があった。今から十一、二年ほど前、まだ結婚する前であったが、夫人はダービーシアの、ウィッカムの生れ故郷の近くにかなり長期間住んでいたことがあった。それで二人には共通の知人が何人もいることが判り、ウィッカムは、五年前にダーシーの父が亡くなってからは殆どそこにはいなかったが、それでも夫人の旧友達について、当の夫人には知りようのなかったその後の消息を話して聞かせることが出来たのである。

ガードナー夫人は実際にペムバリーを見に行ったことがあり、今は亡き先代のダーシー氏が評判のよい人物だったことをよく知っていた。それでこの話題になると話は尽きなかった。夫人は、自分の記憶にあるペムバリーとウィッカムの口から出る詳細な説明を較べたり、亡き先代の人柄を誉め称えたりして、相手を喜ばせ、自分も愉しんだ。ウィッカムが現当主のミスター・ダーシーからひどい扱いを受けた話を聞かされると、その紳士がまだほんの子供の頃にその性格が取沙汰されたことを思い出し、その性格に今の話を裏づけるようなところが何かなかったかどうか記憶を辿ってみて、そう云えば確かに、ミスター・フィッツウィリアム・ダーシーがひどく高慢な、意地の悪い少年だと噂されるのを耳にした憶えがあるような気がした。

第三章〔第二十六章〕

ガードナー夫人はエリザベスと二人だけで話が出来る最初の機会を捉えて、すぐさま親切に忠告を与えた。夫人はまず自分の考えていることを正直に述べてから、こう続けた

――「ねえ、リジー、あなたは反対されたからというだけのことで意地でも恋をするような思慮のない娘ではないと思うから、安心して率直に云うけれど、真面目な話、用心してもらいたいの。愛情があっても財産がなければ無分別な結果を招くだけなんだから、そんな愛情に捲込まれたり、相手を捲込もうとしたりしてはいけないわ。あの人が駄目だと云って

いるのではないのよ。なかなか面白い青年だし、然るべき財産がありさえすれば、あなたにとってあんないい人はいないかも知れない。でも実情はあのとおりなのだし――あまり夢中になって羽目を外さないことね。あなたは良識のある娘なんだから、あなたにはちゃんと良識に従ってもらわなくては。これはみんなの期待よ。お父様だって、あなたは意志の堅固な、決して道を踏外さない娘だと、信頼しておいでの筈よ。お父様を失望させてはいけないわ。」

「まあ、叔母様ったら、いやに真面目なお話なのね。」

「そうよ、だから、あなたにも真面目に考えてもらいたいの。」

「でも、それなら、心配は御無用でしてよ。私、自分のことも、ミスター・ウィッカムのことも、ちゃんと気をつけますから。大丈夫、あの人に恋なんかさせません、もし私にそれだけの力があればですけど。」

「何ですか、エリザベス、もっと真面目に答えなさい。」

「御免なさい。ではもう一度やり直します。今のところ私はミスター・ウィッカムに恋をしていません。それは本当です。でもあの人は私が今までに出会った男性の中で、それこそ比類を絶して、一番感じのいい人です――もしあの人が本当に私のことを好きになったら――私はそうならない方がいいと思っています。それが無分別なことは分っていますから。――ああ、それにしても、あの忌わしきミスター・ダーシー！――でも私、お父様に信頼して頂けるのは光栄の至りよ。もし信頼を失ったりしたら、それこそ惨めだわ。ただね、お父様はミスター・ウィッカムが案外お気に入りなの。要するに、叔母様、私としても自分のせいで誰かが不幸になるのはとても残念なことだけれど、ただ見てのとおり、昨今の若者は愛情があればさしあたりお金がなくても滅多に婚約を思い留まったりはしませんからね、私だってもしその気になったら、世間なみ以上に賢くなれるかどうか請合《うけあ》いかねますわ。それにそういう場合に我慢することが賢明なのかどうかも私にはよく分りません。ですから、叔母様にお約束出来るのは、早まった真似はしないつもりだということだけです。自分はあの人から一番に思われているなどと早合点をせず、あの人と一緒にいるときも、望みは抱かないようにします。とにかく、最善を尽します。」

「もしあなたの見せる態度であの人がそう頻繁にここへ来ることがなくなれば、多分それに越したことはないけれど、少くとも、お母様にあの人も招ばなくてはなどと余計なことは云わないことね。」

「こないだのことね」と、エリザベスは作り笑いを見せて云った。「確かに、ああいうことは差控えるのが賢明ですわね。でもね、あの人はそうしょっちゅうここへ来る訳ではないのよ。今週何度もお招びしたのは叔母様のためなの。御承知のように、お母様は、親しいお客様を迎えるときは必ずお相手役も招んでおくものと思い込んでいますからね。でもほんと、私は誓って、自分が最も賢いと思う行動をとるつもりですから、その点は叔母様もどうぞ御安心のほどを。」

叔母はそれなら安心だと明言し、エリザベスは叔母の親切な忠告に感謝して、二人は別れた。――このような問題で忠告がなされて、恨まれずに済んだ、驚くべき稀有な一例である。

ガードナー夫妻とジェインがロンドンへ発って間もなく、ミスター・コリンズが再びハートフォードシアへやって来た。尤も今回の宿泊先はルーカス家であったから、ベネット夫人にはさほど迷惑にはならなかった。ミスター・コリンズの結婚がいよいよ間近に迫って来ると、流石のベネット夫人も、これはもうどうにもならないと遂に諦めて、意地の悪い云い方ではあったが、「あの二人もせいぜい幸せになったらいいわよ」と繰返し口にするまでになった。結婚式は木曜日に予定されていた。それで水曜日にミス・ルーカスが別れの挨拶にやって来たが、いよいよ立上って暇《いとま》を告げたとき、エリザベスは母親の礼を失した、気のない祝辞を恥じる気持と、自身の何やら込上げて来る感情に促されて、シャーロットのあとに随《つ》いて部屋を出た。一緒に階段を降りながら、シャーロットが云った――

「ねえ、エライザ、お便りはしばしば下さるわよね。」

「それはもう、勿論よ。」

「それともう一つお願いがあるんだけど。あなた、会いに来て下さる？」

「しょっちゅう会えると思うけど、ハートフォードシアで。」

「私ね、暫くはケントを離れられそうにないの。だから、約束して、ハンズフォードへ来てくれるって。」

エリザベスは訪ねてもあまり愉しいことはないだろうと思ったが、そうかと云って断ることも出来なかった。

「父とマライアが三月に来る予定なの」とシャーロットは云い添えた。「あなたもそのとき一緒にどうかしら。父と妹に劣らずあなたを歓迎してよ、エライザ、本当よ。」

結婚式は滞りなく執り行われ、花嫁と花婿は教会の戸口からケントへ向けて出発した。御多分に洩れず、このたびの結婚についてもいろいろなことが皆の話題になった。ほどなくしてシャーロットからエリザベスに便りがあり、二人はこれまでどおり規則正しく頻繁に文通を続けることになった。ただ、これまでのように何事も腹蔵なく打明け合うことはもはや不可能であった。エリザベスは手紙を出すたびに、あの楽しかった親密な心の交わりはもう終ったのだと思わずにはいられなかった。文通は怠らずに続けるつもりであったが、それは現在よりもむしろ過去のためであった。それでも最初のうちは、シャーロットから手紙が届くと、いそいそと封を開いた。新しい家庭のことをどう書いているか、レイディー・キャサリンの印象はどうか、自分の幸福をどんな風に云い表しているか、やはりそういうことを知りたい好奇心は抑えられなかったからである。しかし実際に手紙を読んでみると、シャーロットはすべての点でこちらの予想したとおりのことしか書いていないという感じがした。文面の調子は明るく、どうやら生活環境は快適なようで、具合の悪いことには一切触れず、いいこと尽《づく》めであった。家も、家具調度も、あたりの様子も、道路の状態も、すべて自分の好みに合い、レイディー・キャサリンの振舞は至って気さくで親切だと云う。それは、ミスター・コリンズが熱を込めて描いて見せたハンズフォードとロウジングズ邸の絵を、せいぜい穏当に和らげたものに過ぎなかった。結局、それ以外のことは自分の訪問を待って確めるしかないようだと、エリザベスは思った。

ジェインからも既に短い便りがあって、みな無事にロンドンに着いたことを伝えていた。エリザベスは、姉も次の手紙ではビングリー兄妹について何か云って寄越せるだろうと期待を寄せた。

エリザベスはこの第二信を待焦《まちこが》れていたが、何事も期待のし過ぎは失望のもとの例に違《たが》わず、結果は期待外れであった。ジェインはロンドンに着いて一週間になるが、まだキャロラインには会っておらず、手紙も貰っていないと云う。でもそれは、自分がロングボーンから最後に出した手紙が、何か事故でもあって届かなかったせいだろうと、ジェインは説明していた。

「叔母様が」とジェインは続けて書いていた、「明日そちらの方へ出掛ける予定なので、私もいい機会だから一緒に行って、グロウヴナー・ストリートを訪ねてみるつもりです。」

ジェインは予定どおり訪問を終えると、再び筆を執り、ミス・ビングリーに会ったことを知らせて寄越した。「キャロラインは何だか元気がないようでしたが」とジェインは書いていた、「でも私の顔を見るとたいそう喜んでくれて、ロンドンへ来ることをなぜちょっと知らせてくれなかったのかと云って私を責めました。やっぱり私の思ったとおりでした。最後の手紙は届いていなかったのです。勿論、お兄様の様子も訊ねてみました。変りなくお元気だとのことですが、いつもミスター・ダーシーと一緒なので、妹さん達も滅多に会うことはないそうです。その日の晩はミス・ダーシーが食事に見えるとのことでした。出来れば私もお会いしたかったけれど、キャロラインとミセズ・ハーストがこれから出掛ける用事があると云うので、私も長居は出来ませんでした。多分お二人には近ぢかこちらで会うことになるでしょう。」

エリザベスはこの手紙を読みながら頭を振った。どうやらこの分だと、よほどの偶然でもない限り、ミスター・ビングリーが姉の上京を知ることはないに違いないと思われたからである。

四週間経ったが、その間ジェインはただの一度もミスター・ビングリーに会わなかった。ジェインは、そのことに関しては別に残念だとも思わないと、努めて自分に云い聞かせていたが、ミス・ビングリーの思い遣りのなさに対しては、もはや無感覚ではいられなかった。毎日一日中待ち暮し、晩には来られなかった相手のために新たな口実を考えてやっていたのに、ミス・ビングリーがやって来たのはやっと二週間後で、それもほんの束の間いただけ、おまけに態度が以前と変ってひどくよそよそしかった。流石のジェインももはや騙されなかった。ジェインの気持は、このとき妹に宛てて書かれた手紙を読めばよく判るであろう。

「親愛なるリジー、正直に云うけれど、私はミス・ビングリーの私に対する好意を完全に誤解していました。こう云うからと云って、あなたのことだから、そら見たことか、自分の判断の方が優《まさ》っていたなどと勝誇ったりはなさらないだろうと信じます。でも、結果としてはあなたが正しかったけれど、以前のあのひとの振舞がどんなものであったかを思えば、私があのひとを信頼したのは自然なことだったと、今でもそう思っています。あなたに云わせれば疑うのが自然だったのでしょうが、でも私が片意地を張っているなどとは思わないで下さい。今の私にはなぜあのひとが私と親しくなろうとしたのかまるで分らない。でももしまた同じような事態が生じたら、私のことだからきっとまた誤解するのではないかしら。キャロラインはやっと昨日になって答礼にやって来ましたが、その間、何の音沙汰もありませんでした。訪ねて来ても、嬉しそうな様子は微塵もなく、もっと早くに来なかったことをほんのちょっと形だけ詫びただけで、また会いたいなどとは一言も云いませんでした。とにかくすっかりひとが変ったとしか思えず、あのひとが帰ったあと、もうこれ以上交際を続けるのは止めようとはっきり心を決めました。あのひとの振舞はいくら何でもあんまりだと思わずにはいられないけれど、でも何だか気の毒な気もしています。私を友達に選んだことがそもそも大きな間違いだったのです。事あるごとにあのひとの方から親しくして来たことは確かですもの。でも私があのひとを気の毒だと思うのは、あのひとは今頃自分は間違ったことをしたと後悔しているに違いないし、それも元を糺《ただ》せばお兄様のことを心配する余りに違いないと思われるからです。これ以上の説明は不要でしょう。そんな心配がまったく無用なことはあなたや私には判っていることだけれど、もしあのひとがそういう気持でいるとすれば、あのひとの私に対する振舞はよく判ります。あのひとにとって当然お兄様は大切な人ですから、あのひとがお兄様のためにどのような心配をしようと、それは自然なことであり、立派なことです。ただ、不思議でならないのは、なぜあのひとが今になってまだそんな心配をしているのかということなの。だって、もしミスター・ビングリーに少しでも私を思う気持がおありなら、二人はとっくの昔に会っている筈ですもの。キャロラインが口にした言葉から推して、あの方が私の上京を知っていることは間違いないようですから。でも、キャロラインの物云いを聞いていると、兄は本当はミス・ダーシーが好きなのだと、何だか自分に思い込ませたがっているようなの。どういうことなのか、私にはさっぱり分りません。敢えて酷な見方をするなら、そこにはどうも裏表があるように見えると、そう云ってみたくなるほどです。でも私は、心の痛むようなことはもう一切考えないことにして、あなたの愛情や、叔父様や叔母様の常に変らぬ親切など、自分を幸せにしてくれることだけを考えるつもりです。折返しの御返辞をお待ちしています。ミス・ビングリーは、あの方はもうネザーフィールドへは戻らないとか、屋敷は手放すつもりだとか云っていましたが、何やら曖昧な口吻《くちぶり》でした。でもこんな話は止めましょう。ハンズフォードのコリンズ夫妻からはたいへん楽しいお便りがあるとのこと、とても喜んでおります。サー・ウィリアムとマライアと一緒に、是非とも会いにいらっしゃい。あちらではきっと楽しいことがあってよ。

かしこ、云云。」

この手紙を読んでエリザベスは少し辛かったが、それでも、もうこれ以上ジェインが騙されることとは、少くともあの妹に騙されることはないだろうと考えて、気を取直した。兄の方に期待する気持は今やまったくなくなっていた。その愛情が甦ってくれたらと願う気にすらならなかった。その人のことを考えるたびに評価は下がる一方で、エリザベスは、ジェインのためのみならず、当人が罰を受けるためにも、あんな人はミスター・ダーシーの妹とさっさと結婚したらいい、と本気で思った。そうすれば、いつかウィッカムが話していたように、自分の捨てたものがいかに貴重なものであったかを思って、深く後悔することになるのだから。

この頃ガードナー夫人からエリザベスに便りがあって、例の紳士に関する約束はその後どうなっているか、書いて知らせるようにと云って来た。エリザベスの返信内容は自分よりもむしろ叔母を満足させるようなものであった。ウィッカムがエリザベスだけに見せていた好意はいつしか衰え、特別な心遣いも見られなくなり、心は既にほかの女性に向けられていた。エリザベスは注意深く様子を窺《うかが》っていたので、その辺の事情はすべて判ったが、それが判って、そのことを手紙に書いても、大きな苦痛は感じなかった。ウィッカムに対してはほんの少し心が動いただけであったし、もし運よく自分に財産があったなら、ウィッカムは間違いなく自分を選んだだろうと思うと、虚栄心も満たされた。目下ウィッカムが頻りに愛想をふりまいている女性の最も注目すべき魅力は、その女性がごく最近一万ポンドを手に入れたことなのだ。しかしエリザベスは、どうやらウィッカムに対してはシャーロットに対するよりも結婚の動機に対する見方が甘いようで、ウィッカムが結婚によって経済的な独立を望むことに対しては別段とやかく云わなかった。それどころか、それは至って自然なことだという気持であった。それでエリザベスは、自分を諦めるについてはウィッカムにも多少は心の葛藤があるだろうと想われたが、結局はその方がどちらにとっても賢明で望ましいことを潔く認め、心からウィッカムの幸福を祈ることが出来た。

エリザベスはこれらのことをすべてガードナー夫人に白状し、具体的に事情を述べたあと、こう続けた――「親愛なる叔母様、今になってはっきりと判りましたが、私はそれほど恋をしていた訳ではなかったようです。もし本当にあの純粋で情熱的な心の昂揚《こうよう》を経験していたなら、今ではあの人の名前すら厭わしく、あの人にありとあらゆる禍《わざわ》いが降り掛ることを願っていたでしょうから。でも今の私にはあの人を憎む気持がないばかりか、お相手のミス・キングに対してもとやかく云う気はありません。ミス・キングは嫌いだとか、善良な娘だとは思いたくないとか、全然そんな気にはならないのです。こんなことではとても恋愛などと云えた義理ではありません。やはり用心していたのがよかったようです。もし私が気も狂わんばかりの恋でもしていたなら、さぞかし今頃は知合いのみんなからもっと注目される存在になっていたでしょうが、私は比較的目立たない自分の存在を残念だとは思いません。目立つ存在になるためにはときとして高すぎる代償を支払わなければなりませんからね。あの人の心変りについては私よりもキティーやリディアの方がずっと気にしているようです。二人ともまだ世間知らずなので、美男子と雖《いえど》も醜男《ぶおとこ》同様、食べる手立てがなくては生きて行けないのだという苦い真実が受容れられないのです。」

第四章〔第二十七章〕

ロングボーンの一家に起った大きな出来事はそれぐらいで、あとは、泥濘《ぬかる》んだ道を歩いたり或は寒さに震えたりしながらときおりメリトンへ出掛けて行く以外にこれと云って変ったこともなく、一月が過ぎ、二月が過ぎた。三月にはエリザベスがハンズフォードへ行くことになっていた。エリザベスは最初この訪問をさほど本気で考えてはいなかったが、そのうちにシャーロットがこの計画を心から当てにしていることが判ったので、エリザベスも次第にそれまでより前向きに考えるだけでなく、楽しみにもするようになった。暫く離れていたせいか、再びシャーロットの顔が見たくなり、ミスター・コリンズを疎ましく思う気持も薄らいでいた。この計画には物珍しさもあり、それに、母親があんな風で、妹達も話が合わず、家にいても物足りないことが多いので、少し場所を変えて気分転換を図るのもそれなりに悪くはないように思われた。しかもこの旅行に出れば途中のロンドンでちょっとジェインに会うことも出来るだろう。という訳で、出発の日が近づくにつれて、エリザベスはむしろ出発が延びたりしないことを願う気持になっていた。しかしすべては順調に運び、結局はシャーロットの最初の案のとおりに決って、エリザベスはサー・ウィリアムとその次女に同行することになった。途中ロンドンで一泊したいという追加案も間に合って、計画はこの上なく申分のないものになった。

一つだけ気懸りなのは父親を残して行くことで、父はエリザベスがいなくなれば淋しがるに違いなかった。いよいよ出発というときになって、案の定父はエリザベスが行くのを喜ばず、必ず手紙を寄越すようにと云って、日頃の筆不精も忘れて危うく自分も返辞を書くからと約束するところであった。

ミスター・ウィッカムとの別れは至って和やかなもので、そこには何の蟠《わだかま》りもなかった。ウィッカムはエリザベス以上に友好的な態度を見せた。当人は今でこそ別の女性を追掛けてはいるが、エリザベスこそ自分が心惹かれた最初の女性、しかも心惹かれるに値した最初の女性であり、自分の話に耳を傾けて同情してくれた最初の女性であり、自分が賞讃した最初の女性であることを、決して忘れてはいなかった。エリザベスに別れを告げ、どうぞ楽しい旅をなさるようにと云ったあとで、レイディー・キャサリン・ド・バーグには覚悟しておくようにと令夫人に関する注意を喚起し、令夫人に対する自分達の意見は――いや、令夫人だけでなくすべての人に対する自分達の意見は――きっと一致するものと信じていると附加えた。その物の云い方には相手に対する気遣いというか、乗気な関心が窺われ、エリザベスは、これだから自分はこの人に心底好意を抱かずにはいられないのだという気がした。この人は、結婚しようと独身でいようと、自分にとってはこれからもずっと感じのよい愉快な男性の見本となるに違いない――エリザベスはそう確信しながらミスター・ウィッカムと別れた。

翌日エリザベスが一緒に旅をする相手は、そのためにミスター・ウィッカムの感じのよさが多少とも色褪せて見えるような人達ではなかった。サー・ウィリアム・ルーカスも、その娘の、陽気で気立てはいいが父親に似て頭の空っぽなマライアも、どうでもいいような退屈な話をするだけで、エリザベスは二人の話に耳を傾けていても、馬車のがたごと云う音を聞いているのと大差ない喜びしか得られなかった。エリザベスは馬鹿げた話を聞くのは嫌いな方ではなかったが、サー・ウィリアムの話は既に何度も聞かされて知っているものばかりであった。例のセント・ジェイムズ宮殿で拝謁を賜り、勲爵士に叙せられて驚喜した話にしても、そこに耳新しい話は何一つなく、その慇懃鄭重《いんぎんていちょう》な物腰も、話の中身同様新鮮味皆無であった。

旅と云ってもほんの二十四マイルに過ぎず、しかも出発したのが早朝だったので、ロンドンのグレイスチャーチ・ストリートには正午前に着いた。馬車がガードナー家の戸口に近づくと、ジェインが二階の客間の窓から一行の到着の様子を見守っていた。皆が玄関を抜けて廊下に入ると、ジェインはそこまで迎えに降りていた。エリザベスはジェインの顔をつくづくと眺めてみて、別段面窶《おもやつ》れした様子もなく、相変らず元気そうなので嬉しかった。階段の中ほどに幼い男の子や女の子達が一塊《ひとかたまり》になっていた。みな早く従姉の顔が見たくて客間で待っていられなかったのだが、いざとなると一年ぶりの再会に羞《はにか》んで、下までは降りて来られなかったのである。家中が和気藹藹《わきあいあい》として、その日は一日中この上なく愉快であった。夕食までの時間はみなで賑やかに騒いだり買物に出たりして過し、夜は劇場へ出掛けた。

劇場でエリザベスは何とか叔母の隣に坐ることが出来た。二人が最初に話したのはジェインのことであった。エリザベスは姉の様子を詳しく訊いてみたが、叔母の返辞を聞いて、驚くよりも悲しくなった。ジェインはいつも気を張って快活にしているけれど、やはりときどきは落込んでいることもあるとのことだったからである。しかしそんな気持が長く続くとは思えないと叔母が云うのも、いかにも尤もな判断であった。ガードナー夫人はミス・ビングリーがグレイスチャーチ・ストリートを訪ねて来たときのことも詳しく聞かせてくれた。その後ジェインと折に触れて何度か交した会話についても話してくれたが、それによるとジェインはミス・ビングリーとの交際を本気で諦めたようであった。

それからガードナー夫人はエリザベスがウィッカムに振られたことを揶揄《からか》い、辛かったろうによくぞ我慢したと云って褒めた。

「ところで、ねえ、エリザベス」と叔母は続けた、「そのミス・キングってどんな娘さんなの？　どうも我等の友がお金目当てで近づいたのかと思うと、何だか残念だわ。」

「でもねえ、叔母様、結婚の動機がお金目当てなのと思慮深いのと、どこが違いますの？　どこまでが思慮分別で、どこからが慾得づくなの？　だって去年のクリスマスには叔母様はあの人と私が結婚するのは思慮のないことだからと云って心配なさったのに、今は、あの人が高だか一万ポンドの娘さんを手に入れようとしているだけで、それをお金目当てだと仰有るんだもの。」

「ミス・キングがどういう娘さんなのか話してくれさえすれば、私にも考えようがあると思うのよ。」

「とてもいいお嬢さんだと思うわ。難点は何もなくてよ。」

「でもお祖父様《じいさま》が亡くなってその財産を受継ぐまでは、あの人、その娘さんには何の気遣いも見せなかったのでしょう？」

「そうよ——だってそれはそうでしょう？　あの人、私にお金がないから私の愛を得てはいけなかったのなら、私と同じように貧乏で、もともと関心のない娘さんに云い寄る訳がないじゃありませんか？」

「でも遺産相続がなされた途端にその娘さんの方へ心を向けるというのは、何だか品のないやり方だわね。」

「お金に困っている男の人は、困っていない人達のように品位や体裁なんか気にしている暇がないのよ。その娘さん本人に異存がないのなら、私達がとやかく云ってみても仕方がないんじゃありません？」

「娘さんに異存がないからといって、それであの人が正しいということにはならなくてよ。それはその娘さんに何かが欠けていることを示すだけだわ――分別か感情か――何かが欠けていることをね。」

「まあ、それならそれで」とエリザベスは声を揚げた、「お好きなように考えたらよろしいわ。あの人は慾得づくで、娘の方はお馬鹿さんだと、そういうことね。」

「いいえ、リジー、決してそんな風には考えていなくてよ。だってそうでしょう、私としては長いことダービーシアに住んでいた青年を悪く思いたくはないもの。」

「あら、それだけの話なら、私はダービーシアに住む青年達なんか全然高くは買っていなくてよ。ハートフォードシアに住むその親友達だって大してましだとは思っていないわ。もうあの人達にはうんざりしているの。まったくの話、明日私が行こうとしている所の男だって、感じのいいところなんかまるでないし、態度物腰、思慮分別のどこにも取柄がないと来ている。結局のところ、愚かな男としか知合いにはなれないってことなのね。」

「気をつけて、リジー、そういう物云いはいかにも失恋の響きがしてよ。」

芝居が跳ねて二人が離ればなれになる前に、エリザベスは思いがけない喜びを味わった。ガードナー夫妻は夏にちょっとした気晴しの旅行を計画していて、よかったら一緒に行かないかと誘われたのである。

「どの辺まで足を伸ばすかはまだはっきりとは決めていないんだけど」とガードナー夫人は云った、「多分湖水地方ぐらいまでかしらね。」

こんな愉快な計画はまたとあり得なかったから、エリザベスは即座に大喜びで招待を受けた。「まあ、叔母様」と、エリザベスは有頂天になって云った、「嬉しいわ！　幸せだわ！　おかげで私、生き返れそう、元気になれそうよ。これで失恋とも憂鬱ともおさらばだわ。岩や山に較べたら男が何よ？　ああ、私達きっと素晴しい時が過せてよ！　私達は帰って来たとき、ほかの旅行者みたいに、何一つ正確に話せないなんてことにならないようにしなくてはね。行った先をはっきりと覚えていて——見たものをちゃんと思い出さなくてはね。湖水地方には湖や山や川が幾つもあるんだから、思い出すときにどれがどれだか判らなくなってはいけないし、どこか特定の風景を描写してみせるときも、その位置や場所の関係がどうだとか、美的な要因の取合せがどうだとか、そんなことで云い争いをしてはいけないわ。それから、私達は初めて見るものに感激したとしても、大抵の旅行者が発するような、大袈裟な聞くに堪えない言葉はなるべく口にしないことね。」

第五章〔第二十八章〕

　翌日の旅は、エリザベスにとって見るものすべてが新鮮で、面白かった。気分も物事を楽しむのに誂《あつら》え向きの状態であった。と云うのも、姉の元気そうな様子を見てその健康に対する心配がなくなっていたし、夏には北国への旅行が待っていると想うと絶えず嬉しさが込上げて来たからである。

　馬車が街道を離れてハンズフォードへ続く狭い路に入ると、皆は一斉に眼を凝らして牧師館を探し始め、曲り角に差掛るたびに、今度こそ見えるのではと期待に胸を弾ませた。路の片側にはロウジングズ・パークの庭園との境をなす柵がずっと続いていた。エリザベスはここに住むひと達についていろいろと聞いていた話を思い出して、思わず頰笑んだ。

　やっと牧師館がそれと認められた。路の方へなだらかに傾斜した庭、その中ほどに立つ家、緑色の柵と月桂樹の生籬《いけがき》――すべてが目的地に到着しつつあることを告げていた。ミスター・コリンズとシャーロットの姿が戸口に見え、皆が頷いたり頰笑んだりしているうちに、馬車は小さな門の前に停った。門からは短い砂利径が家まで続いていた。皆は互いに顔を見合って喜びながら、すぐさま馬車の外に出た。ミセズ・コリンズは満面に笑みを浮べて大喜びで友を迎えた。このいかにも愛情の籠った歓迎ぶりに接して、エリザベスはますます来てよかったと思った。ミスター・コリンズの態度物腰が結婚しても変っていないことはすぐに判った。形式ばった慇懃鄭重ぶりは以前と少しも変らず、エリザベスを門口に数分引留めて得とくと家族全員の安否を訊ねた。それから一同は、途中コリンズが小ぎれいな玄関を指さして自慢するのに引留められただけで、早速家の中へ案内された。皆が客間に入るとすぐに、ミスター・コリンズは再度改まった口調で、皆様このたびは本当にようこそお越し下さいましたと、大仰な儀式ばった挨拶をし、妻が皆に飲物を勧めると、妻の言葉を律儀に逐一全部繰返した。

　エリザベスはミスター・コリンズがさぞかし得意顔を見せることだろうと覚悟していた。コリンズが部屋の程よい広さだの、向きや間取りだの、調度品だののことを得意げに話すのを聞いていると、これは自分に対することさらな当てつけで、コリンズの申込を断ったことで失ったものがいかに大きいかを思い知らせようとしているのではないか、と想わずにはいられなかった。しかしいくら見た目のすべてが小ぎれいで心地よさそうだからといって、ここで後悔の溜息などを吐《つ》いて相手を好い気にさせる気にはなれなかった。それよりも友の顔を見て、友がこのような男を伴侶にして、しかもこうやって嬉しそうにしていられるのが、むしろ不思議でならなかった。ミスター・コリンズは妻が聞けば当然恥しく思うようなことを何度も口にしたが、その都度エリザベスは思わずシャーロットの方へ視線を向けた。シャーロットは確かに一、二度微かに顔を赧らめたようだが、大抵は賢明にも夫の話を聞いていなかった。皆は暫くのあいだ客間に坐って、食器棚から炉格子に至るまで、部屋中のすべての家具を褒めそやしたり、道中やロンドンでの出来事を残らず話したりしていたが、話が一段落すると、ミスター・コリンズが、どうです、庭に出て散歩をしませんかと皆を誘った。庭は広く、きちんと設計がなされていて、庭木や草花の手入れはコリンズが自分でやるらしい。庭仕事は自分にとってきわめて上品な楽しみの一つなのだと云う。そのときシャーロットが、庭仕事は運動になって健康に良いから、自分も出来るだけ夫に奨めているのだと、眉一つ動かさず澄して云ったので、エリザベスはその澄した物云いにいたく感心した。そこで、コリンズは皆の先頭に立って前に進んだり横に折れたりしながら庭の小径を一つ残らず案内し、皆の賞讃を求めて次つぎと眼前の景色を指して見せたが、いかんせん自分が景色の美しさなどそっち除けで何もかも事細かに説明するので、皆は賞讃の言葉を口にしたくてもそのきっかけが得られなかった。コリンズは東西南北それぞれの方角に畑が幾つずつあるかも、一番遠く離れた茂みに樹木が何本あるかも正確に知っていた。しかしコリンズに云わせると、この庭が、いやこの州が、いやこの王国が誇り得るすべての眺めの中で、ここから望むロウジングズ邸の眺望に較べられるものはまたとないとのことであった。それは牧師館の正面玄関のほぼ真向いに、庭園《パーク》を縁取る並木の切れ間から眺められた。端麗な当世風の建物で、地面が小高くなった恰好の場所に立っていた。

庭の散策が済むと、ミスター・コリンズはさらに二つの牧草地も案内したがったが、女達は霜の解けかかった径が歩けるような靴を履いていなかったので、家へ引返すことにした。サー・ウィリアムがコリンズのお供をしているあいだ、シャーロットは妹と友に家中を見せて廻った。どうやら夫の手を借りずに一人で案内出来るせいか、シャーロットはひどく嬉しそうであった。家はさほど大きくはないが、造りがしっかりとしていて、便利に出来ていた。家具調度の類もすべてきちんと備え附けられ、きれいに整頓されており、エリザベスの見るところ、この整頓ぶりはすべてシャーロットの手柄であった。実際、ミスター・コリンズの存在さえ忘れられていれば、家の中は至って居心地がよかった。シャーロットがそのような居心地のよさを明らかに楽しんでいるところを見ると、どうやらコリンズの存在はしばしば忘れられているに違いない、とエリザベスは想った。

レイディー・キャサリンがまだ当地にいることはエリザベスも既に聞いていた。夕食の席で再びその話題になったとき、ミスター・コリンズが身を乗出して云った——

「そうです、ミス・エリザベス、レイディー・キャサリン・ド・バーグには今度の日曜日に教会でお目に掛れます。きっとあなたもあのかたがお気に召す筈です。それは愛想のいい、謙遜なおかたですから、礼拝のあと必ずあなたにもお眼を止めて下さるでしょう。あなた方の滞在中にあのかたから私どもにお招きがあるときは、あなたと妹のマライアにもきっとお声が掛るだろうと思っています。あのかたは妻のシャーロットにもたいへん愛想よくして下さいます。私どもは週に二度ロウジングズ邸で食事をしますが、歩いて帰ったことは一度もありません。令夫人はそれを許さず、必ず自分専用の馬車を出すようお命じになるからです。いや、自分専用の馬車を一台、と云うべきでしょう、何台もお持ちですから。」

「レイディー・キャサリンはとても立派な、ほんとに物の分ったかたですわ」とシャーロットが附加えた。「隣人としての心遣いも実に行届いていらっしゃるし。」

「そう、そのとおり、まったく同感だね。いくら尊敬しても尊敬し過ぎることはあり得ないおかたです。」

その晩は主にハートフォードシアのことを噂したり、既に手紙にも書いた話を繰返したりして過した。話が一段落したところでエリザベスは寝室へ引揚げたが、部屋で一人になると、どうしてもシャーロットがこの生活にどのぐらい満足しているのだろうかと考えてみない訳には行かなかった。しかし見たところ、結構巧みに夫を操縦しているようだし、夫に対する忍耐もかなり腹が据わっていそうであった。それが判ってみると、万事は上手く行っているに違いないと認めざるを得なかった。エリザベスは自分の滞在がどうなるだろうかと、そちらにも思いを廻らさざるを得なかったが、この方は逞しい想像力のおかげですぐに答えが出た――みな自分達がいつもやることを地道に繰返し、その間にミスター・コリンズの邪魔が入って悩まされたり、ロウジングズ邸との賑やかな附合いがあったりするのだ。

翌日の午頃《ひるごろ》、エリザベスが自分の部屋で散歩に出る準備をしていると、突然階下から騒音が聞え、何やら家中が混乱に陥ったようであった。一瞬耳を澄して様子を窺うと、誰かが慌《あわただ》しい勢いで階段を駆上がって来て、大声で自分の名前を呼んでいるのが聞えた。扉を開けて出てみると、マライアが昂奮した面持で踊場に立っていて、息を切らせながら叫んだ——

「ああ、エライザ！　さあ、急いで、食堂へいらして、凄いものが見られてよ！　何だかは云わないでおくわ。とにかく急いで、すぐに降りて来て。」

エリザベスは一体何事かと思って二、三訊いてみたが、無駄であった。マライアはそれ以上何も云おうとしなかったからである。そこで二人は階段を駆降り、その凄いものを求めて食堂へ駆込んだ。食堂の窓は小径に面しており、見ると、庭の門の前に二人の婦人を乗せた低い型のフェイトン馬車が停っていた。

「なんだ、これだけ？」とエリザベスは拍子抜けして云った。「私はまた少くとも庭に豚でも入り込んで来たかと思ったのに。レイディー・キャサリンと令嬢だけじゃないの！」

「まあ、エライザったら！」とマライアは、この間違いにいたく憤慨して云った、「あれはレイディー・キャサリンではなくてよ。あの老婦人はジェンキンソン夫人で、一緒に住んでいるひとなの。もう一人の方が、ミス・ド・バーグよ。ねえ、ちょっと見て。いやに小さなひとね。あんなに痩せて小さいひとだとは思ってもみなかったわ！」

「こんな風のある日にシャーロットを戸外《そと》へ呼出して立たせておくなんて、随分無礼なひとね。自分の方が中に入ればいいのに。」

「まあ！　シャーロットが云うには、あのかたは滅多に家へはお入りにならないそうよ。ミス・ド・バーグがお入りになるのは、よほどの好意をお見せになるときなんですって。」

「私、あのひとの容姿が気に入ったわ」とエリザベスは、ふと別のことを考えながら云った。「見るからに病弱で気難しそうだし。――そう、あれならいかにもあの人向きだわ。きっとあの人に相応しい奥さんになってよ。」

ミスター・コリンズとシャーロットはともに門口に立って二人の婦人と話をしていた。サー・ウィリアムは家の戸口に立ったまま眼の前の高貴なおかたを熱心に視詰めていたが、ミス・ド・バーグがその方へ視線を向けるたびに決って恭しく一礼するので、エリザベスにはそれが可笑しくて堪らなかった。

　漸く話すことがなくなったと見え、二人の婦人は馬車を走らせ、コリンズ夫妻とサー・ウィリアムは家の中へ戻った。ミスター・コリンズはエリザベスとマライアの顔を見ると早速二人の幸運を祝福し始めたが、何が幸運なのかはシャーロットの説明でやっと判った。それによると、翌日のロウジングス邸の晩餐に全員が招待されたのだと云う。

第六章〔第二十九章〕

この招待のおかげでミスター・コリンズはすっかり得意になった。驚いている客人達に、自分の庇護者がいかに偉大な人物であるかを誇示し、その偉大な庇護者が自分と自分の妻にいかに鄭重な姿勢を示すかを知らしめることが、まさにコリンズの願うところであった。その機会がかくも早早に与えられたということは、それこそレイディー・キャサリンの謙遜の美徳が遺憾なく示された一例であって、コリンズとしてはただもう感服の至りであった。

「正直に云いますとね」とミスター・コリンズは云った、「令夫人が日曜日に私どもをロウジングズ邸へお茶に招いて、その晩を一緒に過すようにと云って下さったのなら、私も全然驚きはしなかったと思うんです。奥様の愛想のよさはよく存じていますから、そういうこともあるだろうとむしろ期待していました。しかしこれほどのお心遣いが示されようとは予想だに出来ませんでした。あなた方が到着したばかりだというのに、早速晩餐への招待があって、しかも漏れなく全員が招待されるなどと、一体誰に想像出来たでしょう？」

「私はこういうことにはさほど驚きませんな」とサー・ウィリアムが応じた。「お偉方の作法が実際どのようなものであるかは、私も勲爵士の端くれとして多少は存じておりますから。宮廷あたりでは、こういう優雅な作法の例は決して珍しくありません。」

その日の残りと翌日出掛けるまでのあいだ、話題は専らロウジングズ邸訪問のことであった。ミスター・コリンズは、お屋敷の見事な部屋や、沢山の召使や、豪奢な食事をいきなり眼の前にして皆がすっかり動顚しないように、あらかじめ覚悟しておくべき事柄を入念に話して聞かせた。

女達が身支度のために一旦それぞれの部屋に引揚げようとしたとき、ミスター・コリンズはエリザベスを引止めて云った――

「ミス・エリザベス、服装のことは心配なさらないように。レイディー・キャサリンは、御自身やお嬢様に似合うような優雅な衣裳を、私どもにまで要求なさったりはしませんから。お持ちの服の中で一番いいものを着ていらっしゃい。私の忠告はそれだけです。それ以上のものは必要ありません。レイディー・キャサリンは、ひとが質素な服装をしているからといってそれでそのひとを貶《けな》したりはなさいません。むしろ服装のうちに身分の違いが保たれている方がお好みなのです。」

女達が身支度をしているあいだに、ミスター・コリンズは二、三度それぞれの部屋の扉《と》口《ぐち》までやって来て、急ぐように催促した。レイディー・キャサリンは食事を待たされるのが大嫌いなのだと云う。——令夫人とその暮しぶりに関するこのような恐るべき説明に、まだ社交の場で人前へ出ることに慣れていないマライア・ルーカスはすっかり怯えてしまい、ロウジングズ邸で自分が紹介されることを思うと胸が不安で一杯になった。それはちょうど父親のサー・ウィリアムがセント・ジェイムズ宮殿での拝謁を待っていたときの気持とまったく同じであった。

天気がよかったから、皆はパークを横切って半マイルほど愉快な気持で歩いて行った。——パークともなればどんなパークにでもそれなりの美と眺望があるもので、エリザベスはここにも多くの気に入った眺めを見出したが、ミスター・コリンズが期待したほど有頂天にはなれなかったし、そのミスター・コリンズが建物正面の窓の数を数え上げたり、今は亡きサー・ルイス・ド・バーグが当初これらの窓全部に硝子《ガラス》を入れる際にどれだけの費用が掛ったかを話したりしても、さほど心は動かされなかった。

正面玄関に向って踏段を上り始めると、マライアは刻一刻といよいよ恐怖心を募らせ、サー・ウィリアムでさえ完全に平静を保っているようには見えなかった。——エリザベスは別段怯《ひる》みもせず平気であった。レイディー・キャサリンが並外れた才能や世にも稀な美徳を身に附けた畏《おそ》れ多いひとだというような話は何も聞いていないし、ただ財産と地位だけの威厳にならば、びくびくせずに顔ぐらい向けられると思っていたからである。

玄関広間に入ると、ミスター・コリンズがさも感激した様子で、広間の見事に均斉のとれた造作と洗煉された装飾品に皆の注意を向けさせたが、そこからは一同召使達のあとに随き従って控えの間を通り抜け、レイディー・キャサリンと令嬢とジェンキンソン夫人が坐っている部屋に入って行った。――令夫人は大いに気さくなところを見せて椅子から立上がり、皆を迎えた。紹介の役目はミセズ・コリンズが引受けることに夫婦相談の上で決っていたので、皆の紹介は至って簡潔かつ適切になされた。もし夫の方が引受けていたら、本人絶対に必要と考えるお詫びと感謝の言葉が際限なく続いて、とてもこう簡潔には行かなかったであろう。

サー・ウィリアムはセント・ジェイムズ宮殿に伺候した経験があるにもかかわらず、豪勢な部屋の佇《たたずま》いにすっかり気圧《けお》されてしまい、辛うじて深ぶかと低頭一礼しただけで、一言も発することなく席に着いた。マライアに至ってはほぼ茫然自失の体《てい》で、椅子の端にちょこんと腰を下ろしたものの、どこへ視線を向けていいのか分らない様子であった。エリザベスはこの場に臨んでも何ら臆せず、眼の前の三人の婦人を冷静に観察することが出来た。――レイディー・キャサリンは背の高い、大柄な女性で、かつては綺麗だったろうと思われる、くっきりとした眼鼻立をしていた。その素振りには人の意を迎えようとするところがなく、客人を迎える態度も相手に身分の低いことを忘れさせるようなものではなかった。黙っていても威厳のあるひとではなく、何を云うのでも、口の利き方が高飛車で、尊大な人柄が歴然としていた。エリザベスはすぐにミスター・ウィッカムの言葉を思い出し、その日ずっと観察していて、レイディー・キャサリンはいかにもウィッカムの云っていたとおりのひとだと思った。

エリザベスは令夫人を観察していてすぐに、その表情や挙動がどことなくミスター・ダーシーに似ていることに気がついたが、やがて令嬢の方に眼を向けたとき、その姿があまりにも痩せて小柄なので、昨日のマライアの驚きはなるほど尤もだと共感を覚えた。母と娘は身体つきも顔立もまるで似ていなかった。ミス・ド・バーグは顔色が悪く、病弱な感じで、眼鼻立も、不器量ではないが特にどうということはなく、ごくたまにジェンキンソン夫人に低声《こごえ》で何か話し掛けるほかは、殆ど口を利かなかった。そのジェンキンソン夫人も風采にめぼしいところは何もなかった。夫人は専ら令嬢の話に耳を傾けることと、令嬢の眼の前に置かれた煖炉の熱を遮《さえぎ》るための衝立《ついたて》をちょうどいい角度に直してやることに掛り切っていた。

腰を下ろして数分もすると、皆は云われるままに一つの窓際へ立って行って、広い庭園の景色を愛でたが、ミスター・コリンズが附添って来て、その美しい見所をいちいち指さしながら講釈した。するとレイディー・キャサリンから親切な御教示があって、この眺めは夏になるともっとずっと見映えがするのだということであった。

晩餐はきわめて豪勢なものであった。ミスター・コリンズが請合っていたとおり、召使全員が給仕に当り、金や銀の皿に盛られた大変な品数の料理が出た。そしてこれも本人の予告どおり、ミスター・コリンズは令夫人の望みで食卓の下座に着いて主人役を務めることになり、まるで人生最高の幸せを得たかのような顔をしていた。――コリンズはさも嬉しそうにいそいそと皆に肉を切分け、自らも食し、褒め言葉を口にした。どの料理もまず褒めた。コリンズが褒め、次にサー・ウィリアムが褒めた。サー・ウィリアムも今では娘婿の云うことを何でも鸚鵡《おうむ》返し出来る程度には落着きを取戻していた。こんな褒め方をされてレイディー・キャサリンはよくも我慢が出来るものだとエリザベスは不思議でならなかった。だが令夫人はどんな褒め過ぎの言葉にも御満悦の体で、特に食卓に出た料理が皆にとってたいへん珍しいものであることが判ると、いかにも嬉しそうににこにこしていた。食卓の会話はあまり弾まなかった。エリザベスは緒《いとぐち》があればいつでも話すつもりでいたが、坐っている場所がシャーロットとミス・ド・バーグのあいだで――シャーロットはレイデ

イー・キャサリンの話を聞くのに忙しく、ミス・ド・バーグは食事のあいだじゅうエリザベスには一言も話し掛けなかった。ジェンキンソン夫人はミス・ド・バーグがあまり食べないので気になって眼が離せず、頻りにほかの料理を勧めたり、体調の加減がよくないのではと心配したりしていた。マライアは自分が口を利くなど問題外だと思っていたし、男達は専ら食べて褒めることだけに口を使っていた。

晩餐が済んで、婦人達は客間へ戻ったが、レイディー・キャサリンの話を拝聴する以外に何もすることはなかった。令夫人は珈琲が出るまでのあいだ片時も口を休めず、どんなことにでも決めつけるような口調で意見を述べた。それは、日頃自分が何を云っても反対されることのないひとの物云いであった。シャーロットの家事に関して親しげに事細かな質問を向け、それらすべての対処の仕方についてたっぷりと助言を与え、シャーロットの所のような小さな世帯では万事が規則正しくなされるためにはどうすればいいかを語り、忠告は牝牛《めうし》や家禽《かきん》類の世話の仕方にまで及んだ。エリザベスには、この貴婦人が、他人に指図する機会を与えてくれるものなら何一つ見逃さないひとであることが判った。レイディー・キャサリンはミセズ・コリンズとの話の合間にときおりマライアとエリザベスにも話し掛け、とりわけエリザベスにいろいろと質問した。令夫人はエリザベスの家族や縁故関係については殆ど知らなかったが、エリザベスそのひとについてはたいへん淑やかで綺麗な娘さんだとミセズ・コリンズに話した。そしてときどきエリザベスに声を掛けては、次のようなことを訊ねた——姉妹は何人いるか、あなたよりも年上か年下か、姉妹の中に結婚しそうなひとはいるか、皆さん美人か、教育はどこで受けたか、お父様はどんな馬車をお持ちか、お母様の旧姓は何と云うのか。——エリザベスは随分と不躾《ぶしつけ》なことを訊くものだと思ったが、至って冷静にこれらの質問に答えた。——するとレイディー・キャサリンはこう云った——

「お父様の家と地所はミスター・コリンズに限嗣相続されるんでしたね。あなたにとっては」とシャーロットの方を向いて、「結構なことだけれど、でもそれはそれとして、土地財産の女系相続を否定して男系に限定しなければならない理由はない筈です。——サー・ルイス・ド・バーグ家ではそんなことは必要ないという考えでした。——ミス・ベネット、あなたはピアノと歌はなさるの？」

「少しだけですけれど。」

「あら、そう——それなら、いつか聞かせてもらいましょう。家の楽器は特別なものだから、多分お宅のよりも——でも、大丈夫、いつか弾かせてあげます。——姉さんと妹さんもピアノと歌をなさるの？」

「一人だけ致します。」

「なぜ全員習わなかったの？——全員が習うべきでしたね。ウェッブ家のお嬢さん達は全員弾きますよ、あのひと達のお父様の収入はお宅のお父様ほどではない筈だけれど。——

あなた、絵の方は？」

「いいえ、全然。」

「まあ、どなたも？」

「ええ、誰も。」

「これはまた随分と異《い》なことを聞くわね。でも、機会がなかったんでしょう。お母様が毎春あなた方をロンドンに連れて行って、絵の教師を附けてやるべきでしたね。」

「母に異存はなかったでしょうけれど、父がロンドン嫌いなものですから。」

「皆さんもう家庭教師《ガヴァネス》の手は離れたの？」

「家では家庭教師を置いたことは一度もないんです。」

「一度もない！　どうしてまた？　あり得ない話だわ。五人もの娘を家で育て上げるのに、住込みの家庭教師を一度も置いたことがないなんて！――そんな話、聞いたことがない。さぞかしお母様は奴隷のようになってあなた方を教育したんでしょうね。」

エリザベスは決してそんなことはなかったと請合いながら、思わず微笑せずにはいられなかった。

「では、誰があなた方を教育したんです？　誰があなた方の世話をしたの？　家庭教師なしで、あなた方はほったらかしにされていた訳ね。」

「幾つかのお家に較べれば、そうだったろうと思います。でも家では勉強したいと思えば手段に困るようなことはありませんでした。父からはいつも本を読むように奨められていましたし、住込みの家庭教師はいなくても、必要なときにはいつでも専門の先生を附けてもらいましたから。ただ怠けようと思えば怠けられたことは確かです。」

「そうでしょう、確かにね。でも怠けたくても怠けさせないようにするのが家庭教師なんです。もし私があなたのお母様と知合いだったら、是が非でも一人雇うように忠告したと思いますよ。私がいつも云うのは、地道に規則正しく教えないと教育しても何にもならないし、それが出来るのは家庭教師だけだということなの。私はね、我ながら驚くほど随分と沢山の家庭に家庭教師を送り込んでいるんです。若いお嬢さんがいるといつでも喜んでいい働き口を世話してあげます。こちらのジェンキンソン夫人の四人の姪御さんだって、みんな私が取持ってとても素敵な勤め口を得ました。ついこないだも、それこそたまたま話に出た或る娘さんを推薦してあげたところ、先方の家庭にすっかり気に入られましてね。ねえ、ミセズ・コリンズ、メトカーフ令夫人がわざわざお礼を云うために昨日訪ねて見えたことをあなたに話したかしら？　あのかた、ミス・ポウプは宝物だと云って、『レイディー・キャサリン、あなたは私に宝物を下さいました』って、そう云うの。ところで、ミス・ベネット、妹さん達の中で、どなたかは社交界に出ていますか？」

「はい、奥様、全員出ております。」

「全員！——何とまあ、五人全員がいちどきに？　これまた異なことを！——あなただって二番目でしたね。――年上の方がまだ結婚していないのに、年下の方も社交界に出るとはね！――妹さん達はまだ大分若い筈でしょうに？」

「ええ、一番下はまだ十六になっていません。多分まだあまり人前に出る齢ではないでしょう。でも奥様、実際の話、姉達に早く結婚するだけの資力がなかったり、或は本人にその気がなかったりした場合、そのために妹達が社交の楽しみに与れないとしたら、妹達には随分と酷な話だと思うんですけど。――末娘にだって長女に劣らず青春を楽しむ権利はあるのですから、姉が未婚だからという理由で社交界に出られないというのはどうかと思います。――そんなことがあると、姉妹間の愛情や思い遣りの心が育まれなくなりそうな気がします。」

「まあ」と令夫人が云った、「あなた、まだお若いのに随分はっきりと物を云うわね。――ねえ、齢はお幾つなの？」

「大きくなった妹が三人もいるのですから」とエリザベスは頰笑みながら答えた、「その私が自分の齢を白状するだろうと期待なさるのは、奥様にも無理でございます。」

レイディー・キャサリンは自分の質問がはぐらかされ、率直な返辞が得られなかったことにかなり驚いた様子であった。エリザベスは、このひとのひどく勿体ぶった不躾な物云いを敢えて揶揄《からか》ったのは自分が初めてではないかと思った。

「あなたはまだ二十歳《はたち》にはなっていない筈です。――だから何も隠す必要はありません。」

「まだ二十一にはなりません。」

やがて男達が戻って来て一緒になり、お茶が済むと、トランプ用の卓子が用意された。レイディー・キャサリンとサー・ウィリアムとコリンズ夫妻はカドリールの卓を囲んだが、ミス・ド・バーグはカシーノをやりたがったので、エリザベスとマライアは、令嬢のためにもう一組作りたいと云うジェンキンソン夫人の顔を立ててあげることにした。しかしこちらの卓は何ともはや間が抜けていた。勝負に関わりのない言葉は殆ど発せられず、例外は、ジェンキンソン夫人が令嬢を心配して口にする、暑すぎないか、寒すぎないか、明るすぎないか、暗すぎないか、という言葉だけであった。もう一方の卓ではもっとずっと話が弾んでいた。尤も喋っているのは大抵レイディー・キャサリンで――ほかの三人の間違いを指摘したり、何やら自分自身に関する逸話を語ったりしていた。ミスター・コリンズは専ら令夫人の話の相槌役を務め、その間点棒を稼ぐたびに礼を云い、稼ぎ過ぎたと思ったときは謝っていた。サー・ウィリアムはあまり喋らなかった。令夫人の口から出る逸話やお偉方の名前を憶え込むことに余念がなかったからである。

レイディー・キャサリンと令嬢が気の済むだけ勝負を堪能すると、トランプ用の卓子が片づけられ、ミセズ・コリンズに馬車の申出がなされ、申出は有難く受けられ、直ちに馬車の支度が命じられた。一同はそれから煖炉のまわりに集まって、明日の天気はどうなるか、レイディー・キャサリンが断言するのを拝聴した。これらの御教示に与っていると、やがて馬車が到着したとの呼出しがあって、ミスター・コリンズは感謝感激の言葉を何度も口にし、サー・ウィリアムはそれに劣らぬ数のお辞儀を繰返して、皆は邸宅をあとにした。馬車が玄関先を離れるとすぐに、エリザベスはコリンズから声を掛けられ、ロウジングズ邸で目にした一切について意見を求められた。エリザベスはシャーロットのことを思って、実際に感じたよりも好意的な意見を述べた。我ながら相当に無理して褒めたつもりであったが、それでもミスター・コリンズには大分御不満だったようで、コリンズは已《や》むに已まれずすぐさま自分が引取って、令夫人礼讃を始めた。

第七章〔第三十章〕

サー・ウィリアムのハンズフォード滞在はほんの一週間に過ぎなかったが、それでも、娘が無事に安楽な暮しを得て、滅多にお目に掛れないような良人と隣人にも恵まれたことを確信するには充分であった。サー・ウィリアムがいるあいだ、ミスター・コリンズは毎日岳父を自家用のギグ馬車*に乗せて、あたりの田園を案内した。しかしサー・ウィリアムが帰ってしまうと、一家は普段の生活に戻り、エリザベスは、この変化のおかげでコリンズと顔を合せる機会の減ったことが判って有難かった。と云うのも、ミスター・コリンズは今では朝食と夕食のあいだの大半の時間を、庭に出て仕事をするか、さもなくば路に面した書斎に籠って本を読んだり物を書いたり、或は窓の外を眺めたりして過していたからである。女達の居間は家の裏手に面していた。エリザベスは最初のうちシャーロットが食堂を居間と兼用にしないのを不思議に思っていた。食堂の方が広いし、部屋の向きも外の眺めもずっと快適だったからである。だが友がそうするについては立派な理由のあることがすぐに判った。もし女達が書斎に劣らぬ居心地のいい部屋にいて陽気にしていたら、ミスター・コリンズがすぐに自分の部屋から出て来ることは火を見るよりも明らかだったからである。エリザベスはシャーロットの粋な計らいに脱帽した。

女達の居間からは、表の小径で何があっても皆目判らず、今どんな馬車が通ったかとか、とりわけミス・ド・バーグがフェイトン馬車で何回通ったかというようなことは、すべてミスター・コリンズのおかげで判った。ミス・ド・バーグの馬車が通るのは

ほぼ毎日のことであったが、コリンズは決ってその都度知らせにやって来た。ミス・ド・バーグは少からず牧師館の門口に馬車を停めて、シャーロットと二、三分話をして行くが、こちらがいくら勧めてみても馬車から降りることは殆どなかった。

ミスター・コリンズがロウジングズ邸へ出掛けて行かない日は滅多になく、妻の方も自分は行く必要がないと考える日はあまり多くなかった。エリザベスは初めのうち二人がなぜそんなに多くの時間を犠牲にするのか理解出来なかったが、そのうちに、或はもしかするとド・バーグ家に裁量権のある牧師禄がまだほかにもあるからなのかも知れない、と思い当った。ときにはコリンズ夫妻の方が令夫人の御訪問を忝《かたじけな》くすることもあったが、そのような折には、室内でなされることのすべてに令夫人の眼が向けられた。女達の日日の仕事が問い質され、針仕事の成果が点検され、やり方を変えるよう忠告がなされる。或は家具の配置の仕方に難点が見出され、女中の不注意が見咎められる。令夫人が軽い飲食物のもてなしに与ることがあるとすれば、それはただもうミセズ・コリンズの出す骨附肉が分不相応な大きさであることを指摘するためではないかと思われた。

これはエリザベスにもすぐに判ったことだが、この貴婦人は正式に州の治安管理を委託されている訳ではなかったが、自分の教区の治安維持にはたいへん積極的であった。教区内の問題はどんな些細なことでもミスター・コリンズが令夫人の許へ御注進に及んだ。それで小作人達の中に喧嘩腰の者がいたり、不満を持つ者がいたり、或はあまりにも貧しい者がいたりすると、令夫人はいつでも勇んで村へ乗出して行って、仲違いを制し、不平の口を封じ、貧民には叱りつけることで心の平安と豊かさを与えた。

ロウジングズ邸の晩餐には週に二回ぐらいの割合で繰返し招待があった。サー・ウィリアムがいなくなったことと、食後に用意されるトランプ用の卓子が一つだけになったことを除けば、もてなしの手順や趣向はいつも最初の時と似たり寄ったりであった。コリンズ夫妻がほかの家から招待を受けることは殆どなかった。近隣の上流家庭一般とコリンズ家とでは、暮し向きに格段の差があったからである。しかしそんなことはエリザベスにとっては不運でも何でもなかった。エリザベスはおおむね自分の時間を気楽に寛《くつろ》いで過した。毎日三十分はシャーロットと二人だけで楽しく話が出来たし、この季節にしては天気もよかったので、しばしば散歩に出て戸外の空気を満喫した。気に入った散歩路が、パークの向う側を縁取っている樹立《こだち》の茂み沿いにあって、そこには気持のよい木隠《こがく》れ径《みち》が一本続いていた。エリザベスは、ほかの者達がレイディー・キャサリンを訪ねているあいだ、一人でよくそこへ足を向けた。どうやらエリザベス以外にこの小径を珍重する人はないらしく、レイディー・キャサリンの好奇心もここまでは及んでいないように思われた。

こうして穏やかな日日を過すうちに、エリザベスのハンズフォード滞在もいつしか二週間が経っていた。復活祭《イースター》が近づきつつあり、その前の週にロウジングズ邸では身内の者が一人増えることになっていた。日頃母娘二人だけの小さな世帯だから、一人増えるだけでも重大事であるに違いなかった。エリザベスは到着後間もなく、ミスター・ダーシーが二、三週間のうちにロウジングズ邸へやって来る筈だということは聞いていた。エリザベスにとってこの男ほど好きになれない知合いは多くなかったが、それでもミスター・ダーシーが来れば、ロウジングズ邸での集いに多少とも新顔が加わることになり、それにミスター・ダーシーの従妹に対する態度を見れば、ミス・ビングリーのミスター・ダーシーに対する下心がいかに望み薄なものであるかが判って、面白いかも知れなかった。レイディー・キャサリンがミスター・ダーシーを娘婿に決めていることは明らかで、令夫人は甥が訪ねて来ることをさも満足げに語り、その人柄を口を極めて褒めちぎり、マライア・ルーカスとエリザベスが既に何度も当人に会っていることを知ると、今にも怒り出しそうな顔になった。

ミスター・ダーシーの到着は逸早く牧師館の知るところとなった。それと云うのも、ミスター・コリンズが、その到着を一番に確めるため、ハンズフォード・レインに面した門番小屋の見えるあたりを午前中ずっと往ったり来たりしていて、馬車がパークに入って行くのを見ると、その方に一礼して、大急ぎでこの一大情報を家へ持帰ったからである。翌朝ミスター・コリンズは敬意を表するべくロウジングズ邸へ急いで出掛けて行ったが、コリンズの敬意を受けるべきレイディー・キャサリンの甥は二人いた。ミスター・ダーシーは従兄のフィッツウィリアム大佐という人を連れて来ていたからで、この人はダーシーの伯父で伯爵のロード・某《なにがし》の次男であった。牧師館の一同がひどく驚いたのは、二人の紳士が帰宅するミスター・コリンズに随いて牧師館までやって来たことである。シャーロットは夫の部屋から三人が路を横切って来るのを見ると、すぐさま妹とエリザベスのいる部屋に駆込んで行き、何て名誉なことかしら、と云って、こう附加えた――

「こんな鄭重な挨拶があるなんて、エライザ、みんなあなたのおかげよ。ミスター・ダーシーが私のためにこんなに早く挨拶に見える筈はないもの。」

エリザベスは自分にはそんなお世辞を云われる筋合はないと云おうとしたが、殆どその間もないうちに戸口の呼鈴が鳴って到着が告げられ、すぐに三人の紳士が部屋に入って来た。真先に入って来た

のはフィッツウィリアム大佐で、齢は三十ぐらい、美男子ではないが、風采も物腰も見るからに紳士然としていた。ミスター・ダーシーは見たところハートフォードシアで会っていたときと少しも変っておらず、相変らず持前の取澄した態度でミセズ・コリンズに挨拶し、エリザベスに対しても、内心の気持はどうであれ、見た目には落着き払った仕種で挨拶した。エリザベスは軽く膝を曲げて会釈しただけで、一言も口は利かなかった。

フィッツウィリアム大佐はいかにも育ちの良い人らしく気さくにすぐさま皆と話を始め、その話しぶりはたいへん快活で愛想がよかった。しかし従弟の方は、ミセズ・コリンズに向って牧師館の家と庭について僅かな感想を口にしただけで、あとは暫くのあいだ誰にも話し掛けずに坐っていた。それでもやっと、こんな風に黙っているのは礼儀に反するとでも思ったか、やがてエリザベスに向って、お家の皆さんはお変りないですかと訊ねた。エリザベスはお定まりの返辞をしたあと、一瞬間を措いてから附加えた——

「姉はこの三箇月ほどロンドンに行っておりますけれど、たまたまお会いになるようなことはありませんでした？」

エリザベスは、相手が姉に会っていないことは重重承知の上であったが、それでもビングリー兄妹とジェインのあいだにあったことを何か知っていて、表情か素振りからそれが判るのではないかと思ったのである。ミスター・ダーシーは生憎とミス・ベネットには会っていないと答えたが、そのときエリザベスはダーシーがちょっと戸惑いの表情を見せたような気がした。この話題はそれ以上は続かず、それから程なくして二人の紳士は暇を告げた。

＊ 無蓋一頭立て二輪の軽馬車。

第八章〔第三十一章〕

フィッツウィリアム大佐の態度振舞は牧師館の人達から大いに賞讃され、女性達からは、あの人がいればロウジングズ邸での会合も随分と楽しいものになるに違いないと思われた。しかしながら、牧師館の人達がともかく招待を受けたのはそれから何日か経ってからであった。屋敷に客人がいる以上、牧師館の方はお呼びでなかったのである。漸く皆が招きに与ったのは、二人の紳士が到着してからほぼ一週間後の復活祭の当日で、それも礼拝が済んで教会を出るときに今晩ちょっといらっしゃいとだけ云われたのである。皆はこの一週間レイディー・キャサリンにも令嬢にも殆ど会っていなかった。フィッツウィリアム大佐はその間に一度ならず牧師館へやって来たが、ミスター・ダーシーには教会で会っただけであった。

勿論、招待は受けられ、皆は然るべき時刻にレイディー・キャサリンの客間に赴《おもむ》き、そこにいる人達と一緒になった。令夫人は皆を鄭重に迎えたが、ほかにお相手役がいなかったこれまでと較べると、明らかに皆に対する歓迎の度合は低かった。事実、令夫人は二人の甥に心を奪われていて、話し掛ける相手は専らその二人、とりわけダーシーで、それ以外の人達は殆ど眼中にないようであった。

フィッツウィリアム大佐は皆に会えたことを本心から喜んでいるようであった。大佐にとってはロウジングズ邸で目にするものは何でも嬉しい気晴しの対象になったが、ミセズ・コリンズの美しい友人も今や大のお気に入りであった。大佐はいまエリザベスの隣に坐って、ケントやハートフォードシアのこと、旅に出たときのことや自分の家にいるときのこと、新刊書や音楽のことなどをいかにも楽しげに話すので、エリザベスはこれまでこの部屋でこの半分も愉快な思いをしたことがないような気がした。二人の会話があまりにも淀みなく活潑なので、ミスター・ダーシーのみならずレイディー・キャサリンもその方が気になり出した。ミスター・ダーシーは早くから何度も二人の方へ好奇の眼を向けていたが、やがて令夫人も同じ気持になったことがダーシー以上にはっきりと認められた。と云うのも令夫人の方は躊わずに大声でこう云ったからである――

「これ、フィッツウィリアム、何の話をしているの？　何のお話？　ミス・ベネットに何を話しているんです？　私にも聞かせなさい。」

「僕達、音楽の話をしているんです」と、大佐はこれ以上返辞を延ばす訳には行かなくなって云った。

「まあ、音楽の話！　それなら大きな声で話して頂戴。音楽は何よりも私の好きな話題なんですから。音楽の話なら、私も話に加えさせてもらわなくては。イギリス広しと雖も、私ほど音楽を本当に楽しめる人、と云うか、音楽に対する生れつきの趣味を持っている人は、そうざらにはいないと想いますよ。もし私がちゃんと習っていたら、その道の達人になっていたでしょうね。娘のアンだってそう、健康が許してもっと身を入れてお稽古が出来ていたら、今頃はきっと素晴しい演奏を聞かせてくれた筈です。ジョージアナの進み具合はどうかしら、ダーシー？」

ミスター・ダーシーは妹が大分上達したことを愛情の籠った、褒める口調で話した。

「それはいいお話だこと、それを聞いて私もたいへん嬉しいわ」とレイディー・キャサリンは云った。「ジョージアナに、よほど練習しないと更なる上達は望めないって、私がそう云っていたと伝えて頂戴ね。」

「大丈夫ですよ、叔母様」とダーシーは答えた、「妹にそんな忠告は不要です。何しろしょっちゅう練習してますから。」

「それなら結構だけれど、練習はいくら積んでもこれでよしということはないですからね、今度あの娘に手紙を書くとき、どんなことがあろうと決して練習を怠ってはいけないと私から念を押しておきます。私はお嬢さん方によく云うんです、音楽で優れた腕前を身に附けたかったら、絶えず練習することだって。ミス・ベネットにも何度か云いました、もっと練習しないと、本当に上手に弾けるようにはならないってね。ミセズ・コリンズは音楽をなさらないから楽器をお持ちでないけれど、しばしば云っているように、ミス・ベネットは毎日でもロウジングズへ来て、ジェンキンソン夫人の部屋のピアノフォルテを弾いてくれて構わないのよ。邸のあの辺で弾く分には誰の邪魔にもならないからね。」

ミスター・ダーシーは叔母の不躾な物云いが多少恥しかったと見え、何も返辞をしなかった。

珈琲が済むと、フィッツウィリアム大佐はエリザベスにピアノを弾いてくれる約束だったことを思い出させた。エリザベスはすぐに立って楽器の前に坐った。大佐はエリザベスの近くに椅子を引寄せた。レイディー・キャサリンは一曲の途中まで耳を傾けていたが、やがてまた先ほどのようにもう一人の甥を相手に話を始めた。そのうちにミスター・ダーシーはさりげなく叔母のそばを離れると、持前の悠然とした足取りでピアノフォルテの方へ近づいて、美しい弾手《ひきて》の顔がよく見える場所に立った。エリザベスはダーシーの挙動に気がついていて、演奏の切れ目が来ると、早速その方へ悪戯《いたずら》っぽい頬笑みを見せて云った

「ねえ、ダーシーさん、そんな風に物物しくここまで聞きにいらしたりして、私を脅《おど》かそ

うというおつもり？　でもいくら妹さんの演奏がお上手だからと云って、私が怯えると思ったら大間違いでしてよ。こう見えても私には頑固なところがあって、他人様《ひとさま》の意のままに怯えるなんてことは性に合わないんですから。私は脅かされるといつでも勇気が湧いて来る方なの。」

「別にあなたが誤解しているとは云いません」とダーシーは答えた。「だって、僕にあなたを脅かす意図があるなんて、あなたは本気で信じてやしないんだから。それにあなたとは大分長いあいだお附合いさせてもらっていますからね、あなたがときおり心にもないことを口走って、それをひどく面白がるひとだということはとうに承知しています。」

エリザベスは自分の姿がそんな風に描き出されたことに思わず噴き出してしまい、笑いながらフィッツウィリアム大佐に云った、「お従弟は私のことを、あれはひどく面倒な女だ、あの女の云うことは一言も信用してはいけないと仰有いますわよ、きっと。私、この地に滞在中は、多少ともまともな女に成りすまして襤褸《ぼろ》を出さずにやり過そうと思っていましたのに、選りに選って私の正体を巧みに暴いてしまえるお方とばったり出会うなんて、よくよく因果なことですわ。ねえ、ダーシーさん、ハートフォードシアで目撃なさった私の至らない行いを洗い浚い明るみに出そうなんて、決して度量のあるお方のなさることではありませんわ――それに、云わせて頂くと、あまり思慮のあることとも思えません――だってそんなことをなされば私だって仕返しがしたくなって、親戚の方が聞いたら吃驚《びっくり》するようなことを口走るかも知れませんから。」

「別に何を云われても平気です」と、ミスター・ダーシーは笑いながら云った。

「あなたはこの男に何か含むところがあると見える。どうか聞かせて下さい」とフィッツウィリアム大佐が声を揚げた。「この男が知らない人達のあいだでどんな振舞をしているのか、是非知りたい。」

「それならお話しますわ――でも覚悟して聞いて下さいね、実にひどいお話ですから。ハートフォードシアで初めてこの方にお目に掛ったのは、或る舞踏会の会場でした――その舞踏会でこの方どんなお振舞をなさったと思います？　何とたったの四回しかお踊りにならなかったの！　お聞苦しいお話で御免なさい――でも本当なんです。四回しかお踊りにならなかった、それも男性の数が少くて、私が確認しただけでも、相手がいなくて踊りを休んでいたお嬢さんが数人はいたのにですよ。ダーシーさんもこの事実は否定出来ませんわね。」

「あのときは自分の仲間以外に舞踏会場にいる御婦人をどなたも存じ上げなかったものだから。」

「確かにそうでしたわね――それに舞踏会場は人を紹介し合う場所ではありませんしね。さてと、フィッツウィリアム大佐、次は何をお弾き致しましょうか？　大佐の御命令を待って指が鳴っておりますわ。」

「多分」とダーシーが云った、「こちらから紹介を求めようと判断していれば、その方がよかったんだろうけど、どうも知らない人達に名告《なの》り出るのが苦手なものだから。」

「その理由をお従弟に伺ってみましょうか？」と、エリザベスはなおもフィッツウィリアム大佐に向って話し掛けながら云った。「伺ってみましょうよ、分別も教育もあり、上流の社交界もよく御存知のお方がなぜ知らない人達に名告り出るのが苦手なのか。」

「その質問ならわざわざ本人に訊くまでもなく」とフィッツウィリアム大佐が云った、「私の口から答えられます。要するに面倒くさいことは御免だ——理由はそれだけですよ。」

「僕には或る種の人達が持っている才能がないんです」とダーシーが云った、「初対面の人とでも気楽に話の出来る才能がね。初対面の人が相手だと、話の調子が摑めないし、相手の話にこっちも興味があるような顔も出来ない。そういうことの得意な人をよく見掛けるけれど、僕にはどうも苦手なんです。」

「私の指だって」とエリザベスは云った、「この楽器の上を自在には動いていませんわ。自在に動かせるかたが沢山おられることは承知していますけれど、私の指は力強さ、動きの速さ、表現力のどれを取っても、そういうかた達の指には及びません。でもそれは自分自身の落度だと思っています——私も面倒くさいことは御免な方で、練習しようとしないのですから。だからと云って、別に自分の指そのものがどなたの指よりも劣っているとは思っていませんのよ――練習さえすれば優れた演奏が出来る可能性はあるんですから。」

ダーシーは笑いながら云った、「まったく仰有るとおりです。あなたは御自分の時間の費《つか》い方が僕よりもずっと上手でいらっしゃる。あなたの演奏が聴けるのは特別な恩恵に与ることだから、不満に思う人などいる筈がない。要するに僕もあなたも知らない人達の前で藝を披露するのが苦手なんだ。」

このときレイディー・キャサリンが、一体何の話をしているのかと声を掛けたので、二人の話は中断された。エリザベスはすぐさま楽器に向って再び弾き始めた。レイディー・キャサリンは自分も楽器のそばへやって来て、暫く聴いていたが、やがてダーシーに向って云った――

「ミス・ベネットももっと練習して、ロンドンの先生にでも就いていれば、全然間違えないで弾けるんでしょうにね。運指法はよく心得ているようだけれど、趣味はうちのアンと較べるともう一つだわね。アンもね、健康が許してもっとお稽古が出来ていれば、素晴しい演奏家になっていた筈なんだけれど。」

エリザベスはダーシーの顔を見て、従妹に対するこの褒め言葉にどのぐらい本気で同意を示すか様子を窺った。しかしそのときに限らず、恋の兆しは一向に認められなかった。エリザベスは、ミス・ド・バーグに対するミスター・ダーシーの態度振舞全体から見て、これならミス・ビングリーも安心するのではないか、もしミス・ビングリーがダーシーの身内だったら二人の結婚だってあり得ることかも知れない、と思った。

レイディー・キャサリンはなおもエリザベスの演奏について、弾き方がどうの趣味がこうのとやたらに御託を並べながら批評を続けた。エリザベスは礼儀の手前、忍の一字で黙って聞いていた。そして自分達を牧師館まで送ってくれる令夫人の馬車の用意が出来るまで、二人の紳士の求めに応じて楽器の前から離れなかった。

第九章〔第三十二章〕

次の朝、ミセズ・コリンズとマライアが用事で村へ出掛けたので、その間エリザベスは一人居間に坐ってジェインに手紙を書いていた。するとそのとき、いきなり玄関の呼鈴が鳴ったのでエリザベスははっとした。誰か客が来たことは明らかであった。馬車の音を聞いていなかったので、もしかするとレイディー・キャサリンということもあり得ると思い、その場合、不躾な質問でもされると厄介なので、用心のため半分ほど書掛けた手紙を片づけていると、部屋の扉が開いて、何と驚いたことに、ミスター・ダーシーが、それもたった一人で、入って来た。

ダーシーの方も、見ればエリザベスが一人きりなので吃驚したらしく、御婦人方は皆さん御在宅かと思ったのでと云って、勝手に部屋に入って来た非礼を詫びた。

それから二人は腰を下ろしたが、エリザベスがロウジングズ邸の様子をひととおり訊ねてしまうと、そのあとは二人とも話すことがなく、まったくの沈黙に陥りそうになった。そこでエリザベスは是が非でも何か話題を探さなくてはと切羽詰ったが、ふとハートフォードシアで最後に会ったときのことが頭に浮んだので、あのときの皆の慌しい出発について相手がどう云うか聞いてみたくなって、云った——

「去年の十一月は皆さん随分と急にネザーフィールドをお発ちでしたわね、ダーシーさん。ミスター・ビングリーも、皆さんがあんなにすぐに自分のあとを追掛けて来るのを見て、さぞや嬉しい驚きだったでしょうね。だって、私の記憶に間違いがなければ、ミスター・ビングリーがロンドンへお出でになっ

たのはほんの前日でしたもの。あなたがロンドンをお発ちのときは、あの方もあの方の御姉妹もお元気でいらしたのでしょう？」

「至って元気でした――お気遣いをどうも。」

ダーシーがそれ以上何も答えそうにないことが判ったので、エリザベスはちょっと間を措いてから云い添えた――

「ミスター・ビングリーには、もう一度ネザーフィールドへ戻ろうという考えはあまりないとか、そう聞いていますけれど？」

「本人の口からそういう話を聞いたことはないけれど、おそらく今後あそこで過す時間は大分少くなるでしょうね。あの男には友人が多いし、それに年齢的にも友人や会合の約束がどんどん増える年頃ですからね。」

「もしあの方にネザーフィールドで過す気が殆どないのであれば、むしろすっかり引払って下さる方が近隣のためにはいいだろうと思いますけど。だってそうすれば、どなたか別の一家が定住するつもりで、あそこに入ることもあり得ますから。でも多分ミスター・ビングリーは近隣のためというより御自分の都合であの家をお借りになったのでしょうから、このまま借りつづけるにせよ手放すにせよ、同じ考え方でそうするものと思わなくてはなりませんわね。」

「恰好の条件で譲り受けてもいいと云う人が現れて、あの男がすぐにあの家を手放したとしても」とダーシーは云った、「僕は別に驚きませんけどね。」

エリザベスは返辞をしなかった。これ以上ミスター・ビングリーのことを話しつづけるのもどうかと気になったからだが、そうかと云ってほかに何も話すことがなかったので、次に話題を探すのは相手の番だと肚《はら》を決めた。

ダーシーは相手の意図を察して、すぐに口を開いた。「この家は快適で住み易そうですね。ミスター・コリンズをハンズフォードへ迎える際に、レイディー・キャサリンが大分手を加えたのではないかな。」

「そうだと思います——令夫人としてはまたとない人に持前の親切心を施すことが出来た訳です。だってあの方のように有難がって感謝してくれる人はそうはいませんもの。」

「ミスター・コリンズはどうやらよい奥さんを選ばれたようで何よりです。」

「ええ、本当に。賢明な女性と出会われたのですもの、あの方のお友達がお喜びになるのも無理からぬことです。賢明な女性で、あの方の申込を受けようというひとは滅多にいないでしょうし、仮に受けたとしてもあの方を幸せにして差上げられるひとはまずいないのではないかしら。私の友人は物のよく分った、賢いひとです——ただミスター・コリンズと結婚したことがあのひとにとって一番賢いことだったかどうかは、私には判りません。でもあのひとは見るからに幸せそうですし、実利的な見地に立てば、この結婚はあのひとにとって確かに良縁だったと思います。」

「婚家先が実家やお友達と楽に往き来の出来る所だったのも、あのひとにはとてもよい条件だったに違いない。」

「楽に往き来の出来る所ですって？　五十マイル近くありますのよ。」

「道は悪くないし、五十マイルぐらい何でもない。せいぜい半日の旅じゃないですか。ほんと、この距離ならいくらでも楽に往ったり来たりが出来る。」

「私は、実家からの距離がこの縁組の利点の一つだなんて、思ってもみませんでした」とエリザベスは声を高めた。「ミセズ・コリンズの婚家先が実家に近いとは、私には仮初《かりそめ》にも申せません。」

「それはあなた自身にハートフォードシアへの強い愛着があるからです。ロングボーン近辺の外にあるものは、何でも遠くに見えるんでしょう。」

ミスター・ダーシーは話しながら微かに笑ったようであった。それが何を意味するのか、エリザベスには判った気がした。この人はこちらがジェインとネザーフィールドのことを考えていると想っているに違いない。エリザベスは思わず顔を赧らめながら答えた——

「私はなにも、女の婚家先は実家に近いに越したことはないなどと云っているのではありません。遠いか近いかは相対的なものでしょうし、それに多くのさまざまな事情によって変って来るものです。お金持で旅費のことなど問題にならない人には、距離が遠いことなど何の障碍にもなりません。コリンズ夫妻の場合、そうは云えません。勿論、夫妻には充分な収入がおありですけれど、でもそう頻繁に旅行が出来るほどの収入だとはとても——それに私の友人は今の距離の半分以下でも実家に近いとは云わないだろうと思います。」ミスター・ダーシーは自分の椅子をエリザベスの方へ少し引寄せて、云った、「でもあなたにはそんなに強く地元に執着する権利はない筈です。あなたは今までのようにこれからもずっとロングボーンに居つづけることは出来ないんだから。」

エリザベスははっと驚いた。その表情を見て、ダーシーは雰囲気の変化を察し、椅子を引戻すと、卓子から新聞を取上げ、ざっと眼を通しながら、それまでよりも冷やかな声で云った——

「ところで、ケントはお気に召しましたか？」

それから二人はこのあたりのことを話題にして話を続けたが、どちらの受答えも冷静で言葉少なであった——が、それも長くは続かず、程なくして外出から帰って来たシャーロットと妹のマライアが部屋に入って来たので、二人は話を止めなければならなかった。シャーロットと妹はエリザベスとダーシーが差向いでいるのを見て吃驚した。ミスター・ダーシーは自分の間違いからミス・ベネットに迷惑を掛けてしまったことを話し、その後も特に誰に話し掛けるでもなく坐っていたが、二、三分そうしていただけで帰って行った。

「これは一体どういうことなの！」と、ミスター・ダーシーが行ってしまうとすぐにシャーロットが云った。「ねえ、エライザ、あの人、あなたが好きなんじゃない？　そうでなきゃ、あの人がこんな風に気安くここへやって来たりはしないわ。」

しかしエリザベスがダーシーは殆ど口を利かなかったと云うと、シャーロットの希望的観測もどうやら潰《つい》えざるを得なかった。そこでいろいろと臆測がなされたが、結局、何をしていいか判らないのでふらりとやって来たのであろう、今は季節が季節だからそれは大いにあり得るということになった。確かに狩猟などの野外スポーツは既に時季外れであった。屋内にはレイディー・キャサリンがおり、本や撞球台もあったが、紳士たる者、屋内にばかりいられるものではない。

牧師館までの距離が近いからか、そこへ行く道が快適だからか、そこに住む人達が愉快だからか、誘因はともかく、二人の従兄弟はその頃からほぼ毎日のように牧師館へやって来るようになった。来るのはいつも昼間だが時刻は一定せず、一人ずつ別別に来ることもあれば、二人一緒のときもあり、ときには叔母が一緒に随いて来るこ

ともあった。フィッツウィリアム大佐が来るのは、牧師館の人達と同席して話をするのが大佐にとって楽しいからで、それは牧師館の誰の眼にも明らかであったから、勿論大佐の来訪はますます歓迎された。エリザベスは、大佐が自分にはっきりと好意を見せるだけでなく、自分も大佐と同席するのが楽しかったので、つい以前好きだったジョージ・ウィッカムのことを思い出した。そして二人を較べてみて、フィッツウィリアム大佐は、女心を巧みに捕える物柔らかな態度物腰という点ではウィッカムに劣るが、見聞の広さや博識という点では遥かに上のようだと思った。

しかしなぜミスター・ダーシーがかくも頻繁に牧師館へやって来るのかは、大佐に較べてよく分らなかった。皆と打解けた話をするためでないことは明らかであった。坐ったまま十分間ただの一度も口を開かないことがしばしばだったし、いざ何か云うときでも、自分から進んで口を利くというより、必要に迫られて仕方なくそうする——自分が楽しくて話すのではなく、礼儀上已むを得ず話すという風だったからである。どうも見るからに活気がなかった。そんなミスター・ダーシーをどう考えたらいいのか、ミセズ・コリンズには見当がつかなかった。フィッツウィリアム大佐がときおりダーシーがぼんやりしているのを見て笑っているところを見ると、普段のダーシーはそんな風ではないからに違いないが、ダーシーのことをよくは知らないミセズ・コリンズにはその辺のところはよく判らなかった。しかしミセズ・コリンズは、このミスター・ダーシーの変化は恋によるものであり、その恋の相手は我が友エライザだと信じたかったので、事の真相を突止めようと本腰を入れた。――そこでロウジングズ邸で一緒になるときも、ダーシーがハンズフォードへやって来るときも、その都度注視を怠らなかったが、あまり成果は得られなかった。ミスター・ダーシーが頻りにエリザベスを見ていることは確かだったが、その際の表情からははっきりとしたことが判らなかったからである。真剣に凝《じ》っと視詰めているときでも、それが心底見惚れているのかどうか疑わしいことが多く、ときには単なる放心状態としか思えなかったのである。

ミセズ・コリンズは、ミスター・ダーシーがエリザベスに好意を持っている可能性のあることを、一、二度当人に匂わせてみたが、エリザベスはその都度その考えを一笑に附して取合わなかった。それでミセズ・コリンズも、結局は失望に終るだけかも知れない期待を友に抱かせるのも危険だと考えて、この話題にはあまり執着しない方がよさそうだと思い直した。と云うのも、ミセズ・コリンズは、エリザベスとて相手が自分に首ったけだと想えれば、それまで嫌っていた気持など一切消えてなくなるに決っていると信じて疑わなかったからである。

エリザベスのために何か出来ることはないかという思いから、ミセズ・コリンズはときどきフィッツウィリアム大佐との結婚はどうだろうかと考えてみた。大佐はミスター・ダーシーよりも断然愉快な男だし、エリザベスに好意を抱いていることも確かだし、それに社会的地位も至って望ましい。ただ、シャーロットの立場からすると、これらの利点を相殺《そうさい》する面がない訳ではなかった。それは、ミスター・ダーシーには聖職者推薦権があってかなりの数の牧師禄が自由裁量出来るのに対して、従兄のフィッツウィリアム大佐にはその方面の可能性がまったくないことであった。

第十章〔第三十三章〕

エリザベスはパーク内を散歩しているときにいきなりミスター・ダーシーに出会うことが一度ならずあった。——自分以外は誰も来ない筈のこんな所へ選《よ》りに選ってミスター・ダーシーが姿を現すなんて運が悪いにも程があると思ったエリザベスは、こういうことが二度とないように、最初のとき、ここは自分が気に入ってよく来る所なのだと意識的に釘を刺した。——従って二度目に同じことが起ったときは、何でまた、とひどく奇妙な気がした。——だが奇妙でも出会ったことは確かで、しかも同じことは三度目もあったのである。それは相手がわざと意地悪をしているようでもあり、自ら進んで苦行に耐えているようでもあった。それと云うのも、そんなときミスター・ダーシーはただ単に型どおりの挨拶を二言三言口にして、それから決り悪そうに口を噤み、やがてそのまま行ってしまうかと思いきや、現にまた戻って来て、やはり一緒に歩くのが礼儀だと思っている風でもあったからである。そのくせ当人はあまり口を利かないので、エリザベスもわざわざ自分から話し掛けることも強いて耳を傾けることもしなかった。ただ三度目に出会ったとき、相手が妙に取留めのない質問をするので、エリザベスは気になった——ハンズフォード滞在は愉しいかとか、一人の散歩が好きなのかとか、コリンズ夫妻を幸せだと思うかとか。そうかと思うと、ロウジングズ邸の話になり、あなたはまだあの屋敷のことがよく分っていないようだから、いつでもまたケントに来るときは是非あそこにも泊るといいと、何やらエリザベスのロウジングズ滞在を期待するかのような口吻《くちぶり》を見せた。どうもその言葉の意味するところはそういうことらしかった。この人はフィッツウィリアム大佐のことを考えているのかしら？　もし何か目論見があってこんなことを云っているのだとすると、大佐と私のことを暗に仄めかそうとしているのに違いない。そうエリザベスは想像して、些か気が重くなった。それで牧師館のすぐ手前の柵の門まで来たときには心底ほっとした。

　或る日エリザベスはジェインから最近届いた手紙を散歩に持って出て、歩きながら読返し、明らかに書手の元気が感じられない何箇所かの文面に思いを廻らせていた。そのときふと人の気配がしたので、またミスター・ダーシーの不意打ちかと思って顔を上げると、そうではなくて、フィッツウィリアム大佐の近づいて来るのが眼に入った。エリザベスは急いで手紙を隠すと、強いて笑顔を作りながら云った——

「あなたがこの辺を散歩なさることがあるとは知りませんでしたわ。」

「パークを一周して来たところです」と大佐は答えた。「大抵毎年一度はやるんです。これから牧師館に寄って、それで終りにするつもりだけれど、あなたはもっと歩かれますか?」

「いいえ、もうそろそろ引返そうかと思っていたところです。」

そう云うとエリザベスはその場で引返すことにして、二人は一緒に牧師館の方へ歩き出した。

「本当に土曜日にケントをお発ちになりますの?」とエリザベスが云った。

「ええ——ダーシーがまた延ばすと云い出さなければね。でも僕はダーシーの意嚮《いこう》に従うしかない。こういうことはすべてあの男が好きなように決めるんでね。」

「仮に自分の好きなように決められなくても、とにかく自分の力で決められることがあの方にはとても嬉しいんですのね。私、ミスター・ダーシーほど、自分の思いどおりに出来る力を喜んでいそうな人は知りませんわ。」

「確かにあの男は自分の思いどおりにしたがる」とフィッツウィリアム大佐は答えた。「でも誰だってそうです。ただあの男はほかの多くの連中よりも思いどおりに出来る手立てに恵まれているだけのことです。あの男は金持で、ほかの多くは貧乏ですからね。僕は長男でないから実感としてよく判るんです。御承知のように、次男三男が生きて行くためには、どうしても自分を殺して他人に頼ることに慣れなければならない。」

「でも云わせて頂くと、いくら次男三男でも、伯爵家の御子息ともなれば、そんなことはどちらもあり得ない話ですわ。では真面目に伺いますけれど、あなたはこれまでにどんなことで自分を殺したり他人に頼ったりしたことがおありですの？　お金がないために行きたい所へ行けなかったり、好きなものが手に入らなかったりしたことが、いつございまして？」

「これはまた手厳しい質問だな——まあ確かに、その種の苦労はあまり経験していないと云っていいでしょうね。だけどいずれもっと重大な問題で、金がないために苦しい思いをすることがあるかも知れない。次男三男は好きな女性が出来ても好きなだけでは結婚出来ないんだから。」

「財産のある女性が好きになれば話は別ですわ。よくあることだと思いますけど。」

「僕達は贅沢な暮しに慣れていますからね、どうしても金持の懐《ふところ》を当てにし過ぎるところがある。僕達の階級の者で、金のことを度外視して結婚する余裕のある者は、そう多くはいやしないんです。」

「この人は私のことを云っているのかしら？」エリザベスは一瞬そう思って顔を赧らめたが、すぐに我に返って、弾んだ口調で云った、「ねえ、伯爵家の御次男のお値段て普通お幾らなんですの？　御長男がひどく病弱だったりすれば事情は別でしょうけれど、そうでなければ最高に見積って五万ポンドというところかしら？」

大佐もエリザベスの口調に乗って陽気に応じ、そこでその話題は途切れた。エリザベスはこのまま黙っていると、自分には財産がないから今の話で心が動揺したのだろうと想われそうなので、急いで言葉を継いだ――

「どうやらお従弟は自分の意のままになる人をそばに置いときたいばかりにあなたを連れて来たようですわね。あの方なぜ結婚なさらないのかしら――奥様をお貰いになれば、いつでも自分の思いどおりに出来て好都合でしょうに。でも、今のところは妹さんで間に合っているのかも知れない。妹さんの面倒はあの方が一人で見ているそうですから、妹さんに対しては思いどおりに振舞える訳ですものね。」

「いや」とフィッツウィリアム大佐が云った、「妹君に対するその種の強みなら僕にも半分あるんですよ。僕もあの男と共同でミス・ダーシーの後見役を務めているんだから。」

「あら、そうでしたの？　それで、どんな種類の後見をなさっていますの？　被後見人にはよく悩まされまして？　あの齢頃のお嬢さんはときとして扱いにくいものですし、ミス・ダーシーも本物のダーシー精神の持主なら、自分の思いどおりにしたがる方でしょうから。」

　エリザベスは話しながら、大佐が真剣な眼指《まなざし》で自分を見ているのに気がついた。大佐はすぐに、なぜミス・ダーシーが自分達にとって不安の種になりそうだと想うのかと訊き返したが、そのときの口調と眼附から、エリザベスはどうやら自分はかなり真相に触れたらしいと確信して、すぐに応じた――

「別に驚かれなくていいんです。私、ミス・ダーシーの悪い噂は何も聞いたことがありませんし、とても素直なお嬢様なのだろうと思っています。私の知合いの御婦人方の中でも、ミセズ・ハーストとミス・ビングリーはミス・ダーシーが大好きですし――この二人とはお知合いだといつか伺いましたわね。」

「ほんの顔見知り程度ですけどね。兄弟のミスター・ビングリーはなかなか感じのいい、紳士然とした男で――ダーシーの親友です。」

「ええ、そうですわね」とエリザベスは素っ気ない口調で云った――「ミスター・ダーシーはミスター・ビングリーには非常に親切で、その面倒見のよさといったら桁外れですものね。」

「面倒見ね！——そう、確かにダーシーは、自分が相手の面倒を見てやる必要があると思えばそうするだろうな。今回ここへ来るときも、途中でダーシーが或ることを話してくれたけど、その話から推測するに、どうやらビングリーはダーシーに大分恩義があるらしい。尤もそう云い切ってはビングリーに申訳ないな——ダーシーの話していた男が確かにビングリーだという保証はないんだし、みんな推測に過ぎないんだから。」

「どういうことですの？」

「ダーシーとしては勿論あまり世間に知られたくない話なんです。もし仮にこの話が伝ってその女性の家族の耳にでも入ったら、不愉快なことになるでしょうからね。」

「大丈夫です、一切他言はしませんから。」

「それに今も云ったようにその男がビングリーだという保証はないことをお忘れなく。ダーシーの話というのは、最近或る友人がひどく軽率な結婚をしそうだったので、無事に止めさせることが出来て喜んでいるという、ただそれだけのことなんです。名前も出なかったし詳しい話もなかったから、確かなことは判らなかったけれど、ただ僕がそれはビングリーではないかなと思ったのは、ビングリーならその種の軽挙妄動をやりかねないと思うし、二人が去年の夏ずっと一緒だったことを知っていたから——根拠はそれだけです。」

「ミスター・ダーシーは、具体的にどんな理由があってそんな干渉をなさったのか、仰有っていました？」

「何でも相手の女性に大きな難点が幾つかあったかららしい。」

「それでどんな策を弄して二人を引離したんですの？」

「さあどんな策を弄したか、そこまでは話してくれなかったな」とフィッツウィリアムは笑いながら云った。「ダーシーが話してくれたのは、今お話したことで全部です。」

エリザベスは何も答えず、内心ひどく憤慨しながら黙って歩きつづけた。フィッツウィリアムは暫しエリザベスの様子を窺っていたが、やがて何をそんなに考え込んでいるのかと訊ねた。

「今あなたがお話になったことを考えていたんです」とエリザベスは云った。「どうもお従弟のなさり方に私、納得が行かなくて。何であの方の判断が絶対なんですの？」

「あなたとしては、あの男の干渉は余計なお世話だと云いたい訳ですね？」

「ミスター・ダーシーに一体どんな権利があって、或る女性に対する友人の好みが妥当かそうでないかが決められるのか、また何で自分自身の判断だけで、その友人がどうすれば幸福になれるかを決めたり指図したり出来るのか、私には分りません。」「でも」と、エリザベスは気持を抑えて続けた、「私達は詳しいことは何も知らないのですから、一方的にあの方だけを責めるのは正しくないですわね。この場合、その友人にもともとそれほどの愛情がなかったとも考えられますしね。」

「まあそう推測しておく方が無理がないね」とフィッツウィリアムは云った。「尤もそうなると、我が従弟の誇る折角の手柄も甚《はなは》だ面目を失うことになるな。」

大佐は冗談めかした云い方をしたが、エリザベスにはそれがいかにもミスター・ダーシーの本性を云い表しているように思えたので、さりげなく受流す自信がなかった。そこで急遽《きゆうきよ》話題を変えることにして、あとは牧師館へ着くまでのあいだ当り障りのない話を続けた。牧師館に戻り、やがて大佐が辞去すると、すぐにエリザベスは自室に籠って、やっと今しがた聞いたことのすべてを誰にも邪魔されずに考えることが出来た。それはどう考えても自分と繋《つな》がりのある人達の話としか想えなかった。そこまでミスター・ダーシーの云いなりになり得る男がこの世に二人もいるなんて、そんなことはあり得ない話だ。エリザベスは、ミスター・ビングリーとジェインを引離そうとする企てにミスター・ダーシーが一枚嚙んでいることはこれまでも信じて疑わなかったが、その企てを目論み、手筈を整えた主謀者はミス・ビングリーだとずっと思っていた。だが主謀者はむしろミスター・ダーシーで、仮にその不当な行為が当人の虚栄心から出たものではないとしても、ミスター・ダーシーその人が、その人の自尊心と気紛れが、ジェインのこれまでの苦しみ、今なお続く苦しみの原因だったのだ。あの人は世にも愛情深い、高潔な心の持主から当面のあいだ幸福への希望をすべて奪い去ってしまった。しかもあの人が与えた傷手はいつまで続くか判らないのだ。

「何でも相手の女性に大きな難点が幾つかあったから」とフィッツウィリアム大佐は云っていたけれど、その大きな難点というのは多分、田舎で事務弁護士をしている伯父とロンドンで商売に携わっている叔父がいることを指すのだろう。

「でもジェイン自身には」とエリザベスは心の中で叫んだ、「難点なんかどこを探したってあり得ない。どう見ても美しくて、愛らしくて、善良そのものではないの！　理解力は抜群だし、心は立派だし、態度や物腰だって実に魅力的だわ。お父様だってそう、何らとやかく云われ得るような人ではないわ。ちょっと癖があって変り者のところはあるけれど、頭の良さはミスター・ダーシーにだって侮《あなど》れないし、それにミスター・ダーシーなど及びもつかない立派な態度と人品骨柄を具えておいでだもの。」エリザベスも母親のことを考えると、流石《さすが》にそこまでの自信は持てなかったが、母親の持つ多少の難点をミスター・ダーシーが重大に受止めているとはどうしても思えなかった。と云うのもエリザベスは、ミスター・ダーシーという人は友人の親戚筋に分別の足りない者がいることよりも、社会的地位の足りない者がいることの方に自尊心が深く傷つく人なのだと、信じて疑わなかったからである。要するにあの人は身分や家柄に拘泥《こだわ》る最低の自尊心と、ミスター・ビングリーを自分の妹のために取っておきたい気持と、この二つに促されてあんなことをしたのだ、というのがエリザベスが最後に出した結論であった。

エリザベスはこの間頻りに昂奮したり涙を流したりしていたので、そのうちに頭痛がして来た。頭痛は夕方近くになってますますひどくなって来たので、ミスター・ダーシーに会いたくない気持も手伝って、その日の夕刻に約束してあったロウジングズ邸でのお茶の会にはコリンズ夫妻だけで行ってもらうことにした。ミセズ・コリンズは、エリザベスが本当に具合が悪そうなので、強いて同行を勧めず、夫にも極力無理強いさせないようにしたが、ミスター・コリンズの方は、エリザベスが一緒に行かないとレイディー・キャサリンがひどく機嫌を損ねるのではないかと、いたく気が気でない様子であった。

第十一章〔第三十四章〕

皆が出掛けてしまうと、エリザベスは、ミスター・ダーシーに対して思い切り腹を立ててやりたいような気持に駆られて、自分がケントに来てからジェインが書いて寄越した手紙を逐一全部丁寧に読返してみることにした。それらの手紙には、具体的に何か不満を洩らしているところも、過去の出来事を思い返して繰言を述べているところも、現在の苦しい胸の裡《うち》を伝えているところも一切なかった。しかしどの手紙にも、どの手紙のほぼどの行にも、ジェインの文章の持味であったあの陽気な明るさが欠けていた。自らは自足して屈託がなく、他人には誰に対しても親切で優しい穏やかな心から発して、かつて翳りを帯びたことのないあの陽気な明るさが見られないのだ。エリザベスは、最初に読んだときは殆ど気にならなかったのに、いま改めて注意深く読んでみると、どの文章からも何か不安な感じが伝わって来ることに気がついた。ミスター・ダーシーは他人を不幸な目に遭わせておいて、しかもそう出来る自分の力を恥知らずにも誇っているのだ——そう思うと、エリザベスは姉の苦しみがひとしお痛ましく思えてならなかった。それでも、そのミスター・ダーシーは二日後にはロウジングズ訪問を終えて屋敷を離れるのだと思えば、多少の慰めにはなった。しかしそれ以上にエリザベスの心を慰めたのは、あと二週間もすればまたジェインと一緒になれるし、そうすればジェインも妹の精一杯の愛情に接して少しは元気を取戻すだろうとの思いであった。

エリザベスはダーシーがケントを去ることを思うと、従兄のフィッツウィリアム大佐も一緒に行ってしまうことをどうしても思い出さずにはいられなかった。しかし大佐は財産のない女とは結婚する意志のないことをはっきりと口にしたのだ。大佐は確かに感じのいい人だけれど、だからと云ってエリザベスは自分を財産がないために大佐から見棄てられた不幸な女だと思うつもりはなかった。

大佐と自分との関係をそんな風に考えてけりをつけようとしていると、突然玄関の呼鈴が鳴ったので、エリザベスははっとしたが、もしかしてフィッツウィリアム大佐かしらと思うと、思わず軽い胸のときめきを覚えた。大佐は前にも一度夜になってから訪ねて来たことがあり、今もわざわざ自分のために見舞に来てくれたのかも知れなかった。しかしこの考えはすぐに追払われ、胸のときめきは不吉な胸騒ぎに取って代った。何と驚いたことに、眼の前に現れたのはミスター・ダーシーだったからである。ミスター・ダーシーは部屋に入るなり、何やらせかせかした様子ですぐさまエリザベスの安否を問い始め、少しは快くなられたろうか、それが聞きたくてやって来たのだと云った。エリザベスは鄭重に応じたが口調は冷やかであった。ダーシーはほんの暫く腰を下ろしたかと思うと、また立上がって部屋の中を歩き廻り始めた。エリザベスは驚いたが、何も云わずに黙っていた。ダーシーも数分間黙り込んで歩いていたが、やがて思い詰めた様子でエリザベスの方へ歩み寄ると、いきなりこう云った——

「もう駄目だ、何とか抑えようと努力したけれど、どうしても抑え切れない。この気持を抑え込むのは無理です。はっきり云います。僕はあなたのことが好きだ、心から愛している。」

エリザベスの驚きは何ともはや形容を絶するものであった。エリザベスは思わず目を瞠《みは》り、顔を赧らめ相手の真意を測りかね、ただ唖然としていた。この沈黙をミスター・ダーシーは充分に脈のある証拠と受取り、自分はエリザベスをどれほど思っているか、これまでもずっと思って来たかを、すぐさま告白し始めた。話しぶりはなかなか雄弁であったが、思いの丈《たけ》を伝えるだけでなく、ほかにも詳述せねば気の済まぬことがあって、ともすると愛情告白の部分よりも自尊心に関わる部分の方が雄弁であった。ダーシーは、エリザベスの身分が低いこと——従ってエリザベスとの結婚は自分の階級的地位を下げることになること——家柄の違いも何かと障碍になること——一方にそういう思いがあるので、理性的判断とエリザベスに惹かれる感情との板挟みになって随分と苦しみ悩んだことを、些か昂奮気味に述べ立てた。この熱の籠った雄弁は、社会的地位や身分を傷つけてでも結婚するのだという思いから出たものとは思われるが、どう見ても自らの求婚に魅力的な花を添えるものとは思えなかった。

エリザベスはダーシーを心底嫌ってはいたものの、これほどの男が自分を愛してくれているのかと思うと、流石に冷淡にはなれなかった。自分の意志がぐらつくことは一瞬たりともなかったが、最初のうちは、相手が受けるであろう苦痛を思い遣って気の毒な気持になったほどであった。しかし続く台詞を聞いているうちに段段と憤りが込上げて来て、到頭怒り心頭に発して同情する気持など一切なくなった。それでも、ここは一つ気を鎮めて冷静に応対せねばと思いながら、相手の話が一段落するのを待っていた。ダーシーは、いくら抑えようと努力しても抑え切れなかった愛の力を力説し、その愛の力に報いるためにもどうかこの手を受容れて頂きたいと愬《うった》えて、話を結んだ。そう云いながら、ダーシーが色よい返辞を些かも疑っていないことはエリザベスには一目瞭然であった。口でこそ心配だの不安だのと云っているが、顔は成功間違いなしと安心しきっていた。ダーシーのそのような物腰はエリザベスの怒りをさらに煽っただけで、ダーシーが話しおえると、エリザベスは頰を紅潮させて云った――

「こういう場合、お気持に見合った御返辞は出来かねるとしても、そういうお気持を打明けて下さったことに対しては、義理でも感謝の意を表すのが世の仕来りかと思います。恩義を感じて当然なのですから、私だってもし本心から感謝の念が抱ければ、今この場でお礼を申し上げます。でも私には無理です――私はあなたから良く思われたいなどとはただの一度も望んだことはありませんし、あなたにしても至って不承不承好意を示されたことは見え見えです。どなたにせよ私のせいで苦しい思いをなさったとすれば申訳ない気がします。でも、こちらにそんな意図があった訳ではないし、苦しいと云ってもほんの暫くのことだと思います。それに、仰有るように、身分や家柄に対する誇りから長いあいだ私に対する好意を認めまいとして来られた訳ですから、私がこうしてはっきりと申し上げた以上、その誇りが好意に打勝つのはそう難しいことではない筈です。」

ミスター・ダーシーは炉棚に凭《もた》れてエリザベスの顔を凝《じ》っと視詰めながら話を聞いていたが、驚いただけでなく、怒りも込上げて来たようであった。顔面は蒼白となり、眼にも口許にも顔中に心の動揺が見て取れた。必死になって平静を装い、自ら大丈夫と思えるまでは、口を開こうとしなかった。この間の沈黙がエリザベスには恐しかった。やっとのことで、ダーシーは無理やり冷静な声を装って云った――

「ではそれだけなんですね、僕の期待に応えて下さる御返辞というのは！　でもなぜそこまで礼儀作法に反する断り方をなさるのか、教えて頂きたい気がするけれど、でもまあそれは大したことではない。」

「私の方からもお訊きしたいことはございましてよ」とエリザベスは答えた。「あなたは御自分の意志に反して、理性に反して、身分や品性にすら反して私のことが好きになったと敢えて仰有いましたけれど、そこにはどう見ても私を侮辱して怒らせようとする意図があったとしか思えません。なぜそこまで礼儀作法に反する仰有り方をなさったんです？

もし私が礼を失していたのなら、それが多少とも無礼の言訳になるのではありませんか？でも私にはほかにも腹を立てる理由があるんです。それはあなたにもお判りの筈です。仮に私自身は感情的にあなたを嫌っていなかったとしても、あなたに好き嫌いの関心がなかったとしても、或はあなたに好意すら抱いていたとしても、私の大切な姉から幸福の機会を奪い去った男を、それもおそらく永久に奪い去った男を、妹の私が受容れるだろうと——相手がそんな男でも何か考え直して受容れる気になるだろうと、あなたはお思いなんですか？」

エリザベスがこれらの言葉をはっきりと口にすると、ミスター・ダーシーは一瞬顔色を変えたが、すぐに心の動揺を抑え、エリザベスが話しつづけているあいだ遮ろうとせずに黙って聴いていた。

「私があなたのことをよく思わないのは、然るべき理由がちゃんとあるからです。姉とミスター・ビングリーのことであなたのなさったことは実に不当で、卑劣で、動機がどうであれ、到底赦すことは出来ません。あなたが二人の仲を裂いたせいで、世間から、一人はむら気な浮気者と非難され、もう一人は男に振られた哀れな女と嘲笑され、二人ともひどく惨めな思いをしています。仮にあなたが一人でやったのではないとしても、あなたが張本人であることは、あなたも否定はなさらない筈——出来ない筈です。」

エリザベスはそこでちょっと口を噤んで相手の顔色を窺ったが、その恬《てん》として恥じない様子から、相手が後めたさなど微塵も感じていないことが判り、その厚顔にまたしても激しい怒りが込上げて来た。ダーシーは、そんな話は眉唾としか思えないというふりを装って、わざとらしい笑いすら浮べてエリザベスを見た。

「あなたは御自分がそうなさったことを否定なさるんですか？」とエリザベスは繰返した。

そこでミスター・ダーシーは平静を装って答えた――「別に否定する気はありません。僕は友人をあなたのお姉さんから引離すために出来る限りのことをしたし、それが上手く行ったことを喜んでいます。僕は自分以上に友人を思い遣った訳です。」

エリザベスは、この最後の慇懃無礼な物云いの意味に気がついたと思われるのが癪でわざと知らぬふりをしたが、もとよりその意味は分っており、そんな言葉で懐柔《かいじゆう》される気はなかった。

「でも私があなたを嫌っているのは」とエリザベスは続けた、「姉のことだけでなく、ほかにも理由があるからです。姉のことが起るずっと前から、あなたに対する私の考えは決っていました。何箇月も前にミスター・ウィッカムから詳しい話を聞いていましたから、あなたがどういう人間かは判っていたのです。このことについて、何か仰有れることがありまして？　今度はどんな友情話を作り上げて御自分を弁護なさいますの？　どんな風に事実を歪曲して他人を騙すおつもり？」

「あなたはあの男のことにいやに関心がおありなんですね」とダーシーは、顔を紅潮させ、幾分平静を失った声で云った。

「あの人の不幸がどんなものか、それを知れば、誰だって関心を持たずにはいられません。」

「あの男の不幸！」とダーシーはさも軽蔑したような口調で繰返した。「そう、確かにあれはえらく不幸な男だ。」

「でもそれはあなたのせいじゃありませんか」とエリザベスは勢い込んで云った。「あなたのせいであの人はいま貧乏な――どちらかと云えば貧乏な――暮しをさせられているんじゃありませんか。あの人には牧師禄という有利な条件が約束されていたのに、あなたは当然それを知りながら約束を反故《ほご》にしてしまった。あの人には経済的に独立出来る道義的資格も法的権利もあったのに、人生これからというときに、あなたはあの人から独立の機会を奪ってしまったんです。みんなあなたのなさったことではありませんか！ それなのに私があの人の不幸を口にしただけで、よくもまあそんな風に馬鹿にしたような、嘲るような物云いが出来るものですわね。」

「そうか、あなたは僕のことをそんな風に考えていたんですか！」とダーシーは足早に部屋を横切りながら声を揚げた。「それが僕に対するあなたの評価なんですね！ いや、いろいろと説明して下さって有難う。そういう風に考えれば、なるほど僕の罪は大変なものだ！ でも」と、ダーシーは立止り、エリザベスの方を向いて云い添えた、「僕は長いこと躊ってなかなか決断がつかなかったことを正直に打明けてあなたの自尊心を傷つけたけれど、もしそれがなかったら、僕のそういう罪も多分見逃してもらえたのではないかな。もし僕がもっと抜目なく策を弄して心の煩悶を隠し、無条件に、純粋一途《いちず》にあなたが好きになって、理性的に考えても、どう反省しても、何がどうあっても、あなたを求めずにはいられなくなったのだと、甘い言葉であなたをその気にさせていれば、今のようなひどい非難もされなくて済んだのかも知れない。でも僕はどんなごまかしも大嫌いです。先ほど述べた気持も別に恥しいとは思っていません。ごく自然な、当り前な気持です。あなたは御自分の親戚の身分が低いことを僕に喜べと仰有るんですか？　社会的地位が明らかに自分よりも低い人達と親類になれるのだから、めでたく思えと仰有るんですか？」

エリザベスはますます怒りが込上げて来るのを覚えたが、それでも極力冷静に話そうと努めて云った——

「どうか誤解なさらないで下さい。もしあなたがもっと紳士らしい態度で振舞って下さったなら、私もお断りするのに多少は気兼ねを覚えたかも知れませんが、あなたの告白を聞いてそんな気兼ねは無用と悟りました。あなたの告白が私の心に抱かせた思いはそれだけです。告白の仕方次第でこの思いが変ると想われたのなら、それはとんでもない誤解です。」

この言葉にダーシーは一瞬怯んだ顔を見せたが、何も云わなかったので、エリザベスは続けた――

「たといあなたがどんな手を使われて申込をなさろうと、私にはあなたの申込を受ける気は一切ありませんでした。」

ダーシーは再度驚きの色を見せ、信じられない気持と不本意な思いの入混じった表情でエリザベスを見た。エリザベスはなおも続けた――

「そもそも最初から、初めてお目に掛った瞬間から――と、そう云っていいと思います――私はあなたの態度を見て、この人は何て傲慢な、自惚の強い、傍若無人な人なんだろうと確信しました。この確信が土台となってあなたに対する不信と不満が募り、その後幾つかの出来事が重なって、あなたを嫌う気持は動かぬものになったのです。お知合いになって一箇月も経たないうちに、どう口説かれようとこの人とだけは絶対に結婚出来ないという気持になっていました。」

「もう沢山、それで充分です。あなたのお気持はよく分りました。今までそうとは知らずにいた自分がただもう恥しいだけです。長時間お手間を取らせて済みませんでした。どうぞお元気で、御多幸を祈ります。」

そう云うと、ダーシーはそそくさと部屋から出て行った。次の瞬間、玄関の扉の開く音とダーシーの家から出て行く跫音《あしおと》が聞えた。

今やエリザベスの心は苦しいほど激しく動揺していた。自分の気持をどう支えていいか判らず、身体からは力が脱けて立っていられず、椅子に坐り込んで三十分ほど泣いていた。今しがた起ったことを思い返してみるが、どれ一つ採上《とりあ》げてみてもいよいよ驚くことばかりであった。選りに選ってミスター・ダーシーから結婚の申込を受けるなんて！　何箇月も前から愛していただなんて！　それもさまざまな反対理由がありながら結婚したいと思うほど深く愛していただなんて！　その理由のためにあの人はミスター・ビングリーとジェインの結婚に反対したのではないか！　それならその反対理由はあの人の場合にだって少くとも同等の力は持つ筈ではないか！　エリザベスは殆ど信じられない気持であった。自分の知らないうちにそんなにも強い愛情を抱かせていたのかと思えば、確かに悪い気はしなかった。だが、ミスター・ダーシーのあの何とも不愉快な高慢な態度がすぐにエリザベスの脳裡に浮んだ。ジェインに関して自分のやったことを悪びれるどころか平然と認め、しかも正当化などとても出来ないのに、赦し難いほど自信たっぷりに是認して憚らなかったのだ。それにミスター・ウィッカムのことを口にしたときのあの思い遣りのなさ、ミスター・ウィッカムに対する冷酷な仕打を否定しようともしなかった。改めてこれらのことを思い出すと、ミスター・ダーシーの愛情を思って一瞬催し掛けた憐憫《れんびん》の情もすぐに消去った。

エリザベスはなおも昂奮冷めやらぬ心であれこれと思いを巡らせていたが、やがてレイディー・キャサリンの馬車の音が聞えたので、慌てて自分の部屋へ引揚げた。この状態でシャーロットと顔を合せるのは堪らなかったし、それにシャーロットの眼はとてもごまかせないと思ったのだ。

第十二章〔第三十五章〕

エリザベスは翌朝眼を覚したときも、昨夜眠りに落ちる直前まで思い巡らせていたことがそのまま甦って来た。昨夜の出来事に対する驚きは依然として尾を引いていて、ほかのことは何も考えられなかった。何をする気にもなれなかったので、朝食が済むとすぐに戸外へ出て体を動かすことにした。まっすぐお気に入りの散歩路へ向ったが、ふとミスター・ダーシーがときどきそこへやって来ることを思い出して足を止め、パークには入らずに、門の手前を横に折れて小径に入り、有料道路のもっと先まで歩いて行った。小径の片側にはなおもパークとの境をなす柵が続き、やがてパーク内へ通じる門の一つが見えて来たが、そこも入らずに通り過ぎた。

小径のそのあたりを二、三度往復したあと、エリザベスは朝の空気があまりにも爽快なので、つい誘われて門の前で立止り、パークを覗き込んだ。ケント州に来て既に五週間が過ぎ、その間にあたりの風景は大分変っていて、今では若葉の新緑が日ごとに濃くなっていた。エリザベスは散歩を続けようと思って歩き掛けたが、ふと見ると、パークの端の小さな森のような茂みの中にちらりと男の影が見えた。男はこちらへ向って歩いていた。エリザベスはもしやミスター・ダーシーではと不安になり、すぐに小径を引返し始めた。しかし近づいて来た男は既にエリザベスの姿を認める所まで来ていて、脇目も振らずに歩み寄り、はっきりと名前を呼んだ。エリザベスは既に門のそばを離れて顔を背けていたが、それでも名前を呼ばれると、それが明らかにミスター・ダーシーの声であるにもかかわらず、また門の方へ引返した。ミスター・ダーシーは既に門の所まで来ていて、一通の手紙を差出し、エリザベスがつい弾みで受取ってしまうと、横柄な

落着き払った表情を見せて云った、「あなたにお会いしたいと思って暫く前からあの茂みの中を散歩していたのです。その手紙をお読み頂けますか?」――そう云うと、軽く一礼して、また植込の中へ入って行き、やがて見えなくなった。

とても読んで楽しかろうとは思えなかったが、好奇心ばかりはどうにも抑え難く、エリザベスは手紙の封を切った。すると、封筒には便箋が二枚も入っていて、しかもどちらも詰めた筆蹟でびっしりと埋尽されている。エリザベスは驚くと同時にいよいよ好奇心を募らせた。――何と、封筒にまで目一杯に書いてあった。――エリザベスは小径を辿りながら読み始めた。日附は、午前八時、ロウジングズ邸にて、とあって、以下次のような文面が続いていた――

「この手紙をお受取りになっても、心配は御無用です。昨夜あなた様に不快な思いをさせたあのような心情の吐露や結婚の申込を繰返す内容ではありませんから、どうぞ御安心下さい。昨夜の願いごとは、双方の幸せのために一刻も早く忘れ去るに越したことはないのですから、今さら蒸返してあなたを苦しめるつもりも、自分を貶《おとし》めるつもりもありません。この手紙は楽に書けそうなものではなく、読手にも努力の要るものですから、出来れば書かずに済ませたいところですが、私の名誉を守るためにはどうしても書いて読んでもらう必要があるのです。従って、こちらの都合であなたの心を煩わせることになりますが、身勝手の段は何卒お赦し下さい。あなたにしてみれば、心を煩わせるなど、気乗りがしないでしょうけれど、それでもあなたの公明正大なお心に愬《うった》えて、是非とも御一読下さるよう願います。

「昨夜あなたは、性質のまるで違う、重要性も決して同じではない二つのことで、私を非難なさいました。第一の非難は、私がミスター・ビングリーとあなたの姉上の気持を何ら考慮せずに、二人を引離したということ、――そしてもう一つは、私がミスター・ウィッカムの然るべき要求や権利を無視し、信義と人道に背いて、当人を目下の不幸な状態に陥れ、その前途を台無しにしたということでした。――ミスター・ウィッカムは私の幼馴染で、私の父が自ら認めるお気に入りで、しかも我が家の庇護に頼らなければほかに生きる手立てがないため、当然その庇護を受ける前提で育てられました。このような青年をこちらの勝手な気紛れで見捨てたとあれば、それは確かに非道な行為であり、それに較べれば、愛情が芽生えてほんの数週間にしかならない若い二人が引離されたことなど、較べものにもなりません。――この二つの件に関して、昨夜私はあなたから仮借のない非難をそれこそたっぷりと頂戴した訳ですが、私の行動とその動機に関する以下の説明を読んでもらえば、私も今後はあのような厳しい非難をされずに済むだろうと思います。――この説明は私自身のために是非とも必要なものですから、或はあなたの感情を害するような私の気持を述べなければならない場合もあるかも知れません。その場合は残念ですが仕方がありません。――云う必要のあることは云わねばなりませんから――これ以上の言訳は滑稽なだけでしょう。――ハートフォードシアに行って程なく、私は――私だけではありませんが――ビングリーが当地のどの女性よりもあなたの姉上に好意を抱いたことに気がつきました。――しかしネザーフィールドの舞踏会の晩までは、その好意が真剣な恋だとまでは思わず、気にもしていませんでした。――ビングリーが恋をするのはそれまでにもしばしば見ていたからです。――あの舞踏会で、あなたが踊りの相手をして下さっているあいだ、私はサー・ウィリアム・ルーカスが何気なく口にした言葉から、ビングリーのあなたの姉上に対する気遣いを見て皆が二人の結婚を期待していることを初めて知りました。サー・ウィリアムは、これはもう確かなことで、日取りだけが未定なのだという口吻《くちぶり》でした。そのときから私はその晩の友人の振舞を注意深く見守っていましたが、その結果、ビングリーのミス・ベネットに寄せる思いは確かに特別なもので、それまでのビングリーには見られなかったものであることが判りました。私はあなたの姉上の様子も観察しました。――姉上は表情も態度もいつもどおり気取りがなく、快活で、魅力的でしたが、そこに特別な愛情の徴《しるし》は何も見られませんでした。それで、姉上はビングリーの気遣いを喜んで受容れてはいるが、自分の方からも同じように心を向けて相手の気遣いを誘い出している訳ではないというのが、私がその晩の観察から得た確信でした。――この点に関してもしあなたの見方が間違っていなかったのなら、私の方が間違っていたことになります。姉上のことはあなたの方がよく御存知なのですから、多分私の方が間違っていたのでしょう。――もしそうだとすれば、私は過《あやま》った判断に基づいて姉上に苦痛を与えた訳ですから、あなたが憤慨なさるのも無理はありません。しかしこれは躇わずに断言しますが、姉上のあの穏やかな表情と落着き払った様子を見れば、いかに鋭い観察眼の持主であろうと、このひとは気立ては優しいが、心はそう簡単に靡《なび》かないひとだと、確信したろうと思います。――姉上の心は冷淡なのだと、私が思いたがっていたことは確かだけれど――でも敢えて申し添えますが、私は平素から物事を調べたり決断を下したりする際に自分の希望や不安に左右されることはありません。――私は姉上が冷淡であることを願うがゆえにそう信じたのではないのです。――私がそう願ったのは道理に従ったからであり、私がそう信じたのは偏《かたよ》りのない確信に達したからであって、どちらにも嘘偽りはありません。――私が二人の結婚に反対したのは、単に身分や家柄が違うからではありません。昨夜申し上げたように、私の場合はこの問題に片をつけるのに最大限の情熱の力が必要でしたが、有力な親戚筋のないことは、ビングリーの場合は私の場合ほど大きな障碍にはならない筈です。――しかしこの結婚に反撥を覚える理由はほかにもありました。――それは今もなくなった訳ではなく、ビングリーにも私にも同程度に関わりのある問題ですが、私の場合は差迫った問題ではなかったので、努めて忘れることにしていました。――しかしこう申した以上、その理由を簡単にでも述べておかなければなりません。――あなたの母上の実家の社会的地位が低いことは確かに難点ですが、それとて、母上と三人の妹さん達がしばしば、と云うよりほぼいつも決って、父上ですらときとして、まるで礼儀知らずな振舞をなさることに較べれば、何でもないことです。――失礼な申しようはお赦し下さい。――私としてもあなたの感情を害するのは心苦しいのです。お身内の欠点についてはあなた御自身気を揉んでおられたのですから、こんな風にあからさまに指摘されてはさぞかし御不快でしょうが、でもあなた御自身と姉上の振舞はそのような非難を受ける気遣いのまったくない、お二人の分別と人柄を示す立派なもので、皆の賞讃に値するものですから、どうかその方に思いを向けて、不快な気持の方を宥めて頂ければと思います。――もう一言だけ云い添えますが、あの晩に起ったことを見て、お宅の方がたに対する私の見方は固まり、私には到底不幸としか思えない縁組から友を護ろうと以前から思っていた気持が一気に高まったのです。――あなたも憶えておいでのように、ビングリーは舞踏会の翌日ネザーフィールドを発ってロンドンへ向いましたが、そのときはすぐに帰って来るつもりでした。――ここで私の演じた役割を説明しなければなりません。――ビングリー姉妹も私に劣らず強い不安を覚えていました。みな同じ気持でいることがすぐに判り、一刻も早くビングリーを引離す必要があると思われたので、自分達も直ちにロンドンに行ってビングリーと落合うことにしました。――そこで私達はロンドンへ向い――着くと早速私は友の説得に乗出し、このような選択には必ずや不幸な事態が伴うことを指摘しました。――具体例を挙げて、強い口調で真剣に諭《さと》しました。――しかし、この忠告でビングリーの決心が多少は揺らぐか鈍るかしたとしても、もしここであなたの姉上には特別な感情のないことを躊わずに断言して追討ちを掛けなかったならば、最終的にはこの結婚を諦めさせることは出来なかったろうと想います。ビングリーはそれまで、姉上は自分の愛情に報いてくれる、自分の愛情ほど熱烈ではないとしても、誠実な愛情で報いてくれると信じていたからです。――しかしビングリーは生来非常に謙虚な男で、自分の判断よりも私の判断を頼りにするところがあります。――ですから、ビングリーに自分の勘違いを納得させるのはさほど難しいことではなかったし、一旦そう納得させてしまえば、ハートフォードシアへ戻らないように説得するのは至って簡単なことでした。――私はここまでは別に非難されるようなことをしたとは思っていません。ただ今回のことで自分の振舞を振返ってみて、どうも後味のよくない振舞が一つだけあります。それは、我ながら卑劣にも策を弄して、姉上がロンドンに来ていることをビングリーに知らせなかったことです。姉上上京のことはミス・ビングリー同様私も知っていましたが、ビングリーは未だに知りません。――仮に二人が出会っていたとしても、何も問題はなかったかも知れません。――ただ私の眼には、再会しても危険はないと思えるほどビングリーの思いが冷めているようには見えなかったのです。――この隠しだて、この偽りの行為には、我ながら忸怩《じくじ》たるものがあります。――しかし私は現にそうしてしまったし、そのときは最善を願ってそうしたのです。――この問題については、これ以上云うことも、弁解することもありません。私が姉上の気持を傷つけたとしても、それは知らずにしてしまったことで、私の心を支配した動機は、あなたに云わせれば当然不当な動機ということになるのでしょうが、私自身は今もって間違っていたとは思っていません。――さて、あともう一つの、私がミスター・ウィッカムを不当に扱ったというより由由しい非難についてですが、これに対する反駁《はんばく》は、ウィッカムと我が家との関係を余さずあなたに打明けさえすれば済むことです。ウィッカムがとりわけ何について私を非難したのかは知りませんが、以下に私の述べることが嘘偽りのないものであることについてなら、疑いなく信頼の出来る証人をいくらでも呼ぶことが出来ます。ミスター・ウィッカムはたいへん立派な人の息子で、その人は長年ペムバリーの幾つもの領地すべての管理に当っていました。その仕事ぶりが実に見事なので、自然私の父もその人のために何かしてやりたいという気になり、そこで息子のジョージ・ウィッカムを名附子《なづけご》にして大いに可愛がり、何かと面倒を見てやっていました。学資を出して学校教育を受けさせ、のちにはケムブリッジ大学で学ぶ費用まで出してやったのです――これは実に得難い援助でした。と云うのも、ウィッカムの母親がひどく贅沢なひとで父親はいつも貧乏していましたから、とても自分の力で息子に紳士の教育を受けさせるのは無理だったろうと思われるからです。ウィッカムはいつでも愛想のいい青年でしたから、私の父はこの青年との附合いを好んだだけでなく、人物としても至って高く評価していて、いずれは牧師を職業にしてくれればと思い、そのときは牧師禄を与えるつもりでいました。しかし私自身のウィッカムに対する考えは、もう何年も前から大分違っていました。ウィッカムには身持ちの良くない傾向――と云うか節操のないところがあって、当人はそれを一番の身方である私の父には知られないように用心していましたが、父と違ってほぼ同い年の若者で、気を許しているときの当人の姿を見る機会の多かった私の眼からは隠し切れなかったのです。ここでまた私はあなたの心に苦痛を与えることになるでしょう――どの程度の苦痛かはあなたにしか判りませんが。しかしミスター・ウィッカムがあなたにどのような感情を抱かせたにせよ、仮にその感情が好意的なものだったとしても、あなたの感情を慮《おもんぱか》ってウィッカムの正体を明るみに出さずにおく訳には行きません。むしろあなたの感情を慮ることはウィッカムの正体を暴くもう一つの動機にすらなります。私の敬愛する父は五年ほど前に亡くなりましたが、ミスター・ウィッカムに対する愛情はそれこそ最後まで変らず、遺言状でも、ウィッカムが自ら選んだ職業で可能な限りの昇進栄達が出来るように援助するようことさら私に託し、もし当人が聖職を選ぶなら、ダーシー家裁量の牧師禄の中でもなるべく収入の大きな所を空きが出来次第与えるよう望んでいたほどでした。そのほかに一千ポンドの遺産も与えられました。私の父の死後程なくしてウィッカムの父親も亡くなりました。するとそれから半年も経たないうちに、ミスター・ウィッカムは私に手紙を寄越して、自分は結局聖職には就かないことにしたから、牧師として抜擢される恩恵に与れなくなった代りに、今すぐに多少の金銭的な恩恵を期待しても理不尽とは思わないで頂きたいと云って来たのです。法律の勉強をするつもりなので、そのためには一千ポンドの利息だけでは到底足りないことを分ってもらいたいとも書添えてありました。ウィッカムに本気で法律の勉強をする気があるとはとても思えなかったけれど、それでも私は本気であってくれればと願って、ともかく申出には躊わずに応じることにしました。そもそもミスター・ウィッカムが聖職者に向かない男であることは私には判っていましたから、それもあって、この話はすぐに纏まりました。ウィッカムは、このさき聖職の分野で援助を受けることが立場上可能になった場合でもその権利をすべて放棄するという条件で、代りに三千ポンドを受取ったのです。私どもの縁はこれですっかり切れたように思われました。私はウィッカムを良く思っていなかったから、その後一度もペムバリーへは招ばなかったし、ロンドンでも我我の前へ顔を出すことを認めませんでした。当人はどうやらずっとロンドンにいたようですが、法律の勉強は単なる口実に過ぎず、今やあらゆる束縛から解放されて、専ら怠惰と浪費の生活を送っていたようです。それから三年ほどのあいだは噂も殆ど耳にしませんでした。ところが、ウィッカムに予定されていた教区の牧師が亡くなって牧師禄に空きが出来たことを知ると、またもや手紙を寄越して推薦を依頼して来たのです。経済的に行詰ってひどく困っていると云うのです。それは私にもさもありなんと思えることでした。法律を勉強しても割に合わないことが判ったから、もし貴兄の推薦によって件《くだん》の牧師禄が得られるようなら、今は是が非でも牧師の資格を取るつもりでいる——どうやらほかには候補者もいないようだし、貴兄が御尊父の遺志を忘れる筈のないことは承知しているから、必ずや自分を推薦してくれるものと信じて疑わない――そういう文面でした。私がこの申出を拒み、その後何度か繰返された懇願にも応じなかったからといって、よもやあなたから非難されることはなかろうと思います。ウィッカムは自分の暮し向きが窮するに比例して私に対する恨みの気持を増幅させたようで――直接私に宛てて激しい非難の言葉を寄越しただけでなく、どうやらほかの人達にもやたらと私の悪口を云い触らしたようです。このときから、私どもは知合いの間柄ですらなくなりました。その後ウィッカムがどんな暮しをしていたかまったく知りません。ところが去年の夏、再び姿を現すと、何とも厄介な、私としては到底坐視し得ない問題を突きつけて来たのです。ここで私は或る事に触れなければなりませんが、それは自分でもなるべくなら忘れてしまいたい、今回のような已むを得ぬ事情がなければ誰にも打明けようとは思わないことです。これだけ申し上げれば、祕密は守って頂けるものと信じます。私の妹は私より十歳以上年が離れているので、父亡きあとは、母の甥であるフィッツウィリアム大佐と私とが後見役を引受けることになりました。それで一年ほど前、学校を退《さが》らせて、ロンドンに家を持たせたのですが、去年の夏、妹は家政を管理してもらっている婦人とラムズゲイトへ出掛けました。するとそこへミスター・ウィッカムもやって来たのです。あらかじめ計画してやって来たに違いありません。と云うのも、ウィッカムとヤング夫人は以前から知合いだったことが判ったからで、何とも不幸なことに我我はこのヤング夫人の人柄を見誤っていたのです。夫人が見て見ぬふりをして手助けしたので、ウィッカムはまんまとジョージアナに近づいて巧みに機嫌を取りました。妹は心の優しい娘《こ》で、子供の頃にウィッカムから親切にしてもらったことが忘れ難い思い出になっていたこともあって、いつしか自分は恋をしていると思い込み、到頭駈落《かけおち》に同意してしまったのです。妹は当時まだ十五歳でしたから、ウィッカムの口車に乗せられたのも無理はありません。そこは大目に見てやらなければならないだろうと思っています。妹に思慮の足りなかったことは確かですが、それでも事の次第を妹自身の口から聞けたのは幸いでした。二人の出奔が予定されていた日の一日か二日前、私はたまたま予告せずに妹達の前に顔を出しました。するとジョージアナは、日頃父親同然に仰ぎ見ている兄を悲しませ、傷つけることに堪えられなくなって、私に一切を白状したのです。そのとき私がどんな気持になり、どう行動したかはあなたにも御想像がつくだろうと思います。妹の体面と気持を慮って一切表沙汰にはしませんでしたが、ミスター・ウィッカムには手紙を書きました。ウィッカムはすぐにラムズゲイトを立去りました。勿論ヤング夫人にも家政婦の仕事を辞めてもらいました。ミスター・ウィッカムの一番の狙いが妹の三万ポンドの財産にあったことは疑いのないところですが、私に対する復讐の念も強い動機だったろうと想わずにはいられません。ウィッカムの復讐はもう一歩でまんまと成功するところだったのです。以上、私ども二人に関することを述べましたが、いずれも嘘偽りのない事実です。もしあなたがそんなのは嘘だ、絶対に信じられないと云うのでなければ、私がミスター・ウィッカムに残酷な仕打をしたという非難だけは以後取消して頂けるものと思います。ウィッカムがどうやって、どういう嘘を吐いてあなたを騙したか知る由もありませんが、あなたがウィッカムの言葉を鵜呑みにしたとしても、それは無理からぬことだったでしょう。あなたはそれまで二人に関することを何も知らなかったのだし、嘘が見破れないのは当り前で、そもそもあなたには相手の話を疑って掛る気など毛頭なかったのですから。あなたはこれらのことをなぜ昨夜のうちに話してくれなかったのかと或はお思いになるかも知れませんが、昨夜は昂《たかぶ》った気持が上手く抑えられず、何が話せるか、何を話すべきかがよく判らなかったのです。ここに述べたことが真実か否かについては、誰よりもフィッツウィリアム大佐に証人になってもらうことが出来ます。大佐は我が家の近しい身内ですから日頃から親密な附合いがあるだけでなく、父の遺言執行人の一人でもあるのでなおのこと、これらの対応処置の詳細をいやでも逐一知る立場にあります。仮にあなたが私を嫌うあまり私の主張には一顧の価値もないと思われるとしても、同じ理由で私の従兄も信用出来ないなどということはよもやない筈です。ですから従兄の意見も聞いてもらえるように、何とか機会を見つけてこの手紙が朝のうちにあなたの手に渡るようにするつもりです。最後に一言だけ附加えます、どうかあなたに神の祝福のあらんことを。

第十三章〔第三十六章〕

「フィッツウィリアム・ダーシー」

エリザベスはミスター・ダーシーから手紙を渡されたとき、流石に求婚の蒸返しだろうとは思わなかったが、その内容については皆目見当がつかなかった。しかしこのような内容の手紙であったから、エリザベスがどれほど夢中になって読んだか、読むそばからどれほど矛盾する感情に捉えられたかは容易に想像されよう。読んでいるときの気持は何とも曰く云い難いものであった。読み始めたときは、この人はどんな言訳でも出来ると思い込んでいるようだと驚き呆れたが、そのうちに、この人にはまともな廉恥心《れんちしん》がないのだから、何事も包み隠さずに釈明することなどどうせ出来はしないのだと頑なに思い込んだ。そこで、この人の云うことなどまともに信用出来ないと頭から決めつけて、エリザベスはネザーフィールドの舞踏会での出来事に触れた件りを読み始めた。だがあまりにも夢中になって読み急いだので理解力の方が追いつかず、次の文に書いてあることが知りたくて気が焦り、現に眼で追っている文の意味はゆっくりと考えていられなかった。姉に愛情があるようにに思えなかったなんて、これは嘘だとエリザベスは即座に決めつけた。そしてこの縁組に反対する真の理由、一番の理由を述べた件りに来ると、ひどく腹が立って相手の云い分を公平に聞く気がしなくなった。相手は自分のしたことに対して、エリザベスにも満足の行くような後悔の念を全然見せていなかった。その文章には悪びれた様子など微塵もなく、あるのは尊大な心だけであった。それは一から十まで高慢で横柄な文章であった。

しかし話題がこのことからミスター・ウィッカムのことに移ると、エリザベスもそれまでよりは多少冷静に注意深く読むことが出来た。そこで述べられている一連の出来事は、もしそれが事実なら、これまで抱いていたウィッカムに対する評価を根柢から変えなければならず、しかもそれらの出来事はウィッカムが自ら語った身上話と驚くほど似ているだけに、エリザベスはよりいっそう鋭い苦痛を覚え、その気持はますます曰く云い難いものになった。エリザベスは驚き、不安になり、恐怖にすら捕えられた。一切を信じたくない気持から、「これは嘘だ！　こんなことはあり得ない！　真赤な大嘘に決っている！」と繰返し叫び――それから、最後の一、二枚は殆ど何も頭に入らなかったが一応最後まで眼を通すと、すぐさま手紙を折畳み、こんな手紙、誰が気にするものか、二度と読まない、と自らに断言した。

こんな風に心がひどく混乱して、何一つ落着いて考えられないまま、エリザベスは暫く歩きつづけた。しかしそうしていてもどうにもならないので、三十秒もすると再び手紙を展げ、出来るだけ気を取直してウィッカムに関する部分を癪でも全部丁寧に読返し、感情を抑えてすべての文の意味をじっくりと考えてみた。ペムバリーのダーシー家とウィッカムとの関係の説明は、ウィッカム自身が語ったとおりであった。先代の故ダーシー氏の親切も、それがどの程度のものであったかはエリザベスも知らなかったが、これもウィッカム自身の言葉と等しく一致する。ここまでは双方の話に何の矛盾もない。だが遺言状の件りに来て、その違いはあまりにも甚しかった。ウィッカムが牧師禄について話していたことは今でもはっきりと耳に残っており、ウィッカムが口にしたとおりの言葉を思い出すと、エリザベスはどちらかがとんでもない二枚舌を使っているという気がしてならなかったが、だとするとウィッカムの云うことが正しく、ダーシーが嘘を吐《つ》いているのだと、暫くは勝手にそう思い込んだ。しかしそのすぐあとに続く、ウィッカムが牧師禄に対する要求権をすべて放棄して、代りに三千ポンドというかなりの金額を受取ったという詳細を何度も注意深く読返すうちに、またもや躊《ためら》いを覚えずにはいられなくなった。エリザベスは手紙から顔を上げると、公平になったつもりですべての事柄を秤《はかり》に掛けてみた——どちらの云うことに妥当性がありそうか比較検討してみた——だが上手く行かなかった。どちらもただ主張しているだけなのだ。エリザベスは再度手紙に眼をやり、先を読んで行った。すると一行一行読み進むほどに次第に明らかになって来たのは、この問題に於けるミスター・ダーシーの行為はどう見方を工夫してみても不名誉を免れ得るものではないとこれまでずっと思い込んでいたのに、それが一転して、全体を通じてミスター・ダーシーには非難すべき点がまったくないと見ることも可能なことであった。

ミスター・ダーシーがミスター・ウィッカムを浪費家で概して身持ちが良くないと躇わずに非難していることに、エリザベスは激しい心の動揺を覚えた。それを不当とする証拠がこちらから出せないだけに、なおさらであった。エリザベスは——州の義勇軍に入隊する以前のウィッカムについては何も聞いたことがなく、当人が義勇軍に入ったのも、さほど親しくもない青年とたまたまロンドンで再会して、僅かばかりの旧交を温めているうちに勧められたからだと云う。それ以前の暮しぶりについては、本人が語ったこと以外は何一つハートフォードシアでは知られていなかった。ウィッカムが本当はどんな性格の人間なのかも、仮にそれを知る手立てがあったにせよ、エリザベスは誰かに問合せて確めてみたい気持には一度もならなかった。その顔を見、声を聞き、態度に接しただけで、心も至って高潔な人だと直ちに決込んでしまったのだ。エリザベスは、ミスター・ダーシーの攻撃からウィッカムを救い出せるような善行の例が、誠実で慈悲深い心を顕著に示す行為が何かウィッカムになかったかどうか思い出そうとした。少くとも、そこから本人固有の美徳が明らかになれば、それで一時の些細な過失は償われるだろう。ミスター・ダーシーは多年にわたる怠惰と悪徳などと大袈裟な云い方をしているが、所詮は一時的な若気の誤ちに過ぎない筈だ。だがそんな風に思い出そうとしてみても助けにはならなかった。その魅力的な風采や物腰ならたちどころに眼前に浮んで来るのだが、いざ内実のある善行となると、概して近所界隈の人達に評判がいいとか、持前の社交家ぶりを発揮して聯隊の仲間から一目置かれているとか、どうもそれぐらいのことしか思い出せなかった。エリザベスはこのことを大分暫く考えてから、また読みつづけた。だが、何と、次に続くウィッカムがミス・ダーシーとの駈落を画策した話は、つい昨日《きのう》の朝フィッツウィリアム大佐と交した話から推《お》して、どうやら本当としか思えなかった。しかも手紙の最後には、事の詳細の真相については当のフィッツウィリアム大佐に問合せてもらいたいと書いてある——大佐が従弟の問題のすべてに親しく関わっていることはエリザベス自身以前に大佐から直接聞いたことがあり、それに大佐の人柄を疑う理由は何もなかった。そこでエリザベスは一度よっぽど大佐に訊いてみようかと決心し掛けたが、わざわざ問合せに出向くのも何だか気詰りな気がして思い直した。それに結局のところ、ミスター・ダーシーも従兄が確証してくれることに充分な自信がなければ、こんな提案は危なくて出来ない筈だ、エリザベスはそう確信して問合せは一切考えないことにした。

エリザベスはフィリップス伯父の家の夜食の席でウィッカムと初めて話をしたときのことを何もかもはっきりと思い出した。そのときウィッカムが話したことの多くは今でもありありと記憶に残っている。それにしても初対面の自分にあんな打明話をするなんて、考えてみればまともなことではなかった筈だと、エリザベスは今になって初めて思い当り、自分はなぜ今までそのことに気がつかなかったのかと驚き訝《いぶか》った。あんな風に平気で自分のことを話すのは慎みのないことだし、それにどうも口で云うことと実際にすることが矛盾していた。自分はミスター・ダーシーに会うことを別に恐れてはいない、こちらと顔を合せるのが嫌ならダーシーが当地を離れればいいので、自分が逃出す謂《いわ》れはないと胸を張っておきながら、翌週のネザーフィールドの舞踏会には姿を見せなかった。そう云えばまた、ネザーフィールドの一行が当地を離れるまでは、エリザベス以外の誰にもその話をしなかったのに、一行が引揚げたあとは、どこでもその話題を持出すようになり、しかも、先代への敬意から息子を曝《さら》し者にする訳には行かないとエリザベスには云っておきながら、いざとなるとミスター・ダーシーの評判を貶《おとし》めることに何の遠慮も躊いも見せなかった。

今やエリザベスの眼にはウィッカムに関するすべてのことがまるで違った風に見えた。ミス・キングに云い寄ったのも、今にして思えば、ただもう金目当ての嫌らしい動機からに過ぎず、相手の女がさほどの財産家でなかったことも、ウィッカムにさほどの慾がなかったからではなく、得られるものなら何でもいいというだけのことだったのだ。エリザベス自身に対する振舞にしても、今となっては些か恕《ゆる》し難い動機から出たものとしか思えなかった。こちらの財産に関して何か思い違いをしていたか、或はこちらが不用意に見せてしまった好意を巧みに煽って自分の虚栄心を満足させていたか、どちらかだったに違いない。これまで何とかウィッカムを好意的に見ようと努力して来たが、その気持も薄れる一方であった。そしてどうやらミスター・ダーシーの方が正しそうだという気持が強まるにつれて、見直さざるを得ないことが次つぎと思い出された。ミスター・ビングリーは大分前に、ジェインからダーシーとウィッカムのことを訊かれたとき、ダーシーが非難される謂れはないと断言していたし、エリザベス自身、ミスター・ダーシーと知合ってこのかた、その態度物腰こそ確かに尊大で人を寄せつけないようなところはあるが、その言動に節操のなさや不正を感じたり、信仰心の欠如や不道徳な生活習慣を認めたりしたことは一度もなかった。最近では同席する機会が多かったこともあって、その流儀や癖にも多少は慣れて一種の親しみも覚えていた。それにミスター・ダーシーが身内や近しい人達のあいだで尊敬され評価されていることは確かで――ウィッカムでさえ兄としては立派だと認めていたほどだ。現にエリザベスも、ダーシーが愛情の籠った口吻《くちぶり》で妹のことを話しているのをしばしば耳にしたことがあり、この人にも多少は気持の優しいところがあるのだなと思ったことがあった。それにもしダーシーの行為がウィッカムの云うとおり甚しく正義を踏躙《ふみにじ》るようなものだったとしたら、そんな無法が世間に知られなかった筈はないし、そんなひどいことの出来る男とミスター・ビングリーのような心の優しい男が友情で結ばれているなんて、到底理解出来ない話だ。

エリザベスは自分が恥しくて居た堪らない気持になった。――ダーシー、ウィッカム、どちらのことを考えても、自分が盲目で、公正を欠き、偏見に囚われ、愚かであったと思わずにはいられなかった。

「自分はとんでもなく卑劣な振舞をしてしまったのだ！」とエリザベスは心のうちに叫んだ。――「自分には人を見る眼があるのだと得意になり――自分は頭がいいのだと自惚れ――姉の寛大な善意をしばしば見下して、徒らに人を疑う悪しき振舞に及んで己れの虚栄心を満足させていたのだ！――今になってこんなことに気づかされるなんて、何という屈辱！――でも、この屈辱は当然の天罰だ！――仮に恋に陥っていたとしても、これほど惨めに物が見えなくなることはなかったろう。でも恋ではなくて、虚栄心だったのだ、私の愚かな振舞の原因は。――一方からは甘い顔をされて気を好くし、他方からは苦い顔をされて気を悪くし、知合ったそもそもの最初から私は無知と偏見の虜《とりこ》となって、とにかく二人のことになると理性を追いやってしまっていたのだ。今の今まで、私は自分のことが分っていなかったのだ。」

自分のことからジェインのことへ――ジェインのことからビングリーのことへ、エリザベスは一筋に思いを馳せたが、ジェインとビングリーのことではミスター・ダーシーの説明がひどく不満だったことをすぐに思い出して、その部分をもう一度読んでみた。丁寧に読返してみると、受ける印象は最初のときと大分違っていた。――同じ人物の云うことを、一方の件ではいやでも信用しておきながら、もう一方の件では信用しないという訳には行かないように思われた。――ダーシーは姉上に愛情があるようにはまったく思えなかったと断言しているが――エリザベスはシャーロットが常づね云っていたことを思い出さずにはいられなかった。——ダーシーがジェインの人柄について云っていることも決して間違いとは云えなかった。——ジェインが激しい感情の持主でありながらそれを表に現さないことや、その様子や態度にはいつもおっとりとした自己満足の感じがあって、ともするとそこに情感の豊かさが欠けているように見えることは、エリザベスも感じないではなかったからである。

続いて自分の家族について触れられた部分に来ると、癪だけれども尤もな非難の言葉だけに、エリザベスは顔から火が出るほど恥しかった。その非難が正しいことはいやでも認めざるを得ず、それにダーシーが特にネザーフィールドの舞踏会であったことに言及して、そもそも二人の結婚に不賛成だった気持があれで決定的なものになったと云う母や妹達の振舞は、当のダーシー以上にエリザベスの方が遥かに強く心に徹《こた》えていたのだ。自分と姉が好意的に別扱いされていることは、それなりに嬉しかったし、多少の慰めにはなったが、さりとて自分の家族がこうして自ら招いた恥辱の埋合せにはとてもならなかった。——ジェインの失恋を招いたのが実は最も身近な家族の所業だったことを考え、自分と姉の体面や信用も家族のそういう礼儀知らずな振舞のためにいやでも傷つかざるを得ないことを思って、エリザベスはすっかり気が滅入った。こんな気持になったのは生れて初めてであった。

エリザベスは二時間ほど小径をさまよいながら、幾つかの出来事を考え直したり、ありそうなこととありそうにないことをはっきりさせようとしたり、あまりにも突然の重大な変化に出来るだけ気持の折合いをつけようとしたり、あれやこれや物思いに耽っていたが、そのうちに疲労感を覚え、大分長時間外出していたことに気がついて、やっと家へ引返すことにした。そして皆にはいつものように明るい表情を見せようと思い、皆との談話に気が乗らなくなるような考え事は暫し中断しようと決心して、家の中に入った。

エリザベスはすぐに、留守中ロウジングズ邸から二人の紳士が入れ違いに訪ねて来たことを告げられた。ミスター・ダーシーはほんの二、三分暇乞《いとまご》いに来ただけだが、フィッツウィリアム大佐は皆と雑談しながら少くとも一時間はエリザベスの帰りを待っていて、途中で一度自分の方から捜しに行こうかなと云い出したほどだと云う。――エリザベスは大佐に会えなくて残念だったという風を何とか辛うじて装うことが出来たが、内心では顔を合せなかったことを喜んでいた。フィッツウィリアム大佐はもはや眼中の人ではなかった。いまエリザベスに考えられるのは手紙のことだけであった。

第十四章〔第三十七章〕

二人の紳士は次の朝ロウジングズ邸を発った。ミスター・コリンズはあらかじめ番小屋の近くへ出向いていて、深ぶかと別れのお辞儀をして見送ったが、おかげで嬉しい知らせを持って帰ることが出来た。二人ともたいへん元気そうだったし、ロウジングズ邸で悲しい別れの場面があった直後にしては、思ったほど気落ちしているようには見えなかったと云う。それからミスター・コリンズはレイディー・キャサリンと令嬢を慰めるべく早速ロウジングズ邸へ参上したが、やがてひどく御満悦の体で戻って来た。奥様から言伝てがあって、何だかひどく退屈で気が鬱《ふさ》ぐから、是非皆を招んで一緒に食事がしたくなったのだと云う。

エリザベスはレイディー・キャサリンの顔を見ると、もし自分がその気になっていたら、今頃はこのひとの未来の姪として改めて紹介されていたかも知れないのだと思わずにはいられなかった。そのときのこの奥様の憤慨たるやいかばかりであったろうと思うと、思わず頬が緩《ゆる》み、「どんなことを仰有ったかしら？——どんな振舞に及ばれたろう？」と自らに問掛けては、独りで面白がっていた。

最初の話題はロウジングズ邸の仲間の数が減ったことであった。——「私ね、そのことをひしひしと感じているの」とレイディー・キャサリンは云った。「私ぐらい友との別れを淋しく思う人間はいませんからね。とりわけあの二人は私の大のお気に入りだし、あの二人も私のことが大好きなんです！——二人とも帰ることをひどく残念がっていたわ！あ帰るときはいつもそうなの。それでも大佐の方は感心にも最後の最後まで何とか気を張っていたけれど、ダーシーの方は何だかひどく辛そうで、去年よりも辛そうだった。きっとロウジングズへの愛着が増したんだわね。」

ここで透《すか》さずミスター・コリンズが奥様へのお世辞と令嬢への仄めかしを口にして嬉しがらせを云ったが、これは母娘双方から好意的な笑顔で報いられた。

レイディー・キャサリンは、食事のあと、ミス・ベネットは何だか元気がなさそうね、と云ったあとすぐに、きっとまだそうすぐにはお家へ帰りたくないのね、と一人合点の理由を述べて、こう附加えた――

「でもそういうことなら、お母様に手紙を書いて、もう少し滞在を延ばしたいってお願いすることね。あなたがいてくれれば、ミセズ・コリンズも大喜びよ、きっと。」

「奥様にそう仰有って頂けるのは本当に有難いのですけれど」とエリザベスは答えた、「でもそういう訳にも参らないのです。――次の土曜日にはロンドンへ戻らなければなりませんので。」

「まあ、それだと、あなたの滞在は六週間にしかならなくてよ。二箇月はいるものと想っていたのに。ミセズ・コリンズにもそのことは前もって云ってあるんだし、何もそんなに早く帰らなくてもいい筈よ。お母様だってあと二週間ぐらいなら許して下さってよ、きっと。」

「でも父が許してくれないのです。――先週も手紙が来て、早く帰るようにと書いてありました。」

「勿論、お父様だって許してくれますとも、お母様が許してくれれば。――娘なんて男親にとってはあってもなくてもいいようなものですからね。それにもしあなた方があと丸一箇月滞在を延ばす気がおありなら、私がどちらか一人をロンドンまで連れて行ってあげましょう。六月早早に一週間ほどロンドンへ出向く予定があるんでね。バルーシュ馬車*1の座席は四人用だけれど、侍女のドーソンは駆者《ぎょしゃ》の横でも異存はないから、完全に一人分の席が空きます――それに、そう、もしその日の天気が涼しければ、二人一緒でも構いませんよ。お二人ともそう身体が大きい方ではないからね。」

「奥様の御親切には本当に感謝申し上げます。でもやはり当初の計画どおりに致さねばと思います。」

レイディー・キャサリンはどうやら諦めたようであった。

「それじゃあね、ミセズ・コリンズ、お二人には召使を附けておあげなさい。私は思ったことは云わずにいられない質《たち》だからはっきり云うけれど、若い令嬢が二人だけで駅伝馬車*2で旅するなんて考えただけでもぞっとします。とんでもないあるまじきことです。何としても誰かを附けなければいけません。私はその種のことが何よりも嫌いなの。――若い令嬢方はそれぞれの身分境遇に応じて、ちゃんと保護し世話してあげなくてはいけません。去年の夏、姪のジョージアナがラムズゲイトへ行ったときも、私は是非そうするようにと云って、男の召使を二人附けさせました。――いやしくもミス・ダーシーはペムバリーの先代ダーシー氏とレイディー・アンの令嬢ですからね、もしそうしていなかったら実に無様なことになっていたと思いますよ。――私はね、そういうことにはとても煩《うるさ》いの。だからね、ミセズ・コリンズ、こちらの令嬢方には必ずジョンを附けてあげるんですよ。いいときに思いついて、あなたに云っとくことが出来てよかったわ。だってもし二人だけで帰したりしたら、それこそあなたの面目が立ちませんからね。」

「叔父が召使を寄越してくれることになっています。」

「まあ！――叔父様が！――叔父様は男の召使を使っているのね？――あなたにもそういうことを考えてくれる人がいたのなら、それはよかったわ。馬はどこで替えるのかしら？――ああ、勿論ブロムリーだわね。――ベル亭で私の名前を出せば、何かと世話をしてもらえる筈よ。」

レイディー・キャサリンはエリザベス達の帰りの旅についてほかにもいろいろと質問したが、全部が全部自分で訊いておいて自分で答える訳でもなかったので、エリザベスも上の空で聞いている訳には行かなかった。尤もその方が幸いではあった。さもないと、頭がほかのことで一杯になって、いま令夫人の前にいることもつい忘れてしまいそうだったからである。考え事は自分一人のときにすればいいのだ。エリザベスは一人になるといつも心の赴くままにあれこれと考え事に耽ったが、それが何よりも気晴しになった。それで毎日必ず一度は一人で散歩に出掛けて、不愉快な出来事を思い出す楽しみに耽った。

ミスター・ダーシーの手紙をエリザベスはすぐにも諳《そら》で憶えられそうであった。文の一つ一つをじっくりと考えてみると、そのときどきで書手に対する気持は随分と違った。自分に結婚を申し込んだときのあの高飛車な物云いを思い出すと、今でも憤りが込上げて来たが、自分の非難叱責も相当に不当なものであったと思うと、今度は自分自身に腹が立ち、相手はさぞや失望落胆したことだろうと同情の念すら湧いて来た。今では相手が好きになってくれたことには感謝の念も起り、そのおおよその人柄には尊敬の念も抱けたけれど、それでもその人間を全面的に認める気にはなれなかった。申込を断ったことにも何ら後悔の念はなく、もう一度会いたいというような気持もまったく起らなかった。今やエリザベスにとって、これまでの自分の振舞は絶えざる心痛と悔恨の種であり、家族の嘆かわしい欠点はそれ以上に気の重い憂鬱の種であった。家族の欠陥が今さら良くなりそうには到底思えなかった。父にしてからが、家族の至らなさをただ面白がって見ているだけで、下二人の娘が軽薄気儘な振舞に及んでも、それを敢えて止めさせようともせず、母に至っては、自身が作法知らずもいいところであったから、娘の振舞がはしたないことなどそもそも感じてもいなかった。エリザベスはしばしばジェインと一緒になってキャサリンとリディアの無分別な振舞を止めさせようとしたが、母が二人を甘やかす一方なので、二人の人間改良は絶望的であった。キャサリンは気が弱いくせに気が短く、しかも年下のリディアにすっかり引摺り廻されていて、姉達から忠告されるといつも決って侮辱されたと云って脹れっ面を見せる。リディアと来た日には強情気儘もいいところで、姉達の忠告など端《はな》から聞こうともしない。二人とも無知で、怠惰で、見栄と自惚だけが強かった。メリトンに一人でも仕官が残っている限り、二人は士官と遊び戯れずにはいないだろうし、メリトンがロングボーンから歩いて行ける所にある限り、二人のメリトン通いが止むことはないだろう。

ジェインのことも心配で、これも大きな気懸りであった。ミスター・ダーシーの説明で、エリザベスはビングリーに対する自分の考えをもとに戻し、やはりいい人だったのだと思ったが、それだけにジェインが失ったものの意味合いがいっそう痛切に感じられた。ビングリーの愛情は誠実なものであったし、その行動にも、友人の云うことを頭から信用したことを除けば、非難すべきところは何もなかった。この結婚は有利な条件に満たされた、幸福の見込も充分な、どこから見ても望ましいものであった。その結婚によって得られる筈の社会的地位を、ジェインは自分の家族の愚かさと無作法のために失ってしまったのだ！　それを思うと、ビングリーの愛情が本物だっただけに、エリザベスは何とも悲しかった。

これらの思いに加えて、ウィッカムの正体もどうやら明らかになって来たのである。こうなっては、元来陽性でこれまで意気銷沈《しょうちん》などとはまず無縁であったエリザベスも、流石に今度ばかりは参ってしまって、辛うじて明るい表情を保つことすらままならなかったのも容易に信じられよう。

エリザベスとマライア滞在がいよいよ残り一週間になると、ロウジングズ邸からの招待が最初の週と同じぐらい頻繁になった。エリザベス達は最後の晩もそこで過した。令夫人はまたもや二人の旅の詳細について事細かに訊き質し、一番いい荷造りの仕方まで指図に及び、特にガウン類の納め方はこれしかないから是非そうしなくてはいけないと力説したので、マライアなどは、帰ったら昼間の荷造りを全部御破算にして、一から旅行鞄の詰直しをしなければと思ったほどであった。

別れに際して、レイディー・キャサリンはいやに辞を低くして道中の無事を祈り、是非来年もハンズフォードへいらっしゃいと云った。ミス・ド・バーグも敢えて膝を軽く曲げるお辞儀までして、二人に片手を差伸べた。

＊1　四人乗用の洒落た幌附四輪馬車、普通は二頭立て。

＊2　郵便物と四、五人の乗客を運ぶ乗合馬車。

第十五章〔第三十八章〕

出発当日の土曜日の朝、エリザベスは朝食の席で、ほかの者達が姿を現すまでの数分間ミスター・コリンズと二人だけになった。ミスター・コリンズは鄭重な別れの挨拶が是非とも必要だと考えていたので、ちょうどいい機会であった。

「ミス・エリザベス」とコリンズは云った、「このたびは本当によくお出で下さいました。家内があなたの御親切に対する感謝の気持を既に申し述べたかどうか、もしまだなら、お発ちになるまでにはきっとお礼の言葉がある筈です。お附合い下さった御好意は家内も私も身に沁みて感じております。拙宅には人様の心を惹くものとて殆ど何もないことはよく分っています。暮しは質素だし、部屋は狭いし、召使はいないも同然だし、世間との交際は少いし、あなたのような若い女性には、ハンズフォードの暮しはひどく退屈だったに違いありません。でもそんな所に敢えていらして下さったことに私どもは感謝の気持で一杯ですし、私どもとしてもあなたに不愉快な思いをさせないように出来るだけのことは致したつもりです。どうかそれだけは信じて頂きたい。」

エリザベスは、自分はこの六週間本当に幸せで楽しかった、こちらこそ深く感謝している、と熱を込めてお礼を云い、シャーロットと一緒にいられただけでも嬉しかったのに、いろいろと御親切に気を遣って頂いて、恩義を感じなければならないのは自分の方だ、と附加えた。ミスター・コリンズは満足した様子で、より勿体ぶった笑顔を見せながら答えた――

「あなたの御滞在が不愉快なものではなかったと伺って、私も大満足です。勿論私どもは最善を尽しましたが、何より幸いだったのは、私どもの力であなたを上流社会に紹介出来たことです。拙宅の単調な生活にもしばしば変化があるのは、私どもとロウジングズ邸との関係があるからで、おかげであなたのハンズフォード訪問もあながち退屈ばかりではなかったろうと、その点は私どもも自負してよろしかろうと思ってい

ます。レイディー・キャサリンの御家族と関わりの持てる私どもの境遇は、実際並外れて有利な、恵まれたものでして、そう誰もが誇れるようなものではありません。私どもがどのような立場にあるかはもうお判りでしょう。私どもがいかに頻繁に招かれているかもお判りの筈です。白状しますとね、確かにこの牧師館は質素で、華やかなものは何もないけれど、どなたがお泊りになっても、私どもと共にロウジングズ邸の親密なもてなしに与れる限り、決して惨めな思いをすることはない筈だと、私はそう思っているのです。」

ミスター・コリンズは話すうちに自ら感極まって気持が上手く言葉にならず、やむなく部屋の中を歩き廻り始めた。その間エリザベスは、失礼にもならず嘘にもならない簡潔ないい文句はないかと考えていた。

「どうか、ミス・エリザベス、ハートフォードシアの皆さんには私どもがたいへん幸せに暮しているとお伝え下さい。少くともあなたにはそう云って頂けるものと思っております。レイディー・キャサリンが家内にいろいろと気を遣って下さることは、あなたが毎日目になさったとおりですし、全体的に見て、どうやらあなたの親友は決して貧乏籤を抽《ひ》いた訳ではなさそうだと――しかし、まあ、この点については云わぬが花ということにしておきましょう。ただこれだけははっきりと云わせて頂きますが、あなたにも親友に引けを取らない幸せな結婚をして頂きたい、私は心底衷心からそう願っています。シャーロットと私は心も一つなら物の考え方も一つです。性格も考える事も何彼《なにか》につけて驚くほど似た者同士でしてね。どうやら私どもは運命の赤い糸で結ばれていたようです。」

　夫婦が似た者同士なら本当に幸せですね、とエリザベスは本心を偽ることなく無事に切抜け、自分は家庭に於けるあなたの安楽を堅く信じて喜んでいる、とこれも自分を偽らずに附加えることが出来た。しかしながら、ちょうどそのときコリンズの安楽の源であるミセズ・コリンズが入って来たので、安楽の詳細については触れず仕舞になったが、そのことには別段心残りはなかった。可哀そうなのはシャーロットであった！——シャーロットをこんな人達の許に残して行くのかと思うとエリザベスは気が重かった。——でもシャーロットは何もかも承知の上でここを選んだのだ。客が帰ってしまうのを残念に思っていることは明らかだが、そうかと云って同情を求めている風には見えない。自分のものになった家庭の管理と家政の切盛りと、教区民の手助けと家禽類の世話と、それらに附随するすべての事柄に対する興味と関心が、まだ色褪せていないのだ。

　いよいよシェイズ馬車*が着いて、旅行鞄がしっかりと結《ゆわ》えつけられ、手荷物が車内に納められると、出発準備の出来たことが告げられた。エリザベスはシャーロットと別れを惜しみ合ったあと、ミスター・コリンズに附添われて馬車に向った。庭を歩いて行きながら、コリンズは、御家族の皆様にはどうかくれぐれもよろしくお伝え下さい、と云ってから、去年の冬ロングボーンで親切にして頂いたことに対する感謝の気持も、まだお会いしてはいないがガードナー御夫妻に対するこちらからの敬意も、ともに忘れずに伝えて頂きたいと附加えた。それからコリンズはエリザベスの手を取って馬車に乗せた。マライアがあとに続いて乗込み、いよいよ馬車の扉が閉ろうというときになって、突然コリンズが何やら狼狽《ろうばい》の色を見せて云った――

「そうだ、あなた方はまだロウジングズ邸の御婦人方に伝言を残していなかった！　でも勿論何か伝えといてもらいたい挨拶の言葉がおありでしょう、滞在中に受けた御親切に対するお礼の言葉か何か。」

エリザベスは別に反対はしなかった。――そこで扉を閉めてもいいことになり、馬車は出発した。

二人とも二、三分のあいだ黙って窓の外を眺めていたが、やがてマライアが叫んだ――「何だか不思議だわ！　ここへ来てからまだほんの一日か二日しか経っていないような気がするの！――でも随

分といろいろなことがあったわよねえ！」

「ほんとにね、随分といろいろなことがあったわ」とエリザベスは溜息まじりに云った。

「ロウジングズ邸では晩餐会が九回もあったし、ほかにお茶だけの会も二回あったわ！——私、お土産話が一杯出来てよ！」

エリザベスは内心密かに附加えた、「私は隠す話が一杯出来たわ。」

その後会話の方はあまり弾まなかったが、道中驚くようなことも別に起らず、二人は無事に旅を続け、ハンズフォードを出てから四時間ほどでロンドンのガードナー叔父の家に着いた。叔父の家には二、三日滞在することになっていた。

ジェインは見たところ元気そうであったが、叔母が親切心からいろいろな予定を立てておいてくれたおかげで、エリザベスは忙しさに取紛れてしまい、姉の心境を確めてみる機会は殆どなかった。でもジェインは自分と一緒に家へ帰ることになっているから、ロングボーンに落着けば観察する暇はたっぷりあるだろう、とエリザベスは思った。

しかしその一方で、ミスター・ダーシーから結婚の申込があった話を姉に打明けるのも、せめてロングボーンへ帰るまでは待とうと決断するには相当の努力が要った。この秘密を打明ければジェインが吃驚仰天することは明らかだし、同時に、自分の虚栄心の、理性によってはまだ克服しきれていない部分も大いに満足させてくれるに違いない。自分にはそんな秘密が打明けられるのだと思うと、打明けてみたい誘惑は大きかったが、ただどこまで話したものか、まだ決心がつかずにいた。それに一旦この話題を持出せば勢いビングリーのことにも繰返し触れることになるし、そうなれば姉をさらに悲しませるだけだという心配もあって、エリザベスは何とか誘惑に打克った。

＊　ガードナー叔父のシェイズ馬車が召使つきで差廻されたものと思われる。シェイズ馬車については、第一巻第一章の＊1を参照のこと。

第十六章〔第三十九章〕

三人の令嬢を乗せた馬車がロンドンのグレイスチャーチ・ストリートを出発してハートフォードシアの——町へ向ったのは、五月の第二週目であった。ベネット家の馬車が迎えに来る筈の旅館に近づいて行くと、どうやらベネット家の馭者は時間を厳守したものと見え、キティーとリディアが二人して二階の食堂の窓から外を見ているのがすぐに眼に入った。二人は一時間以上前にここに着いていたのだが、旅館の筋向いにある婦人帽子店を覗いたり、見張りに立っている哨兵を眺めたり、レタスのサラダに胡瓜《きゅうり》を混ぜたりして楽しんでいた。

　二人は姉達を出迎えると、旅館の食堂ではさほど珍しくもないような冷肉の皿が並んだ食卓へ得意げに案内して、叫んだ、「どう、素敵じゃない？　嬉しい驚きでしょう？」

「これ、私達の奢りよ」とリディアが云い添えた。「でもあとでお金貸してね。だって私達、あそこのお店で持って来たお金全部費《つか》っちゃったんだもの。」そう云うと、買った物を取出して、「見て、このボンネットを買ったの。あんまり綺麗だとは思わないけど、まあ買っといてもいいかと思って。帰ったらすぐにばらして、もっとましなものになるかどうかやってみるわ。」

　姉達は、何それ、醜悪、と云ってけちをつけたが、リディアは平然と聞き流して、続けた、「あら、でも、あの店にはもっと醜悪なのが二つか三つあったわよ。これより綺麗な色の繻子《しゅす》を買って縁飾りを新しくすれば、これはこれで結構見られるものになると思うわ。それに、この夏は何を被ろうとどうでもい

いのよ、――州の聯隊が夏までにはメリトンを引揚げてしまうんだから。二週間後には出発するらしいわ。」

「まあ、そうなの？」とエリザベスは、それは何よりだと思いながら声を揚げた。

「何でもブライトンの近くに陣を張るんですって。それでね私、お父様にこの夏是非とも私達みんなをブライトンへ連れて行ってもらいたいの！　とても楽しい計画だし、お金も殆ど掛らないと思うわ。お母様だって大喜びで行きたがってよ、きっと！　ねえ、考えてもみて、もし行けなかったら、私達どんな惨めな夏を過すことになるか！」

「確かにそれは」とエリザベスは思った、「結構な計画だわね。それで私達はすぐさま完全に破滅だわ。ブライトンだの、全陣営に溢れる兵士だの、まったく何を考えているんだか、それでなくても高だか義勇軍の一聯隊とメリトンの月に一度の舞踏会だけで、私達は既にいい加減掻き乱されているというのに。」

「ところで、お姉様達にいい知らせがあってよ」と、皆が食卓に着くとリディアが云った。「何だと思う？　とってもいい知らせ、素晴しい知らせよ。私達みんなが大好きな或る人のことなの。」

ジェインとエリザベスは顔を見合せて、給仕の男に退《さが》ってもいいと云った。するとリディアが笑い出して、云った――

「お二人とも相変らず几帳面で用心深いのね。給仕の耳に入ってはまずいという訳ね。まるで給仕が聞きたがっているみたいじゃないの。どうせあの給仕は私がこれから話すことよりももっとひどいことをしょっちゅう聞かされているわよ。それにしても醜男だわね！　行ってくれてよかったわ。あんな長い顎、見たことない。それはそうと、その大事な知らせのことだけれど、親愛なるウィッカムのことなの。あんな給仕に聞かせるには勿体ない話、でしょう？　ウィッカムがメアリー・キングと結婚する危険がなくなったのよ。どう、いい知らせでしょう！　あのひとリヴァプールの叔父さんの所へ行ってしまって、ずっとそっちにいるらしいの。ウィッカムは無事に救われたのよ。」

「それはメアリー・キングが無事に救われたってことじゃないの！」とエリザベスは附加えた、「財産目当ての無分別な結婚からね。」

「自分から逃出すなんて大馬鹿よ、ウィッカムが好きだったのならね。」

「でもどちらにもそれほど強い愛情がなかったのだと思うわ」とジェインが云った。

「ウィッカムの方になかったのは確かね。請合ってもいいけれど、あの人あの女のことなんかこれっぽっちも気に懸けていなかったもの。誰が気に懸けるもんですか、あんないけ好かないちびの雀斑《そばかす》娘なんか。」

エリザベスはふと或ることに気がついてひやりとした。自分にはいくら何でもこんな品のない物云いは出来ないが、でも自分だって以前は口にこそ出さなかったが似たような品のない感情を胸に抱いて、それを囚われのない度量の大きさと履違《はきちが》えていたのだ！

皆が食べおわり、上の姉二人が支払を済ませると、すぐに馬車が命じられた。一行はあれこれ工夫して、帽子函や裁縫用の道具袋や手荷物類、それにキティーとリディアが買足した迷惑千万な品物のあいだに何とか座席を確保した。

「ぎゅうぎゅう詰めもいいとこだわね！」とリディアが叫んだ。「私、ボンネットを買っといてよかったわ。中身はともかくこうして帽子函が一つ増えただけでも面白いじゃない！　さあ、みんな気楽に肩を寄せ合って、楽しいお喋りをして、笑ってお家へ帰りましょう。それじゃあ、まずはお姉様達のお話からお聞きしましょうか、出掛けてからどんなことがあったか。誰か素敵な男の人に出会った？　恋のお遊びぐらいはあったのかしら？　私すごく期待していたのよ、きっとどちらかは旦那様を見つけて帰って来るだろうって。ジェイン姉さんなんかすぐに老嬢になってよ。もうじき二十三じゃない！　ああ、やだやだ、もし私が二十三になっても結婚していなかったら、もう恥しくて堪らないわ！　フィリップス伯母様だって二人が早く旦那様を見つけてくれればいいのにって、意外なくらい本心から望んでおいでよ。リジーはミスター・コリンズの申込を受けていればよかったのにって云っていたわ。でも私は反対ね、あんな人と結婚したって面白くも可笑しくもありゃしないもの。あああ、私、お姉様達よりも先に結婚したいな。そうしたら私、お二人が舞踏会へ行くときはいつでも附添役を引受けてあげるからね。あ、そうだ！　こないだね、フォースター大佐のお宅でものすごく面白いことがあったの。その日キティーと遊びに行くことにしていたら、ミセズ・フォースターが晩にちょっとした舞踏会をやりましょうって云ってくれて（それはそうと、ミセズ・フォースターと私すっごく仲が好いのよ！）、それでハリントン姉妹にも声を掛けてくれたんだけど、ハリエットは体調がよくなくて、ペンだけが仕方なく一人でやって来たわ。それで私達どうしたと思う？　召使のチェムバレンに女装させて、女客の一人に見せようとしたの——もう可笑しくて可笑しくて！　知ってるのはフォースター大佐と奥さんとキティーと私だけ、あと伯母様ね、伯母様からどうしてもガウンを一枚借りなければならなかったから。それにしてもあのチェムバレンと来たら、衣裳がとてもよく似合ってどう見ても女なの！　デニーとウィッカムとプラットと、ほかにも男達が二、三人来たけれど、誰一人全然気がつかなかった。私はもう笑いが止らなくて、ミセズ・フォースターもそう。私、笑い死にするかと思った。それで男の人達が何だか怪しいと云い出して、すぐにばれちゃったの。」

　リディアは、そういう自分達のパーティーの話や気の利いた冗談で皆を面白がらせようと、ときどきキティーが仄めかしたり附足したりするのに助けられながら、ロングボーンまでずっと独りで喋りつづけていた。エリザベスはなるべく聞かないようにしていたが、いやにウィッカムの名前が出て来るので、それだけが何だか気になった。

　家に着くと、一同は懇《ねんご》ろに迎えられた。ベネット夫人はジェインの美貌が少しも衰えていないのを見て喜び、ベネット氏は食事中に一度ならず自分の方からエリザベスに声を掛けた――

「お前が帰って来てくれてほんと嬉しいよ、リジー。」

食堂は大賑《おおにぎ》わいであった。ルーカス家のほぼ全員がマライアを出迎えかたがた土産話を聞こうとやって来たからである。皆の話題はてんでんばらばらであった。ルーカス令夫人は食卓を挟んで向いに坐っているマライアに、長女の安否と家禽のことを頻りに訊ねており、ベネット夫人は聞手と話手二役の同時進行で、一方で自分より少し下座に坐っているジェインから目下の流行に関する情報を集めては、もう一方でそれをルーカス家の下の娘達にせっせと受売りしていた。リディアはほかの誰よりも大きな声で、午前中いろいろと愉しかったことを、聞手が誰だろうと構わず捲《まく》し立てていた。

「ほんと、メアリーも一緒に来ればよかったのに。すっごく面白かったんだから！　行きはね、キティーと私、馬車の日除をみんな下ろしちゃって、誰も乗っていないように見せ掛けたの。私はずっとそのまま行きたかったんだけど、途中でキティーが気分が悪くなったって云うもんだから。それからジョージ旅館に着いて、私達随分と気前がよかったのよ。何しろ世界一素敵な冷肉のお昼を三人に奢ってあげたんだもの。あなたにだって、一緒に来ていれば奢ってあげたのに、残念だわ。それから帰りがまたすっごく面白かったの！　何しろ馬車は荷物が一杯でしょう、とても五人全員乗れないんじゃないかと思って、私はもう可笑しいのなんの、もう少しで笑い死にしそうだった。それでも何とかぎゅうぎゅう詰めに乗込んで、家までずっとものすごく楽しかったの！　みんな大きな声でお喋りしたり笑ったりのしどおしだったから、きっと十マイルぐらい離れた所からでも聞えたんじゃないかしら！」

これに対して、メアリーはひどく真面目くさった顔で答えた、「私はね、リディア、なにもそういう楽しみを貶《けな》す気は毛頭ないのよ。大抵の女はそういう楽しみが確かに性に合っているんだから。でもね、云っとくけれど、この私はそういう楽しみには何の魅力も感じないの。私はね、本の方が断然好きなの。」

しかし折角のこの返辞もリディアの耳には一言も入らなかった。大体リディアは誰の話でも三十秒以上聞いていることはまずなかったが、相手がメアリーだと端《はな》から聞く耳を持たなかったからである。

食事が済むと、リディアは、これからみんなでメリトンへ行こうよ、みんなどうしているか様子を知りたいから、と頻りに姉達を促したが、エリザベスはこの提案に断固反対した。ベネット家の娘達は旅先から帰ったばかりだというのに、半日もじっとしていられなくてもう士官達のあとを追掛け廻している、などと噂されては堪らなかったからだが、エリザベスの反対にはもう一つの理由があった。ウィッカムとの再会を恐れて、出来るだけ顔を合せないようにしようと決心していたのである。実際、エリザベスにとって何よりの慰めは、近ぢか聯隊が移動することであった。二週間後にはみんな行ってしまうのだ。皆が行ってしまえば、もはやウィッカムのことで心を悩まされることもなくなるだろう、とエリザベスは思った。

しかしそれから何時間も経たないうちに、リディアが旅館でちょっと口にしていたブライトン行きの話が、既に両親のあいだでしばしば議論されていることが判った。父に全然その気のないことはエリザベスにはすぐに判ったが、同時にその返辞の仕方が例によってひどく曖昧でどっちつかずなので、母の方は、しばしば落胆しつつも、まだ決して最後の成功を諦めてはいなかった。

第十七章〔第四十章〕

エリザベスは旅先での出来事を早くジェインに聞かせたくてうずうずしていたが、もはや抑えることが出来なかった。それで到頭次の朝、姉に関わりのあるところは一切伏せることにして、実は驚くような話なの、覚悟して聞いてね、とあらかじめ断ってから、ミスター・ダーシーと自分との経緯《いきさつ》の主なところを話して聞かせた。

流石にミス・ベネットも最初は驚いたが、エリザベスの魅力をもってすれば恋する男が現れるのは至極当然のことだと、妹贔屓《びいき》の姉の心情が働いて、驚きはすぐに治まり、やがてすっかり消えて別の感情が取って替った。ジェインはミスター・ダーシーが何とも気の利かないやり方で自分の気持を打明けたことが残念でならなかったが、それ以上に、妹に拒絶されてさぞかし情ない気持だったろうと思うと何だか悲しくなった。

「あの方、自分の思いどおりになると慢心していたのが間違いだったわね」とジェインは云った、「そういう素振りは絶対に見せてはいけなかったのに。でもそれだけに落胆の度合も大きかったでしょうから、そこのところは考えてあげないとね。」

「それはそうね」とエリザベスは答えた、「確かに心底気の毒なことをしたと思うわ。でもあの方にはほかにも自尊心だの家柄だのに関するいろいろな思いがあるから、私のことなど多分すぐに忘れてしまうわよ。それはそうと、私があの方を拒んだからといって、お姉様は非難なさらないわよね？」

「非難だなんて！　とんでもない。」

「でも私がウィッカムのことをあんなに熱を込めて話したことは非難しているんでしょう。」

「いいえ――だってあなたの話したことが間違っていたのかどうか、私には判らないもの。」

「それが間違っていたのよ。そのすぐ翌日にあったことを聞けば判るわ。」

それからエリザベスは例の手紙に話を移して、ジョージ・ウィッカムに関するところを細大漏らさず語って聞かせた。可哀そうに、ジェインの驚きたるやいかばかりであったろう！　何しろジェインは、全人類のうちに存在する悪を全部集めても、この一個人のうちに集められた悪ほどひどくはないことを信じて一生を送るつもりでいただけに、打撃は大きかった。ダーシーの疑いが晴れたことは嬉しかったが、それとてもこのような悪の存在を思い知らされては慰めにならなかった。そこでジェインは、この話はどこかに誤解がある筈だといたく真剣に考え始め、一方の無罪はそのまま認めつつ、もう一方の潔白も証明しようとした。

「それは無理よ」とエリザベスは云った。「両方とも無罪潔白にしようったって、それは出来ない相談だわ。どちらを選んでもいいけれど、とにかく一方だけで満足しなきゃ。あの二人には一定量の取柄が二人合せて一人前しかないんだから、どちらか一方を善人にするしかないのよ。以前はウィッカムの方にその取柄があると思っていたけれど、最近は大分風向きが変って来て、今の私は全部ミスター・ダーシーの方にあると思いたい気持なの。でもお姉様は好きなように考えていいのよ。」

しかしながら、ジェインが何とか微笑出来るまでには暫く間があった。

「私、こんなショックを受けたの初めてよ」とジェインは云った。「まさかあのウィッカムがそんな悪党だったなんて、何だか信じられないような話だわ！　ミスター・ダーシーもお気の毒にね！　ねえ、リジー、あの方がどんなに辛い思いをしたか考えてあげなきゃ。

申込を断られてひどく落胆した上に、あなたから良く思われていないことも面と向って知らされて、しかも妹さんに関するそんな話までしなければならなかったんだもの！　ほんとに堪らない話だわ。あなたもそこのところは当然察しているわよね。」

「いいえ、お生憎様！　お姉様があんまり残念がったり気の毒がったりするものだから、私の後悔と同情の気持はすっかりどこかへ消えてしまったわ。今後あの方のことはお姉様が至って正当公平に扱ってくれそうだから、私の方は刻一刻とますます無関心に無頓着になって行きそうよ。気前のいい姉がいると妹は倹約家になるの。お姉様があの方のことをこれからも気前よく嘆いて下されば、私の心は鳥の羽根のように軽くなってよ。」

「ウィッカムも何だか哀れね、あんなに善良そうな顔をしていて、あんなに態度も率直で礼儀正しいのに。」

「あの二人の青年の教育にはきっと何か大きな手抜《てぬか》りがあったのよ。それで一人は善なるものの内実だけを身に附け、もう一人はその外見だけを身に附けてしまったんだわ。」

「でも私は、ミスター・ダーシーにもその外見が欠けているなんて一度も思ったことはなくてよ、あなたはそう思っていたようだけれど。」

「それどころか、私は何の理由もないのにあの人は大嫌いだと決めつけて、自分が非常に賢いつもりでいたのよ。そういう嫌い方ってすごく頭の刺戟になって、才気が活潑に働き出すのね。絶えず人の悪口を云うだけなら、的外れなことを云っていても構わないけれど、しょっちゅう人を嗤《わら》っていると、ときどきいやでも気の利いた台詞が思い浮ぶもの。」

「でもね、リジー、その手紙を最初に読んだときはどうだったの？ この問題についてとても今のような考え方は出来なかったんじゃないの？」

「確かに出来なかったわ。気持が落着かなくてすごく不愉快だったの。ほんと不愉快で、むしろ惨めなくらいだった。自分の気持を聞いてもらえるひとが一人もいないんだもの。お姉様がいてくれればね、私が自分で思っているほど弱虫でも自惚屋でも馬鹿な女でもないと云って慰めてもらえたのに、それも叶わないし！ ほんとあのときは、ああ、お姉様がそばにいてくれたらなあって思ったわ！」

「ウィッカムのことを話す際に、ミスター・ダーシーに向ってそんなきつい云い方をしたのは何とも生憎なことだったわね。今になってみるとどうやらその非難はまったく当っていないようだもの。」

「そうね。確かに苦苦しい物云いをしたのは生憎だったけれど、でもそれはもともと私の方に強い偏見があったからで、ごく自然な成行だったのよ。それはそうと、一つお姉様に助言を求めたいことがあるの。ウィッカムの正体をまわりのみんなにも知らせるべきか、それとも知らせないでおくべきかということなんだけど、どうお思い？」

ミス・ベネットはやや間を措いてから答えた、「あんまりひどい暴き方をするのはどうかしらね。そこまでする必要はないと思うけれど。あなたの考えはどうなの？」

「私もそれはやらない方がいいと思うの。ミスター・ダーシーも手紙の内容を公にすることは認めていないし、それどころか、妹さんに関することは出来る限りすべて私の胸の裡《うち》に納めておくようにとの意嚮《いこう》だから。妹さんのことが持出せなければ、それ以外のウィッカムの行状について人びとの蒙《もう》を啓《ひら》こうとしても、誰が私の云うことなど信じるかしら？ミスター・ダーシーに関しても、あの人に対する皆の偏見は最悪もいいところだし、もし好意的な見方でもしようものなら、それこそメリトンの善良な人達の半分は卒倒してしまうわ。私の力ではとても無理ね。それにウィッカムはもうすぐ行ってしまうんだし、そうなればあの人の正体なんかここの人達にはどうでもいいことだと思うの。どうせ先ざきいつかは判ることだし、そのときは、そんなことも知らなかったのと云って皆の愚かさを嗤ってやればいい。とにかく今は何も云わないでおくわ。」

「私もその方がいいと思う。あの人の過ちが世間に知られれば、あの人は一生救われないかも知れない。多分あの人も今では自分のしたことを後悔して、名誉を挽回したいと思っているでしょうし、私達のせいで自棄《やけ》を起させてはいけないわ。」

エリザベスの混乱した心は、こうしてジェインと話し合ったことでどうにか落着きを取戻した。この二週間ずっと心の重荷だった秘密のうち二つが取除かれ、そのどちらについてもまた話したくなれば、ジェインはいつでもきっと喜んで耳を傾けてくれるだろう。しかしその背後にまだ隠している秘密があって、これは分別が明かすことを禁じていた。エリザベスはミスター・ダーシーの手紙の残り半分については敢えて触れず、ミスター・ビングリーが姉のことを心から真剣に思っていたことも話さなかった。これは誰にも知られてはならないことだし、この残りの秘密はいくら重荷だからといって、ジェインとビングリーの当事者同士が完全に理解し合うまでは表に出す訳に行かないと感じていたのだ。「尤も」とエリザベスは内心思った、「そんな到底ありそうにもないことが万一起れば、当然ビングリー当人が私よりもずっと愉快な物腰で話すだろうから、私が口に出来るのはせいぜい気の抜けた二番煎じに過ぎないだろう。してみると、私には打明ける意味がなくなるまで打明ける自由がない訳だ！」

エリザベスは我が家の日常生活に戻って、ゆっくりと姉の本心を観察することが出来た。ジェインは決して幸せではなかった。ビングリーに対しては今も変らず優しい愛情を抱いていたが、何しろそれまでは一度も恋をした経験がなかったので、そのビングリーを慕う気持には、初恋特有の熱い思いと、それからこれは多分に年齢と持前の気質によるが、世の初恋にしばしば見られるよりも遥かに一途な思いが祕められていた。ビングリーの思い出を後生大事にして、ほかの男は一切眼に入らないという風であったから、これでもし感情に溺れて失恋の悲しみに明け暮れでもしていたら、さぞかし自身も健康を損ね、まわりの者も心が乱されたことであろう。しかし現にそのような事態に至らなかったのは、当人自らが持前の良識を精一杯働かせて、まわりの者の気持を気遣っていたからである。

「ねえ、リジー」と、或る日ベネット夫人が云った、「今度のジェインのことだけどね、こんな情ないことになって、お前は今どう思っているの？　私はね、この話はもう誰にもしないことに心を決めたの。姉のフィリップスにもこのあいだそう云ったしね。だけど、どうもジェインはロンドンであの人には一度も会わなかったようだね。まったく、ビングリーも何て腑甲斐ない青年だろうね――こんなことではあの人がジェインのものになる見込なんか到底ありそうには想えない。この夏ネザーフィールドに戻るという話も聞かないし――知っていそうな人には誰彼となく訊いてもみたんだけどね。」

「あの人がネザーフィールドに住むことはもうないでしょうね。」

「まあ、いいさ！　そんなのはあちらさんの勝手だからね。誰もあの人に戻ってもらいたいなんて思ってはいないんだし。だけど、あの男がうちの娘にひどい仕打をしたことについては、私は、黙っていませんからね。私があの娘だったら、断じて我慢なんかしなかったと思うよ。ジェインはきっと失恋の痛手で死ぬだろうから、そうすればあの男も自分のしたことを後悔するだろうよ――まあ、そうなることが私にとってはせめてもの慰めだけれどね。」

しかしエリザベスはそんなことが慰めになる訳がなかったから、返辞をしなかった。

「ねえ、リジー」と母親が間を措かずに続けた、「なら、コリンズ夫妻は安楽にやっている訳ね？　まあ、まあ、せいぜい長続きするといいわね。それで食卓はどんな具合？　シャーロットは家計の切盛りが結構上手いんじゃないかしら。母親の半分も目端が利けば、それだけで相当な始末屋だからね。あの二人のことだから贅沢とは一切無縁な暮しなんだろうね。」

「ええ、まったくそのとおりよ。」

「しこしこと切詰めて貯めているんだよ、きっと。そうだとも、そうに決ってる。あの二人はとにかく用心して赤字を出さないようにするだろうから、金に困ることも決してないだろう。まあ、お二人さんにとっては大いに結構なことだろうよ！　だからね、お前のお父様が亡くなったらロングボーンが手に入ることも、しょっちゅう話題にしているんだと想うよ。それがいつのことであろうと、もうすっかり自分達のものになった気でね。」

「でも流石に私の前ではその話題は出なかったわ。」

「そりゃそうさ。お前のいる前でそんな話題を持出す馬鹿がどこにいますか。でもね、二人だけのときはしょっちゅう話題にしているに違いない。まあね、法律上はまだ他人様《ひとさま》のものである土地財産のことで心安らかな気持になれるのなら、それもいいでしょうよ。私だったら、限嗣相続でしか自分のものにならないものを頂くなんて、恥しくて居た堪れないだろうけどね。」

第十八章〔第四十一章〕

エリザベス達が帰ってから瞬く間に一週間が過ぎて、次の週に入った。その週のうちにいよいよ聯隊がメリトンを離れるとあって、近隣の娘達は急速に元気を失いつつあった。町とその周辺はほぼ意気銷沈の体《てい》であった。それでもベネット家の姉妹の上二人だけは普段どおりに食べて、飲んで、眠って、日日のやるべき仕事を続けることが出来た。そんな二人をキティーとリディアは無神経だと云ってしばしば非難した。自分達はこんなにも惨めな気持でいるのに、家族の中にこんな薄情な人間がいるなんて信じられないと云うのである。

「ああ、もう！　私達どうなっちゃうの！　どうすればいいのよ！」二人はしょっちゅう情ない悲鳴をあげていた。「リジーはよくもまあそうやって笑っていられるわね？」

二人に甘い母親は二人を宥《なだ》めるどころか一緒になって嘆いた。自分も二十五年前に同じような目に遭って辛い思いをしたことを思い出したのである。

「母さんはね」とベネット夫人は云った、「ミラー大佐の聯隊が行ってしまったときは二日間泣きどおしだったの。あのときは今にも心臓が張裂けるんじゃないかと思ったわ。」

「私の心臓だって今にも張裂けそうだわ」とリディアが云った。

「せめてブライトンにでも行けるといいんだけどね！」とベネット夫人が云った。

「そうよ！——せめてブライトンにでも行ければいいのよ！　でもパパが乗気じゃないしね。」

「少し海水浴でもすれば、私の体調もすっかりよくなるんだろうけど。」

「フィリップスの伯母様に云わせると、私の体には海水浴がすごくいいんですってよ」とキティーが一言云い添えた。

ロングボーンのベネット家で絶え間なく聞かれた嘆きの声はおおよそ右のようなものであった。エリザベスはそれを面白がって気を紛らせようとしたが、結局恥しさが先に立って面白がるどころではなかった。ミスター・ダーシーの反対理由の正しかったことが今さらのように感じられ、そのミスター・ダーシーが友人の考えに干渉したことも今までになく赦したいような気持になった。

しかしリディアの暗い予想はすぐに雲散霧消した。当のリディアが、聯隊所属の大佐の妻であるミセズ・フォースターから、ブライトンへ同行しないかと招待されたのである。この貴重な友はまだうら若い新妻であったが、二人はどちらも陽気で快活なところが似ていたので会うとすぐに馬が合い、僅か三箇月の近附きですっかり親密な間柄になっていた。

このときのリディアの有頂天ぶりとミセズ・フォースターに対する大仰な讃辞、ベネット夫人の喜びよう、そしてキティーの口惜《くや》しがりようは、何ともはや筆舌に尽し難いものであった。リディアはキティーの気持などまるでお構いなしに、欣喜《きんき》雀躍《じゃくやく》して家中を飛び廻り、誰彼構わず声を掛けてはおめでとうを云わせ、普段でも煩《うるさ》いのにそれに輪を掛けた勢いで大笑いし、捲し立てた。一方、附いていないキティーは居間から動かず、いらいらした口調で支離滅裂なことを口走っては我が身の不運を嘆いていた。

「私にはミセズ・フォースターの気持が判らない。何でリディアだけ招《よ》んでこの私を招んでくれないのよ。確かに私はあのひとと特別に親しい訳ではないわよ。でもリディアが招ばれるんなら私にだって招ばれる権利はある筈だわ。いいえ、リディアよりもっとある筈よ。だって、私の方が二つ年上なんだから。」

そんなキティーに、エリザベスはもっと分別を働かせるよう云い聞かせ、ジェインも何とか諦めさせようと云い含めてみたが、無駄であった。エリザベス自身は、この招待を母

親やリディアのように浮れ調子ではとても受取れず、むしろこれはリディアの既にあるかなきかの分別に最後の止どめを刺すものだと思った。そこで、こんな手段を取ったことが知れたら自分が嫌われ者になることは判っていたが、已むを得ず密かに父親に頼んでリディアのブライトン行きに待ったを掛けてもらうことにした。エリザベスは父に向って、リディアには日頃から不謹慎な振舞が目立つこと、ミセズ・フォースターのようなひとと親しくしているとろくなことにはならないこと、そしてメリトンなどより遥かに誘惑の多いブライトンで、あのようなひとと一緒にいたらリディアはますます思慮をなくしかねないことを、はっきりと指摘した。父親は黙って娘の話に耳を傾けていたが、やがてこう云った――

「リディアはいずれどこか公の場で馬鹿をやらかして世間の物笑いにでもならないことには、どうせ治まりはせんのだろう。今度の場合、我が家には殆ど費用も迷惑も掛らないのだし、それでそうしてくれるのなら、むしろ得がたい機会なんじゃないかな。」

「でも、お父様」とエリザベスは云った、「もしリディアの不用意な、思慮のない振舞が世間の物笑いの種になって、そのために必ずや私達家族のみんながひどく不利な立場に立たされることが、いいえ、もう既に立たされていることがお判りになれば、お父様もきっとこのことを考え直して下さると思います。」

「なに、もう既に立たされている！」とベネット氏はエリザベスの言葉を繰返した。「何かね、お前の好《い》い人が既に何人もあの娘に恐れをなして逃出したとでも云うのかね？　そいつはどうも気の毒だったな、リジー！　しかし気を落すことはないさ。少しばかり調子の外れた妹がいるぐらいのことで逃出すような、肝っ魂の小さい若者なんか惜しくも何ともないからな。どれ、リディアの馬鹿な振舞がもとでお前から逃げて行った情ない連中の名簿を篤《とく》と拝見しようじゃないか。」

「お父様、それは誤解です。私は別にそんな口惜しい思いはしていません。私は特定の誰彼ではなくて、家族全体に迷惑が掛ることを憂えているんです。リディアのあの軽佻《けいちよう》浮薄《ふはく》で厚顔無恥で勝手気儘な性格は、このままだといずれきっと我が家の社会的信用を落し、体面を傷つけることになります。御免なさい――でもここははっきりと云わせて頂きます。ねえ、お父様、今お父様がリディアのあの跳ねっ返りを抑えて、士官達のあとを追掛け廻すことが人生の目的ではないことを教えて下さらないと、あの娘はやがて取返しのつかないことになります。このまま放っておけばあの娘の性格は変るきっかけを失い、十六歳ですっかり浮気娘になって、当人はもとより私達まで世の笑い物になりかねません。それも、若くて顔立がまあまあという以外には何の取柄もない、ただ男と遊び戯れるだけの最悪最低の浮気娘です。おまけに頭の中はまるで空っぽと来ているから、世間の眼にはまったくの無防備、それで恥も外聞もなく男に持てようと媚《こび》を売っていれば、いずれ世間の嘲笑を買うのは眼に見えています。その危険はキティーにだってあります。あの娘はリディアのあとばかり追掛けているし、しかも見栄っ張りの自惚屋で、そのくせ無智で怠惰で、自分を抑えようという気が一切ないんですから！　ねえ、お父様、このままだとあの二人は人前に出るたびに非難と軽蔑の眼で見られて、姉達はその不名誉の巻添えになるんです。それともお父様は、そんなことはあり得ないとお想いなんですの？」

ベネット氏は娘の胸がこの問題で一杯なことが判り、優しく手を取って答えた――

「まあ、まあ、リジー、そう心配することはないさ。なに、お前とジェインはどこへ出ても大丈夫、ちゃんと認められるし、尊敬もされる。不出来な妹が二人――いや三人だったな――いるからといって、お前達二人の長所が損われることにはならんだろうよ。もしリディアをブライトンへ行かせなかったら、もう煩くて、とてもロングボーンに平和な暮しは望めないだろう。だから行かせたらいい。フォースター大佐は物の分った男だし、あの娘が本当に危ないとなれば見す見す黙ってはおらんだろう。幸いあの娘は貧乏だから、金目当ての男どもからは安全だし、ここでいっぱしの浮気娘を気取っていても、なに、ブライトンへ行けば世間なみの浮気娘としても大して目立たんだろう。士官達はもっとましな娘達を狙うに決っている。だからね、リディアもブライトンへ行けば自分が取るに足らん娘であることを思い知っていい薬になるんじゃないかな。それを期待しよう。いずれにせよ、これから先も一段と眼に余るようなら、そのときは生涯家の中に閉じ込めておくまでのことだ。」

父親のこの返辞をエリザベスは甘んじて受容れたが、それでも自分の考えは変らなかったから、些か落胆し、残念な気持で父の許を離れた。しかし、くよくよ悩むことで悩み事を大きくするなどというのは、エリザベスの性分ではなかった。自分なりに義務は果したのだという思いがあったから、あとは自分の性分に逆らってまで、避けようのない不幸を気に病んだり、心に不安を抱くことで不幸を助長したりするようなことはなかった。

もしリディアと母親がこのときのエリザベスと父親の話の内容を知ったなら、二人はそれこそかんかんに腹を立て、その怒りは二人の多弁饒舌を合せても表現しきれぬほどのものであったろう。リディアの想像では、ブライトンに行きさえすればこの世の幸福はすべて味わえる筈であった。その眼は既に空想の翼に乗って、彼の地の華やかな海水浴場の、士官達が絶えず行交う通りを眺めていた。その通りを行く自分は、今はまだ見ぬ十人から二十人の士官達の注目の的であった。野営陣地の壮観な眺めもありありと見えた。何列ものテント張りの兵舎がうっとりするほど見事に整然と並び、そこには眩《まばゆ》いばかりの緋色の軍服を纏《まと》った若い陽気な軍人達が群がっている。そしてこの光景の仕上げに決って想い描くのは、と或る兵舎に招かれた自分が、いちどきに少くとも六人の士官達を相手に、甘い言葉を交して戯れている姿であった。

もしリディアが、かくも楽しい期待とその実現を姉が邪魔立てしていることを知ったなら、その怒りはさぞかし心頭に発したことであろう。その憤慨が理解出来るのは母親だけであったろう。母親も事の次第を知れば同じような気持を抱いたに違いない。夫にブライトンへ行く気の全然ないことが判って些か憂鬱になっていたベネット夫人にとって、せめてリディアだけでもブライトンへ行けることが気持の慰めだったからである。

しかし二人は、蔭でそんな話がなされていようとはまったく知らなかったから、リディアが家を離れるその日まで、殆ど引っ切りなしに喜びはしゃいでいた。

エリザベスがミスター・ウィッカムと顔を合せるのもいよいよ最後であった。エリザベスはケント州から戻ったあともウィッカムとはしばしば同席する機会があったので、既に心の動揺はかなり治まり、以前好意を持っていた頃の心のときめきは完全に消えていた。それどころか、最初は好感を持っていた人当りの柔らかさも、今ではそこに嫌味な気取りが見て取れ、その変り映えのなさには退屈すら覚え始めていた。それだけでなく、ウィッカムのエリザベスに対する最近の振舞にも、新たな不快感を覚えていた。と云うのも、ウィッカムは再会するとすぐに二人が知合ったばかりの頃の親密な近附きを蒸返したい様子であったが、エリザベスはその後いろいろと聞き知らされているだけに、親切にされてもただ腹立しいだけだったからである。自分はかくもいい加減な、浮ついた色事遊びの相手をさせられたのだと思うと、すっかり気持が白け、もはやウィッカムには何の興味も持てなかった。どうやらウィッカムはエリザベスのことを、どんな理由でいくら長いあいだ素《す》気《げ》ない態度をとっていても、また優しい言葉を掛けてやれば虚栄心と自惚からいずれきっと靡いて来る女だと思い込んでいるようであった。尤もこの点に関しては、エリザベスも相手にそう思い込ませた自分に非があったのだと感じない訳には行かなかったが、ただその思いは飽くまでも胸中に押止どめて表には出さなかった。

聯隊のメリトン駐屯もいよいよ今日が最後という日に、ウィッカムはほかの士官達と一緒にロングボーンへやって来て食事を共にした。エリザベスはことさらにウィッカムと機嫌よく別れようという気もなかったので、ウィッカムからハンズフォードではどんな風に過したのかと訊かれたとき、フィッツウィリアム大佐とミスター・ダーシーが折からロウジングズ邸へやって来て三週間ほど滞在して行ったことを話し、あなたは大佐を御存知かと訊ねた。

ウィッカムは瞬間驚きと不快と不安の表情を見せたが、すぐに落着きを取戻すともとの笑顔に戻り、大佐とは以前しばしば会ったことがあると答えた。それから、自分は大佐を立派な紳士だと思うが、あなたはどう思われたかと訊ねた。エリザベスの返辞は至って大佐に好意的なものであったが、ウィッカムはそれには賛成するでも反対するでもなく、エリザベスが口を噤むとすぐに続けて訊いた、「大佐はロウジングズ邸にどのぐらいいたんですって？」

「ほぼ三週間です。」

「それで頻繁に会われたんですか？」

「ええ、毎日のように。」

「大佐の態度や物云いは従弟とは大分違うでしょう。」

「ええ、大分違います。でも、ミスター・ダーシーもお附合いするうちに段段良くなって来たようです。」

「まさか！」とウィッカムは叫んだが、そのときの表情をエリザベスは見逃さなかった。

「なら、一つ伺いますけど」とウィッカムは続けて云い掛けたが、そこでふと口を噤むと、急に明るい口調になって附加えた、「良くなって来たというのは、物腰が良くなったとでも？　例の高飛車な物云いに加えて、多少は丁寧な物云いも出来るようになりましたか？と云うのも、僕にはどうしても」と、今度は声を潜め、真剣な口調になって続けた、「あの男の人柄そのものが変ったとは思えないものだから。」

「ええ、勿論ですとも！」とエリザベスは云った。「人柄そのものは、今でも以前と全然変っていないと思います。」

ウィッカムは、エリザベスの言葉をそのまま素直に喜んでいいのか、それともその言葉が意味するところを疑って掛った方がいいのか、判断がつきかねる様子であった。エリザベスが話を続けて次のように附加えたときは、エリザベスの顔附に何か気になるところがあったらしく、ひどく不安そうな面持になって耳を欹《そばだ》てた。

「お附合いするうちに段段良くなって来たというのは、何もあの方の心や態度物腰が良くなったという意味ではなくて、あの方のことを知れば知るほど、あの方の気質が段段理解出来るようになったという意味です。」

この言葉にウィッカムが内心狼狽したことは、このとき顔を紅潮させ、眼に動揺の色を見せたことからも明らかであった。それから暫くウィッカムは黙り込んでいたが、やがて困惑をふりはらうと、再びエリザベスに顔を向け、いやに優しい口調で云った――

「あなたは、ミスター・ダーシーに対する僕の気持はよく御存知だから、たとえ見せ掛けにせよあの男がまっとうな人間を装えるだけ賢明になったのなら、それを僕が心から喜ばぬ筈のないことは容易に分ってもらえますよね。あの男の自尊心も、そういう方向へ向うのなら、本人にとってはともかく、ほかの多くの者にとっては有益かも知れない。僕がひどい目に遭ったような怪しからぬ振舞が、本人の自尊心の手前、そう誰にでも彼にでも出来なくなる訳だから。ただ、一つだけ気になるのは、あなたのお話だと、どうやらあの男の振舞は大分神妙になったようだけれど、でももしかするとそれはあの男が叔母上を訪ねるときにだけ見せるものかも知れないということなんです。何しろあの男は叔母上の好意的な意見と判断が欲しくて戦戦兢兢《せんせんきようきよう》としているんですから。叔母上と一緒になると、いつも恐怖心が働いてえらく畏《かしこま》っていたことを、僕はよく知っています。それもこれも元はと云えば、あの男にミス・ド・バーグとの縁組を推し進めたい思いがあるからなんです。あの男の内心にそれが大いにあることは間違いないと僕は見ています。」

エリザベスはこの言葉に笑いを禁じ得なかったが、何も云わずに軽く首を傾《かし》げただけであった。ウィッカムはまたぞろ例の苦情話を持出してエリザベスの同情を惹きたそうであった。しかしそれが判っても、エリザベスの方にはもはやそんな愚痴にお附合いする気は全然なかった。そのあと帰るまでのあいだ、ウィッカムは見た目にはいつものように快活に振舞っていたが、もはやエリザベスを特別扱いしようとはしなかった。最後に二人は丁寧に挨拶を交して別れた。多分どちらももう二度と会いたくないというのが本音であったろう。

会がお開きになると、リディアはメリトンへ帰るミセズ・フォースターと連立って家を出た。二人は翌朝早くメリトンから出発することになっていたからである。リディアと家族との別れは何とも騒騒しいもので、あまり感傷とは縁がなかった。キティーだけが涙を流したが、それは口惜し涙であり、羨望の涙であった。ベネット夫人は娘の無事と幸運を祈ってのべつ何かしら喋っていたが、特に強調したのは、楽しめる機会は出来るだけ逃さないようにということであった。これは半ば命令口調で云われたのだが、リディアもこの忠告だけは、別に命令口調で云われなくても当然守るつもりであった。リディアはいよいよ最後の別れを告げる段になってもまだひとり逆上《のぼ》せて賑やかにはしゃいでいたから、姉達が口にしたより淑やかな別れの言葉も、すっかり騒音に消されてその耳には届かなかった。

第十九章〔第四十二章〕

もしエリザベスが自分の家族の姿だけを見て人生観を育《はぐく》んでいたなら、夫婦の幸せや家庭の慰めについてとても楽観的な考え方は出来なかったであろう。エリザベスの父は、若くて綺麗な顔立と、若くて綺麗な顔立には大抵つきものの見てくれの愛嬌に惹かれて結婚したのだが、相手が理解力も教養も乏しい、狭量な女であることが判ったときは後の祭で、妻に対する真の愛情は早早にすっかり冷めてしまったのである。尊敬や敬意や信頼の気持は永久に消え失せ、家庭の幸福に寄せていた想いは期待外れもいいところであった。世間には己れの愚行や悪徳ゆえに陥った不幸を慰めるためにさまざまな快楽に耽る人達が少くないが、ただベネット氏は気質的に己れの思慮のなさが招いた失望の慰めをその種の快楽に求めるような人ではなかった。むしろ書物好きの読書家で、田舎の暮しが好きだったから、専らこれらの趣味を主要な楽しみにしていた。妻のおかげで味わえる楽しみは、せいぜいその無智と愚かさを面白がらせてもらうことだけであった。これは一般に夫たる者が妻に求める種類の幸福からは大分懸け離れているが、ほかに楽しむ術《すべ》が得られないと判れば、己れに与えられたものを最大限に活用するのが、真に悟りの域に達した者の取る道なのである。

　そうは云っても、エリザベスは父の振舞が夫としてあるまじきものであることに、決して盲目な訳ではなかった。父のそのような振舞を見るといつも胸が痛んだ。ただ父の優れた能力に対する尊敬と、父が自分を優しく特別扱いしてくれることに対する感謝の念から、本来なら見逃し得ぬことも努めて忘れるようにしていたのである。父が夫婦間の義務と礼節を始終踏躙《ふみにじ》って、子供達の眼の前で妻を曝し者にするのは随分ひどいことに思われたが、それも敢えて考えないようにしていた。それにしても、不釣合いな結婚から生れた子供達にはどうしても不利益が伴うことを今ほど沁じみと実感したことはなかったし、折角の才能も向けるべき方向を誤ると不幸に繋がることも今ほど痛切に感じたことはなかった。父の才能は正しい方向に向けられていれば、妻の心を豊かにすることは無理だとしても、せめて娘達の品位だけはここまで落さずに済んだかも知れないのだ。

　エリザベスは、聯隊が出発してしまっても、ウィッカムがいなくなったことを喜んだだけで、ほかに満足すべきことは殆どなかった。他家の集いに顔を出しても、以前ほど多彩な顔触れには出会わなくなり、自宅にいても、母親とキティーが周囲の何もかもが退屈だとしょっちゅう愚痴をこぼして家族の気分を暗くしているので、気が滅入るだけであった。それにリディアのことも気懸りであった。キティーの方は、リディアと士官達がいなくなって心神惑乱の大本が取除かれたので、いずれ多少の分別は取戻すかも知れないが、リディアの方は、その気質を思うとさらに悪しき事態が危惧されてならず、海浜の行楽地と野営の兵舎という二重の危険に曝されては、持前の愚かさと厚かましさがいよいよもってふてぶてしいものになりそうであった。そんな訳で、聯隊の出発に際してエリザベスが悟ったのは、以前にも何度か経験したことだが、頻りに何かを期待して待望んでも、いざそれが実現してみると、概して期待したほどの満足は得られないものだということであった。従って、実際の幸福に与ろうと思えば、めげずに他日を選んでその日を幸福実現のための開始日と定めるしかなかった。つまり、何か別の目標に自分の願いと望みを託して、再び実現を期待する喜びを楽しみ味わうことによって、さしあたっては目下の自分を慰めつつ、さらなる失望に備える訳だ。目下のエリザベスにとって一番の幸せは湖水地方への旅に思いを馳《は》せることであった。それは、母親とキティーの不満たらたらにいい加減うんざりしているエリザベスには一番の慰めでもあった。この計画で一つ残念なのはジェインが加わらないことで、もし加わっていたら、それこそ完璧な計画になっていたであろう。

「でも物足りないところがあるというのは」とエリザベスは思った、「むしろ幸運なことなのかも知れない。計画の段階ですべてが完璧だったら、結果には必ず失望が伴うだろう。でも今度の旅行では、お姉様が加わらなかったという一つの心残りが絶えず附きまとう訳だから、却って楽しい期待の方はすべて実現するのではないかしら。何から何まで楽しいだけの計画がすべてそのとおりに実現することなど、まずあり得ない話だし、あらかじめちょっとした癪の種があるからこそ、おかげで全体としては失望しなくて済むことになる訳だ。」

リディアは出掛けるとき、母親とキティーに、手紙はまめに出すからね、いろんなことをたっぷり書いて、と約束したが、手紙はまめどころか稀にしか来ず、長く待たせる割にはひどく短いものばかりであった。母親宛の手紙には、私達はたったいま図書館から戻って来たところです、図書館へはこれこれの士官達が附添ってくれました、図書館ではそれは美しい飾物を見てすっかり感激しました、とか、そうかと思うと、今度新しいガウンを買いました、新しいパラソルも買いました、これらについてはもっと詳しく書きたいのですが、いまミセズ・フォースターが呼んでいるので、大急ぎで切上げなくてはなりません、これからみんなで野営の兵舎を訪ねる予定です、とか、大体そんなことしか書いてなかった。——キティー宛の便りからは、知り得ることはさらに少かった——分量はいつも母親宛のものよりはやや長目であったが、下線を引いた単語がやたらに多く、そこはキティー以外の者には絶対に内緒としてあったからである。

リディアがいなくなって二、三週間が過ぎた頃から、健康と上機嫌と快活の気がロングボーンにも甦り始めた。すべてにそれまでよりも浮きうきした気配が感じられて来た。冬をロンドンで過していた家族も次つぎと戻って来て、華やかな夏の装いが目立つようになり、本格的な夏の社交が始まった。ベネット夫人は依然として不平は止まなかったが一応の落着きは取戻し、まあ平素の段階にまで戻ったと云ってよかった。キティーも六月の半ばまでには大分元気を取戻して、メリトンの町へも涙を見せずに入れるようになった。エリザベスの見るところ、これは明るい希望の持てる兆しで、仮にも陸軍省が無慈悲な意地の悪い計画を立てて、別の聯隊をメリトンに駐屯させるならともかく、それさえなければ、キティーも次のクリスマスまでにはかなりの分別を取戻して、士官のことを口にするのもせいぜい日に一度ぐらいで納まるのではないかと思われた。

エリザベス達が北国への旅行に出発を予定している日が今や日に日に近づきつつあった。ところがあと二週間で出発というときに、ガードナー夫人から便りがあって、出発が延期になり、旅の日程も縮小されたことを知らせて来た。ガードナー氏が仕事の都合で出発を予定より二週間先に延ばさざるを得ず、従って出発は七月に入ってからになり、しかも一箇月以内にまたロンドンに戻らなくてはならないのだと云う。そんな訳でどうしても旅行期間が短くなるので、当初の計画どおり遠くまで足を伸ばして多くを見物することは出来ないし、仮に出来ても、自分達が当てにしていたようなゆっくりと時間を掛けた快適な見物はとても無理で、駆足の忙《せわ》しない旅になるのが落ちだから、今回は湖水地方は諦めて、もっと切詰めた日程に替えざるを得ない。それで今度の計画では、ダービーシアより北へは行かないことにした。ダービーシアには観光地が多いから、自分達の全日程三週間のうち大部分はその州で過すことになるだろうと云う。ガードナー夫人にとってダービーシアは特別な思いのある州であった。と云うのも、夫人は以前その州の或る町に何年か住んでいたことがあるからで、今回はその町に数日間滞在することになっていた。多分夫人にしてみれば、マトロック温泉地やチャッツワース屋敷、或はダヴデイル渓谷やピーク丘陵地帯などの有名な景勝地に劣らず、好奇心をそそって止まない町なのであろう。

エリザベスは最初ひどくがっかりした。湖水地方へは是非とも行ってみたいと思っていただけに、三週間あれば行けないことはないだろうにと思ったのである。しかし何事につけ、足るを知るのが我が務め、明るく行くのが我が気風と心得るエリザベスは、すぐに気を取直して万事それでよしという気持になった。

尤もダービーシアということになると、エリザベスにもいろいろな思いがない訳ではなく、どうしてもペムバリーとその当主のことを考えない訳には行かなかった。「でも大丈夫」とエリザベスは思った、「あの人の住む州に入ったからといって別に罰せられる訳ではないし、螢石《ほたるいし》を二つか三つ拾って来てもあの人に見咎められる気遣いはないだろう。」

今や期待して過せる期間が二倍になった訳で、叔父夫妻が到着するまでに四週間の間があった。しかしその四週間は一日一日確実に過ぎ去って、遂にガードナー夫妻が四人の子供達を連れてロングボーンにやって来た。子供は八歳と六歳になる女の子とそれより年下の男の子が二人で、旅行中はベネット家で預かり、特に従姉のジェインが面倒を見ることになっていた。ジェインは子供達みんなのお気に入りで、しかも堅実な良識と優しい気性の持主であったから、教えたり、一緒に遊んだり、可愛がったり、あらゆる点で子供達のお守役にはお誂え向きであった。

ガードナー夫妻はロングボーンには一晩泊っただけで、翌朝にはエリザベスを伴うと新たな別世界に行楽を求めて旅立った。この旅には確実な楽しみが一つあった。それは旅の仲間が気心の知れた似合いの三人だったことで——三人ともみな、道中の不便に耐え得るだけの体力と気質に恵まれ——楽しいことがあればそれを一段と楽しいものにする快活な性分の持主であり——旅先で失望するようなことがあっても自分達で楽しみを補い合おうとする聡明な思い遣りを持合せていたから、この似合いの道連れが楽しみにならない筈はなかった。

ところで、ダービーシアの描写や説明をしたり、そこに至る途中の名所旧蹟を紹介したりすることは、本作品の目的ではない――オックスフォード大学、ブレナム宮殿、ウォリック城、ケニルワース城、バーミンガムなどは紹介するまでもなく既によく知られている。このダービーシアのごく一部、ラムトンという小さな町が、目下の関心のすべてである。今でも当時の知合いが何人か健在なラムトンにガードナー夫人は昔住んでいたのである。エリザベス達は州内の主な名所をすべて廻ってからことを最近になって知ったらしい。エリザベス達は州内の主な名所をすべて廻ってからこの町へ向った。叔母の話だと、ラムトンから五マイル以内のところにペムバリーがあるらしかった。いま自分達が辿っている街道からは少し逸れるが、それでも一マイルか二マイル以上は離れていないと云う。前の晩、翌日の行程について話し合っていたとき、ガードナー夫人がもう一度あのお屋敷が見てみたいと云い出した。ガードナー氏も是非行ってみたいと云う。夫人はエリザベスにも同意を求めた。

「ねえ、あなたもあのお屋敷についてはいろいろな話を聞いていることだし、一度見てみたいと思わない？」と叔母は云った。「それに、あなたの知合いの多くと関わりの深いお屋敷なんだし。ウィッカムも少年時代はずっとあそこで過したのよね。」

エリザベスは苦境に立たされた。ペムバリーには何の用もないと思っていたので、特に見たくもないふりをしなければならなかった。そこでやむなく、お屋敷見物にはいい加減飽きてしまった、あんまり沢山見たので、立派な絨毯も繻子のカーテンも些か食傷気味だと答えた。

ガードナー夫人は、なに馬鹿なことを云っているの、と云って、こう続けた、「何も贅沢な家具調度を備えた立派なお屋敷というだけなら、私だってことさら見たいとは思わないけど、あそこは庭園が素晴しいのよ。州でも随一と云われる見事な森があるの。」

エリザベスはそれ以上何も云わなかった——が、内心では同意する気になれなかった。すぐに思ったのは、屋敷を見物しているあいだに、ミスター・ダーシーに出会わないとも限らないことであった。もしそんなことになったら、恥しくてとても居た堪れないだろう！　エリザベスはそう思っただけで顔の赧らむのを覚え、敢えてそんな危険を冒すくらいなら、いっそ叔母に率直に打明けてしまう方がいいようにも思われた。しかしいざとなると、やっぱり云い出しにくかったので、結局は、取敢えずペムバリーの一家が目下留守かどうかを宿の誰かに内緒で訪ねてみて、帰宅中だと判ったら、そのとき最後の切札として叔母に打明けることにした。

そこで夜寝る前に、エリザベスは部屋係の女中に、ペムバリーはとても立派なお屋敷なんですってね、御当主は何というお方なの、と云って話し掛け、それから少からず不安な気持で、御家族は夏を過すためにもう戻られているのかしら、と訊ねてみた。最後の質問には、いいえ、まだです、と何とも嬉しい返辞が返って来た——現金なもので、ひとたび不安が取除かれて気持に余裕が出来ると、何だか自分も是非その屋敷が見てみたいような気がして来た。それで次の朝その話題が蒸返されて、再び同意を求められたときは、巧みにさりげない風を装って、その計画も悪くはないと思うと、即座に応じることが出来た。そこで、一行はいよいよペムバリーへ行くことになった。

——第二巻了——

第三巻

第一章〔第四十三章〕

馬車が進むにつれて、エリザベスはペムバリーの森が見えて来るのを軽い胸騒ぎを覚えながら待構えていたが、やがて門衛小屋の脇を通っていよいよ敷地内に入ったときは、昂奮に胸をときめかせていた。

庭園《パーク》は実に宏大で、地形もさまざまな変化に富んでいた。馬車は敷地の最も低まった所から入り、左右に拡がる美しい森が延延と続く中を暫く走って行った。

エリザベスは胸が一杯で何も話せなかったが、眺めの素晴しい場所に差掛るたびに逐一眼を留めて感嘆を惜しまなかった。馬車は半マイルほど緩やかな坂道を登っていたが、やがて森を抜けた所でかなり高い丘の上に出た。すると次の瞬間、不意にペムバリー・ハウスが視界に現れた。館はあいだに谷を挟んで正面に位置し、その谷に向って一行の辿って来た道がかなりの急角度で曲りくねって続いていた。館は大きな美しい石造りの建物で、丘の麓の小高い台地に安定した姿で立ち、背後には樹木に覆われた高い丘の連なりが見える——一方、手前の谷には小川が流れ、もともとかなり水量のある流れが館の前あたりでぐっと川幅を拡げているが、そのために人工的に見えるところはまったくなかった。川の両岸は形式に囚われてもいなければ、なくもがなの装飾が施されてもいなかった。エリザベスはすっかり嬉しくなった。これほど自然が威力を発揮している屋敷、と云うか、これほど自然の美が下手な趣味によって損われていない屋敷は見たことがなかったのだ。三人とも惜しみなく感嘆と賞讃の言葉を口にした。そのときエリザベスはふと、ペムバリーの女主人になるのは悪くないかも知れない、という気がした。

馬車は丘を下り、橋を渡って、館の玄関口を目指して進んだ。エリザベスは段段間近に迫る建物の姿を眺めているうちに、やっぱりこの家の当主と顔を合せるのではないかと、またしても心配になって来た。もし宿の女中が思い違いをしていたらと思うと不安になった。玄関先でお屋敷を拝見したいのだがと申し出ると、皆は玄関広間に通された。女中頭を待っているあいだ、エリザベスは自分が今こうしてここにいることが何だか不思議でならなかった。

女中頭がやって来た。気品のある年輩の婦人だが、想っていたよりもずっと地味な身なりで、応対も想っていた以上に鄭重であった。このひとのあとに随いて皆はまず正餐の間に入った。広い、均斉のとれた部屋で、見事な家具調度の類が備え附けてあった。エリザベスはそれらをひととおり眺めると、窓際へ行って外の眺望を楽しんだ。今しがた下って来た丘は、頂の辺が森に覆われており、こうして遠くから眺めると一段と嶮《けわ》しく見えて、たいへん美しかった。地形の配置区分もすべて申分なかった。エリザベスは全景を、川の流れを、両岸に疎らに植った樹木を、谷の曲りくねって行く先を、眼路《めじ》の果てまで辿り、堪能した。別の部屋へ移るにつれて、これらの景色を眺める角度は変ったが、どの窓からも美しい風景が見られることに変りはなかった。部屋はどれも天井が高く、きちんと整っており、家具調度も当主の財力に応じた立派なものばかりであったが、ただそこには派手に飾り立てたところや徒らにこれ見よがしなところが一切見られず、当主のこの趣味のよさにはエリザベスも感心しない訳には行かなかった。ロウジングズ邸の家具調度ほど豪華な感じはないが、それを上廻る真の気品があった。

「私には」とエリザベスは思った、「このお屋敷の女主人になれる可能性があった訳ね！　これらの部屋にも今頃は馴れ親しんでいたかも知れないのだわ！　こんな風に見物人として眺めるのではなく、自分のものとして楽しみ、叔父様と叔母様をお客様として歓迎していたかも知れないのだ。――でも、無理ね」――とここで気を取直して――「そんなことはまずあり得ない話だわ。そのときは叔父様も叔母様も私とは縁が切れているだろうし、そもそも商人である叔父夫妻を招くなんてどうせ御法度《ごはっと》でしょうから。」

ここで気を取直したのは幸いであった――おかげで何やら後悔めいた気持に陥らずに済んだ。

エリザベスは当主が本当に留守かどうかを女中頭に訊いてみたかったが、その勇気はなかった。しかしややあってから叔父がそのことを訊ねた。エリザベスは不安になり慌てて顔を背けたが、女中頭のレノルズ夫人は留守だと答えたあと、「でも明日、大勢のお友達を連れてお戻りになる筈です」と附加えた。エリザベスは自分達の旅が何らかの都合で一日遅れにならなかったことを心から喜んだ。

そのとき叔母がエリザベスに声を掛けて、ちょっとこの絵を見て、と云った。エリザベスが近づいて、見ると、それは炉棚の上に掛ったミスター・ウィッカムの小さな肖像画で、そこにはほかにも同じような肖像画が数枚掛っていた。叔母は頰笑みながら、どう思って、と訊ねた。すると女中頭が進み出て、その絵の若紳士は先代当主の執事の息子で、先代が自ら費用を出して養育なさったのだと説明した。――「今は軍隊に入っていますが」と女中頭は附加えた、「生活が大分乱れておいでの御様子です。」

ガードナー夫人は姪を見て頰笑んだが、エリザベスは頰笑み返す気になれなかった。

「そしてあれが」と、レノルズ夫人はもう一つの肖像画を指さしながら云った、「今の御当主です――御本人そっくりに描けています。こちらの絵と同じ頃に描かれたもので――八年ぐらい前になりますかしらね。」

「今の御当主が容姿の美しいお方だということは私もよく耳にしております」と、ガードナー夫人はその絵を見ながら云った。「ほんとに美しいお顔立ですこと。でも、リジー、あなたにはこの絵が御本人に似ているかどうかお判りよね。」

レノルズ夫人は、エリザベスが当家の主人と知合いらしいことが判ると、どうやらエリザベスに一目置いたようであった。

「そちらのお嬢様はミスター・ダーシーを御存知でいらっしゃいますか？」

エリザベスは顔を赧らめて、云った――「はい、少しだけ。」

「どうですか？　ミスター・ダーシーはとても美男子でいらっしゃいましょう？」

「ええ、とても美男子です。」

「少くとも私は、これほど美しい顔立の殿方をほかには存じません。でも二階の画廊へいらっしゃれば、これよりももっと素敵で大きな肖像画が御覧になれます。この部屋は亡き先代のお気に入りでしてね、それでこれらの肖像画もまったく当時のままにしてあるのです。これらの絵はどれも先代がたいそう好んでおられたものですから。」

この説明でエリザベスは、なぜミスター・ウィッカムの肖像画がこの部屋にほかの絵と一緒に飾られているのかが判った。

レノルズ夫人はそれからミス・ダーシーの肖像画に皆の注意を向けた。ミス・ダーシーがまだ八歳のときに描かれたものだと云う。

「ミス・ダーシーも兄上に引けを取らないぐらい美しいですか？」とガードナー氏が云った。

「ええ、それはもう！――あんなにお美しくて、しかもあれほどの才藝を身に附けたお嬢様はまたと見られません！――まる一日中ピアノを弾いては歌っておいでです。隣の間に届いたばかりの新しい楽器が置いてありますが――御当主からお嬢様への贈物です。お嬢様も明日御一緒にお戻りになります。」

ガードナー氏は持前の気さくな愛想のよい態度でいろいろと質問をしたり感想を述べたりして、話好きらしいレノルズ夫人に水を向けた。夫人は、主人自慢からか主人思いからか、いかにも楽しげな様子で自分の主人とその妹のことを話題にした。

「御主人は一年を通じてペムバリーにおいでのことが多いんですか？」

「なかなか私どもの願いどおりには参りませんで。でも年の半分ぐらいはこちらでお過しになられますかしらね。ミス・ダーシーは夏になると決ってこちらにおいでですけれど。」

「但し」とエリザベスは思った、「ラムズゲイトへ行くときを除いてね。」

「御主人も結婚なされば、こちらにおられることが多くなるでしょう。」

「確かに。でもいつのことになりますやら。うちの御主人に相応《ふさわ》しい女性がそうはいるとも思えませんので。」

ガードナー夫妻は思わず頬笑んだ。エリザベスはこう云わずにはいられなかった、「あなたのようなかたからそんな風に思われているなんて、御主人にとっては大変な名誉ですわね。」

「私は本当のことを申し上げているだけでして、御主人を知っておいでの方ならどなたでも仰有ることです」とレノルズ夫人は答えた。エリザベスは褒め方が少し大袈裟ではないかと思ったが、夫人が次のように云い添えたときは、些か驚きを募らせながら耳を欹《そばだ》てた。

「私は御主人が四歳のときから存じ上げておりますけれど、御主人から不機嫌な気難しい物云いをされたことはこれまで唯の一度もございません。」

これはまた何とも驚くべき賞讃、エリザベスの見方とはまったく正反対な賞讃であった。ミスター・ダーシーはとにかく気難しい男だというのがエリザベスの揺るがぬ考えだったからである。エリザベスはひどく興味をそそられ、もっと夫人の話を聞いてみたかった。すると有難いことに叔父がこう云った――

「そこまで褒めてもらえる人は滅多にいないものです。そのような御主人を持たれてあなたは幸せですね。」

「はい、自分でもそう思っております。仮に世界中を廻っても、これ以上の方にはまず出会えないでしょう。でも私はいつも見ていて思うのですが、幼くして気立てのよい人というのは、大人になっても気立てのよさは変らないものですね。御主人は、それはもう常に誰よりも御気性の優しい、思い遣りの心をお持ちの坊ちゃまでした。」

エリザベスは危うく相手の顔をまじまじと見詰めるところであった。——「まさか、あのミスター・ダーシーがそんな人だなんて！」

「お父上はたいそう立派な方でしたわね」とガードナー夫人が云った。

「はい、本当に立派な方でいらっしゃいました。御子息も必ずや先代のようにおなりのことでしょう——貧しい者達に親切なところなども。」

エリザベスは聞くほどに耳を疑い、訝《いぶか》しみ、もっと話の先が聞きたかった。レノルズ夫人がほかのことを話題にしても、そちらには何の興味も覚えなかった。夫人は絵の人物や、部屋の広さや、家具の値段などを話題にしていたが、エリザベスは殆ど聞いていなかった。ガードナー氏は、レノルズ夫人が自分の主人を大袈裟に褒めるのは一種の主家贔屓《しゅかびいき》からだろうと、それがひどく面白かったので、すぐにまた話題をその方に導いた。夫人は皆と一緒に中央の大階段を上りながら、またもや主人の美点長所についていろいろと倦まず力説した。

「御主人は、地主としても、一家の主《あるじ》としても、またとない優れたお方でいらっしゃいます」と夫人は云った。「昨今の、自分のことしか考えない、我儘な若い方達とはまるで違っておいでです。小作人でも召使でも、御主人をよく云わない者は一人もおりません。人によっては高慢だと云う方もいないことはありませんが、私の眼には唯の一度もそんな風に見えたことはありません。不肖私が想いますに、御主人はほかの若い方達と違って、どうでもいいことをやたらにぺらぺらと喋るお方ではありませんから、ただそれだけで高慢に見えることもあるのかも知れません。」

「だとすると、あの人は大変な好人物ということになる訳ね！」とエリザベスは思った。

「今の結構なお話は」と、叔母が皆と歩きながらエリザベスに囁いた、「我等が気の毒な友に対するあの方の振舞と、どうもすんなり結びつかないわね。」

「ウィッカムのことはもしかして私達の思い違いかも知れなくてよ。」

「それはないと思うわ。何しろ善良な当の御本人が話の出所なんだから。」

皆は二階の広びろとしたロビーに辿り着き、そこからたいそう綺麗な居間に案内された。何でも最近模様替えがなされたばかりらしく、階下のどの部屋よりも優雅で軽やかな家具調度が入っていた。ミス・ダーシーが前回ペムバリーに来たとき、この部屋がひどく気に入ったので、ミスター・ダーシーは妹を喜ばせようと、ただそれだけのために改装したのだと云う。

「本当に妹思いのお兄様でいらっしゃいますのね」と、エリザベスは窓の一つに歩み寄りながら云った。

レノルズ夫人は、ミス・ダーシーがこの部屋に入るときの嬉しそうな顔が眼に見えるようだと云ってから、さらにこう附加えた、「御主人はいつもこんな風になさるんです。

――お妹様がお喜びになることなら何でも、決ってすぐになさいます。ほんと、お妹様のためなら、どんなことでもなさらないことはありません。」

このほかに見せてもらえるのは、画廊と二、三の主要な寝室だけであった。画廊には立派な絵が沢山掛っていたが、エリザベスは絵には皆目不案内なので、既に廊下で見たような絵は敬遠して、ミス・ダーシーが描いたという何枚かのクレヨン画を喜んで拝見することにした。こちらの方がほぼどれも画題が面白く、それにずっと分り易かった。

画廊にはダーシー家一族の肖像画も数多く並んでいたが、見ず知らずの他人の眼を引留めるほどのものは少かった。エリザベスは自分が知っている唯一の顔を探して歩いて行った。ついにその顔が眼に止った——立止ってよく見ると、その顔はミスター・ダーシー本人に驚くほどよく似ており、エリザベスがときどき自分に向けられるのを見た覚えがある頬笑みを浮べていた。エリザベスはその場に数分間立尽して真剣に見入っていたが、皆が画廊を立去る前にもう一度その絵の前に行ってみた。レノルズ夫人の説明によると、その肖像画は先代がまだ存命中に描かれたものだということであった。

その瞬間、エリザベスはその肖像画の人物に対して何やら優しい感情が胸に込上げて来るのを覚えた。それは二人が最も頻繁に顔を合せていた頃でさえそこまでは覚えたことのない感情であった。レノルズ夫人による賞讃の言葉は決して取るに足らない性質のものではなかった。聡明な召使による賞讃ほど貴重な賞讃があるだろうか？　考えてみれば、兄として、地主として、一家の当主として、この人は実に多くの人達の幸福を左右する立場にあるのだ！――自分の力で人に喜びを与え、苦しみをもたらすことがいくらでも可能なのだ！――本人の意嚮《いこう》一つで善でも悪でも存分になし得るのだ！――でも女中頭の話を聞く限り、この人は好ましい兄であり、立派な地主であり、頼もしい一家の当主であることは確かだ。そんなことを考えながら画布の前に立っていると、描かれた人物の眼が凝《じ》っとこちらを視詰めていた。エリザベスはその視線が一度は愛の告白とともに自分に向けられたことに、今初めて深い感謝の気持を覚えた。そのとき自分に見せた熱い胸の裡を思い出すと、その際の不適切な物の云い方は恕《ゆる》してもいいような気がした。

館内の一般に公開されている所を全部見おえたので、皆は階段を下りて一階の玄関広間に戻った。そこで女中頭にお礼の心附を渡して別れを告げると、あとは玄関の出口で待っていた庭師が庭園の案内を引継いだ。

皆と芝生を横切って川の方へ向いながら、エリザベスは振返ってもう一度建物を眺めた。叔父と叔母も釣られて立止った。エリザベスがこの建物はいつの時代に建てられたものだろうかと考えていると、館の当主その人が、建物の裏手の廐《うまや》へ続いている道から突然姿を現してこちらへやって来るのが見えた。

二人のあいだは二十ヤードも離れておらず、それに、ミスター・ダーシーの出現があまりにも不意だったので、エリザベスはどこへも身を隠すことが出来なかった。すぐに二人の眼が合い、見る見るうちに二人の頬が真赧になった。ミスター・ダーシーは驚きのあまり大きく眼を見開き、一瞬その場に立竦《たちすく》んだようであったが、すぐに気を取直すと、皆の方へ近づいて来て、すっかり落着きを取戻したとは云えないまでも、ともかくそつのない鄭重な言葉でエリザベスに話し掛けた。

エリザベスは本能的に向きを変えてその場から逃出そうとしかけていたが、相手が近づいて来たのでやむなく足を止め、戸惑いを抑え切れぬまま挨拶を受けた。叔父夫妻は、この人の顔を見るのは初めてだし、その顔がたったいま見て来た絵の人物に似ているからといって、それだけではいま自分達の眼の前にいる人物がミスター・ダーシーかどうかはっきりとは判らなかったかも知れないが、庭師が主人の顔を見て驚いている表情を眼にして、すぐにそれと判ったに違いない。二人はミスター・ダーシーが自分達の姪に話し掛けているのを少し離れた所に立って見ていたが、当の姪は驚きのあまり気が動顛《どうてん》していて、眼を上げて相手の顔をまともに見ることも出来ず、相手が鄭重に家族の安否を訊ねてくれてもしどろもどろの返辞しか出来なかった。エリザベスは相手の態度が一別以来すっかり変ったことに驚き、相手が何か云うたびにますます戸惑いを覚えていたが、それにしても、自分がここへ来たことがばれてしまったばつの悪さを思うと、我が振舞のはしたなさが頭から離れず、二人が一緒にいたこの数分間ほど本気で穴があったら入りたい気持になったことはなかった。ミスター・ダーシーの方も大分気不味《きまず》そうな様子で、話すときの口調にもいつもの落着きがなく、いつロングボーンを発ったのかとか、いつまでダービーシアにいるのかとか、同じ質問ばかりしていた。それもせっかちに何度も繰返すので、どうやらこちらも思いが乱れていることは明らかであった。

ミスター・ダーシーは、ほかに何を話したものか到頭判らず仕舞だったようで、暫く何も云わずにそのまま立っていたが、やがて急に気を取直すと、一礼してその場を立去った。

叔父と叔母はエリザベスと一緒になると、ミスター・ダーシーの容姿風采の立派なことをひとしきり褒めていたが、エリザベスは自分だけの物思いにすっかり心を奪われていたので、二人の話は一言も聞いておらず、ただ黙ってあとから跟《つ》いて行った。エリザベスの気持としては、とにかく恥しくて、腹立しくてならなかった。自分がここへ来たのは世にまたとない不運であり、何とも思慮のないことであった！　あの人の眼にはさぞかし妙に見えたに違いない！　自惚の強いあの人のことだ、何て見っともない真似をする女だと思わなかったとも限らない！　さてはわざと再び自分の前に姿を現したなと思われてしまったかも知れないのだ！　ああ！　何だって自分は来てしまったのだろう？　また何だってあの人は予定よりも一日早く帰って来たりしたのだろう？　ほんのもう十分こちらの動きが早かったら、自分達はあの人の眼の届かない所まで来ていた筈だ。だってあの人がちょうどあのとき着いたばかりなことは、ちょうどあのとき馬か馬車から降りたばかりなことは明らかだもの。エリザベスはつくづく間の悪い出会い方をしてしまったことを思って何度も顔を赧らめた。それにしてもあの人の態度のあの著しい変りよう――あれは一体どういうことなのかしら？　大体あの人の方から話し掛けて来ること自体が驚きなのに——しかもあんなに鄭重な物腰で、家族の安否まで訊ねてくれたなんて！　こんな予想外の出会いだったというのに、これまでの尊大な態度がまったく見られなかったし、話しぶりも今までとは打って変ってとても優しかった。この前ロウジングズ・パークでこちらの手に手紙を押しつけて寄越したときの物云いと何という違いだろう！　エリザベスはこれをどう考え、どう説明したものか、皆目見当がつかなかった。

皆はいま川沿いの美しい遊歩道に入っていた。一歩下るごとにますます見事な傾斜面の景観が開け、前方に拡がる森も近づくにつれて一段と美しく眺められた。だがエリザベスがそれらを意識して眺めたのは遊歩道に入って暫く経ってからであった。叔父と叔母が繰返す感嘆の言葉には機械的に相槌を打つだけで、二人が指さす物の方へもどうやら眼だけは向けていたが、その実その景色のどこもはっきりとは見ていなかった。エリザベスの思いはペムバリー・ハウスの一箇所に、それがどこであるにせよ、ミスター・ダーシーが今いる場所に、すべて向けられていた。今この瞬間にミスター・ダーシーの心をどんな思いが過《よぎ》っているか、エリザベスはそれが知りたかった。あの人は私のことをどんな風に思っているのだろうか？　いろいろなことがあったけれど、それでもまだ私のことを愛《いと》しく思ってくれているのかしら？　多分あんな鄭重な応対が出来たのは、もう諦めがついて気持が楽になったからなのだろう。でもあの声は、どう見ても気持が楽になった人の声ではなかった。あの人は私と再会して苦痛と喜びのどちらをより多く覚えたかそれは判らないけれど、でも私の顔を見て冷静でなかったことだけは確かだ。

しかし到頭、叔父夫妻がエリザベスの何やら上の空な様子を見兼ねてどうかしたのかと云ったので、エリザベスははっと我に返り、いけない、もっと平素の自分らしく見せなければ、と思った。

一行はやがて森に入り、暫し川に別れを告げて、何箇所か上り坂になった所を登って行った。ところどころ樹立が途切れて見晴しの利く所に出ると、そこからは谷間とその向うに連なる丘陵のうっとりするような眺めが遠望出来た。丘の多くはずっと遠くまで豊かな森に蔽われており、ときには手前に流れの一部が覗くこともあった。ガードナー氏が、出来ればパーク全体を一周したいところだが、歩きではとても無理だろうね、と云った。一周となると優に十マイルはありますからな、と庭師は誇らしげに笑った。それでその話はなかったことになり、一同は一般観光用に定められた順路を辿ることにして、先へ進んだ。やがて急勾配の斜面を蔽っている森に入り、暫く坂径を下って行って、再び川岸に出た。そこは川幅が最も狭くなった所で、鄙《ひな》びた橋が架っていた。皆はあたりの風景にしっくりと納まったその橋を渡ったが、そのあたりは皆がそれまで見て来たどこよりも人工的な飾り気のない場所であった。谷はここで急に狭くなってちょっとした峡谷の趣を呈しており、もはや川沿いに遊歩道はなく、流れを縁取る雑木林の中に小径が一本続いているだけであった。エリザベスはその曲りくねった小径を先まで行ってみたかったが、先ほど橋を渡ったとき、館から大分遠くまで来ていることが判り、長時間歩くのが苦手なガードナー夫人が、もうこれ以上は無理、出来るだけ早く馬車に戻りたいと云い出したので、姪としては従わない訳に行かず、そこで皆は再度橋を渡り、一番の近道を選んで館の方へ戻り始めた。だが皆の歩みはのろかった。それと云うのも、ガードナー氏が、日頃釣三昧に耽る暇こそ滅多になかったもののもともと釣が大好きだったので、ときおり水中に鱒の姿を見かけるとすぐに立止って暫し眺め、庭師を相手に鱒の話を始めてなかなか先へ進まなかったからである。こんな風にのろのろと歩いていると、何とミスター・ダーシーが向うから、それもさほど遠くない所を、こちらへ向ってやって来る姿が見えたので、皆はまたしても吃驚《びっくり》した。エリザベスの驚きたるや最初のときとまったく同じであった。遊歩道もこのあたりは対岸ほど眼隠しになる樹木が多くなかったので、面と向わないうちから向うの姿がよく見えた。エリザベスは、驚きはしたものの、先ほどとは違って少くとも顔を合せるだけの覚悟は出来ていたから、もし先方が本当にこちらと会うつもりなら、そのときは冷静な表情と物云いで応対しようと決心した。尤も暫くは、多分どこかで別の径に逸れるのだろうという気もしていた。その思いは、遊歩道が曲り道になって先方の姿が視界から消えているあいだずっと続いていたが、やがて曲り道を過ぎると、すぐ眼の前にミスター・ダーシーが立っていた。エリザベスは一目見ただけで、相手が先ほど見せた鄭重な態度をなおも保っているのが判ったので、双方が一緒になると、こちらも相手の丁寧な物腰に合せてペムバリー屋敷の美しさを賞讃し始めた。だが「素晴しい」とか「魅力的な」とかいう言葉を発したところでその先を云い淀《よど》んでいると、不意にこれまでの不幸な経緯《いきさつ》が想い起され、自分がペムバリーを褒めたりすれば痛くもない肚《はら》を探られるのではないかという想いに捉えられた。エリザベスは思わず顔を赧らめて、そのまま口を噤《つぐ》んでしまった。

ガードナー夫人がエリザベスの背後に少し離れて立っていた。それでエリザベスが口を噤むと、ミスター・ダーシーは、もしよろしければお連れの方達に自分を紹介して頂けないだろうかと云った。これはまたいやに鄭重な、まったく予想外の言葉であった。でもこの人がいま近附きを求めているのは、自分に求婚したとき、その誇りと自尊心からとても附合いかねると云っていたまさにその種の人達なのだけれど、と思うと、エリザベスは思わず笑いが込上げて来るのを抑え切れなかった。「この人達が誰だか判ったら、この人はさぞかし吃驚仰天するのでは！」とエリザベスは思った。「今のところはどうやらこの人達のことを上流人士と勘違いしているようだけれど。」

それでも紹介はすぐになされた。エリザベスは二人の連れと自分との関係を述べながら、そっと相手の表情を盗み見て、相手が自分の言葉にどう耐えているか確めようとした。そこには、相手がこんな賤《いや》しい連中との附合いは御免だと思って、一刻も早く立去るのではないかという想いもなくはなかった。しかしミスター・ダーシーは、二人が親戚であることを知って確かに驚きの色は見せたが、決して心を動揺させることなくそれを受止め、その場から立去るどころか、皆と一緒に引返して、ガードナー氏と話さえ始めた。エリザベスは嬉しく思わずにはいられなかった。何やら我が意を得たような気持にすらなった。自分の身内にも顔を赧らめる必要のない人達がいることをミスター・ダーシーに知ってもらえると思うと、心が慰められたのだ。エリザベスは二人のやりとりを逐一注意深く聴いていたが、叔父が口にすることのすべてに、その言葉の端ばしに、持前の頭の良さと趣味の良さと礼儀正しさの感じられることが誇らしかった。

やがて話題が釣のことになると、ミスター・ダーシーが至って鄭重に叔父を釣に招待し、当地に御滞在中はいつでもどうぞ、釣道具は一式御用意しますから、と云い、流れのどの辺が普段最も釣れそうな場所かを教えているのが聞えた。エリザベスと腕を組んで歩いていたガードナー夫人は、思わず驚いた表情でエリザベスの顔を見た。エリザベスは何も云わなかったが、内心ひどく御満悦であった。この愛想のよさはすべて自分のために違いなかったからである。尤もそうは思いつつも、やはりひどく驚いていたことは確かで、心の中では絶えず自問自答を繰返していた、「この人は何でこんなに変ったのかしら？　何が原因なのだろう？　この私のせいで、この私のために、この人の態度がこうも優しくなったとはとても思えない。私がハンズフォードで非難したからこんな風に変ったとも思えない。ひょっとしてこの人はまだ私を愛しているのかしら？　まさか、そんなことはあり得ない。」

暫くはこんな風に、女二人が前を、男二人がうしろを歩いていたが、何やら珍しい水草に眼が止って近くでもっとよく見ようと水際まで下りて行ったあと、またもとの遊歩道へ戻った際に、たまたま或ることがきっかけで一緒に歩く相手が入替った。朝から大分歩いて疲れていたガードナー夫人が、エリザベスの腕の支えでは頼りなくなって、夫の腕の方がいいと云い出したのである。そこでミスター・ダーシーがガードナー夫人と入替り、エリザベスと並んで歩くことになった。短い沈黙のあと、エリザベスが先に口を開いた。エリザベスとしては、ミスター・ダーシーが間違いなく留守だと確めてからお屋敷見物に来たことを何としても知ってもらいたかったので、ミスター・ダーシーの帰宅はまったくの予想外だったことを真先に話して、それからこう云い添えた――「だって女中頭のかたもあなたは明日までお帰りにならないとはっきり仰有いましたし、それに実を云うと、ベイクウェルでも宿を出る前に、あなたがすぐには帰郷なさらない筈だと聞いていたのです。」ミスター・ダーシーはすべてそのとおりであることを認め、ただ執事に用事があったので自分だけ旅仲間の一行よりも一足先に帰って来たのだと云って、こう続けた――「皆も明日の朝にはここに着く予定ですが、その中にはあなたに会えばきっと喜ぶ人も何人かいます――ミスター・ビングリーやその妹さん達です。」

エリザベスは軽く頭を下げただけで何も云わなかったが、ミスター・ビングリーの名前が二人のあいだで最後に口にされたときのことがすぐさま脳裡に浮んだ。もしこのときエリザベスに相手の顔色を読む気があったら、ミスター・ダーシーの思いもさほど違っていなかったことが察せられたろう。

「実は一行の中にもう一人」とミスター・ダーシーはややあってから続けた、「是非あなたと知合いになりたいと思っている者がいるんです――妹ですけど、あなたがラムトンにおられるあいだに紹介させてもらえませんか――こんなお願いは虫がよすぎますか？」

これはまた何とも驚くべき願いであった。あまりの驚きに、どう云って同意の気持を表せばいいのか判らないほどであった。咄嗟に感じたのは、ミス・ダーシーが何を望んで自分と知合いになりたがっているにせよ、これは兄の計らいに違いないということであった。エリザベスとしては、それ以上のことはともかく、それが感じられただけで満足であった。この人はあのときひどく腹を立てていたけれど、そのことを深く根に持ってはいなかったのだ。エリザベスはそれが判って嬉しかった。

そのあと二人は黙ったまま、それぞれの思いに耽りながら歩きつづけた。エリザベスは決して心から不安が消えた訳ではなく、それは致し方のないことだったが、ただひどく気を好くしていたことは確かである。妹を紹介したいと云う以上、それは自分に対するまたとない敬意と見てよかったからである。二人はやがてほかの二人よりも歩く速度を速め、馬車に辿り着いたときには、ガードナー夫妻を優に二百ヤードは引離していた。

そこでミスター・ダーシーはちょっと家に入って一休みしてはどうかと勧めた――しかしエリザベスが別に疲れてはいないからと云って遠慮したので、二人は一緒にそのまま芝生に立っていた。こんなときは、その気になればいろいろと話が出来そうなだけに、黙っているのはひどく気詰りであった。エリザベスは何か話したかったが、何を話題にしても差障りがありそうに思われた。やっと自分が旅行中であることを思い出して、そのことに触れると、ミスター・ダーシーも話に乗って来て、二人はマトロックやダヴデイルのことをひとしきり根気よく話しつづけた。それでも時の経過と叔母の歩みはのろく――エリザベスの根気が尽きて話すことがなくなりかけても、叔母達はまだ大分向うにいて、なおも暫くは二人差向いの状態が続いた。ガードナー夫妻が無事に辿り着くと、ミスター・ダーシーは改めて皆に是非家に入って喉でも潤して行くようにと勧めた。しかしこの申出は辞退され、双方は互いに鄭重この上ない挨拶を交して別れを告げた。ミスター・ダーシーは自ら手を貸して女達を馬車に乗せ、馬車が走り出すと、エリザベスの視線が見送る中をゆっくりと館の方へ歩いて行った。

早速叔父と叔母によるミスター・ダーシーの品定めが始まった。二人とも、想っていたよりも遥かに立派な人物だと断言した。「立居振舞に申分はないし、礼儀正しいし、それに気取りがない」と叔父は云った。

「確かにちょっと気位高い感じがなきにしもあらずだけれど」と叔母が応じた、「でもそれは外見からそんな感じがするだけで、却ってあの人らしくていいのではないかしら。今の私には女中頭の云ったことがよく分るわ。人によってはお高く止っていると云うかも知れないけれど、私の眼には全然そんな風には見えなかったもの。」

「それにしてもあの男の我我に対する振舞は驚きだったな。あんなに驚いたのは初めてだ。あれは単なる礼儀じゃないね、至れり尽せりのもてなしだよ。何もあそこまで気を遣う必要はなかったと思うがね。エリザベスと知合いだと云っても、さほど親しい訳じゃないんだし。」

「ねえ、リジー」と叔母が云った、「確かにあの人はウィッカムほど美男子ではない――と云うと語弊があるかな――むしろ、ウィッカムのような表情の豊かさに欠ける、と云う方がいいかしらね――だってあの人はそれなりに申分なく整った目鼻立をしているもの。でも何であなたはあの人のことをそんなに感じの悪い人だなんて云うようになったの？」

エリザベスは出来るだけ当り障りのない言訳をして、ケントで会ったときはそれ以前よりも大分好感が持てたけれど、今日ほど愛想のよいミスター・ダーシーにお目に掛ったのは初めてだと云った。

「しかしもしかすると今日のあの男の鄭重な振舞はちょっとした気紛れだったのかも知れんな」と叔父が応じた。「お偉方というのはしばしば気紛れを起すからな。だからあの釣の話も真《ま》に受けないでおこう。一日で気が変って、明日は敷地内にも入れてくれないかも知れない。」

　エリザベスは二人ともミスター・ダーシーの性格を完全に見誤っていると思ったが、何も云わなかった。

「少くとも私達の見た感じでは」とガードナー夫人が話を続けた、「あの人、気の毒なウィッカムにしたようなひどい仕打を、誰にでも出来そうな人とはとても思えないわね。意地の悪そうな人にはまったく見えないもの。それどころか、話をするときなどは口許の辺がなかなか魅力的な感じよ。それに顔附にはどことなく威厳があって、心に邪念のある人とはとても思えない。それにしても、館の中を案内してくれたあの女中頭の褒め言葉ね、あれはいくら何でも大袈裟よね！　ときどき噴き出しそうになって困ったわ。でもきっと気前のいい御主人なんでしょう。主人たる者は気前さえよければ、召使の眼にはあらゆる美徳が具わっているように見えるから。」

　エリザベスはここでダーシーのウィッカムに対する振舞について多少とも疑いを晴しておく必要がありそうに思われたので、出来るだけ物云いに配慮しながら、自分がケントで聞いたダーシーの親戚筋の話から判断すると、ダーシーの行為はまったく違った風に解釈することが出来るし、二人の性格も、ハートフォードシアではダーシーが欠点だらけの人間で、ウィッカムが好ましい人間だと思われていたけれども、どうやら事実はそうでもないらしいことを話して、叔父夫妻に分ってもらおうとした。そしてそれが確かな話であることを裏づけるために、話の出所は云えないが信頼出来る筋からの情報だと云って、二人のあいだに金銭上の取引があったことも細大漏らさず話して聞かせた。

ガードナー夫人は驚き、その話が気になったようであったが、今や馬車が昔楽しく過した土地に近づきつつあり、見覚えのある光景が眼に飛込んで来たので、頭はたちまち懐しい思い出で一杯になった。そして附近の興味深そうな場所をここあそこと忙しく指さして夫に教えているうちに、どうやらほかのことはすべて脳裡から消え失せたようであった。夫人は昼間の散歩で大分疲れていたが、それでも食事が済むとすぐに昔の知合いを訪ねるために再び皆と外出し、その晩は何年ものあいだ会わなかった旧友との再会を心ゆくまで楽しんだ。

エリザベスはその日の出来事にすっかり心を奪われていたので、叔母から新たな友人達を紹介されても、あまりその方に心を向けている余裕はなかった。ミスター・ダーシーの態度がとにかく鄭重だったこと、そして何よりも、自分に妹を紹介したがっていること、これらはどう考えても驚きであり、今はそのことを考えるだけで頭が一杯であった。

第二章〔第四十四章〕

　エリザベスは、ミスター・ダーシーが妹を連れて訪ねて来るのは明後日《あさって》だろう、妹のペムバリー到着が明日だから当然そうなるだろうと決込んでいた。それで明後日の昼間はずっと宿を離れずにいるつもりであった。しかしその思い込みはどうやら誤算であった。自分達がラムトンの宿に着いた翌日に、つまりミス・ダーシーがペムバリーに着いたその日のうちに二人は早速やって来たからである。その日エリザベス達は新たに知合った友人達のうちの何人かと町を散策したあと、その人達との食事に備えて着替えをするために一旦宿に戻った。そのとき馬車の音が聞えたので、皆が窓辺へ寄ってみると、紳士と淑女を乗せた一台のカリクル馬車*が通りをやって来るのが見えた。エリザベスはすぐに馭者の仕着せを見分けて馬車の二人が誰かを察し、名誉ある賓客《ひんきゃく》の御光来を告げて叔父夫妻を少からず驚かせた。叔父と叔母はただもう唖然としていたが、唖然としながらも、現にダーシー兄妹が訪ねて来たことと、エリザベスの妙にそわそわした落着かない物云いと、前日のいろいろな出来事を思い合せて、どうもここには何かありそうだという気がし始めた。今まではついぞ思ってもみなかったが、こういう身分の人からこういう心遣いが示されるのは、先方に自分達の姪に対する特別な好意があるからだと想う以外に説明がつかないと思われたのだ。叔父夫妻がこの新たに生じた考えに思いを廻らせているあいだにも、エリザベスは刻一刻と心の動揺を募らせていた。そして自分が不安を覚えていることに自分でもひどく驚いていた。不安の種はいろいろとあったが、中でも一番恐れていたのは、ミスター・ダーシーが好意からとはいえ妹に自分のことを良く云い過ぎているのではないかということであった。その場合ミス・ダーシーの期待が高くなり過ぎて、こちらがいくら相手を喜ばせようと心を砕いても、力及ばずの無様な結果になることが当然予想されるだけに、それが不安だったのである。

エリザベスは見られることを恐れて窓から離れ、室内を往ったり来たりして気持を鎮め

ようとしたが、叔父と叔母の物問いたげな驚きの表情を目にして気持はますます落着かなかった。

ミス・ダーシーと兄が現れて、恐るべき初対面の挨拶が取交された。しかし驚いたことに、エリザベスの見るところ、ミス・ダーシーの方も少くとも自分に劣らず戸惑っている様子であった。エリザベスは、ラムトンに来てから、ミス・ダーシーはひどく高慢なひとだと聞かされていたが、ほんの数分観察しただけで、ひどく内気で羞《はにか》み屋なだけであることがはっきりと判った。エリザベスが話し掛けても、ええ、とか、いいえ、とか答えるだけで、まともな言葉を引出すのはなかなか難しかった。ミス・ダーシーは背が高く、エリザベスよりも大柄であった。十六になったばかりだが、身体つきはもう大人で、容姿にも女らしい淑やかさが見られた。目鼻立の美しさでは兄に一歩を譲ったが、その顔には思慮深さと人柄の明るさが感じられ、態度もおっとりとしていてまったく気取りがなかった。エリザベスは、妹もさぞや兄に似て、臆せずに鋭く人を観察する方なのだろうと思っていただけに、まるで違う心の持主であることが判って大分気持が楽になった。

皆が同席してほどなく、ダーシーはエリザベスにビングリーももうじき挨拶にやって来る筈だと云った。エリザベスは喜びの気持を表明し、まさかの客の訪問に心づもりを整えようとしたが、そのどちらも満足に出来ないうちに、階段を昇って来る軽快な跫音《あしおと》が聞え、次の瞬間には当のビングリーが部屋に入って来た。エリザベスのビングリーに対する怒りはとうの昔に消えていた。仮に多少残っていたとしても、この再会の際に相手が見せた飾らない誠意を前にしては、その残りもすっかり消え失せたことであろう。ビングリーは親しみの籠った口調で特に誰と名指しはせずに家族全員の安否を訊ねてくれたが、その陽気で気さくな表情と物云いは以前と少しも変っていなかった。

エリザベスはもとよりガードナー夫妻にとってもビングリーは気になる人物であった。夫妻は予《かね》てからこの人に一度会ってみたいと思っていたのである。それで今こうして一同を眼の前にして、夫妻の興味は弥《いや》が上にも掻立てられた。特にミスター・ダーシーと姪とのあいだには何かありそうだという気がし始めていただけに、夫妻は二人から眼を離さず、それと気づかれぬように用心しながらも細心の注意を怠らなかった。その観察

の結果、夫妻がすぐに確信して疑わなかったのは、少くともミスター・ダーシーの方には自分の恋心に対する自覚があるようだということであった。エリザベスの気持に関しては多少まだよく判らないところがあったが、ダーシーがエリザベスにすっかり参っていることだけは明らかであった。

エリザベスの方も何かと気忙《きぜわ》しかった。一方で客人それぞれの気持をはっきり確めたいと思いながら、もう一方でとにかく自分の気を鎮めて、皆によい印象を与えたいとも思っていたからである。よい印象を与える方は、力不足でしくじるのではないかと恐れていたのだが、案に相違してかなり上手く行ったように思われた。それもその筈で、エリザベスが喜んでもらおうとした人達は初めからエリザベスに好意的で、ビングリーは自ら進んで、ジョージアナは何としても、そしてダーシーは意を決して、エリザベスの気遣いに喜んで応じるつもりだったからである。

ビングリーの顔を見て、エリザベスは当然のことながらすぐに姉のことを思ったが、ビングリーもまた自分の顔を見て少しでも姉のことを思ってくれたかどうか、是非ともそこのところが知りたかった。エリザベスはときどきビングリーが以前ほど喋らなくなったような気がした。そして一度か二度、こちらの顔を見ている眼が姉に似たところを探そうとしているように思えて嬉しかった。尤もそれは気のせいだったかも知れず、仮にそうだったとしても、ビングリーのミス・ダーシーに対する態度に関しては、そこに思い違いの余地はあり得なかった。ミス・ダーシーはジェインの恋敵ということになっているが、そのミス・ダーシーとビングリーのどちらの顔にも相手に特別な関心を示すような表情はまったく見られず、二人のあいだにはミス・ビングリーの期待を尤もとするようなことは何一つなかったからである。そんな訳で、この点に関してはひとまず安心であった。そればかりか、別れるまでに二、三ちょっとしたやりとりがあったが、エリザベスの希望的な解釈によると、どうやらビングリーは今も変らずジェインに愛しい思いを抱いているようであり、出来ればジェインの名前が口に出せそうなことをもっと話したがっているようであった。ほかの四人が何やら話をしている隙に、ビングリーはいかにも後悔しているような口調でエリザベスに云った、「最後にお会いしてから、ほんと随分久しぶりですね。」それから、エリザベスの返辞を待たずに附加えた、「八箇月以上になる。去年の十一月二十六日でしたからね、ネザーフィールドでみんなで踊ったのは。あれ以来ずっとお会いしていなかった。」

エリザベスはビングリーが舞踏会のことをそこまで正確に憶えていたのが嬉しかった。ビングリーはそのあとも、皆の注意がほかに向いている機会を捉えて、御姉妹は皆さん全員ロングボーンにおいでかと訊ねた。この質問自体には、その前の言葉同様大した意味はなかったが、そのときの表情と態度がそれらの言葉に意味を与えたのである。

エリザベスはミスター・ダーシーの方にはなかなか眼が向けられなかった。それでもまたまにちらりと眼をやると、そのたびにおおむね愛想のいい表情が眼に入り、その話しぶりにも、尊大な口調や話相手を見下すような物云いは一切聞かれなかったので、昨日目にした態度の豹変ぶりは、仮に一時的なものに過ぎないとしても、少くともまる一日は続いていることを認めない訳には行かなかった。これが二、三箇月前だったら関わりを持つこと自体が恥辱だったに違いない人達に、こうして近附きを求め、よく思われようとしているのである。エリザベスに対してだけでなく、かつては公然と見下していたその親戚の者にまで、こうして鄭重に振舞っているのだ。エリザベスは今その様子を目のあたりにしながら、ハンズフォード牧師館でのあの激しいやりとりを思い出して、その違い、その変りようのあまりの大きさにいたく心を打たれ、驚きが顔に出そうになるのを容易には抑え切れなかった。ネザーフィールドで親しい友人達に囲まれていたときも、ロウジングズで高貴な身内と一緒だったときも、ミスター・ダーシーがこれほど人に愛想よくしようとしている姿をエリザベスは唯の一度も見たことはなかったし、尊大な態度や頑なに取澄した様子のまるで見られないミスター・ダーシーを見るのもこれが初めてであった。しかもその努力が成功したところで何らいいことがあろうとも思えず、むしろ今こうして気を遣っている人達と近附きになったりすれば、せいぜいネザーフィールドとロウジングズの婦人達から嘲笑と非難を買うだけのことだろうと思われるだけに、エリザベスはなおさら驚かずにはいられなかった。

客は三十分以上腰を下ろしていたが、そろそろ失礼しなくてはと立上がったとき、ミスター・ダーシーが妹に声を掛けて、ガードナー夫妻とミス・ベネットに、当地を離れる前に是非一度ペムバリーで食事をして頂きたいから、お前からもお招きするように、と云った。ミス・ダーシーは客を招待することにあまり慣れていないと見えて、臆した様子であったが、それでもすぐに兄の言葉に従った。ガードナー夫人は姪の顔を見た。この招待の一番のお目当てであるエリザベスに受けたい気があるのかどうか確めたかったからだが、当のエリザベスは顔を背けて叔母の視線を躱《かわ》してしまった。だが叔母は姪がこうしてわざとこちらの視線を避けたのは、招待を嫌がっているというよりも、むしろ咄嗟のことで戸惑っているのであろうと思い、そこで夫に眼をやると、根が社交好きの夫は大喜びで受けたい様子なので、思い切って出席を約束した。では明後日にと日取りも決められた。

ビングリーはエリザベスにもう一度会えるとあってたいそう喜び、まだお話したいことが沢山あるし、ハートフォードシアのお友達のこともいろいろお訊きしたいし、と云った。エリザベスは、要するにこれは自分の口から姉のことが聞きたいということなのだろうと解釈して、嬉しく思った。そのおかげで、ほかにも二、三理由はあったが、皆が帰ったあとになって、そのときはさほど楽しくもなかったこの三十分がまあまあ満足の出来るものに思われて来た。エリザベスは叔父と叔母からいろいろ訊かれたりそれとなく何か云われたりすることを恐れて早く一人になりたかったので、二人の好意的なビングリー評を聞くあいだだけ一緒にいて、そのあとすぐに席を立って着替えに行った。

しかしエリザベスがガードナー夫妻の好奇心を恐れる必要はなかった。夫妻は姪に強いて口を割らせたいとは思っていなかったからである。自分達がこれまで思っていた以上にエリザベスとミスター・ダーシーが親しい知合いであることは明らかであり、ミスター・ダーシーがエリザベスにぞっこん参っていることも明らかであった。興味をそそられることは多多あったが、問い質さねばならぬことは別になかった。

今やガードナー夫妻にとっては、ミスター・ダーシーがいい人だと思えることが切実な問題であった。これまで接した限りでは、何の欠点も認められず、その礼儀正しい応対ぶりにはつくづく感心しない訳には行かなかった。だが他の評価を一切無視して、自分達の感じと召使の言葉だけからその人柄を好意的に評価しても、本人を知っているハートフォードシアの人達はまず本気にしないだろう。しかし今はあの女中頭の云うことを信じておく方が有利であった。主人を四歳のときから知っていて、その態度から当人も立派な人物だと判る召使の言葉の重みは、そう軽がるしく無視出来ない筈だ——夫妻はすぐそのことに気がついた。そう云えば、ラムトンの友人達と話をしたときも、女中頭の言葉を大いに疑って掛らねばならぬようなことは誰も口にしていなかった。せいぜいミスター・ダーシーは気位が高そうだという非難が聞かれただけであった。あの人のことだからおそらく気位は高いだろうが、仮にそうでないとしても、ダーシー家の人達は小さな市場町の住民とは誰とも交際がないのだから、町の人達がそう思うのも無理はないだろう。しかしミスター・ダーシーが気前のいい人で、貧しい人達のために善かれといろいろ尽していることは、誰もが認めていた。

ウィッカムについては、当地であまりよく思われていないことがすぐに判った。当人とその恩人の息子とのあいだに何があったのか、誰にも肝腎なところはよく分っていなかったが、ウィッカムがダービーシアを去ったとき、あとに多額の借金が残されていて、それをミスター・ダーシーが返済したという事実だけは、誰もが知っていたからである。

エリザベスはと云うと、その夜は昨夜以上にペムバリーのことが頭から離れなかった。夜が更けて行くのは長く思われたが、あの大邸宅に住む一人の人物に対する自分の気持を決めるには決して長くはなかった。エリザベスはまる二時間床の中でまんじりともせずに、自分の気持をはっきりさせようとした。今はもう確かにミスター・ダーシーを憎んではいなかった。そう、憎しみは大分前に消えており、憎しみが消えてからは、そもそもミスター・ダーシーに反感と呼んでいい気持を抱いたことに内心忸怩《じくじ》たるものを感じていた。あの人が優れた資質の持主であることが判って芽生えた尊敬の念も、最初は不本意な気持で認めていただけであったが、いつの頃からかその種の反撥心はなくなっていた。そして昨日、あの人のために大いに弁じて、その愛すべき人柄に光を当ててくれた女中頭の証言を得て、今やその尊敬の念は何やら親しみの籠った敬愛の念に高まっていた。しかしミスター・ダーシーに好意を寄せ始めたエリザベスの胸には、何にも増して、尊敬や敬愛の念にも増して、見逃すことの出来ない動機が潜んでいた。それは感謝の念であった――かつて自分を愛してくれただけでなく、申込を拒んだときのあの棘とげしい、不貞腐れた態度も、その際に口走った不当な非難もすべて水に流して、今もなお真剣に自分を愛してくれていることへの感謝の念であった。あの人は自分を最も忌わしい敵と見なして避けることだろうとエリザベスは思い込んでいたのだが、こうして偶然に再会してみると、どうやらひどく熱心にこれからも交際を続けたがっているようで、それも、二人だけになったときに不躾な愛情表現をしたり、妙な態度を見せたりするのではなく、頻りにこちらの身内の好意を得ようと努め、是が非でも妹にまで会わせようとしたのである。あれほど気位の高い人がこれほどの変りようを見せたことに、エリザベスは驚きだけでなく感謝の気持も抱かずにはいられなかった――なぜなら、そこには愛が、熱烈な愛があるとしか思えなかったからである。その感じは、まだはっきりとどうこう云えるものではなかったが、それなりに決して不愉快なものではないのだから、歓迎して然るべきものであった。エリザベスはミスター・ダーシーに尊敬と敬愛と感謝の気持を抱き、その人の人生の幸せについて本気で思いを廻らせた。そしてその幸せが自分の存在によって左右されることを自分はどこまで望んでいるのか、こちらの出方によって再びあの人に求婚させることが――自分にはまだその力がありそうな気がするが――どこまで二人の幸せに繋がるのか、エリザベスはただそこのところが知りたかった。

その夜、叔母と姪は寝る前に話し合って、訪問の日取りを一日早めることに決めていた。ミス・ダーシーはペムバリーに着いたその日に、それも晩《おそ》い朝食に辛うじて間に合う時刻に着いたのに、間を措かずに訪ねてくれたのである。相手がこれほど鄭重な心遣いを見せてくれたのだから、こちらも及ばずながら相手に倣って礼を尽すべきではないか。それなら明後日といわず早速明日の午前中にペムバリーへ答礼訪問するに越したことはないだろう、ということになり、そうすることにしたのである。――エリザベスは嬉しかった。尤も、なぜ嬉しいのだろうと思っても、その理由は自分でもよく分らなかった。

ガードナー氏は朝食が済むと間もなく一足先に出掛けて行った。前日に釣の計画が再度話題に上り、その際にはっきりと約束が交されて、今日の正午までにペムバリーで何人かの紳士達と落合うことになっていたのである。

＊　ギグ馬車に似た二頭立て小型幌附二輪馬車。

第三章〔第四十五章〕

エリザベスは今ではもう、ミス・ビングリーが自分を毛嫌いするのは嫉妬心のせいだと確信していたので、自分がペムバリーへ顔を出すことをあのひとは決して歓迎してはいない筈だと思わずにはいられなかった。そこで先方がどのような顔を見せて旧交を温めようとするか、是非とも確めてみたかった。

邸《やしき》に着くと、叔母と姪の二人は玄関広間を通り抜けて大広間に案内された。北向きの、夏を快適に過すための部屋で、窓はすべて庭に面していた。館の裏手の樹木に覆われた高い丘が正面に見え、丘と館のあいだの芝生だけの庭には美しい樫と栗の樹がそこここに点在していて、窓からの眺めがとても清すがしかった。

この部屋で二人はミス・ダーシーに迎えられた。部屋にはほかにミセズ・ハーストとミス・ビングリー、それにロンドンでミス・ダーシーの家に住込んで世話係をしている婦人が坐っていた。ジョージアナ・ダーシーは至極鄭重に二人を迎えてくれたが、そこには何やら戸惑った様子も見受けられた。戸惑いは本人の内気な性格と失態を恐れる気持から生じたものだが、相手の方に身分違いに対する劣等感があれば、その戸惑いが却って気位の高さとよそよそしさの表れに見えることは容易にありそうであった。しかしガードナー夫人とエリザベスはミス・ダーシーを正しく見ていたから、むしろいじらしい感じがした。ミセズ・ハーストとミス・ビングリーは二人の姿を見て立上がったが、無言のまま軽く膝を曲げて会釈をしただけであった。皆が腰を下ろすと、こういう場合によくある気不味い沈黙がちょっとのあいだ続いた。その沈黙を破って最初に口を開いたのはアンズリー夫人であった。見るからに上品な、感じのよい婦人で、その場の空気を察したらしく、談話のきっかけを作ろうとしたようであった。このような気遣いが出来るということは、このひとがビングリー姉妹のどちらよりも本物の育ちの良さを身に附けている証拠であった。この夫人の話にガードナー夫人が応じ、ときおりエリザベスが口を挿む形で、会話が続けられた。ミス・ダーシーは自分も何とか勇気を出して会話に加われたらと思っていたようで、ときどき誰にも聞かれる危険のないときに、何やら短い言葉を思い切って口にすることがあった。

エリザベスはすぐに、ミス・ビングリーが自分を凝っと視ていて、自分が何か云うたびに、とりわけミス・ダーシーに何か云うたびに、聞耳を立てているのに気がついた。エリザベスとしては、ミス・ビングリーに見られているぐらいのことで、ミス・ダーシーに話し掛けることを躊うつもりはなかったが、ただいかんせん二人の席が離れていたので、実際には話し掛けにくかった。尤もおかげで無理してまで話す必要がなく、それは却って有難かった。思いは自分のことで一杯だったからである。エリザベスは紳士達の何人かが部屋に入って来るのを今か今かと心待ちにし、その中には当家の主人も含まれていることを願いもし、恐れてもいた。願う気持と恐れる気持のどちらが本心か、それは自分でもよく判らなかった。皆はこんな風にして十五分ほど坐っていたが、そのとき、それまで終始無言だったミス・ビングリーが、いきなりエリザベスに向って冷やかな口調で家族の安否を訊ねた。エリザベスははっとしたが、すぐに相手の口調に合せて素っ気ない返辞をした。すると相手はそれ以上何も云わず、また黙り込んでしまった。

暫くすると、召使達が冷肉やケイキや色とりどりの新鮮な旬の果物を持って入って来たが、これはエリザベス達の訪問がなければ生じなかった第二の変化であった。尤もこれは、アンズリー夫人がミス・ダーシーに何度も意味ありげに目配せしたり頰笑み掛けたりして、女主人としての立場を思い出させた結果であった。おかげでやっと一座の者がみんなでやれることが出来た。みんなで話をすることは出来なかったが、食べることなら出来たからである。食卓の上には葡萄やネクタリンや桃がそれぞれ山のように盛られていたから、皆はすぐにそのまわりに集まった。

こうして皆が一斉に口を動かしていると、そこへミスター・ダーシーが入って来た。これはエリザベスにとって、その人の出現を願う気持と恐れる気持のどちらが本心かを決める絶好の機会であった。そのときの自分の気持で決められると思ったのだ。ところが、その姿を見た瞬間こそ、嬉しさが込上げて来て、願う気持が本心だったのだと思い込んだものの、次の瞬間には、来てくれない方がよかったような気がし始めた。

　ミスター・ダーシーは、ガードナー氏が邸に滞在中の二、三の紳士と川に釣糸を垂らすのを暫く眺めていたが、ガードナー氏の話から夫人とエリザベスが今日の午《ひる》まえにジョージアナを訪ねて来ることを知って、すぐさま自分だけ戻って来たのである。ミスター・ダーシーが姿を現すとすぐに、エリザベスは賢明にも、ここは一つ平然と落着いて、戸惑いを見せないようにしようと決心した——その場の情況からこの決心は是が非でも必要であったが、どうやら守りとおすのは至難の業であった。それと云うのも、二人を何だか変だと思う気持が一同に芽生えていて、部屋に入って来たミスター・ダーシーの動作振舞から

全員が眼を離さずにいるのが判ったからである。ミス・ビングリーがほかの誰よりも強い好奇心に捉えられていることはその表情から明らかであったが、それでもその好奇心の対象の一人であるミスター・ダーシーに話し掛けるときは笑顔を絶やさなかった。嫉妬はしていてもまだ自棄《やけ》を起すところまでは行っておらず、相手の気を惹こうという気持もまだ決して消えてはいなかったのである。ミス・ダーシーは、兄が入って来ると、努めてもっと話そうとした。エリザベスには、ミスター・ダーシーが、妹と自分が近附きになることを望んでいて、どちらかが何か話そうとするたびに、出来るだけ助け舟を出して会話を促そうとしているのが判った。このことはミス・ビングリーもすっかり見て取っていて、つい怒りに駆られて慎みを忘れ、口を挿む機会を捉えると開口一番、鄭重な物云いに嘲りを込めてこう云った――

「ねえ、ミス・エライザ、――州の義勇軍はメリトンから移動になったのではなくて？お宅の皆様にとっては大きな痛手ですわね。」

ミス・ビングリーはダーシーの手前ウィッカムの名前こそ出さなかったが、エリザベスには相手がウィッカムのことを真先に考えているのがすぐに判った。おかげでウィッカムとのいろいろな思い出が脳裡を過《よぎ》り、エリザベスは瞬間苦痛を覚えたが、務めて気を取直すと、こんな底意地の悪い攻撃は撥《は》ね返してやれという気になり、かなり無頓着な調子ですぐさまその質問に答えた。答えながらふと眼をやると、ダーシーは顔を真赧にして真剣な眼附で自分を見ており、妹の方はすっかり狼狽して眼も上げられずにいた。ミス・ビングリーは自分がいま大切な友であるジョージアナをひどく苦しめていようとは思ってもいなかった。もし苦しめることが判っていたら、そんな仄めかしは決して口にしなかったであろうが、御当人は、エリザベスが好意を寄せていた筈の男のことを暗に仄めかしさえすれば、エリザベスは動揺して感情をさらけ出すだろうから、ダーシーはそれを見てエリザベスに対する評価を下げるだろうし、多分その妹達が聯隊の士官達を相手に非常識な馬鹿げた振舞に及んでいたことも思い出すだろうと、それしか考えていなかった。ミス・ダーシーがウィッカムと駈落《かけおち》を企てたことなどミス・ビングリーは何も知らなかったのである。それはエリザベス以外の誰にも知らされず、可能な限り秘密にされていた。ダーシーはとりわけビングリーの身内の者には是が非でも隠しておきたい様子であったが、それはいずれジョージアナとビングリーが結婚して両家が親戚になることをダーシー自身が望んでいるからだろうと、エリザベスは大分前から思っていた。あの人は確かにそのような計画を立てていて、それでビングリーをジェインから引離そうとしたのだと、エリザベスもそこまで云うつもりはなかったが、そのために友の幸福を思う気持に多少の拍車が掛ったことはありそうに思えた。

ともあれ、エリザベスの冷静な態度のおかげで、すぐにダーシーの気持は治まった。ミス・ビングリーは当てが外れて癪だったが、敢えてそれ以上はウィッカムのことに触れようとしなかったので、やがてジョージアナも、再び口が利けるところまでは無理だったが、ともかく気を取直した。ジョージアナは兄の眼を見るのが怖かったが、兄の方はこのとき妹とウィッカムとのことは殆ど思い出していなかったようで、どうやらその思いは、エリザベスから遠ざけようとするミス・ビングリーの目論見のおかげで、却っていっそうエリザベスの方に、それも愉快な気持で向いていたようであった。

エリザベスと叔母はこのやりとりのあと程なくして暇《いとま》を告げた。ミスター・ダーシーが二人を馬車まで見送りに行っているあいだ、ミス・ビングリーはエリザベスの容姿や態度や服装に批判的な言辞を弄してさかんに憂さを晴していた。しかしジョージアナはその言葉に同調しようとしなかった。兄が褒めているひとだというだけで、ジョージアナのエリザベスに対する好意は揺るがなかったからである。兄の判断に間違いのあろう筈はないし、その兄が口を極めて魅力的で感じのいいひとだと云うからには、ジョージアナの眼にもエリザベスはそれ以外のひとではあり得なかった。ダーシーが大広間に戻って来ると、ミス・ビングリーはそれまでジョージアナに向って云っていたことの一部をもう一度繰返さなくては気が済まなかった。

「ねえ、ミスター・ダーシー、今日のエライザ・ベネットは随分と顔色がよくなかったわね」とミス・ビングリーは声を揚げて云った。「冬以来あんなに面変《おもがわ》りのしたひとに会ったのは初めてだわ。真黒に日焼けした上に肌もがさがさになって！　すぐにはあのひとだと判らなかったってルイーザとも話していましたの。」

ミスター・ダーシーとしてはこんな話を聞かされるのは面白くなかったが、それでもぐっと気持を抑えて、自分の見たところでは多少日に焼けたぐらいでほかには何も変ったところはなかった——夏に旅行をすれば少しぐらい日焼けするのは別に驚くほどのことではないと思うけれど、と冷静に応じた。

「私、正直に申し上げますけれど」とミス・ビングリーは負けずに云い返した、「あのひとのどこが美しいのかさっぱり判りません。顔は痩せぎすだし、顔肌には艶がないし、目鼻立ちも全然整っていないし。鼻だって特徴のない鼻で、特に鼻筋が際立っている訳でもない。歯並はまああだけれど、それだって特にどうと云うほどのものではないし、眼にしたって、ときどき綺麗だと云う人がいるようだけれど、私は特にいいと思ったことは一度もなくてよ。眼附が鋭くて意地が悪そうで、私はああいう眼附は大嫌いです。それにあの態度全体に見られる自信たっぷりな品のなさね、あれにはほんと堪らないわ。」

ダーシーがエリザベスに気があることはミス・ビングリーにもよく判っていたのであるから、これはどう見ても自分を売込む最良の方法とは云えなかった。だが腹を立てた人間は必ずしも賢くはないもので、到頭ダーシーが些か仏頂面を見せると、それを見たミス・ビングリーは我が意を得た気になった。しかしダーシーがいっかな口を開こうとしないので、何としても口を開かせたいミス・ビングリーは続けて云った——

「ハートフォードシアで初めてあのひとと知合いになったとき、あのひとが評判の美人だと聞かされて、私達全員が啞然としたことを私いまでも忘れないわ。とりわけよく憶えているのは、いつぞやネザーフィールドで晩餐会があったあと、あなたがこう仰有ったことね、『あれが美人かね！――あの母親は才女だ』って。でもそのあとは、あのひとあなたの眼には段段よく見えて来たようね。一頃はかなりの美人だと思っていらしたんでしょう。」

「そのとおりです」と、ダーシーはそれ以上自分が抑え切れなくなって答えた。「でもそんなことを云ったのは知合った最初の頃だけで、それ以後はもう何箇月ものあいだ、知合いの女性の中ではあのひとが一番の美人だと思っている。」

ダーシーはそう云いおいてさっさと行ってしまった。あとに残されたミス・ビングリーは無理やり相手に口を開かせた結果、自分以外の誰にも苦痛を与えない言葉が引出せて、さぞかし満足であったろう。

ガードナー夫人とエリザベスは帰りの馬車の中で訪問中の出来事をいろいろと話題にしたが、二人の一番の関心事にはどちらからも触れようとしなかった。会ったひと達それぞれの容姿や態度については意見を交したが、二人が最も注意を奪われていた人には触れようとせず、その人の妹や友人や邸宅や果物やその他諸もろのことを話題にしながら、その人のことだけは避けていた。だがその実、エリザベスはガードナー夫人がその人のことをどう思っているか是非とも知りたかったし、ガードナー夫人も姪が早くその話題に触れてくれることを心待ちにしていたのである。

第四章〔第四十六章〕

エリザベスはラムトンに到着した日、ジェインから手紙が来ていないのでいたく落胆したが、宿で迎えた次の朝もその次の朝もやはり手紙は届かず、落胆の朝が二日続いていた。だが三日目の朝になってやっとその嘆きも治まった。ジェインの手紙が二通同時に届き、ジェインが怠けていた訳でないことが判ったからである。一通には誤配された印が附いていた。ジェインがひどい走り書きで宛名を書いていたからで、これでは誤配されても仕方がないとエリザベスも別段驚かなかった。

手紙が届いたのは、ちょうど皆がこれから散歩に出掛けようとしているときであった。叔父と叔母は、姪に一人静かに手紙を読ませることにして、自分達だけで出掛けて行った。誤配された方が五日前の日附になっているので、エリザベスはまずこちらから読まなくてはと封を開いた。書出しから半分ぐらいまでは、ベネット家の人達がちょっとしたパーティーを開いたり他家を訪ねたりしたことが逐一書かれ、その間に田舎にありがちな出来事が幾つか添えてあったが、後半は日附が次の日になっていて、明らかに動揺した筆致でより重大なことが書いてあった。以下がその文面である――

「ここまで書いたところで、ああ、リジー、まさかと思われるような、とんでもないことが起りました。と云って、私達はみな元気ですから、その点は心配御無用です。――とんでもないことというのはリディアのことなの。昨夜の十二時、ちょうど皆が床に就いたときに、フォースター大佐から至急便が届いて、何とあの娘が士官の一人とスコットランドへ駈落した*と云うのです。しかもその相手の士官というのが、実はウィッカムなの！――私達がどれほど驚いたか御想像下さい。でもキティーにはまんざら予想外のことでもなかったらしいの。私はもう残念で残念でなりません。こんな軽弾みな縁組なんて、二人とも分別がなさすぎます！――でも私は最善を願って、あの人の良くない評判も世間の誤解によるものと思うつもりです。確かに思慮のない軽率な人だとは思うけれど、今度のことは良からぬ下心があってのこととは思えない（私達はそれをせめてもの喜びにしましょう）。リディアを選んだということは、少くともあの人に金目当ての動機はなかったということです。あの娘が父親から何も貰えないことは御当人にも判っている筈ですから。お母様は見るも哀れなぐらいすっかり悄気込《しょげこ》んでいます。お父様はぐっと怺《こら》えておいでです。あの人についていろいろ云われていることをお父様とお母様に話さないでおいて、ほんとによかったと思っています。私達も忘れなくてはね。二人が出奔《しゅっぽん》したのはどうやら土曜日の真夜中らしく、皆がそのことに気がついたのは昨日の朝の八時だそうです。その後すぐに至急便が出されたのです。ああ、リジー、あの人達はきっとここから十マイルも離れていない所を通って行ったのだわ。フォースター大佐はすぐにこちらへお見えになるとのことです。何でも大佐の夫人に宛てたリディアの短い書置が見つかって、そこに当人達の意図が記されているらしいの。お母様が可哀そうで、いつまでもそばを離れている訳に行かないので、ひとまずここで筆を擱《お》きます。こんな手紙ではあなたに分ってもらえないのではと心配です。自分でも何を書いたのかよく分らないぐらいですから。」

エリザベスはこの手紙を読みおえると、考える間も、自分の気持を確める間も惜しんで、すぐにもう一通を摑《つか》み、もどかしそうに封を開いて読み継いだ。それは最初の手紙を書きおえてから一日後に書かれたものであった――

「親愛なるリジー、昨日取急ぎ認《したた》めた手紙はもう既にお手許に届いたことと思います。この手紙は先便よりも分り易く書きたいと思っていますが、目下時間の余裕はあるものの、何しろ頭がひどく混乱しているので、辻褄の合った書き方が出来るかどうか心許ない限りです。ああ、リジー、何から書いたものかよく分らないのだけれど、とにかく悪い知らせのあったことをまずお知らせしなくてはなりません。これはあと廻しには出来ませんので。ミスター・ウィッカムとリディアの結婚がいかに無分別なものであるにせよ、私達がいま一番知りたいのは二人が正式に結婚したかどうかということなの。と云うのも、どうも二人はスコットランドへは向っていないように思われる節《ふし》が多分にあるからです。フォースター大佐は昨日お見えになりました。前日至急便を出されたあと時を措かずにブライトンを発たれたとのことです。リディアが大佐夫人に残して行った書置からだと、二人はグレトナ・グリーンへ向ったと思われるけれど、デニーがふと洩らしたところによると、ウィッカムにはそんな所へ行く気はさらさらなく、リディアと結婚するつもりもまったくないと思うとのことで、それを聞いたフォースター大佐は急に不安になり、それでブライトンを発って、二人の跡を追うことにしたのだそうです。クラッパムまでは楽に足取りが辿れたのですが、追跡出来たのはそこまででした。二人はクラッパムに入るとエプソムから乗って来たシェイズ馬車を棄てて、どうやら貸馬車に乗換えたらしいのです。そのあと判っているのは、二人がロンドン街道をそのまま北へ向うのを見た者がいるということだけです。私にはどう考えていいのかまるで分りません。フォースター大佐はロンドン市内の南側を可能な限り訊ね歩かれてからハートフォードシアに入られ、途中どうしても気に懸るのですべての通行税関所と、バーネットとハットフィールドの宿屋で逐一足を停めてお訊ねになったようですが、やはり何の手掛りも得られず、そのような二人連れが通るのを見掛けた人はいなかったということです。大佐は御親切に気を遣われてわざわざロングボーンまでお出で下さり、いかにも御立派な心根の方らしく本気で心配して下さっています。私は大佐と奥様の心中を思うと心底お気の毒で、誰もお二人を責めることは出来ないと思います。ああ、リジー、私達は本当に困り果てています。お父様とお母様は最悪なことになったと思い込んでおいでだけれど、でも私にはどうしてもあの人がそう悪い人だとは思えないの。いろいろと事情が重なって、二人は当初の計画を進めるよりもロンドンで密かに結婚する方が望ましいということになったのかも知れません。それによしんばあの人がリディアのような大した親類縁者もない娘に良からぬ下心を抱くことがあったとしても——そんなことはありそうにないことだけれど——あの娘まで恥も外聞も捨ててしまうなんてことがあり得るかしら?——いくら何でもそれはないと思うの。でも悲しい哉《かな》、フォースター大佐は二人の結婚を当てにはしていないようです。私が希望を述べても、首を振って、どうもウィッカムは信用の出来ない男だからなと仰有るのです。可哀そうにお母様は本当に加減が悪くなって、お部屋に引籠ってしまいました。もっと気丈《きじょう》になってくれるといいのだけれど、それは期待出来そうにありません。お父様はすっかり弱っておいでです。今までついぞ見たことのない弱りようです。キティーは可哀そうに二人の仲を隠していたことでお父様の怒りを買っていますが、秘密を守る約束だったのなら致し方のないことだと思います。ああ、リジー、私はあなたがこんな辛い場面を少しでも見ずに済んで本当によかったと思っています。でも今こうして最初の衝撃が治まってみると、正直に云うわね、あなたに帰って来てもらいたいの。でも、そちらにも都合がおありでしょうから、たってとまで我儘《わがまま》は申しません。ではまた、かしこ。一旦擱いた筆をまた執ります。今たってとまで我儘は云わないと書きましたが、やはりたってと我儘を云うためです。事情が事情ですから、やはり皆さんに出来るだけ早く帰って下さるよう是非ともお願いしない訳には行きません。叔父様と叔母様の気心はよく承知していますから、私がこのようなお願いをしてもお気を悪くはなさらないと思います。尤も叔父様にはほかにもお頼みしたいことがあるのです。お父様はフォースター大佐とこれからすぐにロンドンへ行って、リディアを捜すつもりでいます。どうやって捜すつもりなのか私には見当もつきませんが、あんなに弱り果てているお父様に最も有効で間違いのない手立てが取れるかどうか心許ない限りです。それにフォースター大佐は明日の夕方までにはブライトンに戻っていなくてはならないのです。このような緊急事態なので、どうしても叔父様の助言と力添えを仰がなければなりません。叔父様なら私がどんな気持でいるかすぐに分って下さると思います。叔父様の御親切が頼みの綱なのです。」

「ああ、叔父様、叔父様はどこ？」エリザベスは手紙を読みおえると、そう叫びながら椅子から駆出し、貴重な時間を一刻も無駄にしないために、叔父のあとを追掛けることにした。だが扉口《とぐち》まで行くと、ちょうど召使が扉を開けたところで、そこへミスター・ダーシーが入って来た。ダーシーはいきなりエリザベスの蒼褪《あおざ》めた顔とひどく取乱した様子を目にして意表を衝かれた恰好であった。エリザベスはとにかくリディアのこと以外に何も考えられなかったので、ダーシーが気を取直して口を開くのも待たずにせっかちに叫んだ、

「御免なさい。これから出掛けなくてはなりませんの。すぐにも叔父様を捜さなくては。急がなければならない用事なんです。一刻も無駄に出来ないんです。」

「いやはや！　一体どうしたと云うんです？」ダーシーは礼儀どころではなく思わず感情に駆られて叫んだが、やがて気を取直して云った、「決して引留めるつもりはないけれど、でもガードナー夫妻なら僕が捜して来ましょう。何なら召使に任せてもいい。あなたはひどく気分が悪そうだし——自分で行くのは無理だ。」

エリザベスは躊《ため》った。膝《ひざ》が震えていて、確かに自分が二人のあとを追掛けてみても無駄なような気がした。そこで召使を呼戻すと、云っていることが殆ど分らないほど喘《あえ》ぐような上擦った声で、すぐに主人夫妻を捜しに行って連れ帰るよう頼んだ。

召使が部屋から出て行くと、エリザベスはそのまま立っていられなくて椅子に坐り込んだ。見るも哀れなほど具合が悪そうなので、ダーシーとしてはこのまま帰る訳に行かず、黙ってもいられないので、優しい同情の言葉を掛けた、「附添の小間使を呼びましょう。何か上がりませんか、取敢えず気分が楽になりそうなものを？——葡萄酒がいい——一杯持って来ましょうか？——本当に顔色がよくない。」

「いいえ、結構です」とエリザベスは答えて、気持を落着けようとした。「私は何でもないんです。大丈夫です。ただたった今ロングボーンから恐しい知らせが届いて、それで気が動顚してしまって。」

エリザベスは手紙のことを口にすると急に涙が溢れ出し、暫くは一言も口が利けなかった。ダーシーはひどく不安な気持に襲われ、心配になって何やら一言二言口籠りながら言葉を掛けたが、あとは気遣わしげに黙って見守るしかなかった。やっとエリザベスが再び口を開いた。「つい今しがたジェインから便りがあって、とても恐しいことを知らせて来たのです。どのみち隠し立ての出来ないことですから申しますけれど、一番下の妹が家族も友達もみんな捨てて——駈落したんです——しかも何と身を任せた相手が——ミスター・ウィッカムだと云うんです。二人一緒にブライトンから出て行ってしまったらしいの。あなたはあの人のことをよく御存知ですから、あとは申し上げるまでもないと思います。あの娘にはお金もないし、有力な縁故もないし、あの人が誘惑に駆られるようなものは何もない筈です――あの娘はもうおしまいです。」

ダーシーはぎょっとして立竦《たちすく》んだ。「考えてみれば」とエリザベスは一段と声を震わせて附加えた、「これは私の力で防げたかも知れないんです！――私はあの人がどんな人か知っていたのですから。ああ、そのことをほんの少しでも――私が知っていたことの一部だけでも――家族の者に話してさえいたら！　あの人の人柄が皆に判っていれば、こんなことにはならなかったろうと思うんです。でももう駄目です、すべて手遅れです。」

「残念です」とダーシーは声を揚げた、「実に残念です――驚きました。でもそれは確かなんですか、絶対に確かなんですか？」

「ええ、確かです！――二人は日曜日の夜に揃《そろ》ってブライトンを出たのです。ほぼロンドンまでは足取りが摑めたのですが、そこまででした。ただスコットランドへ向わなかったことだけは確かなようです。」

「それでどうなさいました？　妹さんを取戻す手を何か打たれましたか？」

「父がロンドンへ出向いたそうです。ジェインは手紙を寄越して、すぐにも叔父の手助けが欲しいと云って来ました。私達も三十分以内には出発することになると思います。でもどうにもならないでしょう。どうにもならないことはよく判っています。あの人のことですし、何を云っても聞く耳を持たないでしょうから。それにどうすれば二人が見つかるのか、それすら心許ないのです。私としてはもう諦めるしかありません。ほんとに何て恐しいことをしてくれたのかしら！」

ダーシーは首を振って暗黙の同意を示した。

「私の眼にはあの人の本性がはっきりと見えていた筈なのに――そのときは自分のなすべきことが、是が非でもそうしなくてはいけないことが、判っていなかったのです。ああ、あのときにそれが判ってさえいたら！――あのときは出過ぎたことをするのはどうかと思っていたんです。でも情ないことに、それはとんでもない間違いでした！」

ダーシーはこれには何も答えなかった。どうやらエリザベスの云うことを殆ど聞いていなかったようで、眉を顰《ひそ》めた沈鬱な面持で部屋の中を往ったり来たりしながら、何やら真剣に考え込んでいた。エリザベスはその姿を見て、俄《にわ》かに悟るところがあった。自分はもうこの人にとって魅力的な女ではなくなりつつあるのだ。家族がこうも情ない弱点を曝し、醜態の極みを演じたからには、魅力だろうと何だろうと色褪せて当然だ。エリザベスは相手の心を訝《いぶか》る気にも責める気にもなれなかったが、そうかといって、相手は自らの恋心に打克ったのだと信じてみても、何ら心の慰めにはならず、胸の痛みは和らぎそうになかった。それどころか、そう信じたことで却って自分の本心がはっきりと理解出来た。いくら愛しても報いられないことが判った今になって初めて、自分はこの人を愛することが出来ると痛切に感じたのである。

しかしエリザベスはつい自分のことが気になったからといって、いつまでも自分のことだけを考えている訳には行かなかった。リディアのこと——リディアが自分達にもたらしつつある屈辱と不幸のことを思うと、すぐに自分個人の心配事などはどうでもよくなった。エリザベスはハンカチーフで顔を蔽い隠してそのままじっとしていたが、そのうちにリディアのこと以外は何も感じられなくなった。二人とも無言のうちに数分が過ぎ、やがてダーシーの声が聞えてエリザベスははっと我に返り、自分のいま置かれた情況に立戻った。ダーシーは思い遣りを滲《にじ》ませながらも感情を抑えた口調で云った、「僕がここにこうしているのは御迷惑だったんじゃないかな。ただ、一言言訳させて頂くと、あなたのことが本当に心配だったのです。僕が心配しても何の役にも立たないことは判っているけれど、せめて今のあなたの苦しみだけでも和らげられるようなことを何か云うなりするなり出来ないものかと思って。——でも僕が空しい気休めを口にしても、あなたから感謝の言葉を欲しがっているように聞えるだけで、余計にあなたを苦しめるだけでしょう。こんな残念なことがあったのでは、今日ペムバリーで妹に会って頂くのは無理でしょうね。」

「ええ、とても無理ですわ。ミス・ダーシーにはほんと申訳ありませんが、どうかくれぐれもよろしくお伝え下さい。急用が出来て直ちに帰宅しなければならなくなったと、そう仰有って下さい。それからこの不幸な出来事については出来るだけ秘密にしておいて頂けませんか。——どうせそういつまでも隠し切れないとは思いますけど。」

ダーシーは即座に祕密は守ると請合い——再度エリザベスの苦境に同情の意を表し、事態が目下の見通しよりも幸せな結末を迎えることを願い、それからガードナー夫妻にくれぐれもよろしくと云い残すと、別れ際に一度だけ真剣な眼指《まなざし》でエリザベスを凝っと視詰めて、帰って行った。

ダーシーが部屋から出て行ってしまうと、エリザベスは、今回のダービーシアでの何度かの出会いのように互いに懇ろな気持を抱きながら自分達が顔を合せることは今後二度とないだろうという気がした。そして自分達が知合ってからのさまざまな矛盾と変化に満ちた交際の跡を振返ってみて、自分の感情の動きが何とも天の邪鬼なことに思わず溜息が出た。以前はあの人と顔を合せなくてよくなったことを喜んでいたくせに、今は交際が続くことを願っているのだ。

もし感謝と尊敬が揺るぎない土台となってその上に愛情が生れるものであるならば、エリザベスの心情の変化は決してあり得ないことではないし、別に非難されるべきことでもないであろう。だが仮にそうではないとしたら、つまりそんな感謝や尊敬から生れる愛など理窟に合わない不自然なもので、所詮一目惚れだけが、せいぜい一言か二言言葉を交しただけで胸が熱くなるような思いだけが本物の愛だというのであれば、到底エリザベスを弁護することは出来ないが、ただエリザベスの場合、後者のやり方はウィッカムが好きになったときに一応体験済みであり、それが上手く行かなかったので、もう一方のあまり面白味のないやり方で愛情を求めることになった訳だから、その点は情状酌量の余地がない訳ではない。いずれにせよ、ダーシーが出て行くのを見てエリザベスは残念でならなかった。そしてリディアの破廉恥な行いがもたらさずには措かない身内の者への迷惑が早くもこんな形で現れたことに、さらに胸を痛めながらこの嘆かわしい事態を思い遣った。エリザベスはジェインの二番目の手紙を読んでからは、ウィッカムにリディアと結婚する気があるとはとても思えなかった。そんな甘い期待が抱けるのはジェインだけだ、と思った。しかしこんな風に事の次第が判ってみれば、殆ど驚きは感じなかった。確かに最初の手紙に書かれたことが脳裡に尾を曳いているあいだは、ただただ驚きであった——あのウィッカムが何でまた金目当ての結婚など出来そうにない娘と結婚する気になったのかと思うと、驚き以外の何物でもなかったし、それにリディアがそもそもどうやって相手の心を捉えたのかも、これまた不可解であった。だが今やすべてが自然な成行であった。ウィッカムにしてみれば、結婚を度外視した浮気の相手としてなら、リディアだってそれ相応の魅力がない訳ではなかったのだ。エリザベスは、リディアの方も結婚する気がないのにすべてを承知の上で駈落の誘いに乗ったとまでは想わなかったが、何しろ節操もなければ思慮も足りないリディアのことだから、身を守ろうというような考えもないままにまんまと相手の思う壺に嵌《はま》ったのだろうとは難なく信じられた。

エリザベスは、聯隊がまだハートフォードシアにいるあいだは、リディアがウィッカムに特別な感情を持っているとはまったく感じていなかったが、今にして思えば、相手が誰であれその人が水を向けてさえくれれば靡《なび》く気になっていたのだ。とにかく自分をちやほやしてくれる人がいい人で、或るときは或る士官がお気に入りかと思うと、また別のときは別の士官がお気に入りであった。気持は絶えずふらふらと動いていたが、いつも誰かしら自分のいい人がいないときはなかった。そんな娘を放任して気儘にさせていたことが間違いの元だったのだ、その罰《ばち》が当ったのだ――エリザベスは今つくづくそう思わずにはいられなかった。

とにかく何としても早く家に帰りたかった――早くこの眼で様子を見、話を聞き、その場に居合せて、今やジェイン一人に伸《の》し掛っているに違いない心労や負担のせめて半分でも引受けたかった。父が留守で、母は気が抜けて何も出来ず、絶えず世話が必要とあっては、さぞかし家中が混乱していることであろう。リディアのために今さら何をどうすることも出来ないことは半ば覚悟していたが、それでも叔父の手助けが得られれば何よりも心強く思われそうなだけに、叔父が部屋に入って来る姿を見るまでは、ひどく気が急《せ》いて、とてもじっとしてはいられなかった。ガードナー夫妻は、召使の話を聞くと、姪が急に具合でも悪くなったかと想い、驚き慌てて戻って来た――が、当の姪が自分は大丈夫、心配は要らないと云うので、ひとまず安心した。エリザベスは、急遽二人を呼戻した理由を急き込んで話すと、すぐに二通の手紙を読んで聞かせ、特に二通目の、叔父に助力を求める追伸の部分を、震える声を励ましながらゆっくりと読んだ。――ガードナー夫妻はリディアがお気に入りだったことはリディアは一度もなかったが、それでもやはり大きな衝撃を受けずにはいられなかった。これはリディアだけの問題ではなく、家族のみんなに関わってくる問題だからだ。ガードナー氏は最初は驚き、思わず恐怖の声を発したが、すぐに、自分に出来ることならどんな手助けでもすると約束してくれた。――エリザベスは叔父のことだからきっとそう云ってくれるだろうとは思っていたが、それでも嬉しさのあまり眼に涙を浮べて礼を云った。三人とも同じ気持に促されて、このさき旅行をどうするかという問題はすぐに決着がつき、とにかく一刻も早く帰宅の途に就こうということになった。「それはそうと、ペムバリーの方はどうするの？」とガードナー夫人が云った。「ジョンの話だと、私達を迎えに出たときミスター・ダーシーがいらしてたそうだけど――そうなの？」

「ええ。ですから、お約束が果せなくなったことをお話しておきました。そちらの方は大丈夫、話がついています。」

「そちらの方は大丈夫、話がついています？」ガードナー夫人は、エリザベスが身支度のために自分の部屋へ走り去ってしまうと、鸚鵡《おうむ》返しに呟いた。「あの二人は、あの娘が今度のことを隠さずに話してしまうほどの間柄なのかしら！　一体どうなっているのか、むしろそちらの方が知りたいものだわ！」

しかしその願いは叶わなかった、と云うか、せいぜい、そのあとに続いた慌しい旅支度のあいだ夫人の気晴しの種になっただけであった。エリザベスにしても、もしいま何もすることがなくてぼんやりと時間を持て余してでもいたら、却ってこんな惨めな気持で旅支度に掛るなどとても無理だと思ったかも知れないが、幸い叔母に劣らずやらねばならぬことがいろいろとあった。その中には、ラムトンで友人になった人達全員に、自分達の突然の出発について嘘の口実を添えた短い手紙を書く仕事があった。だがそれも一時間ですべて片がつき、その間にガードナー氏が宿の支払を済ませておいてくれたので、あとはもう出発するばかりであった。それでエリザベスは、何とも惨めな午前中を過したものの、あとはとんとん拍子に事が進み、想いのほか短時間のうちに車上のひととなって一路ロングボーンへと向っていた。

＊当時スコットランドでは、二十一歳未満の者でも、男が十四歳、女が十二歳以上であれば親の同意なしに結婚出来た。イングランドからは国境の村グレトナ・グリーンに駆込む者が多かった。従って二人がスコットランドへ向ったのであれば、二人には結婚する意思があることになる。

第五章〔第四十七章〕

「ねえ、エリザベス、今度のことをもう一度よく考えてみたんだが」と、馬車が町から出ると、叔父が云った、「実際よくよく考えてみると、この問題は君の姉さんの判断が正しいのではないか、段段そんな気がして来たんだ。れっきとした身寄や友達が決してない訳ではない、しかも現に自分の上官である大佐の家に客として来ている娘に、まともな青年がそんな不届きな真似をするだろうか？　いくら何でもそれはないんじゃないかなという気がして、それで大いにジェインの楽観説に傾いた訳だがね。あの男にだって、リディアの身内の者が黙って見て見ぬふりをするとはまさか思えないだろうし、こうしてフォースター大佐の面目を潰してしまったら二度と聯隊に顔向け出来ないことだって判っている筈だ。そんな危険を冒してまでわざわざあの娘を誘惑するなんてことはまずあり得ないよ。」

「本当にそうお思いになって？」とエリザベスは一瞬晴やかな顔になって云った。

「実は私もね」とガードナー夫人が云った、「叔父様と同じ考えになり掛っているの。あの人がそれこそ恥も外聞も、名誉も利益もかなぐり捨てて、そこまで罪なことをするかしらって。私にはウィッカムがそれほどの悪人だとはとても思えないの。あなたは、リジー、そのぐらいのことは出来る人だと、見限れるの？」

「多分自分の利益は無視出来ないでしょうけど、それ以外のことは何でも無視出来る人だと思っています。もし本当にお二人の仰有るとおりなら、勿論それに越したことはないけれど、でもどうしても私にはそうは思えないの。本当に結婚するつもりなら、何でさっさとスコットランドへ行かないのかしら？」

「だけど、第一」とガードナー氏が答えた、「二人がスコットランドへは向わなかったという確かな証拠もない訳だ。」

「でも、二人は長距離用のシェイズ馬車から貸馬車に乗換えているんです。これは有力な推定根拠になるわ。それに、スコットランドへ行くにはバーネット街道を通らなければならないのに、そこを通った形跡もまったくないんですのよ。」

「なら、まあ――二人はロンドンにいるとしよう。だがそうだとしても、それは単に身を隠すのが目的で、特にそれ以上の目的はないんじゃないかな。二人とも金はあまり持っていなさそうだし、スコットランドまで行くよりもロンドンで結婚する方が、結婚予告その他で多少手間は掛っても、経済的には安上がりだと思ったのかも知れない。」

「でも何でこうやって祕密にするの？　なぜ見つかることを恐れるの？　どうして結婚を隠さなければならないの？　ああ、駄目、駄目、やっぱり結婚は考えられない。ジェインの手紙にもあったように、あの人の一番の親友ですら、あの人にはリディアと結婚するつもりはまったくないって、そう確信しているんです。ウィッカムは多少ともお金を持った女とでなければ絶対に結婚しないわ。あの人には無一文の女と結婚出来るだけの余裕がないのよ。だとすればリディアにどんな資格があって？　あの娘の魅力と云えばせいぜい若くて、身体が丈夫で、朗らかなだけではないの。金持の娘と結婚すれば得られる筈の利益をすべて諦めてまで、あの人があの娘と結婚したがるどんな魅力がほかにあって？　聯隊に顔向け出来なくなる懸念が、どのぐらいあの娘との破廉恥な駈落を思い止まらせる力になるのか、それは私には判りません。こういうことを仕出かすと軍隊ではどういう扱いを受けるものなのか、私は何も知りませんから。でも叔父様のもう一つの反対意見は当らないんじゃないかしら。身内の者が黙って見て見ぬふりはしないだろうと云っても、リディアには乗出してくれる男の兄弟はいないし、それにお父様の日頃の振舞や不精な性格、家族に何が起ろうと殆ど気にしない無関心ぶりはあの人もよく知っているから、こんなことでは世間の父親のようには動かないだろうし、気にも留めないだろうと想っているかも知れないわ。」

「だけどねえ、エリザベス、それならリディアはあの男を愛する余りほかのことが一切眼に入らなくなって、結婚せずに一緒に暮してもいいという気になったと、君にはそう思えるの？」

「大いにありそうなことだわ。妹のそういう面の慎みや節操にはどうも安心しきれないところがあって、それが何よりも残念で堪らないの」と、エリザベスは眼に涙を浮べながら答えた。「でも本当はどう云っていいか私にも分らないんです。もしかすると私の見方が少し酷なのかも知れない。でもあの娘はまだほんの子供で、大切な問題を真面目に考えることを全然教えられていないんです。それでこの半年間は、いいえ、もう一年になるわ、あの娘はただもう面白可笑しく遊ぶことと、見栄を張って背伸びをすることしか眼中になかったの。放任されているのをいいことに、怠け放題、ふしだらのし放題で、云うことも自分が耳にした都合のいいことの受売りばっかり。――州の聯隊がメリトンに駐屯してからは、愛だの恋だのと云って士官たちと戯れることしか頭になくて、しょっちゅうそんなことばかり考えたり喋ったりしているものだから、それでなくても生れつき感情過多の方だったのがますますもって――どう云ったらいいのかしら――多情多感になったとでも云うか――とにかくあの娘は自分の持てる力を全部その方向に注《つ》ぎ込んで来たの。しかも相手はあのとおりの、風采物腰ともにどこから見ても女好きのするウィッカムと来ているんですもの。」

「でもジェインは」と叔母が云った、「あの人のことを、そんなことの出来る悪い人だとは思っていないようだけれど。」

「だってジェインは誰のことも悪く思わないひとだもの。以前どんなことをした人だと聞かされても、確かな証拠を見せられるまでは、そんなことの出来る人だとは思わないひとだもの。でもジェインだってウィッカムが本当はどんな人間かは知っているのよ、私とそう違わないぐらい。あの人が紛れもない根っからの放蕩者だってことも、不誠実な恥知らずだってことも、おべっか使いの大嘘吐きの詐欺師だってことも、私達はみんな知っていてよ。」

「みんな知っているって、あなた、それ本当なの？」とガードナー夫人は思わず声を揚げた。どうしてエリザベスがそんなことまで知っているのか、むしろそっちの方が大いに知りたかった。

「ええ、知っているわ」とエリザベスは顔を赧らめながら答えた。「あの人がミスター・ダーシーに不埒な振舞をしたことについては、このあいだお話しましたけど、叔母様御自身も、前回ロングボーンにいらしたとき、あの人が自分に対してあれほど忍耐強く寛大に振舞ってくれた人のことをどう云っていたか、直接耳になさっている筈です。それ以外にも幾つかあるんです、いま私の口からは云えない、と云うか――まあ、わざわざ云うまでもないことだけれど。とにかくペムバリーの一家に関するあの人の話は嘘八百もいいところです。ミス・ダーシーについても、私はあの人の話を聞いていたから、高慢な、取澄した、不愉快な娘に会うものとばかり思っていました。でもあの人はそうでないことを知っていたのよ。私達がお目に掛ったとおりの、感じのいい、気取りのないお嬢様だということをちゃんと知っていて、わざとあんなことを云ったのよ。」

「でもそういうことをリディアは何も知らないの？　あなたやジェインにそれだけよく分っていそうなことなら、あの娘だって知らない筈はないだろうに？」

「それが、知らないのよ！――そこが一番頭の痛いところなの。私自身、ケントに行って、ミスター・ダーシーや親類のフィッツウィリアム大佐とたびたびお会いするようになるまでは、何も知らなかったの。それで家へ帰ってみると、――州の聯隊は一、二週間のうちにメリトンを離れると云うし、それなら何もこんな話をわざわざ公にする必要もないだろうと、私も、私の話を聞いたジェインもそう思ったの。だって御近所の人達がみなあの人のことを良く思っているのに、今さらそれを覆《くつがえ》してみたところで、得をする人は誰もいないんだから。それでリディアがフォースター大佐の奥さんと一緒に行くことが決ったときも、あの人がどんな人かリディアに教えておく必要があるとはつゆ思いもしなかった。あの娘があの人に騙される危険があり得るなんて、私の頭にはこれっぽっちも思い浮ばなかったんだもの。ですからね、まさかこんな結果になるなんて私にはまったくの想定外だったことは、叔母様にも容易に信じて頂けると思うの。」

「それなら、あの人達がブライトンへ移動になったときも、二人には互いに気がありそうな節《ふし》はなかった訳ね？」

「全然。いま思い出しても、どちらにも気のある素振りはまったく見えなかったわ。それにもしそんな兆《きざ》しが少しでも感じられたら、叔母様も御承知のとおり、そんな貴重な機会をうちの家族が見す見す見逃すもんですか、特にお母様がね。それはね、あの人が初めて隊に入って来たときは、あの娘もたちまちぼうっとなったわよ。だけどそれは私達みんながそうだったの。最初の二月《ふたつき》ほどのあいだは、メリトンや周辺の娘達はみんなあの人にのぼせてしまって、とても正気の沙汰ではなかったんだもの。でもあの人はことさらあの娘に気を遣って特別扱いすることはなかったから、それであの娘も、暫くはとんでもなく舞い上がっていたけど、そのうちにどうやら熱も冷めて、もっと自分だけをちやほやしてくれるほかの士官達の方がまたぞろよくなったという訳なの。」

この重大な問題をいくら繰返し議論しても、三人の不安や希望や臆測に新たな見通しが加わることは殆どなかったが、それでも旅の間中、ほかの話題が出ても長続きせず、すぐにこの問題に戻ったことは、容易に信じられよう。特にエリザベスはこの問題を片時も忘れなかった。自責の念という最も苦しい思いに捉えられていただけに、一時たりともほかのことを考えて気を紛らすことが出来なかったのである。

一行は出来る限り旅を急ぐことにして、夜も車上で一泊し、翌日の午後、正餐前にロングボーンに到着した。エリザベスは、これならジェインもまだそう待ち草臥《くたび》れてはいないだろうと思って、一安心した。

ガードナー家の子供達は近づいて来るシェイズ馬車に逸早く眼を留め、一行が廏舎《きゅうしゃ》脇の放牧地へ入って行ったときには、もう既に家の外の石段に立ってこっちを見ていた。やがて馬車が玄関の前に停ると、思い掛けない両親とエリザベスの帰宅に、子供達は驚きながらも嬉しそうに顔を輝かせ、全身で雀躍《こおど》りしながら喜びを表して、まず真先に一行の帰宅を歓迎した。

エリザベスは馬車から跳び下りると、子供達の一人一人に素早くキスをしてやってから、玄関へ急ぎ、中に入った所ですぐに、母親の部屋から階段を駆降りて来たジェインに迎えられた。

エリザベスは優しく姉を抱締めた。二人の眼には涙が溢れて来たが、それでもエリザベスは一刻の猶予も措かずに、行方を晦《くら》ました二人についてその後何か判ったことがあるかどうか訊ねた。

「まだ何にも」とジェインは答えた。「でも叔父様がいらして下さったから、大丈夫よ、望みはあるわ。」

「お父様はロンドンに？」

「ええ、手紙に書いたとおり火曜日にお発ちになったわ。」

「それでお便りは頻繁にあるの？」

「一度だけあったわ。水曜日に短い手紙を下さって、無事に着いた、お前のたっての求めにより宿泊先の住所を記しておく、とそれだけ。あとは追伸で、何か知らせるほどの大事がなければ、以後手紙は書かないからって。」

「それでお母様は？――お母様はどんな具合？　みんなはどうしていて？」

「お母様はかなり快《よ》くなられたわ。尤も気持の方はまだ大分動揺しているようだけれど。お二階においでよ。みんなの顔を見たら、さぞかし喜ぶだろうと思うわ。でもまだ寝室から隣の化粧室へ移るぐらいで、その外へは出ようとなさらないの。メアリーとキティーはとても元気よ、おかげさまでね。」

「でもお姉様は？――お姉様はどうなの？」とエリザベスは思わず声を揚げた。「顔色がよくないわ。随分と辛い思いをなさったのね！」

しかし姉は、自分は元気だから心配は要らないと云って妹を安心させた。二人は、ガードナー夫妻が玄関の外で子供達を相手にしているあいだ話を続けていたが、やがて皆が中に入って来たので、そこまでにした。ジェインは叔父と叔母の許に走り寄ると、笑顔に涙を浮べながら二人を歓び迎え、予定を切上げて帰宅してくれた親切に感謝した。

皆が客間に入ると、叔父夫妻も当然エリザベスと同じ質問を繰返したが、ジェインにはまだ何も新しい情報のないことがすぐに判っただけであった。しかし同時に、何事も善意に受止めようとするジェインが依然として楽観的な見通しを捨ててはおらず、いずれ何もかもうまく行くことを信じて、毎朝、今日こそはリディアか父親から手紙が来て、事の成行の説明と、おそらくは結婚の報告があるだろうと期待していることも判った。

皆は二、三分話し合っただけですぐにベネット夫人の部屋に赴いたが、夫人の歓迎ぶりはまさに予想どおりのものであった。夫人は皆の顔を見るなり、まずは自分の悔しい気持を涙ながらに掻き口説き、次いでウィッカムの悪辣《あくらつ》非《ひ》道《どう》な振舞に罵《ば》詈《り》雑言《ぞうごん》を浴せ、さらに自分がいかに酷《ひど》い仕打を受けて辛い思いをしているかを綿綿と訴え、果ては誰彼構わず非難の矛先《ほこさき》を向けて止まなかったが、ただ無分別に娘を甘やかして今回の過ちの大本を作った御当人だけは非難の対象から外れていた。

「大体みんなが私の云うことを聞いて」とベネット夫人は云った、「家族全員でブライトンに行っていれば、こんなことにはならなかったんです。可哀そうに、リディアには誰も気に懸けてくれる人がいなかったのよ。何だってまたフォースター夫妻はあの娘から眼を離したりしたんだろう？　私にはどうしてもあの人達が監督を怠っていたとしか思えません。だってまわりがちゃんと眼を光らせていれば、あれはこんなことをするような娘じゃないんだから。大体あの人達にはあの娘を預かる資格なんかなかったのよ。私は初めからそう思っていたんです。でも結局はみんなの反対意見に押切られて、私の意見は容れられなかった。私はいつだってそうなんだから。ああ、可哀そうなリディア！　それに今はこうしてお父様も行っておしまいになって――お父様はどこでウィッカムに会おうと、きっと決闘をなさってよ。それで殺されてしまうわ。そうなったら私達はどういうことになると思って？　お父様がお墓に入ってまだ冷くもならないうちに、コリンズ夫婦がやって来て私達をここから追出すんです。あなたは私の弟なんだし、あなたが親切にしてくれなかったら、私達は一体どうすればいいの？」

滅相もない、そんな恐しいことを考えてはいけない、と皆は声を大にして夫人を諫《いさ》めた。ガードナー氏は自分が姉やその家族を見棄てることなどあり得ないから大丈夫だと皆を安心させてから、夫人に向って、自分は早速にも明日ロンドンに戻って、ベネット氏ともども最善を尽してリディアを取戻すつもりだから心配は要らないと云った。

「なにも無駄な心配をしてわざわざ不安になることはないですよ」とガードナー氏は続けて云った。「最悪の場合を覚悟しておくのはいいけれど、でもまだ最悪と決った訳ではない。二人がブライトンを出てから一週間にもならないんだし、なに、あと二、三日もすれば、多分何か新しいことが判りますよ。二人がまだ結婚していなくて、この先も結婚する気のないことが判るまでは、とにかく絶望せず、諦めないことです。ロンドンに着いたら、真先に義兄《にい》さんの宿へ行ってみます。グレイスチャーチ・ストリートへ御一緒してもらって、そこで善後策を考えることにします。」

「ああ、そうしてもらえればね、お前」とベネット夫人は答えた、「それこそまさに願ったり叶ったりだよ。それじゃあ、ロンドンに着いたら、二人がどこにいようと是が非でも捜し出して、もしまだ結婚していないようなら、すぐにも結婚させておくれね。婚礼衣裳が出来るのを待って式を延ばしたりさせないように。リディアには、式が済んだら、婚礼衣裳を買うお金は欲しいだけ上げるからって、そう云っておくれ。それから、くれぐれもお願い、主人に決闘だけはさせないで。主人には私がひどく参っているって伝えて頂戴――恐しさの余り気が変になりそうだって――全身がぶるぶる震えたかと思うとわなわな震えるし、脇腹はぴくぴく痙攣《けいれん》するし、頭はづきづき痛むし、心臓はどきどきするし、夜も昼も全然眠れないでいるって。それからリディアにはね、ママが行くまで衣裳の注文はしないようにって。あの娘はどこの店が一番いいか知らないんだから。ああ、私は何て優しい弟に恵まれたのかしら！　ほんと頼もしいわ。くれぐれもよろしくお願いね。」

しかしガードナー氏は、勿論自分は精一杯努力して目的を果すつもりでいるけれどと念は押したものの、夫人の様子を見兼ねて、心配のし過ぎもよくないけれど期待のし過ぎもよくないからね、どちらもほどほどに、と進言せずにはいられなかった。一同は夫人を相手に暫くこんな調子で話していたが、やがて正餐の準備が出来たと云うので、夫人をあとに残して部屋を出た。夫人の感情の捌口《はけぐち》は、娘達が夫人のそばにいられないときに代って附添ってくれる家政婦のヒル夫人に委ねられた。

ガードナー夫妻の確信するところでは、姉がこうして家族から一人離れて自分の部屋に引籠っていなければならない実際の理由は何もなかったが、夫妻は敢えて反対はしなかった。それと云うのも、食事の給仕に当る召使達の耳を慮《おもんぱか》って口を噤むだけの思慮が姉にあるとは思えなかったので、それならむしろ、この問題に関する姉の不安や心配を知る使用人は一人だけに、最も信頼の出来るヒル夫人だけに止《とど》めておく方がよかろうと判断したからである。

皆が食堂へ席を移すと、ほどなくメアリーとキティーが姿を現した。二人ともそれぞれの部屋でそれぞれの用事にかまけていて、今やっと出て来たのである。一人は読書を中断するのが惜しく、一人は身支度と化粧がさっさと出来なかったのだ。だが二人とも割に冷静な顔をしており、特にいつもと変った様子は見られなかった。多少変ったところがあるとすれば、キティーが、お気に入りの妹を失ったせいか、今度のことで父親の立腹を招いたせいか、やや普段以上にいらいらした物の云い方をするぐらいであった。メアリーはすっかり落着き払っていて、皆が食卓に着くとすぐに、勿体ぶった思案顔でエリザベスに囁いた——

「今度のことはほんと不祥事もいいところね。世間はさぞかし口さがないことだろうと思うわ。でも私達姉妹は世の悪意の潮流を堰止《せきと》めて、お互いの傷つける胸に慰めの香油を注ぎ合わなくてはね。」

メアリーは、エリザベスに返辞をする気がないのを察して、さらに続けた、「今度の事件はリディアには不幸なことだったけれど、私達女にとっては有益な教訓が抽き出せてよ

——要するに、女はひとたび貞操を喪《うしな》えば取返しがつかないということね——つまり、女は一歩道を踏外せば破滅の一途を辿りかねないということ——それから、女の麗《うるわ》しき令名は貴いものだけれど脆《もろ》いものでもあるということ——従って、女は不埒な男に対しては自らの振舞にくれぐれも用心するに越したことはないということ。」

エリザベスは驚き呆れて眼を上げたが、すっかり気が滅入ってしまって、何も云う気がしなかった。しかしメアリーはなおも身内の不幸を種に、人の振り見て我が振りがどうだとか、以《もっ》て他山の石がこうだとか、そんなことを口走って自らを慰めていた。

食事のあと、エリザベスは半時間ほどジェインと二人だけになることが出来たので、早速その機会を利用して気になっていることをいろいろと訊ねてみた。ジェインもそれには熱心に応じてくれた。エリザベスは二人が結婚しないまま一緒に暮し始めるのはほぼ間違いないという考えであったが、その恐しい結末をジェインもまったくあり得ないとは云い切れなかったので、二人は暫し慨嘆せずにはいられなかった。やがてエリザベスがこう云って話題を続けた、「でも私のまだ知らないことがいろいろあると思うんだけど、何もかも全部話してもらえないかしら。ねえ、もっと詳しいことを教えて頂戴。フォースター大佐はどう云っていたの？　実際に二人が駈落するまで大佐夫妻は何も気がつかなかったの？　二人が一緒のところをずっと見ていたんでしょうに。」

「フォースター大佐が仰有るには、特にリディアの方に気がありそうな気配は確かにしばしば感じられたけれど、ことさら大佐に不安を抱かせるようなことは何もなかったらしいの。私はほんと大佐がお気の毒でならないわ。あんなにいろいろと気を遣って親切にして下さって。大佐は、二人がスコットランドへ向わなかったことなど思いも寄らない段階でロングボーンへ来て下さるつもりだったのよ、御自分も気に懸けていることを私達に納得させるためにね。ところがどうやらスコットランドへは向わなかったらしいという噂がいきなり聞えて来たものだから、旅程を早めて飛んで来て下さったの。」

「それで、デニーはウィッカムに結婚する意志はないと確信している訳ね？　二人の出奔計画をデニーは知っていたの？　フォースター大佐は直接デニーにお会いになったの？」

「ええ、でも大佐に問い質されると、デニーは二人の計画のことなど何も知らないと云って、自分の本当の考えを云おうとしなかったらしいの。ただ、二人の結婚はあり得ないと思っているとも、大佐の前では口にしなかったらしいわ――そのことからね、私としては、デニーが前に云ったことは聞いた方が誤解したのではないかと思いたいの。」

「それじゃ、当のフォースター大佐が見えるまでは、家ではみんなが二人は当然結婚するものと思って誰も疑わなかったのね？」

「疑うだなんて、どうして私達にそんなことが出来て？　確かに私は少し不安だったわ――妹があの人と結婚して幸せになれるかしらと、多少危ぶまずにはいられなかった。だって私にはあの人の品行が必ずしも方正なものでなかったことが判っていたんだもの。でもお父様とお母様はそんなことは何も知らないから、何て無謀な縁組だと思われただけだったわ。そこでキティーが、ほかのみんなよりもいろいろ知っているものだから、いきおい得意になってリディアが最後に呉れた手紙には、いずれこういうことになるから覚悟しておくようにって書いてあったと打明けたの。二人が愛し合っていることは、どうやら何週間も前から知っていたらしいわ。」

「でもブライトンへ行く前からではないんでしょう？」

「ええ、前からではないと思うわ。」

「それでフォースター大佐自身はウィッカムのことを悪く思っている風でした？　大佐はあの人の本性を知っているのかしら？」

「実を云うと、大佐もウィッカムのことは以前ほどよく云わなかったの。軽率で金遣いの荒い男だと云ってらしたわ。今度の悲しい事件が起ってから、あの人はメリトンに多額の借金を残して行ったと、噂になっているらしいのだけれど、でもまさかね、私は何かの間違いだろうと思いたいわ。」

「ああ、ジェイン、私達があんな風に隠さないで、ウィッカムについて知っていることをすべて話していたら、こんなことにはならなかった筈だわ！」

「結果的には多分その方がよかったのでしょうけど」と姉は答えた、「でもあのときは、誰であれ、その人が今どういう気持でいるのか判らないのに、その人の旧悪を暴露するのは正しくないことのように思われたんだもの。私達はそうするのが最善だと思ってそうしたのよ。」

「フォースター大佐はリディアが夫人に宛てた手紙の詳細をよく憶えていらした?」

「わざわざ持って見えて、見せて下さったわ。」

そう云うと、ジェインは紙入れからその手紙を取出してエリザベスに渡した。こんな内容であった——

「親愛なるハリエット
「私がどこへ行ったか知ったら、あなたはきっと笑うわよ。あしたの朝、私がいなくなったことを知ったとたん、あなたが驚くと思うと、私も笑わずにいられないわ。私はこれからグレトナ・グリーンへ行くけど、誰といっしょか、もしわからないようなら、あなたはお馬鹿さんだわよ。だって私が愛してる人はこの世に一人しかいないんだし、その人は天使なんだから。あの人なしでは私は絶対にしあわせになれないんだから、私が出ていっても気を悪くしないでね。もしおいやだったら、私が出ていったこと、ロングボーンへは知らせなくてもよくてよ。私から手紙を書いてリディア・ウィッカムよりと書いた方が、みんなもっとびっくりするでしょうしね。その方がしゃれててずっと面白そう! 笑っちゃって字がうまく書けないわ。プラットと今夜いっしょに踊る約束だったけど、もうしわけないって、どうかあなたからあやまっといて下さい。事情がわかればゆるしてもらえるはずだとお伝え下さい。こんどまた舞踏会でお会いしたら大喜びでお相手させていただきますからってね。私の衣類は、ロングボーンに着いたら、使いの者に取りに行かせるけど、あのしゅうのついたモスリンのガウンの大きなほころびね、あれを荷づくりする前につくろっといてくれるように、サリーに云っといてもらえないかしら。さようなら。フォースター大佐によろしく。私たちのしあわせな旅を祈って、お二人で乾杯してね。

かしこ、

リディア・ベネット」

「まったく、何て能天気な娘《こ》なのかしら！」と、エリザベスは手紙を読みおえると叫んだ。「何よこの手紙、この期に及んでよくもまあこんな手紙が書けたもんだわ。でもこの文面を見る限りでは、あの娘は結婚を真面目に考えて旅に出たようね。その後ウィッカムがどう説伏せたにせよ、リディアに最初から破廉恥な考えがあった訳ではなさそうだわ。お父様もお気の毒に！　こんな手紙を見せられて、どんなお気持だったでしょう！」

「あんなに打拉《うちひし》がれたお父様を見たの初めてだわ。まるまる十分間ただもう唖然となさっていた。お母様はすぐに具合が悪くなるし、それこそ家中てんやわんやだったわ。」

「ああ、ジェイン」とエリザベスは声を揚げた、「それじゃこの話はその日のうちに家中の召使全員にすっかり知れ渡ってしまったのね？」

「さあどうかしら。――そんなことはないと思うけれど。――でもああいうときに事が漏れないようにするのは至難の業だわ。何しろお母様がヒステリックになっていたから、お母様のためには出来るだけのことをして差上げたつもりだけれど、そのほかにもやれば出来たことがあったのかも知れない。でもこの先どうなるのかと思うとそれが怖くて、上手く頭が働かなかったの。」

「お母様のお世話が大変だったのね。大分疲れた顔をしているもの。ああ、私が一緒にいてあげられたらほんとによかったんだけど！　世話も心配もみんなお姉様が一人で引受ける破目になってしまったわね。」

「メアリーとキティーも親切に気を遣ってくれたわ。こちらから頼めばどんな面倒なことでも嫌がらずに手を貸してくれたと思うけど、ただ、二人にあんまり負担を掛けるのもどうかと思って。キティーはあのとおり痩せっぽちで身体が丈夫な方ではないし、メアリーはとにかくお勉強でしょう、折角の休み時間を奪っては気の毒だもの。火曜日に、お父様がロンドンへ出掛けたあと、フィリップス伯母様がいらして、親切に木曜日までいて下さったの。おかげで私達とても助かったし、慰めにもなったわ。ルーカス令夫人も御親切にね、水曜日の朝わざわざ歩いてお見舞に見えて、自分や娘達でお役に立つことがあれば何でもしますからって云って下さったわ。」

「ルーカス令夫人にはお家でじっとしていて頂きたかったわね」とエリザベスは声を揚げた。「それはまあ善意から来て下さったのでしょうけど、こういう不幸に見舞われた家族はなるべく隣人とは顔を合せたくないものなのよ。役に立つことなんかあり得ないし、お見舞なんか云われたってやりきれない気持になるだけだわ。遠くから眺めて、いい気味だぐらいに思っていてくれればいいのよ。」

それからエリザベスは、父がロンドンで具体的にどうやってリディアを取戻そうとしているのかと訊ねた。

「お父様は取敢えずエプソムへ行ってみるって仰有っていたわ」とジェインは答えた。「二人が最後に馬を取替えた所だから、そこの馭者達に会えば、何か聞出せるのではないかと思われたみたい。でも一番の目的は、クラッパムからロンドンまで二人を乗せて来た貸馬車の番号を突止めることだと思うわ。お父様の考えだと、その馬車はロンドンから客を乗せて来た筈だから、紳士と淑女の二人連れが馬車を乗換えていれば当然そのときの様子が客の眼に留ったろうと云うの。だからクラッパムでいろいろ訊いてみるつもりだって。馭者がロンドンからの客を降した家さえ何とか判れば、そこへ行って訊いてみる、そうすれば馬車溜りも馬車の番号も判らないことはないだろうと、どうもそんなお考えのようだったわ。ほかにも何か計画がおありだったのかどうか、それは分らない。何しろ慌しい出発だったし、ひどく気が動顚しておられたから、これだけを聞出すのもやっとだったの。」

第六章〔第四十八章〕

次の日の朝、一同はベネット氏から手紙のあることを心待ちにしていたが、郵便の配達はあったものの、肝腎のベネット氏からはたった一行の便りもなかった。家族の者はベネット氏が筆不精で普段はなかなか手紙を書かないことを知ってはいたが、こんな場合だから、なんとか発奮してくれるものと期待していたのである。結局、知らせるほどの朗報がないからだろうと思わざるを得なかったが、皆としては、朗報がないならないで、そのことだけでもはっきりと知らせてくれれば嬉しいのにという気持であった。ガードナー氏は手紙を待つだけのために出発を遅らせていたので、結局は待ちぼうけを喰っただけで出発した。

叔父が出発したとき、皆はこれで少くとも現状がどうなっているか頻繁に知らせてもらえるに違いないと思った。叔父は別れ際に、ベネット氏には会い次第説得してすぐにもロングボーンへ帰ってもらうことにするからと約束して行った。これはベネット夫人にとっては大きな慰めになった。何しろ夫人は夫がこのままロンドンに居つづけたらきっと決闘で殺されてしまうと思い詰めていたからである。

ガードナー夫人は子供達とさらに数日ハートフォードシアに留まることにした。自分がいれば姪達の負担も少しは軽くなるだろうと思ったのである。夫人は姪達と分担してベネット夫人の附添役を引受け、皆に自由な時間が出来たときは姪達の大きな慰め役になった。もう一人のフィリップス伯母もしばしばやって来て、その都度、皆を励まして元気づけなくてはと思ってね、と口にしたが、来ると必ずウィッカムの浪費や不始末に関する新たな情報を提供して行くので、皆はあまり励まされた気がせず、この伯母が帰ったあとは、来る前よりも却って気落ちしていることの方が多かった。

何やらメリトン中の人達が、ほんの三箇月前までは光輝く天使のように見ていた男を、今や挙《こぞ》って黒く塗り潰そうとしているようであった。噂によると、ウィッカムは当地のすべての商人に借金があるだけでなく、そこには不埒《ふらち》な企《たくら》みもあって、それは誘惑なる美名のもとに、すべての商家の娘達に及んでいたのだと云う。今では誰もが、あいつは世界一の悪党だと断言して憚らず、あの男は見掛けは善良そうだがどうも初めから信用出来かねるところがあった、などと云い出した。エリザベスはこれらの噂の半分も信じなかったが、それでもまったく信じない訳ではなく、妹の身の破滅に対するこれまでの確信はいよいよもって確かなことのように思われた。ジェインはエリザベスほどにも噂は信じていなかったが、そのジェインでさえほぼ絶望的な気持になった。とりわけ、ジェインは二人のスコットランド行きをすっかり諦めていた訳ではなかったので、もしスコットランドへ行ったのなら、当然もう既に何らかの知らせがあってもいい頃だと思われるだけに、なおさら絶望的になった。

ガードナー氏がロングボーンを発ったのは日曜日で、火曜日に夫人は夫からの手紙を受取った。手紙には、ガードナー氏がロンドンに着くとすぐに義兄の宿を捜し当て、説得してグレイスチャーチ・ストリートの自宅に来てもらったこと、ベネット氏はガードナー氏の到着前に既にエプソムとクラッパムへ出向いたものの、満足な情報が何も得られなかったので、今はロンドンの主なホテルを全部訪ねて問合せてみるつもりでいること、それと云うのもベネット氏は、二人がロンドンに来たのなら、下宿先を確保する前にまずホテルに行った可能性があるからと考えていることなどが書かれていた。ガードナー氏自身はそんなやり方で上手く行くとは思えないが、義兄があまりにも乗気なので、とにかく手助けはしようと思っていると云う。それから、ベネット氏は目下のところロンドンを離れる気はまったくなさそうだとあって、最後は、近ぢかまた便りをすると結ばれていた。さらに次のような追伸が添えてあった――

「小生フォースター大佐に一筆認《したた》め、ウィッカムには、当人が目下ロンドンのどのあたりに身を隠しているかを知っていそうな身内なり縁者なりがいないものかどうか、もし可能なら、聯隊で当人が親しくしていた者から聞出してもらえないかと依頼しておいた。もし誰かそのような人がいて、こちらから問合せが出来て、何かその辺の緒《いとぐち》でも得られれば、ひょっとして素晴らしい結果に繋がるかも知れない。今のところこちらはまったくの手詰り状態。多分フォースター大佐のことだから、この依頼に関しては出来るだけのことをしてくれるだろうと思う。しかし、よく考えてみると、ウィッカムに目下存命中のどんな身内がいるか、誰よりもよく知っているのはもしかするとリジーではないのかな。」

エリザベスは、叔父が何を根拠にウィッカムのことならエリザベスにと些か擽《くすぐ》ったいことを最後に書添えたのか、理解に苦しむことはなかったが、そんなお世辞を云われてみても、残念ながら叔父を満足させるような情報は何も持合せていなかった。

エリザベスはウィッカムに両親以外に身内がいるような話は聞いたことがなく、その両親は何年も前に亡くなっていた。しかし――州聯隊の隊員仲間なら、中に自分などよりもっと詳しい情報を提供出来る者がいるかも知れない。エリザベスはあまり楽観的な期待は抱かなかったが、一応当ってみるのも無駄ではないような気がした。

ロングボーンでは今や毎日が不安の連続であったが、そんな一日のうちでも皆が最も不安になるのはそろそろ郵便が来そうな頃であった。手紙の配達が毎朝一番の大きなやきもきの種であった。吉凶いずれの報告にせよ、とにかく手紙が来ないことには何も始まらないのである。明日こそは何かしら重大な知らせが届くのではと、もどかしい期待のうちに毎日が過ぎて行った。

ところが、ガードナー氏から第二信が届く前に、思わぬ方面からベネット氏宛の手紙が一通舞込んで来た。ミスター・コリンズからであった。ジェインは父の留守中に父宛に来た手紙はすべて自分が開封するようにと云いつかっていたので、早速開いて読んだ。エリザベスも、コリンズの手紙ならさぞや珍妙奇抜なものだろうとの思いがあったので、姉の肩越しに覗き込んで一緒に読んだ。それは次のような文面であった――

「拝啓

「昨日ハートフォードシアより来翰《らいかん》これあり、目下あなた様が辛いお苦しみに耐えておられるとの報に接し、縁戚関係にある者として、また聖職に携わる者の義務として、是非ともあなた様にお悔みを申し上げなくてはとの思いが頻《しき》りでございます。そこで私は愚妻ともどもあなた様と御家族の皆様に確《しか》と心より御同情申し上げます。このたびの御苦難は、その原因が時の経過もこれを癒し能わざる体《てい》のものであるだけに、さぞかしあなた様のお心は痛恨の極みにあるものと察せられます。私は以下、私の持てる言葉の数かずを尽して、かくも酷《きび》しき御不幸を和らげて差上げ、とりわけ何物にも増して親たる者の心を苦しめずには措かぬ御事情の許にあられるあなた様を、衷心《ちゆうしん》よりお慰め申し上げたく存じます。むしろこのたびの事態に較べれば、御息女の死の方がまだしも祝福ではなかったかと存ぜられます。愚妻シャーロットの申すところによると、このたびの御息女のふしだらな振舞は誤まれる過度の甘やかしから生じたものと想われる節があるだけに、さぞやお嘆きも一《ひと》入《しお》でございましょう。しかし同時に、あなた様御自身とベネット夫人をお慰めするために申し添えておきますが、私としては御息女自身の性質が生れつき悪しきものであったに相違ない、さもなくばかくも年端の行かぬ身でかくも恐るべき大罪を犯すなど有り得ぬ筈だと、そう考えたい気が致しております。いずれにせよ、この際あなた様が大いに同情されて然るべきことに変りはなく、そう考える私に、愚妻はもとより、私から事の次第をお聞き及びのレイディー・キャサリンと御令嬢もともに賛意を表されました。また私が、一人の娘のかかる過ちが残りの姉妹全員の運命を損なう惧《おそ》れのあることを申し上げますと、御両人はこの点にも御賛同下され、レイディー・キャサリンにあらせられては忝《かたじけな》くも、そのような一家と親戚になりたがる者はいませんからね、との仰せでございました。私はこの言葉を熟《つら》つら考えれば

考えるほど、昨年十一月の例の出来事を振返ってみて、その結果にいよいよ満足を覚えずにはいられません。と申しますのも、もしあのときの事の成行があのようでなかったならば、私も今頃はあなた様とともにこのたびの悲しみと恥辱を存分に味わっていたに相違ないからであります。かくなる上は、何卒あなた様におかれましてはくれぐれも御自愛専一になされ、不肖の子とはこの際潔く親子の縁を切られ、自ら犯せし大罪の報いはこれを本人自らに刈取らしむるよう、衷心から御忠言申し上げる次第です。

敬具、云云。」

ガードナー氏はフォースター大佐からの返信を待ってやっと第二信の筆を執ったが、待った甲斐もなく、ロングボーンへ伝えるべき吉報は何も得られなかった。ウィッカムが今でも何らかの関わりを持っている縁者が一人でもいるかどうかは誰にも判らず、確められたのは、ウィッカムに存命中の近親者は一人もいないことだけであった。昔は知人の数も多かったようだが、義勇軍に入ってからは、その誰とも特に親しく附合ってはいなかったらしい。そんな訳で、ウィッカムのことで何か知っていそうな人は一人も見つけ出すことが出来なかった。それに、ウィッカムは財政的にも悲惨なことになっていて、リディアの身内の者に見つかる惧れに加えて、それも身を隠す有力な動機であったようだ。それと云うのも、かなりの額の賭博の借金を残して行ったことがつい最近発覚したからである。ウイッカムのブライトンでの出費を清算するには優に千ポンドは必要だろうとフォースター大佐は思っているようであった。町の商人達に相当な借金がある上に、賭博の信用借りはそれを遥かに上廻り、凄い額になると云う。ガードナー氏はこれらの詳細をロングボーンの家族に敢えて隠そうとしなかった。ジェインは叔母が読むのを聞いているうちに怖くなって来た。「まあ、あの人が賭博師だったなんて！」とジェインは叫んだ。「まったく意外だわ。そんなこと思ってもみなかったわ。」

ガードナー氏の手紙には、ベネット氏が帰宅することになり、翌日の土曜日には皆さんと再会出来る筈だと書添えてあった。二人の努力もすべて不首尾に終って意気銷沈したベネット氏は、義弟の懇願を容れて自分は家族の許に帰り、あとはすべてを義弟に任せて臨機応変に捜索を続けてもらうことにしたのである。ところがベネット夫人はこの話を聞いても、夫の命をあれほど心配していた割には、娘達が期待したほど満足の意を示さなかった。

「何ですって！　一人でお帰りですって、可哀そうなリディアを見棄てたまま！」とベネット夫人は叫んだ。「いいえ、お父様は二人が見つかるまでは絶対にロンドンを離れたりはしません。だってお父様がお帰りになったら、一体誰がウィッカムと決闘して、二人を結婚させるんです？」

ガードナー夫人はそろそろ家が恋しくなり始めたところだったので、それならベネット氏がロンドンを発つのと同時に夫人と子供達がロンドンへ向えばちょうどいいだろうということになった。そこで、夫人の一行は最初の宿場までベネット家の馬車で行き、そこでベネット氏と馬車を乗換え、ベネット氏は自家用の馬車でロングボーンへ帰って来た。

ガードナー夫人はダービーシアからずっとエリザベスとミスター・ダーシーとのことが気に懸っていたが、気懸りをそのまま持ってロングボーンを離れた。姪の口からその人の名前が皆の前で自発的に発せられたことは一度もなく、追ってその人から手紙が来るのではとガードナー夫人が半ば抱いていた期待も、結局は期待外れであった。事実エリザベスは帰宅してこのかた、ペムバリーからはあってもいい便りを一通も受取っていなかった。

一家の目下の不幸な状態が隠れ蓑になっているおかげで、エリザベスは自らの意気銷沈については、ほかに何の言訳も要らなかった。それで、エリザベスが意気銷沈していても、その本当の理由は誰にも推測出来なかった。だがエリザベス自身は、今ではもう自分の気持がかなりよく分っていたので、もしダーシーとのことが何もなければ、リディアの破廉恥もこれほど恐れずに耐えられる筈だと、はっきり自覚していた。二晩の眠られぬ夜も一晩で済んでいた筈だ、と思った。

ベネット氏は、特に銷気た様子もなく、いつもの達観した顔で悠然と帰って来た。相変らず無口で、わざわざ出掛けて行った用件については一言も口にしなかった。それで大分経ってから、娘達の方が意を決してそのことを話題にした。

夕方近くになって、ベネット氏が娘達と一緒にお茶の席に着いたとき、エリザベスは思い切ってその話題に触れることにして、お父様も今度のことでは本当に大変でしたわねと、手短に同情の籠った犒《ねぎら》いの言葉を掛けた。するとベネット氏はこう答えた、「そのことについては何も云わなくていい。私一人が苦しめばいいことだ。これはみんな私の身から出た錆《さび》なのだから、私が自分の至らなさを噛締めていればいいのだ。」

「あんまり御自分をお責めになってはいけませんわ」とエリザベスは答えた。

「お前がそんな風に云ってくれる気持はよく分る。人間は自分を責めるとつい自虐的になりがちなものだからな。だがね、リジー、私も一生に一度ぐらいは、自分がいかに悪かったかということを沁じみと味わってみたいのだ。だからと云って、私のことだから別に参ったりはしないさ。なに、すぐに忘れてしまうよ。」

「二人はやはりロンドンにいるとお思いですか？」

「そう思うよ。これほど上手く身を隠せる場所はほかにないからな。」

「それにリディアはよくロンドンに行きたいって云っていたもの」とキティーが口を挿んだ。

「それなら、あの娘としては念願が叶った訳だから」とベネット氏は澄し顔で皮肉を云った、「どうやらもう暫くはロンドンに落着いていそうだな。」

そこで短い沈黙があって、さらにベネット氏が続けた、「ねえ、リジー、お前はこの五月にリディアのことで私に忠告してくれたね。でもお前の云うとおりになったからといって、私は別にお前を憎たらしいとは思っていない。事がこんな風になっても逆恨みしないのは、私の心が少しは大きな証拠ではないかね。」

このときミス・ベネットが母親のお茶を取りに入って来たので、二人の話は中断された。「何とも御大層なことだな」とベネット氏が声を揚げた。「御当人にはあれが堪《こた》えられないんだね。ああすれば不幸もたいそう優雅に味わえるという訳だ！　私もいつか近いうちにそうさせてもらおう。ナイトキャップを被り、化粧着を羽織ったまま書斎に引籠って、出来るだけみんなの手を煩わせてやろう——それとも、キティーが駆落するまで楽しみに取っておくかな。」

「私は駆落なんかしなくてよ、パパ」とキティーは脹れっ面を見せて云った。「仮にブライトンへ行ったって、リディアのような愚かな真似はしないわ。」

「お前がブライトンへ行くって！——とんでもない、隣のイーストボーンまでだって近づかせはしないさ、絶対にな！　いいかい、キティー、私はね、用心が大切なことをここへ来てやっと学んだのだ。だからその成果をお前はこれからたっぷりと味わうことになるだろう。士官達の我が家への出入りは今後二度と認めないし、村の通り抜けもこれを禁止する。舞踏会も一切御法度《ごはっと》だ。但し姉さん達とだけ踊るのならその限りにあらずとしてもいい。それから毎日最低十分は頭を使って物事をしっかりと考えてもらうからね。その成果が証明されるまでは、一歩たりとも家から出ることは罷《まか》りならん。」

キティーはこれらの脅し文句をすっかり真に受けて、泣き出してしまった。

「まあ、まあ」とベネット氏は云った、「何もそう悲観することはないさ。これから十年ちゃんといい子にしていれば、そのときは閲兵式に連れて行ってあげるから。」

第七章〔第四十九章〕

ベネット氏が帰宅して二日後、ジェインとエリザベスが家の裏手の灌木林を散歩していると、女中頭のヒル夫人がこちらへ向ってやって来るのが眼に入った。てっきり母親が自分達を呼びに寄越したのだろうと思った二人は、その方へ足を向けて近づいて行ったが、案に相違して母親からの呼出しではなく、ヒル夫人はミス・ベネットにこう云った、「お邪魔して申訳ありません、お嬢様、ロンドンから何か良い知らせがあったのではないかと思ったものですから、それで失礼も顧みずお伺いに参りました。」

「何のことなの、ヒル？　ロンドンからの知らせなんて何も聞いていないけれど。」

「まあ、お嬢様、御存知ないのですか？」とヒル夫人はひどく驚いて叫んだ。「ガードナー様から旦那様に至急便が届いたんでございますよ。もう三十分も前に使いの者が参って、旦那様が手紙をお受取りになりました。」

二人はすぐさま駆出した。早く家に入りたい一心で、口を利いている暇はなかった。玄関広間を抜けて朝食室に駆込み、そこから書斎へ走った――が、父親はどちらにもいなかった。そこで母親の所かと思い、階段を昇り掛けると、ちょうどそこへ執事が来合せて、二人の様子を見て云った――

「もし旦那様をお捜しでしたら、小さな雑木林の方へ歩いておいでです。」

それを聞くと、二人はすぐにまた玄関広間を走り抜け、芝生を横切って父親のあとを追掛けた。父親は落着いた足取りで放牧地の片側に隣接する小さな森の方へ向っていた。

ジェインはエリザベスほど身が軽くなく、日頃から走る習慣もあまりなかったので、すぐに後《おく》れを取ったが、妹の方ははあはあ息を切らせ

ながら走って父親に追いつくと、急き込んで呼掛けた――

「ねえ、お父様、どんな知らせ？　どんな知らせなの？　叔父様からお手紙があったんでしょう？」

「あった。至急便を受取ったところだ。」

「まあ、それでどんな知らせでしたの？　良い知らせ？　それとも悪い知らせ？」

「良い知らせなどある筈がないじゃないか」と云いながら、父親はポケットから手紙を取出した。「だがお前も読んでみたいだろう。」

エリザベスは父親の手からせっかちに手紙を取った。そこへジェインが追いついた。

「声に出して読んでみてくれないか」と父親が云った。「私には何のことやらよく分らんのだ。」

「グレイスチャーチ・ストリート、八月二日、*月曜日
「拝啓
「我が姪の消息につき、やっとお知らせ出来ることになりました。兄上にはおおむね御満足頂けるものと存じます。土曜日に兄上が拙宅を発たれて間もなく、幸いなことに二人のロンドン内の居場所が判明いたしました。詳細はいずれ拝眉の折に譲ることと致し、取敢えずは二人の無事発見を御報告いたせば充分かと存じます。小生直接当人達に会いました

「――」

「それじゃ、私の願っていたとおり」とジェインが叫んだ、「二人は結婚したのね！」

エリザベスは読みつづけた――「小生直接当人達に会いました。二人は結婚しておらず、小生の見るところ、結婚するつもりもなかったようです。されど、もし兄上におかれて、小生が兄上に代って敢えて先方と取交した契約を履行なさる御意志がおありなら、遠からず二人は結婚するものと思われます。その契約によって兄上に求められるのは、兄上御夫妻亡きあと子供達が受取ることになる五千ポンドが財産分与法に従ってリディアにも均等に分配されることの保証、さらに兄上存命中は一年につき百ポンドがリディアに与えられることの承諾、それだけです。これらの条件なら、小生の一存で判断しても小生に与えられた権限内のことと思われますので、諸もろの事情を考え、兄上に代って躊わずにこれを受容れることに致しました。一刻も早く兄上の御返辞に接したく本状を至急便にて送りますので、どうぞ御返辞を使いの者にお渡し願います。以上申し述べたことからも容易に御理解出来ると思いますが、ミスター・ウィッカムの財政状態は世上で取沙汰されているほど絶望的ではないようです。その点に関しては世間の方に誤解があったようで、幸いなことに、当人の負債がすべて清算されてもなお若干の余裕があり、リディアにも、リディア本人の財産に加えて、多少の譲与が見込まれそうです。この案件のすべてを兄上名義で処理するに当り、もし兄上より全権を委任するとの御一筆が頂けるなら――そうして頂けるものと思っておりますが——、小生は直ちに弁護士のハガーストンに命じて、適切な財産分与の手続に当らせる所存です。兄上に再度上京して頂く必要は一切ございませんので、どうぞロングボーンにて静かにお過ごし下さい。あとは小生にお任せ下されば慎重に対処たします。御返辞の方、出来るだけ早く、また腹蔵なくはっきりとお書き下さるよう願います。なお、私どもはリディアを我が家から嫁がせるのが一番よいのではないかと判断しておりますが、この点については御異存なきものと存じます。リディアは本日我が家へ参ります。さらに何か決り次第、またお手紙を差上げます。敬具、

[エド・ガードナー]

「まさかそんな!」とエリザベスは手紙を読みおえるなり叫んだ。「あの人があの娘と結婚するなんて、そんなことがあり得るの?」

「それじゃ、ウィッカムは私達が思っていたほどどうしようもない人ではなかったのね」と姉が云った。「お父様、おめでとうございます。」

「それで返辞はもうお渡しになったの?」とエリザベス。

「いや、まだだがね。だがすぐに書いて渡さなければならん。」

そこでエリザベスは、これ以上時間を無駄にせず、一刻も早く書いてくれるようにと真剣に頼んだ。

「ねえ、お父様！」とエリザベスは叫んだ、「今すぐお家へ戻って早くお書きにならなくては。こういう問題では一刻の猶予が命取りにもなりかねないんですから。」

「御自分で書かれるのが面倒なら」とジェインが云った、「私が代って書きますけど。」

「確かに面倒なことは面倒だが」と父親は答えた、「やはり私が書かなければなるまい。」

そう云うと、父親は娘達とともに踵《くびす》を返して、家の方へ向って歩き出した。

「一つお訊きしてもいいですか？」とエリザベスが云った。「その条件のことですけど、やはり受容れざるを得ないのでしょうね。」

「受容れるも何も！　あの男の要求があまりにも少いので、私は恥しくてならんのだ。」

「でもやっぱり二人を結婚させなくては！　それは、あんな人が相手ですけれど！」

「それはそうだ。二人には結婚してもらわなければならん。ほかにどうしようもないからな。だが二つばかりどうしても気に懸ることがあるんだ——話をここまで持って来るのに、お前の叔父さんは一体どのぐらい自腹を切ったのだろうか、それが一つ、もう一つは、どうやったらこの私にその金が返せるだろうかということなんだがね。」

「お金を！　叔父様が！」とジェインが叫んだ。「どういうことですの、お父様？」

「つまりだね、ウィッカムほどの才覚のある男が、私の存命中は年百ポンド、死後は遺産千ポンドの五分利子分、つまり年五十ポンド、たったそれぐらいの金でリディアと結婚する気になどなるだろうかということさ。」

「ほんとにそうだわ」とエリザベスが云った。「気がつかなかったわ。そう云えば、あの人の負債が清算されても、まだ幾らか残るのよね！　ああ、きっと叔父様が出して下さったんだわ！　気前のいい、親切な叔父様、随分悩まれたのではないかしら。僅かなお金で済む話ではなかったでしょうから。」

「無論そうさ」と父親が云った。「一万ポンドを鐚一文《びたいちもん》でも欠いた額であの娘を貰うようなら、ウィッカムはよくよくの阿呆だ。私も娘の婿になろうという男を端《はな》からそんな阿呆だとは思いたくないからな。」

「一万ポンド！　とんでもない！　どうやってお返しするの？　その半分だってとても無理だわ。」

ベネット氏は何も答えなかった。三人はそれぞれ何やら考え込みながら黙って歩きつづけ、家に着くと、父親は手紙を書くために書斎へ行き、娘達は

朝食室に入った。

「あの二人、ほんとに結婚するのね！」と、二人だけになるとすぐにエリザベスが声を揚げた。「何だかひどく変な感じだわ！　しかも私達はこれを有難く思わなければならないのよね。幸福になる見込はまずないし、しかも相手は情ない男だというのに、とにかく二人が結婚することを私達がいやでも喜ばなければならないなんて、まったく何てことかしら！　ほんとにもう、リディアの馬鹿！」

「私はね、こう考えて自分の気持を慰めることにするわ」とジェインが答えた、「いくらあの人だって、リディアを本気で愛する気持がなければまさか結婚はしないだろうって。それからあの人の負債を清算する話にしても、それは親切な叔父様のことだから多少のことはして下さったと思うけれど、一万ポンドなんて、そんな大金を立替えて下さったとはとても信じられない。御自分にだって子供達がおありなのだし、将来まだ増えるかも知れないのに、半分の五千ポンドだってとても出せる余裕はないと思うのよ。」

「ウィッカムの負債額が判って」とエリザベスが云った、「ウィッカムからリディアへの譲与額が判れば、ガードナー叔父様が二人のために幾ら出したかは正確に判るわ、ウィッカム自身は一文なしなんだから。それにしても叔父様と叔母様の御親切にはとてもお返しが出来ないわね。わざわざあの娘を自分達の家へ引取って、しかも身をもって保護と援助まで与えて、少しでもあの娘の立場が有利になるように大変な犠牲を払って下さるんだもの、このさき何年感謝したって到底感謝しきれないわ。あの娘、今頃はもう叔父様達の所にいるのよね！　こんなによくして頂いて、それでもまだ自分を浅ましく思う気持が起らないようなら、もうあの娘には幸福になる資格はなくてよ！　いくらあの娘でも叔母様の前へ出るときは、流石に穴があったら入りたかったのではないかしら！」

「でも私達は二人のこれまでのことにいつまでも拘泥《こだわ》っていてはいけないと思うの」とジェインが云った。「二人の幸せはこれからなのだし、二人はきっと幸せになれるわよ。私はあの人があの娘との結婚に同意したのは、まともな考え方をするようになった証拠だと信じるわ。二人ともこれから互いに愛し合えば浮ついたところもなくなるでしょうし、やがて落着くところに落着いて分別のある暮し方をするようになれば、いずれは過去の軽率な振舞も忘れられるだろうと思うの。」

「いいえ、二人の仕出かしたことは」とエリザベスは答えた、「お姉様にだって私にだって誰にだって、そう簡単に忘れられるようなことではない筈よ。それについてはとやかく云ってみたところでどうにもならないわ。」

そのときふと、母は多分まだこのことを何も知らないのだとの思いが二人の心に浮んだ。そこで二人は書斎へ行って、このことを母に知らせていいかどうか父に訊いてみた。ベネット氏は手紙を書いている最中であったが、頭も上げず、素っ気ない口調で答えた――

「好きにするさ。」

「叔父様のお手紙、持って行ってお母様に読んであげてもよくて？」

「何なりと持って、さっさとお行き。」

エリザベスは父親の机の上から手紙を取ると、姉と一緒に二階へ上がって行った。ちょうどメアリーとキティーが母親の部屋に来合せていたので、家族全員への伝達は一度で済むことになった。手紙はジェインが読んで聞かせることになり、吉報である旨をちょっと前置きしてから読み始めた。ベネット夫人は吉報と聞くとそわそわして落着かず、リディアは近ぢか結婚することになると思うというガードナー氏の言葉が読上げられると、歓喜の声を発し、あとは一文が読まれるごとにいよいよ狂喜せんばかりの喜びようであった。これまでは不安と口惜しさでいらいらと気が立っていたのが、今は喜びと嬉しさで激しく気持が昂《たかぶ》っていた。娘が結婚すると聞いただけですっかり有頂天になり、娘の行く末を案じて心を乱すとか、その不品行を思い出して恐縮するとか、その種のことは一切なかった。

「ああ、リディア、リディア！」とベネット夫人は叫んだ。「ほんとに何て素敵なことかしら！——あの娘が結婚するなんて！——それも十六で結婚するなんて！——ああ、あの娘にまた会えるのね！——流石は私の弟、よくやったわ！——私には初めから分っていたの——何もかも弟が上手くやってくれるだろうってね。ああ、早くあの娘に会いたい！愛しいウィッカムにもね！　そうだ、衣裳のこと、大事な婚礼衣裳のことを忘れていたわ！　すぐにも義妹《いもうと》に手紙を書いて頼まなくては。ねえ、リジー、大急ぎでお父様の所へ行って、リディアのために幾ら出してもらえるか訊いてみて頂戴。いや、ちょっと待って、やっぱり自分で行くわ。キティー、呼鈴を鳴らしてヒルを呼んでおくれ。すぐに着替えをするから。ああ、リディア、リディア！——今度みんなが一緒になるときは、さぞかし陽気で賑やかなことだろうねえ！」

長女は母親の些か常軌を逸した有頂天ぶりを見るに見兼ね、今度のことで我が家はガードナー叔父から大変な恩義を受けたことを持出して、母親の頭を少し冷そうとした。

「だってこんなめでたい結果になったのも」とジェインは云い添えた、「大部分は叔父様の御親切のおかげなんですから。どう見ても叔父様がミスター・ウィッカムに金銭的な援助を申し出て下さったとしか思えません。」

「それなら」と母親は声を揚げた、「大いに結構なことではないの。あの娘の叔父なんだし、ほかに誰がそんなことをしてくれますか？　もともとあの人のお金は、あの人に妻子がなかったら全部私と私の子供達のところへ来る筈のものだったんだし、それに、ときたまちょっとした贈物を貰ったことを除けば、あの人に本格的に何かしてもらったのはこれが初めてではないの。ああ、私はほんと幸せだわ！　もうすぐ娘の一人が結婚するんだもの。ミセズ・ウィッカム！　実にいい響きだこと。この六月で十六になったばかりだというのにねえ。ねえ、ジェイン、何だか胸がどきどきして、とても手紙は書けそうにないから、代りに書取って頂戴、口で云うから。お金のことはあとでお父様と決めることにして、とにかく婚礼衣裳だけはすぐにも注文を出しとかないとね。」

そう云うとベネット夫人はキャラコ、モスリン、キャムブリックなどと細ごまとした品目をやたらに並べ立て始めた。そのときジェインが口を挿んで、それを決めるのはお父様とゆっくり話し合ってからの方がいいのではと、どうにか説得したからいいようなものの、さもなくばあっという間に夥《おびただ》しい数の品目が注文されるところであった。一日ぐらいの遅れはどうってことないわ、とジェインが云うと、夫人も御満悦だったから、いつもほどは我を張らなかった。それにほかの計画もいろいろと頭に浮んで来たのである。

「そうだ、着替えたらすぐに」とベネット夫人は云った、「メリトンへ行って、この素敵な、素晴しい知らせを姉のフィリップスに伝えなくては。帰りには、ルーカス令夫人とロング夫人の所にも寄って来られるわ。キティー、急いで階下《した》へ行って馬車の用意を云いつけておくれ。この際、外気に当って来るのも身体にいいだろうしね。お前達、何かメリトンで買って来てもらいたいものはない？　あ、ヒルが来たわ。ねえ、ヒル、素晴しい知らせを聞いた？　ミス・リディアがね、もうじき結婚するの。あなた方みんなにパンチ酒をたっぷり振舞ってよ、婚礼のお祝いにね。」

ヒル夫人はすぐさま喜びの言葉を口にし始めた。エリザベスは皆と一緒に夫人の祝辞を受けていたが、いい加減馬鹿らしくなって来たのでそっと座を外し、一人でゆっくり考えるために自分の部屋へ避難した。

可哀そうに、リディアの置かれた立場はどう贔屓目《ひいきめ》に見ても情ないとしか云いようがないけれど、でもこれ以上悪くならなかったことを感謝しなければならない。エリザベスは事態をそんな風に感じた。妹の将来を思うと、まともな幸福も豊かな暮しも到底期待は出来なかったが、つい二時間ほど前に自分達が恐れていたことを思えば、とにかくこのような結果が得られただけでも不幸中の幸いと思わなければならなかった。

＊D・M・シャパードによると、この日附は作者の勘違いで、八月の半ば頃が正しい。

第八章〔第五十章〕

ベネット氏は、子供達と自分よりも長生きした場合の妻の将来に備えて、収入を全部費《つか》ってしまわずに、毎年一定額を貯蓄に廻せばよかったと、暫く前からしばしば思わないではなかったが、今ほど痛切にそう思ったことはなかった。もし自分がその種の義務を果していれば、今さらリディアのためにどんな名誉や信用が金で買えるにせよ、そのために義弟に借りを作るようなことはしなくて済んだであろう。英国一のろくでもない若者にどうか娘の婿になって頂きたいと金を添えて頼み込む苦行も、当然父親たるこの自分が引受けていた筈だ。

ベネット氏としては、こんな益体《やくたい》もない結婚話を進めるのに、義弟一人に金銭的負担を掛けていることがひどく気になっていた。そこで、義弟の援助がどの程度のものか、もし可能ならはっきりさせて、出来るだけ早く借りを返すことにしようと決心した。

ベネット氏は結婚当初、倹約などまったく必要ないという考えであった。勿論、男の子が生れるものと信じて疑わなかったからである。その男の子が成年に達すれば、直ちに父と協力して限嗣相続を破棄することが出来るから、そうすれば自分が死んだあとも妻と下の子供達の生活は保障されるだろうと考えていたのである。ところが娘ばかりが五人続けざまに世の中へ出て来たものの、肝腎の男の子はなかなか姿を現さなかった。それでもベネット夫人は諦めず、リディアが生れたあともかなり長いあいだ次はきっと男の子だと信じていた。結局、男子誕生の期待は諦めざるを得なくなったが、そのときはもう今さら貯蓄をしても手遅れであった。ベネット夫人は倹約とはまるで縁のないひとであったが、ベネット氏は経済的な自立心が強く、他人に借りを作ることを嫌ったので、それで何とか一家の暮しは赤字を出さずに済んでいたのである。

ベネット氏亡きあと夫人と子供達に合せて五千ポンド遺贈されることは、婚姻約定書作成の際に取決められたことであったが、これをどのような割合で子供達に分配するかは両親の意嚮《いこう》次第であった。少くともリディアに関しては、今すぐにこの問題を解決しなければならなかったが、ベネット氏は五分の一をリディアにという義弟の提案に躇いなく応じることにした。そこで、至って簡潔な表現ではあったが、義弟の親切に対する心からの感謝を滲《にじ》ませつつ、これまでに取られた措置を全面的に承認するとともに、自分に代って交されたウィッカムとの約束も喜んで果す旨を手紙に認《したた》めた。ベネット氏は、娘と結婚するようウィッカムを口説き落すことが可能だとしても、今回の取決めによるほど安上りな負担で片がつくとは想ってもいなかった。二人に年百ポンド支払うことになっても、実質的には年十ポンドの損失にもならなかったからで、それと云うのも、食費や小遣いや、しょっちゅう母親の手から渡されている現金などを合せれば、リディアに掛る費用はこれまでも年百ポンドをさほど下廻ってはいなかったからである。

それに、自分にとってこの程度の取るに足らない努力で事が済みそうなのも、もう一つの意外な驚きで、大いに有難かった。もうこの問題には出来るだけ煩わされたくないというのが、ベネット氏の目下の本心だったからである。最初こそ激しい怒りに逆上して闇雲に娘を捜し廻ったりもしたが、それも一段落すると、いつしかまたもとの怠惰な無精者に戻っていた。手紙は書きおえるとすぐに使いの者に渡された。ベネット氏は仕事となるとぐずぐずしていてなかなか始めない方だが、一旦始めると片づけるのは早いのである。義弟には、借りがどの程度のものか、さらなる詳細を知らせてくれるよう依頼の言葉を記したが、リディアには、未だに腹の虫が治まらなかったので、一言の挨拶も送らなかった。

リディア結婚の朗報はたちまち家中に知れ渡り、やがて瞬く間に近隣に弘まった。近隣の人びとは一応品よく冷静にこれを伝え、受取った。仮にこれが、ミス・リディア・ベネットはロンドンで身を持崩したとか、さもなくばせめて、どこか遠くの人里離れた農家に隔離されたというような話であったら、確かに人びとの会話はもっと弾んだことであろう。だが、結局ミス・リディアは結婚することになったというだけでも、話の種には事欠かなかった。メリトンの意地悪婆さん達は、ミス・リディアも身を誤らなければよいがと、これまで口を揃えてお為《ため》ごかしを云っていたが、こんな風に事情が変って正式な結婚ということになっても、そのお為ごかし根性は殆ど衰えなかった。結婚といってもあんな夫ではどうせ不幸になるに決っていると見ていたからである。

ベネット夫人はこのめでたい日に二週間ぶりで階下に降りて来たが、再び食卓上座の主婦の席に着くと、その元気なことまわりを圧倒せんばかりで、とても病上がりの身とは思えなかった。娘の駈落を恥じる気持など微塵もなかったから、夫人の得意満面の表情には些かの翳りもなかった。夫人にとって娘の結婚はジェインが十六歳になったときからの悲願であり、それが今まさに陽の目を見ようとしているのである。夫人の思いも、口から出る言葉も、典雅な結婚式の参列者や、綺麗なモスリン地の婚礼衣裳や、新しい馬車や、召使達のことばかりであった。そうかと思うと、娘の新居に相応しい家を探さなくてはと云って、近隣の主立った家を忙《せわ》しなく品定めしていたが、二人の収入がどの程度のものかなど知りもしなければ考えようともせずに、やれ小さすぎるだの、構えに風格がないだのと云って、どれもこれも不合格にしていた。

「ヘイ゠パークならいいかも知れないわね」と夫人は云った、「グールディング家の人達が手放してくれればの話だけれど。あとはストウクのあのお屋敷ね、あれも悪くないけど、客間がもう少し広くないとね。でもアッシワースは遠すぎて駄目！　あの娘と十マイルも離れて暮すなんて堪えられないもの。それからパーヴィス・ロッジだけれど、あそこはいくら何でも屋根裏部屋がひどすぎます。」

ベネット氏は召使達の手前、夫人の止めどないお喋りに一言も口を挿まずにいたが、召使達が引退るのを待って、口を開いた、「ねえ、お前、お前が娘夫婦のためにそれらの家のどれを借りようと、或は全部を借りようと構わないが、その前に一つだけ承知しといてもらいたいことがある。私はこの界隈の家には一軒たりとも二人の立入りを認めないからね。二人をロングボーンに迎えて、二人の恥知らずを助長するつもりなど、私にはまったくないからね。」

この断乎たる意思表明のあと暫く激しいやりとりが続いたが、ベネット氏は一歩も譲らなかった。そのうちにもう一つの諍《いさか》いの火種が夫の口から飛び出した。夫は娘の婚礼衣裳のためには一ギニーたりとも用立てるつもりはなく、この結婚にはいかなる形の祝意も示す気はないと断言したのである。ベネット夫人は吃驚仰天し、夫の云っていることがよく分らなかった。結婚する娘に婚礼衣裳を準備するのは父親の半ば義務であり、娘にはそうしてもらう云わば特権があるのだ。花嫁衣裳を欠いた結婚式などどう見ても父親の恥曝しであり、到底まともな結婚式とは思えない。それなのに夫はそういう娘の特権を拒否すると云うのである。夫が何でそんな信じられないような憤りを見せるのか、ベネット夫人にはまったく理解出来なかった。ベネット夫人にしてみれば、娘がウィッカムと駈落して、結婚する二週間も前から同棲していたことよりも、娘が婚礼衣裳も新調せずに結婚式に臨むことの方が、遥かに恥しいことだったのである。

エリザベスはいま、あのときラムトンで動顛のあまり、妹に関する心配事をすべてミスター・ダーシーに話してしまったことを、心から後悔していた。それと云うのも、妹の駈落がこんな短時日のうちに然るべき結婚という形で決着がつくのなら、その好ましからざる当初の経緯(いきさつ)は、直接関わりを持たなかった人達には知られなくて済んだかも知れなかったからである。

しかしエリザベスは、この話がミスター・ダーシーからさらに弘まる惧れがあるとは思っていなかった。秘密の守れる人として、この人ほど信頼の出来そうな人はまずいないと思っていたからである。しかし同時に、妹の弱みを知られることが自分にとってこれほど辛く感じられる人もいなかった。と云って、それは何も自分個人の立場が不利になる惧れがあるからという訳ではなかった。リディアの不始末があってもなくても、自分達のあいだには既に越え難い溝が出来ているように思えたからである。ミスター・ダーシーにしてみれば、そうでなくてもいろいろと云い分のある家族に、今また、自分が軽蔑して当然の男が最も近しい親類縁者として加わろうとしているのである。仮にリディアの結婚が何ら恥じるところのない立派な条件で取決められたとしても、ミスター・ダーシーに今さらそんな家族と縁を結ぶ気があろうとは到底想えなかったのだ。

ミスター・ダーシーがそのような縁組から身を退《ひ》こうとするのも無理はないとエリザベスは思った。ダービーシアでは、あの人の気持にこちらの愛情を得たいという思いのあったことをエリザベスは疑わなかったが、こんな打撃に遭ってもなおその思いが消えずに続いていようとは、理性的に考えて期待出来なかったからだ。エリザベスは情なく、悲しかった。何をと云われてもよく判らなかったが、悔む気持もあった。ダーシーから評価されていたことが、だからといって今さら何になる訳でもないのに、惜しまれてならなかった。そもはやダーシーの消息を知る由《よし》はなさそうだったが、無性にその消息が知りたかった。そしてもはや二度と会うことはあるまいと思われる今になって、自分はあの人とならきっと幸せになれたろう、と思った。

自分はあの人の申込をほんの四箇月前には誇らしげに撥《は》ねつけたけれど、今なら有難く喜んで受容れるだろう——自分のこの気持を知ったら、あの人はさぞかし得意な気持になることだろう、とエリザベスはしばしば思った。あの人が男としてきわめて寛大な心の持主であることは確かだが、それでも人間である以上、得意な気持にぐらいはなるだろう。

エリザベスは今になって、ミスター・ダーシーが気質的にも能力的にも自分にぴったり合った人だということが分り始めた。頭の働きも気性も、自分とは違っているが、自分の望みには充分叶っていそうであった。二人が結ばれていればどちらのためにもなったに違いない。自分の気さくで陽気な性質によって、あの人の生真面目な性分は多少和らぎ、堅苦しい態度も少しは柔軟な、愛想のよいものになったかも知れない。そしてあの人の判断力と知識と幅広い世間智から、自分はそれ以上の大事な恩恵を受けたに違いない。

しかしそのような幸せな結婚によって、自分達に感嘆の眼を向ける多くの人達に真に幸福な夫婦の手本を示すことは、今はもう不可能になってしまった。そしてそれとはまるで異質な縁組、自分達の幸福な縁組の可能性を潰してくれた縁組が、もうじき我が家に誕生しようとしているのだ。

ウィッカムとリディアが先ざきどうやって人に頼らずに生活を支えて行けるのか、エリザベスには想像がつかなかった。だが、一時の情熱が貞操観念よりも強かったというだけのことで結ばれた二人が、永続的な幸せと無縁なことは容易に推測出来た。

ガードナー氏からすぐに義兄宛の返信が届いた。ベネット氏の感謝の言葉に対しては手短に触れただけで、自分の尽力はひとえに御家族の幸せを願ってのことゆえ御安心頂きたく、とあり、貸し借り云云の件はどうぞ御放念下さり、以後お触れ下さらぬように、と結んであった。手紙の主たる内容は、ミスター・ウィッカムが義勇軍を離れる決心をしたことを伝えるもので、ガードナー氏は以下次のように続けていた――

「結婚が決り次第、その方がいいと小生は願っておりましたが、今の部隊を離れることが当人のためにも我が姪のためにも大いに望ましかろうとの考えには、兄上も御賛同下さるものと存じます。ミスター・ウィッカムは目下正規軍に入るつもりでおります。旧友の中に、本人の陸軍入隊を喜び、尽力してくれる者が何人かいる由、本人は既に、目下北部に駐屯中の――将軍麾下《きか》の聯隊にて聯隊旗手を務めるべく内定を得ているとのことです。当地からそのぐらい遠く離れた土地に赴任《ふにん》するのもこの際悪くはないと存じます。ミスター・ウィッカムも明るい前途が約束された訳だし、二人とも新たな人達と出会えば、それぞれ自分達の評判を守ることにも敏感になり、今よりはもっと慎重に振舞うのではないかと思われるからです。フォースター大佐へは一筆認め、このたびの私どもの取決めを報告するとともに、ブライトン内外に数多《あまた》散在せるミスター・ウィッカムの債権者達に、小生の責任に於いて早急に支払う用意のある旨を大佐から伝え知らせて下さるよう依頼しておきました。なおメリトン方面の債権者達については、御面倒恐縮ながら兄上の方から同様の確約をお与え頂きたく、本人申告に基づく債権者一覧を本状末尾に追加しておきました。本人によれば負債はこれで全部だということです。よもや偽りはなかろうと存じます。返済に関しては、早速ハガーストン弁護士に指示を出しましたので、一週間もすれば万事解決の運びになろうかと存じます。そのあと二人は、ロングボーンから招きがあればともかく、さもなくばそのまま北部の聯隊に赴《おもむ》くことになります。家内が申すには、リディアは南部を離れる前に一度皆様にお会いしたい気持がとても強いようです。本人は至って元気で、父上と母上にはくれぐれもよろしくとのことです。――敬具、云云。

E・ガードナー」

ベネット氏と娘達は、ウィッカムが――州義勇軍の聯隊を離れるのは得策だというガードナー氏の考えに大賛成であった。しかしベネット夫人はあまり喜ばなかった。夫人は二人をハートフォードシアに住わせる計画を決して諦めた訳ではなく、これからもリディアのそばで暮せるならこれほど楽しく誇らしいことはないと思っていただけに、リディアが北部に居を定めると聞かされたときの失望落胆は大変なものであった。そればかりか、リディアは既に聯隊のみんなと顔馴染なのだし、お気に入りの士官も随分と沢山いるのだから、その聯隊から引離されてしまうなんて可哀そうで堪らないと云うのである。

「あの娘はフォースター大佐の奥様が大好きなのよ」とベネット夫人は云った、「それなのにあの娘をそんな遠くへやってしまうなんて、ひどいわよ、あんまりだわ！　それにあそこにはあの娘がすごく気に入っている若い士官が何人もいるんですからね。——将軍の聯隊にはそんな感じのいい士官はいないかも知れないではないの。」

北部へ出発する前にもう一度実家に迎え入れてもらいたいというリディアの要求——この際これは要求と考えて差支えないであろう——を、ベネット氏は最初絶対に認めようとしなかった。しかしジェインとエリザベスは、妹の気持と体面を思えば、一応この結婚は両親によって認められたものとする方が望ましいのではないかと考えが一致したので、結婚式が済み次第、新郎と新婦をロングボーンへ迎えるよう父親に進言した。熱心に、しかし道理を尽して穏やかに説得を続けたので、到頭ベネット氏も折れて、娘二人の考えを受容れ、二人の望むようにしようと請合った。母親はその話を聞くと、折角結婚した娘を見す見す遠い北部へやる前に、その晴姿を近隣の人達に披露出来るとあって、やっと気持が治まった。そこでベネット氏は再度義弟に手紙を書く際に、二人は来たければ来ても構わないと書送った。その結果、二人は結婚式が済み次第、ロングボーンへやって来ることになった。尤もエリザベス自身は、ウィッカムがこのような計画に同意したことにむしろ驚いていた。もし自分の気持にだけ耳を傾けるなら、ウィッカムとは二度と顔を合せたくないというのがエリザベスの偽らざる本心だったからである。

第九章〔第五十一章〕

いよいよリディアが結婚する当日になった。ジェインとエリザベスは、おそらく当の花嫁が感じている以上に、その心中をあれこれと察して気を揉んでいた。——までベネット家の馬車が迎えに出され、新郎と新婦はそれに乗って正餐の時間までにやって来る筈であった。その到着を姉二人はびくびくしながら待受けていた。とりわけジェインは、もし自分が駈落の当事者であったらきっと抱いたであろう気持を、リディアは当然抱いているものと想っていたので、妹は皆に顔向けも出来ず、さぞや辛い思いをすることだろうと、エリザベス以上に気が滅入って落着かなかった。

二人が到着した。家族は全員が朝食室に集まって、二人が現れるのを待っていたが、馬車が戸口に着くと、ベネット夫人の満面に笑みが拡がった。夫の方は憮然《ぶぜん》とした表情を些かも変えなかった。娘達は、不安になり、心配が募り、気が気でなかった。

玄関の間でリディアの声がしたかと思うと、次の瞬間、扉が勢いよく開いて、当人が駆込んで来た。母親は驚喜せんばかりに駆寄って娘を抱締め、歓び迎えた。新婦のあとから入って来たウィッカムには、愛情の籠った頰笑みを見せながら手を差伸べ、それから二人に向うと、二人の幸福を信じ切った顔で、いそいそと祝いと喜びの言葉を述べた。

それから二人はベネット氏の方に顔を向けたが、そちらからはあまり懇《ねんご》ろな歓迎は受けなかった。ベネット氏はむしろそれまで以上に厳しい表情を見せて、殆ど口を開かなかった。実際、若夫婦のあまりに好《い》い気な厚顔無恥に、内心むかっとしていたのである。二人のけろりとした態度にはエリザベスもうんざりし、ミス・ベネットでさえショックを受けていた。リディアはこの間に何一つ変っておらず、依然としてじゃじゃ馬で、羞《はじら》いがなくて、野放図で、賑やかで、怖いもの知らずのリディアであった。姉達の一人一人に面と向って強引に祝福を求め、漸く皆が席に着くと、今度は部屋のあちこちをじろじろと眺め廻し、少し模様替えしたところが眼につくと、声を立てて笑いながら、この部屋に入ったの、ほんと久しぶりだわ、と云った。

ウィッカムにもリディア同様、内心苦にしている様子などはまったく見られなかった。だがその態度振舞は相変らず人好きのするものだったから、もし当人の評判と結婚の仕方さえまともなものなら、今後は身内の一員としてどうぞお見知りおきをと云ったときの笑顔と気さくな物腰は、大いに皆を喜ばせたことであろう。エリザベスはこれまで、ウィッカムがここまで平然と厚かましい真似の出来る男だとは思っていなかったが、これからは、厚かましい男の厚かましさには限度のないことを肝に銘じておこうと思いながら腰を下ろした。エリザベスもジェインも困惑して顔を真赧にしていたが、姉二人を赤面させた当人達の頰の色には何の変化もなかった。

話の種は尽きず、花嫁と母親は早口を競うように急き込んで捲し立てていたが、それでもまだ云いたいことに口が追いつかない様子であった。ウィッカムはたまたまエリザベスのそばに坐ることになったが、何ら屈託した風もなく、至って上機嫌に、この界隈で自分が知合いになった人達の安否や消息を訊ね始めた。しかしエリザベスは相手の調子に合せて愛想よく受答えする気にはとてもなれなかった。リディアもウィッカムも、自分達の思い出は最高に楽しいものばかりで、苦しい過去の思い出などは何一つない、といった口吻《くちぶり》であった。リディアは、姉達が口が裂けても触れないでおこうと思っていたことを、自分から平気で話題にして憚《はばか》らなかった。

「考えてみれば」とリディアは叫んだ、「私が出掛けて行ってから、もう三箇月になるのよね。何だか二週間ぐらいにしか思えないんだけど。それにしてはいろんなことがあったわね。ほんと云って、私、出掛けて行くときは、まさか帰って来るときに自分が結婚しているなんて思ってもいなかったわ！　でもね、そんなことになったら愉快かもって思ってはいたの。」

父親は思わず眼を上げた。ジェインの顔には困惑の色が浮んだ。エリザベスはきっとリディアを睨んだ。だが何事によらず自分が見たくないものは見えず、聞きたくないことは聞えないリディアは、陽気に続けた、「ねえ、ママ、この辺の人達は私が今日結婚したこと、知ってるのかしら？　多分知らないわよね。私そう思ったから、さっきも、カリクル馬車を走らせていたウィリアム・グールディングに追いついたとき、是非教えてやろうと思ったの。それで馬車が並んだとき、そっち側の窓を下ろして、手袋を脱《と》って、窓枠に手を乗せといたの、結婚指環が見えるようにね。それからお辞儀して、うんとにこにこ笑ってやったの。」

エリザベスはもうそれ以上我慢出来ず、立上がると部屋を飛出し、そのまま朝食室へは戻らなかった。そのうちに皆が玄関広間を横切って食堂へ移る物音が聞えたので、そこへ合流すると、ちょうどリディアがさも見よがしに母親の右手へ歩み寄るのが見え、それから長姉のジェインに向ってこう云うのが聞えた、「あら、ジェイン、今日は私がお姉様の席に着いてよ。お姉様は私より下座に坐らなきゃ。だって私はもう既婚者なんだから。」

最初は神妙の欠片《かけら》もなかったリディアでも、時間が経てば少しは神妙になるかと想いきや、とんでもない話で、ますます好い気になり、調子に乗る一方であった。早くフィリップス夫人やルーカス家の人達や近所の誰彼に会って、みんなから「ミセズ・ウィッカム」と呼ばれたいなどと能天気なことを云い出し、さしあたっては食事が済むのを待って、ヒル夫人と二人の女中の所へ、指環を見せびらかして結婚したことを自慢するために出掛けて行った。

「ねえ、ママ」と、皆が朝食室に戻ったところで、リディアが云った、「私の旦那様をどうお思い？　すごく魅力的な人だとお思いにならない？　お姉様達は私が羨しくて仕方がないんじゃないかしら。私としてはお姉様達にもせめて私の半分でいいから幸運を摑んでもらいたいと思っているのよ。それには全員まずブライトンへ行かなくてはね。夫を見つけるにはとにかくあそこへ行くのが一番だもの。何でみんな一緒に行かなかったのかしらねえ、ママ、ほんと残念だわ。」

「まったくねえ、私が自分の意志を通していたら、みんなで行っていた筈なんだけど。それはそうと、ねえ、リディアや、私はお前にそんな遠い所へ行ってもらいたくないんだけれど、どうしても行かなきゃ駄目なの？」

「それはそうよ！――でもそんなこと何でもないじゃないの。きっといい所だと思うわ。ママもパパも、それからお姉様達も、是非遊びに来てよね。今年の冬はずっとニューカースルにいる予定なの。多分舞踏会が幾つかあるでしょうから、お姉様達のために心していいお相手を見つけておくわ。」

「それは何よりだわねえ！」と母親が云った。

「それからお帰りの際にはね、お姉様を一人か二人あとに残して行っていいのよ。多分冬が終るまでには、私の力でいい旦那様が見つかると思うから。」

「私にまで気を遣ってくれるのは有難いけれど」とエリザベスが云った、「でも私はあなたのような旦那様の見つけ方はまっぴらですからね。」

二人がここにいられるのはせいぜい十日間であった。ミスター・ウィッカムはロンドンを離れる前に既に辞令を受取っていて、二週間後には聯隊に入ることになっていたからである。

二人の滞在が短すぎると云って嘆いていたのはベネット夫人だけであったが、それでも夫人は、その短い期間を充分に利用して、娘を連れてあちこち訪問したり、家でも頻繁にパーティーを開いて客を招んだりした。これらのパーティーは家族みんなの歓迎するところであった。それと云うのも、今はなるべく家族だけで顔を合せていたくないというのが、物事を考えない人達以上に、考える人達の気持だったからである。

ウィッカムのリディアに対する愛情は、リディアのウィッカムに対する愛情ほど強いものではなかった。それはエリザベスの想っていたとおりであった。従って二人の駈落がウィッカムよりもむしろリディアの愛の力によるものであったことは、今さら観察するまでもなく、物の道理として容易に納得出来ることであった。エリザベスとしても、ウィッカムの逐電《ちくでん》が苦しい借金事情に強いられたものであることを確信していなかったら、なぜウィッカムが特に熱愛している訳でもないリディアと駈落などする気になったのか、大いに訝《いぶか》ったことであろう。しかし事情がそういうことなら、あとは要するに、ウィッカムその人が、逐電の道連れが出来た幸運を敢えて拒むような青年ではなかったというだけのことなのだ。

リディアの方はウィッカムに首ったけであった。何かというと、私の愛しいウィッカム、であり、あの人に敵《かな》う男などいる筈がなく、あの人は何をやっても世界一で、九月一日の遊猟解禁日にはイギリス中の誰よりも沢山の鳥を撃ち落すに決っているのであった。

二人が来てまだ間もない頃の或る朝、姉二人と同席していたリディアがエリザベスに向って云った——

「ねえ、リジーにはまだ私の結婚式の話、してなかったわよね。ママやみんなには全部話したけど、そのとき確かリジーはいなかったもの。どんな式だったか聞きたくない？」

「別に聞かなくてもいいわ」とエリザベスは答えた。「その話題にはなるべく触れない方がいいと思うから。」

「まあ！　天の邪鬼ね！　でもいいわ、やっぱり話してあげる、どんな式だったか。私達がセント・クレメント教会で結婚したのはね、ウィッカムの宿がその教区にあったからなの。それで十一時までにみんながその教会に集まることになって、当日は叔父様と叔母様と私が一緒に行って、あとの人達とは教会で待合せることにしたの。それで、いよいよ月曜日の朝になると、私はもうすっかり昂奮しちゃって、そわそわやきもきのしっぱなし！　何かあって式が延期になったらどうしようと思うと、もう心配で心配で、もしほんとにそんなことになってたら、きっと気が変になってたと思うわ。それなのに叔母様と来たら、私が着附けをしているあいだずっとそばに立って、何だかんだとお説教ばっかりしてるの、まるで説教集でも読んでるみたいにね。でも私、十分の一も聞いていなかったわ。だって、判るでしょう、私は愛しいウィッカムのことしか頭になかったし、あの人があの青い上衣《うわぎ》を着て式に臨むかどうか気が気じゃなかったんだもの。

「それで、そう、いつものように十時に朝食をとったんだけど、それがいつまで経っても終らない感じで、だって――それはそうと、叔父様も叔母様も私が一緒にいた間中ひどく機嫌が悪かったの。私、二週間もあそこにいたのに、一度も外出させてもらえなかったのよ。これほんとよ。パーティーも、遊びや買物の計画も、何一つなかったわ。確かにロンドンは時季外れで人の出も少かったけれど、でもリトル・シアターは開いていたのよ。

――それで、そう、ちょうど馬車が戸口に着いたとき、叔父様があのミスター・何とかストンという嫌な男の所へ用事で呼出されたの。何しろ二人は一旦顔を合せると、長話になって切りがないものだから、私はもう恐しくなって、どうしていいか判らなかった。だって叔父様が私を花婿に引渡すことになっていたし、もし決められた時間に遅れたら、その日はもう結婚出来ないんだもの。でも幸い、叔父様は十分ほどで戻って来たから、それでやっと全員揃って出掛けたの。でもね、あとで考えたら、仮に叔父様が行けなかったとしても、結婚式を延ばす必要はなかったのよ。叔父様の代りをミスター・ダーシーが務めればよかったんだもの。」

「ミスター・ダーシーですって！」とエリザベスは吃驚仰天して、思わずその人の名前を繰返した。

「ええ、そうよ！――だってあの人、ウィッカムの附添いで来ることになっていたんだもの。あっ、いけない！すっかり忘れてた！これ、一言も云ってはいけなかったの。私ったら、あんなに忠実にみんなと約束したのに！ウィッカムが知ったら何て云うかしら？これは絶対に秘密だったの！」

「秘密だったのなら」とジェインが云った、「そのことにはそれ以上一言も触れないことね。大丈夫よ、私もそれ以上のことは聞き出したりしないから。」

「そうよ、大丈夫！私達、何も訊かないことにするわ」と云って、エリザベスも姉に合せたが、内心は好奇心に燃えていた。

「有難う」とリディアは云った。「だって私のことだから、訊かれたら何もかも喋りそうだし、喋ったらウィッカムが怒るに決っているもの。」

この訊けば答えてもいいと云わんばかりの口吻に、エリザベスはそのままそこにいたらつい訊いてしまいそうな気がしたので、やむなくその場から逃出した。

しかしエリザベスとしては、こんな重大なことを耳にした以上、とてもこのまま何も知らずにいる訳には行かなかった。と云うか、少くとも、どういうことなのか知ろうともせずに平然としている訳には行かなかった。妹の結婚式にミスター・ダーシーが出席していたのである。この結婚はどう見てもあの人とは何の関係もない筈だし、新郎にしても新婦にしてもあの人としては一番同席したくない人達の筈だ。これはどういうことなのか？　さまざまな推測がエリザベスの脳裡を慌しく駆巡ったが、どれも納得が行かなかった。最も気に入った推測は、その行為が最も気高い動機からなされたのではないかというものであったが、それは最もありそうもないことに思われた。エリザベスはこのままではどうにも気持が落着かないので、叔母に短い手紙を書くことにして、急いで便箋を取出すと、リディアが洩らしたことについて、秘密だということだがそれでももし可能なら説明してもらえないだろうか、と問合せた。

「私の好奇心がどんなものか、叔母様には容易に分って頂けると思います」とエリザベスは附加えた。「私達の親戚でもなく、我が家からすれば赤の他人と云ってもいい人が、なぜそのような場に同席したのか、その訳が知りたいのです。どうかすぐにも御返辞を下さって、私を納得させて下さい——但しどうしても秘密にしておかなければならない然るべき理由がおありなら——リディアはそう考えているようですが——そのときは致し方ありません、私も知らないままでいることに甘んずるつもりです。」

「でも甘んずるつもりはなくてよ」とエリザベスは手紙を書きおえると、内心密かに附加えた。「いいこと、叔母様、もし叔母様が名誉を守る方を選んで教えて下さらないのなら、私はどんな策略や計略を用いてでもきっと探り出しますからね。」

ジェインは名誉を守ることには潔癖すぎるぐらいであったから、リディアが洩らしたことについてはエリザベスと二人だけになっても話題にしようとしなかった。それはエリザベスにも有難かった——手紙で問合せたことに満足の行く答が得られるかどうかはっきりするまでは、秘密の話をする相手などいない方がよかったからだ。

第十章〔第五十二章〕

叔母からはすぐに返辞が来た。これほど早く来るとは思っていなかっただけに、エリザベスは大喜びで手紙を手にすると、すぐさま小さな雑木林に駆込んだ。そこなら誰からも邪魔されずに済みそうだったからで、ベンチの一つに腰を下ろして、期待に胸を弾ませた。と云うのも、手紙の長さから推《お》して、断りの返辞ではないことが確信出来たからである。

「グレイスチャーチ・ストリート、九月六日

「親愛なる姪へ

「あなたのお手紙、つい今しがた落手、拝見致しました。どうやらあなたにお伝えすべきことを短信にまとめるのは無理なようなので、午前中一杯かけて御返辞を認《したた》めることにします。実を云うと、あなたの問合せに私は驚いているのです。まさかあなたからこのような問合せがあるとは思っていなかったからです。だからといって、私が怒っているなどとは思わないで下さい。私はただ、あのような問合せをする必要があなたにあろうとは想ってもいなかったことを、分ってもらいたいだけなのですから。私が何を云っているのか分らないと云うのであれば、私が勘違いしていただけですから、どうか不躾の段お赦し願います。叔父様も私に劣らず驚いておいでです――このことにはあなたも関わっているものと思えばこそ、叔父様はこれまでのような行動をとられたのです。でもあなたが本当に一切何も知らないと云うのであれば、この際はっきりと詳しく説明しなければなりません。私がロングボーンから帰ったちょうどその日に、まったく思い掛けない人が叔父様を訪ね

て来ました。何とミスター・ダーシーで、叔父様と二人だけで何時間か話をなさったようです。話は私が帰宅する前に済んでいたので、おかげで私はあなたほどは好奇心にひどく悩まされることはありませんでした。あの方は、リディアとミスター・ウィッカムの居場所が判り、ウィッカムとは何度も会い、リディアとも一度会って、話をしたことを叔父様に知らせに来てくれたのです。これは私の推測ですけれど、どうやらあの方は私達が帰途に就いた翌日にダービーシアを発って、二人を捜し出すつもりで上京なさったようです。あの方が自ら口にされたところによると、進んでそうする気になったのは、ウィッカムが卑劣な男であることを世間に知らせてさえいれば、まともな娘があの男を好きになったり信用したりすることはあり得ない筈だから、その点は自分に責任があると思ったからだそうです。あの方は寛大にも、事のすべては自分が自尊心を履違《はきちが》えていたせいだと云って、自分は以前、私事を世間に曝すのは沽券に拘《かかわ》ることだと思っていたと正直に云っておいででした。自分の人柄や評判は放っておいても自ずから現れるものだと思っていたようです。でもそれではいけないことが判ったから、自分はここで一歩踏出すことにした、そして自分がもたらした不幸を何とか取除くのが自分の義務なのだと云うのです。もしあの方にほかにも動機があったとしても、だからといってあの方の面目が潰れるようなことは決してないだろうと思います。あの方は上京して数日で二人を捜し出すことが出来ましたが、何か私達の知らない捜索の手掛りがあったと見え、それがふと脳裡に浮んだことも私達のあとを追掛ける気になった理由だったようです。何でもヤング夫人とかいうひとがいて、このひとは暫く前までミス・ダーシーの家庭教師をしていたが、何か是認出来かねることがあって——具体的にどんなことかは仰有いませんでしたが——それで辞めてもらったのだそうです。そのひとはそれからエドワード・ストリートに大きな家を借りて、以来下宿屋を営んで暮しを立てているとのことです。このヤング夫人とウィッカムが懇意の間柄であることをミスター・ダーシーは知っていたので、上京するとすぐに夫人の許へ行ってウィッカムの消息を訊ねました。しかし夫人から望む情報を得るのに二、三日は掛ったようです。夫人としては多少のお金でも貰わないことにはウィッカムの信頼を裏切りたくはなかったのでしょう、現にウィッカムの居場所は知っていたのですから。実際ウィッカムはロンドンに着くと真先にこの夫人を訪ねており、そのとき部屋に空きがあったら、二人はそこを宿にするつもりだったのです。ともあれ、ミスター・ダーシーはやっとのことで念願の二人の居場所を聞き出しました。二人は——・ストリートにいました。あの方はまずウィッカムに会い、そのあとでリディアにも是非会わせてもらいたいと云って譲りませんでした。あの方としては、とにかくリディアと会って、こんな不名誉な事態からはきっぱりと足を洗わなくてはいけない、身内の者が受容れを承知してくれたらすぐにもそちらへ身を寄せるように、自分も出来るだけの援助はするから、と云い聞かせるつもりだったのです。ところが会ってみると、リディアは今いる所から絶対に動く気はないと云って聞かず、身内の者などどうでもいい、あなたの援助も要らない、ウィッカムとは絶対に別れない、と云い張り、自分達はいずれきっと結婚するのだから、それがいつになろうと大した問題ではない、とも云ったそうです。リディアがそういう気持でいるのなら、これはもう二人をきちんと、それもなるべく早く結婚させるしかないとあの方は思われたようです。ただウィッカムと最初に話したときの印象で、ウィッカムに結婚するつもりのないこともあの方には判っていました。ウィッカムは、賭博の借金が嵩《かさ》んで二進《にっち》も三進《さっち》も行かなくなり、それでやむなく聯隊から逃げ出したのだと白状し、リディアが自分に随いて来たのは本人の望んだことで、結果がどうなろうとそれはひとえにリディア自身の愚かさのせいだと云って憚《はばか》らなかったらしいのです。士官の地位は直ちに返上するつもりだが、自分が今後どうなるのかさっぱり見当もつかない、どこかへ行かなければなるまいが、どこという当てもなく、どうやって喰って行くか、それも判らない——そう云ったそうです。ミスター・ダーシーは、なぜすぐにリディアと結婚しなかったのかと訊いてみました。ベネット氏は大金持とは想えないが、多少のことならしてもらえるだろうし、それに結婚していればベネット氏に対する君の立場も有利なものになる筈ではないかと。しかしこの質問に対する答を聞くと、どうやらウィッカムはどこかほかの土地へ行って、もっと有利な結婚をして一財産作る望みを棄ててはいないようでした。尤もそうは云っても、借金に追詰められた身としては、急場が凌《しの》げそうな誘惑にも抗し切れなかったようです。二人は何度か会って話し合いました。勿論ウィッカムが随分と無茶な要求をして来たので、とても一度や二度では話の折合いがつかなかったからですが、それでも何とか云い聞かせて、最後には妥当なところに落着いたようです。二人のあいだで万事決着がついたので、ミスター・ダーシーは次にこのことをあなたの叔父様に知らせることにして、最初、私が帰宅する前日の晩にグレイスチャーチ・ストリートへお見えになったそうです。生憎と叔父様が外出中で、そのときは会えなかったのですが、家の者にさらに様子を訊ねてみると、あなたのお父様がまだ滞在中で、翌朝ロンドンを離れることが判りました。あの方はあなたのお父様が相手では叔父様相手のようには適切な相談が出来ないだろうと判断なさり、それですぐに、叔父様に会うのはお父様が出発してからにしようと決心しました。そのときは名前を告げずに帰られたので、翌日になるまで、一人の紳士が何やら用事があるとかで訪ねて見えたということしか判りませんでした。土曜日にあの方は再びお見えになりました。あなたのお父様は既にお発ちになり、叔父様は在宅中でした。それで二人が長時間話し合ったことは既に記したとおりです。二人は日曜日にも会って話を続けましたが、そのときは私もあの方にお会いしました。話の片がついたのは月曜日で、そこですぐにロングボーンへ至急便が送られたのです。それにしてもミスター・ダーシーはとても頑固でした。ねえ、リジー、私が想うに、結局は頑固があの方の性格の本当の欠点ではないかしら。あの方は折あるごとにいろいろと欠点を非難されて来たけれど、この欠点だけはどうやら本物です。何もかも全部自分がやらねばと云って聞かないのです。叔父様の方も喜んで自分がすべての片をつけるつもりでいましたから（これは何も感謝してもらいたくて云っているのではありませんから、どうぞ誤解のないように）、二人は長いこと一歩も譲らずやり合っておいででした。これがあの情ないウィッカムとリディアのためになされているのかと思うと、勿体ないような議論でした。でも結局は叔父様の方が譲歩せざるを得ませんでした。叔父様としては、自分の姪のために一文も出させてもらえず、しかも全額出したかのような名誉だけを甘受させられた訳ですから、それはもういたく心外でした。それだけに今朝のあなたの手紙を見てきっとたいそう喜ばれたことだろうと思います。と云うのも、あなたの求めに応じさえすれば、叔父様としては借物の羽根飾りを外して、本来の持主に返すことになるからです。でも、リジー、このことは他言無用です。洩らすにしてもせいぜいジェインだけにしておいて下さい。若い二人のためにどのような善後策が講じられたかは、あなたもよく御存知のことと思います。ウィッカムの借金は一千ポンドをかなり超えていると思いますが、これが全額支払われ、リディアには親から譲られる分のほかに持参金が一千ポンド附加えられ、さらにウィッカムには将校任命辞令も買い与えられることになっています。これらのことがすべてミスター・ダーシー一人の手でなされることになった理由は、先に述べたとおりです。ウィッカムの人柄がすっかり誤解されたのも、その結果あんな風に世間に受容れられて皆の注目を浴びたのも、みんな自分のせい、自分が口を噤《つぐ》んで事態を適切に考えなかったからだという訳です。多分あの方の仰有ったことにも一理はあるのでしょうが、そうかと云って、あの方にせよ誰にせよ、口を噤んでいたというだけのことで今回の事態に責任があるものかどうか、どうも私には納得が行きません。ただね、リジー、これだけは絶対に確かですから、どうぞ安心して下さい。つまり、あの方は口ではあんな立派なことを云っているけれど、今回のことに深く関わる気になったのはほかにも動機があるからだと、もし私達に確信が持てなかったら、叔父様も決してあの方に譲歩することはなかったろうということです。話が一段落すると、あの方はまだ友人達のいるペムバリーへお帰りになりましたが、結婚式に再度上京して、お金の問題はその際に最終決着がつけられることになりました。以上で全部お話したと思います。この話にはあなたもさぞかし吃驚《びっくり》なさることでしょうが、少くとも不愉快になることはないだろうと思います。その後リディアの身柄は我が家で引受け、ウィッカムにも我が家への出入りを許すことにしました。あの人は足繁くやって来ましたが、その様子はハートフォードシアで知合ったときのまま、何一つ変ったところはありませんでした。むしろ我慢ならなかったのは、我が家に滞在中のリディアの態度でした。これについては書かないでおこうと思っていたのですが、水曜日に届いたジェインの手紙によると、どうやらあの娘がロングボーンに帰ったときの振舞もまったく同様だったらしいので、それならこれから書くこともあなたに新たな苦痛を与えることにはならないでしょうから、思い切って書くことにします。あの娘のしたことがいかに悪いことであり、家族にどれだけ不幸をもたらしたかを、私は繰返し真剣に云って聞かせましたが、仮に少しでもあの娘の耳に入ったとしたら、よほど運が好かったとしか云いようがありません。何しろ本人は馬耳東風もいいところ、てんで聞く耳を持たないのですから。ときどきひどく腹が立ったけれど、そんなときはあなたとジェインのことを思ってひたすら我慢することにしました。ミスター・ダーシーは約束の日時を違《たが》えずに戻って見えて、リディアの云うとおり、結婚式に出席なさいました。翌日は我が家で食事をなさり、水曜日か木曜日にロンドンを離れるとのことでした。ねえ、リジー、こんなことを云うと、あなたにひどく怒られそうだけれど、でもこの際だから思い切って云いますが（今まではまだそこまで云い切る勇気がなかったのです）、私はあの

方が大好きになりました。あの方の私どもに対する態度振舞はすべて感じのいいもので、ダービーシアでお会いしたときとまったく同じでした。優れた理解力と見識にはただ感心するばかりです。強いて難を云えば、もう少し快活だといいのですけれど、でもそれは、思慮のある結婚をなされば、奥様になるひとから学べるでしょう。それから、思うに、随分とおとぼけの御様子でした――あなたの名前を一度も口に出さなかったのですから。でもあの方に限らず、おとぼけは昨今の流行なのかしらね。もし大分出しゃばったことを書いたようなら、どうぞお赦し下さい。仮に赦せなくても、Pから締出すような罰だけはお与え下さいませぬよう。私はあのパークを完全に一周するまでは心残りが癒されないのですから。あのパーク、可愛らしい二頭の小馬に輓かせた馭者席の低いフェイトン馬車で廻ったら、さぞかし素敵でしょうね。さて、もうこの辺で筆を擱かなくてはなりません。子供達が三十分も前からお待兼ねなの。それではね、かしこ――

M・ガードナー」

この手紙の内容にエリザベスは気持の動揺を覚えたが、それがより多く喜びによるものなのか苦痛によるものなのかは判断が難しかった。リディアのふと洩らした言葉から、もしかしたらミスター・ダーシーがこのたびの縁組を押進めるために何かしてくれたのかも知れないと思わないではなかったが、はっきりしたことが何も判らないので、ただ漠然と不確かな臆測を廻らすだけであった。それで、いくら何でも善意からそこまで親切にしてくれる筈がないと思って臆測を抑えようとしたり、同時にもしこの臆測が当っていたら大変な恩義を蒙ることになってひどく心が痛むだろうと恐れたりしていたのだが、何とその臆測が事実だったのである！　しかもその事実たるやエリザベスの最大限の臆測も及ばぬものであったのだ！　あの人は自らの意志で二人のあとを追ってロンドンまで出向き、この種の捜索につきものの面倒や屈辱をすべて我が身に引受けてくれたのだ。その結果、大嫌いな、軽蔑すべき女にも頭を下げて頼み事をしなければならず、日頃顔を合せるのも御免なら名前を口にするのも汚《けが》らわしい男とも会って、それも何度も会って、道理を説き、説得を試み、最後には金まで出して云い含めなければならなかったのだ。それだけのことをあの人は好意も敬意も持てない娘のためにしてくれていたのである。これは自分のためにしてくれたのだ、とエリザベスはふと心密かに囁いた。しかしほかに考えを廻らすうちにその希望はすぐに抑えられた。あの人の気持とすればウィッカムと親戚になるなど唾棄《だき》して当然の筈だし、況《ま》してやこの自分はあの人の申込を既に一度断っている女だ。もしあの人の今度の行為が自分のためだとすると、あの人はその嫌悪感に打克てるほどそんな自分をなおも愛してくれていることになるが、いくら自分が自惚れてみても、そこまで虫のいい希望が抱ける筈はなかった。自分と結婚すればあの人はウィッカムと義理の兄弟になるのだ！　どんな自尊心の持主でもこんな縁組は御免蒙るに決っている。それなのにあの人は確かに大きな犠牲を払ってくれた。その大きさを思うと赤面せずにはいられないほどだ。でもあの人は自分が介入することに理由もつけていて、その理由づけは決して信じられないような異様なものではない。ウィッカムに対する自分の態度が間違っていたと思うからだと云うのは、それなりに筋が通っている。それにあの人には金銭的に太っ腹なところがあり、その素質を発揮するだけの財力もある。エリザベスとしては、自分ゆえに事がなされたとまでは流石に思えなかったが、もしやあの人にこちらに対する未練な気持がまだ多少は残っていて、それでこちらの心の平安と深く関わる事件の解決に乗出してくれたのかも知れないというところまでは、どうやら信じてもいいような気がした。それにしても、こちらからは何の恩返しも出来ない人に恩を受けているというのは、何とも心苦しくてならなかった。リディアが戻って来られたのも、何とかあの娘の世間体が繕《つくろ》われたのも、何もかもすべてあの人のおかげなのだ。ああ！　それなのに自分はあの人に事あるごとに嫌味な感情を募らせ、生意気な物云いをして来たのだ。それを思うと、エリザベスは後悔の念で胸が一杯になった。自分が恥しくて情なかった。だがその一方でミスター・ダーシーを誇らしくも思った。あの人が同情と名誉という大義のために私的な利害感情を抑えることが出来たのは、立派な誇らしいことだと思った。エリザベスは叔母がミスター・ダーシーを褒めているところを何度も読返した。褒め言葉としては些か物足りなかったが、それでも嬉しかった。また叔母も叔父もミスター・ダーシーと自分のあいだには愛情と信頼があるものと信じて疑わずにいてくれたことが判り、それも嬉しくないことはなかったが、ただそこには悔恨のほろ苦い気持も混じっていた。

そのとき誰かが近づいて来たので、エリザベスは物思いから我に返り、すぐにベンチから立上がった。急いで別の小径へ入り込もうとしたが、入り切らないうちにウィッカムが姿を現し、あとを追って来た。

「折角お一人で散歩のところをお邪魔だったでしょうか、姉上様？」とウィッカムは、エリザベスに追いつくと云った。

「ええ、お邪魔でしたわ」とエリザベスは笑いながら答えた。「でも邪魔だから歓迎しないという訳ではありませんのよ。」

「もし歓迎されないのであれば、僕としてはひどく残念です。僕達はこれまでもずっと仲の好い友達だったし、これからは友達以上の間柄なんですからね。」

「そうですわね。ほかの人達も出て見えるのかしら？」

「さあどうかな。ベネット夫人とリディアは馬車でメリトンへ出掛けると云っていたけれど。それはそうと、姉上、我等が叔父上と叔母上から聞きましたが、あなたも実際にペムバリーへ行かれたんですってね。」

エリザベスはそのとおりだと答えた。

「楽しかったでしょうね。羨しいな。でも僕の場合はいろいろあったから、どうもあそこには行きにくくてね。こちらに気持の負担さえなければ、ニューカースルへ行く途中にでも立寄れないことはないんだが。それで、多分年輩の女中頭に会われたと思うけど、レノルズ夫人ね、あのひとはいつも僕のことをとても可愛がってくれていたんです。でも勿論、あなたの前で僕の名前を口にすることはなかったでしょう。」

「いいえ、話しておられたわ。」

「そう？　どんな話をしてました？」

「あなたは軍隊に入ったけれど、どうやら——あまりうまく行かなかったようだって、そんな話でしたわ。あのぐらい遠く離れた所だと、話が途中で妙に誤解されて、正確には伝わらないみたいね。」

「確かにね」とウィッカムは唇を嚙みながら答えた。エリザベスはこれだけ云えば相手はぐうの音も出ないだろうと思ったが、相手はすぐにまた口を開いた——

「先月ロンドンでダーシーに会いましてね、いやあ吃驚した。何度か通りすがりに行き合ったけど、一体何の用があってロンドンに来ているのかな。」

「多分ミス・ド・バーグとの結婚に備えておいでなんでしょう」とエリザベスは云った。「この時期に上京するからには、何かよっぽど特別なことがおありの筈だもの。」

「きっとそうでしょう。ラムトン滞在中に会われたんでしょう？　確かガードナー夫妻からそう聞いたと思うけど。」

「ええ、妹さんを紹介して下さったわ。」

「妹さん、どうでした？」

「とても感じのよいかたでした。」

「この一、二年で随分良くなったという話は、確かに僕も聞いています。最後に会ったときは、あまり良くなりそうにも思えなかったんですけどね。でもあなたが感じがよいと思われたのなら何よりです。いずれきっといい娘になりますよ。」

「私もそう思っています。一番厄介な年頃は過ぎたんですもの。」

「キムプトンという村は通りました？」

「どうだったかしら、憶えていませんわ。」

「何でキムプトンの名前を出したかと云うと、その村の牧師禄は本来なら僕が貰うことになっていたからなんです。何とも魅力的な村でしてね――牧師館も実に素晴しい！　何もかも僕にぴったりだったのです。」

「説教も好んでなさったかしら？」

「至って巧みにね。僕だって牧師ともなれば説教は義務の一部だと当然考えた筈だし、そう考えればそれぐらいのお勤めはすぐに何でもなくなったでしょうからね。まあ、今さら嘆いてみても仕方がないけど――でも、確かに、僕には打ってつけの仕事だったろうな！　そういう静かな隠遁生活は、僕の幸福観に照してみてもまったく違和感のないものでしたからね！　でも結局そうはならなかった。その辺の事情については、ケントにいらしたとき、ダーシーから何か聞きませんでしたか？」

「そのことなら、ミスター・ダーシー御本人からではなく、別の信頼出来る筋から聞きました。何でもその牧師禄には条件が附いていて、現在の贈与権者の意嚮《いこう》で決めていいことになっていたとか、そういうお話でしたわ。」

「お聞きになったんですね。ええ、確かに条件のようなものは附いていました。最初にお話したとき、そう云ったと思うけど、憶えていませんか？」

「それからまた、こんな話も聞きましてよ――あなたには以前、説教することに今ほど食指が動かない時期があって、自分は聖職には絶対に就かないつもりだとはっきり断言なさったので、それでこの問題は取決めの条件に従って決着がついたのだって。」

「そうでしたか！　まあ、その話にもまったく根拠がないとは云いません。憶えておいでかどうか、確かそのことについても最初の話合いの折にお話したと思いますよ。」

　二人はもう家の戸口近くまで来ていた。エリザベスの方が相手から早く逃れたくて足を速めていたからである。ただエリザベスとしては、妹のことを思って相手を怒らせたくもなかったので、その言葉に対してはただ愛想よく笑いながらこう答えただけであった――

「ねえ、ミスター・ウィッカム、私達はもう身内なんだし、過去のことで云い争うのは止めましょう。これからはいつも心を一つにして行きましょうよ。」

エリザベスは片手を差出した。ウィッカムはどんな顔をしていいのか判らなかったが、ともかくその手を取ると、恭《うやうや》しく口附けした。それから二人は家に入った。

第十一章〔第五十三章〕

ミスター・ウィッカムはこのやりとりにすっかり満足したと見えて、その後同じ話題を蒸返して自ら苦境に陥ったり、親愛なる姉のエリザベスに腹立しい思いをさせたりすることは二度となかった。エリザベスも、云うだけのことを云って相手を黙らせることが出来たので、悪い気はしなかった。

やがていよいよウィッカムとリディアの出発する日が来た。ベネット夫人は最愛の娘との別離を嫌でも受容れざるを得なかった。皆でニューカースルへ行こうといくら夫人が云っても夫が全然乗ろうとしなかったからで、別離は少くとも一年は続きそうであった。

「ああ、愛しいリディア」とベネット夫人は叫んだ、「今度はいつ会えるの?」

「まあ! そんなこと、分んないわ。この二、三年は多分無理かもね。」

「なら、こまめに手紙を書いておくれね。」

「出来るだけそうするわ。でもね、女も結婚すると、そうそう手紙ばかり書いてはいられないものよ。むしろお姉様達が私に書いてくれればいいのよ。どうせほかに何もすることがないんだから。」

この場合ミスター・ウィッカムの暇乞《いとまご》いの方が新妻の別れの言葉よりも遥かに情が籠っていた。持前の二枚目顔を綻《ほころ》ばせたり、澄して見せたりして、さかんに愛想をふりまいていたからである。

「いや、なかなかいい奴だよ」と、二人が家から出て行くのを待って、ベネット氏が云った。「あんな男は初めてだ。にたにた笑ったり、北叟笑《ほくそえ》んだり、科《しな》を作ったり、よくまああそこまでやれるもんだ。あんな婿殿が持てて私もとびきり鼻が高いよ。サー・ウィリアム・ルーカスに云ってやりたいね、あんたんとこの婿殿もとてもこれほどの値打者とは云えんだろうってね。」

娘がいなくなって、ベネット夫人は数日間まったく意気が揚らず、ぼんやりしていた。

「よく思うんだけど」と夫人は云った、「何が嫌だって、親《ちか》しい身内と別れるくらい嫌なことはないわね。何だか自分が見捨てられたような気分だわ。」

「それはね、お母様、娘を嫁にやる以上は仕方のないことなのよ」とエリザベスが云った。「まだ独り者の娘がほかに四人もいるんだから、それで満足して頂かなくては。」

「それは違いますよ、お前。リディアが私の許を離れて行ったのは、何も結婚したからではなくて、ただたまたま夫の聯隊があんな遠い所だったからです。聯隊さえもっと近かったら、こんなにさっさと出て行くことはなかったのよ。」

だが、リディアがいなくなって気落ちしていたベネット夫人もじきに元気を取戻した。折から或る噂が弘まり始め、それを耳にした夫人は再び心に希望のときめきを覚え始めたからである。何でもネザーフィールドの主人が一両日中に帰館して、数週間猟をすることになったから、到着を迎える準備をしておくようにと、女中頭に指示が届いたのだと云う。今やベネット夫人はすっかり気もそぞろの体《てい》で、しょっちゅうジェインの方を見ては、頰笑んだり、首を振ったりしていた。

「あらまあ、そうなの、それでミスター・ビングリーがやって来る訳ね」とベネット夫人は、このことを最初に知らせてくれた姉のフィリップス夫人に云った。「まあ、それならそれでよかったではないの。と云って、私にはどうでもいいことですけどね。あの人はもう私達にとっては何でもないのだし、私としても二度と会う気はないんですから。でも、まあ、御本人がネザーフィールドが気に入っていて戻りたいのなら、それはそれで大いに結構なことだと思いますよ。このさき何が起らないとも限りませんしね。尤も何が起ろうと私達とは何の関係もありません。あのことについてはもう一言も口にしないって、私達はとうの昔に決めたんですからね。それで、あの人が見えるというのはほんとに確かな話なの？」

「それは確かよ」とフィリップス夫人は答えた。「だって女中頭のニコルズ夫人が昨夜《ゆうべ》メリトンに来ていたんだもの。我が家の前を歩いて行く姿が見えたから、わざわざ出て行って確めてみたの。そしたら、確かにそのとおりだという返辞でした。遅くとも木曜日には見えるということだったけれど、多分水曜日中に見えるんじゃないかしらね。あのひと、水曜日用のお肉を届けてもらうためにこれから肉屋へ注文に行くところだと云っていたから。それにちょうど絞《し》め頃の鴨も六羽ほど既に手に入ったそうだし。」

ミス・ベネットはミスター・ビングリーが戻って来ると聞いて、流石に顔色が変るのを隠し切れなかった。ビングリーの名前はもう何箇月ものあいだエリザベスと二人だけのときでも口にしていなかったが、このときばかりは二人だけになるとすぐに自分から切出した——

「ねえ、リジー、今日伯母様があの話をなさったとき、あなた、私の顔を見たでしょう。私、困ったような顔をしたと思うけど、何も愚かなことを考えてそうした訳ではないのよ。その点、誤解しないでね。ただ皆の視線が自分に向けられるような気がしたものだから、それで瞬間ちょっと戸惑っただけなの。はっきり云うけど、私はあの話を聞いたからといって、別に嬉しくも苦しくもなくてよ。一つだけ嬉しいのは、あの方が一人で見えるらしいことね。一人なら、私達が顔を合せることもあまりなさそうだもの。私は何も自分を恐れている訳ではないのよ。ただ他人様《ひとさま》からとやかく云われるのが嫌なの。」

エリザベスはこのビングリー帰館の噂をどう受止めていいか判らなかった。ダービーシアで当のビングリーに再会していなければ、或は世間の噂どおり、猟だけを目的にやって来ることも大いにあり得ると想ったかも知れない。だが再会したときの印象から、ビングリーは今でもジェインに心を寄せていると思っていたので、ビングリーが親友の許しを得てやって来るのか、それともそんなことは無視して堂堂と自分の意志でやって来るのか、そのどちらの可能性が大きいかがひどく気になった。

「それにしても」とエリザベスはときどき思った、「あの方もお気の毒に、自分が合法的に借りた家へやって来るのに、こんな風に取沙汰されなくてはならないなんて！　難儀なことだわね。ま、私としては、あの方のことはあの方に任せて、余計な臆測はしないでおこう。」

ジェインは、ビングリーが来るからと云って嬉しくも苦しくもないと断言し、自分ではそのつもりでいたが、エリザベスの眼には、姉の心の動揺は明らかであった。むしろこれまでになく気持が乱れ、落着きを失っているようであった。

一年ほど前に両親のあいだで激しく議論された問題が、ここへ来て再燃した。

「ミスター・ビングリーがいらしたら、ねえ、あなた」とベネット夫人が云った、「勿論すぐに訪ねて下さるわね。」

「いや、御免だね。去年はお前が是が非でも行けと云うし、行けば相手は必ず娘の一人と結婚してくれると云うから、私は出掛けて行った。だが結局、何にもならなかったじゃないか。馬鹿な使いはもう懲りごりだ、二度と御免だよ。」

だが奥様の方も負けてはいなかった。ネザーフィールドの主人の帰館ともなれば、この界隈に住む紳士たるもの、そのぐらいの心遣いは是が非でも見せるのがエチケットなのだと云うのである。

「私に云わせれば、そんなのは下らんエチケットだ」とベネット氏は云った。「向うがこちらと附合いたければ、向うから来ればいいことじゃないか。こちらの住居《すまい》は分っているんだから。隣人が先方の都合でどこかへ出掛けては帰って来るたびに、そのあとを追掛けてこちらの貴重な時間を無駄にするなんて、とにかく私は御免だね。」

「何と仰有ろうと、あなたがあの方を訪ねなければ、それはとんでもない無作法になるんです。私に分っているのはそれだけです。でもしかし、仮にあなたが訪ねて下さらなくても、私は断乎あの方を食事にお招びしますからね。どうせ近ぢかロング夫人とグールディング家の人達を招ばなければならないのだし、人数はうちを加えて十三人だから、食卓の席は大丈夫、あの方の分もちゃんと確保出来ます。」

ベネット夫人はそう決心したことで多少気が晴れ、夫の無作法な言にもそれまでよりはどうにか我慢することが出来た。ただ、分らず屋の夫のせいで、自分達はミスター・ビングリーに会うのに、近隣の人達全員に後れを取るかも知れず、それを思うとやはり悔しさを覚えずにはいられなかった。いよいよビングリー帰館の日が近づくと、ジェインがエリザベスに云った――

「私ね、いっそのことあの方が来ないでくれればいいと思っているの。それが私の今の気持。勿論、来たからと云って何でもないし、私はお会いしてもまったく平気だけれど、ただこうしょっちゅう話題にされると、聞いていてやり切れなくなるの。お母様に悪気のないことは分るんだけれど、話を聞かされる私がどんなに苦しい思いをしているかは、御当人には分っていないし、誰にも分ってもらえない。あの方のネザーフィールド滞在が終ってくれたら、私、どんなにほっとするかしら！」

「何か云って慰めて差上げたいのはやまやまだけれど」とエリザベスは答えた、「でも何にも思いつかないわ。気持はあるのよ。そこは察してね。普通なら苦しんでいる人には忍耐を説けば事足りるんだけれど、お姉様が相手ではそれも出来ない。日頃人一倍忍耐なさるかたに今さら忍耐なさいと云うのも、ちょっとどうかと思うし。」

ミスター・ビングリーが到着した。ベネット夫人は召使達の助けを得て何とか逸早く消息を摑んだが、それは却って、自分の不安と苛立ちの時間を出来るだけ引延ばすためにそうしたようなものであった。招待状を出すまでに何日措いたらいいかを数えては、それまでは会える望みのないことを嚙締めなければならなかったからである。ところが、ビングリーのハートフォードシア到着から三日目の朝、ベネット夫人が化粧室の窓から外を眺めていると、ミスター・ビングリーその人が馬に乗って邸内の牧草地に入り、そのまま家の方へ向って来るのが見えた。

ベネット夫人は嬉嬉として娘達に声を掛け、ミスター・ビングリーがおいでだから是非窓の外を見て御覧と熱心に促した。ジェインは頑なに卓子の前から動こうとしなかったが、エリザベスは母親の気持を満足させるために、立って窓のそばへ行き——外を見た——するとミスター・ダーシーの姿が眼に入ったので、慌てて窓から離れ、再び姉の横に坐った。

「誰か連れがいるわよ、ママ」とキティーが云った。「紳士らしいけど、誰かしら？」

「多分、誰かお知合いの方ね。駄目だわ、私にも判らない。」

「あら！」とキティーが答えた。「あの人みたいよ、以前いつも一緒だった人。ミスター・何て云ったか

しら？　ほら、あの背が高くて、すごく高慢な人。」

「おやまあ！　ミスター・ダーシーだわ！――そう、確かに間違いない。まあいいでしょう、ミスター・ビングリーのお友達なら誰でもいつでも歓迎してあげます。そうでなかったら、あの人は顔を見るのも御免だけどね。」

　ジェインは驚いて、心配そうにエリザベスを見た。ジェインは二人がダービーシアで会ったことについては殆ど何も知らなかったので、まともに顔を合せるのは、ケントで例の弁明の手紙を受取って以来おそらく初めてなのだろうと思い、妹の気不味《きまず》い思いを察して心配になったのである。姉妹ともに気持が落着かなかった。どちらも相手の気持を思い遣りつつ、勿論自分のことも気になっていた。母親は相変らず、ミスター・ダーシーは嫌いだが、ミスター・ビングリーの友人だから鄭重にもてなすのだと、頻りに自分を納得させていたが、二人の耳には入らなかった。だがエリザベスにはジェインの思い及ばない困惑の種があった。まだその勇気が出なくて、ジェインにはガードナー夫人の手紙も見せておらず、ミスター・ダーシーに対する自分の気持の変化も打明けていなかったのである。多分ジェインにとっては、ミスター・ダーシーは妹が求婚を断った男、その人柄を高く買わなかった男でしかないだろう。しかし今の自分はもっと多くのことを知っている。あの人は、自分達一家が一番の恩恵を受けている人なのだ。自分にしても今ではあの人に決して無関心ではない。ジェインほど甘くはないが、少くともジェインがビングリーに対して抱いている分別と道理を弁えた思いは、自分も同じぐらいあの人に対して抱いている。そのミスター・ダーシーがやって来たのだ――ネザーフィールドへ、そしてロングボーンへ、それも自ら進んで再びこの私を求めて。――エリザベスの驚きは、ダービーシアでまるで別人のようであったミスター・ダーシーの態度に初めて接したときの驚きに殆ど劣らなかった。

ダーシーの姿を見て蒼褪めていたエリザベスの顔は、一旦血の気が戻ると、今度は暫し一層の輝きを帯びた。その暫しの間に、あの人の愛情と求愛の気持は今も揺るぎなく続いているのに違いないと思うと、喜びに笑みがこぼれ、眼が輝いた。だが、まだ安心する訳には行かなかった。

「どう振舞われるか、まずはそれを見てみなくては」とエリザベスは自分に云い聞かせた。「期待を抱くのはそれからでも決して遅くはない。」

エリザベスは何とか気持を落着けようと、一心に刺繍の針を動かし、敢えて眼を上げずにいたが、やがて召使の跫音《あしおと》が扉口に近づいて来ると、やはり気になり、好奇心も手伝って、そっと姉の顔を窺った。ジェインは普段よりやや蒼褪めて見えたが、エリザベスが想っていたより落着いていた。続いてビングリーとダーシーが姿を現すと、流石に顔こそ赧らめたものの、特に緊張した様子もなく立上がり、恨みがましい素振りも不必要なお愛想も一切見せず、至って礼儀正しく二人を迎えた。

エリザベスは無作法にならないよう意識しながらそれぞれに最小限の挨拶の言葉を口にしただけで、また腰を下ろすと刺繍に向い、必要以上に熱心に手を動かしていた。一度だけ思い切ってちらりとダーシーの様子を窺ったが、相変らず難しい顔をしていた。ペムバリーで見せた顔ではなく、ハートフォードシアで見慣れていた顔だ、とエリザベスは思った。でも、おそらく母の前では、叔父と叔母を前にしたときのようには行かないのだろう。そう想うのは辛いけれど、でも多分そうなのだろう。

エリザベスはビングリーの方へもちらりと視線を向けたが、ちょうどその瞬間ビングリーは嬉しさと戸惑いの入混じった表情を見せていた。ベネット夫人の迎え方があまりにも馬鹿丁寧なものだったからで、ジェインとエリザベスは聞いていて恥しかったが、そのあとに続いたダーシーに対する挨拶が対照的に言葉数少く会釈しただけの、いかにも儀礼的で冷淡なものだっただけに、ビングリーに対する猫撫声の挨拶が余計恥しくてならなかった。

特にエリザベスは、母親のお気に入りの娘が取返しのつかない不名誉な事態に陥らずに済んだのは、ひとえにミスター・ダーシーのおかげであることを知っているだけに、母親がこうして見当違いな差別待遇をしているのを見ると、堪らない気持になり、ひどく胸が痛んだ。

ダーシーはエリザベスにガードナー夫妻の近況を訊ねたが、エリザベスがしどろもどろの返辞しか出来なかったので、あとは殆ど何も云わなかった。二人は離れた席に坐っているから、多分それで黙っているのだろう、とエリザベスは思った。しかしダービーシアではそんなことはなかった。あのときは自分に話し掛けられないときは、叔父様や叔母様に話し掛けていた。でも今日は四、五分経っても声が聞えて来ない。ダーシーはエリザベスの方を見たり、ときどき上眼遣いにダーシーの顔を見たが、ダーシーはエリザベスの方を見たり、ジェインの方へ眼を向けたりするだけで、多くは特に何を見るでもなくぼんやりと足許の床を見詰めていた。この前会ったときとは大分様子が違っていた。何やら考え込んでいる風で、あのときのように愛想よくしようという気のないことは見るからに明らかであった。エリザベスはがっかりしたが、そんな気持になる自分が腹立しくもあった。

「これが当り前じゃないの！　私の期待が甘かったのよ」とエリザベスは自分に云った。

「でも、それならなぜ来たのかしら？」

エリザベスはダーシー以外の誰とも話をする気分ではなかったが、かといって自分から話し掛ける勇気は出なかった。

辛うじてミス・ダーシーの安否だけは訊ねたが、それ以上は何も云えなかった。

「あなたがこちらを離れてから、随分お久しぶりですことね」とベネット夫人がミスター・ビングリーに云った。

ビングリーは、ほんとに、とすぐに愛想よく応じた。

「私はもう二度とお戻りにならないのではと思い始めたところでしたのよ。あなたはあのお屋敷をミカエル祭にはすっかり引払うつもりだって、皆さんがそう云うものですから。でもしかし、そんなことはありませんわよね。あなたがお留守のあいだに、この界隈では随分といろいろなことがありましたのよ。ミス・ルーカスが無事に結婚しましたし、それからうちの娘も一人ね。多分お聞き及びでしょうけれど、それよりむしろ新聞で御覧になりましたわね。確か『タイムズ』と『クーリア』に出ていましたから。でもあんまりちゃんとした記事ではなかったの。ただ『ジョージ・ウィッカム殿、先般ミス・リディア・ベネットと結婚』とあるだけで、ほかには何にも、父親のことも住所のことも一言も出ていないんです。それも弟のガードナーが下書きを作ったというのに、何だってあんな見っともない真似をしてくれたのかしら。御覧になりまして？」

ビングリーは拝見しましたと答えて、祝いの言葉を添えた。エリザベスは敢えて眼を上げなかった。それでミスター・ダーシーがどんな顔を見せたかは分らなかった。

「娘が良縁に恵まれるのは勿論嬉しいことですけれど」と、ベネット夫人は相変らずビングリーだけを相手に続けた、「でもこうして遠い所へ手放すとなると、やっぱり辛いですわね。ニューカースルというのは何でも遠い北の果ての土地だとか、二人はそこへ行って暮すんですけど、いつまでいることになるのやら。婿の聯隊がそちらなものですから。お聞きかと思いますが、婿は——州の義勇軍を離れて正規軍に入りましたの。有難いことに、あれにも何人かは身方になってくれる者がおりましてね。と云ってもあれほどの男の割には、数はそう多くないようですけれど。」

エリザベスは、母親のこの言葉がミスター・ダーシーへの当てつけであることが分ったので、恥しくてならず、穴があったら入りたい気持であった。しかしこのまま放っておくとまた何を云い出すか判らないので、流石に黙っていられなくなり、ビングリーに向って、今回は暫く田舎に滞在なさる予定なのかと訊ねた。多分二、三週間ぐらい、とビングリーは答えた。

「それでしたら」と、すぐにまた母親が口を挿んだ、「お宅の鳥を全部撃ち落したら、是非ここへいらして、どうぞ主人の領地で何羽でも好きなだけお撃ちなさいな。主人もあなたならきっと大歓迎ですし、山鶉《やまうずら》の一番上等な群をそっくり残しておきますわ。」

何だってこう要らぬお節介を焼くのだろう！　エリザベスはますます惨めな気持になった。仮にいま一年前に皆を喜ばせたあの希望の光が再び点《とも》りつつあるとしても、これではどう見てもあっという間に前回と同じ結末に至るとしか思えない。このさきジェインと自分がどれほど幸福な年月に恵まれることがあろうと、今のこの苦しい困惑の瞬間がそれで償われることは決してないだろう、エリザベスはふとそんな気がしてならなかった。

「もう今後二度とこの方達とは御一緒したくない、心底御免だわ」とエリザベスは自分に云い聞かせた。「お二人とお附合いしても楽しいことは何もないし、どうせこのような惨めな気持に陥るのが関の山なのだから！　どちらとももう二度と会わないことにしよう！」

ところが案に相違して、幸福な年月をもってしても償えない筈の惨めな気持が、それからほんの数分でかなり慰撫《いぶ》されることになった。それと云うのも、姉の変らぬ美貌に以前の恋人が再び讃嘆の眼を向けているのが見て取れたからである。ビングリーは、部屋に入って来た当座は殆どジェインに話し掛けなかったが、やがて五分に一度ぐらいの割でジェインの方を見るようになり、段段と眼を向けている時間が長くなるように思われた。その眼には、ジェインの美しさは去年とまったく変らず、口数が減っただけで、気立てのよさも、気取りのなさも、そのままであった。ジェインとしては、自分が変ったと思われないように気を遣い、気持の上ではいつもと変らず結構口数多く話しているつもりであった。しかしいかんせん心に思うことが多すぎて、自分でも気がつかずに黙り込んでいることが少くなかったのである。

　やがて二人の紳士が立上がって暇を告げようとすると、ベネット夫人があらかじめそのつもりでいた食事への招待を忘れずに持出した。そこで二人は招待に応じ、数日後にロングボーンで食事をする約束をした。

「あなたは私に借りがあるんですのよ、訪問一回分のね」とベネット夫人はビングリーに附加えて云った。「だってあなたは去年の冬ロンドンへいらしたとき、帰り次第我が家で食事を共にして下さる約束でしたもの。私は忘れていませんのよ。それであなたがお戻りにならないで、約束も守って下さらなかったので、あのときはほんとにがっかりしましたわ。」

この思い掛けない非難に、ビングリーは一瞬狐に抓まれたような顔をしたが、すぐに気を取直すと、あのときは用事が出来てしまって、気にはなっていたんです、とさりげなく躱《かわ》して、二人は帰って行った。

ベネット夫人は、今日もゆっくりなさって食事をして行かれてはと、実は喉まで出掛っていたのだが、ベネット家の食卓は日頃から豊かであるとはいえ、フルコース一回では、是非とも娘の婿にと切なる思いを寄せる男をもてなすには不足だし、年収一万ポンドの男の食欲と誇りを満たすにも充分ではないことに思い至って、ぐっと抑えたのである。

第十二章〔第五十四章〕

二人が帰ってしまうとすぐに、エリザベスは元気を取戻すために——云い換えると、そのままにしておくとますます元気が失われて行きそうな問題について誰にも邪魔されずにゆっくりと考えるために——一人で散歩に出た。ミスター・ダーシーの態度にエリザベスは驚きと苛立ちを覚えていた。

「ただむっつりと黙り込んで、知らぬ顔をするだけのために来たのなら」とエリザベスは独り言《ご》ちた、「そもそも何だって来たりしたのだろう？」

どう考えてみても、愉快な答は得られそうになかった。

「ロンドンでは叔父様と叔母様に以前と変らぬ、愛想のいい、打解けた態度がとれたのに、何で私には同じ態度がとれないのだろう？　私に会うのが怖いのなら、なぜここへ来るのかしら？　もはや私に気がないのなら、何もあんな風に黙りこくっていることもないだろうに？　ああ、焦れったい、何て焦れったい人なのかしら！　もういいわ、あの人のことを考えるのは止めよう。」

そのとき姉が近づいて来たので、エリザベスはこの決意をいやでも暫しのあいだ守らざるを得なかった。追いついた姉は晴やかな顔をしており、二人の来訪にエリザベスより遥かに満足していることが判った。

「さあこれで」と姉が云った、「最初の顔合せが済んで、私はすっかり気持が楽になったわ。自分がぐらつかないことも分ったし、もういつあの方がいらしても決して戸惑うようなことはなくてよ。火曜日にうちで食事をして頂くことになってほんとよかったわ。あの方と私が普通の何でもないお友達として会っているだけだということが、それでみんなに分ってもらえるもの。」

「そう、まったく何でもないのよね」とエリザベスは笑いながら云った。「でもね、ジェイン、油断しては駄目よ。」

「云っときますけどね、リジー、私はまたぞろ危険に陥るような、そんな弱い女ではありませんからね。」

「でもね、私が思うに、お姉様にはあの方にまたぞろ恋をさせる危険は大いにありそうよ。」


二人は火曜日までどちらの紳士にも会わなかった。その間ベネット夫人はあれこれと楽しい計画を練ることに余念がなかった。ビングリーが半時間の訪問で見せた上機嫌と皆に対する鄭重な態度のおかげで、夫人の胸に希望が蘇ったのである。

火曜日、ロングボーンのパーティーには大勢の人達が集まった。最も心待ちにされていた二人は、流石に時間厳守を旨とする狩猟家らしく、ぴったり時間どおりにやって来た。皆が食堂に向うとき、エリザベスはビングリーが姉の隣の席に坐るかどうかを確めようと眼を離さずにいた。以前のパーティーではいつも姉の隣に坐っていたからである。母親も同じことを考えていたと見え、賢明にも敢えて自分の隣へ誘わなかった。ビングリーは食堂に入ったところでちょっと躇っている風であったが、そのときジェインがたまたま振向いて、たまたま頰笑みを見せたので、決心がつき、ジェインと並んで坐った。

エリザベスは勝誇った気持でその友の方を見たが、ミスター・ダーシーはビングリーがジェインの横に坐るのを見ても顔色一つ変えず超然としていた。エリザベスはふと、ビングリーはダーシーから幸せになる許しを得たのかしらと想い掛けたが、そのときビングリーも半ば笑いながら不安そうな眼をダーシーの方へ向けているのを見て、まだかも知れないと思い直した。

食事の間中ビングリーはジェインに何かと気遣いを見せていた。その様子を見れば、以前よりも抑えてはいるが、ジェインに思いを寄せていることは明らかで、もしビングリーがダーシーに気兼ねせず自分の思いのままに進めば、ジェインも当人もすぐに幸せになれるだろうとエリザベスは確信した。これで結婚間違いなしとまでは流石に思わなかったが、それでもビングリーのそんな態度を見ているのは楽しかったし、自分のまるで冴えない気分も何とか精一杯支えられた。ミスター・ダーシーはエリザベスからは食卓をあいだに挟んで最も遠い席に坐っていた。しかもその席は母親の隣であった。二人が隣合せに坐ったのではどちらにとっても甚だ面白くなく、いいことは何もないことがエリザベスには分っていた。自分の席が離れているため、二人の話すことは何も聞えなかったが、二人が滅多に口を利かず、ごくたまに利いても、型どおりのよそよそしい物云いに終始していることはっきりと判った。エリザベスは、母親の礼を失した無愛想な態度を眼にするたびに、ミスター・ダーシーに対する自分達一家の負目《おいめ》がますます心苦しく感じられてならず、ときどきふと当のダーシーに向って、あなたの御親切は家族のみんなが知らない訳でも、感謝していない訳でもないのだと話してしまいたい、もし自分にそうしてもいい特権が許されるなら何を犠牲にしてもそうしてしまいたいという気持に襲われた。

食事が済んで客間に移れば、二人が一緒になれる機会もあるだろう、まさか最初に出迎えの儀礼的な挨拶を交しただけで、二人がそれ以上何の話らしい話も出来ないままに今夜のパーティ

ーが終ってしまうことはないだろう、エリザベスはそう希《ねが》っていた。食後淑女方がまず客間に移り、やがて紳士方が食堂から遅れてやって来るのを待つあいだ、エリザベスは不安で落着かず、その間の退屈と手持無沙汰も手伝って、些か愛想のない、憮然とした顔をしていた。今宵が自分にとって楽しいものとなるかならないかは、男の人達がこの部屋に入って来る時点で決るのだ、エリザベスはそんな気持で待兼ねていた。

「もしそのときあの人が私のところへ来なかったら」とエリザベスは自分に云い聞かせた、「あの人のことは永久に諦めよう。」

やがて紳士達が入って来た。どうやらダーシーはエリザベスの望みを叶えてくれるかのような様子だったが、エリザベスがそう思ったときには、悲しい哉、ミス・ベネットが紅茶を淹れ、エリザベスが珈琲を注いでいる卓子のまわりを淑女達が同盟でも結んだかのようにぎっしりと取巻いていて、エリザベスの近くには椅子を一脚加えるだけの隙間もなかった。しかも男達が近づいて来ると、娘の一人がエリザベスの方へ自分の椅子をさらに近づけて、囁き声で云った――

「あの男達を絶対にここへ割込ませては駄目よ。私達、あの人達の誰にも用はないんだから。でしょう？」

ダーシーは部屋の別の方へ行ってしまった。エリザベスはそのあとを眼で追っていたが、ダーシーが誰かに話し掛けるたびにその人が嫉《ねた》ましくなって、人様に珈琲などを注いでやっている自分が歯痒くてならなかった。それでいて、そんな自分があまりにも愚かに思われて腹立しくもあった。

「私はあの人の申込を一度断っているのよ！　その人にまた愛してもらいたいなんて、おめでたいにもほどがあるわ。同じ女に二度も結婚を申し込むような、そんな未練がましい気持に抵抗を覚えないような男がそもそもいるかしら？　男の気持にしてみれば、そんな屈辱は御免蒙りたいに決っているではないの！」

それでも、ダーシーが自分で珈琲茶碗を返しに来たので、エリザベスは少し気を取直すと、その機を捉えて話し掛けた――

「妹さんはまだペムバリーにいらっしゃいますの？」

「ええ、クリスマスまでいる予定です。」

「まったくお一人で？　お友達はみなさんもうお帰りですか？」

「アンズリー夫人が残ってくれました。ほかの人達は三週間ほど前からスカーバラに行っています。」

エリザベスはそれ以上何の話題も思いつかなかったが、もしダーシーの方に話を続けたい気持があれば、会話は成立ったかも知れなかった。しかしダーシーは暫くのあいだエリザベスのそばに立ってはいたが、その間何も云わず、やがて先ほどの娘がまた何かエリザベスに囁き掛けたので、それを機にその場を離れた。

紅茶と珈琲の道具が片づけられ、トランプ用の卓子が何脚か用意されると、淑女達がみな自分のそばから立上がったので、エリザベスはこれでやっとダーシーと一緒になれるだろうと期待していたが、その期待は悉《ことごと》く覆《くつがえ》された。それと云うのも、母親がホイストの仲間を集めるのに夢中で、ダーシーも半ば強引に口説き落され、ほどなくしてほかの仲間と卓子を囲んでいるのが見えたからである。エリザベスにはもはや今宵の楽しみは何も残っていなかった。あとはもうお開きの時間まで二人はそれぞれの卓子に釘附けにされるだけなので、せいぜいエリザベスに望めるのは、ミスター・ダーシーが頻繁に自分の方へ眼を向けてくれて、そのために手許がお留守になって、自分と仲好く勝負に大負けしてくれることだけであった。

ベネット夫人はネザーフィールドの二人の紳士には夜食まで居残ってもらうつもりでいたが、生憎と二人の馬車の手配が真先に命じられたため、二人を引留める機会が得られずじまいであった。

「さてと、ねえ、みんな」と客が帰って家の者だけになると早速ベネット夫人が娘達に向って云った、「今日の感想はどう？　私は何もかも非常に上手く行ったと思いますよ。お料理も稀に見る出来栄えだったしね。鹿肉の焼き加減は申分なかったし――こんなに脂の乗った腿肉は初めてだって、皆さんそう云ってらした。スープのお味は先週ルーカス家で頂いたのより五十倍はよかったし、山鶉《やまうずら》の料理はあのミスター・ダーシーでさえこれは絶品だと認めていたからね。多分あの方はフランス人の料理番を少くとも二、三人は抱えておいでだろうから、きっと舌が肥えているんだわね。それはそうと、ねえ、ジェイン、今日はまた一段と綺麗だったわよ。私ね、ロング夫人にそう思わないかって訊いてみたの。そしたら夫人はほんとにそうだと仰有って、それからほかに何て云ったと思う？『ああ、ベネット夫人、とうとうお嬢様がネザーフィールドのひとにおなりですね』って。ロング夫人てほんとにいいひとね、あんないいひとはいないと思うわ——それに姪御さん達もとてもお行儀がよくて、器量は全然だけれど、私は大好きよ。」

要するに、ベネット夫人はすっかり上機嫌だったのである。ジェインに対するビングリーの態度を見ていて、これでもうビングリーはジェインのものだと信じて疑わなかったからである。夫人は幸せな気分で家族に有利なことを期待し始め

ると、理性の域を遥かに超えてしまうので、ビングリーは翌日きっと求婚にやって来ると思い込んだ。ところがそれはなかったので、今度はすっかり落込んでしまった。

「今日はとても楽しい一日だったわ」とミス・ベネットがエリザベスに云った。「お招びした人達も、どうやらお互いに話の合いそうな顔触れで、よかったのではないかしら。これからもこの人達で頻繁にお会い出来るといいわね。」

エリザベスはにっこりと頰笑んで見せた。

「何よリジーったら、笑ったりして。変に気を廻さないで。心外だわ。私はね、やっとあの方のいかにも青年らしい、愛想のいい、物の分ったお話が楽しく聞けるようになったの。それ以上のことは何も望んでいなくてよ。あの方の今日の態度と話しぶりから、あの方には初めから私に愛を求めるつもりなどなかったことがよく分ったし、私はそれでいいと思っているの。要するにあの方は、誰よりも物腰が柔らかで、誰に対しても愛想よくしたい気持が人一倍強いだけなのよ。」

「お姉様は残酷だわ」と妹は云った、「笑うと御不満のようだけれど、そのくせ笑わせるようなことばかり云うんだもの。」

「時と場合によっては信じてもらうことがどうしてこうも難しいのかしら！」

「時と場合によっては信じて差上げたくても信じられないからよ！」

「でもどうしてあなたは、私が心にもないことを云っていると思い込ませたいの？」

「さあ、その質問にはどう答えたものかしらね。人間は誰でも何か教えたがるものなのよ。知ったところで何の価値もないようなことしか教えられないくせにね。御免なさいね。でもお姉様がミスター・ビングリーには何の関心もないと飽くまでも云い張るのなら、何も私を相手に打明話をして下さらなくてもいいのよ。」

第十三章〔第五十五章〕

この訪問のあと二、三日経ってから、ミスター・ビングリーが再び、今度は独りで訪ねて来た。友はその日の朝ロンドンへ出掛けたとかで、十日後に戻る予定だと云う。ビングリーは皆を相手に一時間以上腰を据えていたが、いたく御機嫌であった。ベネット夫人が是非食事をして行くようにと誘うと、そうさせて頂きたいのはやまやまだが、生憎とほかに先約があって、と残念な気持を口調にも表情にも滲ませて云った。

「この次いらっしゃるときは」とベネット夫人は云った、「運よく生憎なことにならないといいですわね。」

それはもういつでも喜んで、云云、云云——お許しが頂けるなら、なるべく早い機会にお伺いしたい。

「明日はいらっしゃれまして？」

ええ、明日なら誰とも約束はありませんし――ビングリーはベネット夫人の招待にいそいそと応じた。

翌日ビングリーは約束どおりやって来た。あまりにも早ばやとやって来たので、婦人達はまだ誰も身仕舞が整っていなかった。ベネット夫人は化粧着姿のまま、髪も半分結い掛けたままの恰好で、ジェインとエリザベスの部屋へ飛んで行って、叫んだ――

「ジェイン、急いで、早く階下《した》へ降りて行って頂戴。あの方がいらしてよ――ミスター・ビングリーが――ほんとにもういらしているの。さあ、急いで、急いで。これ、セアラ、ミス・リジーの髪なんか構わなくていいから、今すぐミス・ベネットに手を貸してガウンを着せてあげて頂戴。」

「二人の支度が出来次第降りて行きます」とジェインは云った。「でも多分キティーの方が私達より早く支度が出来てよ。三十分も前に自分の部屋へ上がって行ったもの。」

「キティーなんかどうでもいいのよ！　あの娘に何の関係があるというの？　さあ、早く、急いで！　ガウンの飾帯《おび》はどこなの？」

しかし母親が行ってしまうと、ジェインは妹の誰かが一緒でないと嫌だと云って、どうしても一人では降りて行こうとしなかった。

晩になって、ベネット夫人は、ジェインとビングリーを何とか二人だけにしたい気持を再び露わにし始めた。食後のお茶が済むと、ベネット氏はいつものように書斎へ引取り、メアリーはピアノの稽古があるからと云って自室へ引揚げた。五人の邪魔者から二人が取除かれたところで、ベネット夫人はエリザベスとキャサリンにひとしきり目配せを送っていたが、二人には一向に通じなかった。エリザベスは母親の方へ視線を向けようとしなかったからだが、キティーはやっと気がついても、至って無邪気にこう云っただけであった――「ママ、どうかしたの？　目配せなんかしたりして、私に何か御用なの？」

「何でもないよ、お前、何でもないの。目配せなんかしていませんよ。」ベネット夫人はそれからさらに五分ほど我慢して坐っていたが、こんな折角の機会を無駄には出来ないと思うと、急に居た堪れなくなって立上がり、キティーに「ちょっといらっしゃい、話したいことがあるから」と云って、部屋の外へ連れ出した。ジェインはすぐさまエリザベスに顔を向けたが、その眼は、母親の要らぬお節介に困惑の色を浮べながら、あなたはそんなお節介に乗らないでね、と訴えていた。だが二、三分もすると、ベネット夫人が部屋の扉を半分ほど開けて、エリザベスに声を掛けた――

「ねえ、リジー、あなたとも話したいことがあるの。」

エリザベスは仕方なく出て行った。

「私達は席を外して二人だけにしてあげた方がいいと思うの」と、玄関広間まで来るとすぐに母親が云った。「キティーと私は二階の化粧室に行っているからね。」

エリザベスは母親に敢えて異を唱えようとはせず、黙って玄関広間に立っていたが、母親とキティーの姿が見えなくなるのを待って、客間へ引返した。

この日のベネット夫人の目論見は結局空振りに終った。ビングリーはどこから見ても魅力的であったが、娘に対する愛の告白だけは到頭なかったからである。それでも気さくで快活なビングリーが加わったことで、この日のベネット家の夕べの団欒は実に和気藹藹《わきあいあい》としたものであった。母親が的外れなお節介を焼いても、得意げに馬鹿なことを云い出しても、ビングリーは自分を抑えて顔色一つ変えずに応対してくれたから、とりわけジェインは感謝の気持で一杯になった。

ビングリーは敢えて勧められるまでもなく夜食の時間まで居つづけ、帰り際には、主として本人の意嚮《いこう》とベネット夫人の積極的仲介によって、翌日再びやって来てベネット氏と猟を共にする約束までして行った。

この日から、ジェインはビングリーに無関心なふりをする言葉を一切口にしなくなった。ビングリーが帰ったあとエリザベスと二人だけになったときも、ビングリーに関しては一言も触れなかった。だがエリザベスは、これでミスター・ダーシーさえ予定を切上げて早めに戻って来なければ、万事速やかに片がつくに違いないと信じて、幸せな気持で床に就いた。尤もエリザベスとしては、事態がこういうことになったのは案外ダーシーの同意があったからではないかと、正直なところかなりそんな気がしていたのである。

翌日ビングリーは約束の時間どおりに現れ、前夜の打合せどおり、一日の大半をベネット氏と猟をして過した。ベネット氏はビングリーが予想していた以上に愛想がよかった。ビングリーは無遠慮に振舞ったり愚かなことを口走ったりするような男ではなかったから、ベネット氏としても冷笑的になったり、愛想を尽かして黙り込んだりする必要がなかったのである。ビングリーにとってこれほどよく喋り、偏屈なところのないベネット氏は初めてであった。勿論ビングリーはベネット氏と一緒に夕食に戻って来た。食事が済んで夜になると、ベネット夫人はまたしてもビングリーとジェインからほかの者達を遠ざけるべく、工作を開始した。エリザベスは手紙を一通書かなければならなかったので、食後のお茶が済むとすぐに朝食室へ行って用を済ませることにした。ほかの者達が全員トランプ用の卓子を囲もうとしていたから、自分がいなくても母親の計画は上手く行く筈がないと思ったのである。

ところが、手紙を書きおえて客間に戻ってみると、何ともはや驚いたことに、母親の方が一枚上手で、自分は完全にしてやられたことが判った。扉を開けると、部屋にいたのは姉とビングリーだけで、二人は煖炉の前に立って、何やら真剣に話し込んでいる様子であった。仮にこれだけでは何ら怪しむには当らないとしても、二人が慌てて振向いて左右に離れたときの顔を見れば、すべては明らかであった。二人ともひどく決りが悪そうだったが、エリザベスにしてみれば自分の方がなおさら決りが悪かった。姉もビングリーも黙ったまま一言も発しないので、エリザベスはその場に居辛くなってそのまま出て行こうとしたが、そのとき、一旦姉とともに腰を下ろしていたビングリーが突然立上がり、姉に何やら二言三言囁くと、走って部屋から出て行った。ジェインは日頃から、打明ければ喜んでもらえることをエリザベスに隠しておくことは出来なかった。そこですぐさま妹を抱締めると、喜びの感情を全身に漲《みなぎ》らせて、自分は世界一の果報者だと告白した。

「幸せすぎるわ！」とジェインは言葉を継いだ。「あんまり幸せすぎて、私のような者には勿体ないぐらいだわ。ああ！　みんなも私みたいに幸せだといいのに！　どうしてそうならないのかしら？」

エリザベスは心からの喜びと熱い思いを込めて、おめでとうと云った。その思いはとても言葉では表し切れなかったが、ジェインは妹の心の籠った一言一言に改めて自らの幸せを沁じみと感じた。だがジェインとしては、まだ云いたいことの半分しか話していなかったが、さしあたっては、妹とだけずっと一緒にいる訳には行かなかった。

「今すぐにお母様の所へ行かなくては」とジェインは叫んだ。「私ね、お母様の愛情から出た気遣いをどうしても疎かにはしたくないし、この話は是非とも真先に私の口から知らせたいの。あの方は今お父様の所にいらしているわ。ああ、リジー！　これから私の話すことが家族のみんなに大喜びしてもらえるかと思うと、私、幸せすぎてどうにかなりそうよ！」

ジェインはそう云うと急いで母親の許へ向った。母親は狙いどおり、エリザベスが客間から出て行くのを待ってさっさとトランプ遊びをお開きにすると、キティーを連れて二階の自室に引揚げていたのである。

一人になったエリザベスは、これまで何箇月ものあいだ皆に不安と苛立ちを与えていた問題が、ここに来て何やら急にあっさりと片づいたことに、思わず頬の緩むのを覚えた。

「結局は」とエリザベスは独り言ちた、「ミスター・ダーシーの友を思う老婆心と、ミス・ビングリーの嘘八百と悪巧みの結果がこれだった訳ね！　最も幸福で、賢明で、妥当な結末だった訳ね！」
二、三分すると、ビングリーが戻って来た。父親との話合いは簡単に目的が達せられたようであった。
「お姉様はどこへ？」と、ビングリーは扉を開けるなり訊いた。

「二階の母の所へ。多分すぐに戻りますわ。」

そこでビングリーは扉を閉めると、エリザベスのそばへ歩み寄り、是非あなたからも妹としての祝福と愛情の言葉を頂きたいと云った。エリザベスは、自分達が兄と妹になれるなんて、こんな嬉しいことはないと、正直に胸の裡を伝え、二人は真心の籠った握手を交した。そのあとビングリーは姉が降りて来るまで、自分の幸せとジェインの非の打ち所のなさについて思いの丈を滔滔と語って倦まなかった。エリザベスは黙って拝聴するしかなかったが、聴きながら、この人は確かに恋をしているけれど、この人の期待する幸福は飽くまでも理性的な判断に基づいている、と確信した。それと云うのも、ビングリーは二人の幸福が期待出来る根拠として、ジェインの優れた理解力とこの上ない人柄の良さを挙げ、加えて自分達二人が物の感じ方も好みも概してよく似ていることを挙げていたからである。

その夜は家族一同大変な喜びようであった。当のミス・ベネットは心の願いが満たされたことで、その顔は晴やかに生き生きと輝き、いつにも増して一段と美しく見えた。キティーは頻りににやにやと相好を崩し、自分もいずれもうじき同じ思いに肖《あやか》れるものと夢見心地であった。ベネット夫人はというと、ビングリーを相手に、自分はこの結婚に同意するとか、大賛成だとか、三十分間それればかり繰返していたが、どう云い替えてみても熱い胸の裡が満足の行く言葉にならなくてもどかしそうであった。ベネット氏は夜食のときになって書斎から皆の前に顔を出したが、その声音と物腰から、氏もまた心底喜んでいることがよく判った。

しかしベネット氏はその喜びを、客人が暇を告げるまで、一言も口には出さなかった。だが客が帰ってしまうと、すぐに娘の方を向いて云った――

「ジェイン、おめでとう。お前のことだからきっと幸せになれるよ。」

ジェインはすぐに父親の許に駆寄り、接吻して、その親切な言葉に礼を云った。

「お前はいい娘《こ》だし」と父親は答えた、「そのお前がこんな良縁を得て身を固めるかと思うと、私もたいへん嬉しいよ。お前とビングリー君ならきっと上手くやって行けるさ。二人は気性もよく似ているからな。どちらも相手に合せようとする方だから、結局は何も決らんだろうし、どちらも暢気《のんき》で人が好いから、どの召使にもしょっちゅう騙されるだろう。しかも二人揃ってやたらに気前がいいと来ているから、いつも支出超過で、さぞかし家計は火の車だろう。」

「そんなことはなくてよ、お父様。私の立場を考えれば、お金のことをいい加減に考えるなんて赦されないことですもの。」

「まあ、あなた！　支出超過だの火の車だのって」とベネット夫人が叫んだ、「何を仰有っているんです？　いいですか、あの方は年収が四、五千ポンド、もしかするともっとおありかも知れないんですよ。」それから娘に向って、「ああ、ジェイン、お母様はもう幸せ一杯！　今夜はとても眠れそうにないわ。私にはどうなるかちゃんと判っていたの。いつも云ってたでしょう、いずれはきっとこうなるって。これほどのお前の美貌が徒花《あだばな》に終る筈はないと信じていたからね。私はね、あの方が去年初めてハートフォードシアへやって来たとき、会うなりすぐに思ったことをよく憶えていますよ――ああ、どうやらこの人がお前のお婿さんになりそうだってね。ああ！　あんな男前の好青年は見たことがない！」

ウィッカムもリディアもどこへやら、今やベネット夫人にとって断然可愛いのはジェイン一人で、ほかの娘のことなどまるで眼中になかった。下二人の妹は、もしかしたら先ざき与《あずか》れるかも知れない幸福のお裾分けを求めて、早速姉に働き掛け始めた。

メアリーは是非ともネザーフィールドの図書室を利用させてもらいたいと云い、キティーは毎年冬に二、三回は舞踏会を開いてもらいたいとしつこく強請《ねだ》った。

勿論ビングリーはこのときから毎日ロングボーンへやって来た。たまに隣人から――ベネット夫人に云わせれば無粋で気の利かない、何とも憎たらしい隣人から――夕食に招待されて断り切れない場合を除けば、しばしば朝食前にやって来て、いつも夜食のあとまで腰を据えていた。

今やエリザベスには姉とゆっくり話す時間が殆どなかった。ビングリーがいるあいだは、ジェインはその方に掛り切りで、ほかの者に気を遣う余裕がなかったからである。だがときには二人がどうしても一緒にいられないときがあって、そんなときエリザベスは自分がどちらにとってもかなり重宝な存在であることに気がついた。ジェインの姿が見えないと、ビングリーはいつもエリザベスのそばへ来て、ジェインのことを楽しそうに話題にしたし、ビングリーが帰ってしまうと、今度は決ってジェインがおなじ心遣《こころや》りの手段をエリザベスに求めたからである。

「今日ね、あの方からとても嬉しい話を聞いたわ」と或る晩ジェインが云った。「あの方、私がこの春ロンドンにいたことをまったく知らなかったんですって！　そんなことがあり得るなんて私は思ってもいなかった。」

「私にはそれぐらいの察しはついていたわよ」とエリザベスは答えた。「でもそのことをあの方はどう説明なさったの？」

「きっとミス・ビングリーが隠していたのね。あのひと達は確かにあの方を私に近づけたくなかったのよ。気持は分るわ。だってあの方ならいろんな点でもっとずっと有利な結婚が出来たでしょうからね。でもあの方が私と一緒になって幸せなことが判れば――きっと判ってもらえると思うけど――あのひと達もいずれは満足して、私達はまた仲好くなれると思うの。と云っても、決してまったく元通りという訳には行かないでしょうけれどね。」

「お姉様の口から聞いた、未だかつてない厳しい言葉がせいぜいこれだものね」とエリザベスは云った。「何ておひとがよろしいの、お姉様というひとは！　今度またミス・ビングリーのお為顔《ためがお》の親切に騙されたりしたら、私は本当に怒ってよ。」

「まあ、リジーったら、でもこれは信じてもらえる？　あの方、去年の十一月にロンドンへいらしたときも、実は私を愛して下さっていたらしいの。でも私の方にその気がないって、あんまりまわりの者が云うものだから、つい思い止まったけれど、本当はすぐにも戻って来るところだったんですって！」

「確かにあの方はちょっと誤解なさったようね。でもそれは元はと云えばあの方が謙虚な心の持主だからで、却って名誉なことだわ。」

この言葉に触発されて、ジェインはビングリーの内気で控目な性質と、自分の長所美点を決して誇らない慎み深さを手放しで褒め称えた。

エリザベスは、ビングリーが友から受けた干渉についてはどうやらジェインに洩らしていないことが判って、気持が楽になった。いくらジェインが世にも寛大で鷹揚な心の持主であっても、そんな話を聞かされれば、やはりダーシーに多少の反感は抱くに違いないと思っていたからである。

「私はほんと世界一の幸せ者だわ！」と、ジェインは些か声を昂《たか》ぶらせて云った。「ああ、リジー、なんで私だけがこうして家族のみんなから選ばれて、一番幸せなのかしら！　私はリジーにも同じように幸せになってもらいたい！　あのような方がもう一人、リジーのために現れてくれないかしら！」

「仮にあのような方が四十人現れたところで、私はお姉様ほど幸せにはなれないでしょうね。お姉様の性格、お姉様の善良な心があってこそのお姉様の幸福だもの、私にはとても無理よ。よくてよ、自分の身の始末は自分でつけるから。もしかしてよほど運が好ければ、いずれまたミスター・コリンズのような人に巡り会わないとも限らないし。」

ロングボーン一家の新たな事態はたちどころに近隣に知れ渡った。まずベネット夫人が母親の特権を行使して姉のフィリップス夫人にそっと囁くと、今度はフィリップス夫人が自分に特権のないことなど敢えて無視して、メリトン中の知人隣人に囁いて廻ったからである。

ベネット家は、ほんの二、三週間前にリディアが出奔した当座は、非運に呪われた一家だとおおかたから取沙汰されていたのが、今やたちまちにして世界一幸運な一家だということになった。

第十四章〔第五十六章〕

ビングリーとジェインの婚約が整って一週間ほど経った或る朝、ビングリーとベネット家の女達が二階の居間で談笑していると、突然馬車の音が聞えたので、皆は一斉に窓の方へ注意を向けた。見ると、四頭立てのシェイズ馬車が芝生を横切って近づいて来るのが眼に入った。こんな朝早くに訪問客があるのは異例なことで、しかも供廻り附きのこれほどの馬車は、この界隈では見掛けぬものであった。馬は宿駅継立《しゆくえきつぎた》ての早馬で、馬車にも、馬車を先導する従僕の仕着せにも、見覚えがなかった。しかし誰かがやって来たことは確かで、ビングリーは、こんな押掛けの客人を相手に窮屈な思いをしたくなかったので、すぐにミス・ベネットを口説いて、一緒に灌木林へ逃げ込むことにした。二人は出て行った。あとに残った三人は一体誰だろうとあれこれ推測を続けていたが、到頭満足の行く答が出ないうちに、部屋の扉が開け放たれて、客人が入って来た。何とレイディー・キャサリン・ド・バーグであった。

勿論三人とも驚きを覚悟していたが、その驚きは予想を上廻るものであった。ベネット夫人とキティーにとっては、まったく見知らぬひとのいきなりの訪問であったが、驚きの度合は二人よりもエリザベスの方が遥かに大きかった。

レイディー・キャサリンは普段にも増して不躾な態度でつかつかと部屋に入って来ると、エリザベスの会釈に軽く頭を傾《かし》げただけで、一言の挨拶もなく腰を下ろした。エリザベスは令夫人が入って来たとき、紹介

を乞われた訳ではなかったが、母親にその名前を告げておいた。

そんな偉いおかたが我が家にお出で下さったとあって、ベネット夫人は内心喜びながらも驚きの色を隠し切れないまま、至って鄭重に客を迎え入れた。レイディー・キャサリンは暫し無言で坐っていたが、やがて無愛想な口調でエリザベスに云った——

「お変りなさそうね、ミス・ベネット。そちらの御婦人がお母様ね？」

エリザベスはそうですと簡潔に答えた。

「それであちらは妹さんの一人。」

「はい、さようで、奥様」とベネット夫人が、レイディー・キャサリンのような身分の高いひとと話の出来ることが嬉しくて口を挿んだ。「これは下から二番目の娘でございます。末娘はつい先頃結婚いたしましてね。それから長女はいま庭に出ていて、近ぢか我が家の一員になる予定の青年と散歩しております。」

「こちらの庭園は随分と狭いわね」とレイディー・キャサリンは、暫く間を措いてから返辞をした。

「それはもう、奥様、ロウジングズ・パークとは較べものにならないでしょうけれど、これでも、サー・ウィリアム・ルーカス家の庭園よりは随分と広いんでございますのよ。」

「この居間、夏の夕方を過すにはまったく不向きだわね、窓が全部西向きだもの。」

ベネット夫人は、正餐のあとこの部屋を使うことはないのだと云って、それからこう附

「畏れながらお伺い致しますが、奥様、コリンズ夫妻は元気にやっておりますでしょうか？」

「ええ、とても元気ですよ。二人には一昨日《おととい》の晩に会いました。」

エリザベスはそれを聞いて、もしや令夫人はシャーロットから手紙を預かって来てくれたのではないかと期待した。令夫人が我が家へやって来る動機として、それなら唯一あり得ないこともないと思われたからである。しかし待てど暮せど一向に手紙が現れないので、エリザベスはすっかり当惑した。

ベネット夫人はいたく鄭重に、何か軽いものでも召上って頂きたいと云ったが、レイディー・キャサリンは、何も食べたくないからお構いなくと、些かぞんざいな物云いできっぱりと断り、それからつと立上がると、エリザベスに向って云った——

「ミス・ベネット、お宅の芝生の外れにちょっと洒落た感じの小さな自然林がおありのようね。あなたが附合って下さるなら、あそこを少し歩いてみたいのだけれど。」

「行っておいで、お前」と母親が声を揚げた。「ついでにほかの小径も幾つか案内して差上げたらどうかしら。あの隠者の庵《いおり》*は奥様も喜ばれると思いますよ。」

エリザベスはそうすることにした。そこで急いで自分の部屋へ行って日傘を取って来ると、お偉い客人に附添って階段を降りて行った。玄関手前の広間を通り抜けるとき、このお偉い客人は食堂と居間の扉を勝手に開けて暫し中を覗き込み、ふむ、悪くないお部屋ね、などと感想を宣《のたま》って、また歩き出した。

令夫人の馬車は玄関先に駐《と》めたままで、中に侍女の姿が見えた。二人は雑木林へ続く砂利道を押黙って歩いて行った。エリザベスは、普段にも増して横柄で不愉快な女に、自分から話し掛けて御機嫌を取るつもりはまったくなかった。

「このひとは甥のミスター・ダーシーとは似ても似つかぬひとだ」とエリザベスは、相手の顔を窺いながら独り言《ご》ちた。

雑木林に入るとすぐに、レイディー・キャサリンが沈黙を破ってこう切出した――

「ミス・ベネット、私が何で遥ばるここまでやって来たか、その理由はお分りでしょうね。御自分の胸に、御自分の良心に訊いてみれば、なぜ私が来たか当然分る筈です。」

エリザベスは驚いて眼を見張った。その驚きに偽りはなかった。

「まあ、奥様は何か誤解なさっておいでです。奥様がなぜ我が家へお出で下さったのか、私にはまるで見当がつきませんもの。」

「いいですか、ミス・ベネット」と令夫人は腹立しげな口調で応じた、「私を甘く見てはなりませんよ。いくらあなたがいい加減に遣り過そうとしても、私はいい加減に事を済ませるつもりはありませんからね。誠実で率直なのが世間に認められた私の取柄なのですから、こういう重大な問題に直面した以上、断乎自分の取柄を活かすつもりです。二日前、私は何ともはや驚くべき噂を耳にしました。聞けば、あなたのお姉様は近ぢかたいそう有利な結婚をなさるそうだけれど、そればかりかあなたも、ミス・エリザベス・ベネットも、そのあとすぐに、それも私の甥のミスター・ダーシーと、どうやら間違いなく結ばれそうだと云うではないの。そんなことは根も葉もない悪質な噂話に決っているし、私はそんな話を真に受けるほどあの人を見損なってはいないつもりだけれど、それでも念のためにすぐさまこちらへ出向いて、私の気持と考えをあなたに伝えておこうと決心したのです。」

「でもその噂が根も葉もないものだと信じておられるのなら」とエリザベスは、驚きと相手に対する軽蔑の念で顔を紅潮させながら云った、「何でまたわざわざこんな遠くまでいらっしゃったのか不思議ですわ。そこまでなさって奥様は何をどうなさりたいんですの？」

「そんな噂は嘘だということを、直ちに是が非でも公表して頂きます。」

「でも奥様がわざわざロングボーンまでいらっしゃって、私や家族の者に会うこと自体」とエリザベスは冷静になって云った、「却ってその噂を認めることになりませんか？　もし本当にそんな噂があるならの話ですけれど。」

「もしですって！　あなた、しらばっくれるおつもり？　あなた方がせっせと噂を弘めたんじゃありませんか？　だから噂が弘まっているのに、それをあなたは知らないとお云いなの？」

「ええ、そんなお話は聞いたこともありません。」

「なら同様に、この噂には何の根拠もないと、そう云い切れるのですね？」

「私は生憎と奥様ほど率直な性質を持合せてはおりません。奥様がいろいろとお訊ねになるのは御自由ですが、私としてはお答えしたくないこともございます。」

「それは恕《ゆる》しませんからね、ミス・ベネット、是が非でも納得の行く答を頂きます。あの人は、私の甥は、あなたに結婚の申込をしたの？」

「そんなことはあり得ない話だと奥様が自ら仰有《おつしや》ったではありませんか。」

「当り前です。あの人が理性の働きを失わない限り、そんなことはあり得ないに決っています。だけどあなたの手管と誘惑にまんまと引っ掛って一瞬ぼうっとなり、自分の立場も一族への義務も忘れてしまうことがないとは云えない。あなたが上手く誑《たぶら》かしたかも知れないではないの。」

「もしそうだとしたら、私がそんなことを白状する筈はないじゃありませんか。」

「ミス・ベネット、あなたは私が誰か判っておいでなの？　私に向って何という口の利き方ですか。私はあの人にとって最も近いと云っていい身内なんですよ、当然あの人に関する重大事はすべて知る権利があります。」

「でも奥様には私に関する重大事まで知る権利はございません。それにそのような物の云い方をなされたのでは、私も腹蔵なく物を申す気にはなれません。」

「それなら私が腹蔵なく云いますから、よくお聞きなさい。あなたはこの縁組に分不相応な野心をお持ちのようだけれど、それは絶対にあり得ないことです。そうです、絶対にあり得ません。ミスター・ダーシーは私の娘と婚約しているのですから。さあ、それでも何か云うことがありますか？」

「これだけ云わせて頂きます――もしそうなら、なぜ奥様はあの方が私に求婚することなど想像なさいますの？　そんな想像をなさる謂《いわ》れはない筈です。」

レイディー・キャサリンは一瞬口籠り、それからこう答えた――

「二人の婚約は特別なものでね、二人は幼い頃から許婚《いいなづけ》の間柄にあったと云っていいのです。それは私だけでなく、あの人の母親も切に願っていたことなの。二人がまだ揺籃《ゆりかご》の中にいるときから、私達はこの縁組を計画していたのです。それなのに、いよいよ二人の結婚によって私達姉妹の願いが叶いそうだという今になって、生れも劣れば、身分もどうということのない、我が一族とは縁もゆかりもない小娘に邪魔されるなんて、そんなことが許せますか！　あなたはあの人の身内の願いも、あの人とミス・ド・バーグとの暗黙の約束も、そんなものはどうでもいいとお云いなの？　然るべき礼節も思い遣りも一切感じないの？　あの人は生れたときから従妹と結婚する運命にあるのだと、これほど云っているのにまだ耳に入らないの？」

「いいえ、入っています。そのお話は以前にも伺ったことがあります。でもそれが私と何の関係がございますの？　あの方のお母様と叔母様があの方とミス・ド・バーグの結婚を望んでおいでのことを知ったからといって、私と甥御様との結婚に対する反対理由がただそれだけなら、私は断じて身を引いたりなど致しません。お二方が良かれと思う結婚のために全力を尽されたことは分ります。でもそれが成就するか否かはお二方以外の実際に結婚する当人次第です。ミスター・ダーシー御自身がその婚約に同意なさっていて、体面上どうしてもお従妹と結婚したいと考えておられるのならともかく、もしそうでないとしたら、どうしてほかのひとを選んでいけないことがございますの？　そしてもし仮にそのほかのひとがこの私だとしたら、どうしてお受けしていけないことがございますの？」

「それは名誉に、礼節に、分別に、いいえ、利害関係に反するからです。そうです、ミス・ベネット、利害関係の点で決してあなたの得にはならないからです。あの人の家族や親族の意嚮《いこう》に逆らって自分は勝手に振舞っておきながら、皆からもよく思われようったって、そうは問屋が卸しませんからね。あなたはあの人の身内や友人のみんなから非難され、軽んじられ、蔑《さげす》まれるのが落ちです。あなたは結婚しても恥を曝すだけです。名前すら私達の誰からも口にしてもらえないでしょうよ。」

「随分と酷《ひど》い目に遭うんですのね」とエリザベスは答えた。「でもミスター・ダーシーの妻ともなれば、その立場にあるだけで普通には得られないさまざまな幸福に与れる筈ですから、損失分を差引いても全体として不平はないと思いますけど。」

「何て強情な分らず屋なの！　まったく情ないったらありゃしない！　この春はあんなに気を遣って家へも招んであげたのに、その恩返しがこれなの？　あのときのことには何の恩義もないとお云いなの？

「まあ、ちょっと坐りましょう。とにかくいいですか、ミス・ベネット、私は断乎自分の目的を果す決心でここへやって来たのです。あなたが何を云おうと決心を変える気はありません。私は未だかつて他人様《ひとさま》の気紛れに従った例しはないし、指を銜《くわ》えて泣寝入りするような女ではありませんからね。」

「だとすると、今のお立場は奥様にとっていっそう惨めなものになりますわね。だからといって、私の同情を当てになさっても無駄ですわよ。」

「口出しは無用です。黙ってお聞きなさい。私の娘と甥は結ばれるべき運命にあるのです。二人とも母方は同じ伯爵家の血統だし、父方も爵位こそないものの、立派な、名誉ある、古い家柄の血筋です。財産は両家とも莫大なものです。二人が結ばれることは両家全員の声なのです。それを何ですか、選りに選って、家柄もなければ、有力な縁故もない、財産もない、成上がりの好い気な小娘が引裂こうというのです。これが我慢出来ますか！　いいえ、そんなことは絶対にあってはならないし、断じて許しません。あなたも自分のためを思う気持がおありなら、自分の生い育った境遇から出ようなどという気は起さないことです。」

「奥様の甥御様と結婚するからといって、私は自分が今の境遇から出て行くことになるとは思いません。あの方は紳士です。私も紳士の娘です。その点では対等です。」

「確かに、あなたは紳士の娘です。でもお母様の出自はどうなの？　叔父様達や叔母様達の社会的地位や身分はどうなの？それらのことを私が知らないとでも思っているの？」

「私の親戚がどうであろうと」とエリザベスは云った、「甥御様に異存がなければ、奥様には関係のないことです。」

「この際はっきりとお云いなさい。あなたはあれと婚約しているの？」

エリザベスはこの質問に答えてもレイディー・キャサリンを喜ばせるだけだと思ったから、出来れば答えたくはなかったが、それでも一瞬考えて、やむなく答えた――

「していません。」

レイディー・キャサリンは安心したようであった。

「なら、これからも決してあれとは婚約しないと約束してくれるわね？」

「その種のお約束は致しかねます。」

「ミス・ベネット、あなたというひとは、まったくもう呆れ果てたひとね。もう少し物の道理を弁えた娘さんかと想っていたのに。でも、いいですか、これで私が引退ると思ったら大間違いですよ。あなたから確かな約束の言葉を聞くまでは、一歩もここを動きませんからね。」

「そんな約束の言葉など私は絶対に口にしません。いくら脅《おど》されても、そんな理不尽なことは出来ません。奥様がミスター・ダーシーとお嬢様の結婚をお望みだからといって、私が奥様の望まれる約束をすれば、それだけでお二人の結婚がより確かなものになると、そもそもそんなことが云えまして？　もしあの方が私に好意をお持ちだとしたら、私が申込を拒んだからといって、それならお従妹に申し込もうという気になるものでしょうか？　憚りながら云わせて頂きますが、奥様、奥様の私に対する要求は途方もない馬鹿げたもので、その論拠や理由も無茶苦茶です。そのような説得で私の心が動くとお思いでしたら、奥様の方こそ私という人間を随分と甘く見ておいでです。甥御様が自分の結婚問題に奥様が干渉なさることをどこまで認めておられるのかは存じませんが、私の結婚問題に関して奥様がとやかく仰有る権利はまったくない筈です。ですから、どうかもうこれ以上この問題で私を悩ませないで下さい。」

「まあ、そう急《せ》かないで。私の話はまだ全然終っていません。今まで述べたことのほかにも、反対理由がもう一つあります。あなたの末の妹さんが破廉恥な駆落をしたことの詳細を、私が知らないとでも思っているの？　何もかも承知しています。あの青年と妹さんの結婚は、あなたのお父様や叔父様達がお金を出して、世間体を繕《つくろ》ったものだということもね。そんな娘が私の甥の妹になる訳？　しかもその夫はダーシー家先代の執事の息子ですよ。それが甥の弟になる訳？　冗談ではありません！——あなたは一体何を考えているの？　ペムバリーの清浄な土地がそうやって汚《けが》されてもいいと云うの？」

「それだけ仰有ればもう充分でしょう」とエリザベスは憤然と答えた。「奥様はあれこれと随分私を侮辱なさいました。もう沢山です。失礼して家へ戻ります。」

そう云うとエリザベスは立上がった。レイディー・キャサリンも立上がり、二人は来た径を引返した。令夫人はすっかりお冠であった。

「それじゃ、あなたは私の甥の名誉や信用はどうでもいいとお云いなんだね！　何て薄情な、自分勝手なひとなの！　あれがあなたなんかと一緒になったら、恥しくて誰にも顔向けが出来なくなることも、あなたは考えないんだね？」

「レイディー・キャサリン、これ以上何も申し上げることはありません。私の考えはもうお分りの筈です。」

「なら、どうしてもあれと結婚する肚《はら》なんだね？」

「そんなことは申していません。私はただ、自分の幸せは自分に良かれと思われるやり方で摑むつもりだから、奥様にせよどなたにせよ、私とまったく関係のないひとが何を仰有ろうと気にしないと申し上げているだけです。」

「いいでしょう。では私の求めには応じて下さらないという訳ね。義務も名誉も感謝の念も、そんなものには一切従わないという訳ね。あれがあなたのせいで身を落して、親族全員から軽蔑されようと、世間の物笑いの種になろうと、あなたは平気だという訳ね。」

「この件に関しては」とエリザベスは答えた、「私は義務にも名誉にも感謝の念にも何ら負目はございません。私がミスター・ダーシーと結婚したからといって、いずれの根本理念にも反することにはならないと思います。それから御家族の恨みを買うだろうとか世間の義憤を招くだろうとか仰有いますが、あの方が私と結婚したために御家族が立腹なさったとしても、私には痛くも痒くもありませんし――それに世間は概して良識を心得ていますから、そんなことで挙《こぞ》ってあの方を嘲笑するようなことはないだろうと思います。」

「それがあなたの本音なんだね！　一歩も引かないと云うんだね！　ようござんす。それならどうするか、こちらにも考えがあります。いいですか、ミス・ベネット、自分の野心が叶うだろうなどと想ったらとんでもない間違いだからね。私はあなたを試すために来たのです。もう少し分別のあるひとかと思っていたけれど、でもこうなったからには、私は是が非でも自分の思いどおりにしてみせますからね。」

レイディー・キャサリンはこんな調子で話しつづけていたが、やがて馬車の扉の前まで来ると、急に振向いて附加えた──

「別れの挨拶はしませんからね、ミス・ベネット。お母様によろしくとも云いません。あなた方にそのような心遣いは無用です。まったく不愉快極まりないったらありゃしない。」

エリザベスは一切返辞をせず、今さら令夫人に向って、再び部屋へ戻って一休みして行くよう敢えて勧める気にもなれなかったので、そのまま一人黙って家へ入った。階段を昇って行くと馬車の走り去る音が聞えた。母親が化粧室の扉口《とぐち》に落着かない様子で立っていて、娘の顔を見ると、なぜレイディー・キャサリンは部屋へお戻りになってお憩《やす》みにならなかったのかと訊ねた。

「遠慮なさったのね」と娘は答えた。「このまま帰るって。」

「それにしても見るからに御立派な奥様だわねえ！　わざわざこんな所までお出で下さるなんて、何て御丁寧なさり方なのかしら！　だって用向きと云えば、どうやらコリンズ夫妻の消息を伝えることだけだったようだものね。多分、どちらかへお出でになる途中なのではないかしら。それでメリトンを通り掛ったものだから、ちょっとお前を訪ねてみるのも一興と思われたんだね、きっと。お前には何も特別な話はなかったんでしょう、リジー？」

エリザベスはここに至って已むを得ず少しばかり嘘を吐《つ》いた。レイディー・キャサリンとの話の内容をまさかここで母親に話して聞かせる訳には行かなかったからである。

＊当時流行のピクチャレスク趣味、或は中世風ゴシック趣味の一環として、庭園の奥まった林の中に隠者の庵を設けることがあり、ときには本物の隠者に見立てた人間を住わせたり、隠者姿の蠟人形を置いたりすることもあった。

第十五章〔第五十七章〕

エリザベスはこの異例な、驚くべき訪問にいやでも心の動揺を覚えずにはいられなかったが、動揺は容易に治まらず、それから数時間のあいだ一刻《いっとき》もそのことが頭から離れなかった。どうやらレイディー・キャサリンはエリザベスがミスター・ダーシーと婚約していると想い込み、それを取消させるだけのために、わざわざロウジングズから出向いて来たようであった。それはそれで決して理窟の通らない話ではなかったが、ただ、二人の婚約の噂が一体どこから出たのか、これについては皆目見当がつかず、困惑するばかりであった。やがてエリザベスはこんな考えに辿り着いた——とかく世間は一組の夫婦が出来上がりそうだともう一組出来ないものかと期待したがるものだから、今その期待に応えるにはダーシーがビングリーの親友で自分がジェインの妹だというだけで充分なのだ。エリザベス自身、姉が結婚すれば、自分とミスター・ダーシーが顔を合せる機会も自ずと増えるに違いないという気はずっとしていた。そんなことで、多分お隣のルーカス・ロッジの人達が（と云うのも、この人達とコリンズ夫妻との手紙のやりとりから、この噂がレイディー・キャサリンの耳に届いたのだというのがエリザベスの結論だったからだが）、エリザベスが将来あり得るかも知れないと期待していたことを、どうやら今すぐにも確実なことと見なしてコリンズ夫妻に伝えてしまったのだ。

しかしながら、エリザベスはレイディー・キャサリンの言葉を思い返してみて、もし本人の言葉どおりこの干渉が執拗に続けられた場合、どういう結果になり得る可能性があるかと思うと、多少の不安を覚えない訳には行かなかった。二人の結婚は絶対に阻止してみせると云ったときのあの意気込みから察するに、もしや令夫人は甥との直談判《じかだんぱん》を目論んでいるのではないか、エリザベスはふとそんな気がした。自分のような女と縁組すればどんな禍いが附纏《つきまと》うかを、自分に話したときと同じように甥にも話して聞かせることだろう。果してそれを当の甥がどう受取るか、それはエリザベスにも判断がつきかねた。あの人が叔母に対してどの程度の愛情を抱いているのか、叔母の判断力をどの程度信頼しているのか、確かなところは判らないが、自分よりは遥かに高く評価しているとしても、それは自然なことだ。それにあのレイディー・キャサリンのことだから、親族の身分があまりにも釣合わない女と結婚すればどんな不幸が待構えているか、具体例を一つ一つ挙げてみせるだろう。それがあの人の一番の弱点を衝くことになるのは確かだ。自分には説得力もなく馬鹿げているとしか思えなかった議論だが、威厳や格式には一家言のあるあの人のことだ、おそらく良識に富んだ堅実な考え方だと思うことだろう。

仮にあの人がこの先どうしたものか確信が持てずにずっと躇《ためら》っていたのだとすると――自分の眼にはしばしばそう見えたけれど――叔母ほどの近しい身内から忠告され懇願されれば、すべての迷いが消えて、威厳や格式を損なわずに最大限幸せになれる道を選ぼうと、すぐさま決心するかも知れない。そうなったら、あの人はもう二度と戻っては来ないだろう。レイディー・キャサリンは帰途ロンドンを通る際にあの人に会うだろうから、ネザーフィールドへ戻るというビングリーへの約束は当然取消されるに違いない。

「だから」とエリザベスはさらに考えた、「もし約束が果せなくなったことに対する言訳の手紙が二、三日のうちにミスター・ビングリーの許に届くようなら、どんな言訳が書いてあろうと私には誤解のしようがない訳だ。そのときは、あの人の変らぬ心に対する期待も願いもすべて諦めよう。あの人がその気になりさえすれば私は愛の誓いを交してもいいと思っていたけれど、私を失うのは残念だがまあ仕方がないぐらいの気持で満足するのであれば、私だってそんな人を失っても残念な気持なんかすぐに忘れることにするわ。」

――――

家族のほかの者達も客人が誰だったかを聞いてひどく驚いたが、みなベネット夫人と同じようなことを想像して好奇心を満たしてくれたので、おかげでエリザベスはそのことで煩《うるさ》い質問攻めには遭わずに済んだ。

次の朝、エリザベスは階段を降りて行く途中で父親と顔を合せた。父は書斎から出て来たところで、手紙を一通手にしていた。

「リジー」と父が云った、「ちょうどよかった。お前を捜しに行くところだったのだ。ちょっと部屋まで来てくれないか。」

エリザベスは云われるままに書斎へ戻る父のあとに跟《つ》いて行った。父に一体何の話があるのだろう、どうやら手にしているあの手紙と何か関係がありそうだ、そう想ってエリザベスは好奇心を募らせたが、そのときふと、もしやあの手紙はレイディー・キャサリンからのものではないかという思いが脳裡を過《よぎ》り、途端に、今から釈明にこれ努めなければならない事態が予想されて、気が滅入った。

エリザベスは父のあとから煖炉の前まで行き、二人が腰を下ろしたところで、父が口を開いた——

「今朝この手紙を受取ったのだが、いやはや驚いたよ。主にお前のことが書いてあるので、これはお前にも知らせておかなくてはと思ってね。私はジェインだけでなくお前までもうじき結婚することになるとは迂闊にも知らなかった。お前は大変な大物を仕留めたようじゃないか。何はともあれ、まずはおめでとうを云わせてもらおう。」

これは叔母ではなくて甥からの手紙に違いないとエリザベスは咄嗟に思い込み、見る間に頬が真赧になったが、とにかく本人が弁明の手紙を寄越したことを喜ぶべきか、むしろ手紙が自分宛でなかったことに腹を立てるべきか、そのまま気持を決しかねていると、父が続けた——

「どうやら身に覚えがあるようだね。若い娘はとかくこういうことになると鋭い洞察力を見せるものだが、いくらお前の勘が鋭くても、この手紙を寄越したお前の崇拝者が誰かは、まあ判らんだろうな。ミスター・コリンズだよ。」

「ミスター・コリンズですって！　あの人に一体何の用があると云うのかしら？」

「勿論あの男としては大いに気を利かせたつもりさ。冒頭で間近に迫った長女の婚礼を祝ってくれているが、どうやらあの気の好い、噂話の大好きなルーカス家の連中が知らせてやったようだ。そこのところを逐一読上げてお前に焦れったい思いをさせるのも一興だが、まあそれは止めておこう。お前に関係があるのはここのところだ。『以上、このたびの御慶事につき、愚妻ならびに小生よりの衷心からなる御祝詞《ごしゅくし》を申し述べましたが、序でながら、同じ消息筋より聞き及べるもうおひとかたに関する件について、若干触れさせて頂きます。仄聞《そくぶん》するに、御令嬢エリザベス様もまた、姉上の御婚礼から遠からずしてベネット姓を離れられる由《よし》、しかも運命を共にすべく選ばれし御伴侶は、この国でも屈指の傑物と仰がれて然るべきお方であられる由、消息元では専らかような推測がなされております。』

「リジー、お前にはこの屈指の傑物とやらに心当りがあるかね？『この若き紳士は、莫大な領地財産、高貴な血統の親類縁者、広汎に及ぶ権勢と、この世に生れし者のいと願わしかるべき条件をすべて兼具えた類《たぐ》い稀《まれ》なるお方です。しかしながら、かように心惹かれて当然の人物ではありますが、小生としては御令嬢エリザベス様とあなた様に一言御忠告申し上げねばなりません。かような紳士からの求婚ともなれば、その有利な条件からして渡りに船と応じたくなるお気持は重重お察し申し上げますが、早計な諾意《だくい》表明はこれを慎まれた方が賢明かと存じます。と申しますのも、そのことが或は何らかの禍いをもたらすやも知れぬからであります。』

「どうだね、リジー、この紳士が誰か見当がついたかね？　なに、じきに判るさ。

「『かように御忠告申し上げますのも、然るべき理由があってのこと、つまり、そのお方の叔母上に当るレイディー・キャサリン・ド・バーグにおかせられては、どうやらこの縁組を好意的な眼では見ておられぬ節《ふし》があるのです。』

「ほら、これで判ったろう、その男つまりミスター・ダーシーという訳だ！　どうだね、リジーも流石に驚いたろう。それにしても、コリンズの臆測かルーカス家の山勘か判らんが、何でまた私どもの知人の中から人もあろうにミスター・ダーシーなんか選び出したのかね？　そんな名前を出せば、自分達の話が嘘っぱちなことを自ら証明するようなものだろうに。だってミスター・ダーシーと云えば、女を見れば決って粗捜しをする男だし、お前の顔など多分未だかつて一度もまともに見たことがないんじゃないかな！　呆れた話だよ、まったく！」

エリザベスは父親の冗談に乗ろうとしたがその気になれず、辛うじて気の進まぬ笑顔を一度見せただけであった。父親の機智がこれほど興醒めだったことはなかった。

「あまり面白くなかったかな？」

「いいえ、面白かったわ。それでそのあとは何て？」

「『それと申しますのも、この結婚が決して荒唐無稽な話ではない旨を昨夜申し上げましたところ、奥様は例のごとく御謙遜な物云いながら早速にも率直な御意見を賜り、その結果、エリザベス様の側に家庭上の問題が二、三おありとかの理由で、奥様にはかくも不面目な縁組（とこれは奥様の言葉ですが）に同意なさるおつもりのまったくないことが明らかになったからです。そこで小生としては、このことを逸早くお知らせして、エリザベス様とその高貴な求愛者が自分達のなしつつあることを確《しか》と自覚なさり、然るべきおかたからの是認を受けざる結婚には決して軽率に飛込まれることのなきよう御忠告することこそ、小生の義務と愚考いたした次第です。』ミスター・コリンズはさらにこんなことも附加えている、『また、御息女リディア様のこのたびの不祥事がさしたる表沙汰にもならずに済みましたことは、不幸中の幸いと申すべく、小生も心から喜んでおります。ただ、一つだけ憂慮されますのは、両人が結婚式を待たずに同棲していた事実が遺憾ながら世間に知れ渡っていることであります。しかしながら、仄聞するところによると、あなた様は両人を結婚早早御自宅に迎え入れられた由、それが事実ならば、この際小生としては聖職にある者の義務として驚きの表明を差控える訳には参りません。それは悪徳を奨励したにも等しきお振舞、もし小生にしてロングボーンの教区牧師なりせば、必ずや言葉を尽して御反対申し上げたことと存じます。確かに一キリスト教徒としては両人を恕すべきでありましょうが、この場合、あなた様の眼の届く所に両人が姿を見せることも、あなた様の耳に届く所で両人の名前が口に出されることも、これを許すなどは以ての外、絶対にあってはならぬことだからです。』これがあの男の考えるキリスト教徒としての寛容という訳だ！　手紙の残りは専ら愛妻シャーロットの近況報告だが、どうやらお腹《なか》には橄欖《かんらん》の若樹《わかき》*が芽生えているらしい。だが、どうしたね、リジー、あまり面白がってもいないようだが。確かに根も葉もない、下らない噂話だが、まさかお嬢様を気取って、気分を害されたなんて云うんじゃないだろうね。そもそも我我の生甲斐とは何ぞや？　ときどきこちらが馬鹿をやって隣人を面白がらせる、その代りときどき隣人の馬鹿な姿を見てこちらが笑わせてもらう、まあ、そんなところじゃないか？」

「あら！」とエリザベスは叫んだ、「とても面白くてよ、面白すぎるくらいだわ。それにしてもひどく妙な話ね！」

「そう――そこがこの話の面白いところさ。お前の相手に選ばれたのがミスター・ダーシー以外の男だったら、この話は面白くも可笑しくもない。だが、あの男はお前にまったく関心がないし、お前はあの男が大嫌いと来ているのだから、これほど馬鹿げた、愉快な話はないじゃないか！　私は手紙を書くのは大嫌いだが、ミスター・コリンズとの文通だけは何としても止めたくないと思っているんだ。いやね、あの男の手紙を読むと、むしろこの方がウィッカムなどよりましじゃないかと思わずにはいられんのだよ。勿論、我が婿殿の鉄面皮と偽善ぶりも、これはこれで大いに買っとるがね。ところで、リジー、レイディー・キャサリンはこの噂について何て云っていた？　やはり賛成出来ないと云うためにわざわざ訪ねて来たのかね？」

この質問に娘は笑って応えただけであった。父親は娘に何の不審感も抱いてはおらず、ただ冗談に訊いてみただけなので、質問を繰返して娘を悩ませることはなかった。だがエリザベスは自分の気持を偽って見せるのにこれほど困惑したことはなかった。本当は泣きたい気分だったのに、笑って見せなければならなかったからである。エリザベスの心を何よりも残酷に傷つけたのは、ミスター・ダーシーがエリザベスにはまったく関心がないと父が口にしたことであった。エリザベスは父のあまりの洞察力のなさに驚くほかはなかったが、或はもしかすると、父に見る眼がないのではなく、自分が空想を膨らませ過ぎていただけかも知れないと、不安な気持にもならずにはいられなかった。

＊　旧約聖書「詩篇」第百二十八番第三節。子供のこと。

第十六章〔第五十八章〕

ミスター・ビングリーは、エリザベスが半ば予想していた友からの詫状を受取ることはなく、その代りレイディー・キャサリンが訪ねて来てから幾日も間《ま》を措かずに、ダーシーその人をロングボーンに連れて来た。二人は早い時間にやって来た。エリザベスは、母親がレイディー・キャサリンに会ったことを今にもダーシーに云い出すのではないかと気が気でなかったが、早くジェインと二人だけになりたいビングリーが、母が口を開く前に、皆で散歩に出ようと提案してくれたので、肝を冷さずに済んだ。散歩には誰からも反対は出なかった。ただベネット夫人には散歩の習慣がなく、メアリーはやらねばならぬことがあるから散歩に時間は割けないと云うので、結局残りの五人が連立って出掛けることになった。だがビングリーとジェインはすぐにほかの者達が先に行くに任せて、自分達が遅れても急ぐ気配を見せなかったので、いきおいエリザベスとキティーとダーシーが一団になって互いに気を遣い合うことになった。三人とも殆ど口を利かなかった。キティーはダーシーが怖くて何も云えなかったからだが、エリザベスは密かに切羽詰った気持で或る決意を固めていた。どうやらダーシーも同じことをしているようであった。

キティーがマライアを訪ねたいと云い出したので、三人はルーカス家の方へ足を向けたが、エリザベスは何も三人揃って行くこともないと思ったので、キティーが行ってしまうと、思い切ってダーシーと二人だけで散歩を続けることにした。エリザベスは決意を実行するなら今だと思い、機を逸すると勇気が萎《な》えそうだったので、躊わずに切出した——

「ミスター・ダーシー、私はとても身勝手な人間です。ですから、自分の気持を晴らすためにあなたのお気持をひどく傷つけることになっても、気にしないことにします。あなたは私の至らぬ妹のために並外れた御親切をお示し下さいました。これまではどうしても云い出せずにいましたが、今ここではっきりとお礼を申し上げます。お話を聞いたときからずっと、私の心が感謝の気持で一杯なことを是非ともあなたに申し上げたかったのです。家族のほかの者も知っていれば、勿論私一人の感謝では済まないところです。」

「いやあ参った、これは参ったな」とダーシーは驚きと動揺の入混じった声で答えた。「まさかあなたに筒抜けだったなんて。あなたが妙な誤解をなさって、不安な気持にならるといけないので、それで伏せといてもらったんです。ガードナー夫人がそんなに信頼出来ないひとだとは思わなかったな。」

「叔母が悪い訳ではないんです。あなたがあの件に関わっておられたことは、最初リディアが私の前でうっかり口を滑らせて洩らしたのです。勿論、私としてはどうにも気持が落着かないので、それで無理を承知で叔母に頼み込んで詳細を聞き出したのです。二人を見つけ出すについては、いろいろとお骨折りを頂き、何かと嫌な思いもなされたと伺っております。みなあなたの寛大な思い遣りのおかげです。家族一同になりかわって、重ねがさねお礼を申し上げます。」

「どうしてもお礼を云って下さると云うのなら」とダーシーは答えた、「あなた一人からのお礼ということにして下さい。僕が二人を捜す気になった動機はほかにも幾つかあったけれど、あなたに喜んでもらいたいという気持が大本にあったことは確かです。それは敢えて否定しません。でもあなたの御家族に恩を着せるためにそうした訳ではないのです。勿論、御家族には大いに敬意を払っていますが、僕はあなたのことしか考えていなかった、と思います。」

エリザベスはすっかり意表を衝かれて、一言も返辞が出来なかった。ダーシーは暫し口を噤んでから附加えた、「あなたは心の寛大なかただから、僕の心をいい加減にあしらうようなことはなさらないと思う。もしあなたの気持が今もこの四月と同じでしたら、この場ではっきりとそう云って下さい。僕の愛情と願いは少しも変っていません。でもあなたからの一言で、僕はこのことについては永久に口を閉ざすつもりです。」

エリザベスはダーシーの気不味《きまず》い、不安な気持がただならぬものであることを察して、ここは無理してでも口を開かなければと自分を励まし、ぎこちない物云いではあったが、自分の気持はその四月から大きく変ったこと、従って今のダーシーの言葉も有難く喜んで受容れられることを、直ちに相手に納得させた。この答を聞いたダーシーは、どうやら生れてこのかた経験したことのない幸福感を味わったようであった。すぐさま喜びに満ちた胸の裡を告白し始め、その話しぶりは、いかにも激しい恋心を抱く男に相応しい気持の昂《たか》ぶりと情熱を示すものであった。もしこのときエリザベスに眼を上げて相手の顔を見る勇気があったら、その満面に心からの喜びが溢れているのを見て、いかにもダーシーに似つかわしい顔だと思ったことであろう。しかし見ることは出来なかったが、聞くことは出来た。ダーシーは思いの丈《たけ》を語って倦まず、エリザベスが自分にとっていかに掛替えのない、大切な存在であるかを諄諄と説いた。エリザベスはダーシーのそのような思いを知るほどに、その愛情が刻一刻とますます貴重なものになるのを感じた。

二人は、どこへ向っているのか判らぬまま歩きつづけた。考えること、感じること、話すことがあり過ぎて、ほかのことには注意が向かなかったのである。そのうちにエリザベスに一つ判ったことがあった。それは、自分達が今こうして理解し合えたのは、ダーシーの叔母が努力してくれたおかげだということである。果してレイディー・キャサリンは帰途ロンドンを通る際にダーシーを訪ね、そこで自分がロングボーンへ行って来たこと、その理由、そしてエリザベスとどんな話

をしたかを伝えていたのである。令夫人はエリザベスの云ったことを逐一強調しながらくどくどと語って聞かせた。令夫人に云わせれば、それこそまさにエリザベスの旋毛《つむじ》曲りと厚かましさをはっきりと示すものであったから、それさえ話して聞かせれば、エリザベスからはどうしても得られなかった約束が、甥からは必ずや得られる筈だと信じていたのである。ところが、何とも生憎なことに、その結果は令夫人の完全な思惑外れであった。

「僕は叔母の話を聞くまでは、もう希望を持つのは無理だろうと諦め掛けていたんだけれど」とダーシーは云った、「話を聞くうちに、いや、まだ希望があるぞ、と思い始めたんです。つまり、あなたの気性はよく分っていたから、もしあなたの決心が変らず、僕とは絶対に結婚しないつもりならば、あなたはレイディー・キャサリンの前でもそのことを率直にはっきりと認めた筈だと、そう思ったんです。」

　エリザベスは真赧になって、笑いながら答えた、「確かにね、私の率直な気性はよく御存知ですから、そのぐらいのことはやりかねない女だと思われても仕方ないですわ。何しろ御本人に面と向ってあんなひどいことを申し上げたんですもの、御親戚の皆さんにあなたの悪口を云うぐらい、その気になれば何でもなかったでしょうからね。」

「でもあなたが僕に云われたことは、みんなそのとおりでした。と云うのも、あなたの非難は根拠に乏しく、誤った前提に基づいてはいたけれど、あのときのあなたに対する僕の態度は、いくら厳しい非難を受けても弁護の余地のないものだったからです。実に赦し難い振舞でした。今でも思い出すと自己嫌悪を覚えずにはいられない。」

「二人してあの晩は自分の方が悪かったと云い合っていても切りがないですわ」とエリザベスは云った。「厳しい眼で見れば、どちらの態度にも非難されるべき点はあったでしょう。でもあれからは、二人とも大分礼儀正しくなったのではありません？」

「僕はそう簡単に自分が赦せないんです。自分があのとき云ったこと、その際の態度振舞、行儀作法、物云いを思い返すと、今でも云いようのないほど苦しくて堪らない。この何箇月ものあいだずっとそうでした。あなたの非難はまったくそのとおりで、僕は決して忘れないつもりです。『もしあなたがもっと紳士らしい態度で振舞って下さったなら』——あなたはそう仰有った。この言葉がどれほど僕の心を苦しめたか、あなたには分らないでしょう、殆ど想像もつかないでしょう。——但し白状すると、僕がどうやら理性を取戻してこの言葉が正しく受止められるようになるまでには、暫く時間が掛りましたけどね。」

「あの言葉がそれほど強い印象を与えようとは、確かに想ってもいませんでしたわ。そもそもそんな風に受取られるなんて思いもしませんでした。」

「それはそうだろうと思います。あなたはあのとき、僕の感情はどう見てもまともではないと思っておられたに違いないのだから。僕がどのような形で申込をしようと、金輪際受ける気にはならないと仰有ったときのあの表情は、忘れようにも忘れられない。」

「まあ！　私があのとき云ったことなどもう仰有らないで下さい。あんなことを思い出しても、いいことなんか一つもありませんわ。私は大分以前から、あのときのことが心底恥しくて仕方がないんです。」

ダーシーは例の手紙のことに触れて云った、「あなたはあの手紙を読んですぐに僕のことを見直す気になられたんですか？　あれを読んで、書いてあることが信じられました？」

エリザベスは、手紙のおかげで考えが変り、その結果それまでの偏見が徐徐に消えて行った次第を説明した。

「あんなことを書けば」とダーシーは云った、「あなたに辛い思いをさせることは分っていましたが、書かない訳には行かなかったのです。あの手紙はもう処分して下さったでしょうね。特に一箇所、書出しのところなど、あなたが読返す気になるかと思うと、ぞっとします。あそこの書き方はあなたに嫌われても仕方のないものでした。」

「あの手紙を焼捨てないことには私の今の気持が繋ぎ留められないと思われるのでしたら、いつでも焼捨てます。でも、今度のことでもお判りのように、私は自分の考えを絶対に変えない人間ではありませんが、今の気持と考えは、手紙を読返すぐらいのことでそう簡単には変らないと思っています。」

「僕はあの手紙を」とダーシーは答えた、「至って冷静な気持で書いたつもりだったけれど、実際はひどく苦苦しい気持で書いていたことがあとになって判ったんです。」

「多分そういうお気持で書き始められたのでしょうけれど、終りの方はそんなことありませんでした。結びの言葉には慈愛すら籠っていましたわ。でも手紙のことはもう忘れて下さい。書いた人の気持も、受取った方の気持も、今ではあのときとすっかり変っているのですから、あの手紙にまつわる不愉快な経緯《いきさつ》はすべて忘れるべきです。あなたも私の悟りの哲学を少し学ばれた方がよろしいわ。過去に関してはね、思い出すと楽しくなる過去のことだけを考えるの。」

「あなたにその種の哲学がおありとは信じられないな。あなたは自分の過去を振返っても、忸怩《じくじ》たる思いをすることなど何一つないに違いない。そういう過去から生ずる満ち足りた気持は悟りの哲学によるものではなくて、それ以上のもの、つまり無垢な精神によるものです。でも僕の場合は、そうではない。過去を振向けば辛い記憶が押寄せて来て、これを追払うことが出来ない、と云うより追払ってはいけないんだ。僕は今までずっと自分本位の人間でした。別に自分本位を信条にして来た訳ではないが、実際の振舞においてはそうだった。子供のとき、何が正しいかは教えられたけれど、自分の性格の欠点を直すことは教えられずじまいでした。優れた道理や原則はいろいろ教えられても、それらを実践する際の思い上がった自尊心の方は放っておかれたのです。生憎と一人息子で、齢の離れた妹が生れるまでは長いあいだ一人っ子だったものだから、両親には甘やかされて育ちました。両親ともいい人達で、特に父は実に思い遣りのある優しい人でしたが、僕が自分本位の横柄な人間になることには無頓着というか、むしろそうなるように仕向け、導いたと云ってもいいほどでした。それで僕は、自分の一族以外の者は眼中に置かず、世間を見下すようになった、少くとも、自分の見識と真価に較べれば、世間の常識や存在価値など取るに足りないものだと考えたがる人間になったのです。僕は八つのときから二十八になるまでずっとそんな男でした。もしあなたと、最愛のエリザベスと、出会うことがなかったら、多分今でもまだそんな男だったでしょう。すべてあなたのおかげです！　あなたは僕に一つの教訓を与えてくれた、最初は確かに辛かったが、結局は最も有益な教訓をね。あなたのおかげで、僕はまっとうな、謙虚な人間になれたのです。僕はあのとき、自分の申込は当然受容れられるものと疑いもせずにあなたを訪ねたのです。あのときの僕には、こちらが喜ばせてやるだけの値打を認めた女だから喜ばせてやるのだという、思い上がった自負心があった。でもそんなものは一切通用しないことを、あなたは思い知らせてくれたのです。」

「ではあなたはあのとき、私が喜ぶものと確信していらしたのですか？」

「確信していました。どうですか、この自惚《うぬぼれ》と虚栄心？　僕はあなたが僕の申込を待望んでいるものと信じて疑わなかったのです。」

「きっと私の態度にも問題があったのでしょうね。でも私は故意に振舞った覚えはないし、況《まし》てやあなたの心を惑わそうなどと思ったことは一度もなかったと思います。ただお調子者のところがあるので、しばしばその場の調子に乗って、誤解されるようなことを口走ってしまったかも知れません。あの晩以来、さぞかし憎たらしい女だと思われたことでしょうね？」

「憎たらしいだなんて！　それはまあ、最初は腹が立ったけれど、立腹の矛先はすぐに向くべき方向に向き始めた。」

「これはちょっとお訊きするのが怖いんですけど、ペムバリーでお会いしたとき、私のことをどう思われました？　こんな所へのこのこやって来て怪しからんと思われました？」

「とんでもない。ただ驚いただけです。」

「でもあのときは、あなたの応対があまりにも好意的なので、私の方がもっと驚きましたわ。良心に照せば、特別待遇を受ける資格はなかった筈ですし、正直云って、今の自分は素気《すげ》なくあしらわれても仕方がないと思っていましたから。」

「あのとき僕は」とダーシーは答えた、「出来るだけ礼儀正しくすることで、自分が過去のことをいつまでも恨《うら》むような狭量な男ではないことを、あなたにお見せしたかったのです。あなたの非難が無駄ではなかったことを知ってもらって、あなたに赦して頂き、僕に対する悪しき評価を見直して頂きたかったのです。あのときはすぐにほかにも希望の持てそうな気がしたことを憶えています。どのぐらい経ってからかははっきりと思い出せないけれど、そう、お会いして三十分も経った頃からかな。」

ダーシーはそれから、妹のジョージアナがエリザベスと近附きになれてとても喜んだこと、それが突然中断されたのでひどく落胆したことを話した。話は自ずとその中断の原因に及び、話を聞くうちにエリザベスは、ダーシーが、リディアを捜すためにエリザベス達のあとを追ってダービーシアを発《た》とうと、ラムトンの宿でエリザベスと別れる前に既に決心していたことを知った。あのときダーシーが深刻な表情で何やら考え込んでいたのも、他意はなく、この目的のためには困難が予想され、ウィッカムとも会わねばならぬことを思って、内心煩悶していたからであった。

エリザベスは改めて感謝の意を表明したが、どちらにとっても辛い話題なので、それ以上は深入りしなかった。

二人はぶらぶらと数マイルほども歩いたが、その間話に夢中で、時間のことはすっかり忘れていた。やっと気になって時計を見ると、とうに帰宅していなければならない時間であった。

「ミスター・ビングリーとジェインはどうしたかしら！」とエリザベスが訝《いぶか》ると、それがきっかけになって話題は二人のことに移った。ダーシーは二人の婚約を喜んでいた。ビングリーはロンドンにいるダーシーに逸早く知らせていたのである。

「これは是非お訊きしなくては」とエリザベスが云った。「吃驚《びっくり》なさいました？」

「いや、全然。こちらを発つとき、いずれ近いうちにそうなるだろうと思っていましたから。」

「と云うことはつまり、あなたは発つ前に既に許可を与えておられた訳ね。やっぱりそうでしたのね。」ダーシーは許可はあんまりだと声を揚げて抗議したが、話を聞けば、事実はどうやらほぼそのとおりであった。

「ロンドンへ発つ前の晩」とダーシーは云った、「僕はビングリーに正直に打明けたのです、本当はとうの昔に打明けていなければいけなかったことをね。いろいろな経緯《いきさつ》を洗い浚い話して、僕が以前ビングリーとミス・ベネットとのことに口を挿んだのは愚かな、要らざるお節介だったと、そう云いました。ビングリーはひどく驚いていた。何しろ僕のことを露ほども疑っていなかったのですからね。それから、あなたの姉上がビングリーに気がないと想っていたのは僕の間違いだったことも話しました。姉上に対するビングリーの愛情が全然変っていないことはすぐに判ったから、これで二人の幸せは疑いなしと思った訳です。」

エリザベスは、ダーシーの屈託のない友の操縦ぶりに微笑を禁じ得なかった。

「姉があの方を愛していると仰有ったのは」とエリザベスは云った、「御自分の眼で確めてそう仰有いましたの？　それとも単に私がこの春そう申し上げたから？」

「自分の眼で確めたのです。最近二度ほどこちらへ伺った折に、姉上の様子をつぶさに観察して、確信が持てたからです。」

「あなたが確信なさったので、それであの方もすぐに納得なさったという訳ね。」

「そうです。ビングリーは根っから謙遜な男でしてね。おまけに引込思案と来ているから、こういう微妙な問題に直面して、自分の判断だけでは動けずにいたんです。でも僕の判断はいつも信頼してくれているので、あとは何の問題もなかった。ただ一つだけ例外があって、これも僕としては打明けざるを得なかったのだが、このときだけは、無理もない話だけれど、流石のビングリーも暫く怒っていました。姉上がこの冬三箇月ほど上京なさっていたとき、僕はそれを知っていながら、わざとビングリーに教えなかった。僕はこのことも正直に打明けたのです。ビングリーは確かに怒ったけれど、でもその怒りが続いたのは、姉上の愛情にまだ確信が持てずにいるあいだだけでした。今では心から赦してくれています。」

エリザベスは思わず、ミスター・ビングリーはとても愛嬌のあるお友達ね、何でもあなたの云いなりで、実に貴重なお友達ですこと、と云ってみたかったが、思い止まった。この人は人から笑われることにまだ慣れておらず、これから学ばなければならないが、今すぐ始めるのは流石に早すぎる、と思ったのだ。ダーシーは、ビングリーはきっと幸せになれる、勿論僕の幸せにだけは及ばないが、などと、家に着くまでのあいだ専らビングリーの幸せについて話しつづけていた。玄関を入った所で二人は別れた。

第十七章〔第五十九章〕

「まあ、リジーったら、一体どこへ行っていたの？」エリザベスが部屋に入って行くと、待ちかねていたようにジェインが訊いた。食卓の席に着いたときも、ほかのみんなから同じことを訊かれた。エリザベスは二人でぶらぶら歩いているうちに道に迷ってしまったのだとしか答えられず、答えながら顔を赧らめたが、この返辞にも、顔色の変化にも、誰もとりたてて不審感を抱いた様子はなかった。

その晩は特に何事もなく、静かに過ぎた。公認の恋人達は談笑に余念がなく、未公認の方はひたすら沈黙を守っていた。ダーシーは幸せだからといって陽気に燥《はしや》ぐ性分ではなかったし、エリザベスは心が乱れて落着かず、自分は幸福なのだと頭では分っていても、心の実感が伴っていなかった。それには、目下の当惑に加えて、思っても気の滅入ることが行手に控えていることも大きかった。もし自分とダーシーの婚約が明らかになったら、家族はどう思うか、エリザベスにはおおよそ見当がついていた。家族の中でダーシーを好意的に見ているのはジェインだけで、あとの者はみな嫌っている。この嫌悪感がダーシーの富と地位をもってしても拭《ぬぐ》えないものだとしたら——エリザベスはそれを恐れていた。

夜が更《ふ》けて寝る前にエリザベスはジェインに本心を打明けた。日頃人を疑うことのないジェインだが、このときばかりはどうしても信じようとしなかった。

「またそんな冗談を云って、リジーったら。そんな話、嘘に決っているわ——ミスター・ダーシーと婚約だなんて！　駄目、駄目、私を担《かつ》ごうとしても駄目よ。そんなのあり得ないことぐらいちゃんと判っていてよ。」

「端《はな》からこれだものねえ！　お姉様だけが唯一の頼みの綱だったのに、そのお姉様が信じて下さらないのでは、あとはきっと誰も信じてくれないわ。でもね、私は本当に真面目なの。この話に嘘偽りはまったくなくてよ。あの方、あのあともずっと私を愛してくれていたの、それで私達、婚約したの。」

ジェインは信じられないという眼附で妹を見た。「まあ、リジー！　あり得ないことだわ。あなたはあの方のことをあんなに嫌っていたではないの。」

「お姉様には分らないでしょうけど、それが今はそうではないのよ。そういう過去のことはすべて水に流すことにしたの。それは私も以前は必ずしも今ほどあの方を愛していたとは云えないけれど、でもこうなったからには、過去のことをいつまでも憶えているのはよくないわ。私はもうこれからは過去のことは思い出さないことにしたの。」

ミス・ベネットはそれでもなお驚きの表情を変えなかった。エリザベスは再度、より真剣な口調で、これは本当のことなのだと請合った。

「驚いたわ、何てことかしら！　そんなこと、まさかとしか思えなかったけど、でもあなたがそこまで云うからには、信じるしかないわね」とジェインは声を揚げた。「まあ、リジー、お祝いを云わなくては――おめでとう、本当におめでとう――でも大丈夫なの？　こんなことを訊いて御免なさいね――あなた、あの方と幸せになれる確かな自信があるの？」

「それはもう大ありよ。私達はもう既に、世界一幸せな夫婦になろうって約束済みだもの。でもあの方、お姉様の義弟《おとうと》になる訳だけれど、お姉様としては嬉しいかしら？　ああいう義弟を持ちたいとお思いになって？」

「勿論よ、是非持ちたいわ。ビングリーにとっても私にとっても、こんな嬉しいことはなくてよ。実はこのことについては私達も考えたことがあって、そのときはとても無理だろうって話していたの。それで、あなたは本当に心の底からあの方を愛しているの？　ああ、リジー！　愛のない結婚だけは絶対にしないでよ。あなたには、然るべき愛のある結婚だと云い切れる自信があって？」

「それはもう、勿論よ！　これからお話することをお聞きになれば、然るべきどころか、それ以上の愛があるとしか思えなくてよ。」

「どういうこと？」

「いえね、実を云うと、私はビングリーを愛する以上にあの方を愛しているの。こんなことを云うと、お姉様は怒るかしら。」

「お願い、リジー、ふざけないで。私は真面目に話がしたいの。さあ、私に話すべきことがあるなら、何もかもすぐに話して頂戴、焦らさないで。ねえ、いつ頃からあの方が好きになったの？」

「いつからともなく徐徐にそうなったの。だからはっきりいつからかは自分でもよく判らないの。でも、そうねえ、強いて云えば、あのペムバリーの美しいお屋敷を初めて見たときからかしらね。」

しかし、お願いだから冗談は止してよと、再度ジェインから懇願されると、流石にエリザベスも真面目になり、やがてダーシーに対する愛を厳粛に誓ってジェインを満足させた。ミス・ベネットとしては、その点さえ納得出来れば、それ以上望むことは何もなかった。

「私もこれで本当に幸せになれるわ」とミス・ベネットは云った。「自分一人だけでなく、あなたも同じように幸せになれるんだもの。私はね、常づねあの方は悪い人ではないと思っていたの。あなたを愛していることさえ判っていたら、きっと尊敬していたに違いないわ。でも今は、ビングリーの親友として、あなたの夫として、私にとってはビングリーとあなたの次に大切な人よ。それにしても、リジー、あなたも水臭いわね、狡いわよ、何もかも隠したりして。ペムバリーとラムトンであったことなど、何も教えてくれなかったではないの！　私が多少知っているのは、みんなビングリーのおかげよ、あなたではなくて。」

エリザベスは敢えて秘密にしておこうと思った動機を説明することにして、一つには、姉の気持を思ってビングリーの名前を口に出したくなかったこともあるが、自分の気持も整理がついていなかったので、ダーシーの名前も口にする気になれなかったのだと云った。しかし今はもう、ダーシーがリディアの結婚に一肌脱いでくれたことも、姉に隠しておくつもりはなかった。そこで一切が打明けられ、二人の話は深更《しんこう》まで続いた。

「まったくもう、何てことかしら！」と、翌朝、窓辺に立っていたベネット夫人が叫んだ。「あの嫌なミスター・ダーシーがまたお出でだよ、うちの大事なビングリーにくっついて！何だってああしょっちゅう煩《うるさ》くうちへ来るのかね？　てっきり猟か何かに夢中になって、うちの邪魔だけはしないでくれるものと思っていたのに。どうしたものかしらねえ？　リジー、お前またあの人を散歩に連出しておくれな、ビングリーの邪魔にならないように。」

エリザベスはあまりにも渡りに船の提案なので、思わず相好を崩しそうになったが、それにしても、母がミスター・ダーシーの名前を口にするたびに「あの嫌な」を附けるのには、いい加減むっとせずにはいられなかった。

二人が入って来るとすぐに、ビングリーがいかにも嬉しそうな表情を見せてエリザベスに近づき、その手を力強く握り締めたので、ビングリーが既に吉報を知らされていることは明らかであった。ビングリーは握手が済むとすぐに大きな声でこう云った、「ねえ、ベネット夫人、この辺にはもっとほかにも、リジーが今日また迷子になってもいいような小径はありませんか？」

「それなら」とベネット夫人が云った、「今日はミスター・ダーシーとリジーとキティーで、オウカムの丘へ行ってみたらどうかしら。あそこまで行けば気持のいい遠足になるし、ミスター・ダーシーもあの丘からの眺めはまだ御覧になっていないでしょうから。」

「それはダーシーとリジーにはお誂え向きだけれど」とミスター・ビングリーが答えた、「でもキティーには少し酷ではないかな。どう、キティー？」

キティーは、どちらかといえば今日は家にいたい気分だと云った。しかしダーシーがその丘からの眺めを是非見てみたいと云ったので、エリザベスはさりげなく黙って同意した。そこで支度を整えるために二階へ上がって行くと、ベネット夫人が追掛けて来て、云った――

「ほんとに済まないね、リジー、あの嫌な男をお前一人に押しつけてしまって。でも気にしないでおくれ、ね？　みんなジェインのためなんだから。なに、こっちからわざわざ話し掛けることはないんで、ほんのときたま相槌でも打ってりゃいいよ。そう、何も無理して窮屈な思いをすることはないからね。」

散歩のあいだに、ベネット氏には今夜話をして承諾を求めようということになった。母の同意はエリザベスが自分独りで求めることにした。エリザベスには、母がこのことをどう受止めるか判断がつかなかった。ときどき、そのダーシー嫌いはダーシーの富と権勢をもってしても案外ぐらつかないのではないかと思えることもあった。ただ、この縁組に大反対するにせよ、大喜びするにせよ、母が良識を心得た賢母の振舞に及びそうにないことだけはまず確かであった。エリザベスとしては、母が猛反対して息巻くことになろうと、歓喜のあまり有頂天になろうと、どちらにしてもその姿がいきなりダーシーの眼の前に曝されることには、とても耐えられなかったのである。

——

その晩、ベネット氏が書斎に引揚げると、すぐにミスター・ダーシーも席を立って、あとを追った。エリザベスはそれを見て、心が激しく動揺するのをどうすることも出来なかった。父のことだからよもや反対はしないだろうが、その代りきっと惨めな思いをすることだろう。それも自分のせいなのだ。自分は父が一番可愛がってくれた娘だというのに、こうして夫の選択で父を苦しめ、愛娘《まなむすめ》を手放す不安と悔しさを味わわせようとしている。

それを思うと、エリザベス自身惨めな気持になった。そんな気持で悄然と坐っていると、やがてミスター・ダーシーが戻って来た。見ると頬笑みを浮べているので、エリザベスの気持も少し楽になった。ダーシーは二、三分間《ま》を措いてから、エリザベスとキティーのいる卓子に近づいて来て、エリザベスの刺繡に見惚《みと》れるふりをしながら囁き声で云った、「お父上の所へいらっしゃい。書斎で待っておいでです。」エリザベスはすぐに立って部屋を出た。

父は真剣な、不安そうな面持で部屋の中を歩き廻っていた。「リジー」と父は云った、「お前は一体何をしておるんだ？　あの男の申込を受容れるなんて、まさか気でも違ったのではあるまいな？　あの男のことはずっと嫌っていたではないか？」

エリザベスは、以前ダーシーを非難したにしても、もっと理性的に考えて、もっと穏やかな物云いをしていたらと、今つくづくそう思った。そうしていれば、今こうして事情を説明し、ダーシーへの愛を告白するのに、これほどひどく気不味い思いはしなくて済んだであろう。しかし今はいくら気不味くても説明と告白を避けて通る訳には行かなかった。エリザベスは何かと戸惑いながらも、ミスター・ダーシーへの愛を父の前で断言した。

「つまり云い換えれば、それで結婚する気になったという訳だな。それは確かにあの男は金持だから、ジェインよりも上等な服が着られるだろうし、立派な馬車にも乗れるだろう。でもそれでお前は幸せになれるのかね？」

「お父様の反対理由は」とエリザベスは云った、「私が本心からあの方を愛していないと思っておられることだけですか？　ほかにも何かございまして？」

「いや、何もない。あれは尊大で不愉快な男だと、我我はみなそう思っているが、お前が本当に好きだと云うのなら、そんなことは何でもない。」

「好きです、本当に好きです」と、エリザベスは眼に涙を浮べながら答えた。「愛しています。あの方は決して尊大な人なんかではありません。とても立派な、感じの好い方です。お父様はあの方の本当の人柄を御存知ないのです。ですから、どうかあの方のことをそんな風に云って私を苦しめないで下さい。」

「リジー」と父は云った、「私はあの男には承諾すると云っておいた。どうも私はあの手の男が苦手でな、下手《したで》に出られると、何事も拒み切れんのだ。もしお前があの男を夫にすると決めているのなら、お前にもここで承諾を与えよう。だが一つだけ忠告させてもらうが、もう一度よく考えてみる気はないかね。リジー、私にはお前の気性がよく分っている。お前は、夫となる男を本心から尊敬出来なければ、自分よりも優れた人間だと本当に思えなければ、決して幸せにも、まともな妻にもなれないだろう。お前には活撥な才気があるだけに、相手の男がお前ほど頭が良くなかったら、その才気は却って最も危険な仇《あだ》になりかねない。そうなったら、お前はせいぜい世間の顰蹙《ひんしゅく》を買って惨めな思いをするのが関の山だ。お願いだから、リジー、お前が生涯の伴侶を尊敬出来ずにいる姿を見せて、私を悲しませることだけはしないでおくれ。お前は自分のしていることが分っていないのだ。」

エリザベスは父の言葉を聞くほどにますます心を動かされ、それに見合った厳粛な面持で真剣に答えた。ミスター・ダーシーは自分が本気で選んだ人であることを繰返し断言し、自分のダーシーに対する評価は徐徐に変って来たものであることを説明し、ダーシーの愛情も決して昨日今日の一時的なものではなく、何箇月もの不安な試煉に耐えて来たもので、それは絶対に確かだと請合い、その上でダーシーのあらゆる長所美点を根気よく数え上げた。父もそこまで云われてはもはや娘を信じない訳には行かず、最後はどうやら納得づくでこの縁組を認めた。

「やれやれ」と父は、娘が話しおえると云った、「それなら、これ以上何も云うことはない。お前の云うとおりなら、あの男はお前に相応《ふさわ》しい人物だ。相手がそれ以下の男だったら、私は大事なリジーをとても手放す気にはなれんだろうよ。」

エリザベスはミスター・ダーシーの好ましい印象を完璧なものにするために、ダーシーがリディアのために自ら進んでしてくれたことを話した。父は話を聞いて、吃驚仰天《びっくりぎょうてん》した。

「いやはや、今夜は驚かされることばかりだな！　すると何かね、ダーシーが何もかもやってくれたと云うのだね。二人の縁組を整えて、金を出して、奴さんの借金を払って、将校の任命書まで手に入れてくれたと！　いやいや、それは結構な話だ。それなら私の厄介な手間も省けるし、このさき倹約に汲汲としなくても済む訳だからな。これがお前の叔父さんのしてくれたことだったら、是非とも金は返さなければならんし、勿論そうするつもりだった。だが恋に眼の眩《くら》んだ若者達は何でも自分の思いどおりにやりたがるものだ。私は明日あの男に返済を申し出るつもりだが、どうせ、自分はお嬢様を愛するがゆえにそうしたのだとか何とか喚き立てて、だから返済は無用だと云うに決っている。それでこの件は終りさ。」

それからベネット氏は、二、三日前にミスター・コリンズの手紙を読んで聞かせたとき、エリザベスが困った顔をしていたことを思い出して、暫く娘を揶揄《からか》っていたが、やっと、もう行ってもよいと云い――エリザベスが部屋を出ようとすると、こう附加えた、「もし誰かメアリーでもキティーでも欲しいと云う若者が現れたら、ここへ寄越してくれ。どうせ暇を持て余しているのだ、退屈凌ぎにちょうどいい。」

エリザベスは心に蟠《わだかま》っていたものがやっと取れてほっとした。一旦自分の部屋に行って、静かに考えごとをしながら心を鎮めていたが、三十分ほどすると大分気持が楽になったので、客間へ戻って皆と一緒になることが出来た。何もかもがあまりにもつい今しがたのことなので、とても華やいだ気分にはなれず、その晩はおとなしく神妙に過した。もはや特に憂慮すべきことは何もなかった。いずれ安らかな気持で皆と打解け合う寛《くつろ》ぎと慰めの時が来るだろう。

その夜の団欒が一段落して母が化粧室へ引揚げたので、エリザベスはあとを追って行って、この重大事を伝えた。その効果たるや抜群であった。ベネット夫人は話を聞くなり、暫くは身動《みじろ》ぎもせずに、ただもう唖然としていた。娘達に有利な話や、娘達の誰かに恋人が出来たというような話なら、日頃何の躇いもなく率先して信じる夫人も、流石にこのときばかりは、とてもすぐには自分の耳が信じられず、話を理解するのに些か時間が掛ったのである。それでもやっと我に返ると、椅子に坐ったままそわそわし始め、やがて立上がったかと思うとまた坐って、驚きと喜びの言葉を口にし始めた。

「ほんとにまあ！　何てことでしょう！　どう考えてもまさかとしか思えない！　ミスター・ダーシーだなんて！　一体誰がそんなことを思ってもみたかしら！　でもそれは本当に本当なのね？　まあ！　愛《いと》しいリジー！　それじゃお前は大変なお金持になって、とても偉い奥様になるんじゃないの！　お小遣いはたっぷり、宝石もどっさり、馬車だって素敵なのが何台も！　ジェインなんか較べものにもならないわね――ほんと足許にも及ばない。ああ、嬉しいわねえ――幸せで胸が一杯だわ。それにしても何て魅力的な人かしらね！――それは男前で、あんなに背が高くて！――ああ、愛しいリジー！　私はあの人のことを今までひどく嫌っていたけれど、お前からよくよく謝っといておくれね。あの人のことだから大目に見てくれるとは思うけれど。ああ、愛しいリジー、ロンドンにお邸《やしき》だなんてねえ！　何から何までいいこと尽《づく》めじゃないの！　娘が三人も結婚！　年収が一万ポンド！　ほんとにまあ！　私どうかなっちゃいそうだわ。あんまり嬉しくて頭が可怪《おか》しくなりそうだよ。」

　これでもう母の承諾は疑うまでもなく明らかであった。エリザベスは、このあまりにも慎みのない喜びようが自分以外の誰の耳にも入らなかったことを喜びながら、すぐに母の部屋を出た。しかし自分の部屋に戻って三分も経たないうちに、母があとを追掛けて来た。

「ああ、愛しいリジー」と母は叫んだ、「もう駄目、ほかのことは何も考えられない！　年に一万ポンド、いいえ、もっとかも知れない！　まるで貴族様だわね！　きっと特別許可証*が貰えてよ。是が非でも特別許可証を貰って結婚しなくてはね。それはそうと、ねえ、リジー、ミスター・ダーシーはどんな料理が特にお好みなのかしら？　教えて頂戴、明日《あした》はそれをお出しするから。」

　この調子だと母は当の紳士を前にしてどんな振舞に及ぶことやら、それを思うとエリザベスは悲観的にならざるを得なかった。ミスター・ダーシーが心から愛してくれていることは確められたし、身内の同意も確かに得られはしたが、まだまだ安心しきれないことが残っていたのだ。しかし翌日は思いのほか無事平穏に過ぎた。それと云うのも、幸いなことにベネット夫人は未来の婿殿にすっかり畏《おそ》れをなして、せいぜい何か料理を勧めるか、相手の意見に恭《うやうや》しく相槌を打つかするだけで、ほかに面と向ってはまともに口が利けなかったからである。

エリザベスは、父が努めてミスター・ダーシーと親しく打解けようとしているのを見て嬉しかった。ベネット氏はやがて、ミスター・ダーシーはなかなかいい男だと云って、その評価を急速に高めつつあることを娘に請合った。

「いや、三人ともみんないい婿さんだ」とベネット氏は云った。「まあ、一番のお気に入りはウィッカムだが、お前の婿さんも悪くない。ジェインの婿さんに決して引けは取らんよ。いずれ同じぐらい好きになれそうだ。」

＊カンタベリー大主教から特別結婚許可証が得られれば、教会で結婚予告をする必要がなく、式も教会以外の場所で挙げることが出来た。但し多額の費用を要するため、この特典に与れるのはほぼ貴族に限られ、それゆえステイタス・シンボルの一つであった。

第十八章〔第六十章〕

エリザベスはすぐに元気を取戻すと、またもや持前の茶目っ気ぶりを発揮し始め、ミスター・ダーシーに向って、何でまた自分のような女が好きになったのか、その理由が知りたいと云った。「そもそも何がきっかけでしたの？　一旦きっかけが生じれば、あなたのことだからぐらついたりなさらないことはよく分りますけど、でもそのような気持になられた最初のきっかけは何だったんですの？」

「最初のきっかけと云われても、あなたが、あのとき、あそこで、あんな表情で、あんなことを云われたから、という風には特定出来ないな。随分前のことだし、いつからか自分でも気がつかないうちにあなたのことが好きになっていたんです。」

「あなたはそもそも私のことを美人だとは思われなかったのですから、色香に迷った訳ではない。それに私の態度にしても――少くともあなたに対する振舞はいつも無作法に近いものでしたし、むしろあなたに話し掛けるときは決ってあなたの痛いところを衝いてやろうというぐらいの気持でしたから、どう見ても可愛げはなかった筈です。ねえ、正直に仰有って――私の生意気なところがよかったんですの？」

「あなたの潑溂としたところがよかったんです。」

「それなら単刀直入に生意気なところと仰有って下さっていいんですのよ。似たようなものですもの。実際のところ、あなたは馬鹿丁寧に扱われたり、やたらに敬意を表されたり、頼みもしないのに煩《うるさ》く傅《かしず》かれたりすることにうんざりしていたのではないかしら。あなただけに認められたくて、絶えず顔色を窺って物を云ったり、表情を取繕ったり、考え方を合せたりする女達に嫌気がさしていたのね。そこへそんな女達に全然似ていない私が現れたものだから、あなたはおやっと思って興味を持たれた。もしあなたがあまり気立てのよいお方でなかったら、そんな私のことなど当然毛嫌いなさったでしょうね。でもあなたは努めて本心を偽ろうとなさったけれど、持前の高潔で公正な心は偽れなかった。それで心の底では、あなたに取入って歓心を買おうとする人達を軽蔑しきっていたのです。さあ――私、あなたが説明なさる手間を省いてあげましたわ。実際あれこれ考え合せてみると、あなたが私に好意を持たれた理由としては、この説明が一番理に適っているのではないかしら。だって確かに、あなたは私にどんな取柄があるか具体的なことは何も御存知なかったんですもの――尤も恋に落ちるときは誰も相手の具体的な取柄なんか考えませんわね。」

「ネザーフィールドでジェインが風邪で寝込んだとき、あなたは愛情の籠った振舞を見せたけれど、あれは具体的な取柄になるんじゃないのかな？」

「だってあれはほかならないジェインのためですもの！　ジェインのためならあれぐらいのことはして当然だわ。でもあれを一つの美点と認めて下さるおつもりなら、是非ともそうして頂きたいわ。私の美点長所はすべてあなたの保護の許《もと》に委ねますから、どうぞ可能な限り自由に誇張なさって下さい。そのお返しに、私はなるべく頻繁に機会を見つけては、あなたを揶揄《からか》ったり焦《じ》らしたりして喧嘩のお相手をして差上げます。そこで早速始めさせて頂きますけど、なぜあなたは私にやっと肝腎なことを云い出すまであんなに煮え切らなかったんですの？　初めに見えたときも、そのあと食事にいらしたときも、何であんな風に私を避けていらしたのかしら？　特に初めに見えたときなど、私には何の関心もないような顔をなさっていらしたわ。なぜですの？」

「それはあなたが深刻な顔をして押黙っているものだから、ついこちらも気後れしてしまったんです。」

「でも私はあのときどうしていいか判らなくて戸惑っていたんです。」

「僕も同じでした。」

「それなら食事にいらしたときにもっと話し掛けて下さればよかったのに。」

「僕がもっと鈍感な男だったら、多分そうしていたでしょうね。」

「上手く行かないものね、これでは喧嘩にならないわ！　あなたの答は筋が通っているし、筋の通った答だと私は素直に受容れる方だし。でももし私の方からきっかけを作らなかったら、あなたはいつまで煮え切らないままだったのかしら。私からお訊ねしなかったら、あなたはいつ口を開いて下さるおつもりだったのかしら！　私、リディアのことでお礼を申し上げようと決心して、結果的には確かによかったと思っています。でもよすぎたのではないかしら？　だって、約束を破ることが私達の幸せの元になったのだとしたら、道徳的にはどういうことになりますの？　私はあのことは口にしないと妹に約束したのですから、私の行為は絶対によくないことですわ。」

「何もそう悩むことはないですよ。道徳的にはまったく何の問題もない。レイディー・キャサリンが不当にも僕達の仲を裂こうとしたことが、僕の蟠《わだかま》りが解けるきっかけになったのです。だから僕がいま幸せなのは、何もあなたがどうしてもお礼を云わずにはいられなくなったからではないんです。むしろ僕としてはあなたがきっかけを作ってくれるのを待っている気分ではなかった。そこへ叔母の報告があって、話を聞いているうちに希望が湧いて来た。それですぐに一切を確めようという気になったのです。」

「だとすると、レイディー・キャサリンはたいへん人様のお役に立った訳ですから、さぞかしお幸せなことでしょうね。何しろ人様のお役に立つことが何より大好きなおかたですものね。でも、ねえ、何であなたはネザーフィールドへお戻りになったの？　ただロングボーンへいらして気不味い思いをなさることが目的でしたの？　それとも何かもっと大切な御用がおありでしたの？」

「僕の真の目的は、あなたに直接お会いして、あなたに愛される望みが抱けるかどうかを、もし可能なら、判断することでした。ただ表向きというか、自分で自分に云い聞かせていたのは、あなたの姉上に今でもまだビングリーを思う気持があるかどうかを確めて、もしあるようなら、ビングリーに例の告白をすることでした、その後実際にしたあの告白をね。」

「レイディー・キャサリンにしてみればえらい災難な訳ですから、お知らせするには勇気が要るのでは？」

「勇気も要るけど、それ以上に時間が要りそうだね、エリザベス。だがどうせ知らせなければならないのだ。便箋を一枚頂けるなら、いっそのこと今すぐ書いてしまおう。」

「私も手紙を一通書かなければならないんです。それがなかったら、いつぞやどなたかがなさったように、おそばに坐って、あなたのきれいに揃った筆蹟を誉めて差上げるのですけれど。でも私の方の叔母も、これ以上は放っておけませんので、悪しからずね。」

エリザベスは、自分とミスター・ダーシーの仲を叔母が大分買被っていたことに対して、実はそれほどでもないのだと白状するのも気が進まなかったので、ガードナー夫人の長い手紙にまだ返辞を書いていなかった。でも今は、叔父と叔母が大喜びしてくれるに違いないことが報告出来るのだ。そう思うと、二人に既に三日間も幸福のお預けを喰わせたことが気になり、恥入るような気持ですぐさま次のような手紙を書いた——

「親愛なる叔母上様、過日は御親切にもたいへん心の籠った、詳細な長いお手紙を頂きながら、すぐにも差上げるべきお礼の返辞を怠り、申訳ございませんでした。実を申しますと、私少少虫の居所が悪くて、どうしても筆を執る気になれなかったのです。と申しますのも、叔母様の想像が大分飛躍し過ぎていたからです。でも今はもうどうぞお好きなだけ想像なさって下さい。空想の翼を拡げ、ミスター・ダーシーと私に関して可能な限り想像力を飛翔させて下さい。何だもう既に結婚したのかとさえお思いにならなければ、あとは何を想像なさっても大きな間違いはございません。すぐに御返辞を下さい。そして是非ともこの前よりももっともっとあの方を褒めてあげて下さい。湖水地方へ行かなかったのは、叔母様のおかげだと心底感謝しております。何であんなに行きたがったのか、本当に愚かでした！　小馬に馬車を輓かせてペムバリー・パークを廻るお話、とても素敵です。私達、毎日そうしようと思います。私は世界一の幸せ者です。これまでにも同じことを云ったひとは沢山いるでしょうけれど、私ほどこの言葉がぴったりのひとはいないと思います。ジェインと較べてさえ私の方が幸せです。だってジェインの幸せは頰笑み、私の幸せは高笑いですもの。ミスター・ダーシーからくれぐれもよろしくとのことです。私への愛から割愛出来る分はすべて叔母様に捧げるそうです。クリスマスには是非とも皆様お揃いでペムバリーへお出で下さいますよう。かしこ、云云。」

レイディー・キャサリンに宛てたミスター・ダーシーの手紙は大分趣の違ったものであったが、ミスター・コリンズの先の手紙に対するベネット氏の返書は、そのどちらともさらに趣が違っていた。

「拝復
「恐縮ながら、小生再度貴兄の手を煩わせ、御祝辞を頂戴しなければなりません。エリザベスが近ぢかミスター・ダーシーの妻になるからです。レイディー・キャサリンをどうか精一杯慰めてやって下さい。尤も、もし小生が貴兄なら、令夫人よりは甥御殿の方に身方をします。こちらの方が与えるべきものをより多く持っていますから。

匆匆頓首、云云。」

兄の結婚が間近になると、ミス・ビングリーが祝福の手紙を書いて寄越したが、それはさも愛情深そうな美辞麗句の並んだ、至って空ぞらしいものであった。ミス・ビングリーはそれを機にジェインにも手紙を寄越して、喜びの意を伝え、以前よく口にしていた好意的な言辞を繰返していた。ジェインはもはやこれらの言葉に騙されはしなかったが、それでも心は動かされた。それで、相手を信頼する気は全然なかったが、やはり返辞を書かずにはいられず、この相手には勿体ないと自分でも承知しながら懇切な手紙を書いた。

一方ミス・ダーシーは兄から婚約の知らせを受取ると折返し喜びの手紙を送って来て、その喜びは知らせを送った兄の喜びに勝るとも劣らぬ心からのものであった。その溢れる喜びと、姉となるひとから愛されたいという真剣な思いは、便箋二枚の裏表を使っても書き切れないほどであった。

ミスター・コリンズからの返辞も、エリザベスへのシャーロットからの祝辞も、どちらもまだ来ないうちに、ロングボーンの人達は当のコリンズ夫妻が既にルーカス・ロッジに来ているとの噂を耳にした。二人が予告もなしに突然やって来た理由はすぐに判った。甥の手紙を読んだレイディー・キャサリンの怒りがあまりにも凄まじかったので、この縁組を心底喜んでいたシャーロットとしては、嵐が吹き止むまでのあいだ是非とも難を逃れていたかったのである。このようなときに親友が来てくれたので、エリザベスは本当に嬉しかったが、ただ何度か顔を合せるうちに、この喜びは些か高い買物だったかなと思わないでもなかった。それと云うのも、見ればときどきミスター・ダーシーがミスター・コリンズに摑まって、いかにもこれ見よがしの仰山なお世辞と追従《ついしょう》に悩まされていたからである。だが、天晴れ、ミスター・ダーシーは冷静に耐えていた。そればかりか、サー・ウィリアム・ルーカスが、あなたは当州随一の輝ける宝石を攫《さら》って行っておしまいになるなどと歯の浮くような愛想を云ったり、これからはセント・ジェイムズ宮殿でたびたびお目に掛れますななどと云っ

たりしたときも、至って品よく澄して耳を傾けていた。仮に肩を竦《すく》めるぐらいのことがあったとしても、それはサー・ウィリアムの姿が見えなくなってからであった。

フィリップス夫人の品位のなさも、ミスター・ダーシーの忍耐力にとってもう一つの、どうやらより手強い試金石であった。フィリップス夫人は妹のベネット夫人に劣らずミスター・ダーシーには畏れをなしていたから、いつも上機嫌に応対してくれるビングリーに対するようには気易く話し掛けることはなかったが、それでもいざ口を開く段になると、どうしても持前の地金が出てしまうのである。相手に対する敬意から普段より神妙にはしていたが、そうかといって品位まで向上しそうにはとても思えなかった。エリザベスは、ダーシーがフィリップス夫人とベネット夫人からなるべく離れていられるように出来るだけ工夫を凝らすことにして、ダーシーを自分のそばに引留めておこうとしたり、家族の中でもダーシーが苦痛を覚えずに話の出来る人達とだけ話が出来るように気を遣ったりした。これらの気苦労から生じる不愉快な気持のために、エリザベスは求愛の時期から得られる筈の楽しみの多くを得損なったが、逆にその分だけ将来への期待は高まった。自分達二人にとってあまり楽しいとは云えないこれらの人達から離れてペムバリーへ移れば、そこには自分達一家の快適で優雅な生活が待っているのだ。そう想うとエリザベスは愉快になり、その日の来るのが待遠しくてならなかった。

第十九章〔第六十一章〕

出来の良い上二人の娘が無事に片づいた日、ベネット夫人は母親としてすっかり御満悦の体《てい》であった。その後いかに誇らしげにいそいそとネザーフィールドへミセズ・ビングリーを訪ねたか、また鼻高だかにミセズ・ダーシーのことを話題にしたかは、容易に想像されよう。夫人も五人の娘のうち三人も結婚させることが出来て、どうやら年来の悲願も達成されたので、おかげでその後の半生は人柄もすっかり変り、至って物分りもよければ愛想もいい、視野の広い婦人になったと、作者としては出来ることならベネット家のためにもそう云いたいところであるが、やはりそれは無理な高望みであった。尤もベネット氏にしてみれば、そんな奥様になられては勝手が違って家庭の幸福を味わった気がしないであろうから、その意味では奥様が相も変らずときどき神経がどうのこうのと拗《す》ねたり、絶えず愚かなことを口走ったりしてくれるのは、むしろ有難い幸せだったかも知れない。

ベネット氏は次女のいなくなったことが淋しくてならず、元来の出不精にもかかわらず、エリザベスのことを思うと家にじっとしていられなくなり、割合頻繁に喜んでペムバリーへ出掛けて行った。とりわけ先方の予期せぬときにいきなり訪ねるのが楽しみであった。

ミスター・ビングリーとジェインはネザーフィールドには一年しかいなかった。母親やメリトンの親戚との距離があまりにも近かったので、流石《さすが》に気の好《い》いビングリーも、心の優しいジェインも、些か心に負担を感じ始めたのである。そこでビングリー姉妹の年来の望みが叶えられることになり、ビングリーはダービーシアの隣の州に地所を購入した。おかげでジェインとエリザベスには、既に得られたそれぞれの幸福に加えて、互いに三十マイル以内の所に住めるというお負けが附いた。

キティーは多くの時間をジェインやエリザベスの許《もと》で過すようになり、おかげで得るところが非常に大きかった。これまで附合っていた仲間よりも遥かに優れた人達と交わることで、人間的に一段と成長したからである。もともとリディアほど手に負えない我儘娘ではなかったから、リディアという悪しき見本から離されて、然るべき監督の下《もと》で適切な注意を受けるようになると、以前ほどいらいらしなくなり、無智で鈍間《のろま》な感じもしなくなった。リディアとの交際はこれからもろくなことにならないからというので勿論御法度であった。ミセズ・ウィッカムはしばしばキティーに便りを寄越して、舞踏会を開いて若い男達も招ぶから泊りに来ないかと云って来たが、父はキティーが行くことを絶対に許そうとしなかった。

今や娘で家に残っているのはメアリーだけであった。ベネット夫人は何しろ一人ではいられないひとであったから、メアリーはどうしても読書やピアノの稽古に励んでばかりはいられなくなった。今まで以上に世間とも交わらなければならなかった。しかしそこはメアリーである、その日の訪問に出掛けたり客を迎えたりするたびに、ちゃんとそれを種に相変らず得意げに訓戒を垂れることは忘れなかった。メアリーはもはや姉達と器量を比較されて口惜しい思いをしなくてもよくなったので、それでこの変化をさほど嫌がらずに受容れているのではないか、というのが父親の見るところであった。

ウィッカムとリディアはと云うと、姉達が結婚したからといって、それで二人の性格が革命的に変るようなことはまったくなかった。ウィッカムは、これまで何とか隠して来た自分の恩知らずな振舞や嘘偽りが、今や残らずエリザベスにばれてしまったに違いないと観念していた。しかし、何はともあれ、いざというときにはダーシーに泣きつきさえすれば自分の社会的地位ぐらいは何とかしてもらえるだろうという望みの方は、完全に諦めた訳ではなかった。エリザベスがリディアから受取った結婚祝いの手紙を読めば、ウィッカム当人はともかく、少くともリディアがそのような望みを抱いていることは明らかであった。以下がその文面である——

「親愛なるリジー

「このたびはおめでとう。お姉様も、私がウィッカムを愛している半分もミスター・ダーシーを愛しているなら、さぞかし幸せなことでしょう。お姉様が大変なお金持になってくれてほっとしています。それで、ほかに何もすることがないときは、どうか私達のことを思い出して下さい。どうやらウィッカムは宮廷護衛の任務に着きたがっているようです。私達、日日の暮しにも事欠くありさまで、どうしても助けが必要です。年に三百か四百ポンドも得られれば、どんな勤め口でもかまいません。でもしかし、もしあんまり気が進まないようなら、このことはミスター・ダーシーには云わないどいて下さい。

かしこ、云云。」

エリザベスはあんまりどころか大いに気が進まなかったから、ダーシーには何も云わないでおいて、以後その種の依頼や期待は一切控えるように云い含める返辞を書いた。その代り、自分の力で出来る援助はしてやることにして、自分専用のお小遣いから所謂《いわゆる》臍繰《へそくり》をして貯めた分をしばしば二人に送ってやった。何しろ経済観念がまるでなく、欲しい物があれば何でも見境なく手に入れ、将来のことなど何も考えない二人である、自分達の収入だけでやって行ける筈のないことは火を見るより明らかであった。それで二人の宿営地が変るたびに、決ってジェインかエリザベスが泣きつかれて、二人の借金支払の手助けをさせられた。戦争が一段落してウィッカムが除隊になり、自分達の家を持つようになっても、二人の暮しぶりは一向に安定しなかった。少しでも安い住居を求めてしょっちゅう引越を繰返しながら、そのくせ相変らず分不相応な出費を続けていた。ウィッカムのリディアに対する愛情はすぐに冷めて無関心に変り、リディアの愛情もそれよりはほんの少し長保《ながも》ちしただけであった。それでもリディアは、まだ年も若く、言動にも品位こそなかったが、一応正式な結婚によって得られた体面を軽率に失うような真似だけはしなかった。ダーシーはウィッカムをペムバリーへ迎える気にはどうしてもなれなかった。但しエリザベスのことを思って、その後も職探しの手助けだけはしてやった。リディアはときおり一人でやって来たが、それは大抵夫がロンドンかバースへ遊びに行ってしまったときであった。ウィッカム夫婦はビングリー家へは二人で頻繁にやって来て、来れば決って長逗留して行ったが、その長逗留たるや黙っていると際限がないので、流石に気の好いビングリーですら気分を害して、二人にそれとなく帰宅を促す言葉を口にするほどであった。

ミス・ビングリーはダーシーの結婚が何とも悔しくてならなかったが、ペムバリーに出入り出来る資格だけは確保しておく方が得策だと考えて、この際恨みがましい言動は一切見せないことにした。そこでジョージアナには以前にも増してさも愛しげに接し、ダーシーには今までと殆ど変らぬ気遣いを示し、そしてエリザベスには、これまで非礼を重ねた礼儀上の負債をすべてお返しするとでも云わんばかりに、やたらに鄭重な態度を見せた。

ジョージアナは今はペムバリーに落着いていて、姉妹が仲好く寄添う姿はダーシーが期待していたとおりのものであった。姉妹は見た目だけでなく、当人同士が望んでいたように本心から愛し合うことが出来た。ジョージアナにとってエリザベスは世界一の姉であった。尤も、その姉が兄に向っては陽気な、半ばふざけたような話し方をするものだから、これには妹も最初のうちは肝を潰さんばかりに驚いた。ジョージアナにしてみれば、立派で、畏れ多くて、気楽な愛情表現もままならなかった兄である、その兄がいま眼の前で公然と揶揄《からか》いの対象になっているのだ。ジョージアナにはまったく未知の体験であったが、一つ学ぶことがあった。つまりジョージアナは、女も十歳以上齢の離れた兄に対してはまず許されない気儘な振舞が夫に対してなら許されることを、エリザベスの導きで理解し始めたのである。

ところでレイディー・キャサリンはと云うと、これはもう甥の結婚にかんかんであった。ダーシーから婚約を知らせる手紙を受取ると、その返辞に持前の直情径行ぶりを遺憾なく発揮して、罵詈讒謗《ばりざんぼう》を書き連ね、特にエリザベスのことを散散悪しざまに書いたので、その後暫くのあいだ両家の交渉は途絶え

たままであった。しかしエリザベスの説得によって、ダーシーもやがては気持を切替え、叔母の侮辱に目を瞑《つぶ》って和解を求めることにした。叔母の方は蟠《わだかま》りがまだ完全には消えておらず、すぐには応じなかったが、それでも甥に対する愛情からか、それとも新妻がどんな風にやっているか見てみたい好奇心の方が強かったからか、ともかくそのうちには憤りも治まったと見えて、遂には忝《かたじけな》くもわざわざペムバリーまでお越し下さった。尤もそのときになっても、あんな女が女主人になったばかりか、商人の叔父夫婦までロンドンからやって来るようになって、ペムバリーの森はすっかり汚《けが》されてしまったとの思いだけは、レイディー・キャサリンの胸中から決して消えてはいなかった。

しかしそのガードナー夫妻と、ダーシー夫婦は最も親密な交際を続けた。エリザベスはもとより、ダーシーも心から夫妻を愛した。二人にとって夫妻は、エリザベスをダービーシアに連れて来て、自分達が結ばれるきっかけを作ってくれた大切な恩人であり、その恩人に対する心からの感謝を、二人はのちのちまで決して忘れなかった。

——完——

THE END

訳者あとがき

ジェイン・オースティンは今から二百年以上も前の作家で、その六つの作品世界はいずれも狭いもので、派手な事件など何も起らず、専ら当時のイギリスの田舎紳士の娘達がいかにしてよい結婚相手を見つけるかという地味な話ばかりだが、今日、時代は大きく変った筈なのに、依然として根強い人気を保っている。英文学の古典ではほかにシェイクスピアとディケンズが相変らず人気作家であるが、オースティンはこの二人と違って生前から人気作家だった訳ではない。生前は作品を匿名で出版していたから、一部の人達にしか知られていなかった。

しかしオースティンの評価と人気は十九世紀を通じて徐徐に高まり、どうやら生誕百年あたりから一気に高まったようである。この高まった評価と人気は以後二十世紀を通じて揺るぎなく維持され、生誕二百年を過ぎた二十世紀末から作品が相次いで映像化されるに及んで、さらに一段と高まって今日に至っている。今年二〇一七年には歿後二百年を迎えた訳だが、人気の衰えそうな兆しは見えない。

ジェイン・オースティンは一七七五年英国のハムプシア州スティーヴントン村に英国国教会の牧師の娘として生れ、一八一七年四十一歳と七箇月で亡くなった。その生涯は、六篇の傑作小説を書残したことを除けば、波瀾のない、地味で平凡なものであった。教育も幼い頃に二、三年姉と寄宿学校に入ったことがあるだけで、あとは専ら家庭で受けた。オースティン家は、父を始め兄二人がオックスフォード大学を出ている、学識豊かな文学好きの一家で、ジェインも本をよく読み、文筆の才に恵まれ、十二歳の頃から家族を笑わせるような話を書き始めていた。

ジェインは別に結婚を嫌っていた訳ではなく、恋をした経験もあったようだが、結局一生独身であった。その替り六つの作品で七人の個性豊かな愛娘《まなむすめ》の産みの親となり、全員に理想的な伴侶を与えた。娘達がそれぞれに愛する男性と出会って結婚に至るまでの紆余曲折を見守る作者の心を想えば、彼女がどのような結婚を良しとしていたかがよく分る。

当時はイギリスでも上層階級の結婚はロマンティックな恋愛の帰結ではなく、家柄の格を上げるか維持するための社会的な取決めであった。そうかと云って世俗的な利己主義が許される訳ではなく、つまり家柄が良くて財産さえあれば誰でもよいという訳ではなく、そういう条件の内側で、女性は尊敬と愛情の抱ける男性と結婚するべきであった。『ノーサンガー・アビー』のキャサリン、『分別と多感』のエリナーとマリアンヌ、『高慢と偏見』のエリザベス、『マンスフィールド・パーク』のファニー、『エマ』のエマ、『説得』

のアン――オースティンのヒロイン達はみなそのような結婚をしている。相手の男達もみなそれぞれに個性豊かだが、共通して云えることは、頭が良くて誠実で勤勉な男だということである。オースティンは晩年姪宛の手紙で云っている、「愛情のない結婚をすることに較べれば、どんなことだって好ましいし、耐えられるものです」、「愛情がないのに或る人に縛られながら別の人が好きになることほど惨めなことはありません」と。

オースティンは時代的には十八世紀の後半から十九世紀の初頭にかけてまさにロマン主義の全盛期に生きた訳であるが、その生き方と作風は基本的には反ロマン主義的であり、むしろ十八世紀来の、理性と常識を重んずる古典主義的傾向を保っていたと云ってよい。無論当時のことであるから、今日理解されているような意味での古典主義やロマン主義という言葉や観念は知らなかったかも知れないが、時代のロマン主義的な風潮は確かに感じ取っていた。但しその風潮を支える物の考え方や感じ方の不健康な危うい面の方を、どちらかと云うとより敏感に察知していたようである。『ノーサンガー・アビー』はゴシック・ロマンスのパロディーであり、ゴシック・ロマンスを読み過ぎてロマンティックな作り話と現実を混同する未熟な精神に対する諷刺であった。また『分別と多感』は題名からして理性と感情ということであり、理性で感情を抑える姉と理性をかなぐりすてて感情を剝き出しにする妹を対照的に描くことで、多感な妹が情念の充実を求めるあまり、自己中心的になり、他人との道徳的な関係が眼に入らなくなるさまをはっきりと描き出している。

それならオースティンはロマン主義的な要素のまったくない、完全に反時代的な作家だったのかと云うと、勿論そうではない。引用した手紙の文面からも判るように、むしろロマン主義の最も大切な要素の一つである愛のある結婚という理想をしっかりと摑んでいて、最後まで手放さなかった。オースティンの魅力は、その理想をただロマンティックに詠い上げて済ませるのではなく、それを具体的に実現させるには現実のいかなる問題に立向ってどのように克服しなければならないかを、ヒロインの考え方と生き方を通して飽くまでもリアリスティックに描いて見せたところにある。例えばこの『高慢と偏見』では、一方にシャーロット・ルーカスとコリンズ牧師の実利的形式的な結婚を置き、もう一方にリディアとウィッカムの一時の感情に駆られただけの向う見ずな駈落結婚を置くことで、形骸化した古典主義も軽薄なロマン主義もともに乗超える形でエリザベスとミスター・ダーシーの堅実で理想的な愛のある結婚が描かれている。云うならば、オースティンは古典主義とロマン主義を、それぞれの長所弱点をしっかりと見据えながら止揚していると云ってよいのである。（なお、訳者には中公新書に『ジェイン・オースティン』（一九九九）があり、現在は加筆版が中央公論新社の電子書籍（中公eブックス）に入っているので、作者の生涯と作品の詳細についてはそちらを参照して頂ければ幸いである。）

本作『高慢と偏見』はジェイン・オースティンの代表作であるばかりか、イギリス小説の代表作の一つでもあって、サマーセット・モームが世界の十大小説の一つに選んだことはよく知られている。私は大分以前からこの作品の自分なりの日本語版を作りたいと思っていたが、何種類も既訳のある作品ではあり、特に急ぐ必要もないので、ほかの仕事が入ったときはそちらを優先させ、時間の取れるときに少しずつゆっくりと原文を読込み、訳文を練って来た。

翻訳に際しては、オックスフォード英国小説叢書版を原書として用い、オックスフォード大学、ケンブリッジ大学それぞれの全集版、ペンギン・ブックス版等にも折に触れて当った。註釈書としては、研究社英米文学叢書版の岡田美津、伊吹知勢による註釈、アンカー・ブックス版のデイヴィッド・M・シャパードによる註釈、ハーヴァード大学出版局ベルクナップ・プレス版のパトリシア・メイヤー・スパックスによる註釈を参考にした。

既訳に関しては、野上豊一郎、平田禿木共訳（国民文庫刊行会、一九二六）、富田彬訳（岩波文庫、一九五〇）、中野好夫訳（新潮文庫、一九六三）、阿部知二訳（河出書房新社、一九六三）、伊吹知勢訳（講談社、一九六九）を作品の第一巻から、中野康司訳（ちくま文庫、二〇〇三）を第二巻から、小尾芙佐訳（光文社古典新訳文庫、二〇一一）を第三巻から、小山太一訳（新潮文庫、二〇一四）を第三巻の後半から随時参照した。最後の三訳が途中からになったのは、拙訳がその辺に達した頃にそれぞれの訳が出版されたからである。

ところで、このところ我が国では古典の新訳がちょっとしたブームになっている。拙訳は別段ブームを当込んでなされたものではないが、結果として流れに棹さしている面もない訳ではないので、私なりにどういう考えで新訳に取組んだか、その辺のことについて少し触れておきたい。

私の場合、原作に対する愛着が翻訳の動機であったから、飽くまでも原文に素直に応じて自分なりに良かれと思う訳文を作ってみたまでで、何が何でも新しさを感じさせる訳文をというような思いは特に抱かなかった。むしろ、必要に応じて古風な表現もかなり取入れている。勿論、読み易さについては私なりに出来る限り配慮したつもりである。例えば新訳ブームの火点け役を演じた光文社の古典新訳文庫の巻末には「いま、息をしている言葉で、もういちど古典を」なる謳い文句が記されているが、拙訳もほぼその方向に沿っているものと信じている。ただ、言葉や表現というものには、いまは息をしていなくても息を吹返してもらいたいものもあるし、いま確かに息はしていても敢えて採りたくないものもあるということ、それを忘れてはならないだろうとも思っている。藤原定家に「詞《ことば》は古きを慕ひ、心は新しきを求め、及ばぬ高き姿を願ひて」云云という有名な言葉があるが、これも忘れずにいたい言葉だと思っている。

新訳ブームに関聯してときどき「訳文の賞味期限」という言葉を耳にするが、或る文章が賞味出来るか出来ないかは多分に読手の教養や感受性次第だから、一概に云えることではないと思う。新訳を売らんがために敢えて旧訳を押退けようとする、商売を睨んだ暗示でなければ幸いである。多少古風な感じがしても揺るぎない文体を持った、格調の高い文章もあるし、いま息をしている言葉で綴られていても、ただ読み易いというだけで味も素気もない文章もあるから、こういう言葉は眉に唾してあまり真に受けない方がいいであろう。

米原万里に『不実な美女か貞淑な醜女か』というなかなか刺戟的な翻訳論があるが、翻訳の問題は新訳旧訳を問わず結局はここに帰着するのではないかと思う。勿論、理想は「貞淑な美女」であって、良心的な翻訳者はみなその理想に向って努力している筈である。かく申す私も「及ばぬ」までもその「高き姿を願ひて」努力したことは云うまでもない。勿論その出来栄えいかんは読者諸賢の判断に委ねられている。

出版に当っては、『マンスフィールド・パーク』、『説得』に引続き、中央公論新社編集部の山本啓子さんにたいへんお世話になった。山本さんは折から谷崎潤一郎全集の編輯でお忙しいにもかかわらず、拙訳のためにも配慮を惜しまれず、いろいろと気を遣って下さった。オースティン歿後二百年を記念する形で本訳書の出版が可能になったのも山本さんのお蔭である。心からお礼を申し上げます。

平成二十九年十月

大島一彦

Pride and Prejudice
by JANE AUSTEN
1813

本書は訳し下ろしである

中公文庫

高慢《こうまん》と偏見《へんけん》

2017年12月25日　初版発行
2024年 6 月25日　5刷発行

著　者　ジェイン・オースティン
訳　者　大島《おおしま》一彦《かずひこ》
発行者　安部順一
発行所　中央公論新社
〒100-8152　東京都千代田区大手町1-7-1
電話　販売 03-5299-1730　編集 03-5299-1890
URL https://www.chuko.co.jp/

DTP　ハンズ・ミケ
印　刷　三晃印刷
製　本　小泉製本

Published by CHUOKORON-SHINSHA, INC.
Printed in Japan　ISBN978-4-12-206506-2 C1197

各書目の下段の数字はISBNコードです。978-4-12が省略してあります。

中公文庫既刊より

オ-1-2
マンスフィールド・パーク
オースティン
大島一彦 訳
貧しさゆえに蔑まれて生きてきた少女が、幸せな結婚をつかむまでの物語。作者は優しさと機知に富む一方、鋭い人間観察眼で容赦なく俗物を描く。
204616-0

オ-1-3
エマ
オースティン
阿部知二 訳
年若く美貌で才気にとむエマは恋のキューピッドをきどるが、他人の恋も自分の恋もままならない——「完璧な小説家」の代表作であり最高傑作。〈解説〉阿部知二
204643-6

オ-3-1
一杯のおいしい紅茶
ジョージ・オーウェルのエッセイ
オーウェル
小野寺健 編訳
イギリス的な食べ物を、貧乏作家の悲哀を、酔うことを、自然や動物を、失われゆく庶民的なことごとへの愛着を記し、作家の意外な素顔を映す上質の随筆集。
206929-9

シ-1-2
ボートの三人男
J・K・ジェローム
丸谷才一 訳
テムズ河をボートで漕ぎだした三人の紳士と犬の愉快で滑稽、皮肉で珍妙な物語。イギリス独特の深い味わいの傑作ユーモア小説。〈解説〉井上ひさし
205301-4

チ-1-3
園芸家12カ月 新装版
カレル・チャペック
小松太郎 訳
園芸愛好家が土まみれで過ごす、慌ただしくも幸福な一年。終生、草花を愛したチェコの作家チャペックによる無類に愉快なエッセイ。〈新装版解説〉阿部賢一
206930-5

ハ-6-2
チャリング・クロス街84番地 増補版
〈レーン・ハンフ編著〉
江藤淳 訳
ロンドンの古書店に勤める男性と、ニューヨーク在住の女性脚本家との二十年にわたる交流を描く書簡集。後日譚「その後」を収録した増補版。〈巻末エッセイ〉辻山良雄
207025-7

フ-17-2
野生の棕櫚《しゅろ》
フォークナー
加島祥造 訳
人妻と放浪する元研修医。増水したミシシピイ河で妊婦を助けた囚人。二つの物語を交互に展開する手法で後世に衝撃を与えた長篇。〈巻末エッセイ〉野谷文昭
207447-7